THE VIRGIN'S LOVER

[英]菲利帕·格里高利 —— 著
夜潮音 —— 译

PHILIPPA GREGORY

处女的情人

金雀花与都铎系列

THE VIRGIN'S LOVER
First published in Great Britain by HarperCollins Publishers Ltd., 2004.
Copyright © Philippa Gregory Ltd., 2004
Translation © CHONGQING PUBLISHING HOUSE, 2022, translated under licence from HarperCollins Publishers Ltd.

版贸核渝字（2017）第275号

图书在版编目（CIP）数据

处女的情人/（英）菲利帕·格里高利著；夜潮音译．—重庆：重庆出版社，2022.10

书名原文：The Virgin's Lover

ISBN 978-7-229-15324-3

Ⅰ．①处…　Ⅱ．①菲…　②夜…　Ⅲ．①长篇小说—英国—现代　Ⅳ．①I561.45

中国版本图书馆 CIP 数据核字（2020）第 193599 号

处女的情人
CHUNÜ DE QINGREN

[英]菲利帕·格里高利　著　夜潮音　译

责任编辑：邹　禾　方　媛
装帧设计：徐　图
责任校对：郑　葱

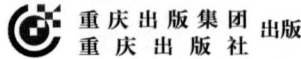
重庆出版集团　出版
重庆出版社

重庆市南岸区南滨路162号1幢　邮政编码：400061　http://www.cqph.com
重庆出版社艺术设计有限公司 制版
成都国图广告印务有限公司 印刷
重庆出版集团图书发行有限责任公司 发行
E-mail:fxchu@cqph.com　邮购电话：023-61520646
全国新华书店经销

开本：890mm×1230mm　1/32　印张：15.125　字数：320千
2022年10月第1版　2022年10月第1次印刷
ISBN：978-7-229-15324-3
定价：94.80元

如有印装问题，请向本集团图书发行有限公司调换：023-61520678

版权所有　侵权必究

菲利帕·格里高利
Philippa Gregory

英国畅销作家，资深记者，媒体制片人。1954年出生于肯尼亚，后随家人移居英格兰，在获得萨塞克斯大学历史学学士、爱丁堡大学18世纪文学博士学位后，她出版了第一部小说《威德克尔庄园》，此书的畅销令她成为一名全职作家。此后她笔耕不辍，以严肃的历史背景为依托，融入女性写作者特有的细腻情感，创作了多部系列小说，其中"金雀花与都铎"系列作为她的代表作被多次改编为影视作品，收获广泛关注，也为她带来"英国王室历史小说女王"的美誉。

"金雀花与都铎"围绕14至16世纪的英国宫廷女性写作。许多女性在历史上并未留下浓墨重彩的痕迹，菲利帕结合想象与考据，丰满了史书间女人们的名字。这是一个相当庞大的系列，且仍在持续更新中。

在小说之外，她还写过童书、短篇集，并与大卫·巴德文及麦克·琼斯合著非虚构类作品《玫瑰战争中的女性》。同时，她还是英国广播公司第四频道《英国问答》的常客，都铎王朝时代频道的专家。

目前她和家人一起住在英格兰北部。她喜爱骑马、散步、滑雪和园艺，另外在冈比亚建立了一所园艺学习慈善机构。

金雀花与都铎 系列

另一个波琳家的女孩

女王的弄臣

处女的情人

永恒的王妃

波琳家的遗产

另一个女王

白王后

红女王

河流之女

拥王者的女儿

白公主

国王的诅咒

驯后记

三姐妹三王后

最后的都铎

献给安东尼

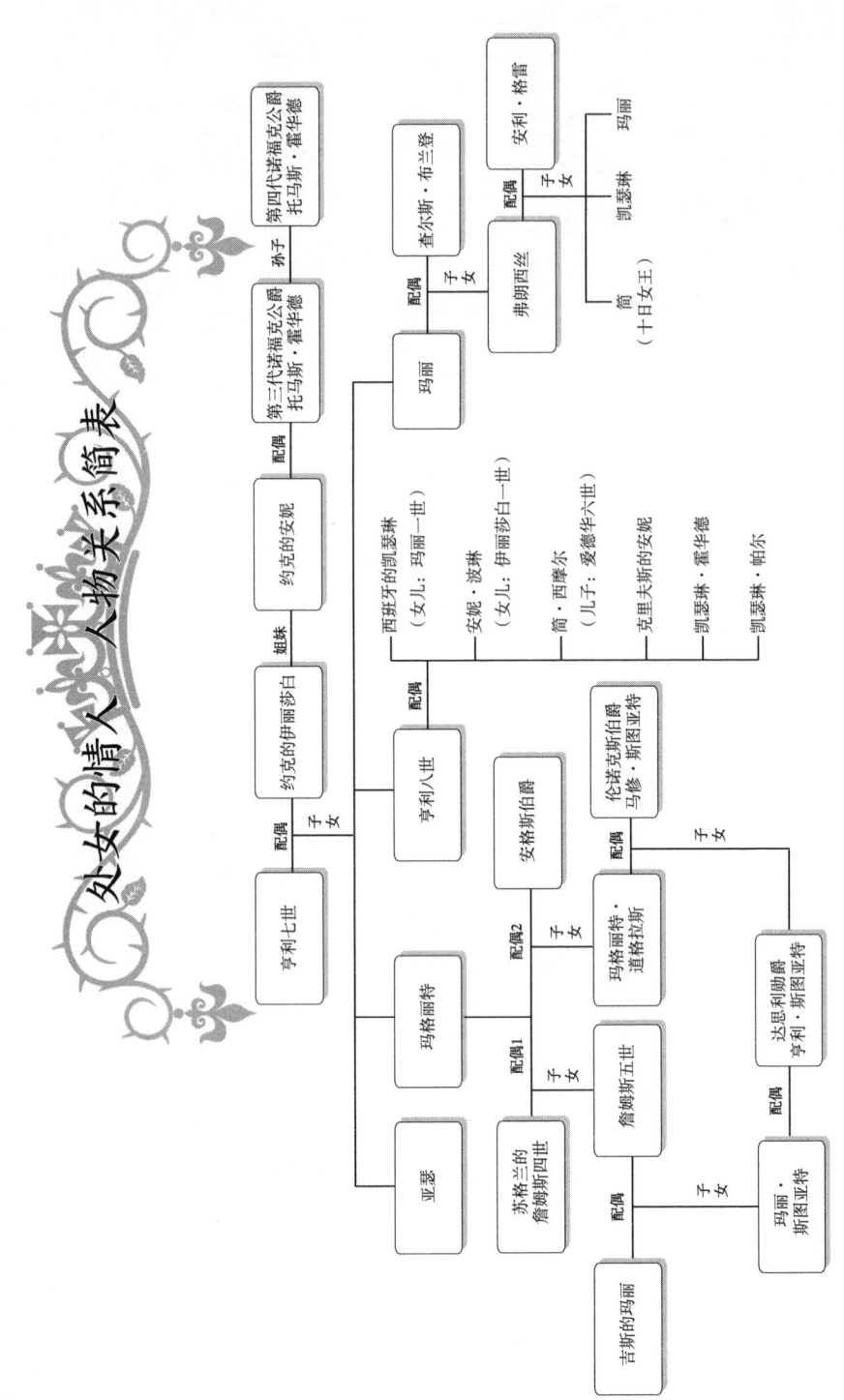

译序——黄金时代的浊世燃情

从你双脚上升到发际的光，
那包裹你纤柔躯体的力量，
不是珍珠母，不是冰冷的银；
你是面包做的，烈火爱慕的面包。

谷物在收获季节高堆，在你体内，
面粉也在幸福的时节发酵：
当面团使你的乳房加倍隆起，
我的爱是在土中待命的煤炭。

啊，你的额头是面包，你的腿是面包，
你的嘴也是，被我吞食，随晨光而生的面包，
我的爱，你是面包店的旗帜，

火教给了你血的课程，
你自面粉体认到自己的神圣，
自面包学会你的语言和芳香。
（聂鲁达著十四行诗，陈黎、张芬龄译）

在我看来，这首诗是对全书最最精准的概述。伊丽莎白一世作为都铎王朝的最后一位君主，其建树和荣耀是整个都铎王朝五位君主（其他四位依次为亨利七世、亨利八世、爱德华六世与玛丽一世）中最为辉煌的。后人对她的称呼有"荣光女王"、"英明女王"，此外，由于她终身未婚，也被称为"童贞女王"。

这位童贞女王的婚姻大事可谓是英格兰宫廷内外及邻邦关注的焦点，而女王的爱情及风流情史则成为创作者们关心的韵事。其中最免不了的片段自然是女王与她的宠臣罗伯特·达德利的故事——是的，只是故事。史官只尽翔实录史的义务，更生动的粉红色罗曼史则由后世的创作者们演绎。至于是否真有其事，或许取决于观者对角色、对创作者的信任，又或许仅仅取决于对历史的大胆假设与小心推断。

一位是都铎王朝中年轻貌美且受过良好教育的新任女王，一位是风流倜傥、肩负光复家族使命的世袭贵族，多数创作者都热衷于描写他们的浪漫爱情——从先后被囚禁于伦敦塔的同病相怜，再到他们对王位既渴望又压抑不敢表露野望的共鸣，直到后来共同经历人生中最为成熟辉煌时代的骄傲比肩——他们虽始终无法在历史上得到夫妻之名，却在文艺作品中愈加得以升华成浓墨重彩的传奇璧人。身份的禁忌更为这段浪漫得无以复加的爱情增添了神秘危险的美感。这大约正是作家和戏剧作家们甚为钟爱的题材，于是将其具象化为繁复的宫廷礼服、闪耀的小珠宝们，还有冶艳得不可方物的年轻女王与和她私会的黑发男子。

正如许许多多的情诗，惟愿将心目中独一无二的姑娘奉作神女，想象她步履轻盈地披挂珠玉银缕款款行来，本文开头所引的十四行诗则完完全全地换了角度，让诗中的心上人坠入凡尘。这爱恋却未尝减淡分毫，反而更加浓郁炽烈，很多时候，面包的温暖芬芳，要比花朵更加弥久悠长。

本书的作者在阐述伊丽莎白于混乱的宗教分裂状态下即位的背景之后，细腻地于字里行间将史书中只字未提的女王与莱斯特伯爵罗伯特·达德利之间追求与被追求的过程娓娓道来。在作者菲利帕·格里高利女士笔下，伊丽莎白女王变成了一名"散发着面包香气"的女人，她"不是珍珠母，不是冰冷的银"，而是"面包做的，烈火爱慕的面包"。这样描写的爱情，让人备感真实。于是她在他面前就只是尚未出阁的单身女子，而他在她面前也只是对既定婚姻充满了不愉快的普通男子。剥脱华丽的王国背景，剩下的只是这样的凡俗男女，他们相爱。

我们热爱故事，我们对真伪难辨的非历史读物乐此不疲，究其原因，是因为比起历史，故事和我们的距离更加亲近。相传伊丽莎白一世即位之初，便将一枚结婚戒指套在自己的手指上，表示将自己嫁给英格兰。史书上又载，伊丽莎白的童贞并非自愿，而是由于自身的生理缺陷无法享受性爱，更不能完成生育。这样冷冰冰的记录，一定及不上各种版本的故事中，来不及梳洗打扮的红发少女，提着裙裾匆匆赶往幽会地点，等不及与英俊的心上人亲昵的一幕幕凡俗场面。

历史上，伊丽莎白一世的统治时期被称作"黄金时代"。在此期间，她成功地将宗教分裂的英格兰归为一统，经由她治理的英格兰也逐渐成为欧洲屈指可数的强国之一。在光芒闪烁的背景之下，探讨她的凡世之爱也就成了文人们乐此不疲的话题。在这本弥散着面包香气而非贵价的脂粉香的作品下，或许可以对百年来世事变迁中，永恒不变的男女之情一探究竟。

夜潮音

2012年10月

1558年秋

诺福克所有的钟都为伊丽莎白鸣响,声声钟鸣在艾米的头脑中回荡。最初的三重钟声仿佛疯癫女人的尖叫,随后的回音则如同痛苦而刺耳的呜咽,直到大钟开始隆隆作声,提醒她那错落不谐的排钟将会再度尖鸣。她拖过枕头,盖在头上,想要将噪音隔绝在外,但钟声仍在继续,直到白嘴乌鸦都从巢中飞出,成群结队地飞入空中,起落盘旋,仿佛一面代表噩兆的旗帜;蝙蝠也像一缕黑烟般飘离钟楼,仿佛预示着这个世界已经昼夜倒转,天翻地覆。

艾米无须询问喧闹的原因,她早已经知道了。可怜的、病重的玛丽女王终于死去,而伊丽莎白公主是毫无争议的继承人。感谢上帝。英格兰的所有人都该为之欣喜。新教[①]公主登上了王位,即将成为英格兰女王。整个国家的国民都会鸣钟欢庆,敲打盛满麦酒的酒桶,在街头巷尾起舞,监狱的犯人也会得到特赦。英格兰人终于把他们的伊丽莎白送上了王位,也终于可以将玛丽·都铎治下的恐怖时日抛诸脑后。英格兰的每个人都在为此欢庆。

每个人,除了艾米。

钟声让艾米睡意全无,也并未带给她欢欣。在所有英格兰人之中,只有艾米无法因伊丽莎白突然上位而喜悦。甚至连钟鸣也显得走了调,更像是嫉妒的节拍,狂怒的尖叫,还有孤独女人的啜泣。

[①] 玛丽女王信奉天主教,伊丽莎白信奉新教。

处女的情人

"愿上帝取走她的性命!"她在枕头里咒骂着,头脑中为伊丽莎白而鸣的钟声仍在回响,"愿上帝在她仍旧青春、骄傲和美丽时取走她的性命。愿上帝毁掉她的容貌,让她的头发掉光,让她的牙齿腐烂,让她在寂寞和孤独中死去。被人遗弃,就像我这样。"

艾米没有从远方的丈夫那里收到任何消息——她也并不期待。又一天过去,她已经这样度过了一周。艾米猜想他一接到玛丽女王的死讯就飞速从伦敦赶往了哈特菲尔德宫。他一定会像计划好的那样,第一个跪在公主面前告诉她,说她已经是女王了。

艾米猜想伊丽莎白早已准备好了说辞,也练习过敲钟的姿势,罗伯特也早已知晓自己将会得到怎样的回报。也许现在他正为自己的平步青云而庆祝,就像那位公主一样。艾米走到河边,去牛群中挤奶,因为仆童生了病,她家族的农庄——斯坦菲尔德大宅——明显人手不足。她停下脚步,看着橡树上落下的棕色落叶,它们如同暴风雪一般盘旋飞舞,向着西南方的哈特菲尔德飘去,就像她的丈夫赶赴伊丽莎白身边时那样。

她知道自己应该为宠爱他的女王坐上王位而高兴。她知道自己应该为自己的家族而高兴,因为他们的财富和地位都会随着罗伯特得势而增长。她知道应该为自己再度成为"达德利大人的夫人"而高兴:她会得回失去的领地,在宫里得到一席之地,也许还能成为伯爵夫人。

但她却感觉不到喜悦。她宁愿他作为家产充公的叛国者待在自己身边,白天与她共同劳作,晚上享受温暖的宁静,怎样也比他尊贵受宠地待在另一个女人的宫中要好。她明白自己是个善妒的妻子,而在上帝眼中,妒忌是一项大罪。

她低下头,步履沉重地走到草地上,牛群在那里啃食着稀薄的牧草,沉重的蹄子不时翻起深褐色的泥土和燧石。

我们怎么能以这样的方式结束?她对着诺福克郡上方那遍布着层叠雨

云的天空轻声地说。我曾经是那么爱他,他也那么爱我;我们的眼中曾经除了彼此再无他人。他怎么能把我留在这里受苦受难,却扑向她的怀抱?为什么开始的时候那么美好,有那么多的财富和荣耀,结束时却只剩艰辛与孤独?

一年前，1557年夏

在梦里，他又看到了空旷房间里粗糙的地板，想起了砂岩的壁炉台，刻着他们名字的大壁炉，还有高悬在石墙上方的窗玻璃。他们将餐桌拖到窗边，爬上去、伸长脖子看向窗外。五个年轻人看到，在窗外的草地上，他们的父亲正缓缓踏上台阶，走上断头台。

他身旁有重建的罗马天主教会的神父陪同，他已经为自己的罪行忏悔，也转变了自己的信仰。他曾乞求宽恕，低声下气地认错。他抛弃了全部的信念，只为获得宽恕的机会，他急切地转头，扫视着那一小群人的面孔，希望能够得到戏剧性的、姗姗来迟的赦免。

他有这么盼望的理由。新君主是都铎家族的人，都铎家族明白表象的力量。她那么虔诚，一定不会拒绝一颗坚决忏悔的心。但更重要的理由是，她是个女人，心软而又愚蠢的女人。她绝对没有勇气做出处决这么一位大人物的决定，她绝对没有耐心坚持自己的决定。

坚持下去，父亲——罗伯特默默地鼓励着他——赦免随时都会到来，别因为期待而失去尊严。

罗伯特身后的门开了，一名监狱看守走了进来，发出沙哑的笑声，看着窗边那五个在明媚的仲夏阳光下手搭凉棚的年轻人。"别跳，"他说，"别抢刽子手的活儿，漂亮小伙们。接下来就是你们五个了，还有那个漂亮的小女仆。"

"在我们获得宽恕被释放之后，你可别后悔。"罗伯特回敬道，说着他又转身看向身后的草地。看守检查了窗户上的粗重铁栅,明白这些人没有任何破窗的办法,于是他走了出去,仍然轻声笑着,锁上了门。

在断头台上,神父走到罪人的面前,捧着拉丁文的《圣经》为他念起了祷词。罗伯特看到风鼓起了他厚厚的法衣,像是一支入侵的舰队的船帆。神父的祷词突然结束,他手执十字架吻了那名罪人,退了开去。

罗伯特突然觉得很冷,仿佛被他的额头和手掌抵住的窗玻璃冻成了冰,仿佛温暖正从他体内渐渐流失,被楼下的场面吸走。在下面,他的父亲谦卑地跪在行刑的木台前。刽子手走上前去,用布蒙住他的眼睛,然后和他说了些什么。他的囚犯父亲转头答话。可怕的是,这个动作仿佛令他突然迷失了方向。他的双手离开了行刑台,然后就找不到它了。他伸出双手,开始摸索。刽子手先转身去拿他的斧头,当他再次转身的时候,却看到犯人双手挣扎挥舞,几乎掉下台去。

蒙面的刽子手警觉起来,对着挣扎的囚犯大喊出声,囚犯伸手去扯自己蒙眼的布,大叫着说自己还没有做好准备,他找不到行刑台,刽子手必须等他。

"别动!"罗伯特大叫起来,用力敲打厚厚的窗玻璃,"父亲,别动!看在上帝的分上,别动!"

"现在不行!"在草地上,刽子手身后的那个矮小的身影哭喊道,"我找不到行刑台!我还没准备好!我还没有做准备!现在不行!现在不行!"

他匍匐在干草上,一只手伸向前去,试图找到行刑台,另一只手则拉扯着蒙眼布,"别碰我!她会赦免我的!我还没准备好!"他连声尖叫,可刽子手已经扬起了手中的利斧,重重地砍在他的脖颈上。鲜血喷溅而出,而那囚犯也因这力道滚向一旁。

"父亲!"罗伯特大喊,"我的父亲!"

鲜血从创口中喷涌而出,但那囚犯还是像垂死的猪那样在干草上抽搐不止,仍然试图用自己不稳的双脚站起来,仍然盲目地摸索着行刑台,直到双手的动作渐渐僵硬。刽子手咒骂着自己的失误,再次扬起了巨斧。

"父亲!"与此同时,罗伯特痛苦地大喊,"父亲!"

"罗伯特?大人?"一只手温柔地摇了摇他。他睁开双眼,看到了面前的艾米,她棕色的头发在入睡前扎成了辫子,她大睁着棕色的眼睛,在卧室里的烛光中显得那么真实。

"上帝啊!多么可怕的噩梦!多可怕的梦。上帝保佑我别再做这个梦了。上帝保佑!"

"又是同样的梦吗?"她问,"关于你父亲的死?"

他难以忍受她的惯例询问。"只是个梦,"他回答简短,试着找回平时的机智,"只是个噩梦。"

"是以前那个梦吗?"她坚持追问道。

他耸耸肩。"想起那些也并不奇怪。我们还有麦酒吗?"

艾米掀开被单,起身下床,将睡袍披在肩上。她还是不肯放过他。"这是个预兆,"她断然说道,然后倒了一大杯麦酒给他,"要温一下吗?"

"我喝冷的就好。"他说。

她把杯子递了过去,他灌了一口,感觉到赤裸背脊上的汗水变得冰冷,他开始为自己的恐惧感到羞赧。

"这是个预警。"她又说。

他努力想要挤出漫不经心的微笑,但父亲的死带来的恐惧,以及从那黑色的一天开始累积的失败与悲伤终于令他无法继续承受下去。"别说了。"他说。

"你明天不应该去。"

罗伯特又喝下一大口麦酒,用杯子将自己的脸遮住,避开她责备的目光。

"这样的噩梦就是预警。你明天不应该和菲利普王一同出海。"

"我们已经讨论过一千次了。你知道我必须去。"

"但不是现在！不是在你梦到父亲的死以后！这个梦除了警告你不要不自量力之外，还能有别的含意吗？他因叛国罪而死，无非是想让他的儿子登上英格兰的王位——同你现在一样目空一切。"

他试着微笑。"没法子目空一切，"他说，"我只有我的马和我的兄弟。我甚至没钱招募自己的军队。"

"你坟墓里的父亲一直在警告你。"

他疲惫地摇摇头。"艾米，这太让人痛苦了。别总对我提起他。你并不真正了解他。他希望我能重振达德利家族。他从来都不会在我想做什么的时候泼冷水，他总是在鼓励我们。你要做我的好妻子，亲爱的艾米，不要让我灰心丧气——他就不会。"

"你也要做我的好丈夫，"她反驳说，"别离开我。如果你乘船去荷兰，我又该去哪儿？我会变成什么样？"

"这事我们商量过了，你可以去菲利普家，就在奇切斯特，"他平静地说，"如果战事继续进行，而我没有很快回来——你就回家去，回到你在斯坦菲尔德大宅的继母家去。"

"我想回自己在赛德斯通的家，"她说，"我想要属于我们自己的家。我想以你妻子的身份和你一起生活。"

尽管已经经历了两年的落魄生活，他还是得咬紧牙关才能说出拒绝她的话语。"你知道的，王室已经接管了赛德斯通。你知道我们没有钱。你也知道，我们不能这么做。"

"我们可以让继母帮忙，从王室手里租下赛德斯通的庄园，"她固执地说道，"我们可以在那里耕种。你知道的，我可以干活，我不怕吃苦。你知道的,我们可以白手起家,而不是陪外国的君王赌博。不用去做那些既要担上风险却又未必会有回报的事!"

"我知道你愿意干活,"罗伯特承认,"我知道你可以在日出前早起耕种。但我不想让我的妻子像农夫那样在地里劳作。我生来就是为了更伟大的事业,而且我答应过你的父亲,要给你更好的生活。我不想要半亩地一头牛,我想要半个英格兰。"

"他们会觉得你离开我是因为厌倦了我,"她责怪道,"每个人都会这么想。你才刚回家来看我,然后就又离开了。"

"我已经陪你在家整整两年了!"他辩白道,"两年!"然后他平复了一下心情,努力平复语气中的恼怒,"艾米,原谅我,这并不是我想要的生活。这样的几个月对我来说就像是一辈子。自从背上叛国者的罪名,我就失去了一切私有权利,不能交易也无权买卖,家族的一切财产都被王室没收——这我都清楚!这里面也包括你的一切财产:你父亲的遗产和你母亲的财物。你因我失去了所有。我必须为你夺回这一切,我必须为我们夺回这一切!"

"那我也不希望你付出这样的代价,"她断然说道,"你总是说你做的那些事是为了我们,但这根本不是我想要的,对我也没有半点好处。我想要你和我一起待在家里,我不在意我们是否一无所有。我不在意和继母住在一起,依靠她的救济度日。我也不在意别的什么事情,只要能和你在一起,只要你平安无事。"

"艾米,我不能依靠那个女人的救济生活,这好比每天都让我穿着夹脚的鞋子。你嫁给我的时候,我就已经是英格兰最有权势者的儿子了。这是他的计划,也是我的计划——那就是让我弟弟成为亲王,简·格雷成为女王,只差一点点,我们的计划就会实现。我也差一点成了英格兰王室成员。我很期待这一切,也为此纵马征战,我愿为此付出我的生命。为什么不呢?

我们和都铎家族一样有争夺王位的权利,毕竟他们在三代人之前也是这么夺得王位的。达德利家族即将成为英格兰下一代王家。就算我们的计划失败,又吃了败仗……"

"而且地位不保。"她补充道。

"地位也一落千丈,"他承认,"但我仍然是达德利家族的一员。我生来就要追求权位,我必须夺回我的权力。我生来就要为自己的家族和国家效力。你也不会愿意嫁给一个只有百亩田地的小农民,又或者一个终日坐在家里壁炉边的男人。"

"不,我愿意,"她哑声说道,"罗伯特,你不明白的是,正是有着百亩田地的农民在让英格兰变得更好,而且用的方式更好,比在宫中为权力明争暗斗要好得多。"

他差点笑出声来。"对你来说也许是吧。但我从没想过成为那样的男人。对战败、对死亡的恐惧都不能迫使我成为那样的男人。我天生就要成为这片土地上的伟人,即使不是最伟大的。我从小就在国王的子女们身边长大,和他们平起平坐,我不能在诺福克郡的潮湿田地里渐渐腐烂。我一定要洗清污名,我一定要得到菲利普国王[①]的重视,我一定要让玛丽女王恢复我的地位。我一定要出人头地。"

"要是你在战争中死去,这些还有什么意义呢?"

罗伯特眨了眨眼睛。"甜心,这是我们相聚的最后一晚,你却要诅咒我。无论你说什么,我明天都会出海。别再给我招来厄运了。"

"可你做了那样的梦!"艾米从床上爬起身,接过空杯子,放到一边,然后紧紧握住他的双手,仿佛在教导一个小孩子,"我的大人,这是一种警

[①] 即玛丽女王的丈夫,英格兰的玛丽女王与西班牙的菲利普王子成婚时出于政治目的协定了一系列条约,包括国会同时接受两方领导、王室文件共同署名等等,也包括菲利普王子婚后被冠以英格兰国王的称号。

告。我也在警告您。您不该去。"

"我必须去,"他断然道,"我宁愿以死为自己正名,也比在玛丽的英格兰作为名誉扫地的家族的成员、作为无法自证清白的囚徒而活着要好。"

"为什么?你是不是更希望待在伊丽莎白统治的英格兰?"她低声说出这句与叛国无异的挑衅。

"我全心全意地这么希望。"他诚恳地答道。

她突然放开了他的手,没有再说下去,她吹熄了蜡烛,拉起被子盖过肩膀,转身背对着他。他们就这样躺在那儿,在黑暗中大睁着眼睛,无法入睡。

"这是不可能的,"艾米凝视着黑暗,"她永远不会坐上王位。明天女王也许就会再怀上一个孩子,怀上西班牙的菲利普的儿子,那个男孩将会成为西班牙皇帝与英格兰国王,她也就成了没有人需要的公主,就这么嫁给某个外国王子,然后被人遗忘。"

"但也许不会,"他答道,"玛丽也许没有生下一子半女就会死去,接着伊丽莎白就是英格兰的女王,而她不会忘记我的。"

第二天早上,她不愿再和他说话。他们沉默地在茶水间吃过早饭,艾米走上楼回到他们在这间旅店的小房间,将罗伯特的衣物装进他的包中。罗伯特大声说他会在码头附近等着她,然后就走上了喧嚣熙攘的街头。

在西班牙的菲利普王准备远航前往荷兰期间,整个多弗都混乱不堪。农产品商人在喧闹的人群中叫卖着自己的货物;女智者们尖叫着向即将远行的士兵们兜售她们的护身符;小贩们的托盘中装着小巧纪念品;理发匠和江湖牙医则在街边忙碌,出于对虱子的恐惧,人们将头发剪得几近光秃。两名神父搭起了临时的告解室,聆听那些害怕带着罪孽而死之人的忏悔,并且宽恕他们。几十个妓女也在兵士中穿梭,高声与他们调笑,承诺给他们各种各样的愉悦。

女人们群聚在码头旁,和她们的丈夫或爱人告别;马车和大炮摇摇晃晃地穿过码头,装进一条条小船里;马儿们在踏板上挣扎着不愿前行,码头工人汗流浃背地在后面推着,马夫则在前面拉着。罗伯特才刚走出旅店的房门,他的弟弟就抓住了他的手臂。

"亨利!幸会!"罗伯特大喊着,紧紧抱住了这个十九岁的少年,"我还在想我们什么时候能见面呢。我以为你昨晚就会到的。"

"我来迟了。安布罗斯坚持要帮我的马儿钉好马掌才放我走。你了解他的性格。他突然就变成了独断专行的哥哥,我只好发誓说会保证自己的安全,也保证你不遭遇危险。"

罗伯特大笑起来。"希望你能说到做到。"

"我今早到的这里,然后就一直在到处找你。"亨利退后几步,仔细打量起兄长漂亮的深色面庞。他还只有二十三岁,无与伦比的英俊,但这些年的痛苦生活已经将他那富家子弟特有的骄横气质消磨殆尽。他变瘦了,已然是一副成年人的模样。他朝亨利微微一笑,脸上的严肃融化在他充满爱意的笑容里。"感谢上帝!见到你真高兴,孩子!我们将会有一场伟大的冒险!"

"宫廷的众人也已经赶到了,"亨利告诉他说,"菲利普国王已经乘上了船,女王也到这边来了,还有公主也是。"

"伊丽莎白?她在这儿?你和她说过话了没有?"

"她们在一艘新船上,叫做'菲利普与玛丽号'的船,"亨利说,"女王的脸色非常难看。"

罗伯特笑了起来。"那就是说伊丽莎白很愉快?"

"愉快得就好像乐于看到她姐姐的痛苦一样,"亨利欢快地答道,"说真的，她究竟是不是菲利普国王的情人？"

"不是的，"罗伯特以伊丽莎白童年玩伴的肯定口气说道，"但她确实让他围着自己打转，因为他能够保证她的安全。如果她不是得到了国王的宠爱，半个枢密院明天就会砍下她的头。她可不是那种会害相思病的蠢女孩。她会利用他，却不让他得到自己。她是个难对付的女孩。如果可以，我倒是想去见见她。"

"她对你倒是一直温柔有加，"亨利笑了，"你打算把国王也比下去吗？"

"现在不行，因为我没法给她什么，"罗伯特说，"她是个精明的女人，愿上帝保佑她。他们准备好接我们上船了吗？"

"我的马已经等在船上了，"亨利说，"我是来接你们的。"

"我牵着马跟你走过去。"罗伯特说。两个人并肩穿过石拱门走向旅店后面的马厩。

"你最后一次见她是什么时候？我是说公主。"亨利问他的哥哥。

"我最辉煌的时候，也是她最辉煌的时候，"罗伯特露出苦笑，"应该是在宫廷度过的最后一次圣诞节。爱德华王去世，父亲有实无名地掌管了一切，而她是新教公主也是国王喜爱的姐姐。我们就像一对为胜利而扬扬得意的双胞胎，玛丽那时连影子都看不到。你还记得吗？"

亨利皱了皱眉。"记不清了。你知道的，我一向不擅长观察谁得宠谁失宠。"

"你会学会的，"罗伯特说，"在我们这样的家族里，你必须学会。"

"我记得她曾以叛国罪被囚禁在伦敦塔中，那时候我们也在那儿。"亨利回忆道。

"我听说她获得自由的时候非常高兴，"罗伯特说，"伊丽莎白向来幸运得出奇。"

黑色的高头大马看到罗伯特的时候发出嘶鸣，而罗伯特走过去轻轻地抚摸它的鼻子。"来吧,我的宝贝,"他轻声说,"来吧,第一步。"

"你叫它什么?"亨利问。

"第一步,"罗伯特说,"当我们从伦敦塔重获自由的时候,我回到艾米身旁,发现自己在她继母的家里像个乞丐一般,那个女人告诉我,我不能买也不能从别处借马骑。"

亨利吹了个口哨。"我记得他们在斯坦菲尔德有栋不错的房子?"

"那也不是给一个尚未洗脱罪名的女婿准备的,"罗伯特不无悲伤地说,"我别无选择,只能穿着自己的马靴去贩马的集市,这匹马就是我打赌赢回来的。我叫它'第一步'。它是我取回地位的第一步。"

"那么这次远行就是我们的第二步了。"亨利说。

罗伯特点点头。"如果能得到菲利普国王的宠信,我们就能回到宫中,"他说,"如果帮助他赢得胜利,一切过往都能得到原谅。"

"达德利!达德利!"亨利大声呼喊着家族的战斗口号,打开了马厩的门。

他们牵着马沿着鹅卵石小路走到了码头,再由守在那里的人将他们的马儿牵到船上。小小的波浪拍打着码头的堤岸,"第一步"喷着它的鼻息,艰难地挪动着身体。当轮到它走上踏板的时候,它便用前蹄搭在踏板上,恐惧得一动不动。

一个码头工人走上前,扬起鞭子。

"住手!"罗伯特高声喝道。

"告诉你,不打它不会走的。"码头工人说。

罗伯特转身背对马儿,放下缰绳,走过它面前,走进暗沉的船舱里。马儿焦灼起来,轮流踏动蹄子,耳朵前前后后地抖动着,扬起头寻找着罗伯特的身影。船舱里传来罗伯特的声音,马儿转过耳朵,放心地走上了船。

罗伯特走出船舱,轻轻抚摸着马儿,拴住了它,看着将他的行李背来的艾米。"一切顺利。"他开心地对她说。他拉起她冰冷的小手,贴在自己的嘴唇上。"原谅我,"他轻声说,"我昨天被自己的梦弄得心烦意乱,所以我才发了火。我们别再吵架了,像朋友那样友好地道别吧。"

眼泪从她棕色的眸子中涌了出来。"噢,罗伯特,求你别走。"她喘息道。

"艾米,"他说得很坚决,"你知道的,我必须走。但我会把全部薪水寄给你,我希望你能好好投资,为我们买下一座农庄。我们必须复兴家族,我亲爱的,我希望你能好好管理我们的财富,帮助我们获得成功。"

她试图挤出笑容。"你知道我不会让你失望的。可是……"

"是王室的驳船!"亨利喊道,码头上的每个人都脱下帽子,低下他们的头。

"请原谅,我们得走开一会儿。"罗伯特匆匆和艾米说了一句,就跟亨利一起走上了西班牙国王的船,这样王室驳船经过时,他低下头就能看到。女王坐在船尾的华盖之下,时年二十二岁的伊丽莎白公主穿着象征都铎家族的白绿相间的服装,容光焕发地站在船头人人都能看到的位置,像一尊雕像,微笑着朝人群挥手。

划桨手停稳船身,两艘船并排停靠在码头边,兄弟两人站在船舷中段,向低处的那艘驳船看过去。

伊丽莎白抬起头。"达德利!"她的声音清晰明亮,笑容满面地看着罗伯特。

他垂下头。"公主!"他看了看女王,女王似乎没有注意到他,"陛下。"

她冷冷地抬起手。她的袍服由珍珠点缀,耳畔悬着钻石,斗篷上装饰着翡翠,但她的双眼却盛满了悲伤,她嘴角边的线条让她看上去更像是忘记了该怎么笑。

伊丽莎白走到船舷的栏杆边。"你要去参战吗,罗伯特?"她对着他的船喊道,"你就要成为英雄了吗?"

"但愿如此!"他清晰地回答,"我希望能够服侍女王于她丈夫的领土之上,希望能够重新赢得她的青睐。"

伊丽莎白眉飞色舞。"我敢肯定没有哪位士兵比你更忠诚了!"她说着,几乎就要放声大笑。

"也没有比您更可爱的臣民了!"他答。

她露齿而笑,好让自己不至于笑出声来。他看到她正拼命地控制着自己。

"您还好吗,公主?"他温柔地问。她知道他的意思其实是,您还健康吗?据他所知,当她受到惊吓的时候,就会出现水肿,手指和关节都会肿胀,让她不得不卧病在床。还有,您还安全吗?她现在身处女王的驳船上,更接近王位往往也就意味着更接近断头台,她在枢密院里只有菲利普国王的支持,而后者正要远行去打仗。最重要的是,您是否还在像我一样等待好日子的来临,并且为它早日到来而祈祷?

"我很好,"她喊道,"一如既往,始终不变。你呢?"

他也笑了。"始终不变。"

他们之间已然无须再多说什么。"愿上帝祝福你,保佑你,罗伯特·达德利。"她说。

"您也一样,公主。"愿上帝祝福您早日恢复从前的荣光,这样我才有希望——这是他没有说出口的回答。从她毫无顾忌的目光中,他可以得知,她明白他的心中所想。他们总是明白对方的心意。

1558年初冬

六个月后。艾米在朋友丽兹[①]·奥丁赛尔的陪同下来到了格雷夫森德的码头，望着驶进港口的船只，甲板上躺满了伤者和死者，甲板的栏杆被烧焦、主帆到处都是孔洞，幸存的人都低着头，因为战败而满面愧色。

罗伯特的船是最后驶入港口的。艾米等了整整三个小时，越来越觉得恐怕再也见不到他了。但那艘小船却缓缓地驶向岸边，又缓缓地接近码头，仿佛不愿带着耻辱回归英格兰。

艾米用手遮挡阳光，向那艘船望过去。就在那时，她有一种强烈的恐惧感，就在那时，她是如此确定恐惧即将降临，但她没有啜泣也没有哭喊，而是平静而仔细地在甲板上的人群中寻找罗伯特的身影，知道如果看不到他，那么他要么被囚禁，要么就是死了。

然后她看到了他。他倚着船桅站立，仿佛他并不急着看到英格兰的景色，接着他不疾不徐地走上踏板，半点也不匆忙。两个平民走在他身旁，还有一个女人，抱着她黑发的婴孩。但她没看到罗伯特的弟弟亨利。

他们踩上踏板向岸上走来，她则冲上前去，想将他抱在自己的臂弯，但丽兹·奥丁赛尔却拉住了她。"等等，"年长的她建议道，"先看看他的情况。"

艾米推开那个女人的手，但她却还是停下了脚步，等着他走下踏板，他的步子如此缓慢，她觉得他好像受了伤。

[①] 伊丽莎白的昵称。

"罗伯特?"

"艾米。"

"感谢上帝你平安无事!"她突然叫出声来,"我们听说那儿发生了一场激烈的攻城战,加莱失守了。我们还觉得这不是真的,但……"

"是真的。"

"加莱失守了?"

真是难以想象。加莱是英格兰的海外瑰宝,那儿街头巷尾的人都说英语,是他们缴税给英格兰,与英格兰买卖价值不菲的羊毛和成衣。加莱是英格兰国王给自己冠以"英格兰与法兰西国王"的理由,是向世人证明英格兰是世界强国的证据,而在法兰西的领土上,它就像布里斯托尔那样,是英格兰的重要港口。很难想象它竟然会落入法兰西人的手中。

"加莱失守了。"

"你的弟弟呢?"艾米担心地问,"罗伯特?亨利去了哪儿?"

"他死了,"他说,"在圣昆廷的时候,他的腿上中了一枪,很快就在我的怀里死去了。"他挤出一丝苦涩的笑容。"我在圣昆廷得到了西班牙的菲利普的注意,"他说,"他在写给女王的信中赞美了我的英勇。这是我的第一步,我也是这么希望的——但代价却是我的弟弟,这是我最不能忍受的代价。现在我做了败军之首,考虑到我在加莱的表现这么糟糕,我怀疑女王根本不会记得我在圣昆廷的良好表现。"

"噢,那又怎样?"她大声说,"你平安无事,我们又可以一起生活了,不是吗?和我一起回家吧,罗伯特,谁在意女王怎样,加莱又怎样呢?你不再需要加莱了,我们可以把赛德斯通买回来。和我一起回家,看看我们将会过上多么幸福的生活吧!"

他摇了摇头。"我必须把消息送去女王那里。"他固执地说道。

"你这蠢货!"她大为光火,"坏消息让别人去告诉她好了。"

处女的情人

他深色的眼眸因为妻子的公开羞辱而闪现精光。"很抱歉让你认为我是个蠢货,"他漠然地说,"但菲利普国王指名叫我去,所以我必须履行自己的职责。你可以去住在奇切斯特的菲利普家里,等我来接你。你也一定要帮我这个忙,带上这个女人还有她的孩子一起。她失去了在加莱的家,在英格兰需要临时住所。"

"我不要,"艾米愤愤地回应道,"她是我的什么人?她又是你的什么人?"

"她曾经是女王的弄臣,"他说,"她名叫汉娜·格林。她也曾经是我忠诚的仆从,无人陪伴的时日她是我的朋友。对她好点,艾米。带上她一起去奇切斯特。而我需要征用一匹马进宫去。"

"噢,除了计划失败以外,你还失去了自己的马?"艾米挖苦道,"你回家时没了弟弟又没了马儿,你不仅没有衣锦还乡,还成了名副其实的穷光蛋,就像我继母罗布萨特夫人警告过我的那样?"

"没错,"他平静地说道,"我漂亮的马儿在炮弹下掩护了我。它倒下的时候我就在它的身下,它用自己的身躯保护了我,救了我一命,而它却因此而牺牲了。我曾经对它发誓要做个好主人,却导致了它的死亡。我给它取名叫做'第一步',但我却在自己踏出第一步的时候跌倒了。我失去了我的马,失去了我的军事资金和我的弟弟,还失去了一切希望。你一定很高兴听到达德利家族会就此迎来末日,我看不到它复兴的希望。"

罗伯特和艾米各自走向不同的路——他带着坏消息,忍受旁人的冷眼去往王宫,而她则踏上前往奇切斯特的朋友家的漫长旅程。但他们很快就不情不愿地回到了她继母位于斯坦菲尔德大宅的住处。他们无处可去。

"我们的农庄人手不足。"第一天的晚上,罗布萨特夫人就毫不掩饰地开了口。

罗伯特从面对着空碗的沉思中回过神来,说:"什么?"

"我们正在开垦草地,"她说,"现在产出的干草太少了。而且我们人手不足。你可以从明天开始下地干活儿。"

他盯着她,仿佛她说的是希腊语。"你要我下地干活儿?"

"我相信继母的意思是让你去监督那些农夫,"艾米插话说,"不是吗?"

"他要怎么监督开垦?我怀疑他连该做什么都不知道。我觉得他可以驾驶货车,至少他挺擅长对付马儿的。"

艾米转身看她的丈夫。"还不算太坏。"

罗伯特惊骇得几乎说不出话来。"你想让我去田里劳作?像个农夫那样?"

"不然你还能帮什么忙?"罗布萨特夫人问,"你就像田野的百合花。既不能帮忙播种也不能帮忙收割。"

他的脸渐渐失去了血色,最后变得和她所说的百合一样苍白。"我不能像个平民那样在田地里劳作。"他轻声说。

"我凭什么把你当领主一样对待?"她粗鲁地说,"你的头衔、你的财产还有你的好运气都已经没有了。"

他的身体晃了晃。"因为就算我永无出头之日,我也不能沦落到最底层,我不会贬低自己。"

"你已经在最底层了,"她坦然道,"菲利普国王不会再回家来了,而女王陛下——上帝保佑——也站在了你的对立面。你背负污名,名声扫地,你现在所拥有的只有艾米对你的好感和我的施舍。"

"施舍?"他大声说。

"我收留了你。不求任何回报。现在我才想到,你也可以干些活儿权作报答。其他人都在工作。艾米负责养鸡和针线活儿,还有些家务事。我负责整个家庭的运作,我的儿子们负责照看家畜和作物。"

"他们所做的只不过是指挥牧羊人和农夫而已。"他脱口而出。

"因为他们知道该指挥别人做什么。而你什么都不懂,只能听从指挥。"

他从桌边缓缓地站起。"罗布萨特夫人,"他轻声说,"我警告你,不要欺人太甚。我现在虽然战败,但你也不应该如此羞辱我。"

"噢,为什么不应该?"她一副乐在其中的样子,"我可不担心你的报复。"

"因为你的心胸狭窄,"他严肃地说,"正如你所说,现在的我一文不名。我是个战败者,我因失去了自己的弟弟而悲伤,为过去的两年间因我的过错而失去的三个兄弟悲伤。想想这对一个男人来说意味着什么!就算你没有好心肠,也可以发点儿慈悲吧。我还是罗伯特大人的时候,你和艾米的父亲都没有向我要求过什么。"

她没有回答,而他站起身来。"走,艾米。"

艾米没有听他的话。"我一会儿就过去。"

罗布萨特夫人转过头,掩饰着自己的笑容。

"跟我走!"罗伯特愤怒地说着,伸出手。

"我得去洗盘子,然后扫地。"艾米解释说。

他没再说话,就这么转过身,走出了门。

"你明天一早就要去马厩准备工作!"罗布萨特夫人在他身后喊道。

他在她得意扬扬的话声中关上了门。

直到他的脚步声渐渐远去,艾米才回到她的继母身旁。"你怎么能这样?"

"我为什么不能这样?"

"你这是在逼他离开这里。"

"我本来就不想让他留在这里。"

"噢，可是我想！如果你逼他离开，那我也离开。"

"哦，艾米，"继母劝她，"想想清楚。他是个战败的人，根本一无是处。让他走吧。他会回到西班牙的菲利普身边，或者去做别的什么危险的事，在某次作战中，他会被杀，之后你就自由了。你的婚姻从一开始就是个错误，现在就让它结束好了。"

"绝不！"艾米轻蔑地看着她，"你真是疯了。如果他出去耕地，我也出去耕地。如果你和他为敌，也就是和我为敌。我爱他，我是他的人，他也是我的人，什么也无法将我们分开。"

罗布萨特夫人吓得后退了几步。"艾米，这不像你。"

"不，这就是我。在你侮辱他的时候，我不会保持沉默。你想让我们分开，以为我爱这个家，爱得无法离开。好吧，你听着：我会离开！在世界上，没有什么比罗伯特大人对我更重要。就算是我对这个家的爱，就算是我对你的爱也一样。即使你不因为他本人而尊重他，也应该为了我而尊重他。"

"冷静点儿，"罗布萨特夫人不情愿地说，"别为这点小事就大发雷霆。"

"这可不是小事。"艾米倔强地说。

"但可以大事化小，"继母息事宁人地说，"多亏了你，他不用去田里劳作了，可你必须给他找份活儿干。他总得做点什么，艾米。"

"我们要给他弄一匹马，"她说，"一匹便宜的小马，他可以训练这匹马，然后我们把它卖掉，再给他买一匹。他是很好的马师，简直就像能跟它们说话一样。"

"你拿什么买马给他？"罗布萨特夫人质问道，"你从我这儿什么也得不到。"

"我可以把父亲的金链坠卖掉。"艾米坚定地说。

"你不可以这样！"

"为了罗伯特,我可以。"

罗布萨特夫人犹豫起来。"我可以借你些钱,"她说,"别卖那个金链坠。"

艾米为自己的胜利笑了起来。"谢谢。"她说。

她让罗伯特独处了一小时,平息自己的火气,随后她走上楼回到狭小的卧室,以为可以在他们那张小小的吊床上找到他,迫不及待地想要告诉他,她取得了胜利,他不必在田地里劳作了,他可以训练一匹马,也或许是几匹。但亚麻床单平平整整地叠在床头,房间空空如也。罗伯特已经不在了。

1558年夏

罗伯特·达德利带着冷漠的决心回到了宫中。在妻子家里遭受了那番羞辱之后，他以为最坏也不过如此了。但现在，在里士满，在他像爱自己的家那样喜爱的壮丽的新王宫中，他却发现了身为卑微之人的真正感受。现在他加入了他原先不屑驻足聆听的请愿者队伍，时而漫不经心地思考：他们是否真的除了恳求施舍之外没有更好的事情可做。现在他也成为了那些等待有权者关注的人的一员，期待能被引荐给某个身居高位、野心勃勃之人。他们把都铎王室有关的一切都看做金钱、职务和地位的源头。权力之流自上而下不断分岔，最后化作涓涓细流。国库因为管理不善，财富消耗的速度有如流水，但你必须得到某个宠臣的青睐，才能从中分一杯羹。

罗伯特，作为曾经宫中最伟大的、仅次于他操控着国王的父亲的人，所清楚的只有身居高位者该做什么。现在他却必须学习如何在最底层生存。

他在宫廷里待了很久，其间住在他妹夫亨利·西德尼的一个朋友家里，寻求出人头地的机会：什么都行，一个地位，一份薪水，甚至是在小领主的家中效力也成。但没有人愿意雇用他。有些人甚至连和他说话也担心被人看见。他出身太过优越，不甘心去争取过于平凡的职位：你怎么能要求一个会说三国语言的人去给其他家族的人列货物清单？执掌大权的天主教领主们看不上他，他们见过他和他父亲在爱德华王治下的新教改革运动中的所作所为。他太有魅力、太过勇敢、经历又太过多姿多彩，没有人敢让他敬陪末席，或是让他做个下级侍卫——没有人愿意在自己的仆从面前相形失色。没有哪位看重声名的女士敢于把这样一名对异性充满诱惑力的男子带进自己的家中,也没有男人会雇用他,让他有机会接近自己的妻子或者女儿。因为他迷人的深褐脸庞,还有他的机智风趣,没有人愿意请罗伯特·达德利去担任任何职位,也没有人敢于信任他、让他离开自己的视线。

他像个英俊的麻风病人一样在宫里游荡,听遍了冷冰冰的回绝。在他还是罗伯特大人的时候,曾经有那么多人愿意做他的朋友和追随者,而今他们都矢口否认自己认识他。他发现那段记忆出奇的短暂。他在自己的国家里被众人所遗忘。

西班牙的菲利普的赏识如今一钱不值。他似乎已经放弃了英格兰和女王。他住在他位于荷兰的豪华宫殿里,据说还找了一位美丽的情妇。每个人都说他永远不会再回英格兰。被他抛弃的妻子玛丽女王承认自己又弄错了一次——她没有怀上他的孩子,而现在她已经无法给英格兰带来后裔了。她在衣服里瑟缩成一团,藏身在自己的房间里,比起手握大权的女王,她更像是个可怜的寡妇。

戴罪的罗伯特无法做买卖,无法签订契约,也无法加入佣兵部队,他知道如果不洗去"叛国"这个污点,他的状况就不会有丝毫的改善,但只有玛丽女王能够帮他洗清污名。他从姐夫亨利·西德尼那里借来了一顶新帽子和一条新斗篷,在一个潮湿多雾的早上来到了女王的会面室,等着她离开自己的房间,走向礼拜堂。旁边还有六位请愿人也等在那里,听见门口有响声传出,人群立刻骚动起来:女王穿着一袭黑衣走出门,陪伴她的只有两位妇人。

罗伯特很担心她从自己身边就这么走过,看也不看一眼,但她的目光扫过他,认出了他来。她停下了脚步。"罗伯特·达德利?"

他躬身行礼。"陛下。"

"你有什么要求吗?"她疲惫地问道。

他觉得自己应该像她一样直言不讳。"我想要求您为我洗脱叛国罪的罪名,"他坦白地说,"我曾经在圣昆廷和加莱为您的丈夫效力,这使得我倾家荡产,也使得我弟弟牺牲了生命,陛下。带着这样的污名,我没法做生意,也没法抬头做人。我妻子失去了她继承的一切,失去了她在诺福克的小农庄,而我,您知道,也失去了父亲留给我的一切。我只是不想被自己的妻子轻视,不想让她因为嫁给我而受苦。"

"女人总是要和丈夫同甘共苦的,"她断然地说,"无论境遇好坏。坏丈夫才是最让妻子失望的。"

"没错,"他说,"但她看重的从来不是我的财富。她只想平静地生活在乡村,而我只想如她所愿地为她做到更好。我们现在甚至无法一起生活:我无法忍受她家庭的非议,也没有能力为她遮风挡雨。我很对不起她,陛下,这是我的过错。"

"加莱失守时你也在场。"她想起来了。

罗伯特迎上她的眼睛,目光几乎与她同样凄凉。"我绝不会忘记,"他说,"那场失败是因为指挥不善。他们本该抬高运河的水位,用作护城河,但他们并没有打开入海口的闸门。那些堡垒也不如他们所承诺的那样保养良好,人手充足。我和我的军队已经尽了最大努力,但法兰西人在数量和纪律方面都胜过我们。我不是因为不够努力才让您失望,陛下。您的丈夫提到过我在圣昆廷的表现。"

"你总是那么伶牙俐齿,"她说着,脸色掠过一丝笑意,"你的整个家族都有只凭口才就登上天堂的本领。"

"我想没错,"他说,"因为他们中的大多数已经上了天堂。剩下那些活得都很卑微。我在保育室长大的时候有七个兄弟和五个姐妹,十二个健康漂亮的孩子,可现在只剩下了四个。"

"我也十分卑微,"她坦白道,"罗伯特,当我坐上王座的时候,当我打败了你和你父亲之后,我以为自己所有的麻烦都结束了。可麻烦才只是刚刚开始。"

"王位为您带来的快乐这么少,这真令人同情,"他轻声说,"王冠的重量并不轻,特别是对女人来说。"

他惊恐地看到她黑色的眼眸中溢满泪水,慢慢地滑下她露出倦意的脸颊。"特别是对孑然一身的女人来说,"她轻声说,"伊丽莎白也许已经发现了,虽然她还是个骄傲的未婚女子。独自统治让人无法忍受,可谁又能和他人分享王位呢?什么样的男人才值得你托付如此的权力?什么样的男人能娶一个身在王位的妻子,然后听她的指挥?"

他单膝跪地,吻了她的手。"上帝作证,玛丽女王,我同情您的悲伤。我从没想过一切会变成这样。"

她伫立片刻,因他的碰触而得到了慰藉。"谢谢你,罗伯特。"

他抬头向她看去,她也为面前这个年轻人的英俊而惊讶:他有着西班牙人的暗色皮肤,但他黑色的双眉之间却有着痛苦刻就的深深沟壑。

"但你的人生还充满了希望,"她不无嘲弄地说,"你有青春、健康和美貌,而且你相信伊丽莎白会在我之后登上王位,并让你恢复地位和财富。但你一定要爱你的妻子,罗伯特·达德利。被丈夫忽视的女人日子会非常难熬。"

他站起身来。"我会的。"他答应得很是爽快。

她点点头。"别再试图反抗我、觊觎我的王位了。"

对于这样的誓言,他显得更慎重些。他毫不退缩地迎上她的视线。"那些已经是过去的事了,"他说,"我知道您是当之无愧的女王。我向您俯首称臣,玛丽女王,我为曾经的轻狂而懊悔。"

"那么,"她有些不耐烦地说,"我同意取消你的叛国罪名。你可以取回妻子的土地还有自己的头衔。你可以在宫中拥有自己的住处。祝你一切顺利。"

他压抑着自己的狂喜。"谢谢您，"他深鞠一躬，"我也会为您祈祷的。"

"那么现在和我一起到祈祷室来吧。"她说。

虽然他的父亲曾大力推动英格兰新教改革，罗伯特·达德利此时却毫不犹豫地跟随着女王的脚步，走进了天主教的弥撒室，在祭坛的神像前跪下自己的双膝。就算只是片刻的犹豫，甚至是目光瞥向别处，也会有被当做异端接受审判的可能。但罗伯特目不斜视，也没有片刻犹豫。他画着十字在神像面前屈膝，像个牵线木偶一样起身又跪下，心里知道自己背弃了自己的信仰，也背弃了父亲的信仰。但错误的判断和坏运气逼迫罗伯特·达德利最终屈服，而他也明白这一点。

1558年秋

　　赫特福德郡所有的钟都为伊丽莎白鸣响，声声钟鸣在伊丽莎白的头颅中回荡。最初的三重钟声仿佛疯癫女人的尖叫，随后的回音仿佛痛苦而刺耳的呜咽，直到大钟开始隆隆作响，提醒她那错落不谐的排钟将会再度尖鸣。伊丽莎白拉起哈特菲尔德宫的百叶窗，推开窗户，想要沉溺于喧闹之中，让胜利的钟声充斥她的双耳，而钟声仍在继续，直到白嘴乌鸦都从巢中飞出，成群结队地飞入空中，起落盘旋，仿佛一面代表噩兆的旗帜；蝙蝠也像一缕黑烟般飘离钟楼，仿佛预示着这个世界已经昼夜倒转，天翻地覆。

　　听着暗沉天空下震耳欲聋的钟声所传达的消息，伊丽莎白大声地笑了起来：病弱的玛丽女王终于死去，伊丽莎白公主是无人质疑的继承人。

　　"感谢上帝，"她对着翻涌的云彩大喊，"现在我可以像母亲希望的那样成为女王，成为玛丽无法成为的那种女王，成为我生来就要成为的那种女王！"

✦

　　"你在想什么？"伊丽莎白顽皮地问。

　　面对身旁那张略带挑逗的年轻面孔，艾米的丈夫笑了起来，此时他们正漫步在哈特菲尔德宫殿寒冷的花园里。

　　"我在想你应该终身不嫁。"

公主讶异地眨了眨眼睛。"真的？好像每个人都觉得我应该立刻结婚。"

"那你应该只嫁给那种非常、非常老的人。"他补充说。

她咯咯地笑了起来。"为什么呢？"

"因为他很快就会死去。因为你穿起黑色天鹅绒来非常有魅力。你真应该再也不穿别的衣服。"

这个玩笑开得十分成功，相当于一次巧妙的赞美。这是罗伯特·达德利在世界上最擅长的事情，正如他擅长骑马、政治以及无情的野心一样。

伊丽莎白从粉红的鼻尖到脚上的皮靴都被悲伤的黑色所包裹，正向她戴着皮革手套的指尖呼出温暖的气息，黑色天鹅绒帽子以一种调皮的角度搭在她金红色的头发上。在他们身后，冻得发抖的请愿者们渐渐离去。只有她长久以来的顾问威廉·塞西尔相信，他可以打断这两位童年好友的亲密对话，而不遭到责怪。

"哦，真有精神啊，"她对那个一袭黑衣、向他们走来的老人说，"有什么消息要告诉我吗？"

"陛下，是好消息，"他对女王说道，同时对罗伯特·达德利点点头，"我是从弗朗西斯·诺利斯大人那儿听说的，我相信您很快也会知道了。他和他的妻子以及家人都已经离开德意志，这个新年应该会和我们一起度过。"

"她赶不及我的加冕礼了吗？"伊丽莎白问。她很想念自己的表姐凯瑟琳[①]，她曾因为坚定的新教信仰而自行提出了流放的要求。

"很抱歉，"塞西尔说，"他们很可能无法及时赶到。我们也不能等他们。"

"那她有没有答应做我的女伴？还有她的女儿——叫什么来着——丽蒂西娅愿不愿意做我的侍女？"

[①] 即凯瑟琳·凯里，与弗朗西斯·诺利斯爵士成婚。

"她会很乐意的，"塞西尔说，"弗朗西斯大人曾经写信给我表示同意，您很快也会收到诺利斯夫人的信。弗朗西斯告诉我，说她有太多太多的事情想说，可她还没写完信，信使就非走不可了。"

伊丽莎白耀眼的笑容洋溢在脸上。"等见到她的时候，我们一定会有说不完的话。"

"到时候我们就把宫里人都赶走，让你们好好聊，"达德利说，"我还记得我们玩'不许说话'游戏的时候。你还记得吗？凯瑟琳总是输。"

"我们比赛凝视的时候她也总是眨眼睛。"

"有一次安布罗斯把老鼠放进了她的针线包。她的尖叫声都快要把房子震塌了。"

"我好想她，"伊丽莎白说，"我几乎只剩下她这个家人了。"

没有人提醒她还有铁石心肠的霍华德一家。她名声扫地的时候，他们都否认和她有任何关系，现在却又围绕在她身边，声称她是他们的亲戚。

"您还有我，"罗伯特温柔地说，"而且我的姐姐爱您就如同爱她的亲妹妹一样。"

"可是凯瑟琳会因为我在王家祈祷室里放十字架和蜡烛而责怪我。"伊丽莎白闷闷不乐地说着，话题也转回了眼下最大的难题。

"你在祈祷室里敬拜什么不由她来做决定，"塞西尔提醒她说，"这是您的祈祷室。"

"没错，但她为了不受天主教皇的管辖宁愿离开英格兰，现在她和其他的新教徒们都要回家了，他们都在期待着新教的国度。"

"我相信，我们也都一样。"

罗伯特·达德利以怀疑的目光看向他，仿佛在告诉塞西尔不是每个人都会认同他的看法。老者温和地未予回应。在早年，塞西尔曾经对新教十分虔诚，因他的信仰和他对新教公主的效忠，多年来一直遭到天主教宫廷的排斥。在此之前,他还曾服侍过新教领主——达德利一家,也正是他建议罗伯特的父亲推进宗教改革。罗伯特和塞西尔就算不是朋友,也算得上老伙伴了。

"祭坛上的十字架跟天主教根本没有关系,"伊丽莎白指出,"他们无法反驳这一点。"

塞西尔宽容地笑了笑。伊丽莎白喜欢看到教堂里的珠玉和黄金、穿着法衣们的神父、带刺绣的祭坛罩、墙壁上明亮的色彩、蜡烛还有一切天主教信仰才有的陈设。但他有信心让她在每天最初也最早的弥撒仪式时待在新教教堂里。

"我不会容忍他们举起圣体,然后像敬拜上帝本身那样敬拜它,"她坚定地说,"这确实是天主教的偶像崇拜。我不会容忍这种事,塞西尔。我不会让它出现在我面前,我也不会举起圣体,去迷惑和误导我的人民。我很清楚,这是一种罪恶。这是偶像崇拜,代表虚伪的见证,我不能容忍它的存在。"

他点点头。半个国家都会表示赞同。只可惜另外一半会强烈反对。对他们而言,圣餐上的圣饼就是上帝显灵,应当作为真正的上帝而加以崇拜:任何一步做不到就意味着异端的罪名,换做上个礼拜就会被处以焚烧之刑。

"那你找了什么人在玛丽女王的葬礼上宣教呢?"她突然发问。

"温彻斯特的主教约翰·怀特,"塞西尔说,"他想来宣教,他非常爱她,他也盛名有加。"他犹豫了片刻,"换做别人也一样。整个教会都对她忠心耿耿。"

"他们不得不忠心,"罗伯特反驳道,"因为他们支持天主教,她才会任命他们;她给了他们迫害他人的特权。他们并不喜欢新教公主。但他们非得学会不可。"

塞西尔只是欠了欠身,圆滑地保持了沉默,但同时痛苦地意识到,教会已经决定坚持信念，反对新教公主提出的任何改革意见，而且半个国家的人都会支持。教会与这位年轻女王之间的冲突正是他一直以来想要避免的。

"那就让温彻斯特主教在葬礼上宣教好了，"她说，"但要确保有人提醒他不要逾矩。我不想听到他煽动民众的话。在我们进行改革之前，还是维持平和的好，塞西尔。"

"他是个坚定的罗马天主教徒，"罗伯特提醒她，"他的观点早已尽人皆知，不管他有没有大声说出来。"

她愠怒起来。"既然你知道这么多，那就给我换人！"

达德利耸了耸肩，沉默不语。

"这才是重中之重，"塞西尔温和地对她说，"没人可换了。他们都是坚定的罗马天主教教徒。他们都是教廷任命的罗马天主教的主教，他们在过去的五年里都在以处死异端的名义焚烧新教徒。他们中的半数人都认为您的信仰是异端邪说。他们不可能在一夕之间改变。"

她费力地压下怒气，但罗伯特知道，她正在和跺跺脚就此离开的念头努力抗争。

"没人指望任何人一夕之间改变，"她终于开口说道，"我只希望他们做这件事的时候，能够遵从上帝的意愿，遵从那个老女王的希望，同时也遵从我的希望。"

"我会提醒主教慎重一些的，"塞西尔有些悲观地说，"但我没法命令他该说什么。"

"那你最好学着点儿，"她凶蛮地说，"我可不会让我的教会给我自己带来麻烦。"

"'我赞美死者更胜于生者,'"温彻斯特主教缓缓开口,他的声音低沉,不卑不亢,"这是我今日的祷文,为了这悲伤的一天,为了我们伟大的玛丽女王的葬礼之日。'我赞美死者更胜于生者。'现在,我们该从这句上帝的话语中学到什么呢?是觉得活生生的狗儿肯定是比死去的狮子要好,还是说这头狮子尽管已经死去,却依然高贵,依然比最美丽也最有活力的杂种狗更加伟大?"

坐在离他不远的座位上,藏身于其他目瞪口呆的观众之间的威廉·塞西尔轻声呻吟,将脸埋在自己的双掌中,他合起双眼,听着温彻斯特主教的布道——主教的软禁惩罚已成定局。

1558年至1559年冬

王室总是在白厅宫过圣诞节，塞西尔和伊丽莎白正烦躁不安，不知是否该将都铎家族的这种传统延续下去。人们将会把伊丽莎白看做和玛丽、爱德华一样的君王，正如他们的父亲——伟大的亨利八世那样。

"我知道应该有一位司戏者，"塞西尔不太确定地说，"还有一场圣诞节的化装舞会，应该有一支王家唱诗班，以及一场接一场的盛宴。"他停下了。他曾经为达德利家族打理过家务事，也为都铎家族效过力；但他从来没有成为过都铎宫廷的核心成员。他参加过一些商务会议，也向达德利家族汇报过情况，但并不包括娱乐场合，他也从未参与过组织宴会或者筹划来宾名单的工作。

"我上次去爱德华的宫里时，他还病着，"伊丽莎白担忧地说，"没有宴会，也没有化装舞会。玛丽的宫里每天要做三次弥撒，在圣诞节期间也是，真是阴沉得可怕。我想他们应该有过一次不错的圣诞节，那时菲利普第一次过来，她也以为自己怀了他的孩子，不过我那时处于软禁期间，不知道具体过程。"

"我们应该制订新的传统。"塞西尔试着鼓励她说。

"我不想要什么新传统，"她答道，"变化已经太多了。我得让人们看到事情恢复原貌，我的宫廷也像我父亲的那样好。"

六名仆从搬着一大捆挂毯匆匆而过。有几个走向了一边，而剩下的几个走向了另一边，挂毯掉在了他们六人之间。他们不知道该把这些运往哪儿，房间的分配不够妥当。没有人知道新王宫的规矩是怎样的，大领主们的住所位置尚未确定。在玛丽女王时期掌权的传统派天主教领主们选择疏远平步青云的公主；流亡国外的新教贵族们又尚未归来；宫中的官员，以及王家宫廷必不可少的仆从们，如今都缺乏一位经验丰富的宫务大臣的指挥。一切都混乱而又新鲜。

罗伯特·达德利绕过掉落的挂毯，缓缓走到伊丽莎白面前，微笑着鞠躬，又优雅地摘下他猩红色的帽子。"殿下。"

"罗伯特阁下。你现在是马夫长了。这难道不意味着你也同时负责所有庆典和典礼吗？"

"确实如此，"他轻松地说，"我给您带来了一张节目安排表的，您一定会喜欢的。"

她犹豫起来。"对于娱乐节目你有什么新想法吗？"

他耸了耸肩，看向塞西尔，好像并不了解这个问题的真正含义。"我有些新想法，殿下。您是一位刚刚继承王位的公主，也许会喜欢新的节目。但圣诞节的化装舞会通常还附带许多传统。我们通常会举办一场圣诞节宴会，如果天气足够冷的话，还有一场冰雪游园会。我想您也许会喜欢俄罗斯式的化装舞会，包括纵狗逗熊和狂野的舞蹈。当然各国使节也会出席，我们需要用晚宴、狩猎聚会和野餐来欢迎他们。"

伊丽莎白有些吃惊。"你知道该怎么安排所有这些？"

他笑了起来，但似乎仍然没有理解。"噢，我知道该如何吩咐别人去做。"

塞西尔突然难得地不自在起来，那是面对无法理解的问题时的力不从心。他感觉到自己的可悲、自己的粗鄙。他觉得自己的确是他父亲的儿子，是王室的仆从，靠出售修道院来牟取利益，又是依靠与女继承人结婚获得财富的人。他与罗伯特·达德利之间的差别总是那么巨大，而且还在逐渐扩大。罗伯特·达德利的祖父在亨利七世时代就是宫中的显贵，而他的儿子则是亨利八世时代最有权势的人、是拥立国王之人，甚至在短短的六天里做过英格兰女王的公公。

年轻时的罗伯特·达德利曾经像出入自己家那样出入英格兰的王宫，那时的伊丽莎白还卑微地独自住在乡间。在他们三人之中，达德利才是最习惯权势与地位的那个人。塞西尔看着年轻的女王，从她的脸上看到了与自己相同的犹豫和不自信。

"罗伯特，我不知道该怎么做，"她用微弱的声音说，"我甚至不记得该怎么从国王的房间走到大厅。如果没人走在我前面，我会迷路的。我不知道从画廊去花园该怎么走，也不知道从马厩到我的房间该怎么走。我……我不知所措。"

塞西尔看到了——他也不可能看错——年轻人的脸上突然出现的神色。是希望，还是野心？达德利显然意识到了，为什么年轻的女王和她的首席顾问站在伦敦最大的王宫外面，却看起来像是不敢进去一样。

他亲昵地将手臂递给她。"殿下，请允许我陪您回到我的旧居、您的新宫去。您将会熟悉这里的道路和宫墙，如同您熟悉哈特菲尔德的宫殿那样，您也一定会比从前更快乐的，我保证。每个人都会在白厅宫里迷路，这儿是一座小镇子，不是什么房子。让我做您的向导吧。"

他慷慨优雅的做法让伊丽莎白的脸色温和起来。她挽起他的手臂，回望向塞西尔。

"我会跟着您的，殿下。"他说着，想象着罗伯特·达德利给他分配房间的情景，顿时觉得难以忍受。就好像这座王宫属于他似的。好吧，塞西尔心想。继续利用你的优势吧。你只是碰巧遇到我们两个都不知所措而已。我们新来这里，连自己的卧室在哪都不知道，而你却对王宫了如指掌。简直就好像你比她更像王族，就好像你是个真正的王子，此时正在亲切地带着她参观你的家。

⬟

但在这白厅宫内,对伊丽莎白来说,还有很多事比在曲折迂回的走廊和楼梯之间找到通往自己房间的路要更困难。等他们走上街头,看到许多人脱下帽子,为新教公主欢呼,但也有很多人见证过上一任女王的所作所为,不想看到又一个女人继位。很多人希望伊丽莎白立刻宣布同一位新教王子订婚,让有判断力的男人来掌控英格兰。还有很多人说掌权的人选应该是亨利·黑斯廷斯大人,他是亨利国王的外甥,娶了罗伯特·达德利的妹妹,几乎和伊丽莎白同样有资格继位,而且他还是个品格高尚的年轻人,适合执掌大权。甚至还有些人窃窃私语——或者干脆什么都不说,只默默期待着苏格兰女王与法兰西王妃玛丽能给这个王国带来和平,建立和法兰西的长久同盟,并且给宗教变革画上休止符。可以肯定的是,玛丽比伊丽莎白还年轻,才十六岁大,却已经是个名副其实的小美人儿,而且嫁给了法兰西的继承人,未来的权势与地位无可限量。

伊丽莎白刚刚继承王位,尚未加冕,也未施过涂油礼①,她必须熟悉宫中的一切,必须迅速将自己的亲信安置到高位,必须做出都铎家的继承人应有的自信举动,而且必须以某种方法应对如今已决心公开反抗她的教会,除非局势迅速得到控制,否则她就会被推下王位。她必须想出折中的办法,而枢密院——那儿仍然充斥着玛丽的顾问,但伊丽莎白的新朋友们也有相当的影响力——提出了相应的方案。教会计划重建成亨利八世离世时的样子。英国教会将由英国人掌握、由君主领导、遵从英国律法并向国

---

① 不同宗教的涂油礼有着治愈病痛、祈祷安息等含义上的不同,在罗马天主教里,涂油礼和加冕仪式一样,意味着被神选定而正式为王。

库缴纳什一税①，同时连祷、训诫和祷告大都使用英文，但形式和内容都与罗马天主教的弥撒并无二致。

这些对于极度盼望伊丽莎白不经内战就登上王座的人们来说意义重大。对渴望权力和平移交的人们来说意义重大。确实，这对每个人来说都意义重大，除了教会本身：主教们都不同意对他们视为异端大敌的新教徒做出丝毫让步，最糟的是，女王本人也不认同这项方案，她在这个不合时宜的时刻突然固执起来。

"我不想在王家祈祷室看到圣体高举，"伊丽莎白第二十次强调说，"在圣诞节的弥撒上，我不想看到圣体像偶像一样被人供奉。"

"绝对不会。"塞西尔疲惫地附和道。时间已是圣诞前夜，他原本希望能回自己的家去过圣诞节。他曾经天真地以为能在自己家的祈祷室里分享圣体，以新教徒的方式，遵从上帝的意愿，去除那些华而不实的仪式，然后和他的家人一同度过圣诞节剩下的假日，再回到宫中参加第十二夜②的晚宴，和众人交换礼物。

他费了很大力气才找到一位愿意在王家祈祷室、在新教公主面前做弥撒的主教，而现在伊丽莎白正在修改仪式的过程。

"他会让教众分享圣餐吗？"她确认道，"他的名字是什么来着？奥格尔山姆主教？"

"欧文·奥格尔索普，"塞西尔纠正她说，"卡莱尔的主教。是的，他明白您的感受。一切都会按您的意愿做好。他将在您的祈祷室做圣诞弥撒，也不会供奉圣体。"

---

① 什一税是欧洲基督教会向居民征收的宗教捐税，要求信徒捐纳本人收入的十分之一供宗教事业之用，这里泛指十分之一的收入。

② 即主显节前夕，在每年1月5日，这是圣诞季十二天的最后一天，过了这一夜接下来就是1月6日的主显节。

第二天，塞西尔又一次以手掩面——那位主教挑衅地将圣体容器举过头顶，让教众能在圣体变化①的神奇时刻敬拜基督的圣体。

一个清晰的声音从王家席位处响起。"主教！放下圣体容器。"

他似乎没有听到她的话。确实如此，自从他合上双眼，开口祈祷的时候，也许就再也听不到她的话。主教全心全意地相信上帝将会降临于世间；相信在他的手中捧着活生生的、真实存在的上帝；相信他高举圣体是为了让虔诚者去敬拜，而他们作为虔诚的基督徒也必然会敬拜它。

"主教！我说，主教！放下圣体容器。"

王家席位的雕花木门发出雷鸣般的碰撞声。奥格尔索普主教略微将目光离开祭坛，转过头去，恰好对上女王愤怒的目光：她从王家席位探出身来，就像个集市货摊上的卖鱼女，她的脸颊因气愤而通红，像只生气的猫儿那样双眸发黑。他看到她站起身来，挺直身体，用手指着他，声音充满威严。

"这是我的私人祈祷室。你是我的本堂神父，我是女王。你必须遵从我的命令。放下圣体容器。"

他转回身面对祭坛，仿佛根本没把她放在眼里，然后他再次闭上双眼，开始全心全意地向他的上帝祈祷。

他感觉得到，也听得到她快步走出王家席位时长裙摩擦的声音，她用力摔上门，像个赌气的小孩子一样跑开。他双肩刺痛，手臂也火辣辣的，但他依然背对着人群，没有与他们一同念出祈祷文，而是独自念诵——这是神父与上帝之间的交流，信徒们可以观看，但不可参与。主教将圣体容

———
① 宗教概念，指圣餐过程中面包和葡萄酒真正变为基督的圣体和圣血的时刻。

器轻轻地放到祭坛上，合起双手祈祷，又悄然将手按在心脏前，它正因女王而惊颤，她竟在圣诞节气冲冲地走出她的祈祷室，出于混乱而异端的想法，在上帝显圣之时离开了他的所在之处。

两天后，塞西尔依然没能回家过圣诞节。一方面要面对勃然大怒的王室，另一方面是顽固的主教，他因此被迫发表了一份王室声明，规定这片土地上的每一所教堂在念诵连祷、主祷文、《圣经》摘选以及十诫时都要用英文诵读，而且不准再举起圣体。这就是这片土地上的新律法。伊丽莎白在尚未加冕之前就对教会宣战了。

"那么，为她加冕的会是谁呢？"在第十二夜，达德利问他。无论塞西尔也好，达德利也好，都无法在圣诞假日期间抽出哪怕一天回家与妻子团聚。

是不是关于第十二夜的晚宴他没事可做了，所以只好来筹划宗教方面的对策？——塞西尔恼火地自问，他在马厩前的院子里下了马，把缰绳抛给一旁侍立的马夫。他看到达德利的目光迅速扫过他的马儿，恼怒再次涌起，因为他知道那个年轻人会立刻看出它的背脊太短，不适合骑乘。

"感谢你的关心，但你为什么要问这个呢，罗伯特阁下？"他礼貌的口气几乎掩盖了他话语中的不耐。

达德利的笑容充满了抚慰之意。"因为她会担心，而且这个女人担心起来甚至能想出病来。她会向我征询建议，而我想让她放心。你已经有计划了吧，大人，你一向如此。我只想问问你的计划是什么。你愿意的话大可告诉我管好自己的马儿，让你去操心宗教对策。但如果你也不想让她操心，就应该告诉我，我可以给她怎样的答案。你知道她会来请教我的。"

塞西尔叹了口气。"没人主动提议为她加冕，"他闷闷不乐地说，"实际上是没人愿意为她加冕，不过这件事只有你我知道。主教们都明确表示拒绝，我敢发誓，他们是事先串通好的。我追查不到他们密谋的内容，不过他们都知道，如果不为她加冕，她就不是女王。他们觉得自己能强迫她恢复弥撒仪式，已经不顾一切了。想想看吧，没有一个主教承认的英格兰女王！温彻斯特因为在已故女王葬礼上的宣教而受到软禁，奥格尔索普也因为圣诞节那天荒谬的挑衅有了相似的下场。他说他宁愿上火刑柱也不让步。她进伦敦城的时候连手都不肯让邦纳主教碰，所以他也发誓要与她为敌。约克郡大主教当面对她说，他把她看做该下地狱的异端。她还把奇切斯特的主教也软禁起来，虽然他病弱得像只狗儿。他们团结一致地反对她，形成了某种默契。根本没有分化他们的机会。"

"贿赂也不行吗？"

塞西尔摇摇头。"他们不知怎么就突然讲起原则来了，"他说，"他们不允许新教在英格兰重新兴起。他们不想要新教女王。"

达德利的脸色沉了下来。"大人，如果我们不留点神，他们就会在教会内部公然反抗女王。从称她为异教徒到公开叛国只有咫尺之遥。由这些教会的领袖人物掀起的叛乱甚至不能称之为叛乱。他们是主教中的亲王，他们会让她看上去像个篡位者。而且天主教的候选继承人太多了，随时都能取代她的地位。如果他们声明对她宣战，她就完蛋了。"

"是的，这些我都知道，"塞西尔说着，有些费力地压下自己的恼火，"我明白她的险境，这再糟糕不过了。没有人记得哪位君主遭遇过这样的窘境：公开反对亨利国王的主教从来都不超过一个；已故的女王境况最糟的时候也不过两个；但伊丽莎白公主却让每一个主教都公开声称与她为敌。我知道事情已经糟糕到了极点，公主现在的地位已经岌岌可危。而我不知道的是，如何让一个团结一致的罗马天主教教会为一位新教公主加冕。"

"是女王。"达德利提醒他说。

"什么？"

"是伊丽莎白女王。你刚才说的是'公主'。"

"她即了位，可还没有行过涂油礼，"塞西尔冷冷地说，"我也希望能看到我称她为'女王'而且无愧于心的那一天。可如果我找不到愿意行涂油礼的人，又该怎么办呢？"

"她总不可能把他们全烧死吧？"达德利的语气中带着没来由的喜悦。

"毫无疑问。"

"但如果他们觉得她会转变信仰呢？"

"恐怕不太可能，他们都见过她圣诞节那天在私人祈祷室大发雷霆的样子。"

"如果他们觉得她会嫁给西班牙的菲利普，就会给她加冕的，"达德利狡猾地说，"主教们肯定相信他会提出妥协的方案。他们见过他如何掌控玛丽女王，自然有理由相信伊丽莎白也会在他的掌控之下。"

塞西尔犹豫起来。"的确有这种可能。"

"你可以去告诉那些人，要信心十足地对他们说，她正在考虑嫁给他。"达德利建议道，"这样就能确保这件事尽人皆知。再暗示说他会来参加婚礼，并且会为英格兰的教会划出新的居留地。他以前喜欢过她，而且天知道她给过他多少鼓励。每个人都觉得等她姐姐驾崩之后，他们就会结婚，你可以说他们就差订婚这一步了。她这五年来几乎每天都会参加弥撒，这件事他们都很清楚。必要的时候，她是会顾全大局的。提醒他们这一点。"

"你想让我用公主的旧日丑闻来给新政策做掩饰？"塞西尔讥讽地说，"揭发她在自己姐姐濒死之际和姐夫上床的丑事？"

"伊丽莎白？丑事？"达德利看着塞西尔的表情大笑起来，"从她还是个孩子起，就从来不为丑事烦恼。她早就明白，只要保持镇定，否认一切，传言便会不攻自破。用您的说法，她的那些'丑闻'——除了托马斯·西摩尔的那件有些失控——都并非偶然。自从她和西摩尔的嬉闹导致他被送上绞架以后，她就学到了教训。现在她能掌控自己的欲望，而非受它驱使。她可不傻，您明白的，毕竟她活到了现在。我们必须向她学习，学习利用我们所拥有的一切：就像她一直以来所做的那样。她的婚姻是我们最重要的武器，必须加以利用。你以为她为什么一直以来都和西班牙的菲利普打情骂俏？上帝知道，她并没有被欲望所驱使。她只是打出了手中唯一一张牌。"

塞西尔想要争辩什么，却停了口。达德利坚毅的眼神让他想起，他警告伊丽莎白不要爱上菲利普时，她的眼神。那时她的目光同样清澈明亮，带着愤世嫉俗的意味。他们两个也许都还年轻，都只有二十几岁，却有过同样艰苦的人生经历。他们都没有可供感伤的时间。

"卡莱尔也许可以，"塞西尔若有所思地说，"如果他觉得伊丽莎白正在认真考虑嫁给菲利普，或许我能说服他帮忙，为她免除异端的罪名。"

达德利把一只手搭在他的肩上。"必须有人为她行涂油礼，否则她就无法成为女王，"他指出，"我们必须找到一位威斯敏斯特大教堂的主教为她加冕，否则这些就只是空谈而已。简·格雷就是这样的女王，所以这个位置她只坐了十天，最后还被处死了。"

塞西尔不由自主地耸了耸肩，又退后几步，避开达德利手掌的碰触。

"好吧，"达德利意识到这位长者为何犹豫，"我明白的！简是因我父亲的野心而死。我知道你当时选择了明哲保身，你比大多数人都要明智。但我不是什么阴谋家，威廉大人。我只会尽自己的职责，我也明白，你不必听从我的建议也能做好自己的分内事。"

"我相信你是她真正的朋友，也是她手下最适合的马夫长人选。"塞西尔向他露出微笑。

"谢谢你，"达德利礼貌地说，"不过这样一来，我就更忍不住想告诉你，你这匹马的背脊太短了。下次你想买骑乘用马，就来找我吧。"

塞西尔看着面前这个无可救药的年轻人，不能自已地大笑起来。"你和她一样不知羞耻！"他说。

"这是我们的出身引发的后果，"达德利轻松地说，"谦虚是我们最先需要摒弃的东西。"

◆

艾米·达德利坐在她位于诺福克的斯坦菲尔德大宅的卧室窗旁。在她脚边放着三个丝带捆扎的包裹，标签上写着"挚爱的妻子给最亲爱的丈夫"。标签上的文字用歪歪扭扭的大写字母写就，像是孩子的笔迹。这些字是艾米花了工夫从罗布萨特夫人写给她的字条上临好的，但她觉得罗伯特看到她的习字成果一定会非常高兴。

她给他买了一只西班牙产的皮制马鞍，鞍鞯①上绣着他名字的首字母，镶着金色的扣钉。送他的第二份礼物是三件亚麻衬衣，全部是艾米亲手缝制的，衬衣是白色的，在袖口和前摆处都有同色的刺绣。第三份礼物是一对猎鹰手套，由最柔软最光滑的皮革制成，手感如同丝绸般凉滑，艾米用一柄锥子刺穿皮革，用金线绣出了他名字的首字母。

她以前从来没有在皮革上做过刺绣，所以这一次即使戴着工匠的手套，她还是刺破了手掌，流出了红色的血珠。

"你还不如用自己的血来装饰他的手套呢！"她的继母嘲笑道。

艾米什么也没说，只是等待着罗伯特，相信自己已经为他准备了足够

---

① 位于马鞍的衬垫与马镫的皮带之间，以皮革制成，主要作用是减轻骑手的出汗、抵挡溅到裆部的泥水以及进一步避免腿部与马身的摩擦。

漂亮的礼物，相信他会从一针一线中、从每一个字母中看出她的爱。她等了又等，一直等到十二个夜晚的圣诞晚宴结束。最后在第十二夜那晚，她坐在窗畔，看着南方通往伦敦的灰蒙蒙的道路，才明白他不会回来，也不会给她送来任何礼物，甚至没有带句口信说自己不会回来。

她因他的忽视而脸上无光，甚至羞愧到不敢去大厅和其他家人团聚：罗布萨特夫人和她的四名儿女，以及各自的丈夫、妻子和孩子在那里其乐融融，他们高声大笑，低声耳语，随着音乐翩翩起舞。艾米无法面对正在暗地里幸灾乐祸的这些人：原本光鲜地嫁入英格兰最有权势的家族的她，如今却沦为一个前任罪犯都不屑一顾的妻子。

艾米太过伤心，甚至无力去为他答应回来却爽约的行为而恼火。最糟的是——她心里对于他不会回来一事竟不感到意外。罗伯特·达德利已经是宫中公认的最英俊的男人，女王最迷人的手下以及最有才干的朋友。他有什么理由离开王宫呢？那儿充满了欢声笑语，而他是每场欢宴上的主角，是每次仪式上的焦点，他有什么理由，在隆冬时节回到诺福克的艾米和她继母身边，回到这个一直让他备受冷落和轻视的地方来呢？

带着无法回答的问题，艾米在脚边这几件礼物的陪伴下度过了第十二夜，她的双眼久久凝望着那条空荡无人的道路，思索着自己能否再见到丈夫的身影。

这场圣诞晚宴的主角既是达德利又是伊丽莎白，这点众人一致同意。达德利在同一时间与伊丽莎白荣耀回宫，他是每场欢庆的中心，组织着每一次娱乐活动，狩猎时一马当先，舞会时亮相在前。他现在和自己父亲掌权那时一样，又成了宫中的王子。

"我父亲以前经常……"他会这么不自觉地喃喃说着，选择着一种又一种的宴会风格，每个人都会想起，最近那些成功的圣诞晚宴都是在护国公达德利的安排下举办的，而伊丽莎白的弟弟、年轻的爱德华国王从来都只是个观众，而不是发号施令的那个人。

伊丽莎白很乐意让达德利按照他的想法来安排所有庆典仪式。她也和其他人一样，为他的自信和恢复地位后溢于言表的喜悦而倾倒。只要看着众人瞩目的达德利，看着金碧辉煌的房间里由他编舞的化装舞会拉开序幕，听着唱诗班高唱他创作的歌词，就能看出他有多么如鱼得水，多么光荣和自豪。多亏了他，整个宫廷都熠熠生辉，仿佛那些装饰并非金箔而是纯金。多亏了他，全欧洲最伟大的表演者成群结队地赶来英格兰的王宫，而作为酬劳，他会给出可靠的票据，甚至还会附送几件小礼品。多亏了他，娱乐表演一场接着一场，直到伊丽莎白的王宫成为优雅、时尚、欢乐与风情的代名词。罗伯特·达德利比英格兰的所有男子都要了解如何去操办这样一场延续整整两周的壮观聚会，而伊丽莎白比英格兰的所有女子都要了解如何享受这样突如其来的自由和愉悦。他是她的舞伴，是她在猎场里的向导，是她喜欢编排的那些愚蠢恶作剧的同谋，也是她想要讨论政治、神学或者诗歌时的对手。他是她信任的盟友，她的顾问，她的挚友，也是她最志趣相投的同伴。他是她面前的红人，他的魅力无与伦比。

作为马夫长，罗伯特阁下要负责安排加冕礼的巡游队列和娱乐表演，十二夜的最后一次庆典刚刚过去不久，他便开始专心筹划她的执政生涯中最重要的一天。

他在她慷慨地分配给自己的华贵套间里独自忙碌，在足以围坐十二个人的大桌子上展开一张写满了字的纸卷。整张纸从上到下都写满了字：人名、头衔、坐骑的名字、随行仆从的名字、衣着的细节、仆从制服的颜色、每个人携带的武器类型以及旗手携带的旗帜的样式。

这份队列名单的两面都有长长的观众列表，包括各大公会、商号、来自医院的公共唱诗班、来自各地的市长和地方议会成员，以及某些拥有特殊地位的组织。各国大使、使节、特使和外国访客都会来观看巡游队伍，而且必须给他们留出适合观摩的好位置，这样一来，他们在送往祖国的报告文书中才会对这位英格兰的新任女王表现出热烈的支持。

一名书记员在桌子的另一端沙沙作响地执笔忙碌，随时根据罗伯特阁下的口授修改着这份名单。时不时地抬起头说一声"紫色，阁下"或是"旁边是橘金色"，而罗伯特会咒骂一声，说："把他往后挪一位，我可不想看到不协调的颜色。"

在另一张同样长的桌子上，放着一张地图：绘有从伦敦塔到威斯敏斯特宫的大街小巷，上面的线条如同蛇一般蜿蜒在上等的牛皮纸卷上。宫殿的位置标出了队列将会到达的时间，从一处步行到达另一处所需的时间则标记在路上。有个书记员像给手稿配插图那样，细心地标注出了五个主要场所的不同暂停位置和那里将会上演的活人画剧目①。这些将是全伦敦城共同努力的结果，但一切都将由罗伯特·达德利来策划。他不允许在女王加冕礼的队伍里出现任何纰漏。

"请您看看这个，阁下。"有个书记员犹豫不决地说。罗伯特凑过去。

"恩堂路，"他念道，"露天历史剧：《兰开斯特家族和约克家族的联合》②？这怎么了？"

"是画师要我问的，阁下。他想知道要不要把波琳家族的人也加进去。"

"你是说女王的母亲？"

---

① 活人画是一种舞台艺术，通过活人扮演的静态场面来展现圣经、历史或神话故事中的场景。

② 兰开斯特和约克是英国历史上的两大家族，在英法百年战争结束后，曾分别以红玫瑰和白玫瑰为旗号打响内战，史称玫瑰战争。本文中的都铎家族就是兰开斯特家族的分支。

书记员目不转睛。他叫出了那个一度成为禁忌的女人的名字,那个因叛国罪、用巫术谋害国王以及乱伦通奸而被砍头的女人。"阁下,是安妮·波琳女士。"

罗伯特向后推了推自己镶嵌着宝石的丝绒帽,抓了抓浓密的深色头发,审视着自己在二十五岁的年纪所不该拥有的焦虑。

"对,"他开口道,"她是女王的母亲。不能省去她的名字。我们不能单单忽略她。我们必须称她为可敬的安妮·波琳女士,过去的英格兰王后,也是当今英格兰女王的母亲。"

书记员挑了挑眉毛,仿佛要指出这是罗伯特的决定,责任应该由罗伯特来承担,而他本人可不想惹麻烦。罗伯特大笑起来,轻轻地拍了拍他的肩。"伊丽莎白公主有优良的英格兰血脉,上帝祝福她,"他说,"而且上帝可以作证,这桩婚姻要比国王的另外几次好得多。她是霍华德家的女儿,美丽又诚实。"

书记员仍然面色不安。"霍华德家的另一位美丽又诚实的女儿也因通奸罪而死。"他指出。

"优良的英格兰血统,"罗伯特的眼睛一眨不眨,"愿上帝保佑女王。"

"阿门。"书记员机智地附和着,在胸前比了个十字。

罗伯特注意到了对方习惯性的姿势,压下了效仿的冲动①。"好了,"他说,"其他那些剧目都没问题了吗?"

"只剩下齐普赛街的细渠了。"

"那边怎么了?"

"那边需要展示一本《圣经》。问题是,该用英文的还是拉丁文的?"

这是目前教会内部争论的核心问题。伊丽莎白的父亲起初批准使用英文《圣经》,后来又改了主意,恢复了拉丁文《圣经》。他的小儿子爱德华

---

① 新教徒和天主教徒不同,通常不画十字。

将英文《圣经》普及到每个教区的每座教堂,玛丽女王的时代又取缔了它们,规定《圣经》应该由神父来诵读与诠释,英格兰平民只能够聆听,不能够自行研习。至于伊丽莎白的想法如何,没有人知道。而在教会团结一致对抗她的现在,也没有人猜得到她能做出些什么。

罗伯特摘下帽子,抛到房间的另一头。"看在上帝的分上!"他喊道,"这是国家政策!我正在安排剧目,你却一直在问我政策的问题!我不知道她会怎样决定。枢密院会给她建议,主教们会给她建议,国会也会给她建议——他们会争论上几个月,之后把结果写入法律。我们只能向上帝祈祷,希望人们不会起义反抗她。这不是此时此刻的我能够决定的事情!"

一阵令人难堪的沉默。"可是,在此之前呢?"书记员试探着问道,"《圣经》的封面该用什么?是英文的还是拉丁文的?如果她希望的话,我们可以把英文封面装在拉丁文《圣经》外面。或者拉丁文封面的英文《圣经》。或者在全英文和全拉丁文之中选一个。"

"在封面上用英文写'圣经'这个词儿,"罗伯特做了决定,"然后每个人就知道那是什么了。让他们把字母写大点儿,也让他们知道:这只是道具,不是真的。只是个象征性的东西。"

书记员做了笔记。门边的士兵走到房间的角落,拾起那顶昂贵的帽子,递给它的主人。罗伯特一言不发地接过帽子,他早在两岁的时候就有人给他捡帽子了。

"这边的事确定以后,我得确认一下另一段路,"他有些不快地说,"从白厅宫到威斯敏斯特大教堂的那段。我需要一份马匹的清单,并且确保拉车的骡子都状况良好。"他动了动手指,示意另一名书记员走上前来。

"我还需要一些人。"他突然说。

这名书记员已经准备好了书写板和墨水罐。

"您说'人',阁下?"

处女的情人

"一个拿着花束的小女孩,一名老妇人,再从中部地区或者别的什么地方找几个农民来。记下来,让杰勒德给我找这样的六个人。还有,写清楚:那名老妇人看起来要很孱弱,但至少能站住,声音要足够响,至少说话别人能够听到。找个漂亮的小女孩,六七岁左右,要敢于大声欢呼,并且将花束献给女王。再找个机灵的小学徒,在女王的马下撒满花瓣。还要有个来自乡村的老农民,大喊:'上帝保佑女王陛下。'另外还要两名漂亮的商人妻子和两名退役的老兵,不,还是把其中一个换成伤兵。还是两个都换成伤兵吧。还有两个从普利茅斯或是朴茨茅斯又或是布里斯托尔之类的地方来的水手。不要伦敦的水手。他们要说这位女王会将英格兰的势力加诸海外,说那里有着巨大的财富,只有足够强大的国家才能获取,说在这位女王的统治下,英格兰一定会无比强盛。"

书记员匆匆地将这些记录下来。

"还要两名老人,位置要分散开来,"罗伯特继续说道,"一名要喜极而泣,他要站在观众的前排,让大家都看得到,另一名要在后排高喊她是她父亲的女儿,是正统的继承人。让这些人彼此之间空出些距离,这儿……"罗伯特在地图上做着标记,"这儿,还有这儿。顺序如何无所谓,要让他们记得自己该说什么,别告诉任何人自己是受雇而来的。不管谁问他们,都要说自己来这里完全是出于对女王的爱戴。特别要确保那些士兵告诉别人,女王会带来和平和繁荣。还有,告诉那些女人们,表现得有礼貌些,别说粗话。孩子们最好和他们的母亲同来,而且你们最好告诉那些母亲,管好自己的孩子。我希望民众看到女王被各式各样的人所爱戴着。他们要对她高声喊话。比如祝福之类的。"

"如果她没有听到他们的话呢?"书记员问,"如果人群的嘈杂声盖过了他们的声音呢?"

"我会告诉女王该在哪儿停下脚步,"罗伯特说,"她会听到他们的话,因为我会让她去听。"

门在罗伯特身后打开了,书记员迅速后退几步,鞠躬行礼。威廉·塞西尔走了进来,扫视了一眼那两张堆满平面图的桌子,还有书记员手里的纸页。

"情况似乎很棘手啊,罗伯特阁下。"他温和地说。

"这我料到了。她把这件事交给了我。我希望自己不会出任何差池。"

年长的男人犹豫起来。"我的意思是,你太注重细节了。我记得玛丽女王当年并不需要这么长的清单。我想她只是带着宫人们去了大教堂而已。"

"他们那时有马车和马匹,"罗伯特评论道,"还有一队人马。玛丽女士的马夫长已经列出了清单。事实上,他的笔迹就在我手里。最大的诀窍就在于让那些事件好像是自然而然地发生的一样。"

"凯旋门和活人画?"威廉·塞西尔看着地图上的那些字——从他这边看是颠倒过来的——问道。

"为了表现民众的忠诚,"罗伯特诚恳地说,"市议员们都坚持这一点。"

他走到塞西尔和桌子之间,遮去了塞西尔的视线。"国务秘书大人,这位年轻女性的王位继承权从她出生的那天起就备受质疑。上一位受到质疑的年轻女性悄悄地被人戴上了王冠,又悄悄地弄丢了它①。我认为有必要让民众把这位年轻女性看做真正的继承人和他们所拥戴的女王,让她加冕的场面尽可能的宏大与公开。"

"简女士并不是真正的王位继承人,"塞西尔对简女士丈夫的哥哥毫不讳言地说,"给她戴上王冠的是一名叛国者,而且后者也被砍了头。事实上,那位叛国者就是你父亲。"

达德利的目光没有动摇。"他为叛国罪付出了代价,"他只是这样说,"我也付出了我的代价。全额付清。在这两年来,王宫里没有立场真正坚定

---

① 这里指"十日女王"简·格雷,其即位时间甚至在历史上都存在争议。

不移的人。即使是你，大人，我想，虽然你一直努力置身事外。"

塞西尔没有反驳，虽然他的双手比大多数人都要干净。"也许吧。但有一件事情，我想我应该告诉你。"

达德利等了一会儿。塞西尔靠近他，压低了嗓音。"已经没有钱做这些了，"他语气沉重，"国库已经空空如也。玛丽女王和她的西班牙丈夫榨干了整个英格兰。我们负担不起这些活人画和葡萄酒喷泉，也负担不起挂在拱门上的金线织物。国库里已经没有了金子——连宴会的盘子也不够了。"

"情况有这么糟吗？"

塞西尔点点头。"甚至更糟。"

"那我们就得借了，"罗伯特郑重地说，"因为我要让她的加冕礼足够隆重。这并非是为了满足我的虚荣心，也绝对不是为了满足她的虚荣心，而且你会发现她根本不是什么害羞的花朵。我这么做，是因为一场隆重的加冕礼比一支大军更能让她坐稳王位。你等着瞧吧。她会让所有人倾倒的。但她一定要骑着一匹高大的白马从伦敦塔里走出，长发披散在肩上，让她全身上下都像是一位真真正正的女王。"

塞西尔刚想反驳，罗伯特却继续说了下去："一定要让民众为她大声欢呼，一定要用活人画来宣称她是合法且唯一的继承人：这些是要给那些看不懂你的布告，也对法律一无所知的民众看的。一定要让她被打扮华丽的宫人与欢快熙攘的人群所包围。只有这样，我们才能让她成为真正的女王，而且这一生都坐稳这个位置。"

塞西尔为年轻人的生动描述而震惊。"你真觉得这样能让她坐稳王位？"

"她可以靠自己坐稳王位，"罗伯特认真地说，"给她一个舞台，她就会成为所有人的焦点。这次加冕礼会为她提供一个机会，让她在整个英格兰面前，在她的亲戚、王位竞争者和其他所有人的面前崭露头角。这会让她的人民对她死心塌地。你必须筹到足够的钱，让我为她搭建这个舞台，剩下的事情就交给她吧。她会扮演好女王的角色的。"

塞西尔转身看向窗外白厅宫那寒冬时分的花园。罗伯特走近他,看着他的侧脸。塞西尔已经快四十岁了,他是个居家男人,也是经历过玛丽·都铎的天主教时代与世无争的新教徒,他爱自己的妻子,也喜欢打理他的土地。他曾经为年轻的新教国王效力,也曾拒绝参与简·格雷的计划,后来又谨慎且循序渐进地为伊丽莎白公主效命。他选择了卑微的房屋评估员工作,负责监督公主的小小宅邸的状况,这就有借口经常见到她。全靠塞西尔的建议,她这些年来才没有因为针对玛丽的那些密谋和武装反抗而惹上麻烦。或许还得依靠塞西尔的建议,她今后才能坐稳这张王位。罗伯特·达德利也许并不喜欢他,说实话,他恐怕不会喜欢自己的任何一个敌人,但他知道,这个人将会替年轻的女王做出决定。

"那么?"最后,他问道。

塞西尔点点头。"我们会想办法筹到钱的,"他说,"不过只能借了。但看在上帝的分上,也看在她的分上,还是尽量节省一下开支。"

罗伯特·达德利本能地摇了摇头。"这笔开支不能省!"他大声说道。

"看不见的地方可以省,"塞西尔纠正他说,"开支还是可以控制一下的。你清楚她的经济状况吗?"

他知道,罗伯特并不清楚。没有人清楚,直到枢密院的书记员阿玛吉尔·瓦德从国库归来的时候。他曾经见过那里装满金银,此时却拿着最基本的清单,双手发颤,还用惊恐的嗓音低语道:"没了。什么都没剩下。玛丽女王花完了亨利国王所有的金子。"

罗伯特摇了摇头。

"伊丽莎白身负六万镑的债务,"塞西尔轻声说,"六万镑的债务,没有东西可以变卖,没有东西可以抵押,也没法提高税收。我们会想方设法筹钱办她的加冕礼,但为了她好,我们应该尽可能地节约开支。"

伊丽莎白从伦敦塔去往威斯敏斯特宫的队列,一如罗伯特当初所安排的那样行进。她在描绘自己母亲安妮女士的露天历史剧面前停下,露出微笑,然后从一名小女孩手中接过《圣经》并且亲吻了它,将它抱在怀前。她在他所指定的那些地点勒住了缰绳。

从人群中走出一个手捧鲜花的孩子。伊丽莎白在马鞍上弯下腰,伸手接过鲜花亲吻了它,向着欢呼的人群微笑。她听到远处传来两个伤兵大声喊着她的名字,她勒住马儿,对他们的祝愿表示感激,附近的人群都能听到,他们在预言亨利的女儿登上王位之后,将为英格兰带来和平与繁荣。过了不久,有一名老妇人出声赞美她,而伊丽莎白奇迹般地听到了热烈欢呼的人群中那个苍老微弱的声音,她再次勒住马,向那些美好的祝愿致谢。

因为她对水手们的回应,对学徒男孩们的回应,对那个来自中部地区的老妇人的回应,民众对她有了更多的好感,而不仅仅是因为她华贵的挽具和马儿的步调。当她看到怀孕的商人妻子时,便勒马停下,问她如果生下男孩是否可以取名叫做亨利,人群顿时欢呼起来,直到她装作被喝彩声震聋了耳朵才告一段落。她分别让两个伤兵亲吻了她的手,又注意到有个老人转过脸去偷偷落泪,她便高呼说自己知道那是喜悦的泪水。

她始终没有问过罗伯特——无论是在结束后,还是之后的那些年——那些人高喊着她的名字究竟是因为收了酬劳,还是出于对她的爱。在伊丽莎白度过的人生中,她向来属于舞台的正中央。她并不真正在乎其他人究竟是演员还是观众,她需要的仅仅是他们的喝彩。

而且作为都铎家族的一员,她有能力做出精彩的表演。她懂得在公开场合微笑的诀窍,能让人群中的每个人都觉得她在关注自己,而那些向她高呼的人——经过特殊安排,路线上的每一段人群都能近距离接触她——

使得伊丽莎白行进时的这一系列停顿显得十分自然，这让所有人都能看到她，也会各自在脑海中留下这位公主在她人生最光辉之日的灿烂笑容。

✦

第二天是星期日，也是她加冕的那一天，达德利安排她坐在高高的轿子上，由四头白骡子带她去修道院，好让她出现在人群中的时候仿佛在人们的肩头飘浮而过。在轿子两侧行进的是身披深红色锦缎的王家侍卫，走在前方的是身穿猩红色外衣的号手，达德利本人步行跟在她身后，他率领着队伍，牵着她的白色小马，令为她欢呼的人们看到他的时候惊叹不已：他的帽子上装饰着琳琅满目的珠宝，深色的面孔英俊而忧郁，而那匹娇生惯养的小马也在他手中平稳地迈着步子。

他面露微笑，四顾身旁，抬起厚厚的眼皮看向人群，始终保持着警觉。他曾在为自己欢呼的人群中穿行而过，那时他知道他们有多么敬慕他；后来他在响亮的嘘声中走进伦敦塔，而那时他知道自己是全英格兰第二受憎恶的人，是最受憎恶的那个人的儿子。他很清楚，人群今天可能对你亲切温柔，如同思春的少女，明天就可能变得恶毒凶狠，如同被遗弃的妇人。

今天，他们敬慕着他，他是伊丽莎白面前最得宠的人，是全英格兰最英俊的男人，在孩提时代就是他们最爱的帅小子。他走进伦敦塔的时候还是个叛徒，从塔里走出的时候就成了英雄。因为他幸存下来了，就像她一样，就像所有幸存下来的人一样。

✦

巡游和仪式都很完美。伊丽莎白戴上了王冠，前额上涂了油，手持英格兰的权杖。卡莱尔主教听说不出几个月她就要嫁给基督教国度之中最虔诚的天主教国王，便满怀欣喜地主持了这次仪式。加冕仪式之后，这位女

处女的情人

王的本堂神父便施行了除去高举圣体这一环节的弥撒仪式。

伊丽莎白从昏暗的修道院走出，走进明亮的火光下，然后听到了人群高声欢迎她的声音。她在人群中穿梭，让所有人都能看见她——她将会是所有人都爱戴的女王，而他们的爱正象征着她的苦尽甘来。

在加冕礼的晚宴上，紧绷的喉咙让她说不出话来，脸颊也因为发烧而泛起红晕，但无论什么都无法令她提前离席。女王的斗士骑着马步入大厅，仪式性地向来宾发起挑战，新任的女王则对他露出微笑：对罗伯特·达德利这位最为忠心的前叛国者露出微笑，对她的新议会成员们露出微笑，虽然他们之中的半数天生就是墙头草。她也对他那些突然之间回忆起了血缘关系与义务的亲戚露出微笑，虽然他们的顿悟是因为她已经不再是嫌疑犯，而是成为了立法者。

她一直到凌晨还醒着，直到她信任的凯特·艾什莉壮起胆子——毕竟她曾是伊丽莎白孩提时代的家庭教师，那时的伊丽莎白还不是女王——在伊丽莎白的耳边低语，告诉她该上床歇息了，不然明天恐怕会累到起不来。

✦

愿上帝令她明早长眠不醒——在远方的诺福克，艾米·达德利这么想着，于无眠的等待中度过漫长而黑暗的冬夜，等待着冰冷的黎明到来。

✦

罗伯特·达德利从宫中某位女士的床边坐起，如同年轻的阿多尼斯[①]。

[①] 阿多尼斯是希腊神话中的植物神，有着不老的英俊容颜，人类和神祇的女性都为他倾倒。爱与美的女神维纳斯曾经主动展开追求，而他却始终冷漠不为所动。据说他的化身有秋牡丹、玫瑰等等，后来人们便以他的名字作为花样美男的代称。

他冷冷地以吻作别，拨开她搭在自己脖颈上的手，径直走去女王位于白厅宫的会客室，但仍然未能赶上与伊丽莎白独处。他发现她已经在和威廉·塞西尔议事了，他们坐在一张小桌前，面前放着几张纸。她抬头朝他微笑，但并没有招手示意他靠近，他只好倚靠在一旁的木板墙上，就像另外十来个早早起床想向伊丽莎白献殷勤，却被塞西尔抢先一步的人那样。

达德利皱起眉，试图听到他们低声谈话的内容。塞西尔穿着一袭黑衣——就像个书记员，达德利不屑地想着。可天鹅绒外衣上乘的质地和价值不菲的做工反映出了他拥有的财富。他的轮状皱领以精致的蕾丝组成，轻盈地环绕着颈项，富有光泽的长发披散在领子上。他的双眸温暖而饱含同情，目光从未离开伊丽莎白表情生动的脸孔，在与她谈论王国事务的时候也同样安静而平和，一如他从前就她的乡间庄园如何打理而给出建议时那样。那时全凭塞西尔一人让公主免于做出愚蠢之举，而现在也由他一人独享多年效命的奖赏。

她对他的信任正如她对他人的猜疑：他可以提出有违她意愿的建议，而她将会听从。的确，当她任命他为国务秘书的时候，就曾命令他宣誓，说他会不偏不倚、无所畏惧地向她说出真相，作为回报，她也向他立下了誓言：她将永远听取他的意见，无论建议多不顺她的意，她也不会加以责怪。枢密院的其他成员都没有与新女王交换过这样的誓言，因为他们并不重要。

伊丽莎白见过自己的父亲因为顾问的建议不中听而开除他们；她见过他给自己的议会成员安上叛国的罪名，只因为他们带给了他坏消息。她不介意自己的父亲是个连最亲密的顾问也怀恨在心的暴君——她相信这是所有君王的本质。但他曾因为缺乏纳谏的度量而失去了王国最优秀的一批智囊，这点令她引以为戒。

而且她的年纪还不够大，没有人希望她独自掌权。她的王冠戴得并不安稳，王国里充斥着敌人。她是个年轻女人，只有二十五岁，没有父母双亲，也没有其他至亲能给她建议。她需要信任的朋友围绕着她：塞西尔、老师罗杰·阿斯卡姆、前任家庭教师凯特·艾什莉，还有肥胖饶舌的金库管理员托马斯·帕里与他妻子布兰琪——后者曾是伊丽莎白的保姆。如今伊丽莎白成了女王，她并没有遗忘自己还是公主时就对她忠心耿耿的那些人，因为这些年来的等待，如今她的老朋友们无一例外都得到了丰厚的回报。

哎呀，她真的很喜欢让下人陪在身边。达德利这样想着，目光从桌边的塞西尔转到窗边的凯特·艾什莉身上，她在仆人和地位不高不低的那些人之中长大，更倾向于他们的价值观。她懂得贸易和持家，也了解一座管理良好的庄园的价值，因为这是他们所关心的事。当我来往于王宫之间，和父亲一起发号施令的时候，她操心的却是熏肉的价格和收支平衡。

伊莉莎白太小家子气了，算不上真正的女王。她会在举起圣体这件事上纠缠不放，因为她能看到，因为那是真正发生在她眼皮底下的事情。但对于教会内部那些更大的争议她却宁可避而不谈。伊丽莎白没有什么眼界可言，她一直都在忙于保住自己的性命，没有时间去放眼未来。

桌边的塞西尔对着他的一名书记员招了招手，那人走上前来，把一张写着字的纸拿到年轻的女王面前。

如果有人想要操控女王，就必须将她和塞西尔分隔开来——罗伯特看到她阅读文件时那两颗友好地靠近的脑袋，不禁想道。如果有人想要通过女王统治英格兰，就必须先解决掉塞西尔。除非让她失去对塞西尔的信任，否则什么也做不了。

伊丽莎白指了指纸上的什么，塞西尔回答了她的问题，她点头认可。她抬起头，注意到了达德利投来的目光，便招呼他走近。

达德利昂起头，在宫人们的面前有些得意地走上前去，然后他来到女王的宝座前，优雅地深鞠一躬。

"日安，陛下，"他说，"愿上帝保佑您登基首日一切顺利。"

伊丽莎白粲然一笑。"我们正在准备特使名册，向欧洲各国的宫廷宣布我的加冕，"她说，"塞西尔提议要我派你去西班牙的菲利普那里，他正在布鲁塞尔。你愿不愿意去告诉你的旧主，我现在已经是行过涂油礼的女王了？"

"如您所愿，"他立刻出言赞同，将自己的恼怒掩饰起来，"但您今天打算在房间里整日工作吗，陛下？您的猎马还在等着您，天气也不错。"

他看到她的目光投向窗外，犹豫不决。

"法兰西大使……"塞西尔用只有她能听到的声音提醒道。

她耸耸肩。"我觉得可以让大使等一下。"

"而且我带来了一匹新猎马，您可以试试，"达德利劝诱说，"是爱尔兰那边送来的。皮毛是明亮的红棕色，健壮又漂亮。"

"还是别太健壮的好。"塞西尔说。

"女王骑马的时候就像黛安娜①一样。"罗伯特说出这句恭维话的时候盯着她的脸，看也没看塞西尔一眼，"没有任何一匹马能配得上她。我可以让她骑在马厩里的任何一匹马背上，它们会立刻明白她就是主人。她骑马的时候像她父亲一样，毫无畏惧。"

这句赞美让伊丽莎白面泛红晕。"我一个小时之内就去，"她说，"我得先听听这些人有什么事。"她环顾房间，看着如同春风拂过的麦田般骚动起来的男男女女，只凭目光就能令渴望得到她关注的这些人激动起来。

达德利轻轻地笑了起来。"噢，那些事我可以告诉你，"他讽刺地说，"而且用不了一个小时。"

她歪着头侧耳倾听，他走到王座前在她的耳边低语。塞西尔看到她眉

---

① 希腊与罗马神话中的狩猎女神（希腊语名为阿尔忒弥斯）。

飞色舞、以手掩口竭力掩饰自己的笑声。

"嘘,你这是诽谤。"她说着,用手套拍了拍他的手背。

达德利立刻翻过手掌,掌心朝上,仿佛在邀请她再打下来。伊丽莎白转过头去,长长的睫毛遮盖了双眸。

达德利再次低下头,在她耳边低语。女王咯咯地笑出声来。

"国务秘书大人,"她说,"你得想办法赶走罗伯特阁下,他太让我分心了。"

塞西尔对他露出友善的微笑。"欢迎你让女王分心,"他温和地说,"她确实工作得太辛苦了。王国不会在朝夕之间就发生改变,有太多的事情要做,但也只能慢慢来。还有……"他犹豫起来,"还有很多事情需要我们谨慎对待,对我们来说,它们太陌生了。"

而且你有一半的时间都不知所措——罗伯特心想——我知道该怎么做,但你才是她的顾问,我只是个马夫长。好吧,至少今天是这样。所以我会带她去骑马。

他微笑着大声说:"那好吧!陛下,跟我一起去骑马吧。我们不需要去狩猎,只要带上一两个马夫,您可以适应一下那匹枣红马的步调。"

"一个小时之内就去。"她向他保证道。

"您可以让法兰西大使陪您一起骑马。"塞西尔建议说。

罗伯特·达德利飞快地瞥了他一眼,表示这样他就要忙不过来了,但塞西尔的面色依然平和如故。

"你的马厩里有他能骑的马吗?"他用强硬的口气质疑着罗伯特的能力。

"当然,"罗伯特彬彬有礼地说,"他可以从十二匹马中随意挑选。"

女王的目光扫过房间。"啊,我的大人,"她对着等候在旁的某个人欢快地说,"能在宫里看见你真是太好了。"

听到她的话,他立刻快步走上前去。"我为陛下您买了礼物,祝贺您登上王位。"他说。

伊丽莎白顿时容光焕发：她喜欢任何形式的礼物，就像喜鹊一样贪得无厌。罗伯特知道接下来对方就该提出要求了——比如伐木或者圈地的许可、免缴某项税赋或者为难某个邻国。于是他退开几步，轻鞠一躬，转身走开，在门口再次鞠躬，向马厩走去。

尽管塞西尔安排了法兰西大使、两位领主、几位小贵族、两名女伴和六名守卫在女王身边作陪，达德利还是想方设法骑马陪在她身边，而且大半时间都将其他人远远抛在身后。至少有两个人窃窃私语说达德利对女王的好感已经逾矩，但罗伯特并没有理会他们，女王也没有听见。

他们骑马向西而行，起初缓缓穿过街巷，然后纵马大步穿过圣詹姆斯公园冬日荒芜的草场。经过公园之后，房屋让道给一片片菜园，它们为这座贪得无厌的城市提供着所需的食物。接着他们来到了开阔的田野，随后则是相对荒凉的乡间。女王的全副心思都放在驾驭那匹新马上，后者正因为缰绳勒得太紧而烦躁，可一旦她放松缰绳，它又会很不安分。

"应该有人教它些规矩。"她用挑剔的口气对罗伯特说。

"我认为应该让您看看现在它的样子，"他口气轻松地说，"然后我们再决定该怎么训练它。它可以为您狩猎，它足够强壮，动作又像鸟儿一样轻盈，或许它可以用在您出行时的队列里，它身材健美，毛色也很漂亮。如果您有需要，我可以给它做特别训练，教它停住脚步，容忍围拢的人群。我记得人们离得太近的时候，您那匹灰马就会烦躁不安。"

"这不能怪它！"她反驳道，"他们把旗子拂到了它的脸上，还朝它丢玫瑰花瓣！"

他朝她微微一笑。"我知道。但这种事会一而再再而三地发生，英格兰眷顾她的女王。您会需要这样一匹马,能够站定不动让您观看活人画,在您弯腰接受孩子献花的时候不会挪动身子,之后又能昂首阔步,自豪地前行。"

他的建议让她起了兴趣。"你说得对,"她说,"既要关注人群又要驾驭坐骑,这太难了。"

"我也不想让马夫为您牵着缰绳,"他语气坚决,"也不想让您坐在马车里。我不希望他们因此对您少了些好感。我希望他们看到您掌控着自己的马儿,每次出行都让您受到更多的拥戴:要让他们看到您高高在上、有力而又优雅的样子。"

伊丽莎白点点头。"一定要让他们看到有力的我,我姐姐总说自己是个羸弱的女人,而且她自始至终都在生病。"

"而且它和你的色彩相称,"他唐突地说,"您也是个栗色皮肤的美人儿。"

她没有觉得不快,反而抬起头大笑起来。"噢,你觉得它也有都铎血统吗?"她问。

"有一点可以肯定:它有都铎家族的脾气。"罗伯特说。他和他的兄弟姐妹都曾住在哈特菲尔德的王家保育院,达德利家的孩子们都尝过都铎家族成员在盛怒之下的巴掌。"不喜欢束缚,不喜欢被人指挥,但驯服之后就几乎可以任意塑造。"

她目光闪烁地看着他。"如果你有驯服这头畜牲的智慧,希望你别尝试来驯服我。"她不无挑逗地说。

"谁能驯服女王?"他答道,"我只能乞求您善待我而已。"

"我还不够善待你吗?"她说。她觉得自己已经给了他最适合的职位——也就是马夫长——还有丰厚的年金、宫中的一席之地以及在王室前往的任何王宫都能挑选最好住处的权利。

他耸耸肩，仿佛这些只能算是聊胜于无。"啊，伊丽莎白，"他亲密地说，"我说希望您善待我，其实并不是那个意思。"

"你不应该再称呼我为伊丽莎白了。"她轻声提醒他，可在他听来，她的口气并未带着不快。

"我忘了，"他把声音压得很低，"您的陪伴令我太愉快了，所以有时我会觉得我们还是过去那样的朋友。我只是一时间忘记您已经身居高位了。"

"我原本就是公主，"她辩驳道，"我生来就注定身居高位。"

"可我爱您并不是因为别的什么，而是因为您本身。"他明智地回应道。

他看到她握住缰绳的手稍稍放松了些，知道自己的话对她起了作用。他以所有亲信对待君王的方式与她周旋，他必须知道什么样的话能打动她，什么样的话能让她冷静。

"爱德华一直都那么喜欢你。"她轻声说着，想起了自己的弟弟。他点点头，神色庄严。"愿上帝赐福于他。我每天都在想念他，一如想念我的亲兄弟。"

"但他对你父亲可没什么好感。"她尖锐地指出。

罗伯特对伊丽莎白笑了笑，就好像他们的过去都无可指摘：无论是他的家族对抗她的家族的严重叛国行径，还是她本人背叛同父异母姐姐的行为。"谁都有时运不济的时候，"他笼统地说，"而且那些早就过去了。我和您都曾判断错误过，上帝知道，我们也都得到了应有的惩罚。我们都曾经因为被控叛国而住过伦敦塔。从那以后我就常常思念您，他们允许我在押送下到牢房外散步时，我时常在您的门槛前徘徊，心里知道您就在门槛的另一边。我为了见您放弃了很多。我曾经从弄臣汉娜那里听到过您的消息。得知您也在伦敦塔以后，我不知有多么宽慰。对我们来说，那段生活同样暗无天日；但现在的我很高兴能够与您共患难。就好像您仍然在门的这一边，而我在那一边。"

"没有别人会明白，"她压抑着自己的冲动，"除非身临其境，否则没有人知道待在那里的感觉！你很清楚，他们会在你的楼下，在你看不到的绿地上搭起行刑台，你不知道他们是否已经开始搭建，派人去问却又不相信答案，总是在担忧不是今天就是明天。"

"你梦到过没有？"他低声问道，"有些夜晚，我仍旧会被噩梦惊醒。"

她深色眼眸的一瞥便让他知道，恐惧同样在她心中萦绕不去。"我曾梦到过锤子敲打的声音，"她轻声说道，"这是我在世界上最最畏惧的声音。我害怕听到锤子和锯子的响声，我害怕他们正在我的窗外建造断头台。"

"感谢上帝，那些日子已成过去，我们可以为英格兰带来公平和正义，伊丽莎白。"他温和地说。

这次她并没有阻止他直呼自己的名字。

"我们该回去了，阁下。"一名马夫策马上前，提醒他。

"您意下如何？"他问女王。

她侧过头，给了他一个迷人的微笑。"你知道的，如果可以，我想整天都骑马在外游荡。我讨厌白厅宫和到白厅宫来的那些人，他们全都带着自己的目的。而且塞西尔也会拿出各种各样的事务要我处理。"

"我们明天早些出来骑马怎么样？"他提议，"我们可以沿着河边骑马，穿过南方的河岸，再一路飞奔通过兰贝斯沼泽，不到晚餐时分不回来。"

"那他们会怎么说？"她立刻来了兴趣。

"他们会说，女王像位女王那样做她想做的事情去了，"他说，"我会说我按您的吩咐行事。明天晚上我会为您安排一场盛宴和一次化装舞会。"

她的喜悦之情溢于言表。"用什么理由呢？"

"理由就是，您既年轻又美貌，不应该成天走出课堂就去制定法律，什么乐子都不找。您现在是女王了，伊丽莎白，您可以做自己想做的事情。没有人可以阻止您。"

听到这里,她大笑起来。"你想要我成为暴君吗?"

"如果您愿意的话。"他这话无视了王宫中的诸多势力,他们将来无可避免地会尝试操控她,因为她只是个孤身的年轻女子,身处基督教诸王国最肆无忌惮的那些家族的重重包围之下。"有何不可?谁会对您说'不'呢?您的表侄女,法兰西王妃玛丽每天都在寻欢作乐,您又为什么不能呢?"

"噢,她啊,"伊丽莎白听到苏格兰女王,也就是那位十六岁的法兰西王妃的时候沉下了脸,"她的生活倒真的是无忧无虑。"

罗伯特压抑住笑意,他料到伊丽莎白会对那位更美貌也更幸运的王妃心怀妒意。"您将会拥有一个让她妒忌万分的宫廷,"他宽慰她说,"一位年轻未婚的美丽女王,住在充满欢声笑语的美丽宫殿里,不是吗?您无须与玛丽女王对比,她已经有了那位法国太子做丈夫,还要受吉斯家族[①]的制约,必须按照他们的意愿度过整个人生。"

他们掉转马头,踏上归途。

"我会尽我所能为您带来愉悦。这是您的时代,伊丽莎白——这是您的黄金时节。"

"我的少女时代并不愉快。"她坦言。

"所以我们必须现在开始弥补,"他说,"你会成为金色宫廷之中最闪耀的明珠。法兰西王妃每天都会听说您有多么幸福,整个宫廷都会在您的吩咐下起舞,让欢乐充斥整个夏季。他们会称呼您为基督教王国的金色公主!最幸运、最美丽也最受爱慕的公主。"

他看到她的双颊泛上红晕。"噢,真好。"她轻声说道。

"可我在布鲁塞尔的时候,您该多么想我啊!"他狡猾地预言道,"这些计划也都得搁置了。"

[①] 吉斯家族,法国贵族家庭。玛丽王妃的外祖父便是第一代吉斯公爵。

他看到她沉思了片刻，说："那你一定要快点回来。"

"为什么您不派其他人去呢？谁都可以把您加冕的事告诉菲利普，并不是非我不可。如果我不在这里，谁来安排您的晚宴和舞会呢？"

"塞西尔认为你应该去，"她说，"他觉得派曾在菲利普的军队服过役的人去通知这个消息，会让他更加高兴。"

罗伯特耸了耸肩。"现在谁还在乎菲利普国王的想法？谁还在乎塞西尔的想法？您的想法是什么，伊丽莎白？您是要我在遥远的布鲁塞尔宫廷待上一整个月，还是要我留在您身边陪您骑马跳舞取悦您？"

他看到她洁白的牙齿轻轻咬住嘴唇，掩饰着愉快的笑容。"你可以留下来，"她漫不经心地说，"我会让塞西尔另派他人的。"

这是英格兰乡村一年中最沉闷的月份，诺福克则是英格兰最沉闷的村庄之一。此时一月的飞雪已经消融，使得通向诺维奇的小路无法行车，给骑马的旅人也添了不少麻烦，而且诺维奇除了大教堂外也没有什么值得一看。现在那里不再平和，而是充满了令人不安的沉寂。玛丽亚雕像下的蜡烛尽皆熄灭，耶稣受难像仍然在祭坛上，但挂毯和油画都被尽数取下。原本别在圣母礼裙上的祝愿和祷文全都消失不见。没有人知道自己还能否继续向她祈祷。

艾米不想看到她深爱的教堂中的圣物遭到剥夺。镇上的其他教堂也被除去了神圣的光环，它们被用作马厩，或者改建成宏伟的住宅。艾米无法想象，为什么会有人胆敢将自己的床铺安置在祭坛原来的位置上——而现今那位君主的手下们在牟取利益时毫无顾忌。沃尔辛厄姆的圣坛尚未被毁，但艾米知道那些反对偶像崇拜的人迟早会对它动手。以后要是再有想要怀上孩子的女人，又该向谁祈祷呢？如果有哪个女人想要扭转丈夫的野心，又该向谁祈祷呢？如果想要让他回心转意，又该向谁祈祷呢？

艾米·达德利练习过书写，但现在看来毫无用处。就算她能够写出一封完整的信寄给丈夫，她也没有什么消息可以告诉他，除了他肯定已经知道的那些：她想念他、天气很糟、生活乏味、夜晚暗沉而白天寒冷。

在这样的日子里，在很多个这样的日子里，她会思索，或许她不嫁给他会过得更好。自小宠爱她的父亲从最开始就反对这桩婚姻。就在她婚礼的一周前，他在赛德斯通的农舍大厅里单膝跪在她面前，圆脸因激动而涨红，用颤抖的声音求她三思。"我知道他很英俊，我的小小鸟，"他温柔地说，"我也知道他会成为了不起的人，他的父亲也是个了不起的人，整个宫廷都会来见证你下周在希恩①的婚礼，这样的荣耀是我无法想象的，也想象不到会落在我的女儿身上。但你完全可以在诺福克找个好小伙子，住在我家的附近，我会给你们建一座漂亮的小房子，亲自带大我的外孙，你能继续做我的好女儿。所以，你确定自己仍然想嫁给那了不起的男人吗？"

艾米将双手搭在他的肩上扶他起身，将头埋在他温暖的手织上衣里哭泣，片刻后她抬起头，面露微笑："可是父亲，我爱他，您说过，如果我能确定自己的感情，就应该嫁给他。我可以向上帝发誓，我确定。"

他没有强迫她——她是他初次婚姻唯一的孩子，是他最爱的女儿，他永远不会违背她的心愿。而且她早就习惯了走自己的路，从未想过自己的判断会出错。

她曾经那么肯定自己爱着罗伯特·达德利——到现在她也非常确定。她整晚哭泣并不是因为缺乏爱情，而是太多了。她爱他，没有他的日子漫长而空寂。他身为囚徒而无法回到她身边的时候，她曾经忍受了那么多个没有他的日子。到了现在，他恢复了自由，也出人头地了，痛苦却比那时更增添了千百倍，因为他现在能够回到她身边，却并没有这么做。

---

① 伦敦西南部的里士满镇的别名，得名于都铎王朝的里士满宫。

她的继母问过她,等到道路适合出行的时候,她是否愿意去宫里陪他。艾米的回答犹豫不决,像个傻瓜一样,因为她不知道接下来会发生什么事情,也不知道自己该去哪儿。

"你帮我写封信给他吧,"她对罗布萨特夫人说,"他会告诉我该做什么的。"

"你自己就不想写信给他吗?"继母提议道,"我可以帮你写好,你自己抄一份就行。"

艾米别过头去。"有什么用呢?"她问,"反正他都是让书记员读给他听的。"

罗布萨特夫人眼见没法开导艾米,便拿出纸笔,等着她开口。

"我的大人。"艾米的声音带着轻微的颤抖。

"不要写'我的大人',"她的继母反对道,"他当初被定罪叛国的时候就不是领主大人了,现在也还没有恢复。"

"这是我对他的称呼!"艾米突然发起火来,"他娶我的时候就是罗伯特大人,对我来说,他永远都是我的罗伯特大人,不管别人怎么称呼他。"

罗布萨特夫人挑了挑眉毛,好像在说,自从他去女王身边就一直在做低贱的工作,现在也一样;但她还是写下了那几个字,然后顿了顿,墨水在削尖的笔头上渐渐干涸。

"我不知道您到底希望我待在哪儿。我应该去伦敦吗?"艾米的声音轻得像个孩子,"我应该去伦敦找您吗,我的大人?"

✦

伊丽莎白一整天都坐立不安,她派了自己的女伴去看她的表姐是否已经等候在大厅里,又派自己的仆童看守在马厩的院子里,让他在那儿迎接她的表姐,并且立即把她带到会客室来。凯瑟琳·诺利斯是伊丽莎白的姨妈玛丽·波琳的女儿，曾在伊丽莎白身边陪伴过很久。在伊丽莎白不安定的童年时代，两个女孩建立了牢固的友谊。凯瑟琳大伊丽莎白九岁，是哈特菲尔德的非正规宫廷①的临时成员，也是她寂寞童年里的宽厚玩伴，随着伊丽莎白年纪渐长，她们发现了彼此间更多的共同点。凯瑟琳很有教养，是个极其虔诚的新教徒。伊丽莎白相对没么笃信教义，私底下，她一直很钦佩表姐坚定的信仰。

凯瑟琳曾经陪伴伊丽莎白的母亲安妮·波琳在伦敦塔度过她最后的艰难岁月。从那时起，她便确信自己的姨妈是无辜的。她曾对伊丽莎白悄声断言，说安妮·波琳既不是荡妇也不是女巫，只是宫廷斗争的牺牲品，这让整个童年都在针对母亲的流言蜚语中度过的伊丽莎白得到了不少安慰。凯瑟琳和她的家人因为玛丽女王的反异端法案离开英格兰的那天，伊丽莎白曾经宣称自己的心都碎了。

"镇定些。她就快到了。"达德利发现伊丽莎白正在白厅宫的一扇扇窗前来回踱步，便安慰她道。

"我知道。但她昨天就应该到了，现在我担心她要明天才能到。"

"这个季节的路不好走，但她今天肯定能抵达。"

伊丽莎白将窗帘的流苏交缠在指间，根本没有发现自己正把陈旧的织物撕成碎片。达德利走到她身边，轻轻地拉过她的手。周围的宫人看到他如此大胆的举动，顿时无声地倒吸一口凉气。他居然未经允许就拉起女王的手，将她的手指从流苏上松开，紧握住她的双手，还轻轻地摇了摇！

"好了，冷静点，"达德利说，"今天或是明天，她就会赶到。您想不想骑马出去，看看能否碰运气跟她撞见？"

伊丽莎白看着窗外早早地昏暗下来的铅灰色天空。"不想，"她不情愿地承认，"如果我在路上跟她错过，只会让等待的时间更长。我想在这儿迎

---

① 由孩童和少年们以年轻的王室成员为中心组成。

接她。"

"那就坐下来,"他用命令的口气说,"叫人拿些纸牌,我们在这里一直玩到她来为止。如果她今天不来,我们就一直玩到您赢我五十镑为止。"

"五十镑!"她顿时转移了注意力。

"如果您输了,只要陪我在晚餐后跳支舞就好。"他欣然说道。

"我记得他们说过,要想让你父亲尽兴而归,要花掉大笔的钱财才行。"威廉·塞西尔说着,走到桌边。

"他可是个地道的赌徒,"达德利和蔼地表示赞同,"还缺一个,该找谁呢?"

"尼古拉斯阁下,"女王环顾四周,对着那位议员露出微笑,"你愿意和我们一起玩纸牌吗?"

身材丰满的尼古拉斯·贝肯阁下是塞西尔的姐夫,听到女王的提议,他兴高采烈地走到桌旁。仆童拿来一副新纸牌,伊丽莎白洗过牌后,交由罗伯特·达德利切牌,然后牌局便开始了。

一股寒风吹入会客室外的走廊,凯瑟琳和弗朗西斯·诺利斯随即出现在门边,看起来很是般配:凯瑟琳三十出头,穿着朴素的裙装,笑容充满期待,她的丈夫四十来岁,风度翩翩。伊丽莎白一跃而起,丢下纸牌,穿过会客室朝她的表姐跑去。

凯瑟琳向她屈膝行礼,伊丽莎白却扑进她的臂弯,两个女人相拥而泣。弗朗西斯退了几步,对妻子受到的热情迎接露出微笑。

*噢,你就继续笑吧。*罗伯特·达德利心想。他想起自己从来都看不惯那个男人的自以为是。*你以为这份友谊能让你迅速获取权力和地位,但你会发现自己错了。*这位年轻的女王并不是傻瓜,除非符合她的利益,否则即使是最亲近的人,她也不会安排在重要的位置上。她或许会喜欢你,但如果对她没有益处,她就不会更进一步。

仿佛感觉到罗伯特的视线一般,弗朗西斯爵士抬起头,对他微鞠一躬。

"衷心地欢迎你们回到英格兰。"达德利友好地说。

弗朗西斯爵士张望四周,打量着这个由旧时的盟友、谋反者、改过自新的敌人和稀落的几张新面孔组成的宫廷,随后他走回罗伯特·达德利身旁。

"是啊,我们终于回来了,"他说,"新教女王继位,我从德意志归来,而你也离开了伦敦塔。谁能想得到呢?"

"对我们这些朝圣者来说,这是一段漫长凶险的旅程。"罗伯特仍然面带笑容。

"我想,有些危险仍然在我们中的某些人身边徘徊不去,"弗朗西斯欢快地说,"我才刚到英格兰五分钟,就有人问我是否觉得你的影响力太大,应当受到约束。"

"是吗?"罗伯特说,"那你是怎么回答的呢?"

"我才刚到英格兰五分钟,还没有形成自己的想法。但你应该当心些,罗伯特阁下。你树敌不少。"

罗伯特·达德利笑了。"成功的人才会树敌,"他轻松地说,"所以我只会觉得高兴。"

伊丽莎白将手递给弗朗西斯,另一只手仍然紧紧搂着凯瑟琳的腰。

弗朗西斯走上前去,单膝跪地,吻了她的手。"陛下。"他说。

作为这方面的行家,罗伯特不禁为他跪倒与起身的流畅动作而赞叹。*噢,但这对你没什么用处*——他自语道。这个宫廷里充斥着舞步翩翩的傀儡。鞠躬再优雅也无济于事。

"弗朗西斯爵士,我一直在等待你的到来,"伊丽莎白面露喜色,"你愿意在我的枢密院任职吗?我非常需要你的明智建议。"

枢密院!我的天!——罗伯特暗自惊呼,因嫉妒而发起了抖。

"这是我的荣幸。"弗朗西斯说着鞠了一躬。

"另外,我希望你能担任我家族的副司库以及卫队长。"伊丽莎白又说出了两个让人眼红的职位,光是想要觐见女王的人们会给出的贿赂就是一笔不小的数目。

罗伯特·达德利笑容依旧:他似乎为这位来客感到由衷欣喜。弗朗西斯顺从地鞠了一躬,罗伯特和塞西尔也走上前去。

"欢迎回家!"塞西尔温和地说,"欢迎加入为女王效劳的行列。"

"没错!"罗伯特·达德利附和道,"这对你来说的确是热烈的欢迎!我想你也要开始树敌了。"

凯瑟琳先前同她的表妹匆匆交谈过几句,此时想将她即将成为伊丽莎白侍女的女儿介绍给大家。"请允许我介绍我的女儿丽蒂西娅。"她说着,朝着大门挥了挥手,几乎半个身子都藏在挂毯后面的女孩走上前来。

威廉·塞西尔并不是那种会被女性魅力征服的男人,但当他看到这个十七岁的女孩子的时候却喘息起来,惊骇地看向弗朗西斯爵士。后者微笑起来,他的嘴角弯成古怪的弧度,仿佛他知道塞西尔在想什么。

"上帝作证,这个女孩和女王太像了,"塞西尔低声对他说,"只是……"他在自己脱口说出"更美"或者"更漂亮"之前收住了话头,"你完全可以声称你的妻子是亨利八世的私生女,没人会不相信的。"

"她从未这么声称过,我也没有,当然现在也不会。"弗朗西斯语气坦荡,仿佛没有听到整个宫廷都在交头接耳,而少女脸色泛红,那双黑色的眸子却目不转睛地直视着女王,"实际上,我发现她和我家族那边还比较像。"

"您的那边!"塞西尔忍住笑意,"她是彻头彻尾的都铎家族成员,只不过拥有霍华德家的女性的所有诱惑力。"

"我不会做这种声明,"弗朗西斯重复道,"而且我想,在这个宫廷和这种形势下，没有人谈论这些或许对她更好些。"

达德利也一眼看出了她们的相似之处，现在他正专注地凝视着伊丽莎白。她起初以平常那种讨人喜欢的方式伸出手，让那女孩亲吻。她看不到对自己行屈膝礼的女孩的面孔，而后者的红铜色头发也掩在兜帽之后。但随着女孩起身，伊丽莎白也看清她的容貌，罗伯特发现女王的笑容渐渐消失不见。丽蒂西娅仿佛是伊丽莎白的更年轻也更精致的复制品，像是模具里烧制出来的中国瓷器。与她相比，伊丽莎白的面庞太宽，都铎家族式的马鼻子显得太长，双眼太过突出，嘴巴也太小。而丽蒂西娅比她年轻七岁，脸庞圆润得像个孩子，鼻子的弧度恰到好处，头发则是比女王更加暗沉的铜红色。

罗伯特·达德利看着那个女孩，想着要是自己再年轻单纯一点，一定会觉得胸腔中的异动是因为心脏整个颠倒了过来。

"欢迎到我的宫里来，我的外甥女丽蒂西娅。"女王冷冷地说。她恼怒地瞥了凯瑟琳一眼，仿佛她养育了如此美丽的女儿是项罪过。

"她很高兴为您效劳，"凯瑟琳心平气和地插嘴道，"您会发现她是个好女孩。虽然她还不成熟，陛下，但她很快就能学会您的优雅气度。她总能让我想起我父亲威廉·凯里的画像，他们相似得惊人。"

威廉·塞西尔想起威廉·凯里有着和亨利八世同样黝黑的皮肤，还有和这个女孩同样的红铜色头发，连忙清了清嗓子，掩饰自己倒吸的又一口凉气。

"现在你们可以坐下来了，喝杯酒，把你的旅途经历讲给我听。"伊丽莎白转身离开那位美丽的少女。凯瑟琳拉过一张凳子坐在她表妹的王座前，用手势示意自己的女儿退下。最困难的第一步已经达成了：伊丽莎白面对着更年轻，也更漂亮得多的另一个自己，还能努力摆出愉快的笑容。凯瑟琳讲起了自己旅途中的故事，认为考虑到当前的形势，他们一家人这趟返回英格兰的旅程算得上相当顺利。

艾米等待着罗伯特的回信，等着他告诉自己应该做些什么。每天中午，她都会走出屋子，沿路往诺维奇的方向走上半英里，信使会骑马来到那边的路口，如果他当天有信要送的话。她会在那里等上几分钟，遥望着寒冷的风景，同时裹紧自己的斗篷以抵御二月刺骨的寒风。

"他真是太可恶了，"晚餐的时候，罗布萨特夫人这样说，"他寄了些钱给你花，还有他的书记员写的一张便笺，但却没有亲手写一个字。他就是这么对待你的继母的。"

"他知道你不喜欢他，"艾米的反驳倒是很有精神，"既然他落魄时你不想再听他多说一个字儿，那他为什么要在半个世界都想和他做朋友的时候尊敬你呢？"

"好吧，"上了年纪的女人说道，"你对这种忽视也不在意吗？"

"我并没有被忽视，"艾米坚定地说，"他一直忙着工作，全都是为了我和我们。"

"陪女王跳舞也是工作吗？陪着那个和自己母亲一样放荡的年轻女人？一个波琳家族的没良心女人？噢，你真让我惊讶，艾米。没有几个女人见到自己的丈夫离家不归、对别的女人俯首帖耳还能像你一样高兴。"

"英格兰的每一位妻子都会为此感到欣喜，"艾米直率地说，"因为英格兰的所有女人都知道，只有在宫廷才能赚到财富，谋得官职，获取地位。罗伯特有了钱就会回来，我们就可以买下属于自己的房子了。"

"到那个时候，你们就该觉得赛德斯通不够好了。"她的继母嘲笑她说。

"我会永远像爱自己的家一样爱它，为我父亲付出的心血而钦佩，我也会永远感激他在遗嘱中把它留给我，"艾米尽量控制着自己的情绪，"但你说得对，罗伯特如今在宫中有了很高的地位，赛德斯通不再适合他，也就不再适合我了。"

"但你真的不在意吗？"继母狡黠地提醒她，"你不在意他听到伊丽莎白上位就匆匆赶去，从此再也没见过你？你不在意人人都在说她对他的喜爱胜过所有的男人，而他在她的身旁寸步不离？"

"他是朝臣，"艾米坚定地答道，"他曾在爱德华国王的身旁寸步不离，他父亲也曾在亨利国王的身旁寸步不离。他自然应该陪在她身旁。这是朝臣该做的事情。"

"你就不担心他会爱上她吗？"继母不依不饶地问道，她知道自己戳中了艾米的痛处。

"他是我的丈夫，"艾米平静地说，"而她是英格兰的女王。她知道自己该做什么，他也一样。她来参加过我的婚礼。我们都知道什么该做而什么不该做。他回来的时候我会非常高兴，但那天到来之前我都会耐心等待。"

"你真是个圣人！"继母语气轻松地说，"换成是我，一定会妒忌地赶往伦敦，让他给我安排住处。"

艾米挑了挑眉毛，一脸的不屑。"那你作为一名朝臣的妻子就太失职了，"她冷冷地说，"好几十个女人都面临和我同样的处境，她们都知道，如果想让自己的丈夫在宫中前途光明的话，自己应该如何表现。"

罗布萨特夫人没有继续争论下去，不过当天夜里，艾米睡着以后，她便拿出纸笔，给她看不顺眼的那位女婿写起信来。

罗伯特阁下：

如果您真如我所听闻的那样已经成了举足轻重的人物，那么让你的妻子留在家里，没有好马也没有新衣实在不太合适。此外，她也需要消遣和陪伴，需要上流社会的女士来陪伴。如果您不打算接她去宫中，那么请让她在您的贵族友人（您现在应该又有很多这样的朋友了）家里暂住，等你为她在伦敦找到合适的住处为止。她需要侍从的护卫，还有一位女士的陪伴，因为我不能陪她上路，我还有农场的事要操心，而且最近收成还是不太好。我想如果你开口的话，奥丁赛尔太太一定会很乐意去。如果您能尽快给我回信，我会非常高兴（因为我并不像您的妻子那样满怀爱意和耐心），也请一并还清您欠我的债务，总计22镑。

莎拉·罗布萨特

　　二月的第一周，塞西尔坐在他的书桌前——这张沉重的书桌位于他白厅宫的宅邸里，有着许多落了锁的抽屉——读着探子从罗马送来的密文。伊丽莎白继位后，他立刻倾尽所有，将自己信任的朋友、亲戚和手下安插到了欧洲许多重要国家的宫廷，让他们凡是提到英格兰和这位新女王的话语、流言，哪怕只是捕风捉影，也要随时通报给自己。

　　他庆幸自己把托马斯·登普希安插在了罗马教廷。对于托马斯在罗马的同僚们来说，他们更熟悉的是那位天主教会的神父"托马斯修士"。塞西尔的关系网得知他会在新女王继位后的第一周便抵达英格兰，并在随身行囊中带一柄小刀，准备刺杀女王。塞西尔的手下在伦敦塔中对托马斯修士实施了拷问，成功令他扭转了阵营。现在的他违背了父辈的信仰，皈依新教，成了监视前主人的间谍。塞西尔知道，这种立场的改变只是出于本能的生存欲望，要不了多久，那位神父就会再次变节。但他此刻所提供的资料都是无价之宝，他的学识也足以撰写报告以及将报告翻译成拉丁文，再将拉丁文转译成密文。

　　国务秘书大人，教皇陛下正在考虑发表声明，宣布臣民可以合法地反抗异教徒君主。这样的反抗即使是武装反叛，也并非罪孽。

塞西尔靠回自己的椅垫中，重读了一遍那封信，确保自己在两度转译的过程中并没有出错。这个消息实在是令人触目惊心，即便他看到的是如此平铺直叙的英文，他也感到难以置信。

这等于对女王宣判了死刑。它让任何心怀不满的天主教徒都能密谋反对她，并且不受惩罚，事实上，他们甚至会得到教皇本人的祝福。这成了一场对抗那位年轻女王的名副其实的圣战，就如同圣殿骑士攻打摩尔人①那样影响深远，后果也无法预测。这等同于给那些疯狂的刺客发放了许可文书，往那些怀恨者的手里塞上一把匕首。受过涂油礼的君王本该统领全体臣民，也包括政见不合的那些，而这个宣言无异于打破了这个永恒的誓言。上帝本该在天使之上，而天使在国王之上，国王又在凡人之上，但这个宣言打破了全宇宙的和谐法则。凡人不可冒犯国王，正如国王不可冒犯天使，亦如天使不可冒犯上帝。这位疯狂的教皇想要打破那个不成文的约定，即：凡俗世界的君主，永不可煽动他国的臣民起身对抗其君王。

但这一切都以国王之间团结合作为前提。如今教皇却要授予人们起身对抗伊丽莎白的许可，谁又知道会有多少人借此牟取自身的利益？

塞西尔想拿一页纸放到自己面前，却发现自己的手在颤抖。在这焦虑不安的几个月里，他还是头一次真正认为他们将会一败涂地。他觉得自己登上了一条注定将沉的船。他不觉得伊丽莎白这次还能够幸免于难。有太多人从最开始就在反对她，一旦他们得知那些谋反计划不算是罪孽，他们的数量就会像头虱那样迅速增殖。对付教会、枢密院以及国会已经让伊丽莎白劳心劳力，他们没有一个对她表示全力支持，有些甚至还公开反对。如果连民众都反抗她，她也就撑不了多久了。

有那么片刻——真的只是片刻而已——他觉得当初若是支持同为新教

---

① "摩尔人"为中世纪时对北非穆斯林的贬称。

徒的亨利·黑斯廷斯来争夺王位，或许前景会更加乐观，因为教皇显然不敢怂恿他人反抗一位国王。又有那么一会儿，他觉得当初应该说服伊丽莎白公主接受高举圣体的仪式，就这样让英格兰多做一年的天主教国家，作为宗教改革的过渡期。

他咬紧牙关。事已至此，他们只能承担着这些错误活下去，尽管有些人会因为这些错误而死。他相当确定众矢之的的伊丽莎白会死。他交握双手，直到它们不再颤抖，然后他开始思考不让杀手接近伊丽莎白的办法，无论是她在宫中、在狩猎、在河边散步还是在外探访。

真是个艰巨得可怕的任务。塞西尔整夜都在列出他信任的人员名单，准备从中挑选看护她的守卫，最后他得出结论：如果英格兰的天主教徒选择服从教皇——而这几乎是必然之事——那么伊丽莎白就死定了。塞西尔所能做的只有拖延她的死期。

艾米·达德利没有接到丈夫邀请她到宫里去的信，甚至没有人来告诉她应该去哪儿。可她却收到了他在贝里·圣埃德蒙兹的亲戚的一封热情的邀请函。

"看到了吗？他派人来找我了！"她愉快地对她的继母说，"我早就告诉过你，只要一有机会，他就会派人来找我的。等他的人来接我，我立刻就走。"

"我也为你感到高兴，"罗布萨特夫人说，"他送钱来了没有？"

作为女王的御用马夫长，罗伯特阁下要负责管理她的马儿们，安排王家马厩的运作，还要关心每一匹牲畜——从高大的猎马到搬运行李的矮小驮马——的健康与福祉。来访的贵族连同他们数以百计的侍从，其马匹都要寄放在马厩里，女王的宾客也得配备坐骑，以便与她骑马出行。他要给女王宫中的女士们提供脾气温和的小马，而女王的骑士们则会把长枪比武时用的战马安置在马厩里。狩猎用的猎犬归他管理，猎鹰和老鹰的训练也由他负责，还有王室于不同王宫间迁移时所要用到的皮革护具和挽具、马车和货车、干草和食物的订购和运送，全都是由罗伯特负责的。

那为什么——塞西尔自问道——那个男人有这么多的空余时间？为什么他永远待在女王身边？罗伯特·达德利又是从何时开始关注货币磨损的问题的？

"我们必须铸造新币。"罗伯特阁下宣布道。他将一根生发绿叶的小树枝放在她的国务文件上，轻巧地打入了女王和顾问的晨间会议。就好像他还在过五朔节①似的——塞西尔不快地想。伊丽莎白笑着作了个手势，示意他可以留下来，于是他也加入了讨论。

"英格兰的钱币已经磨损不堪，几乎完全失去了价值。"

塞西尔没有搭腔。这是不言自明的事实，多年来，托马斯·格雷斯汉姆阁下一直在他位于安特卫普的商行研究这个问题，其间他的生意因为英国货币价值的波动而大起大落，他向英格兰君王提供借贷的风险也越来越大。不过看起来，罗伯特·达德利爵士就要向我们发表比他高明得多的见解了。

"我们必须收回旧币，再用分量足够的新币替换。"

女王面露焦虑之色。"但旧币磨损得太严重，我们恐怕连一半的金子都收不回来。"

---

① 欧洲传统民间节日之一，在每年的五月一日。人们以这天来祭祀树神、谷物神，庆祝农业收获及春天来临。英格兰人庆祝该节日时通常会在深夜采摘桦树枝，然后把小树枝挂在门上。

处女的情人

"那也非收回不可。"达德利说,"没人知道一便士的价值,也没有人相信四便士银币的价值。如果您去尝试收回一笔旧债——我就这么做过——您就会发现他们付给您的钱币的实际价值只有您原先借出时的一半。我们的商人在国外付货款的时候,只能站在一旁,等外国商人取出秤来称量钱币,然后嘲笑他们。他们甚至懒得去看钱币的面值,相信的只有分量。已经没人相信英格兰的货币了。最麻烦的情况在于,如果我们发行含金量等同于面值的新币,他们还是会把它当做次品看待,我们的努力也会付诸流水——除非我们先行收回旧币。否则我们就等于白白浪费钱财。"

伊丽莎白转身看着塞西尔。

"他说得对,"他不情愿地附和道,"这些也是托马斯·格雷斯汉姆阁下一直坚信的。"

"劣币驱逐良币。"罗伯特阁下总结道。

他说话的口气吸引了塞西尔的注意。"我都不知道你还研究过贸易事务。"他温和地评价道。

只有塞西尔看到了那个年轻人脸上转瞬即逝的愉悦神色。

但也只有塞西尔能猜得到他的反应。

"女王的合格仆从必须考虑到她的一切需求。"罗伯特阁下平静地说。

上帝啊,他截获了格雷斯汉姆给我的信——塞西尔想。有那么好一会儿他被这个年轻人的鲁莽惊呆了,居然会刺探女王的密探首脑,这让他几乎说不出话来——他肯定是抓住了信使,复制了信件,然后将它原样封好。但他是怎么做到的?是从安特卫普到这里途中的哪一处?既然他能截获格雷斯汉姆给我的信件,又会不会也掌握了我的其他情报?

"劣币驱逐良币?"女王重复了一遍。

罗伯特·达德利转身面对她。"在货币和人生中都是如此,"他语气亲密,仿佛只有她能听见似的,"次要的愉悦,卑劣的消遣,这些成了男人或女人追求需索的目标。而那些更精致、更高雅的东西,像是真爱或者人与上帝之间的精神交流,却日复一日地遭受驱逐。您不这么认为吗?"

她似乎一时间想入了迷。"确实如此,"她说,"对于真正宝贵的经历来说,抽出时间去体验总是更加困难,我们真正在做的总是那些平庸之事。"

"要做一位非比寻常的女王,您必须做出选择,"他柔声道,"您必须做到最好,日日如此,绝不妥协,不为您的顾问所左右,而是遵循自己真实的内心和崇高的抱负。"

她轻吸一口气,看着他,仿佛他正在揭示宇宙的秘密,仿佛他成了他那位导师约翰·迪伊,能够与天使交流,预见未来。

"我想做到最好。"她说。

罗伯特笑了。"我就知道您会的。这是我们的许多相似之处之一。我们都是要做就做到最好的那种人。现在,我们终于有机会做到了。"

"良币?"她轻声问。

"良币,还有真爱。"

她费力地将视线从他身上移开。"你怎么想呢,塞西尔?"

"货币的问题早已尽人皆知,"塞西尔不无沮丧地说,"每个伦敦商人都会告诉您一样的话。但他们对这种补救方法并不普遍看好。我想我们一致同意,现在的一英镑已经不值一磅重的黄金了,但想要恢复它的价值恐怕会很难。我们已经没有多余的黄金来铸造新钱币了。"

"您是否筹划过让货币恢复价值的计划呢?"达德利轻描淡写地向这位国务秘书发问。

"我和女王的顾问们考虑过这个问题,"塞西尔口气僵硬,"对于这个问题,人们已经思考了许多年。"

达德利忍不住露出微笑。"最好告诉他们,考虑得快一些。"他快活地建议道。

"我现在正在拟订计划。"

"噢,那你拟订计划的时候,我们就去花园里散散步吧。"达德利故意装作误解的样子。

"我没法这么快拟订完!"塞西尔辩白道,"像样的计划至少要花上几个星期。"

但女王却已经站了起来,达德利向她伸出手臂,两人以学生逃离课堂般的速度逃出了会客室。塞西尔转身走向她的女伴们,而她们连忙起身行礼。

"陪女王一起去吧。"他说。

"是她要我们去的吗?"其中一名女伴问道。

塞西尔点点头。"和他们一起去,把她的披肩带上,今天外面很冷。"

到了花园里,达德利仍然没放开女王的手,还把它塞在手肘下面。

"你知道的,我自己能走路。"她有些粗鲁地说。

"我知道,"他说,"可我喜欢抓着你的手,我也喜欢走在你身边。可以吗?"

她不置可否,但并没有把手抽回去。伊丽莎白还是像以往那样,先进一步,再退一步。等她的小手在他的臂弯里焐暖之后,她便提出了关于他妻子的问题。

"你没问过我,能不能带罗伯特夫人进王宫,"她挑衅地说,"你是不是不想让她来?你为什么不要求我在宫里给她一席之地?你居然没提过要她做我的女伴,这让我很吃惊。你推荐自己姐姐的时候倒是挺快的。"

"她更喜欢住在乡下。"罗伯特语气平和。

"你在乡下有住处?"

他摇摇头。"她在诺福克有栋继承自她父亲的房子,只不过太小,也太不方便了。她跟她的继母住在附近的斯坦菲尔德大宅,不过这星期开始她会住在贝里·圣埃德蒙兹那边,我在那儿有亲戚。"

"你怎么不买一栋房子?或者盖一栋?"

他耸耸肩。"我会找块好地,盖一栋好房子,不过我的大部分时间还是会在宫廷里度过。"

"噢,真的吗?"她挑逗地问。

"谁会拥有阳光却选择阴影?谁会抛弃真金而选择镀金?谁会尝过好酒还想喝劣酒?"他的口气带着镇定自若的魅力。"如果可以的话,我会永远留在宫廷,沐浴阳光,坐拥黄金,品尝我所能想象的最令人陶醉的美酒的芬芳。我们之前已经说过,我们不会让劣币驱逐良币,不是吗?我们还说过,我们两个都要做到最好,不是吗?"

她慢慢地、惬意地品尝着他这句赞美。"这么说你妻子年纪已经很大了?"

达德利对她露出微笑,他知道她是在戏弄他。"她三十岁,只比我大五岁,"他说,"而且我想您应该知道。您来参加过我的婚礼。"

伊丽莎白扮了个鬼脸。"那是好多年前的事了,我都快忘光了。"

"差不多十年前。"他平静地说。

"而且那时候我就觉得她很老了。"

"她那时只有二十一岁。"

"噢,对我来说很老了。我那时才十六。"她装作有点吃惊的样子,"噢!你也一样。知道你要娶的女人比你大这么多,你就没觉得惊讶吗?"

"我不惊讶,"他不为所动地说,"我早就知道她的年纪和出身。"

"你们到现在都没有孩子?"

"上帝尚未赐予我们。"

"我想我听过一些流言，说你娶她是因为爱情，因为一场轰轰烈烈的爱情，而且还违逆你父亲的意愿娶了她。"她提示他。

他摇摇头。"他反对只是因为我太年轻，我还没到十七，她也才二十一。我想如果我给他机会，他会为我找个更合适的妻子。不过等我亲口请求他的时候，他没有拒绝，而且艾米的嫁妆也很丰厚。他们在诺福克有几块不错的土地，在那里养羊，那个时期我父亲也需要在王国的东部增加支持者和影响力。她是家里唯一的继承人，而且她父亲对这桩婚姻很满意。"

"我也觉得他会满意！"她大声说道，"诺森伯兰公爵的儿子娶的这个女孩从没进过王宫，只能勉强写出自己的名字，丈夫遇到麻烦时除了在家里哭哭啼啼之外什么都不会！"

"看来您听到的那些流言还真够详细的，"罗伯特评论道，"您似乎对我的整个婚姻都了如指掌。"

伊丽莎白心虚的笑声因为突然出现在他们身后的那名女伴戛然而止。"陛下，我为您拿来了披肩。"

"可我没让人给我拿披肩啊，"伊丽莎白惊讶地说。她转头看向罗伯特，"噢，当然了，我听别人提起过你的婚姻生活，以及你妻子是个怎样的人。不过我直到刚才之前都忘记了。"

他鞠了一躬，嘴角隐约带着笑意。"需要我进一步帮您回忆吗？"

"好吧，"她用动人的口气说，"有件事我还是不太确定，那就是你当初为什么会娶她，如果真像我听说的那样是因为爱情，那么请告诉我，你现在是否还爱着她。"

"我娶她是因为我当时才十六岁，是个血气方刚的年轻男人，而她长得漂亮，也愿意嫁给我。"他说着，小心翼翼地不让这位至关重要的听众感受到过多的浪漫气氛，虽然他对过去仍旧记忆犹新，他记得自己曾为艾米疯狂，甚至违抗父亲，坚持要娶她为妻，"我那时急着想要结婚，想要长大成人。我们称心如意地过了几年,可她是她父亲宠爱的女儿,从小就被宠坏了。说句公道话,我也算是家里的宠儿,人人都对我大加赞美。我们是一对被宠坏的孩子。自从新鲜感逐渐消失,我们之间就开始出现问题。您知道的,我在宫廷为我父亲效力,而她留在乡间。她不喜欢宫廷的生活,而且——上帝保佑她——她也没有那种言谈举止的风度。她不懂得宫廷礼节,也不打算学习。

"如果您一定要我说真话,我会告诉您,当我在伦敦塔里为自己的性命担忧的时候,我就不再想念她了。她跟着我兄弟的妻子来探望过我们一两次,但她没给我带来丝毫安慰。那种感觉就像听着另一个世界的故事:她告诉我的总是牧草和羊群,还有女佣之间的争执。这些让我觉得——虽然我知道这并非真相——她是在嘲笑我,因为世界没了我也在照常运转。她的口气就好像她没了我反而过得更快活。她回到了她父亲的家里,不用沾染我的家族的污名,她又过起了童年生活,而我几乎觉得她希望我被关押起来,免得再去招惹麻烦。她觉得我作为囚徒也比作为宫廷中的大人物和最有权势者的儿子要好。"

他停顿了片刻。"您知道那种感觉,"他说,"一旦你成为囚犯,过不了多久,世界就会缩小到牢房那么大,散步也只能走到窗边再回来。你的人生只剩下回忆。之后你会开始渴望晚餐的到来,那时你会明白,自己的确是个囚犯。你所想的只剩下牢房里的一切。你会忘记外面世界的种种欲求。"

伊丽莎白立刻揉搓起手臂来。"嗯,"她头一次没有卖弄风情,"上帝可以作证,我明白那种感受。而且你会对外界的一切都失去兴趣。"

"是啊。我们都明白。"他点点头。

"等我得到释放,离开伦敦塔的时候,已经一无所有了。我的家族的全部钱财和产业都被充公了,我成了乞丐。"

"身强力壮的乞丐?"她微笑着提示道。

"甚至算不上身强力壮,"他说,"我的身体和精神都垮了,伊丽莎白。我跌落到了真正的谷底。我母亲为了乞求我们的自由而死。我父亲在我们面前改信天主教,还说我们的信仰是这个王国里的一场瘟疫。他的话腐蚀了我的灵魂,让我无地自容。然后,尽管他跪倒在他们面前求饶,他们还是把他当做叛徒处死了,而且,愿上帝保佑他,他可悲的死法让我们全都抬不起头来。

"我最亲的兄弟约翰在塔里生了病,但我没能救得了他,我甚至没能好好照顾他,因为我不知道该怎么做。他们让他去了我的妹妹玛丽那里,可他还是病死了。他那时只有二十四岁,可我救不了他。我是个不称职的儿子、不称职的兄弟,还追随过那个不称职的父亲。我离开伦敦塔的时候,已经没有什么值得骄傲的事了。"

她等着他继续说下去。

"我没有地方可去,只能去她继母的斯坦菲尔德大宅。"说到这里,他口气中的怨恨更甚,"我们曾经拥有的一切:伦敦的住处,那些庄园,还有赛恩的宅子都没有了。可怜的艾米甚至失去了她继承的遗产、她父亲在赛德斯通的农场。"他短促地笑了一声,"玛丽女王让那些修女回到了赛恩。想想看吧!我的家又变成了修女院,她们还在我家的大厅里高唱赞美诗。"

"她的家人对你还好吗?"她差不多已经猜到了答案。

"对于一个原本位高权重,再次回家时却染上了监狱热病而又身无分文的女婿,他们只是给了我应有的待遇而已,"他讽刺地说,"她的继母不肯原谅我这个勾引了约翰·罗布萨特的女儿,又摧毁了他的期待的人。她发誓说他是因为听闻我对他女儿的所作所为,太过伤心才死去的。而且她一直没有原谅我。她甚至见不得我的口袋里有超过几便士的钱。他们听说我去伦敦与人会面的时候,还威胁要把我扫地出门。"

"什么会面？"作为老练的阴谋家，她习惯性地问道。

他耸耸肩。"噢，是为了送您上王位，"他把声音压得很低，"我一直没有停止过密谋。我最害怕的是您的姐姐会生下孩子，这样一来我们就完了。不过看来上帝对我们青睐有加。"

"你冒着生命危险为我密谋？"她黑色的双眼睁大了，"即使是在那时候？你才刚刚获得释放的时候？"

他对她笑了笑。"当然，"他轻松地说，"除了英格兰的伊丽莎白，我还能为了谁这么做呢？"

她稍稍吸了口气。"然后你就被迫留在家里了？"

"当然不是。战争开始时，我弟弟亨利和我自愿加入菲利普麾下，在低地王国与法兰西人对抗。"他笑了笑，"我在出海前见过您。您还记得吗？"

她露出温柔的表情。"当然。我去那儿是为了向菲利普道别，也是为了嘲笑可怜的玛丽，后来我就看到了你，你这位即将踏上战场的英俊冒险家，就在皇家战舰上低头向我微笑。"

"我必须想办法再次出人头地，"他说，"我必须摆脱艾米的家人，"他顿了顿，坦白道，"以及摆脱艾米。"

"你不爱她了吗？"她终于听到了她一直想听的那件事。

罗伯特笑了。"让懵懂无知的十六岁少年着迷的东西可拴不住被迫审视人生、被迫认清自己的珍爱之物、又被迫从最底层重新开始的男人。我的婚姻在我走出伦敦塔的那一刻就结束了，她在继母羞辱我的时候选择袖手旁观，则让我完全死了心。罗布萨特夫人把我贬得一无是处，我不能原谅艾米坐视不理，我不能原谅她没有站在我这一边。如果她跟我一起离开那儿去过苦日子，我只会更加爱她。可她却只是坐在壁炉边的凳子上，时不时放下手里正在缝边的衬衫，然后提醒我说，上帝要我们敬重父母，而且我们的生活完全仰赖罗布萨特一家。"

他顿了顿,脸色因为过往的愤恨而阴沉下来。伊丽莎白静静地听着,掩饰着自己的欣喜。

"于是……我就去参加了低地王国的战争,以为能以此扬名立万。"他短促地笑了笑,"我的虚荣心也到此为止了,失去了我的弟弟,失去了大半士兵,还失去了加莱。我回国的时候已经卑微至极。"

"她没有安慰你吗?"

"就是在那时候,她提议让我去驾驶货车,"他恨恨地说,"罗布萨特夫人命令我去田里干活。"

"不会吧!"

"她想要我卑躬屈膝。那天晚上,我离开了那栋房子,从此留在宫廷,或者住在愿意收留我的朋友那里。我的婚姻结束了。在我心里,我已经是个自由人了。"

"自由人?"她用很轻很轻的声音问,"你把自己叫做自由人?"

"对,"他坚定地说,"我又可以自由地去爱别人了,而且这次我只会选择最好的人选。我不会允许劣币驱逐良币。"

"的确。"伊丽莎白突然冷静下来,原先亲密到危险的口气也迅速恢复了正常。她转过身,对着那名女伴招了招手。"披肩拿来吧,"她说,"你可以跟我们一起散步。"

他们沉默地走着,伊丽莎白慢慢地消化吸收他刚才的话,从种种虚饰之下过滤出可信的真相。她可不是会相信已婚男人花言巧语的傻瓜。在她身边,达德利回想着自己所说的一切,决心忽略对艾米不忠所带来的不快感受,因为他知道,艾米对他的爱是忠贞的,而且与他描述的不同,她的爱还在与日俱增。当然了,他仍对艾米怀有些许爱意,虽然他选择了彻底否认。

塞西尔、弗朗西斯·诺利斯阁下，以及女王的年轻表弟——二十三岁的诺福克公爵托马斯·霍华德[①]正在会见室的凸窗下商谈。女王的宫廷成员则分列周围，或是谈天，或是谋划，或是调情。女王坐在王位上，正以流利的西班牙语和西班牙大使交谈。塞西尔一面留意着房间里的任何异动，一面专心聆听弗朗西斯爵士的话。

"我们必须想个办法，对所有来见女王的人搜身——包括宫廷里的那些绅士们。"

"这样会得罪很多人，"公爵提出反对，"而且威胁应该是来自平民才对吧？"

"任何虔信的天主教徒都是威胁，"塞西尔直言不讳，"等教皇的声明公开之后，她就会成为无力抵抗的待宰羔羊。"

"她不能再在公开场合用餐了，"弗朗西斯爵士思忖着说，"我们得拒绝那些要求进宫看她用餐的人。"

塞西尔犹豫起来。民众拥有与君王或者大领主们近距离接触的权利，这是古已有之的惯例。如果加以改变，就等于明确地宣布宫廷已经不再信任民众，并且躲藏在了紧锁的房门之后。

"看起来会很奇怪。"他不安地说。

"她恐怕也不能再公开出行了，"弗朗西斯说，"这要怎么才能办到呢？"

还没等塞西尔阻止，弗朗西斯爵士便向罗伯特·达德利招了招手，后者向周围那群人道了声歉，随后便朝他们走来。

"如果你要找他来议事，那我就退出。"公爵粗鲁地说着，转过身去。

"为什么？"弗朗西斯爵士问道，"他比我们都清楚应该怎么做。"

[①] 第四代诺福克公爵。

处女的情人

0.90

"他除了野心什么都不懂,你会后悔找他来帮忙的。"托马斯·霍华德狠狠地说完,便转身走开。

"日安,威廉阁下,弗朗西斯阁下。"

"霍华德这是怎么了?"弗朗西斯爵士问道。他眼看着那位公爵推开另一个人,大步走远。

"我想他只是看不惯我得势吧。"达德利倒是颇感好笑。

"为什么?"

"他父亲恨我父亲,"达德利说,"事实上,就是托马斯·霍华德逮捕了我父亲、我的兄弟们和我,然后把我们押送到了伦敦塔。我想他大概没想到我还能出来。"

弗朗西斯理解地点点头。"你肯定在担心他怂恿女王对付你吧?"

"他才该担心我去怂恿女王对付他。"达德利答道。他对塞西尔笑了笑。"她知道谁才是她的朋友。她知道在自己落魄的这些年,是谁一直站在她这边。"

"麻烦还没完呢,"弗朗西斯爵士说着,转到了眼前的问题,"我们正在讨论女王访问国外时的安全问题。威廉爵士收到了消息,教皇已经批准普通民众合法地以武力对抗她。"

达德利震惊地看向威廉。"这不是真的吧?他怎么能做出这种事来?这对上帝太不敬了!"

"他还在考虑,"塞西尔不紧不慢地说道,"我们很快就会收到确实的消息。然后民众也就会知道。"

"我一点儿也没听说。"罗伯特语带惊讶。

噢,是吗?——塞西尔压抑住笑意。"不管怎么说,我确定有这件事。"

达德利沉默了片刻,为消息本身而吃惊,但同时又丝毫不为塞西尔在罗马教廷安插了探子而惊讶。塞西尔的情报网和眼线早已扩张到了惊人的规模。"这是对惯例的颠覆，"他说，"为她行涂油礼的可是他自己的主教之一。他不能这么做。他不能加害施行过圣礼的人。"

"他做得出来，"塞西尔说。这个年轻人的迟钝让他有些恼火。"说真的，现在他很可能已经这么做了。我们现在考虑的是怎样阻止民众去听从。"

"我刚才正好说到，她应该避免接触民众。"弗朗西斯爵士说。

王座那边传来一阵欢快的笑声，三人停口转身，看到女王正摇着手中的扇子，嘲笑着菲尔里尔大使，后者涨红了脸，不知该恼火还是该大笑。他们三个看看她，不禁露出微笑：像这样快乐、顽皮而又朝气蓬勃的她，没有人能够抗拒。

"民众就是她最有力的保护。"达德利缓缓地说。

塞西尔摇摇头，但弗朗西斯爵士却拉住了他的袖口。"你这话什么意思？"

"教皇想要动员普通民众，他在邀请他们去暗杀她；但他并不了解女王。她不应该因为少数几个想要伤害她的人就闭门不出，她应该走出门去，赢得其余民众的爱戴。如果王国里的每一个男人、女孩和孩童都愿意为她付出生命，那么她的安全也就得到了最大的保证。"

"我们要怎么才能办到这一点呢？"

"您应该已经知道了，"达德利直截了当地对塞西尔说，"您已经看到了。在加冕巡礼时，她赢得了在场所有民众的心。我们必须冒险带她到民众面前，放心地让他们去保护她。每个英国人都可以是女王的护卫。"

弗朗西斯缓缓点头。"如果他国入侵，他们也会为她而战。"

"只要出现一个手持匕首的男人，就几乎没人阻挡得了，"塞西尔口气阴郁地说，"她也许能赢得一百个人的支持，但如果有一个反对她，而又正是那个手持凶器的人，那她就会在我们面前死去。"他顿了顿。"等天主教女王继位，英格兰便会沦为法兰西的傀儡，我们也就完蛋了。"

"如你所说，我们阻挡不了这样的人，"罗伯特答道，他一点儿也没被塞西尔悲观的预测影响到，"但按照你们的方法，你们只能给她派去二十个、也许三十个守卫；而按照我的方法，我会给她英格兰的全体国民。"

塞西尔听着年轻人浪漫主义的论调，不禁面露苦相。

"有些地方我们还是得禁止民众进入，"弗朗西斯继续说道，"她用餐的时候，她穿过走廊前去祈祷室的时候，总是会有很多民众，而且靠得太近。"

"我们是该对此进行限制，"罗伯特赞同道，"不用她出席，我们也可以为她端上晚餐。"

塞西尔深吸一口气。"你说不用她出席？这有什么意义？"

"民众想看的是王座，是餐桌上的碗碟和隆重的场面，"罗伯特轻描淡写地说，"他们还是会来的。只要有精彩的场面可看，他们就不在乎能否看到她本人。节日和假日的时候，她必须到场，以显示她身体健康，心情愉快。但大多数时候，为保安全，她都可以在私下和她的朋友们一起用餐。只要场面足够宏大，礼仪和步骤都足够正式，民众离开时就会觉得自己大开了眼界。他们会带着王国富有、政权稳固的看法离开，这就是我们该做的。我们只需要让百姓看看王座的样子就好。女王不必一直坐在上面，只要让所有人感觉到她的存在就够了。"

"给一张无人的王座送上晚餐？"塞西尔嘲弄地问道。

"对，"达德利答道，"为什么不呢？这事有过先例。年轻的爱德华国王患病时，他们就每晚用金盘子盛着他的晚餐，端到无人的王座前，过来参观的民众就这样满意地离去。我父亲就是这么做的。我们只需要让他们见识宏大而豪华的场面，等他们见到她本人的时候，她必须显得令人爱戴，真实而又触手可及。她必须成为一位亲民的女王。"

塞西尔摇摇头,可弗朗西斯爵士却被说服了。

"我会就此事和她商谈的。"他说着,回头看向王座那边。西班牙大使正在向女王告辞,他还呈上了一封夸耀地印有西班牙皇帝家族纹章的信件。在众目睽睽之下,伊丽莎白接过信件,然后——她显然没发现所有人都在看她——紧紧贴在自己的心口。

"我想你会发现,伊丽莎白对表演的诀窍相当了解,"罗伯特不动声色地说,"她这辈子从未让观众失望过。"

✦

罗伯特·达德利的管家亲自离开伦敦,准备在艾米前往贝里·圣埃德蒙兹的短暂旅途中进行护送,同时送去了一袋子金币,一块用作衣料的暖红色天鹅绒,还有她丈夫亲切的问候。

他的身边还带了一位女性同伴,伊丽莎白·奥丁赛尔太太,她是罗伯特·达德利的某位多年至交的寡妇姐姐,曾在格雷夫森德陪伴艾米,后来又去了奇切斯特陪她。再次见到这位矮小活泼的黑发女子,艾米很是高兴。

"您可真是交好运了,"奥丁赛尔太太欢快地说,"听我弟弟提到罗伯特阁下被任命为马夫长的时候,我还想过写信给您,但我不想太过冒失。我还以为肯定会有不少人想要跟您结识呢。"

"我想我的大人应该有了很多新朋友,"艾米说,"可我在乡下这儿还是没什么交际。"

"那是当然,"奥丁赛尔太太飞快地扫视了这座方方正正的石屋那狭窄冰冷的大厅。"噢,我听说我们要去拜访不少人。这段旅行会很有趣的。我们可以像女王那样到处巡游。"

"嗯。"艾米轻声应道。

"噢!我差点忘了!"奥丁赛尔太太解下脖子上的那条温暖的围巾,"他

处女的情人

还送来了一匹可爱的黑色小母马。您可以自己给它取名。它会给我们的旅行带来欢乐的,不是吗?"

艾米跑到床边,看向院子里。那儿有一小队人正在把艾米寥寥无几的行李装上一辆货车,在队尾处,有匹漂亮的黑色母马正静静地站在那儿。

"噢!她可真美!"艾米惊呼道。自从伊丽莎白登上王位之后,她还是头一回觉得心情如此愉快。

"他还送了一袋子金币给您,让您帮他解决这儿的债务,并且买下您想买的东西。"奥丁赛尔太太说着,把手探进斗篷的内袋,拿出那袋钱来。

艾米接过沉甸甸的钱袋。"是给我的?"她说。这么多年来,她还是头一次拿到这么大一笔钱。

"您的苦日子结束了,"奥丁赛尔太太温和地说,"感谢上帝。对我们所有人来说,好日子终于到来了。"

在一个寒冷的冬日早晨,晨光现身后不久,艾米和奥丁赛尔太太踏上了旅途。她们在纽伯勒歇脚,休息了两晚,然后继续前进。整个旅途太平无事,令她们烦恼的只有寒冷、冬日的昏暗以及道路的状况。但艾米很喜欢她的新坐骑,而且她们经过泥泞的小路和冰凉的水洼时,奥丁赛尔太太总会为她加油鼓劲。

贝里·圣埃德蒙兹的伍兹夫妇亲切地迎接了艾米,而且对她的到来表现得十分喜悦。他们向她保证说,她可以想待多久就待多久,罗伯特阁下在信中提过,她要在他们这里一直待到四月份。

"他也给我寄信了吗?"艾米问道。听到他们说"没有"的时候,她脸上的光彩瞬间褪去。他们只收到过一张简短的便条,提到了她何时会来,又会逗留多久。

"他有没有说过什么时候来这儿?"她问道。

"没有。"伍兹太太又说了一遍,看到艾米脸上掠过的阴云,她有些不自在。"我想他在宫廷很忙,"她继续说着,试图把这尴尬的一刻掩饰过去,"我想他恐怕有好几周都回不了家。"

伍兹太太恼怒得几乎咬掉自己的舌头——太笨了,她根本没意识到这个年轻女人没有和她丈夫两个人的家。她连忙抛出一连串礼貌的问题:远道而来的艾米是不是想要休息?她要不要洗个澡?还是说她想马上吃晚饭?

艾米突然说很抱歉,她很累了,想要回房休息。她快步离开大厅,留下伍兹夫妇和奥丁赛尔太太。

"她累了,"奥丁赛尔太太说,"恐怕她身体有些虚弱。"

"需要我去找我们在剑桥的医师来吗?"伍兹先生提议道,"他的医术很出色,而且可以尽快赶来。他非常擅长通过给病患放血来调整体液。她脸色苍白得厉害,是不是因为水相体液①过盛?"

伊丽莎白·奥丁赛尔摇摇头。"她只是不太舒服。"

伍兹先生以为她的意思是艾米消化不良,正打算去拿竹芋粉和牛奶,可伍兹太太想起了自己瞥见过的罗伯特·达德利的模样——黑色眸子的他骑在黑马上,位列加冕巡游队伍之中,紧随女王身后,简直像是女王的配偶本人——突然间明白了一切。

✦

晚餐结束后,陪伴在女王身边的并非达德利,而是塞西尔。她刚刚享

---

① 古希腊医学家希波克拉底提出的体液学说,声称人体内含有四种体液,包括象征"火"的黄胆汁,象征"空气"的血液,象征"水"的黏液和象征"土"的黑胆汁,这些体液如果失去平衡就会造成疾病,这里的水相体液指的就是黏液。

处女的情人

受过都铎家族的豪华排场，仆从们端着硕大的餐碟走进白厅宫长长的用餐大厅，经过专人试毒，最后单膝跪地向她呈上。其中三个端菜的仆从是新面孔，动作也很是笨拙。他们是塞西尔的手下，是他特意安插在仆从中、负责看护她的探子，目前还在学习如何在单膝跪地的同时上菜。

伊丽莎白从每只盘子里取食少许，然后让仆人把这些菜送去给坐在大厅中部的、她最赏识的那些臣属。众人仔细盯着最好的那些菜肴的去向，当仆从将一碟炖鹿肉端到达德利面前时，有几个人低声抱怨起来。宽阔的大厅里充斥着用餐时的欢快吵嚷声，仆从们收去餐碟，擦干桌子，接着女王招手示意塞西尔走上王座所在的高台，站在她身边。

她比了个手势，示意乐手们开始演奏，这样就没人能听到他们轻声交谈了。"有人雇用刺客来暗杀我吗？"她问道。

他看到了她紧张的神情。"您现在很安全，"他语气坚定地说，虽然他知道自己恐怕永远也无法确定这一点，"所有码头都在监视之下，城市的大门也守卫森严。就连老鼠也没法在我们不知道的情况下溜进来。"

她无力地笑了笑。"很好。告诉他们，保持警觉。"

他点点头。

"至于苏格兰那边的事务，我读过你今天下午的便条了。我们不能按照你提议的去做，"她说，"我们不能支持那些对抗女王的叛军，这是颠覆法治本身的行为。我们只能静观其变。"

塞西尔料到了她的答案。她极度害怕自己会犯下错误。就好像她在危机的边缘逗留了太久，已经不敢前进也不敢后退。而且她这么谨慎是正确的。在英格兰，每个决定都会引来上百人的反对，每次改变则会有上千个异议的声音。他们在利益受到威胁时就会起身反抗，有利可图时就会成为贪婪而又靠不住的盟友。她是个才刚刚登上王位的女王，头上的王冠戴得很不稳当。她不敢去做任何可能削弱自己地位的决定。

塞西尔努力不把这些想法表现出来。他始终坚信以女人的智慧——即使是这样一个受过优良教育的女人——无法负担数量如此巨大的消息,而且女人的性格——尤其是这一位——不够坚强,无法做出决策。

"我绝不会支持任何一支反对女王的叛军。"她强调道。

塞西尔明智地对她的过去避而不提:伊丽莎白曾在对抗她那位血统纯正、受过涂油礼的同父异母姐姐的十几次密谋中扮演重要角色,有时甚至是始作俑者。

"你希望支持苏格兰的新教徒对抗如今摄政的吉斯家族的玛丽女王①,这个想法很好,但我不能帮助叛军去反对当权的国王或者女王。我不能干涉他国的事务。"

"的确,但法国王妃却会干涉您的事务。"他告诫她,"她的盾牌上已经有了四分之一的英格兰纹章,她把自己看做英国王位的正统继承人,半个英格兰和大部分基督教国家都会说她拥有这样的权力。如果她丈夫的父亲法兰西国王决定支持她向你索取王位,法兰西明天就可能入侵英格兰,那样的话,还有比苏格兰和王国北部更合适的踏脚石吗?她的法国人母亲在苏格兰摄政时,法兰西的士兵早已在您的北部边境集结,如果他们不是等待入侵的时机,又是在等待什么呢?这场战斗是无可避免的。我们宁可在苏格兰和法国人作战,那样还能借助苏格兰新教徒的力量,也好过等待他们自北方大道而来——到那时,不知有谁会起身为我们而战,谁又会起身为他们而战。"

伊丽莎白犹豫了。玛丽之女的徽章上的那只英格兰豹子对善妒而占有欲强烈的她可谓是莫大的冒犯。"她不敢索要我的王位。没有人会起身为她

---

① 指玛丽·德·吉斯,苏格兰国王詹姆斯五世(亨利八世姐姐之子)的第二任王后,其女同名为玛丽,即前文提到的伊丽莎白表侄女、苏格兰女王、法国王妃玛丽·斯图亚特。

而对抗我，"她大胆地说，"没有人希望又一个天主教的玛丽坐上王位。"

"只怕不是没人，"塞西尔给她泼凉水，"而是成百上千的人。"

她顿时停了口，正如他所料。她有些花容失色。

"我的人民爱戴我。"她断言道。

"但并非所有人。"

她放声大笑，笑声中却听不出真正的喜悦。"你是说我在苏格兰的支持者会比在英格兰北部更多？"

"对。"他直白地说。

"如果法国人真的入侵，西班牙的菲利普会站在我这边。"她宣称道。

"是啊，前提是他觉得您会做他的妻子。可您还能继续让他这么认为下去吗？您总不会真的嫁给她吧？"

伊丽莎白像个小女孩那样咯咯地笑了起来，她的目光无意识地穿过房间，看向罗伯特·达德利，后者正坐在另外两名英俊的年轻男子之间，但他的魅力轻易就将他们比了下去，他仰起头，高声大笑，又打了个响指要仆人上酒。有个仆从故意忽视其他用餐者的招呼，径直上前为他服务。

"我可以嫁给菲利普，"她说，"也可以就让他继续等下去。"

"最重要的事情，"塞西尔温和地说，"在于选定一个丈夫，并为英格兰生下继承人。这才是确保英格兰不会落入玛丽王妃之手的办法。如果你身边有一位强有力的丈夫，再有个摇篮里的儿子，就没有人再想换个女王了。如果王位能够平稳过渡，民众甚至可以忽略宗教信仰的问题。"

"在我的求婚者之中，我不认为有适合做我丈夫的人选，"她又准备抛出那套最让他恼火的论调了，"而且单身的我也过得很快乐。"

"你是女王，"塞西尔断然道，"女王不能选择单身。"

罗伯特举起了酒杯，为伊丽莎白的某位女伴的健康而祝酒——那是他最近的情妇。她的朋友用手肘轻轻碰了碰她，而她傻乎乎地笑着，穿过房间，向他走去。伊丽莎白似乎什么也没看见，但塞西尔知道她没有漏过任何细节。

"那苏格兰怎么办？"他追问道。

"风险太大了。如果苏格兰的新教领主们起身对抗吉斯的玛丽，一切就都好办，可如果他们没有呢？或者如果他们起兵，又被击败呢？到那时候，挑起战争而又失败的我们该如何是好呢？而且我们还插手了那位受过涂油礼的女王的事务。这样违背上帝的意志，又能给我们带来什么好处呢？更何况，法兰西也会得到入侵的借口。"

"要么在苏格兰，要么在英格兰，我们总得面对法国人，"塞西尔预言道，"无论西班牙站不站在我们这边。陛下，我给您的建议是——不，我恳求您理解的是——我们必须面对法兰西，而且我们应当在我们自己选择的时间和地点，在有盟友协助的情况下去面对。如果我们现在就作战，还会有西班牙人做我们的同伴。如果您拖得太久，就只能独自奋战了。那样一来我们就必败无疑。"

"如果我们为了帮助新教徒对抗合法的天主教女王，就会触怒英格兰的天主教徒。"她指出。

"您一直都以新教公主而闻名，因此他们不会感到惊讶，也不会让我们的处境更糟。其中许多人，甚至包括信仰最坚定的那些，也都乐于看到法国人大败而归——他们首先是英格兰人，然后才是天主教徒。"

伊丽莎白恼火地在王位上动了动身子。"我不想被人当做新教女王看待，"她生气地说，"难道我们对民众的信仰打探得还不够多，现在又要去拷问他们的灵魂了？他们就不能按照自己愿意的方式去敬拜神明，别去管别人信仰什么吗？难道我得不断忍受从主教到平民的询问，告诉他们我的信仰是什么，告诉他们民众的信仰应该是什么？难道他们就不能让教会恢复成我父亲那时的样子？不过得去除他的种种惩罚手段。"

"不能，"他直白地说，"陛下。"看到她严厉的神色，他又补充了一句："您将会被一再要求选择立场。教会需要领袖，您必须指挥他们，否则就得把这份权力交给教皇。您希望选择哪一种呢？"

他看到她偏开了目光，她正看着他身后的罗伯特·达德利，后者起身离席，大步走到女伴们所在的桌边。他走近时，所有女伴都以旁人难以察觉的动作转头看他：她们旋转着脑袋，就像花儿追寻阳光，而他目前的最爱则期待地涨红了脸。

"我会考虑的。"她突然说道。她朝着罗伯特·达德利勾了勾手指，而他自然而然地转换了路线，走到高台前，鞠躬行礼。"陛下。"他语气欢快地说。

"我想跳支舞。"

"您愿意赏光？我一直想邀请您，可不敢打扰你们的谈话——看起来事情很严重。"

"不仅严重，而且紧迫。"塞西尔严肃地提醒她。

她点点头，但他能看出她已经没在听。她站起身来，目光定格在罗伯特身上。塞西尔退向一旁，她经过他身边，走到舞池的中央。罗伯特向她鞠了一躬，动作就像意大利人那样优雅，握起了她的手。两人双手相触的一瞬间，伊丽莎白的脸掠过一抹绯红。她转过头，避开他的目光。

塞西尔看着纷纷起身邀舞的人们，凯瑟琳和弗朗西斯·诺利斯是下一对儿，接下来是罗伯特的妹妹玛丽·西德尼和她的舞伴，宫中的其他男女紧随在后，但没有哪一对比得上女王和她的宠臣那么光彩照人、风度翩翩。塞西尔情不自禁地为这两人露出微笑：好一对般配的俊男美女。伊丽莎白看到了他宽容的目光，对他露出放肆的笑容。塞西尔低下头。毕竟她除了女王之外，也是个年轻女子，能让英格兰的宫廷充满欢乐也没什么不好。

夜深了，宫中一片寂静，整个宫廷都沉睡在无垠的黑色天幕下，但塞西尔仍然醒着。他坐在那张大书桌前，将长袍披在自己的亚麻睡衣外，长袍的毛皮滚边铺在冬夜寒冷的石头地面，而他赤脚踩在毛皮上，在纸上奋笔疾书：那是他为女王列出的候选对象清单，也包括每个候选人所带来的好处与坏处。塞西尔非常擅长罗列清单，那些文字会有条不紊地出现在纸上，正如他条理清晰的思维。

女王的丈夫人选：

1.西班牙的菲利普亲王——他将会需要教皇给予特许/他会支持我们对抗法兰西，以及帮我们应对在苏格兰驻守的法兰西人/但他也会把英格兰卷入他的战争/人们也不会接受他第二次/他还能养育后代吗？/她被他所吸引也许只是因为嫉妒，只是因为他娶了她的姐姐。

2.查尔斯大公——他是哈布斯堡王室成员，但可以住在英格兰/西班牙的盟友/据说信仰狂热/据说相貌丑陋，她忍受不了丑陋的人，甚至包括男人。

3.费迪南大公——前者的弟弟，因此优势相同，但据说他更讨人喜欢也更英俊/更年轻，因此可塑性更强？/她不会想要对她发号施令的人，我们也不想。

4.瑞典的埃里克王子——波罗的海的商人们一定很满意这样的联姻，但在别处对我们毫无助益/会让法兰西和西班牙成为我们的仇敌，只会多一位实力弱小的盟友/当然是新教徒/富有，这算是最大的好处。

5.爱伦伯爵——他是排位仅次于玛丽公主的苏格兰王位继承人/可以帮我们在苏格兰领军作战/英俊/新教徒/贫穷（尽管我并不介意）。如果他能够战胜苏格兰的法兰西人,那么我们最大的威胁就将不复存在/女王和他的儿子最终将统治两个王国/苏格兰——英格兰的联合王国将无惧任何困难……

6.英格兰的普通人——她还年轻,迟早而且注定会看中在她身边经常出现的某个人/这应该是最坏的选择:他会把自己的朋友和家族成员安排在宫廷里/会触怒其他家族/我也会大祸临头……

写到这里他停了下来,将笔杆的羽毛在嘴唇上拂了拂。

不能这样,他写道。我们不能允许这样过于强势的臣民提拔自己的家族成员,使得她来对付我和我的势力。谢天谢地,罗伯特·达德利已经结了婚,否则他会更加肆无忌惮。我了解他和他的……

他沉默地坐在夜晚的王宫里。外面塔楼上的猫头鹰发出求偶的呜呜叫声。塞西尔想着熟睡的女王,他的表情也柔和起来,露出父亲般的温柔微笑。他拿出一张白纸放在面前,又写了起来。

给爱伦伯爵:

阁下,

在您百忙之中多有打扰,递送这封信的人将会向您送上我诚挚的祝愿,希望您能允许他协助您前来英格兰,我的住处和仆从都将荣幸地听凭您使用……

伊丽莎白正在白厅宫的私人住所重读西班牙的菲利普写来的一封情书,

这是一系列情书中的第三封,而且每一封的内容都比上一封更加热情。她的一位女伴——贝蒂夫人——伸长了脖子去倒着看信上的字,但她看不懂拉丁文,只好暗地埋怨自己可怜的受教育程度。

"噢,你听,"伊丽莎白轻声说道,"他说他想我想得废寝忘食。"

"那他肯定会瘦得皮包骨头的,"凯瑟琳·诺利斯粗鲁地说,"他总是那么瘦,腿儿细得像鸽子腿一样。"

罗伯特·达德利的妹妹玛丽·西德尼咯咯地笑出声来。

"嘘!"伊丽莎白一本正经地训斥了她们,她一直不喜欢别人对他国君主出言不逊,"他是个外表出众的人。还有,不管怎么说,我想他会吃东西。这只是修辞用语而已,凯瑟琳。他这么说只是为了取悦我。"

"都是胡说八道,"凯瑟琳把声音压得很低,"而且还是天主教徒的胡说八道。"

"他说他正在审视自己的良心,审视他对我的信仰和学识的敬意,试图找出一种能够将我们的信仰兼容并包的方法,好让我们能够心心相印。"

"他会带来十二名红衣主教,"凯瑟琳预言道,"在他们身后会跟着宗教审判庭。他根本就不爱你,这只是他的政治手段。"

伊丽莎白抬起头。"凯瑟琳,他一直都爱着我。你当时并不在场,否则你就会亲眼看到他多么爱我。那时候每个人都在议论,到处都是流言蜚语。我敢发誓,要不是他插手反对女王的那些恶毒念头,我也许还待在伦敦塔里,或是一辈子遭受软禁。他坚持要人们像对待一位公主、对待真正的继承人那样对待我……"她停了口,低头抚弄那条金色的织锦礼裙,"……而且他对我非常温柔。"她的口气带着她特有的那种自我陶醉般的轻快。伊丽莎白随时都能让自己深陷爱河。"说真的,他非常欣赏我、爱慕我。他是位真正的王子,一位真正的国王,又那么不顾一切地爱着我。我姐姐准备分娩的时候,我们经常在一起,而他……"

"他可真是个好丈夫,"凯瑟琳插嘴道,"会在自己的妻子分娩期间勾搭妻子的妹妹。"

"她并不是真的要分娩,"伊丽莎白一副事不关己的样子,"她只是认为自己怀了孕,因为她腹部隆起,而且又呕吐……"

"那他就更了不起了,"凯瑟琳得意扬扬地说,"竟然在自己的妻子患病而又伤心无助的时候,去和妻子的妹妹调情。陛下,我想认真地对您说,您不能和他结婚。英格兰的人民不会允许那位西班牙国王再次归来。他第一次来已经令人憎恨,如果他再来,人们会气得发狂。他掏空了国库,让您的姐姐心碎,没有给她带来子嗣,让我们的加莱失守,最近的几个月还是在和布鲁塞尔的女士们的种种丑闻中度过的。"

"不!"伊丽莎白的注意力立即离开了手上的情书,"这么说,他'废寝忘食'就是因为这个?"

"因为他总是跟好公民们的妻子上床。他根本是个色中饿鬼!"凯瑟琳对着吃吃笑出声来的表妹露出微笑。"您当然有比您姐姐留下的鳏夫更好的人选!您又不是那样的老处女,有个二手的丈夫就该谢天谢地了。您有更好的选择。"

"噢!那你觉得我应该找什么样的丈夫呢?"伊丽莎白问。

"爱伦岛的伯爵[①],"凯瑟琳不假思索地说,"他很年轻,是新教徒,很英俊,非常非常有魅力——我见过他一面,之后就立刻迷上了他——而且等他继承王位以后,你们就能把英格兰和苏格兰合并为一个王国了。"

"除非吉斯的玛丽配合地暴病身亡,连同她的女儿一起,"伊丽莎白指出,"可吉斯的玛丽身体健康,她的女儿比我还年轻。"

[①] 事实上,在中世纪的英国地区,苏格兰和爱尔兰均有"爱伦伯爵"这一称呼,其中苏格兰的"爱伦伯爵"指的是领地为爱伦岛的伯爵,而爱尔兰的"爱伦伯爵"指的是领地为爱伦群岛的伯爵。

"只要符合上帝的意愿，再奇怪的事情也会发生，"凯瑟琳自信地说，"就算摄政的玛丽活着，那位英俊的新教继承人为什么就不能把她推下王座呢？"

伊丽莎白皱起眉头，扫视房间，确认都有哪些人听到了她们的话。"够了，凯瑟琳，做媒这份活儿不适合你。"

"这既是做媒，也是为我们王国的安全和信仰做考虑，"凯瑟琳顽固地说，"您只要嫁给一个英俊的年轻人，就有可能为您的子孙确保苏格兰的平安，并且保护它不受教皇的反基督行为的毒害。在我看来，这就是唯一的选择了。谁不想要爱伦伯爵？他与苏格兰领主们为了这地上的神之国而奋勇作战，还有整个苏格兰王国作为聘礼。"

凯瑟琳·诺利斯也许偏爱年轻的爱伦伯爵，但在二月末的时候，伊丽莎白的宫中出现了另一位求婚者：奥地利大使，冯·赫尔芬斯坦伯爵代表哈布斯堡大公查尔斯和费迪南呈上了求婚的请愿。

"你真是招蜂引蝶的花儿。"在白厅宫的寒冷花园中的一次散步时，罗伯特这样笑着对伊丽莎白说，两名护卫跟在后面，谨慎地拉开一段距离。

"确实如此，虽然我半点也没有招惹他们。"

"半点也没有吗？"他挑起一边深色的眉毛。

她停下脚步，从帽檐下看着他。"我没打算吸引任何人。"她宣称道。

"就连你走路的方式也不是？"

"只是走路而已啊。"

"可您跳舞的方式呢？"

"那是意大利风格，和大多数女士一样。"

"噢，伊丽莎白！"

"也许你不应该再直呼我的名字了。"

"好吧,也许您也不应该再对我说谎了。"

"这算是什么规矩?"

"对您有好处的规矩。现在,回到我们的主题上吧。您说话的方式就在吸引求婚者。"

"我必须礼貌对待来访的使臣。"

"您可不仅仅是礼貌而已,您……"

"我什么?"她咯咯地笑着问。

"您让他们看到了希望。"

"噢,我可什么都没答应!"她立刻说道,"我从来不许诺。"

"事实上,"他说,"这正是你最让人误解的地方。您说起话来总让人感觉到希望,可您并不是在许诺。"

她笑得更大声了。"确实如此,"她坦白道,"但说真的,亲爱的罗宾①,我必须把这个游戏玩下去,不仅仅是因为我觉得有趣。"

"您不会为了英格兰的安危嫁给一位法国人吗?"

"我不会拒绝他们中的任何一个,"她说,"我的每个追求者都是英格兰的盟友。比起求爱,这更像是一场棋局。"

"难道就没有一个男人让您的心跳稍稍加速吗?"他突然换上了非常亲密的口气。

伊丽莎白抬头望着他,她目不转睛,表情没有了平日的风情,取而代之的是纯粹的真诚。"一个也没有。"她答道。

他一时间目瞪口呆。

她大笑起来。"上当了吧!"她指着他说,"你这自负的家伙!你还以为能把我问倒呢!"

---

① 罗伯特的昵称。

The Virgin's Lover

他捉住她的手,放到自己唇边。"我想我永远也无法俘获您①,"他说,"但我乐于用我的一生去尝试。"

她想笑,但看到他凑近过来,她的笑便哽在了喉咙里。"哦,罗伯特……"

"伊丽莎白?"

她想将自己的手抽走,但他却将那只手拉得更近。

"我一定得嫁给一位王子,"她颤抖着说,"这场游戏的目的是让骰子投出的结果最好,但我知道自己无法独自执政,而且我必须生下一个男孩作为继承人。"

"您一定得嫁给一个对您有益,也对国家有益的男人,"他平静地说,"您也肯定会明智地选择那个您想和他上床的男人。"

她吃惊地轻轻喘息起来。"你可真是畅所欲言,罗伯特阁下。"

他没有半点动摇,仍然将她的手紧紧握在自己温暖的手中。"我非常确定,"他轻声说,"您既是女王,又是个年轻女人。您拥有王冠也拥有真心。您可以同时出于欲望和国家利益而选择丈夫。您不是为冰冷床榻而生的女人,伊丽莎白。您不是那种受得了纯粹政治婚姻的女人,您需要一个既能让您信任又让您深爱的男人。这些我都明白。我了解您。"

---

① 此处为双关,和上文伊丽莎白的"把我问倒"对应的英语都是 catch me,同时罗伯特·达德利的话也可以理解为"我永远也无法问倒您"。

1559年春

四旬斋的百合花开满了整个剑桥郡,河岸的田野里一片灿金霜白,画眉鸟站在篱笆上唱着歌儿。艾米·达德利每天早上都在伍兹太太的陪伴下骑马外出,给这位东道主留下了很好的印象:她对他们放牧羊群的草地赞不绝口,又对冬日的荒芜过后新发的牧草侃侃而谈。

"你一定很想要你们自己的庄园吧。"她们骑马穿过一片新生的橡树林时,伍兹太太评论道。

"我确实希望我们能买下一个庄园,"艾米愉快地说道,"比如弗利彻姆大宅,就在我以前的住处边上。我继母写信给我说乡绅赛姆斯打算卖掉那儿,而我一直也很喜欢它。我父亲曾经说他会为我出资。他几年前就想给我和罗伯特买下那里了,但后来……"她顿了顿,"不管怎么说,我都希望现在还能买下那里。那儿有三片不错的林地,两条清澈的河流。河道交汇处有几片不错的湿草地,较高处的土地可以用来种植作物,主要是大麦。当然了,更高处的草地是用来放牧羊群的,我了解那群羊,我还小的时候就总是骑马去那儿玩。我的罗伯特大人也喜欢那儿的风景,我想他原本会愿意买下来,但之后我们就遇到了那些麻烦……"她又顿了顿,"不管怎么说,"她的语调更愉快了,"我让丽兹·奥丁赛尔给他写了信,告诉他现在那儿正挂牌出售。我正在等他的回音。"

"你不是从女王继位以后就没有见过他吗?"伍兹太太满腹狐疑地问。

艾米一笑置之。"是啊!这么说已经传开了?的确,我本以为他会回家过第十二夜的，他答应过的——不过自从成为马夫长以后，他就要负责宫里所有的节庆活动，他有太多事要忙。女王每天都要骑马或是狩猎，你知道的。他要打理她的马厩，还要负责宫廷里的各类消遣：舞会、化装舞会还有宴会，一切的一切。"

"你不想去找他吗？"

"噢，不想，"艾米坚决地说，"他父亲还活着，他的整个家族都在宫里的时候，我和他去过伦敦，那儿糟透了！"

伍兹太太笑了起来。"哎呀，有这么糟糕吗？"

"白天的大部分时间都是站在那儿，聊些废话，"艾米直白地说，"当然了，对男人来说，他们有枢密院和国会的工作可以讨论，还可以无休止地追求年金、地位和他人的重视。但对女人来说，除了在女王的宫室里忙碌之外，没有其他事可做，真的。宫里的女人很少有对国家政务感兴趣的，也没有哪个男人想听我的意见。那时我只能日复一日地陪我丈夫的母亲枯坐，她除了自己的丈夫——也就是公爵大人——还有她的儿子们之外，对任何人都不感兴趣。我丈夫的四个兄弟都很优秀、对彼此忠心不贰，他还有两个姐妹，凯瑟琳女士和玛丽……"

"你是说现在的西德尼夫人？"

"嗯，就是她。他们都把罗伯特大人当做上帝一般看待，所以觉得什么样的人都配不上他，尤其是我。他们都觉得我是个傻瓜，等到我获准离开的时候，我已经完全认同了他们的看法。"

伍兹太太又大笑起来。"多可怕啊！但你肯定有自己的看法才对，你所在的家族当时可是全英格兰最有权势的。"

艾米扮了个鬼脸。"在那样的家庭里你会很快学会一件事，那就是如果你有自己的看法，又跟公爵大人不一致，那就最好别说出口。"她说，"尽管我丈夫选择起兵反抗，但我一直都觉得玛丽女王才是真正的女王，也一直相信她的信仰最终会获得胜利。但为了我，也为了罗伯特，我只能把自己的想法和信仰藏在心中。"

"不能和这么骄傲自大的一家争执，这简直是对毅力的考验！"

艾米轻声笑起来。"我正想这么说呢，"她说，"而且最糟糕的是，罗伯特早先不是这样的。我第一次见到他是在我父亲家里，那时他还是个甜美可爱的男孩儿。我们那时就决定买一座房子，养一群羊，他负责养马。我如今还在等着他回家……"

"我一直都想进宫，"在艾米怅惘地沉默的此刻，伍兹太太插了嘴，"伍兹先生曾经带我见过前女王用晚餐时的样子，简直太壮观了。"

"晚餐每次都持续很久很久，"艾米断然说道，"食物总是冷冰冰的，而且大多数都非常难吃，所以人们都在回房以后再让厨子给自己做点好吃的。在那里，不能养自己的私人猎犬，不能拥有超过宫务大臣允许数目的侍从，必须遵守宫里的作息时间……每天晚睡晚起，直到你疲倦得快要死掉。"

"可罗伯特大人却对这种生活乐在其中？"伍兹太太的评论一针见血。

艾米点点头，掉转马头朝家的方向走去。"暂时是这样。他生于宫中，从小与王家做伴，就像王子那样生活。但我知道，他的内心仍然是我当初爱上的那个只想要几片好牧场来放牧漂亮马儿的年轻人。我知道我必须坚信这一点——不管付出怎样的代价。"

"那你自己呢？"伍兹太太柔声问着，也掉转马头走在她身边。

"我遵守承诺，"艾米坚定地说，"我等他，我相信他会回到我身边。我嫁给他是因为我爱他，只是因为他本身。他娶我也是因为他爱我，只是因为我本身。等女王和宫廷的新鲜感都消逝以后，等他得到了那些财富和地位，等他尝遍了种种特权之后，他就会回到我身边，那时候，我会在我们漂亮的房子前面等他，带着牧场里的母马生下的漂亮马驹，让一切都像他所期望的样子。"

西班牙的菲利普孜孜不倦地给伊丽莎白寄来含情脉脉的书信，甚至惊动了威廉·塞西尔和凯瑟琳·诺利斯。但正和敬爱的哥哥罗伯特·达德利低声交谈的玛丽·西德尼却语带宽慰。

"我敢肯定，她这样做只是为了保障与他之间的同盟关系，"她轻声说道，"当然也是为了给自己找些乐子。她需要有人持续不断地赞美她。"

他点点头。兄妹并肩骑行，放松缰绳，从猎场向家的方向前进，两匹马都大汗淋漓、气喘吁吁。前方是女王的马，凯瑟琳·诺利斯和一个没见过的英俊男人陪在她的两旁。罗伯特·达德利友善而淡然地看了他一眼。伊丽莎白从不放过任何一张漂亮脸蛋，她需要一个可以让她心跳加速的男人。

"作为对抗法兰西的盟友？"罗伯特问。

"就是这样，"她说，"他们攻打加莱的时候，菲利普站在我们一方对抗法兰西；法兰西人准备攻打荷兰的时候，我们要站在他这一方。"

"她想让他继续做自己的朋友，好帮她对付苏格兰的摄政女王吗？"他问，"她喜欢塞西尔那个支持苏格兰新教徒的计划吗？在和你们这些女伴们独处的时候她说过些什么吗？她是否听取了塞西尔的建议，正在计划发动战争？"

玛丽摇了摇头。"她就像一匹被苍蝇纠缠的马儿，得不到安宁。有时她也会觉得自己应该帮助他们，因为她和他们有着同样的信仰，而且法兰西确实是对我们的和平生活最大的威胁。但在其他时候，她又太过害怕，不敢主动去对抗一位正式加冕的君王，担心这样会导致国内的敌人起身对抗她。而且她每天都生活在被人暗杀的恐惧之中。她不敢做任何会导致敌人数量增加的事情。"

他皱起眉头。"塞西尔非常确定法兰西是我们最大的威胁，而我们应该趁着苏格兰人反抗自己君王的时候与他们一战。他们向我们求援的时候，正是我们的大好时机。"

　　"塞西尔想让她嫁给爱伦，"玛丽推测道，"而不是菲利普。塞西尔比谁都要厌恶西班牙人和罗马天主教，尽管他每次提起的时候都尽量平静慎重。"

　　"你以前见过爱伦吗？"

　　"没有，但凯瑟琳·诺利斯对他的评价很高。她说他英俊聪颖，而且不用说，他对苏格兰王位的继承权仅次于苏格兰女王玛丽。如果女王和他结婚，而他又击败摄政女王夺得王位，那么他们的儿子就能统一整个王国。"

　　她看到达德利沉下脸来。"他是我们最大的威胁。"他说。她知道他所说的并非是英格兰所面对的威胁，而是他们自己面对的威胁。

　　"比起宫里的其他人来，她更加青睐你，"她笑着说，"她总说你技艺精湛、英俊潇洒。她总是这样说，即使是年纪最小的女伴也知道，如果想取悦她的话，只要说起你的骑术多么高超，将马儿调教得多么听话，或是说你的穿着品位多么高雅。丽蒂西娅·诺利斯在谈起你的时候一点也不像未婚少女，女王也总是会开怀大笑。"

　　玛丽以为他也会笑起来，但他依然郁郁寡欢。"对于已有妻室的我来说，这有什么好处呢？"他反问道，"另外，伊丽莎白也不会嫁给一个没法给她带来好处的男人。"

　　他的话让她陷入了沉默。

　　"什么？"最后，她问道。

　　他迎上她惊骇莫名的目光。"无论伊丽莎白的意愿如何，她都不会为了政治手段之外的理由结婚，"他平淡地说，"而且我并非自由之身。"

　　"当然不会！"她有些语无伦次，"罗伯特，我的哥哥，我知道她的最爱是你——全世界都知道她的最爱是你！我们总是取笑女王对你目不转睛。宫中的半数男人都因此而恨你。但我根本想不到你还奢求更多。"

他耸耸肩。"我当然不想到此为止，"他说，"但我想不出要如何实现自己的奢望。我是个已婚男人，我的妻子体弱多病，但她不太可能在二十年之内过世，我也不做这种想法。伊丽莎白是个彻头彻尾的都铎人，她的婚姻将会同时满足对权力和欲望的需求，就像她姐姐那样，就像她父亲那样。爱伦对她来说是非常合适的人选；他能联合苏格兰人一同对抗法兰西，在苏格兰的土地上战胜他们，接下来他就可以娶她，将英格兰和苏格兰统一成不可战胜的王国。然后他当然就会把我赶走。"

玛丽·西德尼紧张地看了眼她的哥哥。"可如果这对英格兰来说是最好的选择呢？"她迟疑地说，"那么我们是否应该站在爱伦一方？即使这样会阻碍我们自己的追求？如果这对英格兰是最好的选择的话？"

"根本没有什么英格兰，"他冷冷地说，"至少和你想象的不同。可以称之为'英格兰'的势力根本不存在。只有一群比邻而居的大家族：我们、霍华德家族、帕尔家族、塞西尔家族，以及正在迎头赶上的珀西家族、内维尔家族和西摩尔家族，最后还有他们之中最强大的强盗部落：都铎家族。所谓对英格兰的有益，就是对最强大的家族有益，而最强大的家族就是最善于处理自身事务的家族。我父亲早就明了这一点，所以他当初为我们制订了计划。而今，这片土地上最大的家族是都铎家，而不再是我们家。但总有一天还会是我们的。你只需要像我这样，只关注对我们家族有益的事就行了，我的妹妹，英格兰将来会因此获益的。"

"但无论你打算怎样为我们的家族谋求利益，你都不可能和女王结婚，"她的声音压得很低很低，"你知道你不能。有艾米在……而女王本人也不会同意的。"

"如果无法成为这片土地上的第一人，无论头衔是什么，"罗伯特说，

"那么再得宠也没有意义。"

艾米才到伍兹家不久,三月中旬的时候,她突然告诉他们,她要离开了。

"很遗憾你就要走了,"伍兹太太温和地说,"我还以为能一直留你到五月份呢。"

艾米已经幸福得无暇他顾。"如果可以的话,我明年会再来的,"她答,"罗伯特大人送了口信来,让我去坎伯威尔见他。我母亲的亲戚斯科特一家住在那里。当然了,我必须立刻赶去。"

伍兹太太惊讶地吸了一口气。"去坎伯威尔?他是要你去那座城市?他会接你进宫吗?你会见到女王吗?"

"我不知道,"艾米开心地笑着回答,"我想他也许想在伦敦买一栋属于我们的房子,好让他可以宴请宾客。他的家族以前在赛恩也有房子,也许女王会把他在那里的房子还给他。"

伍兹太太将双手捂在脸颊上。"那是栋很大的宫殿!艾米!他真是前途无量。你也一样。千万别忘记我们。到宫里的时候记得写信给我,告诉我那儿的样子。"

"我会的!我会写信给你讲全部的事情。每件事情!女王穿什么、和谁在一起,还有一切的一切。"

"或许她也会让你做她的女伴,"伍兹太太说着,艾米光辉的未来仿佛正在她眼前铺展开来,"他的妹妹也是女王的女伴,对吗?"

艾米立刻摇了摇头。"噢不!我不会做她的女伴。他不会要我做她的女伴的。他知道我忍受不了宫廷生活。但既然他整个夏天都陪我在弗利彻姆大宅度过,我就会陪他去伦敦过冬。"

"我觉得你可以！"伍兹太太笑了起来，"你的长裙呢？需要的东西都有了吗？需要我借给你什么吗？我知道，我也许很赶不上潮流……"

"我可以在伦敦自己添置，"艾米喜悦但又平静地说，"罗伯特大人现在有足够的地位了，他会希望我在衣服上多花点儿钱的。如果我看到能给你做骑马用披风的布料，我就会派人送来给你。"

"噢，那可太好了，"伍兹太太说着，想象着自己与艾米的友谊将她带入光辉绚烂的宫廷，"等草莓成熟，我就派人给你送去。我答应你。"

奥丁赛尔太太将头抵在门上。她已经穿好了旅行的斗篷，还戴起兜帽以抵御清晨的寒风。"夫人？"她说，"马已经等在外面了。"

伍兹太太惊叫起来。"你这就要走？"

艾米已经走向了门口。"我不能多耽搁了，大人还在等我。如果有东西忘在这儿，我会派人回来取的。"

伍兹太太目送她出门走向等待的马儿。"一定要再来啊，"她说，"也许我会去伦敦看你，去拜访你们在伦敦的新宅。"

等待多时的马夫扶艾米坐上马鞍，然后她握紧了缰绳。她低头对着伍兹太太微笑。"谢谢你，"她说，"我在这里过得很快活。等我和我的大人在新居安定下来以后，希望你能过来小住一段时日。"

✦

塞西尔亲手给伊丽莎白写了张便笺，请她在无人的时候查看。

关于您与西班牙的菲利普的信件往来：

1.西班牙的菲利普是一名忠实的天主教徒，他也希望自己的妻子遵从他的信仰。如果他给您的说法不同，那么他一定是在说谎。

2.他也许会保护我们暂时免受法兰西的威胁，但他也会因为自己的理由和意愿将我们卷入与法兰西的战争。我要提醒您，要不是因为他，他们根本不会进攻加莱。而且他不会帮助我们将它夺回。

3. 如果您与他结婚，那么我们将会失去英格兰新教徒的支持，因为他们都憎恨他。

4. 并且也不会得到英格兰天主教徒的支持，因为他们同样憎恨他。

5. 他不能娶您，因为他和您的姐姐结过婚，除非他得到教皇的特许。如果您认同教皇的权力，那就必须接受您父亲和阿拉贡的凯瑟琳的婚姻也是合法的，而您的母亲只是国王的情妇，您也将被当做私生子看待，不再是王位的合法继承人。那他为什么还要娶您呢？

6. 西班牙的菲利普的所有子嗣都会作为天主教徒被抚养长大。

7. 也就是您的子嗣。您将会亲手把一位天主教王子送上英格兰的王位。

8. 您当然不会嫁给菲利普王，因此您必须找个时机明确地拒绝他。

9. 如果您拖延得太久，就会让这位欧洲最有权势的男人看起来像个傻瓜。

10. 那可并非明智之举。

白厅宫
3 月 24 日

"我很抱歉，"伊丽莎白对西班牙大使菲尔里尔伯爵柔声说道，"这是不可能的。但我对你主人的钦慕无法用言语形容。"

在和他一直不喜欢也不信任的这个女人商谈了几个月的婚事之后，菲尔里尔伯爵深鞠一躬，努力用理性和外交辞令来让这番对话不至于失去控制。

"他也同样钦慕您，陛下，"他说，"您的决定会让他难过，但他仍然愿意做您的朋友，做您的国家的朋友。"

"您知道，我是异教徒，"伊丽莎白飞快地说，"我完全否定教皇的权威。这件事每个人都知道。菲利普王不能娶我。我会令他蒙羞的。"

"那他可以做您的兄长，"伯爵说，"您慈爱的兄长，正如他一直以来所做的那样。"

"这恐怕也不可能，"伊丽莎白神色更严肃了，"请向他转达我的悲伤和遗憾。"

伯爵深深地鞠了一躬，想尽快离开这间会客室，免得这位反复无常的年轻女王让他们两人都下不了台。他已经看到她双眼含泪，嘴唇也在颤抖。

"我会立刻写信给他的，"他安慰她说，"他会明白的。他一定会明白的。"

"我真的很抱歉！"伊丽莎白看着迅速退向门口的那位大使，大声说道，"请告诉他，我真的满怀歉意！"

他抬起头来。"陛下，别再想这些了，"他说，"您没有冒犯什么人，也没人会感到受了冒犯。这对我们双方都是憾事，但仅此而已。您永远会是西班牙所需要的好友和同盟。"

"永远是盟友？"伊丽莎白把手帕举到双眼旁边，恳求道，"你能代表你的主人做出这样的承诺吗？我们可以永远都是盟友吗？"

"永远都是。"他上气不接下气地说。

"如果我需要帮助的话，可以求助于他吗？"等卫兵为他打开那扇门的时候，她几乎要失声痛哭起来了，"无论将来发生什么？"

"可以。我替我的主人向您保证。"他又鞠了一躬，然后走出了王家会客厅。

门在匆匆离去的他身后关上。伊丽莎白丢下手帕，朝塞西尔得意地眨了眨眼睛。

伊丽莎白的枢密院正在她的会客厅召开会议。女王本应该坐在桌子的首席,但她却像一头被囚禁的母狮那样缓缓踱步到两扇窗之间。塞西尔从他备忘录的纸页间抬起头,希望这场会议不会艰难到无法进行下去。

"卡托-康布雷齐和约[①]让我们处在比从前都更加有利的位置,"他说,"这份合约确保了西班牙、法兰西与我们之间的和平稳定。至少眼下,我们还不会有遭遇入侵的风险。"

这话换来了其他成员得意的附和。这份确保这三个大国间达成和平的协议经历了漫长的商谈过程,是塞西尔的外交策略的第一场胜利。英格兰终于可以确保和平了。

塞西尔紧张地瞥了一眼他的女主人,后者对于枢密院的大男子主义作风向来很是不满。"这都要感谢陛下对待西班牙的巧妙手段。"他说。

伊丽莎白停下了脚步,侧耳聆听。

"她一直维持着和西班牙的伙伴和盟友关系,久到足够威吓法兰西与我们和谈,而且当她拒绝菲利普的山盟海誓以后,依然巧妙地让西班牙人继续站在我们这一边。"

听到奉承的伊丽莎白平静下来,走到桌边,坐回她的扶手椅里,头部和双肩靠在椅背上。"的确如此。你继续说吧。"

"这份和约能够给我们带来保障,确保我们能够安全地实施改革,"他续道,"我们可以将苏格兰的问题暂时搁置,因为和约确保了法兰西人不会进犯。这样一来我们也就有心力去处理国内的紧急事务了。"

伊丽莎白点点头,等待下文。

"首先要讨论的事务是让陛下成为教会的最高统治者。就此达成一致之

[①] 英国、西班牙为结束意大利战争而与法国缔结的两项合约。

后，我们就可以暂时休会。"

伊丽莎白迅速起身，再次走到窗边。"这真的是我们的首要事务？"她问道。

"是个好主意，"诺福克公爵没有回答他的表姐，也就是女王的话，"在他们的蠢脑袋想到办法之前，把他们赶回自己的领地去。把教会关在国门之外。"

"这样我们的麻烦就都结束了。"有个傻子说道。

这句话点燃了伊丽莎白的怒火。"结束了？"她像只愤怒的猫儿那样从窗边走了回来，"结束了？就这么看着加莱落到法兰西人的手中，而且赎回的希望渺茫？就让玛丽的盾牌上继续挂着代表四分之一个英格兰的纹章？我们的麻烦要如何结束？我到底还是不是法兰西的女王？"

众人震惊地沉默下来。

"您的确是。"除了塞西尔，没有人敢说话。理论上来说，她的确是。英格兰的历代君主都自称法兰西的君主，即使英格兰在法兰西的领地只剩下加莱周边地区的时候也不例外。现在看来，就算连加莱都已失去，伊丽莎白也将继承这一传统。

"那么我在法兰西的城堡，我在法兰西的领地呢？我来告诉你们吧，它们都落入了某个非法势力的手中。我的大炮、围墙和堡垒又在哪里呢？我来告诉你们吧，它们都在英格兰的领地上遭到了摧毁或是夺取。当我的使臣去法兰西王宫赴宴的时候，他们会在法兰西王妃的餐盘里看到些什么呢？"

他们都低头看着桌下，希望这样的狂风暴雨赶快过去。

"我的纹章！"伊丽莎白大吼，"印在法兰西的盘子上。你们如此得意的和约解决了这一点吗？没有！你们有人提到这件事吗？没有！可你们还觉得整个王国最重要的事是领导教会。根本不是！我的大人们！根本不是！

最重要的事情是让我取回我的加莱,别再让那个女人把我的纹章印在她的蠢盘子上!"

"这件事会得到解决的。"塞西尔安慰她说。他环视桌边的众人。他们都在思考同一件事情:要是她能嫁给某个通情达理的男人,再让他来负责统领众人,那这场会议就会顺利许多。

让他感到惊恐的是,他看到她深色的眼眸里溢满了泪水。"至于西班牙的菲利普,"她声音沙哑,"现在我又听说他就要结婚了。"

塞西尔目瞪口呆地看着她。他完全想不到,她居然真的会对这样一个男人抱有感情,虽然伊丽莎白在他妻子在世的时候一直折磨着他,之后又愚弄了他好几个月。

"只是为了确保和约的婚姻,"他犹豫着说,"我不觉得他们经历过恋爱的过程。他们没有彼此吸引,比起她来,他也许更想选择……选择……"

"你们还劝我嫁给他,"她的声音因为激动而颤抖,她沿着枢密院成员低垂的头看过去,"直到现在,你们还一个接一个地提出所谓的合适人选来让我接受,现在看到了吗?你们选定的这个人,你们认为最适合的求婚者,根本就没有忠贞可言。他发誓说他爱我,可现在呢?他就要娶别人了。你们几乎让我嫁给了这么个背信弃义的人。"

"没有人比他更适合她了。"诺福克公爵用只有邻座才能听到的声音低声说道,后者几乎笑出声来。

塞西尔明白,与她争辩根本没有意义。"是的,"他简短地说,"我们中的大多数人都看错了他的本性。谢天谢地,陛下您还如此年轻如此美貌,身边不会缺少求婚者。一切由您来选择,陛下。有太多人渴望与您结婚。我们所能做的只是在您睿智判断的基础上加以建议而已。"

一声微风般的叹息从心烦意乱的议员们之间飘过,紧接着又是一声——塞西尔说到了点子上。弗朗西斯·诺利斯站起身来,将女王引到首席座位上。"现在,"他说,"尽管他们确实不那么重要,我们还是得讨论一下主教们的事情,陛下。我们不能这样继续下去了。我们必须和教会达成某种协议。"

⬟

艾米的堂姐和她堂姐的丈夫——一位在安特卫普的生意做得很大的商人,正在他们位于坎伯威尔的那座大宅的门前迎接她。

"艾米!你绝对想不到的!我们今天早上收到了罗伯特大人的信!"弗朗西丝·斯科特上气不接下气地喊道,"他今天会回来吃晚饭,至少会留下来住一晚!"

艾米的脸红了起来。"真的?"她转身看自己的女仆,"皮尔托太太,把我最好的长裙拿出来,再帮我压好褶领。"她又转身看她的堂姐,"你们的理发师来了吗?"

"我特意让他提前一小时赶来为你服务!"他大笑,"我知道你想让自己看起来最美。我接到这个消息就立刻让厨子去干活儿了。他们准备了他最喜欢的碎杏仁饼。"

看到堂姐兴奋的模样,艾米大笑起来。

"他又出人头地了,"拉尔夫·斯科特说着,走上前亲吻了她,"我们听到的都是关于他的好消息。女王很看重他,每天都让他陪伴在旁。"

艾米点点头,从他怀中挣脱,走向敞开的大门。"我可不可以住我平常的房间?"她急切地说,"你能让他们快些把装着我的长裙的行李箱拿来吗?"

⬟

但经历了一番紧张的准备工作,压平长裙,又匆忙派女仆去买新袜子之后，罗伯特爵士却派人来致歉说他无法及时赶到。艾米坐在斯科特家优雅时髦的会客厅的窗边等了两个小时，等待她的丈夫及随从们的身影出现在窗外的小路上。

将近下午五点钟的时候，才有一行六人沿着坎伯威尔大街而来，他们骑着高头大马，穿着达德利家族的制服，驱散鸡群和人群，又对着前方的孩子们大喊，要他们让路。他们的正中间是罗伯特·达德利，他一只手挽着马缰，另一只手插在腰间，目光游移，笑容迷人：这是他面对公众欢呼时的一贯表现。

他们在这栋漂亮的房子前面勒住缰绳，达德利的马夫跑过来牵马，他则轻巧地一跃而下。

窗边的艾米听到踏在鹅卵石路上的马蹄声，立即起身。她的堂姐跑来告诉她说罗伯特已经到了门口，却发现她透过窗子看他看入了迷。弗朗西丝·斯科特一言不发地退开，他们的两位男仆上前打开门，罗伯特爵士径直走了进来。

"斯科特堂姐夫，"他愉快地说着，挽起对方的手。听到他叫出自己的名字，拉尔夫·斯科特的脸受宠若惊地红了红。

"以及我的堂姐弗朗西丝，"轻吻她的双颊时，罗伯特从记忆中找到了她的名字，他看到她在自己的亲吻和碰触下涨红了脸——女人面对他的时候总会这样——随后深色的眼中浮现出渴望，这点他也同样见怪不怪。

"我最亲爱的弗朗西丝堂姐。"达德利更加亲切地说着，一边仔细地打量她。

"噢，罗伯特阁下。"她深吸了口气，将手搭在他的手臂上。

啊哈——罗伯特心想，好一只成熟待摘的梅子，但是动手的风险太大了，他们必然会暴露的。

门在她身后打开了，艾米就站在那里，倚门而立。"大人，"她轻声说，

"能见到你我好高兴。"

达德利温柔地放开弗朗西丝·斯科特,走向他的妻子。他拉过她的手,低头轻吻她的手指,然后将她拉近,亲吻她的脸颊,先是一侧然后是另一侧,最后是她温暖而渴望的双唇。

看到他、触碰他,感觉到他身上的气息,艾米觉得自己几乎就要融化了。"大人,"她轻声说,"我的大人,已经太久太久了。我等待见你的这一天已经太久了。"

"我现在回来了。"他飞快地答道,就像每个面对责备选择转换话题的男人那样。他伸手环住她的腰,转身看向那两位东道主:"但我确实迟到了很久,堂姐、堂姐夫,我希望你们原谅我。我陪女王玩九柱戏,直到她获胜我才得以离开。我用各种方法掩饰自己偷偷让赛的事实,直到别人眼中的我像个半瞎的傻子,这才输给她。"

他口气中的满不在乎几乎让弗朗西丝·斯科特无法忍受,可拉尔夫却应对自如。"当然了,当然,总得让女士们也满意嘛,"他话题一转,"你现在有没有胃口吃东西?"

"我饿得就像猎狗一样。"达德利向他保证道。

"那我们开饭吧!"拉尔夫说着做了个手势,让罗伯特跟他来,然后他们穿过走廊,来到屋子后面的就餐室。

"你们这栋屋子真不错。"罗伯特爵士说。

"和乡村别墅比起来这当然不算什么。"弗朗西丝和艾米谦恭地跟在他们身后。

"但这是新房子。"达德利愉快地说。

"房子的大部分都是我自己设计的,"拉尔夫得意地说,"我知道得为我们建一栋新房子,然后我想——干吗要在湖边建一座宫殿,再雇一大群人来打理它呢?还得建一座大厅让他们吃饭,再盖房子给他们住。为什么不建一座更舒适、更紧凑的房子，方便打理，但又有足够招待十几个朋友来用餐的空间呢？"

"噢，我同意，"达德利敷衍道，"这些对聪明人来说已经足够了。"

斯科特先生推开门走进就餐室。虽然以白厅宫或是威斯敏斯特宫的标准来说，这儿很小，但仍旧容得下十二位宾客和他们的随从。斯科特先生一马当先地穿过其他用餐者——半打他的属下和半打管家——走向首席处。艾米和弗朗西丝跟在后面。奥丁赛尔太太和弗朗西丝的同伴也跟了进来，还有斯科特家年纪最长的孩子们：一个十岁的女孩和十一岁的男孩，都穿着成人服装，动作僵硬，目光低垂，面对如此盛大的场面，敬畏得无法言语。达德利热情地和每一个人打过招呼，在主人的右手边坐下来，艾米坐在他的身旁。借着裙装和桌面的掩饰，艾米将自己的凳子向达德利的方向靠了靠。他感觉到她的拖鞋贴着自己的马靴，于是也向她靠了靠，让她能够感觉到自己的温暖和有力的肩膀。

他听到了她充满渴望的叹息声，感觉到她的颤抖，于是伸出手，轻轻地握住了她等候多时的手指。

"我的甜心。"他说。

达德利和艾米直到入睡时间才得以有机会独处，整栋屋子都安静下来，他们坐在卧室的壁炉旁，罗伯特温了两杯麦酒。

"我有些消息，"他轻声说，"有些要说给你听的消息。你应该从我这里听说，而不是从街头巷尾的流言中得知。"

"什么消息？"艾米抬起头，微笑地着看他，"好消息？"

他不禁惊讶于她仍旧天真无邪的微笑。那笑容代表她随时都会满怀期待，而那开朗的眼神代表她有理由认为整个世界充满了希望。

"没错，确实是好消息。"他觉得只有铁石心肠的人才能对这个孩子气的女人说，一切都出了差错——尤其是在他已经给她带来了这么多悲伤之后。

她拍起手。"你买下了弗利彻姆大宅！真是太好了！我就知道！我就知道你会的！"

他有些乱了阵脚。"弗利彻姆？不是的。我派鲍斯去看过那里，然后告诉屋主说我们对它不感兴趣。"

"不感兴趣？但我已经让罗布萨特夫人告诉那里的主人，说我们打算买下它了。"

"这不可能，艾米。我在离开奇切斯特之前不是跟你说过了吗？"

"不，你没有。我还以为你很喜欢呢。你一直说你很喜欢那里。你对父亲说过……"

"没有。总之，我要说的不是弗利彻姆的事。我想告诉你的是……"

"但鲍斯先生是怎么和赛姆斯先生说的？我答应说我们一定会买下那儿的。"

他明白他得先回答问题，她才会听他说话。"鲍斯告诉赛姆斯先生，我们根本不想要弗利彻姆大宅。他没有什么不满，他都明白。"

"可我不明白！"她伤心地说，"我不明白。我以为你想要弗利彻姆做我们的家。我以为你和我一样喜欢那里。那里离赛德斯通很近，离我的家人很近，父亲一直都很喜欢那里……"

"不。"他将她的双手握在自己的手中，看着她愤怒的表情在自己的抚摸下渐渐消失。他不停地用温柔的指尖爱抚她的双手。"现在，艾米，你应该明白，弗利彻姆大宅离伦敦太远。如果你把自己埋没在诺福克，我就永远见不到你了。而且在那儿，我们根本没有足够的地方来容纳访客。"

"我不想住在伦敦附近，"她固执地坚持道，"父亲总说，伦敦无法为我们带来什么，除了麻烦……"

"你父亲热爱诺福克，他在那儿是位大人物，"罗伯特努力克制着自己的恼火，"但我们和他不同。我也和你父亲不同，我亲爱的艾米。诺福克对我来说太小了，我不像你的父亲那样热爱那里。我希望你能为我们找到一处更大的房子，更靠近中心，更靠近牛津，好吗？除了诺福克，英格兰还有许多地方，亲爱的。"

他看到她的怒意因自己亲昵的话语而渐渐平息，随着她的平静，他才得以说出自己原本要说的话。"但我想告诉你的并不是这件事。我如今得到了女王的赏识。"

"赏识？噢！她会在枢密院给你一席之地吗？"

"噢，那是另一种赏识。"他掩饰着自己的挫败感，因为他并没有取得政治上的任何权力。

"她甚至连伯爵的头衔都没给你！"她大声说道。

"不，当然没有！"他辩白道，"那样做太荒谬了。"

"我不明白，"她立刻说，"我不明白给你伯爵的头衔有什么荒谬的。每个人都说你是她最宠爱的人。"

他顿了顿，思索着传到她耳中的究竟是怎样的流言。"我并不是她最宠爱的人，"他说，"她最宠爱的顾问是威廉·塞西尔大人，而她最宠爱的同伴是凯瑟琳·诺利斯。我向你保证，我和妹妹只是她众多宫人之中的一员而已。"

"可她让你做了她的马夫长，"艾米的反驳在情在理，"你别想让我相信你没有受到她的另眼相待。你过去总说，在你们还是童年玩伴的时候她就喜欢你了。"

"她喜欢看到自己的马儿得到妥善管理，"他匆忙辩解道，"而且她当然是喜欢我的，毕竟我们是老朋友，但我的意思并不是……我……"

"她一定非常喜欢你,"她还是不肯放过他,"人们都说她每天外出都要让你陪伴。"她压抑着话语中的妒意,"有人告诉我,说她因骑马游玩甚至荒废了国家大事。"

"我确实陪她骑马游玩……但这是我的工作,与个人喜好无关。我们之间没有什么特殊情感。"

"但愿如此,"她尖刻地说,"希望她能想起你的已婚身份。因为这个事实并没有约束住她。人人都说她……"

"噢,看在圣徒们的分上,别说了!"

她喘息起来。"或许你不喜欢听到这些,罗伯特,但每个人都这样说。"

他吸了口气。"请原谅,我不是有意提高嗓音的。"

"得知你是她最宠爱的人,我确实不太高兴,毕竟她并不是那种以守身如玉而闻名的人。"艾米一口气说完了她的抱怨,"听到你们的名字被一并提起,我确实不太高兴。"

他又深深地吸了一口气。"艾米,这太可笑了。我说过,我并不是她最宠爱的人。我陪她骑马只因为我是她的马夫长。我在宫中得宠完全是出于我自己的能力,而我的能力是上帝和我的家族带给我的。我们都应该为她信赖我而高兴。至于她的名声,我为你竟然会做出传播流言这样下等的事而吃惊,艾米。我是说真的。她是你经过正式加冕的女王。你不应该如此评价她。"

她轻咬着嘴唇。"每个人都知道她是怎样的人,"她固执地说,"将你的名字和她的名字联系到一起,我总是感到不安。"

"我不希望自己的妻子散播流言。"他语气坚决。

"我只是复述别人的话——"

"他们都错了,"他说,"她有很大可能嫁给爱伦伯爵,以确保他取得苏格兰的王位。我告诉你的这件事非常机密,艾米。这样你就应该知道,她和我之间什么私情也没有了吧。"

"你发誓?"

罗伯特叹了口气,做出疲惫的样子,也让他的谎言更具说服力。"当然可以,我发誓我们之间毫无私情。"

"我相信你,"她说,"我当然相信你。但我不能相信她。大家都知道她——"

"艾米!"他把嗓音抬得更高,她立刻安静下来。她看向门的方向,生怕他愤怒的声音被堂姐听到。

"噢,看在上帝的分上。就算有人听到也没关系。"

"人们会怎么想……"

"他们想什么并不重要。"他以达德利家族特有的高傲态度说。

"重要的。"

"对我来说并不重要。"他坦然地说。

"对我来说很重要。"

他咬住嘴唇,没有继续辩驳。"好吧,我认为应该不重要,"他说着,尽量压制怒火,"你是达德利夫人,某些伦敦商人和他们妻子的话不应该对你有所影响。"

"我母亲的亲戚……"他只听到她低声抗议的只言片语,"我们的东道主。提起你来总是好言好语。"

"艾米……别说了。"他说。

"毕竟我还得和他们一同生活,"她以孩子气的固执说了下去,"你下个星期恐怕都不会来了……"

他站起身,看到她缩了缩身子。

"我的妻子,我很抱歉,"他说,"这件事都是我的错。"

她很快听出了他让步的意思。她的头慢慢抬起来,脸上带着微笑。

"噢，你不舒服吗？"

"不是！我……"

"太累了吗？"

"不是！"

"要我给你拿杯牛奶酒来吗？"她已经站起身准备去拿酒了。他抓住她的手，尽量控制自己的情绪，去温柔地拥抱她，而非气愤地摇晃她。

"艾米，别走，让我好好和你谈谈。我从最开始就想告诉你一件小小的事情，但你始终不让我说。"

"我怎么可能拦得住你呢？"

他以沉默作为回答，直到她顺从地坐回凳子里，等他开口。

"女王授予我嘉德勋章作为奖赏。我将和三位贵族一起被授予勋章，还会有盛大的授勋仪式。我的确受到了她的赏识。"

她想插嘴说句恭喜，但他却加快语速，说起更进一步的话题。"她赐给我一块领地，还有一栋房子。"

"房子？"

"在克佑花园的一栋农舍。"他说。

"是给我们在伦敦的住处？"她问道。

他能够想象，如果他想把他的妻子也安排在王宫花园的那栋单身汉小屋里，伊丽莎白会有怎样的反应。

"不，不。那儿只是给我的小小住所。不过我希望你能在海德家继续住下去，其间帮我们寻觅一栋房子。一栋真正属于我们自己的屋子，一栋比弗利彻姆大宅更大的房子，一座宏伟壮丽的大房子。而且要离牛津郡近些。"

"好啊，可是谁来打理你在克佑花园的房子呢？"

他立刻答道："那儿只有几间屋子。鲍斯会帮忙找几个仆人，没什么好担心的。"

"为什么她不让你继续住在王宫里呢?"

"这只是件礼物,"他说,"我可能根本用不到。"

"那又为什么要送给你呢?"

罗伯特试图一笑置之。"这是她对我赏识的证明,"他说,"而且我在宫里的住处并不是最好的。"他早就猜到谣言会说女王的赏赐是为了避开其他宫人的视线,创造和他独处的空间。他必须确保这些流言传到艾米耳中时她不会相信。"事实上,我认为塞西尔想要那栋屋子,她是为了戏弄他才把它给我的。"

她看起来还是不太相信。"如果是塞西尔的话,他会和妻子住在那里吗?"

他心头的大石落了地。"塞西尔自从侍奉在女王左右以后,就再也没见过他的妻子,"他说,"她正在为他照看在伯利的新房子。他面临着和我相同的窘境。他想回家,但事务繁忙。我希望你也像他的妻子那样,为我们添置一栋房子,让我夏天的时候就可以回去。你愿意为我做这件事吗?你愿意为我们挑选一栋美丽的房子,或者找到适合建造房屋的场所,让我们拥有一个真正意义上的家?"

如他所料,她的脸色明亮起来。"噢,我非常愿意,"她说,"是不是以后我们可以一直住在那里,朝夕相伴?"

他温柔地握住她的手。"大多数时间我还是会待在宫里,"他说,"你明白。但我会尽量常常回家陪你,你也愿意拥有一个属于你自己的家,不是吗?"

"你会常常回家陪我?"她向他确认道。

"我的工作在宫里,"他说,"但我从来没有忘记自己已婚,也从来没有忘记你是我的妻子。我当然会回家陪你。"

"那就好,"艾米说,"噢,大人。我非常非常愿意。"

他拉她靠近自己,感觉到她的体温透过她的亚麻长裙传来。

"可是,你会当心的,对吗?"

"当心?"他紧张起来,"当心什么?"

"万一她想要……"她仔细斟酌着用词,以免激怒他,"万一她想要吸引你。"

"她是女王,"罗伯特温柔地说,"被男性包围的感觉能满足她的虚荣心。我是一名朝臣,受她吸引是我的工作。但这并不意味着什么。"

"但如果她真的很赏识你,你就会树敌。"

"这话怎么说?"

"我只知道受到国王或是女王赏识的人都会树敌。我只是希望你多加小心。"

他点点头,为她要说的话都已说完而松了口气。"你说得对,我已经有了敌人,但我知道他们是谁,也知道他们对我有什么威胁。他们嫉妒我,但有了女王的宠爱,他们没办法对我怎样。不过我的妻子,你说得对。我要感谢你的明智建议。"

当晚,罗伯特·达德利心照不宣地和他的妻子睡在同一张床上。他在床上尽量温柔轻缓,艾米贪婪地索取着他的抚摸,将他虚假的温柔看做对自己的爱。长久以来,她一直在等待他的吻、等待他温柔地将身体压在自己的身体上,她很快在他身下发出愉快的呻吟,而他轻易地找回了他们平日做爱的节奏。他惊讶于她熟悉的身体带给他的愉悦,她易于取悦,这让他挺高兴,但也仅此而已。他早已习惯了妓女和宫中的女伴,很久都没有和真心相爱的对象上床了,也很久没有体会过珍惜对方的感受。在感受着艾米的热情回应时，他的头脑却在思索着，如果伊丽莎白能像艾米这样与他缠绵，又会是怎样的一幅情景——幻想令他的欲望如同狂风暴雨般席卷而来，让他为脑海中那雪白的喉咙、因欲望而颤抖的深色睫毛以及披散下来的铜色头发而喘息不止。

艾米很快睡去，头枕在他的肩上，他用手肘支撑起身体，俯瞰她的脸庞。凉白如水的月光透过窗玻璃照在她的脸上，在她的脸上蒙上了一层奇异的淡绿色光芒，就像一个溺水而死的女人，而她的头发在枕头上披散开来，仿佛落入了深深的河水，正不断下沉。

他既恼火又同情地看着她：这是他的妻子，她的幸福全部仰赖着他，她所有的欲望也都围绕着他，没有他在身边，她会失落也会愤怒，而她如今已经无法满足他了。他明白一件事，尽管她会拼命否认，但事实上，他已经无法给她真正的幸福了。他们是两个世界的人，过着两种截然不同的生活，他看不出他和她之间有达成一致的余地。

他叹了口气，靠了回去，将头枕在自己另一只手臂的臂弯里。他想起了父亲在他婚礼上的警告，说他只是娶了一张漂亮的面孔，他母亲也愠怒地说，艾米·罗布萨特对于有野心的男人而言，就像是别在纽扣孔里的樱草花那样无用。他想让自己的父母看到，他不是吉尔福德那样的儿子，会听从父亲之命而娶一个根本不爱自己的女人。他想按照自己的意愿选择妻子，艾米年轻美丽，对他的求婚又是如此心满意足。他本以为她能学会做朝臣的妻子，他觉得她可以成为他的伙伴、成为权力和消息的源头——就像他的母亲对他的父亲那样。他觉得她能够成为他忠实有力的同伴，帮助他的家族攀上权势的巅峰。他并没有意识到，她一直都会是小地方的大人物约翰·罗布萨特先生宠爱的女儿，而非为权势奋斗的罗伯特·达德利的富有野心的妻子。

罗伯特早早醒来，那种熟悉的恼怒感油然而生：他身边的床上是艾米，而不是某个伦敦城里的妓女，如果是后者，他大可以在她胆敢开口之前就赶走她。他的妻子总是追随着他的一举一动，仿佛就算睡着了，她的所有感官也都在注视着他。她几乎与他同时睁开双眼，看到他的时候，她便露出那熟悉的呆滞微笑，然后一如既往地说出那句话："早安。大人。上帝保佑你。你还好吗？"

他同样厌恶的是，如果他回答时语气冷淡，她的脸色就会立刻阴沉下来，仿佛他在醒来的同时打了她一巴掌，于是他只能挤出微笑，问她睡得好不好，声音中充满了关心与歉意。这样枯燥乏味的重复令他咬紧牙关，跳下床去，仿佛别的什么地方正亟须他的帮忙，尽管他已经告诉过宫中的每个人，他要去坎伯威尔陪妻子几天。只消想象他的恼火会令她受伤，他就觉得烦躁。

"噢，你要起床了吗？"她明知故问，仿佛根本没有看到他已经披在赤裸的肩头的斗篷。

"是的，"他说，"我想起宫中还有事情等我去做，我要尽早赶回去才行。"

"尽早？"她的声音中有难以掩饰的失望。

"是的，尽早。"他唐突地回答，然后转身离开了房间。

他希望能够单独吃早餐，然后赶在惊动屋主之前骑马离开，但艾米迅速起床，叫醒了每一个人。斯科特先生和斯科特太太跌跌撞撞地走下楼梯，斯科特太太束起头发，与丈夫亦步亦趋，奥丁赛尔太太跟在他们身后；罗伯特听到艾米昂贵的鞋子踩在木头楼梯上匆匆下来的声音。他挤出笑容，准备重复那个要去处理紧急事务的谎言。

如果是更加精于世故的家庭立刻就能猜到个中真相：他们的贵客连一分钟也没法忍受下去了。但对于斯科特一家和艾米来说，只有惊讶和失望，艾米更是担心他在宫中的公务会太过繁重。

"他们就不能找别人来代替你做那件事吗？"她问道，就像母亲那样站在他面前，居高临下地看着他喝麦酒吃面包的样子。

"不。"他在狼吞虎咽中吐出这个字。

"他们让你做的事情太多了，"她不无骄傲地说着，同时看向斯科特太太和奥丁赛尔太太，"他们没有你就不能干活吗？他们真不该让你承担这么多事情。"

"我是马夫长，"他说，"完成她交代的事情是我的职责。"

"威廉·塞西尔不能为你代劳吗？"艾米随意提了个名字，"你可以给他捎个信。"

要不是如此烦躁不安，达德利肯定会大笑出声的。"不行，"他说，"塞西尔有他自己的工作，而且我最不希望的就是让他来插手我的事情。"

"那你的弟弟呢？你肯定可以信任他吧？这样你就可以在这儿多留一晚了。"

达德利摇摇头。"很抱歉，我真的得走了，各位，"他对包括斯科特一家在内的所有人表达了他的歉意，"如果我能够留下来，我一定会的。但我昨晚突然想到嘉德勋章的授勋仪式结束后还有一段搭乘驳船的短途旅行，我还没有把驳船安排好，必须马上回宫处理这件事。"

"噢，如果只是安排几艘船的话，你完全可以写信叫别人去做，"艾米劝道，"你可以立刻就写。"

"不，"他重复道，"我必须亲自到场。确认船和桨手的分配情况。我还要安排水上巡游，还得为乐师们准备一艘船。有很多的事情要做，不只是安排船只这么简单。我无法想象没有我监督的样子。"

"如果我跟你去，也许能帮上忙。"

罗伯特从桌边站起。他无法忍受她脸上的渴望的表情。"我多么希望你能跟我同去！"他柔声说，"但我还有别的事情要你去做，而且那件事情重要得多。你不记得了吗？你答应过要为我、为我们做这件事的。"

笑容回到了她的脸上。"噢，我记得！"

"我希望你能尽快做好。我现在就得走了，你可以把那件事告诉我们的朋友们。"

趁她还没有再次要求自己留下，他匆匆走出门。手下已经备好了马在马厩后等他，随时准备出发。他用锐利的目光扫过他们。达德利向来以护卫与出征的士兵同样精锐而闻名。他点点头，接过缰绳，牵着他那匹高大的猎马，走到屋子前。

"我必须感谢你的盛情款待，"他对斯科特先生说，"虽然我知道自己不必为我的妻子住在你们这里而多做感谢，我知道她和你们的关系多么亲密。"

"对于招待我妻子的堂妹，我一向都很乐意，"他流利地说，"很荣幸能够见到你。但我希望单独和你说几句。"

"噢？"

斯科特先生将罗伯特·达德利拉到一旁。"我在向安特卫普的商人收债的时候遇上了一点麻烦。我有跟他的合同，但我没法让他兑现。而且我不太希望把合同拿给地方法官看，其中有些他们简单的头脑无法理解的复杂条款，我的债务人也清楚这一点，所以他才利用这一点拒绝还款。"

罗伯特从他一贯的快语速中明白，斯科特先生以高到违法的利息借了笔钱给安特卫普的某个商人，现在那个人打算赖账：对方认定这个注重声誉的伦敦商人不会声张自己曾以百分之二十五的利息放贷的事实。

"总额多少？"罗伯特谨慎地问道。

"对于您这样的大人物来说算不了什么。只有三百镑。但对我来说却不是小数目。"

罗伯特点点头。"你可以写信给安特卫普的托马斯·格雷斯汉姆爵士,就说你是我妻子的亲戚,我会请他帮忙处理这件事情,"他轻描淡写地说,"他会看在我的面子上帮你的忙,你可以将他最终的决定转达给我。"

"非常感谢,我的堂妹夫。"斯科特先生亲切地说。

"很乐意为你效劳。"罗伯特大人优雅地一躬,转身吻了吻斯科特太太的手,又吻了吻艾米的手。

他离开她的时候,她无从隐藏自己的痛苦。她的脸色渐渐苍白,颤抖的手指紧紧抓着他温暖的手。她试图微笑,但眼中只有泪水。

他低头在她唇上印下一吻,感觉到她的双唇弯曲成的悲伤的弧度。昨晚,她在他的身下,面对他的吻露出微笑,她的四肢紧紧地缠在他的身体上,轻声唤他的名字,那时她嘴唇的触感是那么的甜蜜。

"开心一些,艾米,"他在她耳边轻声鼓励道,"我不喜欢看你悲伤的样子。"

"我那么难得见到你,"她急促地说,"你为什么就不能留下来呢?噢,留下来吧,留到晚餐时间……"

"我真的得走了。"他说着,抱紧了她。

"你就这么急着去见另外一个女人?"她突然怒气勃发地控诉,嘶哑的声音在他听来就像一条蛇。

他将手从她掌中抽离。"当然不是。原因就像我说的那样。开心起来!我们的前途那么光明。请为了我开心起来,用你的微笑给我送别。"

"如果你能以我母亲的名义发誓,说你没有二心的话。"

他对她夸张的言辞做出苦相。"当然没有二心,我发誓,"他说,"现在你能为我开心了吧。"

艾米试着挤出笑容，尽管她的嘴唇仍在颤抖。"我很开心，"她撒了谎，"我为你的成功感到开心，我也为我们即将拥有自己的房子感到开心，"她的声音渐渐低下去，"如果你能发誓没有对我不忠的话。"

"当然没有。否则我何必要你为我们寻觅一个合适的家？我们很快就会在丹彻沃斯①的海德家里重逢了，大约十四天。我会送口信给奥丁赛尔太太，让她告诉你的。"

"给我写信，"她要求道，"我喜欢别人把你的信拿给我的感觉。"

罗伯特轻轻拥抱了她。"没问题，"他像哄孩子一样对她说，"我会给你写信，封好信封，派人送到你手中，然后你可以亲手撕开火漆。"

"噢，我从不撕坏火漆。我每次都把它们整个取下，然后收藏起来。我用首饰柜的一整个抽屉保存它们，都是你寄给我的信上的火漆。"

他转过身去，努力不去想象她将这些心目中的珍宝藏进首饰柜的样子，随后匆匆走下台阶，跨坐到马鞍上。

罗伯特摘下帽子。"我要暂时向各位道别了，"他友善地说，"期待我们下次相见。"他不忍对上她的目光。他看了看奥丁赛尔太太，看到她就在近处，准备等他离开就立刻扶住艾米。没必要过多寒暄了，他对着随从们点头示意，他们跟在后面，旗手骑马走在前面，然后一行人纵马离去，马蹄声响彻整条巷道，直到尽头才渐渐消失。

艾米目送他们，直到他们的身影消失在转角。等到马蹄声远去，马嚼子的叮当响声也渐渐消失，她仍然等在台阶上。即使到了这时，她也希望他能够奇迹般地折回到她身边，最后给她一个吻，或是决定带上她一同前往。半个小时过去了，艾米还在正门附近徘徊，寄望于他还会回来的渺茫可能。但他没有回来。

---

① 英国南部地区牛津郡的一座村庄。

罗伯特骑马走着迂回的路线,以足够摔断脖子的速度——既是对随从们骑术的考验,也是对他们坐骑的耐力的考验——一路返回王宫。当他们最终飞奔进白厅宫马厩的庭院时,马儿已经累得气喘吁吁,鬃毛尽数被汗水打湿,而那名旗手紧咬牙关,他单手驾马飞奔了将近半个钟头,双臂剧痛不已。

"天哪,为什么他急成这个样子?"一边说着,旗手从马鞍上跌落下来,倒在其中一名同伴的怀中。

"因为欲望,"另一个人毫不掩饰地说,"不是欲望就是野心,再不然就是罪恶感。简而言之,这三样东西加起来就组成了我们的大人。至于今天,看他那样拼命地从妻子那里赶到女王这儿,应该就是出于罪恶感,然后是野心,再然后是欲望。"

罗伯特刚刚下马,他的仆从之一托马斯·布朗特——他原先正在荫凉处休息——便站起身,走上前来接过他的马缰。

"有消息。"他轻声说。

罗伯特等着他说下去。

"在枢密院会议上,女王责怪他们在商谈卡托-康布雷齐和约的条款时没有要回加莱,也没有迫使法国王妃不再使用英格兰的纹章。他们同意用捐款的方式建造两艘新战舰。他们会向所有人要钱,也包括您。"

"还有什么?"达德利面无表情地问。

"关于教会。塞西尔起草了一份关于正确的宗教仪式的议案,准备交由国会讨论。他们一致决定,仪式应该基于爱德华国王的公祷书,再做出些细微的改动。"

达德利眯起眼睛,思索起来。"他们没有敦促她更进一步吗?"

"有，但塞西尔说那样会引起主教和领主们的反叛。他连这份议案都无法保证一定会通过，而且有些议员已经表示反对了。议案在复活节时就要交给国会，塞西尔希望在那之前说服持反对意见的人。"

"还有什么吗？"

"没什么重要的事情了。关于西班牙的菲利普的婚事，女王嫉妒得发了火。她离席以后，其中一些人开始讨论女王的婚事，认为她嫁给爱伦是最好的选择。塞西尔很中意爱伦，大多数议员都表示赞同，特别是爱伦有可能让我们得到苏格兰。另外还有些针对你的话。"

"针对我？"

"说你影响了她的婚姻大计，吸引了她的注意力和欲望，诸如此类。"

"只是这些吗？"

"诺福克公爵说应该将你送回伦敦塔，或者让他来亲手干掉你。"

"诺福克公爵只是条狗崽子，但给我盯好他，"罗伯特说，"你做得很好。今天晚一点的时候再到我这里来，我有别的事情交给你办。"

来人鞠了一躬，无声无息地消失在马厩的阴影中，就仿佛从未出现过一样。罗伯特转身，三步并作两步地走回宫去。

"你的妻子过得怎样？"伊丽莎白话音甜美地问道，她端庄的口气和直视他的尖锐目光显得格格不入。

作为情场高手的罗伯特半刻也没有犹豫。"她很好，"他说，"既健康又美丽。每次我见到她的时候，她都会更美。"

伊丽莎白本以为会听到对方承认艾米的种种缺点，此时不禁吃了一惊。"她很好？"

"身体十分健康，"他信誓旦旦地说，"也过得非常愉快。她和她的堂姐住在一起，那是位富有的妇人，嫁给了伦敦一位成功的商人拉尔夫·斯科特。我好不容易才从他们的挽留中脱身。他们的确是幸福的一家人。"

她的黑眼睛眨了眨。"你不用急着回来也可以的，罗伯特大人。你完全可以在那儿想待多久就待多久——是哪儿来着？肯德尔？"

"坎伯威尔，陛下。"他回答，"从伦敦往南走就是。是个非常美丽的小村庄。您会喜欢那儿的。我很惊讶您竟然从未听说。艾米非常喜欢那里，而且她是个很有品味的人。"

"噢，这儿可没人想念你。这儿除了求爱、求婚和风流韵事之外什么都没有。"

"这我并不怀疑，"他微笑着对她说，"因为您一点都不想念我，甚至以为我在肯德尔。"

她噘起嘴。"我怎么知道你在哪儿、在做什么？你难道不应该一直在宫里吗？你的职责不就是待在这里吗？"

"那并不是我的职责，"罗伯特说，"我可从来没有忽视过自己的职责。"

"那么你是承认自己忽视我了？"

"忽视您？不是的。只是逃避您。"

"你逃避我？"她的女伴们看到她笑靥如花地靠近他，"你为什么要逃避我？我很可怕吗？"

"当然不是，但您摆出的威胁太可怕，比美杜莎还要可怕。"

"我从来没有威胁过你。"

"您的每一次呼吸都是对我的威胁。伊丽莎白，如果我允许我自己去爱您，尽我所能地去爱您，我会变成什么样子呢？"

她挺直身体，耸了耸肩。"噢，你会害上一整周的相思病，等你再去坎伯威尔见妻子以后，就会忘记回到宫里来。"

罗伯特摇摇头。"如果我允许自己去爱您，允许自己遵从自己的心，那么我的一切都会永远改变。至于您……"

"至于我什么?"

"您也会和从前不同。"他的声音轻得像是耳语,"您的人生会从此大为改观。您会变成另外一个女人,您将会对一切……重新审视。"

伊丽莎白想要耸肩微笑,但他黑色的双眸充满摄人心魄的魅力,以调情而言又太过严肃了些。"罗伯特……"她将手放在自己的喉咙上,感受着自己的脉搏,她的面色因欲望而泛起潮红。但作为他这样的情场老手,达德利所注意的并非是她脸颊的红晕,而是从她脖颈根部缓缓向着两侧的耳垂蔓延的色彩,而那两枚极其珍贵的珍珠耳坠也在随之颤抖。那是玫红的欲望之色,罗伯特·达德利咬住嘴唇,才不至于大笑出声:这位英格兰的处子女王竟会表现得和所有渴望他的荡妇一样。

在坎伯威尔的住处,艾米和斯科特一家以及奥丁赛尔太太一起走进客厅,先是要他们发誓保密,然后宣布她的丈夫即将获得骑士所能得到的最高荣誉——嘉德勋章,外加克佑花园的一栋小屋子、一块土地以及有利可图的职位,最重要的是,他要求她在牛津郡为他们两人寻找一处合适的住所。

"噢,伍兹太太先前是怎么说的来着?"奥丁赛尔太太兴高采烈地问,"我怎么说的来着?您会有一栋华丽的房子,他也会在每个夏天归来,也许宫廷的人都会来拜访你们。你们可以在自己的住处招待女王,他一定会为您骄傲的。"

想到这里,艾米不禁神采飞扬。

"他确实平步青云了,"拉尔夫·斯科特欣喜地说,"有了女王的赏识,他的前途一片光明。"

"现在他还想要一栋伦敦城里的屋子,因为他并不满意克佑花园的小房子，你们会拥有达德利宅邸或是达德利宫，你以后的每个冬天都会在伦敦度过，并且召开盛大的宴会和舞会，每个人都希望成为你们的朋友，每个人都想认识美丽的达德利夫人。"

"噢，是吗？"艾米的脸红了红，"但这不是我……"

"嗯，没错。想想你将会拥有的那些衣服！"

"他说什么时候要去丹彻沃斯找你来着？"拉尔夫·斯科特问道。他在考虑将来去牛津郡拜访他妻子的这位堂妹，跟罗伯特·达德利增进一下友谊。

"他说是两星期之内。但他每次都会迟到。"

"好吧，等到他来的时候，你们可以花时间骑马去附近转转，寻觅他可能会喜欢的屋子，"奥丁赛尔太太说，"我知道您去过丹彻沃斯，但那儿还有很多您从未见过的老房子。我知道，那儿是我的家乡，所以我有些偏心，但我认为牛津是英格兰最美的地方。我弟弟和他的妻子会很愿意帮忙的。我们可以一起去。还有，罗伯特阁下回来的时候，你可以和他一起骑马出行，带他看看最好的那几块地。他是女王的马夫长，嘉德勋章的所有者！我觉得他足可以买下半个村子。"

"我们该收拾行李了！"艾米满心急切地说，"他说他要我立刻出发！我们必须马上动身！"

她拉着她匆匆起身，奥丁赛尔太太笑她。"艾米！我们只需要两三天时间就能到那儿。用不着这么着急！"

艾米已经跑向了大门，脸色明艳得像个孩子。"他会在那里见我！"她笑容满面，"他希望我现在就出发。我们当然要立刻动身。"

✦

威廉·塞西尔正和女王在白厅宫的窗边低声商议，三月的大雨敲打在他们身后厚厚的窗玻璃上。宫廷成员们分别以不同程度的警觉等待着女王结束和她顾问的谈话，然后寻找消遣。罗伯特·达德利不在其中。他正在他的豪华套间里，与为首的船夫安排驳船。只有凯瑟琳·诺利斯站在能听到女王对话内容的位置，但塞西尔信任她对女王的忠诚。

"我不能和素未谋面的人结婚。"她重复着她一直用来拖延费迪南大公的理由。

"他又不是什么年轻牧羊人，能吹着笛子唱着歌来追求您，"塞西尔说，"他不可能穿越半个欧洲，再让您像打量小母牛那样打量他。一旦安排了婚事，他就可以来这里拜访，一直到和您举行婚礼。如果您决定在今年秋天和他结婚，他春天就能来看您。"

伊丽莎白摇摇头，面对这样事无巨细、甚至连日期都安排妥当的提议，立刻选择了退缩。"噢，圣灵啊，别这么快。别催我。"

他握起她的手。"我不是这个意思，"他诚恳地说，"但这个选择能够确保您的安全。如果您与一位哈布斯堡大公订立婚约，您这一生就有了坚不可破的同盟。"

"他们都说查尔斯很丑，而且疯狂地信奉天主教。"她提醒他。

"他们确实这么说，"他耐心地说，"但我们现在考虑的是查尔斯的弟弟费迪南。他们都说他既英俊又温和。"

"皇帝是否支持这桩婚事？如果我和他结婚，我们就能够达成互相支持的协定吗？"

"菲尔里尔伯爵向我保证，菲利普会把这桩婚事看做彼此间善意的保证。"

她面露关注。

"上个星期，我建议您考虑一下爱伦伯爵，您说您觉得费迪南更合适，"他提醒她说，"所以我现在才提到他。"

"我确实这么想。"她表示同意。

"这将会破坏法兰西和西班牙之间的友谊,并且让我们国内的天主教徒放心。"他补充道。

她点头。"我会考虑的。"

塞西尔叹了口气,看到了凯瑟琳·诺利斯嘴角浮现的微笑。她很了解伊丽莎白给自己的顾问带来的挫败感。他也报以微笑。突然,门外质问和喊叫的声音响起,会客室关紧的大门上传来沉重的撞击声。伊丽莎白脸色煞白地转过身,不知自己该躲藏在哪里。塞西尔的两名藏在暗处的护卫连忙冲到她身边保护她,人们纷纷向门口望去。塞西尔脉搏加速,朝门的方向走了两步。上帝啊,毕竟还是来了。他们是来杀她的,他想。就在她自己的宫殿里。

门缓缓地打开。"请宽恕我,陛下,"警卫说,"什么事都没有。只是个醉酒的学徒。他绊了一跤,摔倒了。没什么值得担心的事。"

血色回到了伊丽莎白的脸上,她的双眼依然含着泪水。她把脸转向窗边,免得让宫人们看见自己惊恐的神色。凯瑟琳·诺利斯走上前来,伸出手臂环住她表妹的腰。

"很好。"塞西尔对那名警卫说。他对着护卫点点头,示意他们退回墙边。关切的话声此起彼伏地在朝臣之间响起,但他们之中只有几个人看到了伊丽莎白突如其来的恐惧。塞西尔大声向尼古拉斯·贝肯问话,试着打破这片沉默。他转头回望。凯瑟琳压低了嗓子,用坚定的语气安慰着女王,告诉她没事了,没有什么可怕的。伊丽莎白努力挤出微笑,凯瑟琳轻轻抚摸她的手,两人转过脸看向宫人们。

伊丽莎白环顾四周。冯·赫尔芬斯坦伯爵——那位代表费迪南大公的奥地利使臣刚刚步入长廊。伊丽莎白伸出双手迎向他。

"啊,伯爵大人,"她温和地说,"我刚才还在抱怨说,没人能让我不去在意这么冷的天气呢！然后你就像春日的燕子那样飞到这儿来了！"

他弯下腰，分别亲吻她的双手。

"好了，"她说着，拉着他走在她身边，穿过宫人之间，"你一定得给我讲讲维也纳的事情，还有那儿的女士当中都流行什么。她们是怎么穿戴风帽的，得到费迪南大公青睐的又是哪一种女性？"

艾米一心一意地想要与丈夫相见，因此她只花了几天的时间就整理好了衣物，安排好了护卫，以及与她的堂姐和堂姐夫道别。在坎伯威尔到阿宾顿的漫长路途中，她始终精神奕奕，尽管途中要用去三天三夜，其中一夜还要住在没有晚餐、早餐只喝羊肉汤和清粥的劣等旅馆里。有时她会骑马走在奥丁赛尔太太前面，让自己的马儿在春日青翠的草地边缘慢跑，其余的时间里，她就让马儿保持着轻快的步子。在温暖而生机勃勃的乡村，草地绿意盎然，田野里的作物也纷纷发芽生长，跟在她们身后的护卫也安心地拉开了距离，这儿没有乞丐，也没有其他旅人，只有一条空荡荡的道路蜿蜒着穿过那片没有树篱与作物遮掩的空旷平原。

经过一座很有年头的橡树林时，罗伯特手下的武装护卫不时地跟到近处，以免有危险等着他们。但这片乡间开阔无人，除了个跟着两头牛在田里耕作的农夫，还有个正在照看羊群的牧童之外，看起来没有什么能威胁到骑着马、正从亲戚家里前往好友家中、对将来的幸福充满希望的达德利太太。

奥丁赛尔太太早已习惯了艾米由于罗伯特爵士离去或是承诺而起伏的情绪，她让艾米独自骑马走在前面，听着随风飘来的零落歌声，露出宽容的微笑。

罗伯特爵士在他拥戴的继承人登上王位，又有了源源不断的丰厚收入之后，想要购置大房子和漂亮的庄园也是自然而然的事。而且要不了多久，他就会享受到妻儿相伴的乐趣了。

如果没有儿子可以继承，那么他在宫廷的影响力和不断增长的财富又有什么价值呢？就算再可爱的妻子，如果不去帮他打理乡间的地产以及伦敦城里的住处，又能有什么用呢？

艾米深深地爱着罗伯特，为了让他高兴，她愿意做任何事情。她希望他能回到自己身边，而且她已经掌握了打理乡下庄园所需的全部知识和本领。奥丁赛尔太太觉得，这么多年来，艾米遭受冷落和罗伯特在叛国罪的阴影笼罩下的日子已经结束了，他们可以重新开始。他们将会成为这个时代大胆而进取的榜样，不断增添家庭的财富，男人和宫廷打交道，而他的妻子负责掌管他的土地和财富。

许多美满的婚姻开始时并不比他们好多少，后来也都经过锤炼，心意相通，牢不可破。而且谁知道呢？他们并非没有再度陷入爱河的可能。

✦

海德先生的住处相当漂亮，坐落在村中草地①的不远处，门口有开阔的道路，还有当地的石材砌成的高墙。这儿以前只是一栋农舍，之后经过一系列的增建，形成了参差不齐而又富有魅力的屋脊，最古老的农舍两边还搭建了侧屋。艾米一直都很喜欢住在海德家的屋子里，奥丁赛尔太太是海德先生的姐姐，这儿总是给她家一般的温暖，也掩盖了艾米对于前往罗伯特·达德利的下属家中居住的尴尬感。艾米有时会觉得自己像是罗伯特的负担，要由他的追随者们共同分担，但海德一家是她的朋友。这片坐落于开阔的空地上、构造杂乱无章的农庄让她想起了自己在诺福克度过的少

---

① 村中草地（village green）原本所指的是村落中央的开阔绿地，通常用作放牧之用。后也指广义上的村中空地。

女时代，而海德先生的那些小小的烦恼，比如他的干草会不会发潮，大麦会有多少收成，或者河水会不会因为邻居挖了太深的鲤鱼池而无法灌溉他的淹水草甸①，这些正是艾米熟知而又热爱的、打理乡间地产所要面对的琐碎且迷人的事务。

孩子们都赶来看望他们的丽兹婶婶和达德利夫人，这支小小的骑兵队推开大门，跌跌撞撞地走了出来，围着她们手舞足蹈。

丽兹·奥丁赛尔匆匆下马，逐个拥抱他们，然后她挺直身子，吻了她的弟媳爱丽丝，还有她的弟弟威廉。

他们三个转过身，赶忙扶着艾米下马。

"我亲爱的达德利夫人，丹彻沃斯欢迎你，"威廉·海德亲切地说，"罗伯特大人也要来吗？"

她回以同样温暖的微笑。"噢，是的，"她说，"就在两个星期之内，而且我要在这儿找栋房子，我们打算定居下来！"

罗伯特在白厅宫的马厩庭院里缓缓走着，做着他每周例行的巡查，他转过头，听到马儿踏在鹅卵石小路上的轻快蹄声，随后看到托马斯·布朗特跳下那匹疲惫不堪的母马，把缰绳丢给一名马夫后走向水泵，仿佛急着想用凉水冲洗自己的脑袋。罗伯特亲切地帮他压下水泵的握柄。

"从威斯敏斯特传来的消息，"托马斯匆匆说道，"我想我是最早来通报的人。您也许会感兴趣。"

"我一直都很感兴趣。信息才是真正的硬通货。"

"我刚从国会赶过来。塞西尔办到了，他们已经通过了改革教会的议案。"

---

① 通过定期堵住河水，令牧草地淹水而使其更加肥沃。

"他办到了什么?"

"两位主教被捕入狱,两位告病,还有一位失踪。尽管如此,他还是以三票的微弱优势通过了议案。我算清票数以后就离开了,而且我非常肯定。"

"新教会要诞生了。"达德利若有所思。

"还有新的教会首脑。她将是教会的最高管理者。"

"最高管理者?"达德利质疑着这个怪异的头衔,"不是最高首脑?"

"他们是这么说的。"

"真是够怪的。"达德利更像是对自己而不是对布朗特说道。

"阁下?"

"引人遐思。"

"是吗?"

"让人好奇她会做出什么来。"

"阁下?"

"没什么,布朗特,"达德利对他点了点头,"多谢你。"他向前走去,高声呼唤某个马房小弟除去一副缰绳,心满意足地完成了巡查。他转过身,缓步攀上阶梯,朝宫殿走去。

在宫门处,他遇到了威廉·塞西尔,后者早已穿戴整齐,准备返回他位于西奥伯尔德斯的家。

"噢,国务秘书大人,日安。我刚刚还在想着你。"达德利愉快地打着招呼,又拍拍他的肩。

塞西尔欠了欠身。"很荣幸你能想到我,"他像以往那样谦和而不无讥讽地说着,以便和达德利保持安全的距离,并且提醒着他们旧日的主仆关系早已不再适用。

"我听说你成功改革了教会?"达德利问。

他到底是怎么知道的？只有我知道可能的投票结果。甚至连我的探子都还没回报说议案通过了——塞西尔自问道。——他怎么就不能陪她跳舞、骑马，让她开心，直到我安排她平安地嫁给爱伦伯爵为止呢？

"是的，很多方面还有缺憾。但最终我们还是达成了共识，"塞西尔说着，一面将自己的袖子从他手中抽了出来。

"她会是教会的管理者？"

"和她的父亲以及弟弟一样。"

"他们的称号不都是教会的'最高首脑'吗？"

"让女性来领导教会有违教义，"塞西尔说，"所以不能以'首脑'来称呼她。我们认为'最高管理者'这个头衔更容易受到教会的认可。但如果你的心中仍然有着困惑，罗伯特大人，教会的神父们恐怕比我更适合指引你。"

面对塞西尔巧妙的讥讽，罗伯特大笑几声。"谢谢你，大人。但我的灵魂会自行接受事实的。神父们会不会因这个结果而高兴呢？"

"他们不会感谢我们，"塞西尔谨慎地说，"但我们可以通过强迫、分化、争辩和威胁令他们达成妥协。我已经料到会有一番斗争。这件事没这么简单。"

"你要怎样用强迫、分化、争辩和威胁让他们妥协呢？"

塞西尔挑了挑眉毛。"让他们立下最高权威誓约。以前有过先例。"

"但你面对的可是铁了心要反对的教会，这没有先例吧。"达德利说。

"我们只希望他们在选择是发誓还是丢掉谋生手段及自由的时候，能够不再保持反对。"塞西尔语气轻快地说。

"你该不会准备送他们上火刑柱吧？"达德利直白地问。

"我相信不至于出现这种局面，尽管她父亲以前也这么做过。"

罗伯特点点头。"是不是改换了叫法以后，她仍然掌握着所有的权力？

甚至是比她父亲、比她弟弟更大的权力？她会成为英格兰的教皇吗？"

塞西尔庄重地微微躬身，打算离开。"的确，如果你不介意的话，我该……"

令他惊讶的是，罗伯特并没有挽留他的意思，他也只是优雅地鞠躬，起身的时候微微一笑。"当然了！我不应该耽搁你的行程，国务秘书大人。原谅我。你这是要回家么？"

"是的，"塞西尔说，"两天而已。我会回来参加你的授勋仪式。我还得向你道贺。"

他是怎么知道的？达德利暗自思索。她向我发过誓，说不到那几天不会告诉任何人的。是他的探子打探到的，还是她亲口透露给他的呢？她将一切都对他和盘托出了吗？但他大声说出来的却是："谢谢。我对此感到非常荣幸。"

你确实应该感到荣幸——塞西尔自语着，鞠躬还礼，然后朝着台阶下面走去，走向他那匹背部过短的马儿身旁，他的随行队伍正在那里集结。但她成为教会领袖为什么会令他如此兴奋？这些对你这个狡猾而又靠不住的花花公子又意味着什么呢？

她将会成为英格兰教皇。罗伯特低声自语，像一位真正的王子那样朝着相反的方向信步走去。长廊尽头的卫士拉开大门，罗伯特走了进去。他极具魅力的笑容令他们垂下头去，手足无措，他的笑容却并不是给他们的。他是在为塞西尔在不知情下帮了自己的大忙，为如此讽刺的事实而微笑。塞西尔这头老狐狸捕获了一只鸟儿，又带回家，放到罗伯特的脚边，就像达德利家的西班牙猎犬那样顺从。

他让她得到了除名号以外教皇应有的一切。她有特许人们结婚的权力，也有废除婚姻的权力，甚至可以裁决离婚——罗伯特对自己低声说道。——他还不知道自己为我做了什么。他说服了那些愚蠢的跟班，让她成为英格兰教会的最高管理者,也给了她准许离婚的权利。那么从中获益的人会是谁呢?

伊丽莎白没在想她那位英俊的马夫长。她正在自己的会客室里欣赏费迪南大公的画像,女伴们陪在身旁。她们注意到他那哈布斯堡王族特有的黑色眼眸和高雅时尚的服装时纷纷发出低呼,与此同时,罗伯特悠闲地走进房间,他知道伊丽莎白正在众人面前做出仍在考虑这位求婚者的样子。

"是个英俊的男人,"他的话换来了伊丽莎白的微笑,"姿势也很潇洒。"

她向罗伯特走了一步,后者像舞蹈老师那样,留意着她踏出的每一个舞步。他站定不动,任由她继续靠近。

"罗伯特大人,你很欣赏费迪南大公吗?"

"当然,我很欣赏这幅画像。"

"画像和他本人很像,"大使冯·赫尔芬斯坦伯爵辩驳道,"大公并不虚荣,他不希望让画像夸大或者贬低自己。"

罗伯特耸了耸肩,微微一笑。"这是当然,"他转身看向伊丽莎白,"不过,哪有人会通过画布上的油彩挑选男人呢?您也不会这样挑选马儿吧。"

"是啊,但大公并不是马儿。"

"噢,换作我的话,在我想要一匹马儿之前,我会想要知道它走动时的样子,"他说,"我会想让它走几步看看。我会想要轻轻抚摸它的脖子、碰触它的全身、它的耳后、它的嘴唇、它的腿部,看看它会有怎样的感觉。我会想知道当我骑上它,用双腿夹紧它的时候,它会作何反应。您知道的,我会想知道它的气味,甚至是它的汗味。"

面对着他为她描绘出的那幅画面,她发出轻微的喘息声。与画布上乏味的油彩相比,它是如此鲜活,又如此私密。

"如果我是您，我就会选择一位我了解的人做丈夫，"他轻声对她说，"一位我亲眼看过、亲手抚摸过的，有着我喜爱气息的男人。我会嫁给一个会让我渴望的男人。一个我渴望已久的男人。"

"我还是处女，"她的话声几乎低不可闻，"我不会渴望任何男人。"

"噢，伊丽莎白，您撒谎。"他微笑着轻声说。听到他失礼的话语，她睁大了双眼，但她并没有阻止他。像以往那样，他把沉默当做了鼓励："您撒谎。您的确渴望男人。"

"但那个人并非自由之身。"她反驳道。

他犹豫起来："您希望我恢复自由身吗？"

她立刻半转过头去，不再看他，而他突然发现自己沉醉于她的媚态说走了嘴。"噢，我们谈论的是你吗？"

他立刻心领神会。"不。我们在谈论的是那位大公。他确实是个英俊的年轻人。"

"而且非常亲切，"大使听到了他们低声交谈的末句，插话道，"他是位出色的学者，英语也说得好极了。"

"我相信，"罗伯特爵士回答，"我的英语也说得很不错。"

※

四月的天气让艾米十分惬意。她每天都和丽兹·奥丁赛尔、爱丽丝又或是威廉·海德一同骑马外出，去寻找值得购买的土地，可以砍伐并清出房屋所需空间的小树林，或者可以改建的农舍。

"他难道不想要比这儿更大些的住处吗？"威廉·海德问出这句话时，他们正骑着马绕过一座两百英亩大的庄园，正中央则是一座红色砖瓦的漂亮农舍。

"我们肯定会改建房子那部分，"艾米说，"但我们不想要什么华丽的宫殿。我在坎伯威尔的堂姐的房子就让他很中意。"

"噢,是啊,城镇里的商人住处,"海德先生赞同道,"但他难道不想在家里招待女王吗?他难道不想要可以招待全体宫人那么大的房屋吗?难道不想要一座像汉普顿宫或是里士满宫那样的大房子?"

她看起来有那么片刻的震惊。"噢,不,"她说,"他只想要一栋能作为家的房子,有真正的家的感觉的房子。不是什么宏伟的宫殿。而且就算女王到王国的这个地区来,我想她也会待在牛津吧?"

"如果她想打猎呢?"爱丽丝问,"他是她的马夫长。他难道不想要足以充当鹿苑的大片土地?"

艾米自信地大笑起来。"哈,那你可以把新森林区①买下来给我!"她大声说道,"真的不用了。我们想要的只是像是我在诺福克的那个家的地方,稍稍大一些就好。类似于我们差点买下的弗利彻姆大宅,只需要再稍稍豪华一些,高大一些。我们还可以在那儿增建一间侧屋和一座大门,这样就是一栋相当不错的房子了,他不喜欢粗劣的东西,只想要几座小花园,一片果园和一座鱼塘,种几片漂亮的小树林,开辟几条漂亮的小路,剩下的田地用作农耕,他还可以在这儿为王宫养马。他已经把时间都花在宫殿里了,等他回家时,这栋屋子给他的感觉会像个家,不是什么塞满哑剧演员的大教堂——王宫才是那样的。"

"如果你能确定那就是他想要的,我们可以先打听一下这块地的价钱,"威廉·海德小心翼翼地说着,语气还是不太相信,"但或许我们应该写信给他,确定他想要的地方是不是更加华丽、有更多的房间和更大的土地。"

"没这个必要,"艾米自信地说,"我知道我自己的丈夫想要什么。我们这么多年来一直在期待拥有这样一个家。"

---

① 位于汉普郡西南部的一片区域。

处女的情人

　　罗伯特·达德利正在专心策划女王的加冕礼之后最为豪华的宫廷盛宴。表面上是为了庆祝圣乔治日①——由都铎家族引入历法中的英格兰的重要节日。这一天，他还会和其他三位贵族接受女王亲自颁发的嘉德勋位——也就是骑士所能获得的最高褒奖。这样的奖赏只颁发给卫护王冠的有功之臣。女王将这样的嘉奖颁给罗伯特·达德利、她的亲戚同时也是诺福克公爵的托马斯·霍华德、她已故继母的兄弟威廉·帕尔爵士，以及拉特兰伯爵。

　　有人说罗伯特·达德利在这些王室成员与枢密院资深成员之中显得格格不入，而且因为他参与过那场令英格兰失去加莱的远征，所以或许算不上什么卫护王国的功臣。

　　流言还说，仅仅筹划过几次巡游典礼远不足以让他获得英国骑士的最高勋位，更何况他的祖父和父亲都是确凿无疑的叛国者。罗伯特·达德利这样的人如何配得上这样卓著的荣耀但没有人大声议论这些，也没有人会在女王的身边说这些话。

　　整个下午都会是马上比武的时间，化过装的骑士们将会身穿戏服进入比武场，同时高声朗诵昭示自己身份的诗句。这场盛宴的主题是亚瑟王。

　　"你把这儿装扮成了卡米洛特②？"弗朗西斯·诺利斯爵士站在比武场里，一面略带讽刺地问罗伯特，一面审视那些随风飘扬、绘有中世纪纹章的旗帜。"我们中了魔法吗？"

　　"希望如此。"罗伯特语气欢快。

　　"说真的，为什么是卡米洛特？"弗朗西斯完全摸不着头脑。

---

① 圣乔治是英格兰从14世纪开始的守护圣徒。
② 英国传说中亚瑟王的宫殿所在地。

达德利从飘扬着金色旗帜的比武场中抬起头——为了节约起见,这些旗帜都是加冕礼上用过的。"原因很明显。"

"我不觉得。告诉我吧。"弗朗西斯恳求道。

"美丽的女王,"罗伯特一一掐着指头,"完美的英格兰。由一位神奇的君王达成统一。没有信仰的纷争,没有婚姻的束缚,没有愚蠢的苏格兰。就像卡米洛特,和谐,充满了对这位女士的倾慕。"

"女士?"弗朗西斯问道。他想到全英格兰供奉耶稣之母玛利亚女士的圣坛都已逐渐废止,而乡间的人们也渐渐相信,他们曾经最虔诚的信仰是错误的,甚至是种异端邪说。

"女士、女王。伊丽莎白。"罗伯特答道,"我们心之所向的女王,主持马上比武的女王,她将在这座夏日的宫殿里永远统治下去。万岁。"

"万岁。"弗朗西斯附和道,"但我们究竟是为什么而欢呼呢?为了庆祝你获得至高无上的嘉德勋章?"

罗伯特的脸色微微泛红。"感谢你,"他彬彬有礼地说,"但这并不是为了庆祝我的荣耀。庆典的意义更加深远,远不是为了我这样卑微的人,甚至远不是为了那些贵族和领主。"

"那是为什么呢?"

"是为了王国。为了人民。每次我们举行公开巡游或者一整天的庆祝节目,王国里的每个城镇和每个乡村就会争相效仿。你不认为应该给他们一个概念,让他们认为女王是和亚瑟王同样伟大的领袖,进而更加爱戴她、尊敬她和守护她?让他们知道,她既年轻又貌美,她的宫廷不仅是全英格兰也是整个欧洲最美好的地方,这样的言论会传播到每一个地方:巴黎、马德里、布鲁塞尔。他们都会敬慕她,也能认识到她的权势。这和塞西尔的和约一样,都能保证她的安全。"

"我明白你在政治上的手段,"弗朗西斯爵士说,"在这件事上,我们的观点一致——应该让人们看到她值得敬爱之处，从而更加爱戴她，也就更能保证她的安全。"

"我也希望如此，"罗伯特赞同道，然后他不满地轻轻"啧"了一声：有个笨手笨脚的侍童让手里布匹的一角拖曳在比武场满是沙土的地上，"捡起来，孩子！会弄脏的！"

"你考虑过她那天的安全没有？"弗朗西斯爵士求证道，"大多数国民都已经听说教皇现在鼓励人们反抗她。"

达德利看着他。"我全心关注她的安全，"他口气肯定，"日思夜想。我所想的只有她。你在她身边根本找不到比我更忠诚的人，我就像爱惜自己的性命那样爱惜她的性命。的确，我的性命和她息息相关。"

弗朗西斯爵士点点头。"我没有质疑你，"他诚恳地说，"但如今是民心动荡的时代。我知道塞西尔在整个欧洲都布下了谍报网，准备抓捕每一个打算来英格兰对她不利的人。但英格兰人呢？那些我们当做朋友看待的男男女女呢？那些觉得刺杀她是他们的职责，是他们的神圣职责的人呢？"

罗伯特俯下身将手指在比武场的沙地上比画。"王家入口在这里，只有宫廷成员可以从这里进入；商人、伦敦市民和普通社会人士走这边；让侍卫确保这些人和她保持距离；学徒们留在后面远处，他们是最能惹麻烦的；那些不请自来的乡下人要待在更远处。每个角落都要有一名士兵把守，塞西尔的人会在人群中监视，我也会派几个信任的手下四处巡视。"

"那她的朋友们呢？那些绅士和贵族呢？"弗朗西斯爵士轻声问道。

罗伯特站起身来，拍掉手上的灰尘。"我只能祈求上帝让他们明白，他们对她的忠诚应该摆在第一位，不管他们期待的弥撒形式是怎样的。"他顿了顿，"还有，告诉你实话吧，你觉得值得怀疑的那些人，大部分已经在监视之下了。"他主动说道。

弗朗西斯爵士发出一阵有些嘶哑的笑声。"由你的人监视吗？"

"大部分都是塞西尔的人，"罗伯特说，"他秘密雇佣了好几百人。"

"这下可有了个我不敢招惹的人了。"弗朗西斯爵士欢快地说。

"除非你确定自己能打败他。"罗伯特自如地应道。他偏过头，看到一名展开旗帜，正往旗杆上悬挂的仆童。"你！看清楚自己在做什么！你把旗挂倒了！"

"噢，你先去忙吧。"弗朗西斯爵士说着赶紧退下，就好像生怕别人派他去爬梯子似的。

罗伯特对他咧嘴一笑。"好。工作结束后我会去找你的，"他有些无礼地说完，便向中央舞台走去，"我觉得你会正好赶在宴会时回来，那时所有麻烦的工作都结束了。你参加马上比武吗？"

"上帝啊，我参加！我会成为一位有教养的正牌骑士①！我会成为骑士中的楷模。我得去打磨自己的盾牌和词锋了，"弗朗西斯站在看台那里，取笑地说，"唱一首欢快小曲吧，小罗宾②！"

罗伯特以大笑回应。他转过头去继续工作，对着调转过来的旗帜露出微笑，突然有种受人注视的感觉。目光来自伊丽莎白，她正独自站在那座将会装饰为王家包厢的高台上，低头看着空旷而满是沙尘的比武场。

罗伯特细细打量了她好一会儿，可她似乎仍然一动未动，只是稍稍垂下了头。他拾起旗杆装出继续工作的样子，然后大步走过高台边。

"噢！"他仿佛突然看见了她那样，大喊出声，"陛下！"

她朝他微笑，迈步走到高台前方。"你好啊，罗伯特。"

"在想事情？"

"是的。"

---

① 原文为中古英语 gentil parfit knight，出自英国诗人乔叟的《坎特伯雷故事集》。

② 原文为 Sing hey nonny nonny，出自谢巴德·托尼的诗《科林》。

他不禁思索,她是否听到了他们口中她每天都要面临的危险,又是否听见他们将危险的来源归结为各种各样的人,从最微不足道的学徒到她最亲近的朋友。一个年轻女人要如何忍受被自己同胞憎恨的事实呢?更别提基督教诸王国中代表最高宗教权力的那个人还宣布她该死。

他把旗杆固定在基座上,走到高台前,抬起头。"我能为您做些什么呢,我的公主殿下?"

伊丽莎白羞涩地笑了笑。"我不知道该做什么。"

他一时间没有明白她的意思。"关于什么的?"

她靠上高台的栏杆,将声音放得更轻。"我不知道比武大会的时候该做些什么。"

"您应该出席过好几百场比武大会了吧。"

"不,其实很少。在我父亲统治期间,我不常在宫里,玛丽的宫廷又少有欢乐,而且我大部分时间都被囚禁着。"

罗伯特这才想起她的少女时代大半在流亡中度过。她以学者的激情博览群书,但却并不会应对宫廷生活中这些无关紧要的消遣。这是当然的:除非极其熟悉,否则没人能在这种场合应对自如。罗伯特能轻易构思出某个新主题,为这样的传统节目增添色彩,但毕竟他从进入宫廷开始便参与了每一场马上比武,而且确确实实地赢得了绝大部分。

罗伯特想在他无比熟悉的比武与娱乐活动中拔得头筹,而伊丽莎白却想在不暴露出慌乱的情况下撑到庆祝结束。

"那您喜欢马上比武吗?"他求证道。

"噢,喜欢,"她说,"我也懂得规则,但我不知道自己的举止应该是怎样的,比如什么时候该鼓掌,什么时候该赞美,还有其余的那些事。"

他思索片刻。"让我来为您做一下安排怎么样?"他轻声提议,"就像我为您安排加冕礼巡游的时候那样。这样您就知道什么时候该做什么,什么时候该说什么了。"

她的脸色立刻欢快了些。"好。那就太好了。这样一来，我就用不着担心，可以好好享受节日了。"

他笑了。"需要我再就嘉德勋章的颁发仪式给您制订一份计划吗？"

"当然，"她急切地说道，"托马斯·霍华德告诉过我该怎么做，但我一点儿也不记得了。"

"他怎么会知道？"达德利轻蔑地说，"最近这三代君主统治时，他在宫中都没有太高地位。"

听到他习惯性地贬低她那位公爵叔叔的言论，她笑了起来，他们年纪相仿，他和罗伯特生来就是竞争对手。

"好吧，我会写一份计划给您，"罗伯特说，"我能否在晚餐前去您的房间，把计划念给您听？"

"可以。"她说着，冲动地将手伸给台下的他。他奋力伸出手臂，却只能碰到她的手指尖，于是他亲吻了自己的手，然后用那只手碰了碰她的手指。

"谢谢。"她甜甜地说，指尖仍然与他相触。

"我会始终对您知无不言，始终对您伸出援手，"他承诺，"我为您绘制一张表格，告诉您每个节目中您该去的地方和该做的事情。这样您就不会有不明白的事了。等您观看过十二场马上比武之后，您还可以把想要做出的改变告诉我，可以简单拟订草稿，让我知道您打算改变的具体细节。"

听到这些话，伊丽莎白微笑起来，她转身走下高台，留下他独自回味自己那种怪异的柔和情绪。有时她并不像一个凭借运气和机智登上王位的女王，倒像是个面对困难手足无措的小女孩。他对充满欲望的那些女人很熟悉，他也很擅长去利用她们。但他站在这座尚未布置结束的比武场中，有那么一瞬间，居然有了一种与自身相关的全新感受——那就是"温柔"，是比起自身的幸福来,更希望她能得到幸福。

丽兹·奥丁赛尔按照艾米的口述写了一封信,艾米亲手抄了一遍,努力让那一行行文字看起来整整齐齐。

亲爱的丈夫:

我希望您身体健康。我和我们亲爱的朋友海德一家住在一起,过得很好,也很快乐。我已经按照您的吩咐,为我们找好了房屋和土地。我想您一定会满意。海德先生跟那位打算卖地的乡绅谈过了,那人身体不好,而且没有子嗣可以继承他的遗产。海德先生说他开的价钱很合理。

在得到您的吩咐前我不想贸然做决定,也许您很快就可以来看看这房屋和土地。另外,海德先生和海德太太为您送上了美好的祝愿,以及这一篮新鲜沙拉叶。罗布萨特夫人说,我们今年在斯坦菲尔德的羊群生下了八十只小羊羔,是这些年来最好的一次。我希望您能早日归来。

您忠实的妻子
艾米·达德利

附:我真的希望您能早日归来,亲爱的丈夫。

艾米和奥丁赛尔太太一同穿过公园,向教堂走去,走过村中草地,穿过大门走进教堂的庭院,再走进始终凉爽阴暗、一成不变的教堂。

但它并非真的一成不变,而是有一些奇怪的改变。艾米四下打量,看到有一座新的黄铜讲经台放在过道尽头,《圣经》在上面摊开着,仿佛可供任何人阅读。圣坛还在,但明显已经空空如也。艾米和丽兹·奥丁赛尔交换了一个无言的表情,走到了海德家的位置上。礼拜仪式以英语进行,不再是熟悉的拉丁语，爱德华国王的祈祷书取代了人们钟爱的弥撒经。听着这些陌生的祷告词，艾米低下头，试着去感受上帝的存在，即使他的教堂已经变了模样，即使祈祷的语言也已经改换，即使圣体亦被收起。

到了神父为女王祈祷的时候了，他念诵祷词的声音有些颤抖，但当他为深受爱戴的主教托马斯·高德维尔祈祷的时候，神父声音哽咽，最后陷入沉默。他的助手帮他念完了祷词，仪式继续下去，最后以往常的祷告与祝福作为结束。

"你们走吧，"艾米轻声对她的朋友说，"我想祈祷一会儿。"

她等到教堂里的人渐渐都散去，便从海德家的座位上站起身来。神父双膝跪在圣坛的隔板前面，艾米迈着轻巧的步子走过去，在他身边跪下。

"神父？"

他转过头。"孩子？"

"有什么不对的地方吗？"

他点了点头，随后低垂头颅，仿佛是出于惭愧。"他们说，我们的主教托马斯已经不再是主教了。"

"怎么会这样？"她问。

"他们说，女王没有派他去牛津，而他已经不是圣亚萨教堂的主教了。他们说他如今不属于任何一个地方，是不属于任何教堂的主教。"

"为什么他们要这么说？"她追问道，"他们一定知道他是个圣洁的善人，也知道他离开圣亚萨以后应该去牛津。他是教皇陛下任命的。"

"你应该和我一样明白，"他疲惫地说，"你的丈夫更了解宫中的情况。"

"他不会对我……吐露这些，"她谨慎地挑选着合适的词儿，"他从不吐露宫廷事务。"

"他们知道，我们这位主教的信仰至死不渝，"神父悲哀地说，"他们都知道，他是红衣主教波尔的至交，红衣主教濒死之际，是他做了临终圣礼。

他们知道他不会改变立场去取悦女王。他不会遵从她的命令对圣体不敬。我认为他们会首先用这种花招剥夺他的圣职，之后再谋杀他。"

艾米喘息起来。"别再来了，"她说，"别再有杀戮了。别再有下一个托马斯了！"

"女王命令他来参见自己。我担心这就意味着他的死期。"

艾米点点头，脸色惨白。

"达德利夫人，你的丈夫是宫里最有权势的人之一。你能让他为我们的主教求个情吗？我保证托马斯神父从来没有说过反对女王登基的话，他只是根据上帝的旨意，为我们神圣的教会做了辩护。"

"我不能，"她干脆地说，"神父，请您宽恕我，愿上帝宽恕我，但我真的不能。我没有这样的影响力。我的丈夫从不听取我关于宫廷事务的建议。他甚至不知道我对这类事务有自己的看法！我无法给他任何建议，他也不会听从。"

"那么我会为你祈祷，祈祷他回到你身边，"神父温和地说，"如果上帝真的带他回来，那么孩子啊，我希望那时你说出口。这关系到我们主教的生死存亡。"

艾米低下头。"我会尽力而为。"她答应下来，但不抱太多希望。

"愿上帝保佑你，孩子，愿上帝指引你。"

在罗伯特接受嘉德骑士勋位的那天下午，他的助手将艾米的信交到了他手上。罗伯特将勋章搭在椅子上，让蓝色的缎带垂下来，他退后几步欣赏着。接着他把勋章别在一件新上衣上，快速浏览过那封信，再将信递了回去。

"给她回信说我现在很忙，但我会尽快赶回去。"他说着打开了门。他的手放在门把手上,突然认出了信上歪曲的字迹是艾米亲手写的,这封信一定花了她好些时间。

"告诉她,我很高兴她亲手写信给我,"他说,"给她寄一小袋钱去,让她买双手套或是别的想要的东西。"

他停下脚步,心里感觉似乎还应该说点什么,但他随即听到了传令官们宣告比武开始的号角声。没时间了。"告诉她,我马上就回来。"他说着,转身快步下了楼梯,向马厩走去。

这场比武大会充斥着伊丽莎白所钟爱的装饰和色彩,乔装打扮的骑士们高声唱出对她的赞美,即兴朗诵着诗句。宫中的女士们送上礼物,骑士们将他们心爱女士的代表颜色佩戴在胸前。女王戴着白色丝质手套,双手交握,罗伯特爵士走到王家包厢边,抬头看着高高在上的她,而她倾身献上诚挚的祝福,他也欠身还礼。

在她倾身向前之际,手套意外地从她的手指上滑脱。他立刻用快到几乎看不到的速度策动马儿,那匹高大的战马飞快做出反应,他在半空中便接住了掉落的手套。

"谢谢!"伊丽莎白叫道,她向一名仆童点头示意,"从罗伯特大人那里把手套拿给我。"

他用一只手勒住马,另一只手抬起面甲,将手套放在自己的唇边。

伊丽莎白脸色飞红,看着他轻吻自己的手套,没有再要求归还,也没有把这个动作当做比武礼节的一部分而付之一笑。

"我可以保留它吗?"他问道。

她稍稍镇定下来。"看在你这么巧妙地接住了它的分上,好吧。"她柔声说。

罗伯特策马靠近了些。"感谢您，我的女王，谢谢您为我掉落这只手套。"

"我无心的。"她说。

"但我是有意的。"他答道，他用深色的眼眸凝视她，小心翼翼地将手套放在自己的胸甲里面，再掉转马头，排在参赛者的队尾。

在炎热的四月阳光下，马背比武进行了一整个下午，到了傍晚时分，女王邀请她的特别来宾们坐上她的驳船，来一场河中夜航。伦敦市民们早就猜到会有这样的节目，于是数以千计地去讨要、租借船只，河里拥挤得就像闹市，船只和驳船上飘扬着鲜艳的旗帜和飘带，每三条船上就有一名歌手或是鲁特琴师，悠扬的曲调便在船与船之间的水面上飘扬。

罗伯特和伊丽莎白都在女王的驳船上，同行的还有凯瑟琳、弗朗西斯·诺利斯大人、玛丽·西德尼女士及她的丈夫亨利·西德尼，还有女王的另外两位女伴，丽蒂西娅·诺利斯与一位未婚侍女。

一艘载满乐师的驳船在他们的船旁并行，水面上回荡着歌唱爱情的曲子，桨手们也用桨和着鼓声的拍子。太阳渐渐地从玫瑰金色的云中隐去，在暗淡的泰晤士河上留下一条明亮的路径，仿佛它会带着他们一路前往英格兰的核心。

伊丽莎白靠在船上以金叶子作装饰的围栏边，望着起起落落的河水，望着那艘载着乐师、与他们齐头并进的船，望着将他们的倒影映在水面上的提灯。罗伯特走到她身边，他们肩并肩长久地站立，在沉默中凝视着河面。

"你知道的，这是我一生中最美好的一天。"伊丽莎白轻声对罗伯特说。

有那么片刻，他们之间因为情欲而带来的紧张消失不见。罗伯特对她微笑，笑容如旧友般亲切。"我很高兴，"他说，"我希望您会有更多这样美好的日子，伊丽莎白。您对我非常慷慨，谢谢您。"

她转身对他报以微笑，他们的面庞如此亲近，他的呼吸都能够吹动她兜帽外的一丝头发。

"您可以保留我的手套。"她轻声说。

"您可以保留我的心。"

排场真大——威廉·塞西尔冷冷地自语着。这时是五朔节的早上，宫人们正骑马去罗伯特·达德利位于克佑花园的新房拜访，那是一栋位于花园边上的精美建筑，从宫里走过去只需要十分钟。一段豪华的白色石阶通往额外加高的双重拱门，旁边则是两扇窗户。门里是一座大厅，然后是一间更小也更私密的休息室，从那里的两边可以俯瞰花园的风景。屋子的前方有一片树篱，树篱旁是两棵修剪得整整齐齐的树木，仿佛哨兵般守卫在门的两侧。

罗伯特·达德利出现在前门那里，向这一小群人打了个招呼，然后带着他们径直穿过房子，走到围墙环绕的漂亮后花园里。那儿半是花圃，半是果园，整个花园都以流行的样式布置，如同一片开满鲜花的草地。一张铺着白色亚麻布的桌子上摆满了为女王准备的丰盛早餐。所有的仆从都按达德利的要求穿得像挤奶工或是牧羊人的模样，身后还跟着一群小羊羔，毛色被荒谬地染成都铎家族绿白相间的颜色，正在花朵盛开的果树下追逐嬉戏。

伊丽莎白看到这样的场面，高兴得拍起手来。

"噢，罗伯特，这太棒了！"

"我知道您会很乐意在今天做一个普通的乡村女孩。"他在她耳畔轻声说道。

她转身看他："你怎么知道的？"

他耸耸肩。"王冠和荣耀同样沉重。在您身边群聚的人们永远在向您索取,却从不给予。我希望您能有一个充满愉悦欢笑的日子,做一天的漂亮女孩,而不是肩负重担的女王。"

她点点头。"你真懂我。他们对我的要求太多了。"她忿忿地说。

"而那些求婚者是最恶劣的,"他说,"那两位哈布斯堡的公爵,他们想利用您的地位,从奥地利的可怜公爵一跃成为英格兰之王!还有爱伦的那位伯爵,他想将您卷入与苏格兰的战争!他们什么也不能给您,却又什么都想得到。"

伊丽莎白皱起了眉头,有那么一会儿,他担心自己说过头了。她说:"他们能给我的只有麻烦,但他们想得到的却是我的全部。"

"他们不想要'您'的什么,"他纠正道,"他们想要的和真正的您无关。他们想要的是王冠,或者王座,或者您可能带给他们的继承人。但他们是虚伪的求婚者,是劣币,他们并不了解您,也并不像我这样爱着您……"说到这里他突然沉默了。

她将身体前倾,让他温暖的呼吸接触到自己的面庞,他也同样感受得到她的气息。

"你爱着我?"她问。

"的确如此。"他用非常轻柔的声音耳语道。

"我们能吃东西了吗?"塞西尔可怜巴巴地在等候的人群中发问,"我饿得不行了。罗伯特大人,您简直是在用坦塔罗斯的痛苦①来折磨我们,为我们准备盛宴但又不让我们享用。"

罗伯特大笑起来,目光离开了女王,后者花了片刻时间去恢复镇定,

---

① 坦塔罗斯是宙斯的儿子,因得罪诸神而被罚入地狱,终日忍受着见水喝不到、见食物吃不到,以及头上高悬的巨石随时都可能落下的三重折磨。后来通常用"坦塔罗斯的痛苦"来比喻可望而不可即的折磨。

以及察觉看向他们的目光，还有阳光满溢的果园中铺着雪白桌布的餐桌。"请吧……"他说着，像一位大领主那样做了个手势，示意人们就座。

众人坐下来享用早餐，内容丰富得仿佛意式盛宴，但服务风格却是达德利式的优雅随性，然后，等用餐结束，餐桌也摆上了蜜饯，"牧羊人"和"挤奶工"便跳起了乡村舞蹈，以歌声来赞美他们的女王。有个仿佛天使般的金发小男孩走上前来，为伊丽莎白朗诵了一首诗，诗篇叫做《牧羊人与牧羊女们的女王》，并将柳枝编成的王冠献给她，紧接着一队先前费劲地藏在苹果树丛中的乐师奏起了悠扬的和弦，罗伯特将手伸给伊丽莎白，跳起了在五朔节时求爱的舞蹈，象征着鸟儿求偶的时节来到。

真是太好了——威廉·塞西尔看着高悬空中的太阳，自语道。浪费了半天光阴，回宫后还有如山的信件等待我处理。多半是从苏格兰来的坏消息，而且那些同样是新教徒的人们仍未得到女王的经济支援，尽管他们早已向我们请求帮助。我们究竟在做什么？为何在他们即将胜利的时刻却弃他们于不顾？

他更仔细地看着。罗伯特·达德利的手已经不在女王的背上，他仍然引导着她舞蹈的每一步，但他的手却环抱着她的腰际。而她也早已不像以往那样站得挺直，而是几乎将身体靠在他身上。简直可以称之为渴求——他心想。

塞西尔的第一反应是，应该为了她的名声和婚姻大计着想。他环顾四周，谢天谢地，他们身边没有不怀好意的人：诺利斯一家、西德尼一家、珀西一家。女王那个暴躁脾气的表弟——诺福克公爵——并不乐意看到他的女王姐姐像街头酒馆的女招待那样靠在男人的臂弯里，但他多半不会向哈布斯堡的使臣启齿。也许这里的侍者中有探子，但他们的言论根本不足为信。人人都知道伊丽莎白与达德利非比寻常的友情。这对年轻人的友好关系根本无须多说。

处女的情人
168

然而——塞西尔低声自语。然而，我们还是应该让她嫁人。如果她只是让他抚摸自己，我们还算安全，他已经娶妻，至多不过是在她心中点燃一把终究会熄灭的火。但如果吸引她的是个单身男子呢？如果达德利都能唤起她的欲望，那假如某个聪明的年轻男人出现在她面前，而且碰巧既英俊又是自由之身呢？如果她像小女孩那样，坚持为了爱情而不是为英格兰的利益而结婚，那又会怎样？还是让她快点嫁出去的好。

艾米等待着罗伯特的到来。

一家人都在等待着罗伯特的到来。

"你确定他说自己会马上回来吗？"五月的第二个星期时，威廉·海德问他的姐姐伊丽莎白·奥丁赛尔。

"你自己也看过那封信了，"她说，"起初是他的秘书写的，说他很忙，但他会尽快回来，接下来他修正了第一句，说他马上就回来。"

"我伦敦的堂兄，也就是西摩尔家的亲戚，说他每天都和女王在一起，"爱丽丝·海德说，"她去参观了圣乔治日的马上比武，她听说他一直将女王的手套放在自己的胸甲里。"

丽兹耸了耸肩。"他是她的马夫长，当然深得她的宠爱。"

"海德先生的堂兄说，那天晚上他们还一同乘坐王家驳船。"

"那是很大的荣幸。"丽兹顽固地辩白道。

"她在五朔节那天去他位于克佑花园的新房与他共进早餐，一整天都待在那里。"

"那是当然，"丽兹耐心地说，"宫里的早餐往往都会持续一整天。"

"好吧，我家亲戚还说她不肯让他离开自己的视线。他终日陪伴在她身旁，每晚都一起跳舞。女王自己的亲戚诺福克公爵曾经发誓说，如果罗伯特胆敢对她不敬,那他就死定了,他不会毫无理由地做出这种威胁。"

丽兹看着自己的弟媳,目光既不亲切也不温暖。"你亲戚知道得还挺多,"她愠怒地说,"但你可以提醒她,罗伯特大人是个已婚男人,正打算购置土地,和妻子建造他们的第一栋屋子,而且他随时都会回来。提醒她,他是因为爱自己的妻子才和她结婚的,而且他们正打算一起生活。你可以告诉她,爱与爱有很大的不同,这些在诗里和歌里都有提到,宫廷的人取悦女王的行为和现实生活的爱情截然不同。你那位亲戚要是继续散播流言蜚语,要她当心咬到自己的舌头。"

西班牙大使菲尔里尔伯爵早先在为自己的主子——西班牙的菲利普——求婚的过程中,受够了伊丽莎白的种种花招,他觉得自己恐怕无法忍受看着另一位大使以及另一位求婚者——哈布斯堡大公——重新玩一遍这种游戏。最后,菲利普国王对他的请求作出了答复,并且同意用另一位使臣——德·考德勒主教来替换他。菲尔里尔伯爵向塞西尔请求准许他离开伊丽莎白身边的时候,几乎无法掩饰自己的释然。

这位老练的大使和年轻的女王已经是老对手了。他曾经担任过玛丽·都铎女王的王室顾问,也曾公开劝说她处决那个棘手的继位者与同父异母的妹妹,也就是伊丽莎白。正是他的探子一次又一次地带来了伊丽莎白同英格兰叛国者、法兰西间谍还有巫术师约翰·迪伊通过密谋、外国军队或是巫术推翻自己姐姐的证据。

他曾是玛丽最忠实最可靠的朋友,与她最忠诚的女伴简·多摩尔恋爱、结婚。玛丽女王不会让自己最好的朋友嫁给任何人,只有这位西班牙大使除外,她在临终前真诚地祝福了他们。

依照惯例,这位伯爵让妻子去女王面前向她道别,简·多摩尔高昂着她的头,再一次走进伊丽莎白登基那天她曾厌恶地走出的白厅宫。如今简·多摩尔作为西班牙的伯爵夫人归来,小腹因怀孕而隆起,开开心心地准备向她说再见。仿佛有幸运眷顾一般,她首先遇到的人是张熟面孔:王家弄臣威尔·萨默斯。

"您好,简·多摩尔,"他语气温和,"我该称您伯爵夫人了吧?"

"你可以叫我简,"她说,"像从前一样。你怎么样呢,威尔?"

"干劲十足,"他说,"有一整个宫廷等着我取悦呢,但我担心自己地位不保。"

"噢?"她问。

护送简去见女王的那名女伴停下了脚步,准备听他讲笑话。

"在宫里,每个人都在扮演弄臣的角色,所以他们有什么理由花钱雇我呢?"他问。

简大笑起来。那名女伴也笑了起来。"愿你今天过得愉快,威尔。"简温柔地说。

"哈,您在西班牙的时候会想念我的,"他说,"但不会再想念别的什么啦,我说得对吗?"

简摇了摇头。"十一月的时候,英格兰最珍贵的人就已经不在了。"

"上帝保佑她的灵魂,"威尔说,"她真是最不幸的女王。"

"那现在这位呢?"简问他。

威尔干笑了一声。"她继承了父亲的全部幸运。"他模棱两可地说,因为简始终坚信伊丽莎白是鲁特琴师马克·斯米顿的孩子,后者的运气在绞架的套索上脚蹬空气的那一刻就迎来了终结。

听到这个让她心领神会、带着谋反意味的笑话,简的眼里闪过一道光,然后便跟着那名女伴向女王的会客室走了过去。

"您得等在这里,伯爵夫人。"女伴突然说,将一间接待室指给简。简将一只手搭在后腰那里，背靠着窗台。

房间里没有椅子，没有凳子，也没有靠窗的座位，甚至没有可供她倚靠的桌子。

几分钟过去了。有只黄蜂从冬眠中醒转，挣扎着撞到了窗玻璃上，跌落窗沿再次陷入沉静。简把重心从一只脚换到另一只脚，背部有些隐隐作痛。

房间里很是窒闷，背上的酸痛已经蔓延到了小腿。简活动着脚，不时踮起脚趾，试着缓解疼痛。腹中的孩子动了动。她将手放到三角胸衣上，缓缓走到窗边。她看向窗外的内庭花园——白厅宫里充斥着杂乱的建筑物和无数内庭，这一座花园中央种着一棵核桃树，四周环绕着一张弧形长椅。简看到有个仆童和一个女仆利用他们宝贵的时间交头接耳了一阵，随后便向着相反的方向跑开了。

简微笑起来。这座宫殿曾经是她的家，那时她还是女王最钟爱的女伴，她想起那时她和那位西班牙大使就是在那张长椅边遇见的。在那个夏天，这儿曾经有过一段短暂的快乐时光：那是在女王婚后，得意扬扬地宣告自己怀孕之际。彼时英格兰与西班牙联姻，整个宫廷幸福洋溢，坐拥世界强国的权势，未来的继承人也指日可待，而且由一位终于赢得自己应得之物的女子掌管。

简耸了耸肩。最后的结束是玛丽女王失望继而死去，而现在她光彩照人而又诡计多端的同父异母妹妹坐在她的位置上，并利用她的权力，以无礼的拖延羞辱着简。这样对一个死去的女人进行狭隘报复，简心想，与女王的身份完全不符。

简听到宫里不知何处传来的钟声。她本打算在午餐前拜访女王，但她如今已经等了半个钟头。她因饥饿而有些头晕，希望自己不会像个傻瓜一样在会客室里晕厥过去。

她继续等待。又过了很久。简不知道自己是不是该擅自离开，这样做就等于作为西班牙大使的妻子侮辱女王，足以引发国与国之间的纠纷。但这样漫长的等待本身，也是对西班牙的一种侮辱。简叹了口气。伊丽莎白一定还是满腹恶意，不惜冒险去侮辱像她这样身份微不足道的人。

门终于开了。那名女伴看起来相当局促不安。"原谅我。能劳驾您跟我来吗，伯爵夫人？"她礼貌地说。

简走了过去，感觉到一阵头晕目眩。她握紧拳头，指甲刺进了掌心，这样的疼痛能够让她从晕眩和背痛中稍微分心。这就好了，她对自己说，她不可能再让我继续站着了。

伊丽莎白的会客室闷热而拥挤，那名女伴穿过人群，有几个人认出了当年服侍玛丽女王时受到大家爱戴的简，对她微笑。伊丽莎白站在阳光明媚的房间中央，和她的一名枢密院议员轻声交谈，仿佛没有注意到她的到来。那名女伴领着简走向她的女主人。见伊丽莎白仍然没有打招呼的意思，简只能站在原地，等待着。

伊丽莎白终于结束了那场愉快的谈话，开始四下打量。"啊，菲尔里尔伯爵夫人！"她大喊道，"没有让你等太久吧？"

简以女王般的气度笑了起来。"一点也不久。"她平静地说。她的脑袋嗡嗡作响，嘴巴发干，担心自己会晕倒在伊丽莎白的脚边，如今她纯粹是凭借毅力才能站稳身体。

她看不到伊丽莎白的脸，她的身后传来窗外照进的耀眼阳光，但她知道她的脸上一定带着嘲弄的微笑，还转着眼珠。

"你的孩子就快出生了吧，"伊丽莎白甜甜地说，"就在这几个月了，是吗？"

人群中传来经过压抑的喘息声。几个月之后生产也就意味着她的怀孕是在结婚之前。

简平静的表情毫无动摇。"在今年秋天，陛下。"她不慌不忙地说。

伊丽莎白沉默了。

"我是来和您道别的，伊丽莎白女王，"简冷漠却不失礼节地说，"我的丈夫要返回西班牙，而我要和他同行。"

"是啊，你现在是西班牙人了。"伊丽莎白的语调听上去就像是简感染了某种疾病似的。

"是西班牙伯爵夫人，"简语气自然地答道，"是啊，自从我们上次相遇之后，我们在世间的地位都改变了，陛下。"

这句暗示很是机智。简曾亲眼目睹伊丽莎白在她姐姐面前双膝跪倒，泪流满面地发誓自己已经悔过，也看到过伊丽莎白被控叛国而遭受软禁期间，因恐惧而全身浮肿，又祈求申辩机会的样子。

"噢，祝你旅途愉快。"伊丽莎白漫不经心地说。

简躬身行了个极其优雅的屈膝礼，没人会知道她随时都可能失去知觉。她起身的时候感觉到整个房间在眼前旋转，但她随即倒退着离去，步履平稳，也始终拎着长裙，露出红色的高跟鞋，她高昂着头，唇角含笑。她就这么笔直地走到门口，而后轻轻地转身离开，头也不回。

"她做了什么？"塞西尔怀疑地质问着情绪激动的丽蒂西娅·诺利斯，后者是受他雇佣，在女王的私人房间里打探消息的人。

"让她等了整整半小时，又暗示她在婚礼前就怀上了孩子。"丽蒂西娅气喘吁吁地低声说道。

他们身在塞西尔窗门紧闭的书房之中，他甚至合拢了百叶窗，虽然天还大亮着。只有一名可靠的卫兵守在门旁，而塞西尔其他的房间也禁止访客进入。

他眉头微蹙。"那简·多摩尔呢?"

"她就像个女王,"丽蒂西娅说,"她说话时和蔼庄重,还行了屈膝礼——您真该看看她行屈膝礼的样子——然后走出门去,她就好像看不起我们所有人那样,但却连半个字的抗议也没有。她让伊丽莎白看起来像个傻瓜。"

塞西尔皱了皱眉。"小女士,说话要注意点,"他说,"如果我说自己的国王是个傻瓜,我肯定会受鞭笞之刑。"

丽蒂西娅低下了头。

"她走以后,伊丽莎白说了些什么吗?"

"她说,简让她想起了一脸苦相的姐姐,还说,谢天谢地那样的日子已经过去了。"

他点点头。"有人答话吗?"

"没有!"丽蒂西娅的头脑里满是流言蜚语,"每个人都很震惊,因为伊丽莎白不该……不应该……"她找不到合适的词语来形容。

"不该什么?"

"不该这么惹人厌!这么粗鲁!不该这么不友善!还是对一个这么好心的女人!她还有身孕!还是西班牙大使的妻子!这是对西班牙的侮辱!"

塞西尔点点头。对她这样很有自制力的年轻女人来说,这样轻率的行为令人惊讶——他想。也许是这些年来某些女人之间的愚蠢争吵留下的阴影。但如此粗俗的行为实在不像伊丽莎白。"我想你应该已经发现,她也有非常恶劣的一面,"他对那个女孩说,"你最好确保自己不会给她机会这么做。"

听到这里她抬起头,用波琳家的深色眼睛真诚地望着他。她抚平自己帽子下的铜色头发,微微一笑,那是波琳家特有的迷人而诱惑的笑容。"我要怎么办?"她无辜地说,"她只要看到我就满心恨意。"

稍后的夜里，塞西尔吩咐人拿来了几支新蜡烛，又往炉膛里添了点柴火。他在等他多年的同谋詹姆斯·克劳夫特爵士。詹姆斯爵士住在贝里克郡，但塞西尔认为是时候让他到佩斯①走一趟了。

苏格兰是一只火绒盒，

他用密文写下这行字，那是自从玛丽·都铎的探子截取他们的信件以后，他和詹姆斯爵士就一直使用的密文。

并且，约翰·诺克斯会是将其点燃的火种。

我希望你去一趟佩斯，你什么都不用做，只要注意观察即可。你应该在摄政女王的军队抵达之前到达那里。我认为你将会见到约翰·诺克斯向热情的人们鼓吹解放苏格兰。我想要知道他的演说有怎样的热情与影响力。你必须尽快，因为摄政女王的手下可能会逮捕他。他和苏格兰的新教领主们请求我们的帮助，但我必须在向女王陈情之前了解他们是怎样的人。请和他们谈谈，探听他们的底细。如果他们想要起义对抗法兰西并且与我们联手，那么不妨鼓励一下他们。记得立刻通知我。在这儿，消息比金子更有价值。

---

① 佩斯（Perth），苏格兰一城市。

1559年夏

六月初的时候，罗伯特最终抵达了丹彻沃斯，他为自己之前的缺席而微笑致歉。他告诉艾米，他能够告假出宫几天，是因为女王正式拒绝了费迪南大公，后者的大使如今成日逗留在她左右，三句话不离自己的主子，显然希望改变她的想法，让她嫁给他。

"她快把塞西尔逼疯了，"他笑着说，"没有任何人知道她真正的意愿。她拒绝了他，但现在却常常谈起他。她已经没有了打猎的时间，也没有了骑马出游的兴致。她只想和那位使臣散步，或是练习她的西班牙语。"

艾米对女王的情事和她的宫廷毫无兴趣，所以她只是点了点头，想让罗伯特把注意力放在她寻觅到的那处房产上。她让人从马厩里牵出马来，供罗伯特、海德一家、丽兹·奥丁赛尔和她自己使用，然后一马当先地踏上那条风景秀丽的乡间大道，向那栋房子的方向走去。

威廉·海德骑马来到罗伯特身侧。"国内有什么新闻吗？"他问，"我听说主教们都不肯支持她。"

"他们都说自己不会立誓承认她是最高管理者，"罗伯特简短地回答，"正如我告诉她的那样，这是叛国的行为。但她是个宽容的人。"

"她的宽容……呃……宽容的做法指的是？"海德先生小心翼翼地问，玛丽·都铎实施火刑的日子还历历在目。

"她只会将他们囚禁，"罗伯特直截了当地说，"如果她发现这些天主教徒都不可理喻，就会让新教的神职人员取代他们。他们已经失去了机会。

如果他们在她加冕之前就找来法兰西人，还有可能号召整个国家反对她，但他们行动得太迟了。"他微笑着说。"塞西尔的建议，他查清了他们的底细。他们将会一个接一个地屈服，或者被人代替。他们没有勇气以武力对抗她，他们只有宗教的土壤可以依附，塞西尔会把他们连根拔起的。"

"可她会摧毁教会的。"威廉·海德震惊地说。

"她只会破旧立新，"身为新教徒的达德利愉快地说，"她如今面临着只能在天主教的主教们和她自身权威之中选择其一的局面。所以她只能摧毁他们。"

"她有这样的力量吗？"

达德利挑了挑他深色的眉毛。"看起来，囚禁主教不需要什么力量。她已经将其中半数软禁起来了。"

"我是说头脑的力量，"威廉·海德说，"她只是个女人，即使贵为女王。她有对抗他们的勇气吗？"

达德利犹豫了。这是所有人的恐惧，人们都认为女人既没有头脑也没有坚持不懈的美德。"她有许多优秀的顾问，"他说，"而且那些顾问都是出色的男人。我们知道该做些什么，我们会让她照做。"

艾米让马儿放慢步子，走到他们身边。

"你告诉过女王陛下，说你是来看房子的吗？"她问。

"当然，"他愉快地说，此时他们已经来到了起伏的山顶上，"达德利家族可以称之为祖宅的房子已经很有年头了。我本想从我的亲戚手里买下达德利堡，但他不愿意出手。我哥哥安布罗斯也在寻找类似的地方。但也许他和他的家人可以一起住在这里。那儿地方够大吗？"

"那些建筑可以扩建，"她说，"我想不至于不够大。"

"有修道院或是教堂这样的建筑吗？"他问，"地方是不是真的很大？你都没和我提过。我一直以为会是一座有十二座尖塔的城堡！"

处女的情人

"那儿不是城堡,"她笑着说,"但我觉得它的大小很适合我们。那些土地状况良好。他们用古老的轮作法①耕种,每年米迦勒节的时候就改换耕地,保证土地不会耗尽养分。地势较高的地方草长得很好,可以用来放牧羊群,还有一片漂亮的森林,我认为树木还算稀疏,可以开辟出一条马儿可以通行的道路。这里的水草是我见过最丰沃的,奶牛产的奶像奶油一样浓稠。房子本身可能小了一些,但如果我们建几座侧房的话,客人来的时候就可以……"

她停了马,一行人此时已经转过这条小路的转角,罗伯特看到了面前的农舍。这是栋狭长低矮的房子,房顶覆盖着茅草,西面的尽头有红砖砌成附带茅草屋顶的牲口棚,与人住的房子中间只隔着一道薄薄的墙壁。一堵倾斜的矮小石墙将房屋和道路分隔开来,墙内有一群母鸡翻弄着杂草和灰尘——那儿原本是座芳草园。在摇摇欲坠的房屋旁边,在那堆垃圾后面,有一座满是树木的果园,树枝垂向地面,还有几只小猪在树下拱来拱去。鸭子在果园后面那座长满水草的池塘间游动,用嘴里含着的泥巴搭建它们的巢。

正门开着,有块石头挡着门扇。罗伯特能够窥见里面低矮肮脏的天花板,还有凸凹不平的石地上散落的杂草,又因为房间里几乎没有窗,内部的其他陈设都隐藏在昏暗中,而且里面烟雾腾腾,没有烟囱,只有天花板上开了个洞。

他转身走向艾米,仿佛正看着一个正向他摇尾乞怜的傻瓜。"你觉得我想要住在这里?"他难以置信地问。

"和我预料的一样。"威廉·海德轻声嘀咕了一句,然后勒住马儿缓缓远离众人,又向妻子点点头,示意她跟着自己到听不见对话的远处去。

---

① 指一种11世纪开始普及使用的农耕方式,基本是将耕地分为三块,每年在其中两块耕地上种植,第三块则休耕。

"噢，是啊，"艾米仍然自信满满地微笑着说，"我知道这栋房子不算很大，但我们可以把牲口棚改建成另一间侧屋，它的屋顶足够高，可以再增建一层，这样你就可以把卧室安排在上面，下面是大厅。"

"你打算怎么处理这些垃圾？"他问，"还有养鸭池？"

"这些垃圾当然要清理，"她笑着说，"这样当然不行！这是首先要做的事情。但我们可以把它们撒到花园里当做花朵的肥料。"

"那这座养鸭池呢？能把它变成观景湖吗？"

她终于听出了他话中的讽刺意味。她惊讶地转过身来。"你不喜欢？"

他闭起双眼，脑海中立刻浮现了克佑的奶牛场中的精致小屋，早餐由果园里的牧羊女送来，温驯的羊羔们染成绿白相间，在餐桌周围蹦蹦跳跳。他想起了童年住过的那些大屋，汉普顿宫的赛恩大宅庄严肃穆，那是他最爱的住处之一，也是整个欧洲都知名的豪华宅邸，还有希恩的无双宫、温莎高墙环绕的格林尼治宫，以及他们家族的祖宅，达德利堡。他睁开双眼，再次打量他妻子挑选的这个地方：在一片烂泥地上建起的泥屋。

"我当然不喜欢。这是家畜住的地方，"他断然道，"我父亲养猪的地方都比这里好。"

但这一次，她并没有因为他的非难而崩溃。他伤到了她的自尊，也是在否定她对所谓地产的判断力。

"这不是家畜住的地方，"她答道，"我把整个房子都看了个遍。它是由结实的红砖和灰泥建造的。茅草屋顶才用了二十年。它的确需要多添几扇窗户，但这不费什么事。我们也可以重建牲口棚，可以围一座漂亮的花园，果园也可以建得很迷人，池塘上可以泛舟，我们还有两百亩肥沃的土地。我觉得，只要我们愿意，就可以建造出任何我们想要的东西。"

"两百亩？"他问，"鹿群要在哪里散步？宫廷的人要在哪里骑马？"

她眨了眨眼睛。

处女的情人

"女王要住在哪里?"他挖苦地问,"在后面的鸡舍里吗?宫人们呢?我们是不是还得在果园的另一头加盖牲口棚?王家厨师要在哪里准备她的晚宴?露天的篝火旁吗?她的马要在哪儿休息?照现在来看,莫非要让它们跟我们进屋去?如果有三百位客人来访,你觉得他们能睡在哪里?"

"为什么女王要来这里?"艾米的嘴唇不住地颤抖,"她要去也是去牛津。为什么她要来这里?为什么我们要让她来这里?"

"因为我是她的宫中最有权势的人!"他大吼着,一拳砸在马鞍上,马儿跳了起来,紧张地向路旁走去,他拉紧缰绳,"女王亲自来我家里是我的荣幸!也是你的荣幸,艾米!我让你为我们买一栋房子。我想要的是哈特菲尔德那样的地方,是西奥伯尔德斯那样的地方,是肯宁霍尔那样的地方。塞西尔经常会去他在西奥伯尔德斯的家,那栋屋子几乎有一个村子那么大,他有一位女王般执掌一切的妻子。他正在伯利建造屋子,彰显自己的财富和地位,他正在所有基督教王国中招募石匠。上帝作证,我比塞西尔优秀得多。和我的出身相比,他就像个剪羊毛的工人。我想要一座足以和他媲美的房子,全部由石头建造!我想要的是配得上我的功绩的华丽房子。

"上帝啊,艾米,你和我的妹妹在彭斯赫斯特①待过!你应该知道我想要什么!我不想住在这样一个清扫过以后也只配给农夫养狗的地方!"

她颤抖起来,几乎握不住缰绳。不远处,丽兹·奥丁赛尔看到她的反应,犹豫着该不该上前调停。

艾米终于开口说话。她抬起低垂的头。"好吧,好吧,我的丈夫,但你不知道这个农场的收成有——"

"去他妈的收成!"他对她吼道。马儿在他的猛扯之下连连后退。艾米的座驾也退了几步,差点将她摔下马去。"我才不在乎什么收成!那是我的佃户需要担心的事情。艾米,我即将成为英格兰最富有的人,女王会将英

---

① Penshurst,位于肯特郡的一座村庄。

格兰的财富交予我掌管,我才不在乎一块地能够收割多少干草!我希望你做我的妻子,做一座显赫大宅的女主人——"

"显赫!"她突然激动起来,"你还在追求显赫?你什么时候能吸取教训呢?当你从伦敦塔里出来的时候一点也不显赫,而且无家可归、饥肠辘辘,你的弟弟在像个普通囚犯那样患伤寒死去的时候,你们一点都不显赫。你什么时候才能明白,你真正该待的地方是家里,和我一起快乐地生活?你为什么要坚持追逐灾难?你和你的父亲支持简·格雷,然后打了败仗,代价是他和他儿子的性命。你失去了加莱,又没能带回你的弟弟,也让自己再度蒙羞!你究竟还要吃多少苦头才能明白?你们这些达德利什么时候才能懂得天高地厚?"

他调转马头,将马刺陷进它的腰腹,又拽着缰绳强行令它转身。那匹马以后腿人立而起,前蹄奋力在空中刨动。罗伯特端坐在鞍上,仿佛一尊雕像,他用一只有力的手抓紧缰绳,也抑制自己的怒火。艾米的马被挥舞的马蹄吓得连连后退,她抱着马鞍才不至于跌落马背。他的马终于站稳了身子。"如果能让你高兴的话,你大可以每天这么痛骂我。"他话声嘶哑,身体前倾,声音里充满了恨意,"但我已经不再是约翰·罗布萨特先生当年那个愚蠢年少的女婿,也不再是刚从伦敦塔中走出的囚徒。我又成为了罗伯特·达德利爵士,被授予了嘉德勋章,这是对一名骑士最高的褒奖。我是女王的马夫长,如果你不愿以达德利夫人的称号为荣,那么完全可以做回你的艾米·罗布萨特,做回约翰·罗布萨特先生那个愚蠢的女儿。但对我而言,那些日子已经成为过去。"

艾米害怕自己从受惊的马儿背上摔下,于是干脆纵身跳下马鞍。站到平稳安全的地面以后便抬起头,愤怒地望向高高在上的他,而他的马儿仍然躁动不安。她的怒火也已燃起,灼烧着她的双颊和双唇。

"你竟敢这样侮辱我父亲,"她朝他大喊,"你竟敢!他比任何时候的你都要优秀，他用辛勤工作挣来自己的土地，而不是向某个异教私生女大献殷勤。说什么无所谓收成这种话！你以什么身份说无所谓收成？如果不是我的父亲把他的土地打理得井井有条，让你吃穿不愁，没有谋生能力的你早就饿死了。你应该对田地里的作物心怀感激才是！你也别说我愚蠢。我做过的最愚蠢的事情就是相信到斯坦菲尔德来的你和你那夸夸其谈的父亲，而且没过多久，你们就因叛国罪进了伦敦塔，"她因愤怒几乎语无伦次，"而且你竟敢威胁我。直到我死的那一天，我都会是达德利夫人！我跟着你受了那么多的苦，还要背负你的污名。可现在，不管是你、还是你那个异教徒主子，都别想把这个头衔从我手里夺走！"

"她当然可以，"他尖刻地说，"你真是个蠢女人。如果她愿意的话，明天就可以将它夺走。她是英国教会的最高管理者。只要她想，随时可以否定你的婚姻。而且作为离婚的理由，你这样……这样荒谬可笑的梦想已经足够了。"

他的马儿嘶鸣起来，艾米闪到一旁，罗伯特松开缰绳，马蹄扬起飞尘，蹄声响彻整条小路，将他们留在突如其来的寂静里。

他们回到家中，马厩前院里已经有人在等待罗伯特·达德利。"紧急消息，"他对威廉·海德说，"你能派个人带我去找他吗？"

威廉·海德的方脸担忧地皱起。"我不知道他可能在哪里，"他说，"他骑马出去了。要不你进来等着，我去给你拿一杯麦酒喝？"

"我得去找他，"那人回答，"罗伯特大人希望有消息就立刻告知他。"

"我不知道他是往哪个方向去的，"威廉圆滑地说，"你还是进来等吧。"

来人摇了摇头。"如果你能拿杯喝的出来，我会很感激的，但我一定得在这儿等他。"

他坐在台阶上一动不动，一直等到太阳从天空沉落，一直等到远方有嘚嘚的马蹄声传来，罗伯特骑马沿小路向马厩一路行来，在马厩前将缰绳抛给侍立一旁的马夫。

"布朗特？"

"罗伯特阁下。"

罗伯特将他拉到一旁，他对艾米的愤怒已经全部抛在脑后。"肯定是重要的事情吧？"

"威廉·皮克林爵士回英格兰了。"

"皮克林？女王的旧情人？"

"他不确定自己还会不会受到欢迎，也不确定她是否还记得他。有谣言说他曾经在她的姐姐手下效力。他不确定她听没听过这样的谣言。"

"她恐怕什么都听过，"达德利严肃地说，"在这方面你可以信任我和塞西尔。话说回来，她迎接了他吗？"

"她单独和他见过面。"

"什么？单独会见？她单独会见他？上帝啊，他肯定要受宠若惊了。"

"不，我的意思是独处。真正意义上的独处。一个下午，整整五个小时，他和她单独在一间上锁的房间里。"

"外加她的女伴们陪同。"罗伯特补充道。

探子摇了摇头。"真正意义上的独处，大人。只有他们二人。五个小时后他们才走出那扇紧锁的门。"

罗伯特惊讶于这种连他也不曾有过的特权。"塞西尔竟然允许这种事情发生？"他难以置信地问。

托马斯·布朗特耸耸肩。"我不清楚，大人。他应该是允许了吧，因为第二天她又与威廉爵士再次见面。"

"单独见面？"

"同样是整个下午。从中午一直到晚餐时分。人们都在打赌说他即将成为她的丈夫。说是他成了女王最宠幸的人,甚至超过了那位大公。人们都说他们已经有了夫妻之实,只差公开宣布而已。"

罗伯特惊呼着走开,很快又转身回来。"那他现在在做什么?他还打算留在宫里吗?"

"他确实备受宠爱。她在格林尼治宫离自己住处很近的地方给他安排了房间。"

"很近是多近?"

"只隔一条长廊,他白天晚上都可以随时穿过长廊去看她。她只需要打开门锁,他就可以走进她的卧室。"

罗伯特突然镇定下来。他看了一眼自己的马儿——马夫正牵着它在马厩后来回散步——看着它脖子上的汗水和嘴边的白沫,仿佛在考虑立刻动身。

"噢不,"他低声自语,"还是明天吧,睡一觉头脑会清醒些。马儿也需要休息。还有什么消息吗?"

"新教徒开始武力对抗苏格兰的法国摄政女王,她正在召集士兵,并且从法兰西召集更多的人手。"

"这些我在离开宫里之前就听说了,"罗伯特说,"塞西尔还在劝说女王派兵增援吗?"

"还在,"他说,"但她一直不置可否。"

"我觉得是忙着和皮克林见面吧,"罗伯特愠怒地说着,转过身向房子走去,"你可以留下,明天和我一起骑马赶回去。"他说,"看来我一刻也不能冒险离开。我们明天天一亮就去格林尼治。去告诉我的人,我们会在黎明时动身,做好赶路的准备。"

艾米满眼含泪地等着，像请愿者那样谦卑地等在罗伯特的房门外。她看到他骑着那匹花斑马儿归来，于是在楼梯处徘徊着想和他搭话。他经过她身边时，简短而礼貌地表达了歉意。他梳洗更衣的时候，她听着瓶罐碰撞的声音。他走进房间，关起门，显然开始收拾起自己的书本与文件。艾米猜想他就要离开了，可她不敢敲门，也不敢请求他留下来。

她只好等在门外，在窗外的木椅上坐下来，像满怀歉意的孩子等着她发怒的父亲。

他推开门的时候，看到了藏在阴影中的她，她连忙站起身。一时间他似乎忘记了他们曾经的争吵，但很快他便沉下脸，拧起眉毛。"艾米。"

"大人！"她说。眼泪盈满了眼眶，让她无法言语，只能呆呆地站在他身前。

"噢，看在上帝的分上，"他不耐烦地说着，又用穿着靴子的脚将门踢开，"你最好在让整个世界认为我打了你之前进到房间里来。"

她进到房间里，站在他面前。正如她所担心的，他带来的书本和文件已经尽数收拾停当。显然，他已经做好离开的准备了。

"你该不会要走吧？"她的嗓音发颤。

"我非走不可，"他说，"我接到宫里的消息，有些事情在等我立刻回去处理。"

"你是因为生我的气才会走。"她低声说。

"不是的，我是因为接到宫里的消息才走。你可以去问威廉·海德，他看到了那位信使，还让他等着我。"

"但你确实生我的气。"她坚持道。

"是的，"他承认，"不过现在我要为自己的冲动道歉。我不是因为那栋房子，也不是因为说过的话而离开。宫里确实有事情需要我去处理。"

"大人……"

"你可以再待上一个月或两个月，我写信给你的时候，你就可以搬去奇思哈斯特的海耶斯家。我会去那里与你会面。"

"我不用继续在这里找房子了吗？"

"不用了，"他说，"显然，我们在房子的式样这个问题上无法达成共识。关于我们各自希望过怎样的生活，必须找机会好好谈谈。但现在我没有时间讨论这些。我现在就要去马厩，晚餐的时候我们再见。我明天一早就走，你不必起床送我了。我要尽快赶路。"

"我不应该说那些话的。真的很对不起，罗伯特。"

他仍然沉着脸。"我已经忘记了。"

"我无法忘记，"她焦急地希望他能感觉到自己的悔意，"对不起，罗伯特。我不该提起你和你父亲的难堪事。"

他深吸一口气，试着压抑自己愤怒的情绪。"我们最好还是忘记那次争吵，也别再重复了。"他提醒她，可她仍未会意。

"真的，罗伯特，我不应该说你盲目追求显赫，不知天高地厚——"

"艾米，我记得你说过什么！"他突然发作，"不需要你再提醒我一次。不必再重复那些侮辱的言语。每一个词儿我都记得，你的声音大得足以让威廉·海德、他的妻子和你的所有同伴都听见。我敢肯定他们都听到你是怎样侮辱我和我的父亲。我不会忘记你说他是个失败的叛徒，我不会忘记你责怪是我让加莱失守。也不会忘记你说是我导致我兄弟吉尔福德和亨利的死。如果你是我的仆从，哪怕你只说几句这样的话，我都会用鞭子将你赶走。我会把你散播谣言的舌头撕开。你最好别再提醒我了，艾米。我花了大半天时间才忘掉你对我的这些看法。我在试图忘记自己的妻子对我的唾弃，她觉得我是个无能的叛徒。"

"这不是我的看法,"她喘息着说,跪倒在他脚边,他的怒火压倒了她,"我没有唾弃你。这不是我的看法,我爱你,罗伯特,而且我相信你——"

"你因为我弟弟的死而嘲笑我,"他冷冷地说,"艾米,我不想和你争吵。真的不想。说真的,我不想。现在请原谅,我要在晚餐前去马厩里做些事情。"

他对她微微欠身,离开了房间。艾米手足无措地爬起身来,追出门去。她本想推开门跟随他的脚步,但当她听到他靴子踏在木地板上的声音时,便不敢再跟过去。她只有将滚烫的额头抵在木门上,双手紧握着他刚才摸过的门柄。

晚餐时的礼节暂时掩盖了不安的情绪。艾米茫然地坐着,一言不发,也没有吃东西;威廉·海德和罗伯特气氛融洽地谈话,交流着关于马匹、狩猎以及与法兰西作战的前景。爱丽丝·海德始终低着头,丽兹则看着艾米担心她会随时昏倒在桌边。女士们纷纷提早离席,罗伯特借口明天要早起,也很快离开。威廉·海德回到自己的房间里,给自己倒了满满一大杯葡萄酒,将木椅拉近壁炉旁,将双脚搭在壁炉边,陷入对白天那场争吵的沉思之中。

他的妻子爱丽丝把头探进门里,轻手轻脚地走进房间,他的姐姐跟随在后。"他走了没有?"她已经打定主意,尽量避免和罗伯特碰面。

"嗯。你们找张椅子坐下吧,爱丽丝,姐姐,再给自己倒上一杯酒。"

她们自己斟好了酒,将椅子拉到他身边,他们三人像是秘密会议一样围坐在壁炉边。

"他不打算在这儿盖房子了?"威廉向丽兹·奥丁赛尔求证道。

"我不清楚,"她轻声说,"她只告诉我说他很生气,还有我们要在这里再待上一个月。"

威廉和爱丽丝迅速交换了眼神,表示这件事值得商榷。"我认为他不打算在这里盖房子了,"他说,"我觉得她今天给他看的一切和他的打算简直天差地别。可怜的蠢女人。我觉得她完全是在自掘坟墓。"

丽兹在胸前飞快地画了个十字。"看在上帝的分上,我的弟弟!你这话是什么意思?他们只是吵了一架。你说说看,有哪对男女从不口角?"

"他不是普通男人,"他强调说,"你听到了他的话,她也听到了,但你们都不够聪明,没能理解其中的含义。他当面对她说的是,他是这个王国最有权势的人,也是这个国家最富有的人。他能够吸引女王的全部注意,他常常陪伴她左右。他对这个国家的首位未婚女王来说是不可或缺的。你觉得他是什么意思?自己好好想想吧。"

"他的意思是他想要一座乡间庄园,"丽兹·奥丁赛尔续道,"因为他在宫里的地位一直在提高,他想要一座庞大的庄园,给他的妻子和将来的孩子们居住,赞美上帝。"

"不是给他的妻子,"爱丽丝精明地说,"她所做的一切都在给他增添负担。她根本不考虑他的需要:宅邸也好,生活也好。她对他的抱负横加干涉,但那种抱负是他的天性,深藏于他的血脉之中。"

丽兹还想为艾米辩护些什么,但威廉咳了一声,往炉火中吐了口唾沫。"无论她是取悦他还是惹恼他都不重要,"他说,"他现在已经另有安排。"

"你觉得他是想抛弃她?"爱丽丝问她丈夫。

丽兹看了看她严肃的脸,然后再看了看他的。"什么?"

"你听到他的话了,"威廉耐心地给她解释,"你和艾米一样,只是听到他说了什么而已,却没有理解。他和她的地位差距已经越来越大了。"

"但他们都结婚了,"她茫然地说,"他们是在上帝见证下结为夫妻的。他不能抛弃她。他没有理由这么做。"

"国王就曾毫无理由地抛弃了两位妻子，"威廉·海德冷冷地说，"有半数贵族都离过婚。玛丽女王即位的时候，英格兰的每一位罗马天主教神父都抛弃了新教统治期间娶的妻子，现在也许新教的神职人员也会做同样的事情。破旧立新，一切都有推翻重来的可能。现如今，婚姻的含义已经跟从前不同了。"

"教会……"

"教会的领袖现在是女王。这是国会通过的法令，无可否认。要是教会的领袖希望罗伯特大人单身，那又会怎样呢？"

丽兹·奥丁赛尔的脸色因震惊而惨白。"为什么她要这么做？"她壮着胆子向他询问理由。

"为了让他和她自己结婚。"海德先生的声音低沉得近乎耳语。

丽兹动作缓慢地放下酒杯，将双手紧扣在膝上，以阻止它们的颤抖。她抬起头看向弟弟，却发现他的脸不像她那样憔悴，反而因为无法压抑的兴奋而容光焕发。

"我们的大人如果成为英格兰的国王，那会怎样呢？"他轻声说，"暂时把艾米忘记吧，她已经签下了流放自己的授权令，他不会再对她抱有希望，因为她对他已经毫无用处。但想想罗伯特大人吧！想想我们吧！如果他做了英格兰的国王，那会怎样呢！这对我们意味着什么？会怎么样呢，我的姐姐？"

艾米一早便守候在教堂的门口，等着威尔逊神父打开那扇巨大的木门。他走上教堂前的小路，便看到了她，她的白色裙子在银色木门的衬托下显得那么苍白，他什么也没有说，只是对她温柔地笑了笑，然后打开门。

"神父？"她轻声说。

"先和上帝谈谈，然后我们再说话。"他和蔼地说着，示意她走在前面。

他等在教堂后部，安静地忙着自己的事情，直到她站起身来，坐在长凳上，他才向她走了过去。"遇到麻烦了？"他问。

"我因为另一件事惹我丈夫生了气，"她说，"因此没能为我们的主教求情。"

他点点头。"不要因此自责，"他说，"我想我们都对此无能为力。女王已经被认定为教会的最高管理者，所有的主教都必须对她俯首帖耳。"

"最高管理者？"艾米重复，"但这怎么可以？"

"人们都说她只是继承了弟弟和父亲的头衔而已，"他说，"他们没有说她是女人，有着女人的种种弱点。他们也没有说按照上帝的旨意必须服侍丈夫而又身负原罪的女人如何能成为最高管理者。"

"接下来会发生什么？"艾米的声音微不可闻。

"恐怕她会将主教全部烧死，"他平静地说，"邦纳主教已经被关了起来，如果其他主教拒绝对她俯首帖耳，那他们也会一位接一位地被关起来。"

"那我们的主教呢？托马斯主教呢？"

"他也会和其他人一样，如同待宰的羔羊，"神父说，"无边的黑暗即将笼罩我们的国家，笼罩你和我，我的孩子，我们无能为力，只能祈祷。"

"如果我能对罗伯特说些什么，我一定会说的。"她承诺道。说完这句她立刻犹豫起来，她想起了他的匆匆离去，想起了他话音中的愤怒。"他现在是个大人物了，但他明白作为囚徒，为性命担忧的滋味。他是个仁慈的人，是不会建议女王杀死圣职者的。"

"愿上帝保佑你，"神父说，"没几个人敢于做出这样的保证。"

"那您呢？"她问，"您也要宣誓吗？"

"等他们处理完主教，就该着手对付我们这种人了，"他说得相当肯定，

"所以我必须有所准备。如果我能够继续活下去的话,我会的。我发誓会为这些人服务,这是我的教区,这些是我的教民。尽职的牧羊人永远不会离开他的羊群。但如果他们需要我起誓承认她就是教皇,那么我想我不会答应。我说不出那样的话来。我宁愿接受一切惩罚。"

"他们会因为你的信仰杀死你吗?"

他伸出双手。"如果有必要的话。"

"神父,我们究竟会怎样呢?"艾米问。

神父摇了摇头。"我真希望自己知道。"

罗伯特·达德利情绪不佳地踏入宫中,发现那里出奇地安静。会客室里只有几名宫中的男女,还有几个小贵族。

"人都去哪儿了?"他问丽蒂西娅·诺利斯,后者正坐在窗边的椅子上读一本布道集。

"我在这儿啊。"她连忙说。

他瞪着她。"我是说那些重要的人。"

"我就很重要,"她仍然毫不退缩,"而且我一直在这里。"

他尴尬地笑笑。"诺利斯小姐,别挑战我的耐心,我刚从一个冥顽不灵的蠢女人那里艰难跋涉地赶到另一个蠢女人那里。希望你不会是第三个。"

"噢?"她双眸圆睁,"谁这么不走运地开罪了你,罗伯特大人?不会是你的妻子吧?"

"不需要你来担心。女王现在在哪里?"

"她和威廉·皮克林大人出去了。他已经回到了英格兰,你不知道吗?"

"我当然知道。我们是老朋友了。"

"你难道不羡慕他?我觉得他是我这一生中见过的最英俊的男人。"

"确实,"达德利说,"他们骑马出去了吗?"

"不,他们去散步了。这样更私密一点,不是吗?"

"你为什么不跟他们一起去?"

"没有人跟他们一起去。"

"她的其他女伴呢?"

"都没有。真的,一个都没有。她和威廉大人这三天来都是单独出行。我们都觉得已经是确凿无疑的事了。"

"什么?"

"他们的订婚。她对他简直目不转睛,他也从来没有放开过牵她的手。这简直就是个爱情故事。就像歌谣里唱的那样,就像格温薇尔和亚瑟王一样,太像了!"

"她绝对不会嫁给他的。"达德利的语气肯定,心中却隐隐地感到不安。

"为什么不会呢?他是整个欧洲最好看的男人,又拥有和皇帝一样多的财富,他对政治和权力都没有兴趣,所以她可以按照自己的想法治国,而且他在英格兰既没有敌人也没有妻子。我觉得他是再合适不过的人选了。"

罗伯特转过身,气得无话可说,还差一点撞上走来的威廉·塞西尔。"抱歉,国务秘书大人。我正要离开呢。"

"我还以为你刚刚才回来。"

"我是要回自己的房间。"罗伯特咬着嘴唇强压怒火。

"很高兴看到你回来,"塞西尔走到他身边,"我们需要你的意见。"

"我想应该没发生什么大事吧。"

"需要你给女王一些意见,"塞西尔说得很直接,"这样狂热的追求或许很对女王陛下的胃口,但我觉得对国家来说未必是什么好事。"

"你没把这些告诉她吗?"

"我不能!"塞西尔伴着一声轻咳,"她是恋爱中的少女。我觉得这些话由你来说会好一些。"

"为什么是我?"

"好吧,不是直接告诉她。我认为你能够转移她的注意力,让她分心。只有你能提醒她,这世界上还有许多英俊的男子。她不能遇到一个拥有自由之身的英俊男人就嫁给他。"

"我是已婚男人,"他说,"你别忘了。在一个富可敌国的单身男子面前,我恐怕不占优势。"

"谢谢你提醒我,"塞西尔温和地补充道,"因为他们一旦结婚,我们就只能回家去陪自己的妻子了。他不会希望我们再给她建议。他会提拔自己的亲信,我们在宫中的地位也都会化为泡影。我可以回到剑桥的伯利宅,你可以回……"他顿了顿,仿佛惊讶地想起罗伯特没有什么家族大宅,"你可以回到你想去的地方。"

"以我目前的积蓄,恐怕很难建造一栋你那样的大宅。"达德利愤愤地说。

"是的。或许对我们来说,如果皮克林需要对付某个情敌,如果他会惹上麻烦,如果他无法让一切都按照他的想法进行,那样会更好些。不能让他在一条畅通无阻又没有竞争对手的大路上快活地驰骋。"

达德利叹了口气,就像个听烦了废话的人。"我要回房间了。"

"晚餐时可以见到你吗?"

"我当然会去吃晚餐。"

塞西尔笑了。"我非常高兴你能回宫。"他愉快地说。

女王叫人端了一盘鹿肉放到威廉·皮克林爵士的桌上,为了公平起见,也让人端了一盘上好的野味馅饼放到罗伯特·达德利的桌上。当乐器奏响的时候,她分别和这两个男人翩翩起舞。在这样的处境下,威廉爵士略感不快，但罗伯特·达德利却一如既往地温文尔雅，女王也一如既往地明艳照人。罗伯特·达德利和丽蒂西娅·诺利斯跳了一支舞，又恰好听到西班牙使臣对女王评价说达德利和他的舞伴多么般配。他看到女王满脸怒容。过了不久，她叫人拿来一副纸牌，而罗伯特打赌说到午夜时他一定会把她的珍珠耳环赢过来。他们两个的脑袋挨得那么近，仿佛房间里再无他人，整个世界也再无他人，威廉·皮克林爵士只得提前回房就寝。

巴黎的尼古拉斯·斯洛克莫顿大使用密文写下的给塞西尔的信由一位行色匆匆的信使送到。

亲爱的威廉：

重大消息。就在今天，国王于马上比武中受了伤，医生现在正在为他诊治。我听说的是他们也束手无策，国王受的是致命伤。如果他死去，那么毫无疑问，吉斯家族就将成为法兰西王国有实无名的统治者，而且毫无疑问，他们会立刻派兵增援苏格兰的玛丽·吉斯，然后就会进一步为她的女儿去征服英格兰。考虑到他们的财富、权力和决心（还有他们在罗马天主教徒的眼中对于王位的正当权利），再考虑到我们可怜王国的弱小、分裂和不安定，坐在王位上的又是个还没登基多久的年轻女人，其继承权的合法性尚存争议，而且没有子嗣，我想结果是可想而知的。

看在上帝的分上，看在我们的分上，请女王集结部队，准备保卫边境，不然我们一定会失败。如果她不肯一战，那么她就将毫无抵抗地失去国土。即使她肯出兵一战，我也不能确信她能够获胜。国王一死，我就会立即送信给你。祈祷上帝能让他活下去，因为没有他，我们就将灭亡。但我要提醒你，我不抱太大期望。

尼古拉斯
1559年7月1日

威廉·塞西尔将这封信读了两遍后,轻轻将其塞进房间里火势正旺的壁炉中。他以手扶额呆坐了很长时间。在这一刻,英格兰的未来仿佛掌握在那几位正努力让法兰西国王亨利二世衰弱的身体维持呼吸的医师手中。英格兰的安危维系在这位国王签署的卡托-康布雷齐和约之上。没有他,也就没有了担保人,更没有什么安全可言。如果他死去,那么法兰西贪婪的统治家族必定会派出他们无情的骑兵队,踏平苏格兰的叛军,进而攻占整个英格兰。

门上传来一阵敲门声。"是谁?"塞西尔平静地问道,他不想让声音暴露出自己的恐惧。

那是他的管家。"有位信使想见您。"他说。

"让他进来。"

那人进了房间,风尘仆仆地拖着僵硬的步伐,仿佛已经骑行了几天几夜。塞西尔认出他就是詹姆斯·克劳夫特最忠实的仆从和探子。

"威廉!见到你真高兴。快坐下吧。"

来人点点头,然后小心翼翼地在椅子上坐下。"水疱。"他解释说,"已经破裂出血了。我的主人说这个消息非常重要。"

塞西尔点点头,耐心等待下文。

"他让我转告你,佩斯的天都快塌下来了,法兰西的摄政女王无法压倒新教领主的气势。他说他敢打赌她无法召集军队来对抗他们。他们不愿这么做,而苏格兰的新教徒们打起仗来又疯狂得很。"

塞西尔点了点头。

"新教徒们已经从四面八方涌向爱丁堡。听说爱丁堡的守卫队长想要保持中立,他打算封锁城堡大门一直等待时局平定。我的主人认为摄政女王这下只能返回利思堡了。他说如果你想赌一把的话,他会把全副家当压在诺克斯那群人身上：他们热血沸腾的时候，简直是不可战胜的。"

塞西尔等待着他说下去。

"就这些。"

"谢谢你，"塞西尔说，"关于这件事情你怎么看？你觉得会有更多的战斗吗？"

"我觉得他们都是凶残的野兽，"那人直言不讳地说，"我既不希望与他们为友也不希望与他们为敌。"

塞西尔对他笑笑。"他们是我们的贵族同盟，"他坚定地说，"我们每一天都祈祷他们英勇作战，得以凯旋。"

"他们是漫无目的的破坏者，是传播瘟疫的蝗虫。"那人断然说道。

"但他们会帮助我们战胜法兰西，"塞西尔提醒他说，他语气中的信心充足得几乎超乎理性，"如果有人问起你，你要说他们有天使的助力。别忘记。"

※

当晚，塞西尔带来的可怕消息让恐惧缭绕在伊丽莎白的心头，她拒绝了威廉·皮克林以及罗伯特·达德利的邀舞，于是他们俩就像马厩的屋顶上的两只猫儿那样面面相觑。如今法兰西国王濒临死亡，他的继承人正在召集军队准备挺进英格兰，而且他们既有开战的理由，又有苏格兰的助力，那么威廉·皮克林和罗伯特·达德利又有什么用呢？任何一个英国人，就算再英俊，再有吸引力，又有什么用呢？

罗伯特·达德利朝她微笑，可她几乎无法透过痛苦的阴霾看见他的样子。她只是摇了摇头，然后转过脸去。她示意那位奥地利使臣坐在她王位旁边的椅子上，向她讲述费迪南大公的事，后者的身后有整个西班牙的力量作为支撑，他也是唯一能带来足够多的军队，能为她保护英格兰的平安的人。

"你知道的,我并不喜欢单身,"伊丽莎白轻声对那位使臣说,完全没有理会一旁的威廉爵士瞪大的眼睛,"我只是在等待,像每一个明智的女子那样,等待那个合适的人选。"

罗伯特计划在他们返回格林尼治宫的时候举行一场盛大的比武竞赛,那也将是宫廷于夏天迁往他处之前最后的一次庆典。在他克佑花园住处的长长的餐桌上,他展开面前的卷轴,而他手下的书记员正在为参与马上比武的骑士们搭配对手。罗伯特决定将这次的主题定为玫瑰。他专门为女王准备了玫瑰凉亭,有着象征兰开斯特的红玫瑰和象征着约克的白玫瑰,以及糅合了两种颜色的加利西亚玫瑰,代表着铎家族将英格兰最大的两个家族之间的宿怨就此终结。还会有一群穿着玫瑰色衣物的孩子,在女王从格林尼治的宫门走出,进入比武场的时候,将玫瑰花瓣抛洒到她的身上。比武场本身也将以玫瑰花作为装饰,所有参赛者都需要吟诵带有玫瑰一词的诗句,或者将武器或者盔甲加上玫瑰的图案。

他还准备了一幕活人画,将伊丽莎白称之为"玫瑰女王",为她献上由玫瑰花蕾编制的花冠。人们会在这里吃到玫瑰糖汁制成的糖果,喝到流着玫瑰水的清泉,空气中充满了芬芳的香水,比武场上的地毯上撒满了玫瑰花瓣。

马上比武将是当天最重要的事件。达德利痛苦地意识到威廉·皮克林是赢得女王好感的有力竞争对手,他金发碧眼、身材匀称、学识广博、游历过许多地方,而且受过良好的教育。他魅力十足,深蓝色眼眸中透出的笑意足以让大多数女人神魂颠倒,女王也总是对威严的男子缺乏抵抗力。他拥有那些自幼就富有的男人所特有的信心,有一对富庶且有权的双亲。

处女的情人

他从来没经历过罗伯特那样的低谷，也从来不知道一个人可以如此卑微，他的举止风度、开朗性格都表明他是个过去一帆风顺，又坚信未来也同样美好的男人。

最糟糕的是，从罗伯特的角度来看，根本没有什么能阻止女王明天就嫁给他。她也许哪天会喝多了葡萄酒，也许哪天会受到过分的挑逗，也许哪天会被激起情欲，犯下过错——而皮克林在不动声色的引诱方面堪称大师——他只要拿出一枚价值昂贵的钻石戒指，再奉上他的财富，便可大功告成了。已经有人在打赌女王会在秋天嫁给威廉大人。他在场的时候，她总笑个不停，更是宽容地忍受了他的日益骄纵，这也让所有人有理由相信，他的金发碧眼也许比达德利英俊的褐色面孔更合她的胃口。

自从她登上王座以来，罗伯特就有许许多多的竞争对手，每一个都想吸引她的注意。伊丽莎白可以和任何有着优秀天赋或是英俊笑容的人调情，而有着这些特质的人都能成功吸引她短暂的注意力。但威廉大人是其中最有力的竞争对手。他有着极为庞大的财富，伊丽莎白在此国库亏空的时刻自然会被其吸引。他在早年就是她的好友，她对忠诚非常看重，尤其是那些密谋过将她送上王位的人，无论他们实际上有多么无能。不过最重要的是，他那么英俊，刚来宫里不久，又是英格兰的单身新教徒，当她和他跳舞的时候，他们二人会成为人们善意的谈论与猜想的焦点。整个宫廷都对他们微笑。没有人提醒她，他是个已婚男人或者身负叛国罪名，也没有人低声议论她对他的迷恋简直缺乏理智。尽管赶回宫中的达德利对威廉大人的宠幸和权势的增长造成了影响，但他无法阻止这一切。女王不知羞耻地游走在这两个全英格兰最迷人的男子之间，任他们争相吸引自己的注意。

达德利希望利用这次比武，将威廉打落马下，最好能打中他那张英俊的面孔或者愚蠢的脑袋。此时他正在拟订比武名单，确保皮克林和他会在决赛中相遇，就在他专心致志地工作时，房门毫无预兆地被人打开。罗伯特一跃而起，他的手握向匕首，心跳加速，他明白最糟糕的事情发生了：是暴动，或者是刺客。

但来人却是女王，她只身一人，甚至没带一位随从，她脸色白得如同白玫瑰一般，她冲进房间，扑到他的怀里，只说了短短的几个字："罗伯特！救我！"

他立刻将她拉到怀里，抱紧了她。他能够感觉到她急促的呼吸，她从王宫一路跑到这座花园里的农舍，又攀上台阶，来到他的正门这里。

"怎么了，亲爱的？"他连忙问道，"发生什么事了？"

"有人，"她喘息着说，"跟着我。"

他用一条手臂环抱着她的腰，另一只手从剑鞘里拔出剑来，用力打开了门。门外是他的两个守卫，因为飞奔而来的女王而面露惊骇之色。

"看到什么人没有？"罗伯特问。

"没有，阁下。"

"去找找，"他转身看着怀里快要晕倒的女王，"他长什么样子？"

"穿得很华丽，棕色的套装，像是个伦敦的商人，但我在花园散步的时候他一直跟着我到河边，我加快脚步他也加快脚步，我跑起来的时候他也跟着我跑，我觉得他是个天主教徒，想要杀了我……"她恐惧得喘息起来。

罗伯特转身看着他目瞪口呆的书记员。"你也去，叫卫兵和女王侍卫们过来。告诉他们，去查找一个穿棕色衣服的人。先去河边看看。如果他乘船逃跑，你们就划船跟着他。活捉他。现在就去。"罗伯特遣走了那些人，然后带着伊丽莎白走回房间，走到他的住处，关起门，闩上门闩。

他温柔地将她扶到椅子上坐下，合上了百叶窗，又上了锁。他抽出剑放在身旁的桌子上。

"罗伯特，我觉得他是特意来找我了。我觉得他是来杀我的，就在我散步的花园里。"

"现在你安全了，亲爱的，"他柔声说。他单膝跪在她的椅子旁边，握住她的手。她双手冰冷，"您和我在一起很安全。"

"我不知道该怎么办，我不知道该往哪里逃。我只能想到你。"

"很好。你做得对，你能跑到这里已经很勇敢了。"

"我不勇敢！"她突然像个孩子那样呜咽起来。

罗伯特将她从椅子上拉起，将她放到自己的膝盖上。她将头靠在他的脖颈上，他感觉到她汗水和泪水打湿的脸庞。"罗伯特，我根本就不够勇敢。我根本就不像女王，我什么也不像。我就像一个普通的、胆小的女孩。我没法呼喊守卫，也没有办法叫出声来。我甚至想不到转身去跟他对峙。我只能像他那样加快脚步。

"我听到他的脚步声在我身后越来越快，可我却……"她又开始哭起来，"我感觉自己就像个孩子！我感觉自己像个傻瓜！看到我的人都会以为我是鲁特琴师的女儿……"

这句愚蠢的自白让她陷入了沉默，她从他的肩上抬起泪迹斑斑的脸。"噢，上帝啊。"她哽咽着说。

他用坚定而深情的目光看着她的双眼，对她露出微笑。"没有人会这么看你，因为没人会知道这些，"他温柔地说，"这件事是你我之间的秘密，不会有别人知道。"

她抽泣着吸了口气，点点头。

"而且就算有人知道，他们也不能谴责你的恐惧，因为有个男人在背后追你。你很清楚自己每天都置身于危险之中。换做任何一个女人都会害怕，你虽然是女王，但也是女人，是个漂亮女人。"

她本能地将一缕头发拢到耳后。"我应该转身质问他才对。"

罗伯特摇摇头："你做得完全没错。他或许是个疯子，他或许什么事都做得出。最明智的对策就是来这里找我，现在您安全了。有我在，您就是安全的。"

她又贴近了些，他抱住她的双臂也更用力了。"没有人会质疑您的父亲是谁，"他对着她的那头红发说，"您从头到脚——从这头铜色长发到敏捷的双脚——都是个都铎。您是我的都铎公主，而且永远都会是。别忘了，我认识您的父亲，我记得他过去是如何看着你，然后把你叫做'乖女儿贝丝'①。我也在场。即便到了现在，他的话声还在我耳边回荡。他对你的爱是对亲生女儿和继承人的爱，他知道您是属于他的，而现在您是属于我的。"

伊丽莎白抬起头，看着他，她黑色的双眼带着信任，嘴角开始上扬，露出笑意："属于你？"

"属于我。"他坚定地说道，嘴唇随即印在了她的唇上，给了她深深的一吻。

她没有抵抗。她的恐惧和他带来的安全感就像迷情药水那样效力强劲。他能嗅到她身上的汗味，还有新生的情欲气息。他的嘴唇游移到她的脖颈，又移到她的礼裙领口，花边紧身胸衣随着她轻轻的喘息而贴紧她的乳房。他的脸庞摩挲着她的脖颈，她能感觉到他下巴上的胡楂，还有他舌头饥渴的舔舐，于是在大笑的同时屏住了呼吸。

随后他的双手伸进了她的长发，拨开发梳，抓住一把头发，拉起她的头颅，让他能再次品尝她嘴唇的甜美和他自己的咸味。他咬着她，舔舐她，用他炽热的欲望和唾液的滋味填满了她，仿佛她是他想要吃下的一道美味珍馐。

他从椅子上站起身，双臂仍旧抱着她，而她钩着他的脖子，让他能把桌上的纸卷扫到地上，将她放在上面，自己爬了上去，就像一头公马对待母马那样压在她身上。他的大腿在她的两腿之间推进，他的双手掀开她的

---

① 贝丝是伊丽莎白的昵称。

礼裙以便抚摸,伊丽莎白在他的碰触之下几乎融化,拉着他更加贴近自己,与他口舌交缠,贪婪地爱抚着他全身的每一处。

"我的礼裙!"她恼火地叫道。

"坐起来。"他命令道。她照他的吩咐去做了,扭过身子,露出背后的三角胸衣的系带。他与那条带子搏斗了一番,然后扯脱礼裙,丢到一边。随着一声充满欲望的呻吟,他将双手和面孔先后埋进她的亚麻筒裙,透过薄薄的布料感受着她小腹的炽热,接着是她圆润而坚挺的乳房。

他脱掉自己的紧身上衣,又扯下他的衬衣,再次压在她身上,他的胸膛贴上她的面庞,仿佛要用自己的身体令她窒息,他感受着她小小的牙齿啮咬着自己的乳头,舌头舔着他胸口的毛发,面孔摩擦他的身子,就像一只肆无忌惮的猫儿。

他的手指笨拙地摸索着她衬衣的束带,失去耐心的他用力一扯,撕开了它,又将她的裙子褪到腰际,方便自己肆意而为。

他才刚刚碰触到她,她便呻吟着弓起背脊,身体紧贴着他的手掌。罗伯特抽身后退,解开马裤的束带,将它脱下,听到她喘息起来,因为她看到了他的强大和力量,然后是他靠近时她渴望的叹息声。

门上传来一阵响亮的敲打声。"陛下!"有人急切地喊道,"您还好吧?"

"把门砸开!"有人命令道。

伊丽莎白抽噎了一声,翻身远离他,退到房间的另一边,抄起她的三角胸衣。"帮我系好带子!"她匆忙耳语道,将那件衣物紧贴在自己起伏的胸口处,转身背对着他。

罗伯特穿上马裤,系好束带。"我是罗伯特·达德利,女王跟我在一起,而且很安全,"他不自然地高声喊道,"来者何人?"

"感谢上帝。罗伯特阁下,我是负责这一班次守卫的指挥官。我会带女王回房去的。"

"她……"达德利匆匆为伊丽莎白系好礼裙的束带,又把那条蕾丝花边胡乱塞进衣服上的束带孔里,系了起来。从正面来看,她还挺体面的。"她这就来。等等。你们有多少人?"

"十个人,阁下。"

"留下八个人守住大门,另外再找十个人来,"罗伯特想方设法拖延着时间,"我可不想让陛下再冒险了。"

"好的,阁下。"

他们飞快地离开了。伊丽莎白低下头,系好衬衣的束腰带。罗伯特抓起紧身上衣,套在身上。

"您的头发。"他低声说道。

"你能找到我的发梳吗?"

她把束起的铜色卷发,塞进幸存下来的乌木发梳下面。罗伯特跪倒在地板上,在沙发和桌子下面寻找着她的发梳,然后找到了其中四五根。她飞快地将它们插进头发,又将兜帽盖在最上面。

"我看起来怎样?"

他走向她身边。"太迷人了。"

她以手掩口,免得等在外面的那些守卫听到她的笑声。"你能看出我刚才在做什么吗?"

"能。"

"真丢人!会有别人知道吗?"

"不会。他们只会觉得您是一路奔跑过来才这副模样的。"

她向他伸出一只手。"别再靠近了,"她声音发颤地对着走近的他说,"握住我的手就好。"

"我亲爱的,我必须得到你。"

"我也一样。"她小声说道。这时他们听见了朝门边走来的守卫们沉重的脚步声。

"罗伯特阁下?"

"哦?"

"我带了二十个人来。"

"离门远一点。"罗伯特说。他拿起长剑,打开了客厅的门,随后又取下了正门的门闩。他小心翼翼地将门打开一条缝。女王的手下就在门外,他认出了他们,于是敞开房门。"她很安全,"他说着让到一旁,让众人能够看到她,"有我保护她。"

他们跪倒在地。

"感谢上帝,"那名指挥官说,"需要我护送您回房间去吗,陛下?"

"好,"她轻声说道,"罗伯特阁下,请今晚在我的房间与我共进晚餐。"他礼貌地鞠了一躬。"遵命,陛下。"

"他当时很心烦,因为他太失望了。"晚饭的餐桌上,艾米突然对她的东道主们说道,仿佛她刚刚接过某个人的话头,虽然之前他们一直在沉默中进餐。威廉·海德瞥了眼他的妻子:艾米已经不是第一次试图说服他们,他们看到的那场争吵仅仅只是一对幸福夫妻之间偶尔的拌嘴而已。她就像是在试图说服自己似的。

"我太愚蠢了,居然会让他以为那地方已经收拾停当,今年夏天就可以搬进去了。现在他只能留在宫里,跟着女王搬到另一座王宫去避暑。他当然会失望了。"

"噢,是啊。"忠心耿耿的丽兹·奥丁赛尔答道。

"我误会他了,"艾米续道。她不自然地笑了笑,"你们会觉得我是个傻瓜,可我想的仍然是我们刚结婚那时的打算,虽然我们那时不比孩子大多少。我想要的是一栋小些的宅邸,附近还有丰沃的草地。当然了,这些对现在的我们来说已经不够了。"

"你会去找一座大一些的庄园吗?"爱丽丝·海德好奇地问。

丽兹抬起目光,瞪了她的弟媳一眼。

"当然,"艾米的口气里带着庄严,"我们的计划不变。没能明白我的大人想要什么是我的错。但现在我知道了,我会开始为我们寻找的。他需要一栋坐落在漂亮空地上的大宅子,周围还有上好的农田可以租借给佃户。我会为他寻觅到的,并且我会找来建筑工人,为他亲自监工。"

"那你之后就会忙得很了。"威廉·海德欢快地说。

"我会尽自己作为他妻子的义务,"她严肃地说,"遵从上帝的旨意,而且我不会让他失望。"

伊丽莎白和达德利面对着面,坐在那张为他们两人铺开的饭桌前,在女王位于格林尼治宫的房间里吃着早餐,自从克佑花园的那次事件之后,这已经成为他们两人的惯例。他们之间发生了一些改变,所有人都看得出,但没有人明白原因。

甚至连伊丽莎白自己也不明白。并非是因为自己对达德利突如其来的激情:她以前也渴望过他,也渴望过其他男人,她早已习惯压抑自己的欲望。重要的是她向他去寻求保护。尽管有一整个宫廷的人为她效命,塞西尔的密探也藏身在她住处的某处,可发现危险的征兆时,她却本能地选择了逃向达德利,逃向她唯一可以信任的那个男人的怀抱。

然后她在恐惧中哭泣得像个孩子,他也像童年好友那样抚慰她。她不会把这话告诉他,也不会告诉任何人。她甚至连自己都不会去想。但她能察觉得到那种变化。她让自己也让他明白了一个事实——他是她唯一的朋友。

他们远远算不上独处。有三位侍者为他们上菜，手捧水罐和手巾的侍者站在女王的椅子背后，桌子两头各站着一名侍童，四名女伴坐在窗边，三位乐师在弹奏乐器，来自女王祈祷室的一支唱诗班正高唱着饱含爱意的歌曲。罗伯特不得不压抑自己的欲望、懊恼和愤怒：他的女王、他的情人再度筑起了重重壁垒，防备着他。

席间，他礼貌地和她闲聊，语气中带着他运用自如的亲密，外加他的心中真挚的温情。惊恐过后恢复自信的伊丽莎白会为他露出微笑，与他调情，轻拍他的手，拉扯他的袖子，让她穿着拖鞋的小脚借着桌布的掩护踩在他的脚上，但却再也不会提议遣走其他人，与他独处。

表面上镇定自若的罗伯特津津有味地吃完了早餐，用餐巾擦了擦嘴唇，又伸出手，让侍者帮忙清洗和擦干，然后站起身来。

"我得先告退了，陛下。"

她的惊讶难以掩饰，"你这么早就要走？"

"我要在比武场那里见几个人，我们在为玫瑰比武大赛做准备。您也不想看到我第一战就被人打落马下吧。"

"不想，可我还以为你会陪我度过整个早晨呢。"

他犹豫起来。"那听凭您吩咐吧。"

她皱了皱眉头。"我可不想让你被人打落马下，罗伯特爵士。"

他拉过她的手，低头亲吻。

"我们在克佑花园的房间里时，你可没这么急着离开我。"她对着凑近的他低声说道。

"那时您需要我，就像女人需要男人，而反过来我也一样，"他的话语快得好似一条发起袭击的蛇，"但从那以后，您却只像女王召唤廷臣那样召唤我。如果这就是您需要的，我也愿意服从，陛下。永远听凭您的吩咐。"

他看到她转过头去，思索着如何以机智的话语反驳，就像在思考棋局中的对策。

"可我永远都是女王，"她说，"你也永远都是我的臣子。"

"这也正是我想要的，"他说着，不过随后他便压低了声音，让她俯下身子才能听清他的话，"但我渴望的要多得多，伊丽莎白。"

她能清晰地嗅到他身上纯粹的男性气息，而他也能感觉到她的手在自己掌中颤抖。她费力地挪开身子，坐回椅子上，然后放开他的手。他知道她要付出多大的努力才能办到。他早就见过那些片刻也无法离开他的女人。他对她露出微笑，是他那种忧郁而会意的微笑，最后他深鞠一躬，朝着房门走去。

"无论您的命令为何，您都应该知道，您永远是我心中的女王。"他再次鞠躬行礼，斗篷随着他转身的动作飘扬而起，之后他便离开了。

伊丽莎白放他离开，他的离去却令她心神不宁。她叫人拿来了鲁特琴，试图弹奏，但她此时没有那样的耐心，一根琴弦绷断时，她甚至不愿费事去重新调音。她站在写字台边，阅读塞西尔送来的备忘录，可即使是关于苏格兰的可怕警告如今看来也毫无意义。她知道她有很多该做的事，像是目前几近崩溃的货币体系、苏格兰和英格兰面临的重大而又紧迫的威胁，另外法兰西国王生命垂危，一旦他死去，英格兰的安全也会不复存在。但她无法思考。她用手按住头，大喊道："我发烧了！发烧！"

众人立刻围拢上来，女伴们在她身边躁动不安，凯特·艾什莉叫来了布兰琪·帕里。她被她们抬到床上，转过头去，避开她们关注的目光，而且她不能容忍任何人碰触自己。"合拢百叶窗，阳光照得我眼睛疼！"她大叫道。

她们找来了医师。"我谁也不见。"她说。

她们准备了一份退烧药剂,一份抚慰药剂,还有安眠药剂。"我什么也不要!"她恼火得几乎尖叫起来。"走开就好!我不想让任何人看见我,也不想要任何人站在门外。都等在会客室里,卧室里不要有人在!我要睡觉。不准打扰。"

女伴们就像一笼被惊动的鸽子那样匆匆走出,来到会客室里谈论她。在她的卧室里,透过两扇关紧的门,伊丽莎白仍旧能听到她们关切的低声交谈,接着,她把滚烫的面孔贴着枕头,双臂裹住自己纤细的身躯,抱得紧紧的。

✦

罗伯特沿着比武场的通道骑着马,他不时让马儿掉转身子,把路线重走一遍。他们这样练习的时间已经超过了一个钟头。一切都取决于坐骑,取决于它看到另一匹战马从对面疾驰而来、身背一名全副盔甲的骑士、手中的长枪举起、彼此间只有薄薄的屏障时,它是否还愿意以直线前进。罗伯特爵士的马儿绝不能偏离方向,甚至不能稍有犹豫,即使罗伯特爵士举起了自己的长枪,只有一只手握着缰绳,它也必须保持在路线上;即使对方的一击令他在马鞍上摇晃不止,几乎松脱缰绳的时候,它也必须保持在路线上。

罗伯特掉转马头,让马儿以快步的速度走完这段路,然后转身开始全速飞奔。当他勒住马儿的时候,它的脖颈渗出的汗水已经闪闪发亮。他再次掉转马头,又重来了一遍。

入口那边传来一阵掌声。一名侍女站在骑手出入的地方,她肩上搭着披肩,头上戴着一顶合衬的睡帽,露出一丝漂亮的红发,她面色白皙,眼眸漆黑。

"伊丽莎白。"他很快认出了她,骄傲地轻声叫出她的名字,又骑马靠近她。他在她面前勒住马,跃下马鞍。

然后他等待着。

她紧抿双唇朝下张望,再抬起头。他看到她的目光落到他的亚麻衬衫上,看向被他的汗水浸湿的胸前和背后,看着他紧身的马裤和锃亮的皮靴。他看到她鼻翼的动作,像是在嗅着他的气息,她双眸眯起再次打量着他,他深色的头发飘扬在早晨的明朗天空中,仿若剪影。

"罗伯特。"她深深地吸了口气。

"什么事,亲爱的?"

"我是来找你的。我离开自己的房间不能超过一小时。"

"那我们一秒钟也别浪费吧,"他说着,将战马的缰绳抛给他的侍卫,"把披肩盖在头上吧。"他柔声说着,伸手揽过她的腰,但不是去王宫,而是去他在马厩后面自己的房间。那儿有一扇通往花园的小门,他打开门,带着她走上楼去。

在罗伯特的住处,伊丽莎白脱下披肩四下张望。他的房间很大,有着两扇高窗,四面都是深色的镶木墙板。次日的竞赛计划铺展在他的书桌上,桌上到处都是和马厩有关的文件。她看着书桌后的门,那扇门通往罗伯特的卧室。

"没错,来吧。"他顺着她的目光看去,然后领她穿过那扇门,来到自己的卧室。

华丽的四柱床占去了房间的大部分空间,角落里放着一座祈祷台、一只放有几本书的书架和一把鲁特琴。他将装饰着羽毛的帽子挂在床边,斗篷搭在门背上。

"没有人会进来吧?"她喘息着问。

"没有。"他向她保证道,转身关起门,又插上沉重的铁制插销。

他转回身走向她。她因自己的期待、恐惧和喷薄欲出的情欲而颤抖不止。

"我不能怀上孩子。"她强调说。

他点点头。"我明白。我会注意的。"

她看起来仍然焦虑不安。"你怎么能保证?"

他从上衣内袋里拿出一只由羊膀胱和细丝线缝制而成,饰有缎带的避孕用品。"这样就能保证你的安全。"

她紧张而又好奇地笑了起来。"这是什么?怎么用的?"

"像盔甲一样。你得充当我的随从,帮我穿上。"

"我不想让我的女伴看到我身上留下的痕迹。"

他笑了。"我也不会在您身上留下唇印的。但在你的身体里,伊丽莎白,你会觉得好像烧起来那样,我保证。"

"我只是有一点点害怕。"

"我的伊丽莎白,"他轻声说着,一步步靠近她,将她的睡帽取下,"到我这里来,亲爱的。"

她的红发披散下来,落在肩上。罗伯特拉起一缕放在唇边轻吻,等她意乱神迷地转过头来,他的吻又落在她的唇上。"伊丽莎白,终于。"他又重复了一遍。

她很快欲火高涨。他曾无数次幻想她有多么地敏感,但在他娴熟的抚摸下,她像猫儿那样伸展身体,陶醉于欢愉之中。她开始放纵起来。她一丝不挂地躺在他的床上,双臂不知羞耻地紧紧地环着他。她的脸贴着他的胸膛,而他试探着挑动她的欲火,很快也迷失于自己的欲望之中。他想抚摸她的每一寸肌肤,亲吻她的指尖、她的脸颊,她身体上的每一条孔隙。他改换着她的姿势,不住地抚摸、品尝、舔舐、触探,直到她大声说出她想要他,她非要他不可,最后他终于允许自己进入她的身体,他看到她翕动的眼皮，玫瑰色的唇上带着微笑。

星期日。海德一家、丽兹·奥丁赛尔、达德利夫人以及海德家的所有仆人都坐在教区的教堂里，海德一家和他们的贵客都坐在他们专用的长凳上，仆人们根据地位有序地坐在他们身后，女性在前，男性在后。

艾米双膝跪地，目光始终没有离开威尔逊神父，后者拿着圣体走向众人，在众目睽睽之下准备圣餐，作为对新指令的服从，虽然整个国家没有一位主教表示认同，而且其中大多数或是被关入了伦敦塔，或是被送进了舰队街监狱。牛津本地的托马斯主教在遭受逮捕之前便逃到了罗马，也不打算去见她了。没有人会来填补他的空缺。也没有哪个圣职者会在伊丽莎白的异端教会里任职。

艾米看入了神，她的嘴唇无声地翕动着，看着他为圣体祝福，然后命令教众前来分享圣餐。

她就像梦游那样，跟着其他人一起走上前去，低下头。圣饼在舌头上甜得发腻，她闭起双眼，感觉到自己正在分享耶稣的肉体，这是个奇迹，没有人能够否认，但也没人可以解释。她回到长凳上，仍然低着头。她低声念出祈祷："上帝啊，请让他回到我身边。请保佑他远离野心的罪，远离那个女人带来的罪，让他回到我身边。"

圣餐之后，威尔逊神父在门口向他的教民道别。艾米握着他的手，用只有他能听到的声音在他耳边说：

"神父，我想要忏悔，并且用正确的方式做弥撒。"

他后退了两步，目光扫过海德一家。除了他之外，没有人听到艾米的低语。

"你知道的，现在这是禁忌，"他轻声说，"我可以听你的忏悔，但我必须用英文祝祷。"

"不用过去的方式的话,我不觉得自己的罪能够得到宽恕。"艾米说。

他轻握她的手。"孩子,这是你真实的想法吗?"

"神父,是的,我亟须上帝的恩惠。"

"星期三傍晚五点钟的时候来教堂,"他对她说,"但不要告诉任何人。就说你要自己来这里祷告。千万不要透露给别人。这是生死攸关的事情,达德利夫人,甚至不要让你的丈夫知道。"

"我正是要为他赎罪,"她木然地说道,"我也同样对他有愧。"

他审视着这位年轻女子痛苦的表情。"啊,达德利夫人,你没必要愧疚。"他说这些话的时候更像是一位充满同情心的凡人,而非神父。

"我的确有愧于他,"她悲伤地说,"而且是很多次。因为他离开了我,神父,我不知道没有他我该怎样生活。只有上帝能够挽救他,只有上帝能够挽救我,也只有上帝能够挽救我们彼此的关系,让他原谅我作为妻子的太多疏忽。"

神父俯身亲吻了她的手,想要为她再做些什么。他环顾四周。奥丁赛尔太太就在附近,她走过来,挽住艾米的手臂。

"我们快回家吧,"她愉快地说,"再过一会儿,天就要热起来了。"

七月十五日,骑士比武的日子,伊丽莎白宫廷的每一个人所想的都是该穿的衣服,比武的安排,他们需要戴着的玫瑰,他们要唱的歌,他们要跳的舞,还有他们要伤的心。塞西尔所想的却都是最近从巴黎的斯洛克莫顿收到的那封信。

他的状况日益恶化,我觉得随时都可能听到他的死讯。我收到消息就立即写信通知你。弗朗西斯二世会成为法兰西国王，而玛丽将会自称法兰西王后以及苏格兰和英格兰的女王。我的情报来源说他们的书记官已经在起草文件了。有了法兰西的财富和吉斯家族的战术才干，再加上苏格兰做他们的特洛伊木马，他们就无人能挡了。愿上帝保佑英格兰也保佑你，我的老朋友。我觉得你会是英格兰的最后一位国务秘书，我们的所有的希望恐怕都要化为泡影了。

7月9日

　　塞西尔翻译出了这封密文信，然后坐着静默地沉思了几分钟。他把誊写完成的信件拿到了女王的房间，她正和女伴们准备着戏服，房间里充满欢声笑语，丽蒂西娅·诺利斯将无瑕的白玫瑰饰以最深的红玫瑰，编成花环，让女王像戴着王冠那样戴着它。塞西尔想到信中的消息，仿佛一场凭空刮起的夏日风暴，仅仅一个下午就能将整座花园的玫瑰尽数摧毁。

　　伊丽莎白穿着玫瑰色的长裙，袖子上是白色的丝绸拼花图案，饰以银色的蕾丝，白色的头巾上，粉红色和白色的珍珠闪闪发光，映衬着她红铜色的头发。

　　她笑着迎上塞西尔惊讶的神情，在他面前转了个身。"我看起来怎么样？"

　　像一位新娘。塞西尔不安地思忖。"像一位美人儿，"他很快说道，"一位夏日女王。"

　　她展开裙子向他行了个屈膝礼。"那谁是你心目中的冠军？"

　　"我不知道，"塞西尔心烦意乱地说，"陛下，我知道今天是很愉快的一天，但我必须和您谈谈，请原谅我，但我真的有急事要和您说。"

　　起初她不悦地沉下脸，然而当她看到他严肃的表情，立刻说："噢，当然好，但不要太久，圣灵在上，他们没有我不能开始比赛，不能让罗……

不能让那些骑手们穿着沉重的盔甲等太久。"

"噢,那位'罗'是指谁呢?"丽蒂西娅调皮地问,女王随即红着脸笑出了声。

塞西尔没有理会那个少女,只是将女王拉到窗边,将那封信递给她。"斯洛克莫顿写来的,"他说,"他警告说法兰西国王即将死去。陛下,他死去的那一刻,我们就会面临莫大的危机。我们应该立即召集军队。我们应该立刻有所准备。我们应该立刻为苏格兰新教徒送去资金。让我带上这些钱去找他们,同时立刻召集英格兰军队。"

"你总说我们没有资金了。"她任性地说。

塞西尔努力让目光避开她的珍珠耳环和脖子上那串硕大的珍珠。"陛下,我们已经到了最危急的时刻。"他说。

伊丽莎白从他的手中接过信,拿到窗边读了起来。"你是什么时候收到的?"她声音尖厉地问。

"就是今天。信是用密码写成的,我刚刚翻译出来。"

"她不能自称英格兰女王,她在卡托-康布雷齐和约里已经答应放弃自己的继承权了。"

"但您看到了,她并没有放弃。她并没有答应什么。这份和约是由国王签署的,而那位国王正濒临死亡。现在什么也阻止不了她的野心了,新国王和他的家族只会做她的帮凶。"

伊丽莎白轻声咒骂了一句,转过头不去看欢乐的宫人们,没有人看到她阴沉的表情。"我从来都没有安全过,对吗?"她的语气中甚至带了些凶狠,"我的一生注定要为王位而战,对吗?我每天都活在刀子的阴影中和敌军入侵的威胁中,对吗?我要一直提防着我自己的亲戚,对吗?"

"很抱歉,"塞西尔平静地说,"但如果不为此而战,您就会失去王位,甚至会失去生命。您现在所遇到的是您一生中最大的危机。"

她的声音刺耳得近乎哭喊。"塞西尔,我曾经被指控叛国罪,我曾经面对过断头台,我曾经面对会置我于死地的杀手。我现在又怎么会更危险呢?"

"因为现在您会面对自己的死亡,面对王位的失去,以及面对整个英格兰的终结,"他说,"您的姐姐已经为她的愚蠢付出了加莱。您愿意再让我们失去英格兰吗?"

她倒吸一口冷气。"我明白了,"她说,"我知道自己该做什么。也许会有一场战争。我过一会儿会和你谈,圣灵在上。国王一死,他们就会摊牌。我们必须做好应对。"

"理当如此,"他为她的决定而感到欣喜,"这才像女王该说的话。"

"但罗伯特爵士说我们应该说服苏格兰新教领主和他们的摄政女王玛丽和解。他说如果苏格兰恢复和平,那么法兰西便没有借口再派出部队,也没有借口进犯英格兰。"

噢,他这么说? 塞西尔想着,心中对这个建议并没有多少感激之情。"或许他是对的,陛下。但如果他的判断失误,那么我们大难临头的时候就将全无准备。比罗伯特爵士更年长也更有智慧的人都认为我们应该在他们增派人手之前主动出击。"

"他不能去战场。"她说。

我倒希望我能派他去地狱——这个念头从塞西尔的脑海中闪过。"不,我们要派一位经验丰富的指挥官去,"他说,"但首先,我们必须给苏格兰的领主们提供对抗玛丽·吉斯的作战资金。而且必须立刻就办妥。"

"西班牙会站在我们这边。"伊丽莎白提醒道。

"那么我可以给新教的领主们拨款了吗?"他进一步追问目前最重要,也是唯一的问题。

"只要不让别人知道是从我这里拨款的就好,"伊丽莎白以她一贯的谨慎态度说道,"把他们需要的给他们,但我不想让法兰西指责我资助叛军对抗女王。我不想被当做叛徒看待。"

塞西尔鞠了一躬。"我会谨慎处理此事。"他向她保证说,同时掩饰着自己的释然。

"我们也许可以向西班牙求援。"伊丽莎白重复道。

"如果他们能相信您是真的在认真考虑嫁给查尔斯大公的话。"

"我确实在考虑他。"她强调道。她将手上的信交还到他的手里。"在听到这些消息之后,我确实对他有了更多的喜爱。圣灵在上,相信我。我没有开玩笑。我知道如果发生战争,我就必须嫁给他。"

他很快就开始怀疑她的话。当她站在王家包厢里,俯瞰比武场的时候,他看到她的双眼在骑手中搜寻着达德利,又是那么迅速地认出了他绘有"熊与杖"纹章的旗帜,而达德利鲜艳的玫瑰色围巾,与女王的长裙看起来是那么地相得益彰,他还公然将围巾搭在肩上让每个人都能看到。达德利策马冲锋的时候,他看到她站直身子,惊恐地以手掩口;也看到她如何为他的胜利喝彩,即使被他打落马下的是威廉·皮克林;更看到他来到王家包厢前的时候,她如何身子前倾,为他戴上她的花冠,祝贺他成为比武竞赛的冠军。看到她几乎亲吻在他的唇上,她的身子靠得那么近,看向他时露出的笑容又是那么动人。

尽管如此,她仍然让哈布斯堡的使臣卡斯帕·冯·布罗伊纳在王家包厢里陪着她,还赐给他自己喜爱的食物,将手搭在他的衣袖上,与他相视而笑,以及——比武者中没有达德利的时候——提出许许多多关于费迪南大公的问题,明确地表现她自己对于这个月早些时候拒绝婚事的悔意,而且是深深的后悔。

卡斯帕·冯·布罗伊纳被迷得晕头转向，满以为伊丽莎白终于回心转意，打算让费迪南大公在夏末的时候到英格兰来与她成婚。

第二天夜里，塞西尔独处的时候听到了一阵敲门声。他的仆人打开门报告他说："是一位信使。"

"让他进来。"塞西尔说。

那人几乎倒在房间里，他的双腿太虚弱了。他摘下兜帽，塞西尔认出他是尼古拉斯·斯洛克莫顿最信任的手下。"尼古拉斯大人派我来通报国王去世的消息，也将这个交给你。"他拿出一封揉皱的信。

"请坐。"塞西尔示意他在壁炉旁边的凳子上坐下，自己在一旁拆开了信的火漆。信的内容简短，字迹因匆忙而潦草。

国王已经去世，就在今天，十号。愿上帝抚慰他的在天之灵。年轻的弗朗西斯声称自己是法兰西与英格兰的王。我向上帝祈祷，希望你们已经做好准备，让女王也下定决心。这对我们来说都是一场灾难。

艾米在丹彻沃斯的花园里散步，摘了几朵气息美妙的玫瑰，然后从厨房的门进了屋子，想找几根线将它们扎成一束。她听到有人提到自己的名字，起初有些不知所措，很快便明白是厨子、女佣和烧火小工在谈论罗伯特大人。

"他简直就是女王的私人骑士，受她宠爱，"厨子兴致勃勃地描述道，"她当着所有宫人的面，也当着所有伦敦人的面吻了他的嘴唇。"

"上帝保佑，"女佣虔诚地说，"可这种事情，贵妇人们谁想做都能做吧。"

"他跟她睡过了,"烧火小工说,"睡了女王!好家伙!"

"嘘,"厨子立刻警觉道,"别对老爷们说长道短的。"

"我爸这么说的,"男孩辩白着,"是铁匠告诉他的。还说女王在罗伯特·达德利面前只是个婊子。她穿得像个侍女一样去找他,他就在干草堆上要了她,罗伯特大人的马夫撞了个正着,后来他上礼拜来这儿给夫人送钱的时候讲给了铁匠听。"

"不对!"女佣有些愤慨地说,"不是在干草堆上!"

艾米缓缓伸手拉住裙角不让它发出沙沙声,同时屏住呼吸,退出了厨房,走回石路上,她开门的时候很小心,以免发出声响,然后回到了炎热的花园里。她甚至没有注意到那几朵玫瑰花早就从自己的手中掉落,她快步穿过小径,向着反方向几乎奔跑了起来,双颊因羞赧而滚烫,仿佛那些见不得人的流言是特意说给她听的一样。她远离了房屋和花园,跑进灌木林中,穿过低矮的树丛,荆棘撕裂了她的裙摆,石头磨破了她的丝绸鞋子。但她只是上气不接下气地跑,丝毫没有理会脚上的疼痛,她的脑海中只有一幅画面:伊丽莎白像婊子一样情欲高涨,俯身在干草堆上,她头巾下的红发不住颤抖,她洁白的脸上露出得意的笑容,罗伯特的笑容性感迷人,像只发情的公狗那样从身后进入她的身体。

随宫廷一同迁徙避暑的枢密院正在埃尔特姆宫准备为伊丽莎白召开紧急会议,但会议迟迟未能开始,她本人和罗伯特一起带了六个人出去狩猎,没有人知道她什么时候回来。议员们纷纷坐立不安地张望着首席那张空空如也的椅子。

"来一个人帮忙,你们也都不插手干预的话,我就能想法子干掉他,"诺福克公爵轻声地对身旁的朋友说,"这真是让人忍无可忍。她日日夜夜地跟在他身旁。"

"我支持你这么做。"阿兰德尔公爵说，他身边的另外两个人也点了点头。

"我还以为她为皮克林疯狂呢，"有人抱怨道，"他现在怎么样了？"

"他半刻也没法陪在她身边，"诺福克公爵说，"谁都不能。"

"他是连陪她半刻的钱也掏不出了，"有人纠正道，"他所有的钱都用来买通宫里的朋友们了，现在他回乡下去筹钱了。"

"他也知道自己在达德利面前没有机会，"诺福克公爵坚持道，"这就是他离开的原因。"

"嘘，塞西尔来了。"有人插话说。

"我得到了从苏格兰传来的消息。新教领主们已经进驻了爱丁堡。"塞西尔说着，走进了房间。

弗朗西斯·诺利斯抬起头。"噢，天哪！那么摄政女王呢？"

"她在向利思堡撤退。她正在逃亡呢。"

"这可未必是好事，"诺福克公爵托马斯·霍华德口气严肃，"她越是危险，法兰西增援的可能性就越大。要解决这一切，就必须立刻击败她，不能给她任何集结部队的机会，而且必须要快。她没有攻城是因为确信援军会到来。这意味着法兰西人将会来保护她。这是毫无疑问的。"

"谁能解决这一切呢？"塞西尔明知故问地说，"我们的朋友之中，有哪位是苏格兰人愿意接受的领袖呢？"

其中一名议员抬起头。"爱伦伯爵在哪儿？"他问。

"在来英格兰的路上，"塞西尔掩饰着自己的得意，"等他来到这儿以后，如果我们可以和他达成共识，就能让他率军前往北部。只是他太年轻……"

"虽然他年轻，但他是除了那位法兰西人女王以外最有资格的王位继承人,"桌子的另一端有人发话,"由他带军当之无愧。他是我们手中最合法的王位继承人。"

"而他唯一能够接受的条件,"诺福克公爵严肃地说,"就是女王本人。"

几个人看向门边,仿佛房门随时都会砰然开启,而伊丽莎白会怒气冲冲地闯进来。随后他们纷纷点了点头。

"西班牙与大公那边怎么样?"尼古拉斯爵士的兄弟弗朗西斯·贝肯问塞西尔。

塞西尔耸了耸肩。"他们没有放弃希望,她也说她愿意嫁给他。但我们都觉得最佳人选是爱伦大公。他和我们信仰相同,会给我们带来将英格兰、威尔士、爱尔兰以及苏格兰统一的机会。这将让我们成为一股不可忽视的力量。大公会保证西班牙站在我们这边,可他们又会让我们给出怎样的回报呢?鉴于爱伦伯爵与我们利益一致,如果他们能够结婚,"他吸了口气。他太过珍视这个希望,甚至不忍说出口,"如果他们结婚,我们就能统一苏格兰和英格兰。"

"是啊,'如果'!"诺福克恼怒地说,"如果我们能让她认真考虑某个身家清白的单身男人就好了。"

绝大多数人都认同地点点头。

"不用说,我们要么需要西班牙的支援,要么就需要爱伦伯爵来领军作战,"诺利斯说,"我们无法凭借一己之力坚持下去。法兰西的财富和兵力都是我们的四倍之多。"

"而且他们下定了决心,"另一个男人不安地说,"我听我在巴黎的表兄说的。他还说吉斯家族将会执掌大权,而且他们与英格兰不共戴天。看看他们在加莱的所作所为就知道了,他们就这么攻进去了。他们下一步就是苏格兰,接下来的目标就是我们。"

"如果她嫁给爱伦……"有人说。

"爱伦！她嫁给爱伦的可能性有多大？"诺福克公爵愤怒地说,"在这儿考虑哪个求婚者给国家带来的利益最大是很好,可如果她的眼里和心里只有达德利,又该怎么让她嫁人?我们不能让他做绊脚石。她就像个挤奶女工和她的乡下情郎一样。该死的,她现在又在哪儿?"

伊丽莎白躺在一棵橡树下,身下是达德利猎装的披风,他们的马儿拴在附近的一棵树上。达德利靠着树干,让她枕着自己的腿,将她的卷发缠绕在指间。

"我们出来多久了?"她问他。

"一个小时,不会更多。"

"你总是这样把女主人拉下马背,然后让她们躺在地上吗?"

"你知道吗,"他信誓旦旦地说,"我这一生从未做过这样的事情。我也从来没有过这样强烈的渴望,我是个始终在等待合适时机的男人,但和你在一起的时候……"他突然停了口。

她转过身看着他的脸庞,他俯身给了她一个吻。一个漫长温暖的吻。

"我又充满渴望了,"她困惑地说,"在你面前我简直像个贪吃的孩子。"

"我也一样,"他轻声说着,将她拉进怀里,让她蜷着身子躺在他身上,"满足之后只会带来更多的欲求。"

一阵低沉悠长的哨声让他们警觉起来。"是塔姆沃思的信号,"罗伯特说,"肯定是有人来到附近了。"伊丽莎白立刻起身,几片树叶从她的长裙上抖落,又四下寻找她的帽子。罗伯特拿起斗篷,抖了抖。她转身看着他:"我看起来如何?"

"无比圣洁。"他说,而她回以一闪即逝的笑意。

她走到自己坐骑的马首处,看到凯瑟琳·诺利斯和她的马夫骑马进入这片小小的林间空地,达德利的仆从塔姆沃思跟在他们身后。

"你们在这儿!我还以为我找不到你们了呢!"

"你们去了哪儿?"伊丽莎白问,"我还以为你们一直跟在我们身后。"

"我才停下一会儿,你们就跑得没影子了。皮特大人呢?"

"他的马扭了脚,"罗伯特说,"他只好闷闷不乐地走回去了。他的靴子也坏了。你们饿了吗?我们开饭吧?"

"我快饿死了,"凯瑟琳说,"您的女伴们呢?"

"她们去前面用餐了,"伊丽莎白说,"我在等你,而且有罗伯特爵士在这里保护我。罗伯特爵士,请帮个忙。"

他伸手扶她坐上马鞍,没有直视她的双眼,随后他骑上了自己的猎马。"这边走。"他说着,骑马走在两位女士的前面涉水过河。远处已经搭起了绿白相间的帐篷,烤鹿肉的香气远远地传来,他们远远地看到仆从们拿出了准备好的点心。

"我好饿,"伊丽莎白愉快地说,"我的胃口从来没有这么好过。"

"因为你越来越贪吃了。"罗伯特的评论让凯瑟琳大为惊讶。她看见了伊丽莎白和罗伯特之间交换的那个短暂而又意味深长的眼神。

"贪吃?"她不解地问,"女王吃得像鸟儿一样少。"

"那么就是贪吃的孔雀,"他丝毫没有接受教训地说,"贪吃又爱漂亮。"伊丽莎白在一旁咯咯地笑起来。

星期三的晚上,丹彻沃斯教堂看起来非常冷清,门关着,但没有落锁。艾米试着转动门柄,门应手而开。一位老妇人从长椅上抬起头来,沉默地指了指为女士们准备的祈祷室。艾米点点头,走了过去。

石头门框上垂下的门帘将祈祷室和教堂的其他部分隔绝开来。艾米掀开垂帘走了进去。里面有两三个人在圣坛前祈祷。艾米迟疑片刻,安静地走到神父近旁的座椅里,后者正和一个年轻人交头接耳。过了一会儿,那名年轻人深深鞠躬,回到圣坛前。艾米走到威尔逊神父身旁,在破旧不堪的软垫上跪了下来。

"神父啊,我有罪。"她轻声说。

"你有何罪,我的孩子?"

"我对丈夫的爱在减少。我不断用自己的标准衡量他。"她欲言又止,"我觉得自己比他更清楚我们该如何生活。我现在明白了这是骄傲的罪,我的骄傲。还有,我以为我能够成功说服他离宫回家,我们可以一起生活。但他是个大人物,他天生就是个大人物。我担心自己其实是妒忌他的伟大,我觉得就连我深爱的父亲也……"她抬高了嗓音,说出这句不忠的批评,"就连我深爱的父亲也在妒忌,"她顿了顿,"他离我们的生活太远……我担心在我们的心里,其实是乐于看到他的失势的。我觉得我们会因为他的卑贱而暗自欣喜,而且从此以后我就看不惯他重获权势。作为他的妻子和伴侣,我没能为他感到真心的喜悦。"

她顿了顿。神父缄默不语。

"我嫉妒他的伟大、他充满刺激的生活还有他在宫中不可或缺的地位,"她轻声说,"更糟的是,我嫉妒女王对他的爱,怀疑她对他的爱。我用猜疑与妒忌毒害了我对他的爱。我毒害了我自己。我因自己的罪恶而不安,我想从这种不安和罪恶中解脱出来。"

神父犹豫起来。当地的每一间酒馆里,都有人信誓旦旦地说着罗伯特·达德利是女王的情人,并且打赌说他会找借口抛弃他的妻子、毒杀她,或是将她丢进河里溺死。神父毫不怀疑艾米的那些担心其实更接近真相。

"他是你的丈夫,上帝让你听从他。"他缓缓开口。

她低下头。"我明白。我可以顺从他,不只是行为,连思想也可以顺从他。我可以全身心地顺从他，不去想为什么也不干涉他的伟大人生。我可以试着让自己因他的名望而欣喜，而且不把他留在自己身边。"

神父思索片刻，不知道该怎样对这个女人提出建议。

"我就像是遭到了诅咒，"艾米的声音很低很低，"我无意中听到有人说起我丈夫的事情，现在那幕景象一直出现在我的脑海里，出现在我的梦中。我必须将自己从这样的……折磨中解脱出来。"

他思索着她到底听到了什么。的确，他听到的某些话相当恶毒。

"上帝会为你解脱，"他坚定地说，虽然他的心中并没有这么坚定，"将那幅画面放到上帝的面前，他就会让你解脱。"

"它太过……淫猥了。"艾米说。

"你有过淫猥的想法吗，我的孩子？"

"可它并没有带给我任何快乐！除了痛苦，什么也没有。"

"你要将这些痛苦交给上帝，让自己从中解脱，"他坚定地说，"你要自行寻找接近上帝的路。无论你的丈夫选择怎样的生活，也无论他的选择是什么，你对上帝和对他的责任都是愉快地承受，并且帮助他更加接近上帝。"

她点点头。"我该做些什么？"她谦卑地问。

神父沉吟片刻。《圣经》里有许多将婚姻描述为"神圣的奴役制度"的故事，他也曾力劝许多思想独立的女人去遵从其中的描述。但他不忍心这样要求面色惨白、眼神恳切的艾米。

"你应该读一读抹大拉的玛利亚的故事，"他说，"你可以读'你们之中无罪的那个，可以先拿起石头'这一段。上帝没有给我们评断他人的权力。他没有让我们去衡量他人的罪。让上帝去思考，让上帝去评断吧。等到上帝给予你清晰的指示，你就去照做好了，我的孩子。"

"我该做什么来赎罪呢？"她提示道。

"念上五十年的玫瑰经吧，"他说，"但只能独自地、私下地祈祷，我的孩子。如今时代动荡，信仰虔诚的人们得不到公正的对待。"

艾米低下头，他轻声祝福了她，随后走到神坛前的另外五个人之中。他们听到神父走到他们身后，随之而来的是沉默。然后，他身穿法衣，拿着面包和葡萄酒，他缓步走上过道，穿过了圣坛隔板。

艾米透过交错手指，透过圣坛隔板的格子，看到他转身面朝圣坛，背对着他们说起了永恒不变的拉丁文。她感觉到胸口隐隐作痛，大概是因为心碎。神父没有告诉她这样的悲伤只是想象，没有告诉她应该将这些念头从头脑中赶出。他也没有告诉她这些只是女佣和烧火小工的谣言。他没有责怪她无中生有地对自己丈夫的怀疑。相反，他还建议她坚持责任与勇气，仿佛他觉得她应该忍受这些事情似的。

这么说他也知道了——她心想。全国的人都知道了，从丹彻沃斯的厨子到丹彻沃斯的神父。我一定是全英格兰最后得知的人。噢，上帝啊，我简直无地自容。

她看到他拿起面包，顿时屏住呼吸，迎接那奇迹般的时刻：面包会变成基督的身体，而葡萄酒会变成他的血液。这片土地上的每一位主教都为了坚持这一点而反抗过伊丽莎白，而这片土地上的每个牧师仍然坚信这一点，数以百计的圣职者仍然以过去的方式不为人知地做着弥撒。

烛光照花了艾米的双眼，上帝的无所不在抚慰了她的心，这一幕太过神圣，不能直接展示于教众眼前；这一幕太过神圣，只有每个周日才能展现一次；这一幕太过神圣，只能透过交错的手指，透过花饰的窗格去窥视，她再次祈祷，希望罗伯特选择回到她的身边，等他回来的时候，她会找到方法去控制自己的头脑，将那些画面清除出自己的心灵，摆脱罪过，带着满心欢喜去和他见面。

处女的情人

塞西尔设法在阿兰德尔公爵华丽的宫殿——无双宫——的那场盛大宴会开始前截住了伊丽莎白,在她的房间里耽搁了她片刻。

"陛下,我必须和您谈谈。"

"圣灵在上,现在不行。公爵的这场宴会是为皇帝举办的。他已经准备就绪,只差用金叶子将肉卷起来了。我不能迟到,免得拂了他的面子。"

"陛下,我有责任提醒您。教皇对您的威胁已经愈发明显,国内已经流传着许多对您不利的谣言。"

她犹豫片刻,然后皱起眉头。"什么谣言?"

"人们都说您宠爱罗伯特爵士的程度超过了所有人。"委婉过头了,塞西尔责怪着自己,但我要怎样当面告诉她,人们都叫她"达德利的婊子"呢?

"这是理所当然的,"她笑着回答,"他是我的宫里最优秀的人。"

塞西尔突然就有了勇气。"陛下,远远不止如此。谣言还说您和他保持着见不得人的关系。"

伊丽莎白的脸红了起来。"谁说的?"

英格兰的每间酒馆都在盛传。"很多人都这么说,陛下。"

"难道就没有法律保护我不受诽谤吗?不能派人剪掉他们的舌头吗?"

塞西尔面对她的凶狠眨了眨眼睛。"陛下,我们可以逮捕他们,但如果一件事太过广为人知,也广泛地为人所信,我们就真的束手无策了。人民是爱您的,可……"

"够了,"她断然道,"我没做过什么见不得人的事,罗伯特爵士也没有。我不会听信这些恶语中伤。你必须惩罚这些人,让谣言平息下去。否则我就唯你是问,塞西尔。不是别人,就是你。"

她转过身去,但被他拦住了。"陛下!"

"怎么?"

"这不只是普通百姓议论您的事情。宫里也有人说要在达德利拖累您之前早点解决他。"

这下他终于引起了她的注意。"这是对他的威胁吗?"

"您和他都陷入了非常危险的境地。您的名声受到了影响,有很多人说,有爱国心的人就该在他让您名誉扫地之前杀了他。"

她脸色煞白。"不能让别人碰他,塞西尔。"

"补救办法很简单。他的安全也很容易得到保障。那就是结婚。您只要嫁给大公或是爱伦伯爵,谣言就会止歇,一切威胁都会过去。"

伊丽莎白点点头,脸上又出现了绝望而惊惧的神色。"我会嫁给他们其中一位,你可以放心。告诉人们我会在这个秋天结婚,人选从他们两人中决定。这是确定无疑的事。我知道我别无选择。"

"卡斯帕·冯·布罗伊纳会出席今天的晚餐。可以安排他坐在您身边吗?我们可以借用他的军队帮我们在苏格兰作战。"

"当然可以!"她不耐烦地说,"不然你以为谁会坐在我身边?罗伯特爵士?我想让每个人都知道我即将和大公结婚,我想让他的使臣看得一清二楚。"

"如果这一次能让每个人都相信那再好不过,"塞西尔真诚地说,"您也知道,这是那位大使的心愿,但我还没看到您起草婚约。"

"塞西尔,现在是八月份,我还在避暑,还不到起草婚约的时候。"

"陛下,您身处危险之中。危险不会因为有人设宴邀请您,或者狩猎顺利,或者天气很好而不来找您。爱伦伯爵这几天应该就会到达英格兰,请告诉我是否等他到达就立刻带他来见您。"

"嗯,"她说,"就这样吧。"

"请吩咐我提取一部分资金,让他募集军队开赴北方。"

"先不提军队,"她立刻接着说道,"至少在我们了解他是否有率军的本事之前不提。而且我们不知道他的打算是什么。说真的,塞西尔,他没准早就结过婚,又把妻子藏在了不知什么地方。"

*考虑到您和某位已婚男子之间的关系,这对您来说应该不算什么——*塞西尔阴郁地想着。但他说出口的却是:"陛下,没有我们的支援他不可能取得胜利,而且他是最有资格继承苏格兰王位的人。如果他能够率领我们的军队取得胜利,您也愿意接受他成为您的丈夫,我们就可以一劳永逸地摆脱法兰西的威胁。如果您愿意为英格兰献身,您就会成为英格兰历史上最伟大的王位继承人,甚至超越您的父亲。如果能确保英格兰不受法兰西的威胁,您就将会被永世铭记。其他的一切都会被忘却,您将会成为英格兰永远的救星。"

"我会去见他,"伊丽莎白说,"相信我,塞西尔,在我心目中国家永远在第一位。我会去见他,也会做出我该做的决定。"

蜡烛和十字架都拿了出来,磨光擦亮,摆放在汉普顿宫的王家圣坛前。避暑归来的宫廷笼罩着虔诚的气息。来参加弥撒的伊丽莎白向着圣坛行了屈膝礼,随后为到来和离去者画了十字。圣坛上摆放着圣水,凯瑟琳·诺利斯每天早晨都会招摇地离开王宫,骑马去伦敦与新教的教众们一同祈祷。

"这是在做什么?"弗朗西斯·贝肯爵士在祈祷室的门口停下脚步,询问女王:他看到唱诗班的歌手们在擦拭着圣坛栏杆。

"算是种安慰,"她轻蔑地说,"给那些想要看到信仰转变的人。"

"哪些人?"他好奇地问。

"给希望我死的主教,"她恼怒地说,"给我必须保持友好的西班牙人;

给大公，让他对我抱有希望；给英格兰的天主教徒，让他们犹豫。给你，以及你所有的路德教教友们，让你们疑惑。"

"但真相又是什么呢？"他笑着问。

她任性地耸耸肩，走出祈祷室的门。"真相是最不重要的事，"她说，"关于真相，有一点你可以相信我：我会将它埋藏心中，并且守口如瓶。"

威廉·海德从罗伯特的手下托马斯·布朗特那里接到一封信，信中叮嘱他做好准备，罗伯特的人将在三天内来接艾米和奥丁赛尔太太去库姆诺庄园的福斯特家小住，之后再去奇思哈斯特。信里还有张达德利写的潦草的便笺，写着宫里的一些近况，写到罗伯特从女王那里得到的礼物，以及宫廷如今已返回汉普顿宫，并且暗示威廉很快将被委以牛津某座学院的一个获利可观的职位，作为他善待德利夫人的报答，希望在将来与他保持友谊。

他拿着信走到艾米身旁。"看起来你就快要走了。"

"这么快？"她问，"他没提这儿的房子的事吗？"

"女王在肯特郡给了他一栋大宅子，"他说，"是他写信告诉我的。诺尔庄园，你知道吗？"

她摇了摇头。"那他不想让我帮他找房子了对吗？我们不住在牛津郡了？我们要住在肯特？"

"他在信里没说，"他温和对她说，心想，她竟然要问朋友自己的家会在哪里。她和丈夫的那次公开争吵显然深深地伤了她的心，他能看出她羞愧得几乎想要找个地缝钻进去。最近的几星期里她变得非常虔诚，在威廉·海德看来，去教堂对女人来说是莫大的安慰，尤其是在她们身陷不幸的局面而又无能为力的时候。像威尔逊神父这样优秀的牧师很善于说服信众选择顺从，威廉·海德相信，就像和他同样年纪的其他男人一样相信，顺从是身为妻子应有的美德。他看到她的手按在胸前。

"达德利夫人，你不舒服吗？"他问，"我总看到你将手按在心口。你要不要在出发前去见见医师？"

"不用了，"她悲哀地笑笑，"我没事。大人要我什么时候动身？"

"三天之内，"他说，"你要先去库姆诺庄园的福斯特家，再去你们在奇思哈斯特的朋友海德先生那里。很遗憾我们不能和你一起去。但我希望你尽快回到我们身边。你现在就像我们的家人，达德利夫人。你的逗留让我们感到由衷的愉快。"

让他不安的是，她的眼中盈满泪水，他匆匆向门边走去，免得让她尴尬。

但她只是笑了笑，对他说："你真好。我一直很喜欢到这儿来，你的房子现在对我来说也像家一样了。"

"我相信你会很快回到我们身边。"他高兴地说。

"或许你们可以来看我。或许我以后就要住在诺尔了，"她说，"或许罗伯特会把那里作为我们的新居。"

"或许吧。"他说。

丽蒂西娅·诺利斯站在威廉·塞西尔位于汉普顿宫的豪华住所里宽大的书桌前，她双手背在身后，面色平静。

"布兰琪·帕里说女王在玩火，如果她不小心就会烧毁整个房子，连累到房子里的我们。"她汇报说。

塞西尔抬起头："那女王说了什么？"

"她说她没做错什么，没有人拿得出任何证据。"

"帕里夫人又是怎么说的呢?"

"她说,看到他们两个的人都知道他们是一对恋人,"她严肃的口气中掺杂着笑意,"她说他们就像挤在一只汤匙里的两颗栗子那样紧密。"

塞西尔沉下脸。

"然后女王怎么说?"

"把布兰琪赶出她的房间,告诉她去洗干净她满是谣言的脏嘴,否则就把她的舌头割掉。"

"还有什么?"

她摇了摇头。"没有了,大人。布兰琪大叫着说她伤心透了,但我觉得这并不重要。"

"女王睡觉的时候仍旧有人陪,门外仍旧有人把守?"

"是的,大人。"

"那么这些恶毒的流言中不该有什么真相才是。"

"是的,大人,"丽蒂西娅像个学生一样规规矩矩地回答,"除非……"

"除非?"

"除非墙里有暗道,女王等陪她的人睡着,就偷偷从暗门里溜出去见罗伯特大人,人们都说她父亲当年也是这样出去见他想见的女人。"

"可这种暗道并不存在。"塞西尔断然道。

"一个男人能在光天化日之下与一个女人独处,或许他们不需要什么床。或许他们会在树下、在某个不为人知的角落、在墙边匆匆了事。"她黑色的双眸中满是调皮的神色。

"也许这些都真的发生过,但恐怕你父亲听到你的这些念头的时候不会太高兴,"塞西尔严肃地说,"我必须提醒你,别把这些推测说给他人听。"

她的黑色眼眸闪闪发亮。"好的,大人,我保证。"她认真地说。

"你可以走了。"塞西尔说。——上帝啊,这女孩当着我的面都能说出这些来，那么人们在我背后会说些什么呢？

罗伯特爵士俯身去和端坐的女王耳语，这时塞西尔正好走进会见室，看到女王笑着抬头看他。塞西尔觉得自己简直能看到他们两人之间强烈的情欲，他摇摇头，把这些胡思乱想抛到脑后，走上前躬身行礼。

"噢，是坏消息吧，塞西尔，请讲！"伊丽莎白大声说道。

他挤出一个微笑。"一言难尽。我能和您单独谈一会儿吗？"

她站起身。"在这儿等我。"她轻声吩咐罗伯特。

"我或许会去马厩走走。"他说。

她伸手扯住他的袖子。"等我，我去去就回。"

"或许吧。"他戏弄她说。

"等我，否则我就砍你的头。"她低声说。

"我早就准备好了，您吩咐一声，我就躺下。"

听到她花枝乱颤的笑声，宫人们张望四周，看到了她最好的朋友与唯一的顾问塞西尔，后者耐心地等候着，等她双颊绯红地离开罗伯特的身边。

塞西尔伸出手臂。

"怎么了？"她的口气不太愉快。

他一直等到他们走出了会客室，走进长长的走廊里。那儿还有不少宫人逗留，有几个走出去看着塞西尔和女王的背影，直到他们消失在转角。终于有人把她从达德利身边带走了。

"我收到巴黎那边的消息，法兰西已经给苏格兰的摄政女王送去了增援物资。"

"噢，我们都知道早晚会有这一天，"她冷冷地说，"但有些人觉得苏格兰人这场攻城战打不了太久。他们的补给从来不超过两周的量，两周后他们就会放弃回家。"

"这是罗伯特爵士说的，对吗？塞西尔悄声自语道。"我们只能祈祷他们不会如此了，"他在语气里加上了一丝严厉，"因为那些苏格兰领主是我们对抗法国的第一道防线。我得到的消息是，法兰西已经派兵前往苏格兰。"

"多少人？"她并不想就这样被吓到。

"一千名长枪兵和一千名火绳枪兵。一共两千人。"

他确实想吓吓她，但他觉得自己做得有些过火。她脸色惨白，他连忙伸手扶住她的后腰处。

"塞西尔，这些兵力要打败苏格兰简直绰绰有余。"

"我知道，"他说，"但这只是第一拨入侵部队。"

"他们的目标是这里，"她用惊恐的低声说道，"他们真正想入侵的是英格兰。"

"我的看法也一样。"他说。

"我们能做什么？"她抬头看他，相信他一定有办法。

"我们必须立刻派拉尔夫·萨德勒爵士去贝里克郡，和苏格兰领主签订一份协议。"

"拉尔夫爵士？"

"没错。他曾在苏格兰忠心侍奉您父亲，苏格兰一半的领主他都认识。我们必须派他带着作战资金前往。他必须去视察边境，加固那里的驻守力量，以抵挡法兰西人。"

"好的，"她立刻同意道，"好的。"

"我可以立刻着手准备吗？"

"当然，"她说，"爱伦伯爵在哪儿？"

他神情严峻。"他已经在路上了，我的人会把他带来的。"

"我看他又回到了日内瓦吧,"她冷冷地说,"因为他觉得希望渺茫。"

"他已经在路上了。"塞西尔已经派他最信任的人赶往日内瓦,将爱伦伯爵带到伦敦,不管他是否愿意。

"我们必须让西班牙保证支援我们。法兰西人害怕西班牙。如果有他们做盟友,我们就安全多了。"

"如果您能办到的话。"他提醒她。

"我会的,"她承诺道,"我会答应他们的任何要求。"

✦

威廉·海德看了在房间里收拾行李的姐姐丽兹好一会儿。"她真的不知道人们都在谈论罗伯特阁下和女王的事情吗?"

"她很少和别人交流,也许没有听说这些,而且话说回来,谁又会和她说这种事呢?"

"是朋友的话就应该告诉她,"他提醒她说,"是真正的朋友的话。让她做好思想准备。"

"让她做什么准备?"她突然发起火来,"没有人知道以后会发生些什么。以前从来没发生过这种事情。我想不到,你也想不到,他的妻子又怎么能想到呢?对于从来没发生过的事情,她又要怎么做好思想准备呢?有哪个国家的女王会像个荡妇一样和已婚男人纠缠不清?谁能知道接下来会发生什么事情?"

✦

"看在上帝的分上,我的小公主啊,我必须和您谈谈。"凯特·艾什莉在汉普顿宫伊丽莎白的私人住处毅然说道。

"什么事?"伊丽莎白坐在镜子前,女伴们用象牙梳子轻轻梳理她的头发,再用红色的丝绸擦拭。她对着自己的镜影露出微笑。

"陛下,每个人都在谈论您和罗伯特爵士的事情,他们的说法令人难以启齿。婚姻幸福的年轻女人不应该被人谈论这些,这种事也绝不应该发生在英格兰女王身上。"

让她吃惊的是,做公主的时候十分顾虑声誉的伊丽莎白,如今却侧过头去,避开自己从前的家庭女教师的目光,不屑地说:"人们总爱说长道短。"

"但从未说过现在这样的话,"凯特继续说道,"这是丑闻。听起来太可怕了。"

"他们说了什么呢?我的不贞?说我和罗伯特是恋人?"伊丽莎白口无遮拦地说。

凯特深吸一口气。"是的。而且不止如此。他们说您怀上了他的孩子,所以今年夏天宫廷才去避暑。他们说您已经生下孩子,交给乳母藏了起来,直到你们结婚,他才能重见天日。他们说罗伯特阁下正阴谋杀害自己的妻子,然后和您结婚。他们说您为他深深着迷,已经失去了全部的智慧,除了和他上床什么也不会,说您除了情欲什么也想不到。他们说您欲壑难填,只知道整日和他作乐。他们说您无视国事,每天和他骑马出游。他们说他已经是有实无名的国王。他们说他才是您的主子。"

伊丽莎白的脸气得涨红。凯特双膝跪倒。"他们说您和他床上那些事说得非常具体,任何人听到都会脸红。陛下,我像母亲一样疼爱您,您知道我为您受过的那些苦,但我觉得是值得的。但现在我已经焦虑得难以忍受。如果您不放弃罗伯特阁下,您的王位就将不保。"

"放弃他!"伊丽莎白突然站起,头发披散,梳子也掉落在地,"为什么我要放弃他?"

房间里的其他女伴都起身给她让出一条路,她们靠在墙上,目光低垂,都希望自己能够避开伊丽莎白愤怒的目光。

"你甚至可能因他而死!"凯特也站起身,面对着她的主人,语气绝望而诚恳:"如果让人们这样继续谈论您,您就保不住王位了。他们说你无非是个荡妇,陛下,上帝啊,原谅我对您说这样的话。现在的情况比以往都糟。甚至比您和西摩尔大人那时还要……"

"够了!"伊丽莎白打断她,"让我来告诉你吧。我这一生从来没有哪怕片刻是平安无事的,你知道的,凯特。我没有感到过片刻的快乐。从来也没有哪个男人爱过我,也没有哪个男人值得我去爱。罗伯特爵士是我的朋友,他是我认识的最优秀的人。我很荣幸得到他的爱,我也不会为此感到羞耻。

"而且没什么好羞耻的。我知道他已经结婚,看在上帝的分上,我曾经在他的婚礼上跳过舞。每晚睡觉的时候我的卧室外都有人看守,我的床上从来都有人陪伴。你和我一样明白这一点。如果我是个傻瓜,又想找一位情人——当然我不是傻瓜,也根本办不到这种事——但如果我想要这么做,谁又能阻止我呢?你不能,凯特,枢密院不能,英格兰的民众也不能。如果我想要情人,那么我作为英格兰女王,又为什么没资格去做随便哪个乡下女子都能做的事情呢?"

伊丽莎白在盛怒之下仪态尽失,只顾大声为自己辩白。凯特·艾什莉靠在木墙上,震惊不已。"伊丽莎白,我的公主,我的女王陛下,"她轻声说,"我只是希望您能注意一些。"

伊丽莎白转过身,重重地坐回座位,将发梳狠狠掷向丽蒂西娅·诺利斯苍白的面孔。"噢,我不会注意的。"伊丽莎白断然答道。

✦

入夜,她溜进暗道,来到与罗伯特的住处相邻的房间。他等在那里,壁炉里升腾着温暖的火焰,前面摆着两把椅子。他的仆人塔姆沃思为他们送上葡萄酒和小点心,然后走出房间为他们看门。

伊丽莎白穿着睡袍,滑进罗伯特的臂弯里,感受着他亲吻自己头发的温暖嘴唇。

"我等了好久好久,"她轻声说,"我和丽蒂西娅一起睡,可她总是聊个不停,就是不肯入睡。"

他坚决地将思绪从那个美丽的年轻女子和他的情妇同床共枕的画面中收回。他们用手抚弄对方铜色的头发,白色的睡袍敞开,露出脖颈。"我担心您不会来了。"

"我一定会来的。不管别人说什么。"

"别人说什么?"

"又是新的流言蜚语,"她摇着头,将那些思绪驱离脑海,"实在太恶毒了,我说不出口。"

他让她坐回椅子,给她倒了杯酒。"您难道不希望公开我们的关系?"他轻声问,"我希望能够让每一个人都知道我有多么爱慕您。我希望自己能够保护您。我想让您成为我的人。"

"要怎么做呢?"

"我们结婚吧。"他轻声提议。

"你已经结婚了。"她的声音轻得连脚边的那只灵缇犬都听不到。但罗伯特听得到,他看得出她的口形:他的目光从来不离她的嘴唇。

"您父亲也是结婚后遇到的您母亲,"他轻声说,"他们相遇的时候,他发现那个女人是他必须拥有的人,是他一生中的最爱,于是便抛弃了他的上一位妻子。"

"他和上一任妻子的婚姻不具有法律效力。"她立刻答道。

"我的也一样。伊丽莎白,我想告诉您的是,我对艾米·罗布萨特的爱已经死了,她对我来说也已经死了,已经毫无意义。她没有我也能活下去,而且她出于自愿这样生活了很多年。您可以让我恢复自由身,然后您就会明白,我们能为彼此做些什么了。"

"我可以让你恢复自由身?"她轻声道。

"您有这个权力。您是教会的领袖。你可以准许我离婚。"

她喘息起来:"我?"

罗伯特对她微笑:"还会有谁呢?"

他看得出她的头脑在飞快运转。"你早就打算好了?"

"我怎么可能做这种打算?我怎么可能想过我们之间会发生这样的事情?国会给了您最高管理者的身份,给了您教皇的权力,而这些并不是我的努力促成的。现在您有权废除我的婚姻,这是英格兰的国民给您的权力,伊丽莎白。您可以让我恢复自由,伊丽莎白,就像您父亲恢复他自己的自由那样。您可以给我自由身,让我做您的丈夫。我们可以结婚。"

她闭起双眼,好让他看不清自己头脑中盘旋的那些思绪,还有心中随即浮现出的惊恐的回绝。"吻我,"她呓语般地说着,"噢,吻我,亲爱的。"

第二天早上,托马斯·布朗特坐在罗伯特位于马厩后面的私人房间里,靠着门,用一柄尖刀修着指甲。这时对面的门打开了,罗伯特骑马归来,手里拿着一捆马蹄匠的账单。

"托马斯?"

"阁下。"

"有什么消息吗?"

"爱伦伯爵詹姆斯·汉密尔顿已经抵达英格兰,目前正隐匿行踪。"

"爱伦伯爵?"达德利的震惊并非作伪,"他已经来了?"

"三天前抵达伦敦。住在德特福德的某处私人住处。"

"上帝啊！竟然无人觉察。是谁带他来的？谁为他付账？"

"塞西尔，他代表女王本人。"

"她知道他要到这儿来？"

"是她让他来的。他来这儿是受了她的邀请和命令。"

达德利低声咒骂了一句什么，然后望向窗外一直蔓延到河边的菜园。"该死的投机者一个接一个地来。他现在的目的是什么你知道吗？"

"我的探子认识他下榻处的一名女仆，说他打算私下与女王会面，看看他们是否能够达成一致，等他们商议停当，她就会公开宣布他的到来，接下来他们会订婚，然后他带军去苏格兰，夺取王位。等他成为苏格兰国王，就会回来和她完婚，统一这两个王国。"

达德利震惊得一时间说不出话来。"你确定他们的计划真是如此？你确定没有弄错？这也许是塞西尔的计划，而女王根本不知情。"

"或许吧。但我的人很肯定这一点，那位女仆似乎坚信自己没弄错。她既是女仆也是个妓女，说这是爱伦伯爵醉后自夸时说漏嘴的。她确定女王是知情的。"

达德利从书桌的抽屉里拿出一袋钱币丢给他。"像盯紧自己的孩子一样盯紧他，"他说，"他和女王见面的时候你要来向我汇报。我要知道每一个细节，他们说的每一个字、每一句低语，甚至是地板的每一声响动。"

"他已经见过她了，"布朗特做了个鬼脸，"他昨天夜里就在夜幕的遮掩下来到了这里，女王昨天夜里就会见了他，就在她吃完晚餐上床就寝以后。"

达德利脑海中关于昨晚的记忆生动起来。他跪在她赤裸的双足前，而她身子前倾，双臂环抱住他，头发垂在他的脸上。他将脸庞在她的胸部和小腹上摩挲着，感觉到她透过亚麻睡衣渗出的温暖清甜的气息。

"昨天夜里?"

"他们都这么说。"托马斯·布朗特从没看到过他主子的脸色这么难看。

"而且我们不知道他们说了什么?"

"我直到今天早上才听到风声。很抱歉,大人。塞西尔的人将他藏得很隐蔽。"

"很好,"达德利说,"他才是玩弄阴谋的大师。好吧,从现在起盯着爱伦,随时汇报消息给我。"

他知道自己应该压抑怒火,看好舌头,但他的骄傲和愤怒压倒了他。他用力打开门,任凭桌上的纸被风吹得四散,之后他大步走出自己的房间,将他的桌椅掀翻,走下楼梯,来到花园里,宫人们正在那里观看网球比赛。女王正坐在一旁的椅子上,头上遮罩着金色的华盖,女伴们纷纷围在她身旁,看着两名选手用尽浑身解数,只为争夺那份奖品:一袋金币。

罗伯特鞠了一躬,她微笑着伸手示意他坐在自己身旁。

"我必须单独见您。"他突然说。

她立刻转过头,看着他紧闭成一条线的嘴唇。"亲爱的,出什么事了?"

"我听到了一些令我烦扰的消息,"他的愤怒令他几乎无法言语,"就刚才。我必须和您确认一下。"

伊丽莎白没有让他等到比赛结束,即使总共只剩下几局了。她站起身,其他的宫人们也站起身,球场上的两人任由那只球滚到远处。一切都搁置起来,等待女王做出决定。

"罗伯特阁下要和我私下谈话,"她说,"我们要去我的花园里走一走。你们其他人可以继续留在这里直到比赛结束……"她环顾周围的人们,"凯瑟琳可以代替我颁发奖品。"

面对这样的荣幸,凯瑟琳·诺利斯微笑着屈膝行礼。伊丽莎白领着路离开球场,转进自己的花园。灰色石墙上的木门两旁的守卫鞠躬行礼,将门打开。"别让任何人进来，"伊丽莎白吩咐，"我和罗伯特大人要独处。"

两人行了礼，在他们身后将门关起。在阳光普照的空旷花园里，伊丽莎白转身看向罗伯特。"噢，我想这下凯特又要对我说教一番了。你找我什么事呢？"

看到罗伯特阴郁的表情，她的笑容也渐渐褪去。"亲爱的，别露出这种表情，你吓着我了。怎么了？出什么事了？"

"那位爱伦伯爵，"他语带苦涩，"他现在在伦敦？"

她把头转向一边，又转向另一边，仿佛她面对的不是他的目光而是刺目的阳光。他太了解她了，几乎看透了她脑海中飞快掠过的否认念头。然后她意识到自己无法当面对他说谎。"是的，"她不情愿地回答，"他在伦敦。"

"您昨天夜里见过他？"

"是的。"

"他私下来见您，而您单独接见了他？"

她点点头。

"在您的卧室？"

"只是我的房间而已。不过，罗伯特——"

"您昨晚先和他见面然后才来找我，可您却告诉我说您在等丽蒂西娅·诺利斯睡着。这是在说谎。您一直和他在一起。"

"罗伯特，如果你觉得——"

"我没觉得什么，"他断然道，"我根本忍受不了那样的想法。先是皮克林，那时我只不过转身离开了一会儿；现在又是爱伦伯爵，尽管我们已经是情人，公开的情人……"

她坐在一棵粗大的橡树旁的圆形椅子里。罗伯特一只脚踏在她身旁的椅子上，居高临下地盯着她。她乞求般地抬头看他。

"一定要我说真话吗?"

"是的。把一切都告诉我,伊丽莎白。我不能被人当傻瓜一样愚弄。"

她深吸了一口气。"这是秘密。"

他咬紧牙关。"伊丽莎白,我以上帝的名义起誓,如果你答应和他结婚,那么我将永远不再出现在你面前。"

"我没有!我没有!"她反驳道,"我怎么会呢?你知道你在我心里的位置!你知道我们对彼此意味着什么!"

"我知道自己抱紧你、吻你嘴唇、轻咬你脖颈的感觉,"他痛苦地说,"但我不想知道你和另一个男人见面后不久又带着满口谎言和我见面的感觉。"

"我的感觉是自己就快要疯了!"她朝他大喊,"这就是我的感觉!我感觉自己就快要被撕碎了!我感觉自己就快要被逼疯了。我感觉我连站着的力气都没有了。"

罗伯特退缩了:"什么?"

她站起身,就像一位斗士那样和他面对着面。"我必须扮演好这场棋局中的棋子,"她喘息着,"我是自己的棋子。我必须保证西班牙站在我这边,我必须吓阻法兰西,我必须说服爱伦下决心夺取苏格兰的王位,而我能给他们的只有我自己。我所有的筹码只有我自己。而且……而且……而且……"

"而且什么?"

"而且我不属于我自己!"

他沉默了。"怎么会?"

伊丽莎白低声呜咽起来。"我属于你,我的心和灵魂都属于你。上帝知道,上帝作证。我属于你,罗伯特……"

他伸出手握住她的手,将她轻轻拉近。

"可是……"

他怔了怔:"可是什么?"

"可是我必须参与这场棋局,罗伯特,"她说,"我必须让他们都以为我会结婚。我必须看起来既像是会接受费迪南大公,也要给爱伦以希望。"

"那您觉得我会怎样呢?"他问。

"你?"

"我。当所有人都知道您和皮克林如胶似漆的时候,当整个宫廷都风传您会嫁给大公的时候。"

"你会怎样?"她是真的不明白。

"他们都将与我为敌。包括您的亲戚诺福克公爵、您的顾问塞西尔、弗朗西斯·贝肯、他的兄弟尼古拉斯、凯瑟琳·诺利斯、皮克林、阿兰德尔公爵,他们都等待着打倒我的时机,就像一群准备扑向雄鹿的猎犬。当您远离我的时候,他们就会明白时机已经到来。他们会联合起来对付我,摧毁我的地位,指控我。您将我提拔到如此高的地位,伊丽莎白,我也成了众矢之的。您宣布与别人订婚的时刻,也就是我遭到毁灭的时刻。"

她惊骇莫名。"我不知道。你没有告诉过我。"

"我应该怎样告诉您?"他质问道,"我又不是孩子,被其他孩子欺负了要跑去找保姆哭诉。但事情确实如此。他们得知您选择了另一个男人的那一刻,我就会遭受毁灭,甚至更糟。"

"更糟?"

"死亡,"他干脆地说,"每天我都在担心自己会被拖入黑暗的小巷里被人刺死。"

她抬起头看他,双手仍然握着他的手。"亲爱的,你知道我会尽一切努力保证你的安全。"

"您无法保证我的安全,除非您公开承认您爱的是我。伊丽莎白,您知道我会不惜一切代价地爱您和保护您。嫁给我吧,看在上帝的分上,我们生一个孩子。婚姻、子嗣和继承权是最能保证我们安全的方式,这样我就会永远在您身边陪伴您。您不需要做任何人的棋子。您可以做自己,做您最真实的自己,只属于我而不属于任何人。"

伊丽莎白扭动双手,从他手中抽离。"罗伯特,我很害怕。如果法兰西军队想要从苏格兰开赴英格兰,他们就能平安地经过北部王国。我们该在哪里阻止他们?谁能阻止法兰西军队?玛丽让我们丢掉了加莱,她的名字如今仍被人们所唾骂。如果我让贝里克、纽卡斯尔或是约克郡失陷,人们又会怎样说我呢?如果他们攻占了伦敦呢?"

"不会的,"他安慰她说,"嫁给我,我可以为您带一支军队北上作战。我以前曾经和法兰西人作战过。我不畏惧他们。我会成为为您而战的那个人,亲爱的。您无须向其他人求援,您拥有我的心和灵魂。您所要做的事情就是将性命托付给我。"

她掀开兜帽,用力拉扯自己浓密的长发,仿佛想让这样的痛楚平息自己纷繁的念头。她抽泣起来。"罗伯特,我好害怕,我不知道该做什么。塞西尔有他的办法,诺福克公爵也有自己的看法,而爱伦伯爵只是个毫无主见的漂亮男孩!我一直都很想见他,直到昨天晚上,但他只是个打扮成士兵的小孩子。他根本拯救不了我!法兰西人就要来了,这点毫无疑问,我必须组建军队,筹集资金,寻找一个能够为英格兰而战的男人,可我却不知道该怎样着手,也不知该信任谁。"

"信任我吧。"罗伯特立刻回应道。他匆匆将她拉入怀中,不顾她的抗议紧抱着她。"相信我。公开您对我的爱,嫁给我,我们并肩作战。我是您的拥护者,伊丽莎白。我是您的恋人。我是您的丈夫。您可以不信任任何人,除了我,我发誓我会保证您的平安。"

她在他的怀中挣扎,勉力抬起头,他只听到一个词儿:"英格兰呢?"

"我也会保护整个英格兰,为了你,为了我,也为了我们的儿子,"他发誓说,"我会为他做这一切,也会为你做这一切。"

艾米正在去往奇思哈斯特的路上,之前她去探望了罗伯特住在库姆诺大屋的朋友福斯特一家,她的玫瑰念珠一直都放在上衣口袋里,每一次头脑里冒出嫉妒的念头,她就将手伸进口袋,抚摸着念珠默念"赞美玛丽"。丽兹·奥丁赛尔看着她一言不发地在炎夏的尾声中安静地骑马赶路,惊讶于她的变化。就好像在可怕谣言的重压之下,她已经从任性的孩子成长为了一个女人。

"你还好吧,艾米?"她问,"累不累?有没有觉得太热了?"

艾米下意识地将手放在心口。"我很好。"她说。

"你的胸很痛吗?"伊丽莎白问。

"不是的,我没事。"

"如果你感觉不舒服,我们就顺路去伦敦找罗伯特大人的医师看看。"

"不!"艾米急急辩解,"我不想没有大人的邀请就贸然去伦敦。他说过让我们去奇思哈斯特,就没必要去伦敦。"

"我不是说去宫里。"

艾米的脸红了红。"我知道你的意思,丽兹,"她说,"很抱歉。只是……"她顿了顿,"我相信那儿有许多关于罗伯特和女王的谣言。我不想让他觉得我去伦敦是为了监视他。我不想让他觉得我是个善妒的妻子。"

"没有人这样觉得,"丽兹温和地说,"你是男人们都渴望的那种最善良最宽容的妻子。"

艾米转过头去。"当然了,因为我爱他。"她非常小声地说。她们继续骑马前进了几分钟。"你听说那些流言了吗,丽兹?"她轻声问。

"罗伯特阁下这样的人总是会有些流言蜚语,"丽兹说,"如果我每听到一次他的流言就能得到一先令的话,现在我已经是个有钱人了。你还记得他和菲利普王在荷兰的时候,人们是怎样说他的吗?当他带着那个法兰西寡妇从加莱回来的时候,你又是多么痛苦?但这些并不意味着什么,而且也都不是真的。"

艾米伸手去抚摸上衣口袋里圆润冰凉的玫瑰念珠。"但你听说有关他和女王的流言了吗?"艾米追问她的朋友。

"我的弟妹告诉我,她在伦敦的亲戚说,女王确实非同寻常地宠爱罗伯特阁下,不过其他的事我们早就知道了,"丽兹说,"他们从小就是玩伴,现在他是她的马夫长。他们相处融洽是一定的。"

"她一定很开心,"艾米痛苦地说,"她知道他已经结婚,也知道她自己即将嫁给那位大公,她只是很享受这个有他陪伴的夏天罢了。"

"太轻浮,"丽兹直视艾米的脸,"她是个轻浮的女人。还是个孩子的时候她身边就流言不止。你只要想到'丑闻'这个词,就会想起伊丽莎白!"

艾米悄悄地将玫瑰念珠绕在指间。"这不是我们可以评判的事情,"她提醒着自己,"我的责任是忠于我的大人,等他回家。"

"她最好还是处理好这些事情,"丽兹·奥丁赛尔说,"他们都说,与法兰西之间必然会开战,而我们还没做好充分准备。她最好嫁给一个优秀的男人,能够将王国治理得井井有条的男人。她的姐姐刚即位就立刻结婚,并且选择了一个拥有自己军队的男人。"

"这不是我们可以评断的事情,"艾米握紧手中的念珠,"但上帝会引导她回到正确的路上。"

1559年秋

　　九月的时候，宫廷刚刚抵达伊丽莎白最爱的住所之一——温莎堡，开始为她准备生日宴会。罗伯特安排了一整天的庆典，让唱诗班来唤醒女王，还有一幕精心编排的狩猎剧，猎手们以歌声来赞美她，林地仙子翩翩起舞，再由脖子上戴着花环的温顺小鹿领着女王前往林间野餐。夜里将举办载歌载舞的盛宴，还有一场戴安娜及诸女神齐来赞美女王的舞剧，象征伊丽莎白加冕的盛况。

　　她的诸多女伴们扮成列位女神的模样为女王跳舞。"我要扮哪位女神？"丽蒂西娅·诺利斯在女王的会客室的角落里问罗伯特说。

　　"如果有名叫安珀图亚莉蒂①的女神，你可以扮演她，"他推荐说，"或者如果有叫做弗莉尔特森②的女神，你也可以扮演她。"

　　她看了他一眼，是波琳家特有的表情：充满了希望、挑逗和不可抵抗的诱惑。"我？"她说，"你说我轻佻？真是一种莫名的赞美。"

　　"我并不是在赞美你。"他说着，伸手抬起她的下颌。

　　"从你这样精于此道的人口中说出，本身就是一种巨大的赞美。"

　　他轻轻地碰碰她的鼻子，像是在责怪一只猫儿。"你可以扮演查丝提蒂③，"他说，"我无法抵挡纯洁。"

---

① Unpunctuality，意为"不守时，不准时"。
② Flirtation，意为"调情，轻佻"。
③ Chastity，意为"纯洁"。

她斜着深色的大眼睛看他。"罗伯特大人!"她噘起嘴,"我不知道我到底做了什么得罪你的事情。你先是说我'不守时',然后又说我'轻佻',刚才你又说你无法抵御我的'纯洁'。我以前冒犯过你吗?"

"从来没有。你让我赏心悦目。"

"那我给你添过麻烦吗?"

罗伯特对她眨了眨眼睛。他决心不告诉这个年轻的女孩,她跳舞的时候,他的视线很难从她身上移开,当他和她共舞的时候,当她将手搭在他手臂上的时候,他无法抗拒地涌起欲望,这欲望比任何一次碰触所带来的感觉都更加强烈。

"你这样的小家伙能给我带来怎样的麻烦呢?"他问。

她挑了挑眉毛。"我能想到很多种办法。不是吗?问题并不是我会怎样做,而是我会不会这样做。"

"怎么会呢,谢姆莉丝小姐①。"

"劳驾,还是查丝提蒂吧。我该穿什么呢?"她问。

"张扬一些,"他建议道,"能让你心情愉快的那种。但你必须让你的母亲过目,确保她的同意。女王的衣柜里就有适合你的衣服。"

"我可不可以穿来给你看呢?"她用挑逗的口气问道,"我也可以在晚餐前去你的房间。"

罗伯特四下张望。女王从花园里回来,正站在窗下远离人群的地方,和威廉·塞西尔谈论着什么。丽蒂西娅的未婚夫抱臂站在墙边,看起来闷闷不乐。罗伯特觉得自己应该主动结束这场带着挑逗意味的对话。

"当然啦,你不应该来我的房间,"他说,"你应该努力让自己的行为举止更像一位女士。你应该对可怜的德弗罗先生,对你那位不太开心的未婚夫好一些,而我得去和你的女主人谈谈。"

---

① Shameless,意为"无耻,不知羞耻"。

"也是你的情人。"她有些失礼地说。

罗伯特停下脚步,严肃地看着她。"别得意忘形了,诺利斯小姐,"他轻声说,"的确,你很讨人喜欢,你的父亲有权有势,你的母亲也深受女王宠爱,但如果你也参与传播流言,这些都救不了你。"

她犹豫起来,本来她已经想到了狡黠的回答,但面对他坚定的目光和郑重的表情,她黑色的双眸只能看着他的靴尖。"很抱歉,罗伯特大人,我只是开个玩笑。"

"很好。"他说着,转过身去,但他却有种荒谬的感觉:虽然错的人在她,而且她也道过歉了,可他却像是个傲慢的讨厌鬼。

伊丽莎白站在凸窗边,低声和塞西尔谈话,专心得甚至没有看罗伯特一眼。

"他平安离开了吗?"

"已经离开了,而您和他的协议已经达成。"

"但没有书面上的承诺。"

"陛下,事到如今,您已经不能反悔了。您说过的,如果他争夺苏格兰的王位并取得成功,您就会嫁给他。"

"我没有反悔,"她冷冷地说,"但如果他在争夺王位的过程中死去,我可不希望别人在他身上找到这样一封信。"

好吧,塞西尔想。看来我希望她被他吸引的打算还是早点放弃的好,她竟然希望这么个漂亮的小伙子死去,而且她所关心的只是他身上会不会带着连累到她的信件。

"没什么书面的承诺,但您已经立下誓言,他和我也一样,"塞西尔提醒她,"您答应过,如果他从法兰西人手中夺取苏格兰,您就嫁给他。"

"噢,是的,"她瞪大了黑色的双眼,"我确实答应过。"

她正打算转身离开,但他还站在原地。"还有些别的事情,陛下。"

她停住脚步。"什么事情?"

"我得到消息说您的生命正受到威胁。"

她立刻警觉起来。他看到她的面孔因为惊惧而颤抖。"是新的计划吗?又一个计划?"

"我想是的。"

"教皇的人?"

"这次不是。"

她虚弱地吸了口气。"反对我的到底有多少人?我的敌人简直比人人痛恨的玛丽还要多。"

他不知该说什么,她说的是事实。玛丽受到众人痛恨,但从未有哪位君主受到像她这样的威胁。伊丽莎白的权力都掌握在她一人手中,有太多人觉得她死后这个国家就会分崩离析。

她转身看他。"至少你已经抓住那些参与阴谋的人了吧?"

"只是有人给我通风报信。我希望能借助他找出其他人来。但我现在只能提醒您多加防范,因为这个计划针对的不只是您。"

她转过身,诧异地问:"还有谁?"

"罗伯特·达德利阁下。"

她的脸色顿时惨白。"圣灵啊,不!"

上帝啊,她竟然这样深爱他?塞西尔暗自惊呼。知道自己面临威胁的时候她是很担心,但当我提到他也会成为目标的时候,她竟然如此的恐慌。

"确实如此。很遗憾。"

伊丽莎白的双眼圆睁。"圣灵啊,是谁要加害于他?"

与此同时,有一个想法在塞西尔的脑海中成形。"我可以和您谈谈吗?"

"我们边走边说,"她连忙答道,伸手挽住他的手臂,"我们离他们远些。"

他能感受到她掌心的温度，透过她袖子的天鹅绒面料传来。她为他担心得流了汗——他想——程度比我想象的更甚，她已经疯狂地陷入了这段禁忌的爱情之中。

他拍拍她的手，试着将思绪在脑海中平静下来。众位大臣们给塞西尔和女王让开一条路，他看到弗朗西斯·诺利斯和他的妻子，看到他的女儿端庄地和年轻的沃尔特·德弗罗谈话，还有玛丽·西德尼，同女王的表弟诺福克公爵谈话的贝肯兄弟，以及一些西班牙大使带来的人，五六个随从、两位伦敦商人和他们的投资人，一切都再寻常不过，没有陌生的面孔，也没什么危险可言。

他们来到相对私密的一角，远离众人，确保没人能看到她阴郁痛苦的神情。

"塞西尔，是谁想要谋害他？"

"陛下，嫌疑人太多了，"他轻声说，"他从来没说过自己树敌众多吗？"

"说过一次，"她说，"有次他告诉我，说他身边全是敌人。我以为……我以为他说的是竞争对手。"

"他知道的恐怕连其中的一半都不到，"塞西尔严肃地说，"天主教徒们认为教会的改革是因为他。西班牙人认为您爱着他，所以只要他一死，您就会嫁给他们的王位候选人。法兰西人自从他在圣昆廷为菲利普而战的时候就痛恨他了，英格兰的民众也都认为是他让您忽视了身为女王的职责。这片土地上的每一位领主，从阿兰德尔公爵到诺福克公爵都愿意为他的死买单，因为他们嫉妒他拥有您的宠爱，或者责怪他给您带来的可怕丑闻。"

"不可能这么严重吧。"

"他是英格兰最受痛恨的人，他所面临的危险远比您想象的更加严重。我这几天一直在追踪那些对您不利的阴谋，但他……"塞西尔停了口，遗憾地摇了摇头，"我不知道该怎样确保他的平安。"

伊丽莎白的脸色像她的褶领一样惨白,她紧紧地拉住他的袖子。"圣灵啊,我们必须保护他。我们必须派卫兵跟在他左右,你必须找到想要伤害他的人,拷问他们,弄清楚他们的同伙都有哪些。你必须尽一切代价,你必须把这些阴谋者送进伦敦塔,拷打他们,直到他们吐露真相……"

"那可是您的表亲!"他吼道,"英格兰半数的领主!陛下,他们都蔑视达德利。能够容忍他的只有您和少数几个人。"

"他是受人爱戴的人。"她悄声说。

"爱戴他的人只有他的亲戚,还有从他那儿领薪水的人。"他傲慢地说。

"不包括你吗?"她转头看他,"圣灵在上,你不恨他对吧?看在我的分上,你也要做他的朋友。你知道他对我来说意味着什么,是他为我的生命带来了欢乐。你一定要做他的朋友。如果你爱我,就一定也要爱他。"

"噢,我还是他的朋友。"他小心翼翼地说。*因为我不是傻瓜,不会让你或者他有所怀疑。*

她颤抖着叹了口气。"噢,上帝啊,我们必须保证他平安无事。如果他有什么意外,我……圣灵啊,请保护他。我们怎样才能让他平安?"

"只要您减少对他的宠爱就可以了,"塞西尔答道。*当心,他提醒自己,在这里千万要小心谨慎。*"您不能和他结婚,公主。他已经结过婚,他的妻子既贞洁又善良,既美貌又温柔。他只能做您的朋友。如果您想救他的命,那么就放手吧。他是您的忠实臣子、您的马夫长,仅此而已。"

她看起来憔悴不堪。"放手?"

"让他回到家中的妻子身旁,这样一来流言就会止歇。将您的注意力转回到苏格兰和国家公务上来。您的舞伴要换成其他男人,让自己摆脱他的影子。"

"摆脱他的影子?"她孩子似的重复他的话。

塞西尔不忍看她痛苦的表情。"公主,你们不会有结果的,"他轻声对她说,"他已经结婚,不能无缘无故地抛弃自己的妻子。您也不能随心所欲地准予他离婚。他绝对不能和您结婚。您或许真的爱他,但那是不光彩的爱。你们无法得到夫妻的名分,也不能成为恋人,您甚至不能在他人面前表现出渴望他的样子。如果再有进一步的流言,那么您的代价将是失去王位,甚至是失去生命。"

"我从出生之日起就已经命悬一线了!"她大吼。

"还会失去他的生命,"塞西尔立刻改口,"您对他的宠爱,像现在这样公开的宠爱,将会是他的死刑判决书。"

"你可以保护他。"她执拗地说。

"我无法保护他不受您的朋友和家人的加害,"塞西尔平静地回答,"只有您能做到。现在我来告诉您如何去做。您也知道您非这么做不可。"

伊丽莎白拉住他的手臂。"我不能让他离开,"她低声呻吟着说,"他是唯一的……我唯一的爱……我不能让他回到家中的妻子身旁。你真是铁石心肠,才会说出这样的建议。我不能让他离开。"

"那么您就是在他的死亡判决书上签了字。"他冷冷地说。

他能感觉到她的身体一阵颤抖。

"我不舒服,"她轻声说,"去叫凯特来。"

他陪她走到长廊尽头,派一名仆童赶去女王的房间找凯特·艾什莉。她走进来,看到伊丽莎白的脸色惨白,而塞西尔表情严峻。"发生什么事了?"

"噢,凯特,"伊丽莎白轻声道,"糟透了,真是糟透了。"

凯特·艾什莉走上前去,挡住整个宫廷的目光,迅速将她带回她的房间。宫人们纷纷吃惊地看着塞西尔,他则温和地朝他们回望并微笑。

下雨了，灰色的雨滴像溪流一样沿温莎堡的窗格蜿蜒而下，留下泪水般的痕迹。伊丽莎白派人去请罗伯特，并叮嘱她的女伴们，在她和罗伯特坐在窗边的座位上谈话时，她们要围坐在壁炉边。当罗伯特走进房间的时候，看到身披深红色天鹅绒的女王独自坐在窗边，像个没有朋友的孤独女孩。

他立刻走上前去俯身低语："亲爱的？"

她面色苍白，眼睛因为哭泣又红又肿。"噢，罗伯特。"

他又向她靠近了些，然后止住脚步。他想起自己不能在众目睽睽之下拥抱她。"发生什么事了？"他质问道，"宫里的人都以为您病了，所以我急着赶来看您。发生什么事了？塞西尔今早和您说了什么？"

她的视线从窗边转回到他身上，将手指按在冰冷的窗玻璃上。"他是来警告我的。"她轻声说。

"警告您什么？"

"一个威胁我生命的新阴谋。"

罗伯特的手本能地往平时佩剑的位置伸了过去，但进入女王住所的人是禁止佩带武器的。"亲爱的，别怕。无论那个阴谋有多恶毒，我都会保护你。"

"但目标不只是我，"她失声，"我不会只因为针对我的计划就这么害怕。"

"那是？"他的眉毛拧成了一团。

"他们也想要杀死你，"她轻声说，"塞西尔说，为了你的安全，我必须让你离开。"

那只该死的老狐狸！罗伯特暗自咒骂，多高明的一招啊！利用她的爱来驱赶我。

"我们身陷险境,"他轻声对她说,"伊丽莎白,我请求您,让我抛弃自己的妻子和您结婚。一旦您成了我的妻子、我们有了孩子,这些危险都将结束。"

她摇了摇头。"他们会毁了你的,就像你警告我的那样。罗伯特,所以我必须让你离开。"

"不!"他在震惊之下说得太响,壁炉边的女士们听到他的声音,纷纷将目光投了过来。他靠近女王,"不,伊丽莎白。不能这样做。您不能让我离开,不能在您爱着我,我也爱着您的此刻。不能在我们幸福相伴的此刻。不能在漫长的等待之后,幸福刚刚到来的此刻!"

她努力压抑着自己,他看到她紧咬着嘴唇不让眼泪流下来。"我必须这样做。别让我为难,亲爱的,我的心都要碎了。"

"可您却选择在这儿告诉我!当着宫里人的面告诉我!"

"噢,你觉得我能在别的地方和你说这些吗?我和你在一起的时候不够坚强,罗伯特。我必须在这里告诉你,因为在这里你不能触碰我,你的话也不会让我改变主意。你必须放弃我,也放弃和我结婚的念头。我也必须让你走,如果爱伦伯爵获胜我就必须嫁给他,如果他失败我就必须嫁给大公。"

罗伯特抬起头,想要说些什么。

"这是阻止法兰西进犯的唯一手段,"她说,"不是爱伦伯爵就是大公。我们必须与其中一方结成同盟,在苏格兰共同对抗法兰西。"

"您宁愿为了国家而抛弃我。"他痛苦地说。

"因为事关重大,"她平静地答道,"而且我对你还有别的要求。"

"噢,伊丽莎白,我的心已经给了您。我还能再给您什么呢?"

她黑色的双眼中满是泪水,向他伸出一只颤抖的手。"您愿意一直做我的朋友吗,罗伯特?即使我们再也不能成为恋人,即使我会身不由己地嫁给别的男人?"

他甚至忘记了她女伴们的目光,伸手将她冰冷的手握在手中,俯身亲吻了它。他单膝跪倒在她面前,作出古老的效忠的姿势。她探出身子,握紧他的双手。

"我是您的,"他说,"心和灵魂都是您的。从您成为女王的那天起一直如此,不止如此——也是我爱的女人,您是我唯一爱过的女人。如果您想让我在您的婚礼上跳舞,我会尽我所能地去服从您的命令。如果您希望我摆脱这样的痛苦,我会立刻愉快地回到您身边。我是您永远的朋友,也是您永远的情人,我在上帝的眼中是您的丈夫。无论有什么吩咐,您只需要开口就好,伊丽莎白,我永永远远,直到死的那一天都是属于您的。"

他们身躯颤抖,四目交会,仿佛再也无法分开一般。他们双掌相握,长久凝望,最后凯特·艾什莉终于鼓起勇气插了嘴。

"陛下,"她轻声说,"人们会说闲话的。"

伊丽莎白醒悟过来,放开了罗伯特,而他也站起身来。

"您该休息了,陛下。"凯特轻声说着,看到罗伯特苍白震惊的表情。"她身体不好,"她说,"不能太过激动。让她休息吧,罗伯特大人。"

"愿上帝赐予您健康与幸福。"他说着向她鞠了一躬,在她看到自己脸上绝望的神情前离开了房间。

✦

海耶斯先生的父亲曾是达德利家族的佃户,通过在奇思哈斯特的羊毛贸易富有起来。他将自己的儿子送去读书,直至成为律师,他死的时候给这个年轻人留下了一小笔财富。约翰·海耶斯仍然和达德利家保持着联系,是他建议罗伯特的母亲去恳求恢复他们的地位和田产,随着罗伯特权势的提高,他也管理着罗伯特在城市和乡间稳步增长的生意的一部分。

过去艾米常和他一同住在奇思哈斯特的海德家里,有时罗伯特会和约翰·海耶斯谈一些生意方面的事情,也有时会和他一同外出狩猎,一同计划他们的投资。

艾米一行人赶到的时候,已经接近正午时分,在九月炎热而明媚的阳光照耀下,艾米很是愉快。

"达德利夫人,"约翰·海耶斯亲吻了她的手,"见到你真高兴。明钦太太会给你们安排房间,我们觉得,你应该会喜欢靠花园的房间吧?"

"是的,"艾米说,"你有没有我丈夫的消息?"

"他答应这星期内来见你,"约翰·海耶斯说,"他没有说哪一天——但我们也不指望他说清楚,对吧?"他笑着对她说。

艾米也报以微笑。是啊,因为女王不知哪天才能允许他离开——艾米的头脑中有一个嫉妒的声音这样说。艾米将手放进衣袋里紧紧握住那串玫瑰念珠。"不管他什么时候回来,我都很高兴见到他。"她说完,转身走上楼去。

奥丁赛尔太太走进来,掀开兜帽,抖了抖裙子上的灰尘。她走上前和多年的老友约翰·海耶斯握了握手。

"她看起来还不错,"他说着,指了指艾米卧室的方向,"我听说她病得很重。"

"噢,是吗?"丽兹平静地说,"你是从哪儿听说的?"

他想了一会儿。"我记得是从两个地方听说的。做礼拜的时候有人告诉了我,我的书记员也跟我提过。"

"他们说过她生了什么病吗?"

"我的书记员说是胸部的病变。他们说她那里有个硬块什么的,而且长得太大,已经没法切除。他们说达德利或许会抛弃她,解除与她的婚姻关系，并将她赶去修道院，因为她永远没法为他生下一子半女。"

丽兹将嘴唇紧抿成一条线。"这不是真的，"她轻声开口，"你觉得现在谁会散布这样的谣言呢？谁会说达德利的妻子患上了难以治愈的重病？"

他惊骇地看了她片刻。

"情况很复杂，奥丁赛尔太太。我听说的谣言几乎不堪入耳……"

"你听说他们已经是情人了？"

他看着自己空旷的大厅，仿佛是在思忖在这里谈论女王和达德利是否安全，即使没有提起他们的名字。

"我听说他打算抛弃自己的妻子，然后迎娶我们所说的那位女士，因为她的权力，也因为她想和他结婚。"

她点点头。"似乎每个人都这么想。但这样的事情毫无根据，也绝对不会发生。"

他思索片刻。"如果所有人都知道她重病无法生儿育女，那么她也许真的会被抛弃。"他低声说。

"又或者如果每个人都认为她病了，那么有一天她突然死去也不会有人惊讶。"丽兹将声音压得更低。

约翰·海耶斯惊恐地在胸前画着十字。"耶稣啊！奥丁赛尔太太，你的话太疯狂了。这一定不是你真实的想法对吧？他绝对不会做出这种事，罗伯特大人绝对不会做出这种事！"

"我不知道还有什么别的可能。但我知道我们从阿宾顿一路来到这里，到处都是关于他和女王的谣言，人们都相信达德利夫人会因病而死。一位旅馆的女店主走到我们的马前问我需不需要医生。每个人都在谈论达德利夫人的病痛，谈论达德利大人的风流韵事。我不知道除了这些之外还有什么别的可能。"

"原因肯定不是达德利大人，"他坚决地说，"他绝对不会伤害她。"

"那我就不清楚了。"她答道。

"那么,如果不是他的错,谁会散播这样的谣言,又有什么目的呢?"

她面无表情地看着他。"谁会在乡间散播谣言,让大家都知道他会离婚然后再结婚呢?我想,只能是那个想要嫁给他的女人。"

玛丽·西德尼坐在哥哥位于温莎堡套间的壁炉前,他的一只新猎犬蜷在她脚边,隔着靴子轻咬她的脚趾。她用脚尖懒洋洋地轻轻戳着它圆胖的肚子。

"别这样,你会宠坏它的。"罗伯特吩咐道。

"但它自己不愿意走,"她答,"快走开,大家伙!"她又戳了戳,狗儿舒服地扭动了一下身子。

"难以置信,它居然是条纯种狗,"罗伯特在一封信上签好名字,将它放到一旁,自己走到壁炉边拉来一张凳子,"品味这么差。"

"我以前脚边总有血统高贵的狗儿陪伴,"他的妹妹笑道,"血统低贱的那些没资格爱慕我。"

"好吧,"他答,"但你会把你的丈夫亨利爵士叫做贱狗儿吗?"

"当面不行。"她笑。

"女王今天情况怎样?"他的语气严肃了些。

"仍然颤抖个不停。她昨晚没有吃饭,今天早上也只喝了点温过的麦酒。她独自一人在花园里逛了一个小时,回来的时候她显得心烦意乱。凯特端着牛奶酒在她的房间进出,伊丽莎白穿衣出门的时候不肯说话也没有笑容。她什么事都没做,也不想见任何人。塞西尔带了一大叠信件过来,可她根本心不在焉。有人说我们会输掉在苏格兰的战争,因为她已经绝望了。"

他点点头。

她犹豫着开口:"哥哥,你必须告诉我。她昨天和你说了什么?她看上去像是心都碎了,现在又是一副行将就木的样子。"

"她抛弃了我。"他简短地说。

玛丽·西德尼难以置信地以手掩口。"不会吧!"

"是真的。她让我继续做她的朋友,因为她非得结婚不可。塞西尔警告她,让她离开我,她也接受了他的建议。"

"可为什么是现在?"

"因为谣言,也因为那些针对我的威胁。"

她点点头。"谣言确实满天飞。我的侍女也给我讲述了艾米的故事和那些恶语中伤,那些谎言简直让我寒毛直竖。"

"你应该责罚她。"

"如果这些故事是她自己编造的,我也许会责罚她。但她只是重复了街头巷尾的流言。关于你、关于女王有许多可耻的流言。你的仆童有一天在马厩里被袭击的事情,你知道吗?"

他摇摇头。

"不是第一次了。那些孩子说他们进城的时候都不会再穿自己的制服。他们因我们的家族徽记而羞耻,罗伯特。"

他蹙起眉。"我不知道情况竟然这么糟糕。"

"我的女佣告诉我,她看到两个男人发誓说要在你迎娶女王之前杀死你。"

罗伯特点点头。"哈,玛丽,我不会和女王结婚的。怎么会呢?我已经结婚了。"

她错愕地抬起头。"我以为你……和她……已经有所打算了。我以为或许你们……"

"你不比那些幻想着离婚、死亡和废除王位的人高明多少!"他笑着说,"这些全部都是胡言乱语。我和女王的风流韵事无非也就是夏日里的舞蹈、马上比武和游园,现在夏天已经结束,冬天即将到来,我要和艾米一同去约翰·海耶斯家里。这个国家即将在苏格兰开战——塞西尔早有预料,而且他想的没错。女王也必须表现出女王的样子,她曾经是卡米洛特①的女王,如今她要做回这个可怕的现实中的女王。夏天的舒适生活已经结束,她必须以婚姻来保证国家安全。如果爱伦伯爵能够取得苏格兰的胜利,她便会嫁给他,否则就嫁给查尔斯大公,这才是为了国家的安全所应做出的最佳选择。无论她在七月的时候对我有过怎样的感觉,她都很清楚,自己必须在圣诞节的时候与这两者之一结婚。"

"她心甘情愿?"玛丽面露惊讶。

他点点头。

"噢,罗伯特,难怪她整天呆坐着一言不发。她一定伤心欲绝。"

"嗯,"他温柔地说,"她的心也许会碎,但她知道这些势在必行,不能让自己的国家失望。她从来不会缺乏勇气,可以为国家做出任何牺牲。她可以牺牲我,也可以牺牲对我的爱。"

"可你能接受这些吗?"

她哥哥脸色阴郁,自从伦敦塔出来以后,她从来也没有看到过他这样严肃的神情。"我必须像男人一样面对这一切。我必须像她一样鼓起勇气。从某种角度来看,我们还是在一起。她会和我一同心碎。我们能以此找到些许的安慰。"

"你会回到艾米身边吗?"

他耸耸肩。"我从来没有离开她。我们最后一次见面的时候聊了几句,她恐怕会被这些流言所困扰。我当时因为生气,因为自尊受损,所以发誓

---

① 传说中亚瑟王的城堡。

说要离开她，但她一时间并不相信我的话。她站在那里，当面对我说我们已经结婚，永远不会离婚。我知道她说得对。我的心里很清楚，我永远不能和她离婚。她做了什么大逆不道的事情吗？我也知道，我不会对这个可怜的女人下毒，或者把她推进井里！即使我和女王曾经在夏日里调情和亲吻又如何……没错！我承认我们曾经亲吻……而且不止如此。这一切美好而又甜蜜，但不会有什么结果。她是英格兰的女王，我是她的马夫长。我已经结婚，而她必须以婚姻来拯救这个王国。"

他望过去，看到自己的妹妹眼中有泪流下。"罗伯特，我担心你除了伊丽莎白再不会爱上别人。你的余生都只能生活在对她的爱意中。"

他露出讽刺的微笑。"没错。我从当孩子的时候就爱着她，在过去的几个月里，我陷入了爱河，而且比我所能想象的更深也更真挚。我以为自己能硬起心肠，却发现她对我来说意味着一切。的确，我深爱着她，但我会放她走。我会促成她与爱伦伯爵或是大公的婚事。只有这样她才能平安无虞。"

"你与她分离是为了保证她的安全？"

"不惜一切代价。"

"天哪，罗伯特，我真想不到你会如此……"

"如此什么？"

"如此无私！"

他笑了起来。"谢谢你这么说！"

"我是说真的。你能促成你爱的女人和另一个男人结婚的确是件无私的事情。"她沉默了片刻，"你要如何忍受这一切？"她温柔地问。

"我会珍藏自己和这位美丽而又年轻的女王的爱情，"他说，"在她登上王位的那个金色的夏日，她那么年轻美貌，以为自己可以做任何事情——甚至是嫁给我这样的人。而我会回家去见我的妻子，生下一屋子继承人，再把所有女孩都取名伊丽莎白。"

她用袖子擦了擦眼睛。"噢,我亲爱的哥哥。"

他将手按在她的手上。"你会帮助我吗,玛丽?"

"当然,"她轻声说,"当然,我会帮你做任何事情。"

"去找那位西班牙使臣德·考德勒,告诉他,女王需要参考他的意见来决定是否嫁给大公。"

"我?我几乎不认识他。"

"没关系。他很了解我们达德利家族。去找他的时候就像你刚从女王那里出来一样,别说是我的要求。告诉他说,她因为之前反复无常的态度,没法亲自去找他。如果他能够重新提出求婚的话,她一定会立刻同意。"

"这是女王自己的意思?"玛丽问。

他点点头。"她希望让所有人知道,她并没有厌恶我,她仍然是我的朋友,而且仍然宠爱你和我。她希望由达德利家的人来促成她的婚事。"

"能送去这样的口信真是莫大的荣幸,"她严肃地说,"也是莫大的责任。"

"女王希望由我们代表达德利家办好这件事,"他笑道,"我做牺牲品,你做送信人,我们共同完成这件事情。"

"如果她结婚了,你打算怎么办?"

"她不会忘记我,"他说,"我们如此深爱对方,她要花很久时间才能割舍对我的感情。而你和我会因为促成这件事而得到她和西班牙人的奖赏。这是正确的决定,玛丽,我丝毫也不怀疑。这样做能够保证她的安全,也让我远离那些流言蜚语……以及更可怕的事。我毫不怀疑很多人在盼着我死。她的平安也就意味着我的平安。"

"我明天就去。"她承诺道。

"记得告诉他,说你是从她那儿来的,是她吩咐你来的。"

"我明白。"她说。

午夜时分,沉默地坐在壁炉旁边的塞西尔听到一阵审慎的敲门声,便起身去开门。走进门来的这人脱下他的黑色斗篷,走到火边暖着手。

"能给我一杯酒吗?"他带着一点西班牙口音,"河上的雾气会让我得伤寒的。这才九月就这么潮湿,那等到冬天会怎样呢?"

塞西尔倒了一杯酒给他,示意他坐在壁炉边。他又添了一块柴。"现在好些了吗?"

"好些了,谢谢你。"

"能让你在这样寒冷的夜里送来的消息一定非常有趣。"塞西尔语气平淡地说。

"只是女王本人打算向查尔斯大公提出求婚而已!"

塞西尔抬起头,一副震惊的表情。"女王求婚?"

"通过一位中间人。你知道这件事吗?"

塞西尔摇了摇头,没有作答。信息对塞西尔来说就像货币一般,与格雷斯汉姆不同,他相信无论是好消息还是坏消息都有其价值所在。

"你知道那位中间人是谁吗?"他问。

"玛丽·西德尼女士,"来人说,"女王的一名女伴。"

塞西尔点点头,这也许是他先前丢下的那块石头泛起的涟漪。"玛丽女士替她求婚?"

"她说从礼节上来说,大公应该立刻赶来和女王见面。还说她会接受这次来访时提出的求婚。他们可以立刻缔结婚约,好在圣诞节的时候举行婚礼。"

塞西尔的脸仿佛一张冰做成的面具。"大使对这件事怎么看?"

"他也认为机不可失，"来人说，"他认为她是想挽回自己日渐低落的声名。他觉得她总算是想开了。"

"他公开说的这些？"

"他交代我把这些用密码写下来送信给菲利普王。"

"你没有给我复制一份？"

"我不敢，"来人坦言，"他可不是傻瓜。即使是来和你说这些也是冒了生命危险的。"

塞西尔满不在乎地挥挥手。"玛丽女士今早已经告诉过我，但我不知道这是女王本人的意愿。"

这人看起来有些不满。"可她会告诉你我的主子今晚写信给大公要他立刻赶来吗？会告诉你卡斯帕·冯·布罗伊纳已经去了奥地利请公证人来起草婚姻合约吗？会告诉你我们相信女王这一次是认真的吗？会告诉你大公十一月就会来这里吗？"

"不会。这些确实是好消息，"塞西尔说，"还有什么？"

来人若有所思的样子。"就这些。我下一次得到新情报的话要再来这里吗？"

塞西尔拉开书桌的抽屉拿出一个小袋子。"下次也来。这是这次的报酬。至于你要的文件，得等到……"说到这里他停了下来。

"要等到什么时候？"来人急切地问。

"婚礼隆重举行的时候，"塞西尔说，"到时候我们就都可以安稳地睡大觉了。你说的是圣诞节吧？"

"是女王本人提出将圣诞节作为婚期的。"

"等你的大公主人成为伊丽莎白的配偶之后，我就把你想要的能在英格兰合法逗留的文件给你。"

来人鞠了一躬，但离开前却犹豫起来。"你总是能从那个抽屉里拿一袋钱给我,"他有些好奇,"你是知道我会来,还是说有很多别的人会给你情报,所以你会随时准备好付给他们的钱?"

探子的数量已经超过一千人的塞西尔微笑着说:"只有你一个。"

✦

九月,罗伯特抵达了海耶斯的宅邸,情绪低落,神情阴郁。

艾米从楼上的窗户看到他的身影,看到他脸上的表情和当年加莱陷落、英格兰失去在法兰西的根据地,而他也战败返乡时的表情如出一辙。她慢慢地走下楼梯,很想知道他这一次又是为什么如此失落。

他下了马,匆匆吻了她的脸颊算是招呼。

"大人,"艾米问候道,"你不舒服吗?"

"没有,"他说。艾米迟迟不愿离开他的怀抱,但他轻轻地推开了她,"放开我,艾米,我身上很脏。"

"我不介意!"

"但我介意。"他转过身,这时他的朋友约翰·海耶斯从楼梯上走了下来。

"罗伯特大人!我想我听到了你的马蹄声!"

罗伯特拍了拍约翰的背。"看来用不着问你身体是否健康了,"他愉快地说,"你又胖了,约翰。很明显最近没有打猎。"

"但你看起来很糟糕,"他关切地说,"你病了吗,大人?"

罗伯特耸了耸肩。"回头再告诉你。"

"因为宫里的事情吗?"约翰飞快地猜测道。

"在伦敦生存并不比在地狱的河边跳舞更轻松,"罗伯特严肃地说,"在女王与威廉·塞西尔之间,在女王的女伴们之间,在枢密院里,我的头脑从早上检查马厩直到夜里离开王宫睡到床上,都一直转动个不停。"

"来喝杯麦酒，"约翰说，"和我说说吧。"

"我一身马的臭气。"罗伯特说。

"噢，谁还在意这个？"

两个男人转身向房间走去。艾米跟在他们身后，但走了几步就停下了。她想，也许自己的丈夫和他的朋友单独聊一聊心情就能好起来，也许自己不在场他会更轻松些。但她还是蹑手蹑脚地跟着他们，坐在他们门外的木椅上，好让他一出来就能见到自己。

麦酒让罗伯特低落的情绪好转起来，然后他用加过香料的热水洗了澡，换过衣服。一顿丰盛的晚餐等待着他，明钦太太可是一位以慷慨著称的女管家。六点钟的时候，罗伯特、艾米、丽兹·奥丁赛尔和约翰·海耶斯围坐在一起玩纸牌，罗伯特恢复了平时的好脾气，面色也不再憔悴。夜晚来临的时候他已经有些微醺，艾米明白今晚她不必离开他身旁了。他们一同上床，她希望可以做一次爱，但他却转过身用被子盖上肩膀，沉沉睡去。艾米在黑暗中醒来，想着他太疲累不该叫醒他，但不管怎样他都应该和她做一次爱。她想要他，但她不知道该从何做起——他光滑结实的背脊在她试探性的抚摸下毫无反应。她转过身去，看着月光透过百叶窗洒进来，听着他沉重的呼吸声，想起她在上帝面前发誓爱她的丈夫的情形。她决心明早起来要做得更好。

"你要不要和我一起出去骑马，艾米？"早饭时罗伯特礼貌地问，"我要靠狩猎来保持健康，不过我今天不会骑得太快或者太远。"

"我愿意去，"她立刻答道，"但你不觉得今天会下雨吗？"

他似乎没听到她的话，他已经转过头去吩咐仆从为他备马。

"抱歉，你说什么？"

"我只是说，我担心今天会下雨。"她答。

"那我们回家不就好了。"

艾米脸红了，她觉得自己说起话来简直像个傻瓜。

骑马的时候，情况也没有好转多少。她一路上所能想到的只有天气和两边的田地之类的无聊话题，他骑着马，面色阴沉，一副心不在焉的样子。他的目光直盯着前方的路，却什么也没有看。

"你还好吧，大人？"在回家的途中，艾米轻声问道，"你看起来不像平时的你。"

他看向她，似乎刚才完全忘记了她的存在。"噢，艾米。我很好。只是宫里有些棘手的事情。"

"什么事情？"

他笑得就像是被一个孩子盘问那样。"你不需要担心这些事情。"

"你可以告诉我，"她继续说，"我是你的妻子。我想知道什么事情烦扰着你。是女王的事情吗？"

"她身处险境，"他说，"每天都有新的消息传来，而且总是关于针对她的密谋。没有哪个女王像她这样被半数的人民深爱又被另外半数人民痛恨着。"

"有太多人认为她无权继位，"艾米评论说，"他们都说她是个私生子，他们都说应该让苏格兰的玛丽继位，这样两个王国就能并为一个，无须经过战争，也无须教会作出改变，更不会有伊丽莎白带来的麻烦。"

他惊讶得几乎说不出话。"艾米，你在想什么？你说的这些可是叛国大罪。上帝保佑，希望你的这些话没有对任何人提起过。你绝对不应该再说起这些话，即使是对我。"

"但这些都是事实。"艾米平静地说。

"她是正式加冕的英格兰女王。"

"她的父亲当众宣布了她的私生子身份,至今也未撤销。"艾米有理有据地说,"她也没有为自己撤销。"

"毫无疑问她是他合法的女儿。"罗伯特断然道。

"抱歉打断你,我的丈夫,但疑点始终存在,"艾米说,"我无意责怪你选择视而不见,但事实就是事实。"

罗伯特为她的自信而错愕。"上帝啊,艾米,你到底听说了什么?你都和谁聊过这些?是谁在你的脑袋里灌输了这样的胡言乱语?"

"没有谁。除了你的朋友我还能见到谁?"她问。

有那么一瞬间,他还以为她的话里带着讽刺,他尖锐地看着她,但她脸色平静,笑容一如既往的温柔。

"艾米,我没有开玩笑。英格兰有不少人都被割了舌头,而且他们说的话还没有你这么严重。"

她点点头。"迫害这些说出真相的无辜百姓足以说明她有多么残忍。"

他们在沉默中继续骑马前行。罗伯特为他自己家族中的这些流言而困扰。"你一直在想这些事?"他轻声问道,"即使你知道我站在她这一方?即使你知道我是她的朋友?"

艾米点点头。"是的。我从来没有认为她的继位是光明正大的。"

"不要再对我说这些。"

她对他微微一笑。"你从来没有这么吩咐过。"

"我可不知道自己的屋檐下住着一个叛国者。"

她笑了几声。"曾经有那么一段时间,你是叛国者,而我是立场正确的人。变的不是我们,而是时代。"

"没错,但男人并不希望妻子密谋叛国,他却被蒙在鼓里。"

"我始终认为她并不是合法的继承人，但同时也认为她对英格兰来说仍然是最适合继位的人，直到现在为止。"

"哦？现在又怎么了？"他问。

"她开始对抗真实的信仰，而且支持苏格兰的新教徒叛军，"艾米平静地说，"她囚禁了一部分主教而将另一部分流放。教会不复存在，只有心惊胆战不知该做什么的神父。这是在公开打压我们国家的信仰。她到底想要怎样？让英格兰、苏格兰、威尔士和爱尔兰都变成新教国家？想与圣父本人为敌？让自己成为神圣帝国的皇帝？她要做穿裙子的教皇吗？难怪她拒不结婚。谁能忍受这样的妻子？"

"真实信仰？"罗伯特说，"艾米，你一生都是个新教徒。我们是在爱德华国王的统治下成婚。是谁在你的脑海中灌输了这种思想？"

她用一如既往的温和表情看着他。"我没有和任何人谈论过，罗伯特。而且在玛丽女王统治时期，我们一家人全都是天主教徒。你知道的，我也会思考。我常常一个人独处，而且我除了思考之外无事可做。我最近又来往于这个国家的各处，看到了伊丽莎白和她的仆从所做的事情。我看到修道院和教堂的土地遭到破坏。她让数以百计的人们只能上街乞讨，她让穷人和病人得不到救护。她的货币几乎一文不值，她的教堂甚至不允许举行弥撒。只要看一看伊丽莎白治下的英格兰，就不会认为她是位称职的女王。她所带来的只有麻烦。"

说到这里她顿了顿，看着丈夫惊骇的表情。"我没有跟任何人说起过这些，"她安慰他，"我只是觉得应该和你分享这些想法。而且我还想和你说说牛津主教的事情。"

"就让牛津的主教在地狱里腐烂去吧！"他脱口而出，"你不应该和我说起这些。这太不合适。你是新教徒，艾米，像我一样的新教徒。你生来就是新教徒。和我一样。"

"我生来是个天主教徒,爱德华国王在位的时候,我成了新教徒,"她平静地说,"玛丽女王在位的时候我又成了天主教徒。不停地改变。就像你一样。你父亲放弃新教信仰的时候也把它称作一桩大错,不是吗?他将这个国家所有的悲剧都归咎于自己的异端信仰,这可是他自己说过的话。然后我们就都成了天主教徒。现在你又想做新教徒,你希望我也成为新教徒,只因为她是新教徒。噢,这可不行。"

他终于听出了她话中的关键。"啊,你是在嫉妒她。"

艾米的手伸入衣袋,握紧那串冰凉的玫瑰念珠。"不是的,"她平静地说,"我发过誓,我不会再嫉妒他人,不会嫉妒世界上的任何女人,尤其是她。"

"你一直是个善妒的女人,"他坦承道,"这是对你,也是对我的诅咒。"

她摇摇头。"那么我已经打破了这个诅咒。我不会再嫉妒任何人。"

"正是你的嫉妒导致你有了这样危险的思想。所有这些宗教理由都只是你对她嫉妒的掩饰。"

"不是这样的,大人。我已经发誓绝不嫉妒。"

"噢,承认吧,"他笑着说,"全部的理由都是女人的恶意。"

她勒停了马,平静地注视着他,和他四目交会。"我为什么要嫉妒?"她问道。

罗伯特在马鞍上突然动了动身子,马儿也在因为收拢的缰绳而绷紧身体。

"有什么能让我嫉妒?"她又问了一次。

"你应该听到过我和她的事情了吧?"

"当然了。我想整个国家的人都听说了。"

"这就是让你嫉妒的原因。这正是让女人嫉妒的原因。"

"只要你能保证这些话毫无根据,我就不会嫉妒。"

"你该不会以为我是她的情人吧！"他开起了玩笑。

艾米没有笑，她笑不出。"我从来没有这样想过，如果你能向我保证的话。"她上衣口袋里的手攥紧了玫瑰念珠。仿佛这串珠链能够将她从这场危险的对话中解救出来一样。

"艾米，你该不会听信谣言，认为我是她的情人，正打算和你离婚，或者想要谋害你吧！"

她仍然没有笑。"如果你能在我面前保证那些流言是假的，那我就不会在意，"她平静地说，"我当然全都听说了，那些令人不快的言语仍然历历在目。"

"那些完全是恶意诽谤和胡编乱造，"他说，"艾米，如果你听信他们的话，我会对你很失望的。"

"我不会听信他们，我只听你的话。此时此刻我就在认真倾听。你能发誓自己没有爱上女王，也不会动离婚的念头吗？"

"为什么你会问出这样的问题？"

"因为我想知道。你想要离婚吗，罗伯特？"

"就算我真的提出这样的要求，你也肯定不会答应的吧？"他好奇地问道。

艾米突然盯着他的脸，而他发现她脸色发白，就像生病了似的。她就这么一动不动地骑在马背上，嘴唇因喘息而轻轻开合，之后她缓缓地用脚踝碰了碰她的马儿，让它向着家的方向跑去。

罗伯特紧随其后。"艾米……"

她没有停下，也没有回头。他突然意识到自己以前叫她的时候总是能够得到立刻回应。从前只要他叫出她的名字，她总是能够及时出现。她通常都待在离他不远的地方等待着他的盼咐。看到那个娇小的艾米·罗布萨特面色惨白地骑马离开，这让他觉得非常的奇怪和反常。

"艾米……"

她仍然策马向前,没有看向两边,更没有回头确认他是否跟在身后。在沉默中,她骑马径直回到家中,来到马厩的庭院里,把缰绳抛给马夫,自己走进屋里。

罗伯特踌躇着,还是跟着她上了楼走向卧室。他不知道该怎样面对如此陌生的艾米。她回到房间将门关起,他等在门外听她是否将门锁起。如果她堵住门,他也许会生气,如果她落了锁,他就有权破门而入,也有权打她——但她并没有锁上门。她只是将门关好,并没有落锁。他走上前去推开门,径直走了进去。

她坐在窗边的椅子上,望着窗外,一如她等他归来时那样张望着。

"艾米。"他轻声唤她。

她转回头。"罗伯特,够了。我要知道真相。我的心已经厌恶了流言和谎言。你是否真的打算和我离婚?"

她显得那么的镇定,而他莫名地感到了一丝希望。"艾米,你在想什么?"

"我想知道你是否真的想和我解除婚姻关系,"她平静地说,"我也许不是你想要的妻子,现在你已然成为大人物。我这几个月来逐渐明白了这一点。

"而且上帝还没有赐我们一个孩子,"她补充说,"光是这个理由就很充分了。如果那些传言中有一半真的,就证明女王想要和你结婚,你也想要从我们的婚姻中解脱。达德利家族没有谁能够抵御这样的诱惑。你的父亲很爱你的母亲,但如果他遇上这样的机会也会不择手段。所以我问你,请诚实地告诉我,我的大人——你想和我离婚吗?"

罗伯特渐渐地明白了她的意思,他渐渐明白,她已经为此做好了思想准备,但他却感到愤怒和忧虑在他心中酝酿,仿佛一场暴风雨。

"现在已经太迟了!"他爆发了,"上帝啊!你应该早点告诉我!这么多年过去,你再醒悟已经没有意义了。一切都太迟了。对我来说太迟了!"

艾米抬头看她,因他语气中刻意压抑的狂怒而露出震惊的神情:"你这话什么意思?"

"她已经抛弃了我,"他在气愤之下说出了真话,"她知道自己是爱我的,她想嫁给我,我也想娶她,但她为了赢得对抗法兰西的盟友而抛弃了我,准备嫁给那位大公或是那个自负的爱伦伯爵。"

一阵可怕的沉默。"这就是你回来的原因?"她问,"也是你一直阴郁沉默的原因?"

他将椅子拉到窗边,低下头,差一点就要像个女人那样哭泣起来。"是的,"他简短地说,"因为这些对我来说太痛苦了。她告诉我,她必须离开我,于是我还了她自由。除了你我已经一无所有。不管你是否适合我,不管我们是否有孩子,也不管我们是否会这样度过余生,死时也痛恨着彼此。"

他捂住了自己的嘴,咬住了自己的指节,强迫自己不再说下去。

"你很不开心。"她评论道。

"我一生中再没有什么比这更糟了。"他说。

她什么也没说,没过多久,罗伯特就冷静下来,压下痛苦,抬头看着她。

"你们是不是彼此相爱?"她轻声问。

"这很重要吗?"

"是不是?我想现在你应该告诉我真相了。"

"是的,"他不情愿地说,"我们彼此相爱。"

艾米站起身走到他面前,而他抬头看她。在窗户照入的光辉的映照下,她的脸藏在阴影之中。他看不到她的表情,不知道她在想些什么。但她的声音一如既往的平静。

"那么我必须告诉你，你犯下了非常严重的错误，大人。你错看了我的本性，以为我能容忍这样的侮辱，也错看了你自己。你一定是疯了才会对我如此坦白，你以为我会因此同情你。我和所有的女人一样，会因此格外伤心，我了解得不到回报的爱是怎样的。我也知道，怎样的爱会让你一生虚度。

"你真傻，罗伯特，她是个地道的荡妇，正如半数国民的看法。她恐怕得创造出另一种全新的宗教信仰，才能抚平她带给我的创伤，消弭她带给你的危机。她在诱使你犯下罪行、陷入危机，她将这个国家一步步引向毁灭、心碎与贫苦之路，这才是她统治的第一年。她在末日到来之前，还会做出怎样邪恶的行径？"

说完她提起裙子离开了他，仿佛无法容忍他触碰到自己的长裙，然后就这样走出了他们两人的房间。

十一月的时候，河面笼罩着寒冷的迷雾。女王从白厅宫的窗口往外看出去，瑟瑟发抖地裹紧了身上的毛皮外衣。

"可还是比伍德斯托克要好不少。"凯特·艾什莉笑着对她说。

伊丽莎白作了个鬼脸。"比伦敦塔还好上不少呢，"她说，"比很多地方也都好得多。但始终比不上仲夏。这里阴冷又乏味。罗伯特爵士在哪儿？"

凯特收起了笑容。"仍然在他的妻子那里，公主。"

伊丽莎白耸了耸肩。"不用摆出这副表情，凯特。我有权利知道我的马夫长在哪儿。我当然也有权利期待他回到宫中。"

"他也有权利探望自己的妻子，"凯特坚决地说，"离开他是您做过的最正确的决定。我知道对您来说这很痛苦，但……"

伊丽莎白的脸上写满了他的离去带来的失落。"这不是什么正确决定,你的祝贺还为时过早,"她闷闷不乐地说,"这是我最大的牺牲。这并不是什么正确的决定,凯特,每一天我都愈发清醒地意识到自己的身边没有他,也知道他的身边没有我。每天早上醒来的时候,都知道我不会因他而笑,他也不会因我而笑。每天夜里我都在思念他的痛苦中睡去。我不知道该如何忍受。自从我让他离开已经过了四十一天,我到现在仍为对他的思念而困扰。根本没有减轻的迹象。"

凯特·艾什莉看着这个她从小看着长大的女孩。"他可以做您的朋友,"她安慰她说,"您用不着和他彻底分开。"

"我不是想念他的友情,"伊丽莎白直白地说,"我想念的是他。是他这个人。没有他,我吃不下饭,也没法处理国事。如果听不到他的看法,我什么书也不想读,如果没法唱给他听,我什么曲子也听不进去。没有他陪伴在我身边,整个世界都失去了颜色。我失去的不是朋友,凯特,我失去了自己的眼睛。没有他我什么都看不到。没有他我就成了盲人。"

门开了,塞西尔走了进来,面色凝重。"威廉大人,"伊丽莎白不怎么热情地招呼道,"我猜你带来了坏消息。"

"只是消息而已。"他不动声色地说,一直等到凯特·艾什莉走开。

"关于拉尔夫·萨德勒,"他说的是他们在贝里克的密探,"他把一千金克朗送去给那些新教领主,但投奔摄政女王玛丽的叛徒博斯维尔却截获了拉尔夫·萨德勒,偷走了那些钱。我们没法把钱收回了。"

"一千金克朗!"她大吃一惊,"这已经是我们集资的一半了。"

"我们当初的决定是正确的。新教领主们变卖了自己的家当去武装他们的军队。谁能想到博斯维尔竟然有胆量背叛他的同伴们?但我们已经损失了金钱,更糟糕的是,摄政女王会知道我们正在资助她的敌人。"

"但那是法国克朗,不是英国钱币,"她急忙说道,"我们可以否认一切。"

"钱是我们的人给的。他们恐怕会认定那就是我们的钱。"

伊丽莎白惊呼道:"塞西尔,那我们该怎么办?"

"这足以让法兰西对我们宣战了。我们给了他们充分的理由。"

她转身走开去,手指不住地摩挲着指甲周围的硬皮。"他们不会对我宣战,"她说,"只要他们认为我会嫁给哈布斯堡家族的人,他们就不敢。"

"那您就非嫁给他不可了,"他催促道,"必须放出风声让他们知道。您必须宣布订婚并确定婚期——就在圣诞节当天。"

她面无表情:"我别无选择?"

"您也知道你别无选择。他现在已经在准备动身前往英格兰了。"

她勉力微笑。"那我就只能嫁给他了。"

"当然。"

罗伯特·达德利带着愉快的心情返回宫中。芬兰的约翰公爵已经代表他的主子——瑞典的埃里克王子率先抵达,用钱财和承诺收买人们支持他向女王求婚。

伊丽莎白装出快活的样子和他跳舞,又和大公的使臣外出散步聊天,在他们之间周旋。当塞西尔将她拉到一旁,她的脸色立刻沉了下来。从苏格兰传来的消息让她的脸色变得难看。新教的领主们已经在利思堡前扎营,希望能在法兰西的援军抵达之前让摄政女王的军队耗尽粮食,但利思堡易守难攻,摄政女王一方补给充足,法兰西人也会很快赶到。没有人相信苏格兰人能够将其攻下。他们是擅长速战速决的部队,根本不适合进行持久战。而且如今每个人都知道这是一场战争,不是什么微不足道的反叛。这是一场全面展开的危险战争,宫人们强装出的欢快根本无法掩饰紧张的气氛。

伊丽莎白愉快但却平静地和罗伯特打了招呼,而且再也没有邀请他和自己独处。而他对她报以微笑,保持着距离。

"你们之间就这样彻底结束了?"玛丽·西德尼瞥了眼坐在椅子上观看人们跳舞的女王,又望向她哥哥盯着伊丽莎白的深色眼眸。

"不像吗?"他反问。

"很明显你们已经不再形影不离。你也没有再和她独处过。"她说,"我真想知道你的感受。"

"像死一样,"他说,"我每天起床都知道她再也无法在我耳边低语,我再也触碰不到她的手。我无法安抚她,也无法将她从其他人身边夺回。每天遇到她都像陌生人那样,我看得到她眼中的痛苦。每天我都在用自己的冷漠伤害着她,而她也用她的冷漠伤害着我。陪在她身边和离开宫中同样让我难过。这种冷漠几乎就要将我们扼杀,而我甚至无法对她倾诉。"

他看着妹妹惊骇的面庞,再转头看向女王。"她那么孤独,"他说,"我看得出她是在勉强支撑自己。她是那么恐惧。我明白,但却无法帮助她。"

"恐惧?"玛丽重复着这个词儿。

"她对自己的生活充满恐惧,对自己的国家充满恐惧,我想自从我们陷入同法兰西开战的危险时,她就充满了恐惧。玛丽女王曾与法兰西作战,然后他们打败了她,还摧毁了她的声誉。法兰西现在比那时更加强大。而且这一次,战争会发生在英格兰的本土上。"

"她打算怎么办?"

"尽可能地拖延时间,"罗伯特预言道,"但那场围城之战总有一方会败北,不是吗?"

"那你打算怎么办?"

"远远地照看她,为她祈祷,撕心裂肺地思念她。"

十一月中,罗伯特的疑问得到了解答。最坏的消息传来:法兰西摄政女王将围困利思堡的新教徒赶回了斯特灵。摄政女王让自己的女儿,苏格兰女王玛丽重新回到了爱丁堡,苏格兰的新教徒们遭遇了彻底的败北。

1559年冬至1560年

艾米走在返回斯坦菲尔德大宅寒冷潮湿的路上，那是她童年时代在诺福克的家。上方的天幕上雨云暗涌，脚下一望无际的棕色路面点缀着斑驳的青灰石头，贫瘠单调得如同粗劣的织物。艾米骑马穿过冷硬的寒风，裹紧兜帽一路前行。

她没有期待圣诞节以前能够再次见到罗伯特，也没有期待圣餐的十二夜里能够见到他。她知道他在宫里忙个不停，安排着庆典、舞台剧、比赛、舞会和狩猎，为了庆祝冬日盛典而忙碌，她的心里想着却没有说出口的却是，这也许是伊丽莎白作为女王的最后一个圣诞节了。她知道年轻的女王身边永远会有自己的丈夫陪伴，作为她的情人、她的朋友和她的亲密伙伴。她知道无论他们是不是情人，对罗伯特来说，这个世界除了伊丽莎白之外就再没有任何意义。

"我不怪他。"她跪在赛德斯通教区的教堂里，望着曾经有十字架竖立现在却空空如也的圣坛，望着曾经抬手祝福的圣母玛利亚脚下的位置。"我不会怪他，"她望着伊丽莎白的新神父留给信徒查阅祷文的空位低语，"我也不会怪她。我不会责怪任何人。我必须从自己的愤怒和悲痛中解脱出来。他可以离开我，也可以去到别的女人身边，他可以爱她甚于爱我，我也必须让自己的心从嫉妒、痛苦和悲伤中解脱出来。我必须让一切都成为过去，否则我必将走向毁灭。"

她将头埋在双手中。"我胸中的痛苦不停翻涌，这是我的伤悲之源，"

她说，"如同刺进我心中的长矛。我必须忘记这一切，让自己痊愈。每次我生出嫉妒之心，痛楚就会再次侵扰。我要设法让自己原谅他，也要设法让自己原谅她。"

她抬起头看向圣坛。她能依稀看到十字架原本所在之处的轮廓。她将目光转向那里，想象十字架依然还在。"我不会向异端屈服。即使他回到我身边说女王改变主意想要和他结婚，我也无法答应。上帝见证了我和罗伯特的结合，没有人能将我们分开。我明白。他也明白。或许甚至是她，在她那罪恶的心中，也会明白。"

塞西尔正在他位于白厅宫的豪华居所里全神贯注地写信。收信人是女王，但他没有用平常那种活泼的方式将重点逐条列出。这封信要正式许多，是他为苏格兰的新教徒们所写，让他们寄给女王的信。这封信要经历迂回的路线，先由塞西尔发往苏格兰，再由几位苏格兰领主誊写，并且迅速发回给女王，塞西尔认为自己这么做是正当的，因为他必须敦促伊丽莎白派遣英格兰的军队前去苏格兰。

法兰西人在利思堡的守军突破了围困，随后击败了驻扎在城堡前的苏格兰新教徒们。作为塞西尔在苏格兰寄予厚望的人，爱伦伯爵因战败而变得极其怪异：他不是气得发狂，就是陷入沉默或者泪流不止。他发现可怜的詹姆斯·汉密尔顿根本没有领导才能可言，更别提凯旋后迎娶伊丽莎白了——这个长着英俊俏脸的年轻人几近崩溃疯狂的边缘。苏格兰的领主们群龙无首，各自为政。没有了伊丽莎白的支持，他们便孤立无援了。等到法兰西援军登陆的那一刻，他们的撤退就将成为溃败；尼古拉斯·斯洛克莫顿刚刚由巴黎赶来，他惊恐地警告说法兰西的舰队正在诺曼底的所有港口集结，部队也武装齐整，等到风向合适就会立刻起航。这位使臣发誓说，法兰西会首先征服苏格兰，接下来便向英格兰进军。而且他们毫无疑问将会获胜。

塞西尔替苏格兰人写了一封给伊丽莎白女王的信。

陛下：

作为同样信仰的同盟，我们都恐惧着法兰西的力量，作为邻国的友人，我们请求您能对我们伸出援手。如果您不肯支援我们，我们便要孤立无援地对抗横行霸道的法兰西，毫无疑问在苏格兰失守以后，法兰西就会进犯英格兰。那一天到来时，您一定后悔当时没有帮助我们，因为我们到时全都无法活着伸出援手。

我们并非不忠于苏格兰的玛丽女王，我们只是藐视她狡猾的顾问，藐视法兰西人，而并非她本人。我们藐视摄政女王玛丽·吉斯，只因为她代替我们真正的玛丽女王执政。摄政女王的同胞、法兰西军队都已经行动起来，从法兰西加强武力进军我们的土地对抗我们开始，你与法兰西签订的任何和约都已然失效。摄政女王的整个家族都是我们的死敌，也是您的死敌。

如果我们向您的父亲呼吁这一切，他一定会全力保护我们，继而统一两个王国：这一直是他的宏愿。请您作为您父亲真正的女儿，给予我们以支援。

塞西尔又在信后加了一段给苏格兰领主们的附言——

你们可以自己加点东西，但要注意，口气别像是对抗合法统治者的叛军，她不会支持公开的反叛。如果你们动笔时法兰西人有杀害女人或小孩的行动，你们可以在信中告诉她这一切，不要吝惜笔墨。不要提及金钱，给她提供足够的理由，让她认为这次支援的成本不高。当你们收到这封信的时候，请将这封信誊写下来再寄给她，由你们之口告知她当今的局面。上帝保佑你们，祝你们一切顺利。

上帝保佑我们所有人——他忧虑地想着，一边折起信，印了三处没有纹章的火漆。他没有签名。塞西尔很少在任何地方签下自己的名字。

罗伯特在筹划一场全新的化装舞会，主题是广受欢迎的卡米洛特，但即便是他也无法让这场舞会带来多少欢乐。

女王扮演着英格兰的灵魂，她坐在王位上，女伴们在她的面前翩翩起舞，随后到来的戏班上演了一场专门为此编写的赞颂亚瑟王之伟大的戏剧。有些戴着反派面具的角色出现，威胁着圆桌骑士们的荣耀，没人看不出那象征着伟大王国的敌人，但他们很快便败下阵去：在罗伯特虚构的英格兰王国里，伊丽莎白时刻担心的战争并不存在。

伊丽莎白扫视着宫廷里舞蹈的众人，看到罗伯特的时候便故意望向他的身后。罗伯特站在离王位很近的地方，近到她想找他交谈的话随时可以传召的地步，他看到她黑色的眸子看向自己身后，立刻明白她发现自己一直在看着她。真像是个害了相思病的小男孩——他恼火地对自己说。

她再一次看向他，露出微笑，仿佛他们都已经成了魂灵，仿佛伊丽莎白迷蒙的双眼所看到的那个模糊的身影，正是她所爱过的那个男子童年时的样子。随后她转过头看向卡斯帕·冯·布罗伊纳，大公的使臣——而那位大公即将成为她的盟友和丈夫——问他大公何时会来到英格兰。

那位使臣神色阴郁。即便是用尽浑身解数的伊丽莎白也无法令他绽开笑颜。最后，他站起身来，告病离开。

"看到你惹出的麻烦了吧?"诺福克公爵毫不客气地对达德利说。

"我?"

"冯·布罗伊纳男爵认为女王在公开与另一个男人相爱的时候不太可能结婚,他建议大公暂时不要来英格兰。"

"我只是女王的忠实朋友,你知道的。"达德利轻蔑地说,"我只希望她幸福而已。"

"你这个野心勃勃的无赖,"诺福克咒骂道,"你和她的关系尽人皆知,你以为欧洲哪位王子没有听说过那些流言蜚语吗?你以为没有人知道你们的关系吗?你以为他们会相信你和她断绝了一切往来?每个人都认为你让她怀上了孩子然后又放弃她,现在凡是看重声誉的人都不会娶她了。"

"你在侮辱她,你会为此付出代价。"达德利气得脸色发白。

"也许我是侮辱了她,但你却是毁了她。"诺福克反驳道。

"就因为某个大公不打算来宫里吗?"达德利质问道,"如果你觉得她就该嫁给某个外国人的话,那么你既不是她忠实的朋友也不是真正的英格兰人。为什么我们要将别国的王子推上英格兰的王位?西班牙的菲利普为我们做过什么好事吗?"

"因为她必须结婚!"诺福克怒不可遏,"为了王室血统,嫁给一个男人总比嫁给你这样的狗儿要好得多。"

"先生们,"弗朗西斯冷静的口气让他们同时转回头去,"应该说贵族们。女王正在看着这边——你们正在破坏宴会的良好气氛。"

"跟他说去吧,"诺福克公爵从达德利身边挤过,"我已经受够了听这些胡说八道,眼看我的亲戚前途尽毁,眼看这个国家在没有盟友的情况下沦陷。"

罗伯特没有阻止他。他的目光始终注视着王位。伊丽莎白也正望着他。那位使臣已经离开,她的全副心思都放在她的叔叔对她爱的男人说了些什么上,甚至没有注意到他道别时行的礼。

苏格兰新教徒们那封风尘仆仆、经过重写的信在十一月末的时候送到了伊丽莎白的手中。塞西尔将那封信放在她的书桌上,而她在房间里踱着步子,心神涣散。

"您生病了吗?"他看到了她苍白的脸色和不安的神情。

"我心情不好。"伊丽莎白说。

该死的达德利——他暗自想着,将那封信往伊丽莎白的方向推了推。

她缓缓读起了信。

"这就给了您向苏格兰派遣军队的理由,"塞西尔对她说,"这是苏格兰的领主们联合起来请求您支援他们抵抗一股暴虐的势力——法兰西。没有人会认为您这是侵略。也没有人会说您是在推翻合法的女王。这是合法的领主们对您的请求,他们的理由也无可非议。您完全可以答应他们的请求。"

"不,"她紧张地说,"还不行。"

"我们已经拨了款,"塞西尔说道,"也已经派出了探子。我们知道苏格兰领主个个都骁勇善战。我们还知道他们能够打败玛丽·吉斯,他们曾经将她赶回过利思堡的海岸边。我们知道法兰西人会来,但他们尚未出海,正在等待天气的变化。如今只有风阻挡在我们和入侵者之间。只有空气阻挡在我们和灾难之间。我们知道,这是最好的时机,必须好好把握。"

她从桌边站起身。"塞西尔,半数的枢密院议员都警告我说这是一场必然失败的战争。海军大臣克林顿大人说他无法担保我们的海军可以抵御法兰西舰队,他们的船只和大炮都更胜一筹。温彻斯特侯爵——也就是彭布罗克伯爵,你的妹夫——不建议我派兵前往苏格兰。尼古拉斯·贝肯说这一战的风险未免太大。卡斯帕·冯·布罗伊纳私下里警告我说尽管他和皇帝都是我的朋友,他们也确信我们会失败。法兰西宫廷都在嘲笑我们的抵抗毫无意义。他们觉得我们简直是在痴人说梦。我问过的每一个人都告诉我说,我们注定失败。"

"如果我们发兵太迟,那么我们就输定了,"塞西尔说,"但我想如果我们立刻出兵,就还有胜利的机会。"

"还是等春天吧。"她还在拖延时间。

"春天的时候,法兰西舰队就会驻留在利思堡码头,法兰西人也会驻守在苏格兰的每一座城堡里。那您不妨把英格兰拱手让出算了。"

"这太冒险,太冒险了。"伊丽莎白痛苦地说着,转头看向窗外,紧张地揉搓着自己指甲上的硬皮。

"我明白。但您必须如此。您必须冒这个险,因为只有取得先机您才有可能获得胜利。"

"我们可以拨出更多的钱,"她痛苦地说,"格雷斯汉姆可以借给我们更多钱。但仅此而已。"

"听听建议吧,"他进一步催促道,"让我们看看枢密院怎么说。"

"我已经没有什么顾问了。"她语气悲凉。

又是因为达德利。塞西尔心想,没有了他,她简直活不下去。他鼓励她说:"陛下,整个议会都是您的顾问。我们明天就可以听听他们的建议。"

但在第二天,枢密院的会议开始之前,来了一位苏格兰的访客,莱辛顿的麦特兰德领主乔装走入会场,他代表苏格兰的其他领主,私下为女王奉上苏格兰的王冠——如果她愿意支援他们对抗法兰西的话。

"这么说，他们对爱伦伯爵彻底失望了，"塞西尔愉快地说，"他们需要您。"

有那么一瞬间，伊丽莎白又燃起了野心。"法兰西、苏格兰、威尔士、爱尔兰和英格兰女王，"她压低声音说道，"从阿伯丁到加莱的土地。我会成为欧洲最伟大也最富有的君王之一。"

"王国的未来也会因此得到确保，"塞西尔允诺道，"设想一下英格兰与苏格兰联手将会怎样吧！我们最终会获得平安，而且王国北方再也没有遭受入侵的可能。我们将会摆脱法兰西的威胁。我们可以运用苏格兰的力量和财富来发展壮大。我们将成为基督教世界中的强国。我们的成就将无可限量！英格兰与苏格兰联合起来，将会成为全世界无人可以忽视的力量！我们会成为有史以来最伟大的新教王国。"

有那么一会儿，他以为自己成功地为她描绘出了未来的光明前景。

但她随即转过头去。"这根本是个圈套，"她抱怨道，"法兰西入侵苏格兰的时候，我就只能出兵作战。他们早晚会踏上我的土地，我不能坐视不理。这是在迫使我们与他们一战。"

"我们无论如何都要与他们一战！"塞西尔大声说道，"但这一次，如果我们能够取得胜利，您就是英格兰与苏格兰的女王！"

"但如果我们失败，我就会作为英格兰与苏格兰的女王被砍头。"

他压抑着自己的不耐烦。"陛下，这是来自苏格兰领主的非同寻常的请求。这会将多年来……不……几个世纪以来的仇恨一笔勾销。如果我们获胜，您就能将王国统一，一如您父亲所期望的那样，一如您祖父所梦想的那样。您有可能成为英格兰有史以来最伟大的君王。您有可能统一诸岛，组成一个联合王国。"

"是的，"伊丽莎白不悦地说，"可我们要是失败了呢？"

圣诞前夜，宫中却毫无欢乐的气氛。伊丽莎白仍然坐在首席处，她的枢密院议员们围坐着她，而她唯一的动作就是用指尖擦拭自己指甲周围的硬皮。

塞西尔结束了他支持开战的陈词，显然任何一个头脑清醒的人都不会反驳他这番沉重而又残酷的推论。他的同僚们沉默不语地将他的一席话消化吸收。

"可我们要是失败了呢？"女王凄然地问。

"的确如此。"尼古拉斯·贝肯爵士附和道。

塞西尔知道她正被恐惧所折磨。

"圣灵在上，"她的声音很轻很轻，"愿上帝保佑我，我无法下达与法兰西开战的命令。他们还没有向我们进军。我们没有十足的把握。我也没有——"说到这里她突然停下了。

她想说自己也没有达德利在旁帮助，他暗想。噢，仁慈的主啊，为什么我们在亟须一位国王的时候，您却要赐给我们一位公主？她没有了男人的帮助就无法做出决定，可那个男人是个傻瓜，也是个叛国者。

门开了，尼古拉斯·斯洛克莫顿走了进来，向女王躬身一礼，然后在塞西尔面前放下一张纸。塞西尔看了看，抬头看向女王和其他议员。"风向改变了。"他说。

伊丽莎白一时间没有明白他的意思。

"法兰西舰队已经起航。"

议员们纷纷倒吸一口冷气。伊丽莎白的脸色也变得更加惨白。"他们来了？"她轻声问。

"四十艘战舰。"塞西尔说。

"我们只有十四艘。"伊丽莎白说。他几乎听不清她的话,因为她的嘴唇是那么的僵硬和冰冷,几乎说不出话来。

"让他们来,"塞西尔的耳语声信誓旦旦,就像在和情人说话,"让我们的战舰驶出港口,至少将法兰西舰队的零散战船拦下来,也许还能拖住他们。看在上帝的分上,别让它们停留在港口里,一直等到法兰西舰队过来烧毁它们。"

她畏惧失去自己的战舰更甚于畏惧这场战争。"好吧,"她犹豫着说,"好吧,应该驶出港口。不能停在港口束手就擒。"

塞西尔轻鞠一躬,迅速做了笔记交给门口等待的信使。"我不得不敦促您,"他说,"现在我们必须对法兰西宣战了。"

✹

伊丽莎白紧咬嘴唇,摩擦着指甲的硬皮,穿过宫人之间,像个被鬼魂缠身的女人那样前去分享圣诞节这天的圣餐,脸上挂着的笑容仿佛一条破破烂烂的红丝带。

在祈祷室里,她望过去,发现罗伯特·达德利也在望着自己。他对她微笑。"鼓起勇气!"他低声说。

她凝视着他,仿佛他是自己在这世界上唯一的朋友。他从座位上微微起身,像是要在众目睽睽之下穿过教堂的过道,走向她身边。她摇摇头,别过脸去,以免看到他眼中的期冀,以免他看到自己眼中的渴望。

✹

这场圣诞节晚宴在沉闷中度过。唱诗班唱起圣歌,仆从们端上一道又一道精美可口的菜肴,伊丽莎白却将一盘又一盘的食物从面前推开。她什么也没有吃,甚至不愿意假装吃上几口。

餐后，女士们都在这场精心准备的化装舞会上跳起舞来的时候，塞西尔走了进来，站到她身后。"怎么？"她唐突地问道。

"哈布斯堡大使告诉我，说他计划回维也纳，"塞西尔轻声说，"他不再对您和大公的婚事抱有期待。他也不想再等下去了。"

她累得失去了抗议的气力。"噢。那我们就让他走吧？"她阴郁地问。

"您不打算嫁给大公了？"塞西尔说。这几乎算不上是问句。

"如果他能来的话，我会嫁给他，"她说，"但我不能和素未谋面的男人结婚，塞西尔，上帝作证，我太累了，再也不想玩这些求婚的游戏了。他是去是留都已经无法阻止战争的到来，而且我根本也不在乎他。我需要一位值得信赖的朋友，不是到来之前就要我把婚事确定下来的求婚者。他什么承诺也没给我，却像个丈夫那样予取予求。"

塞西尔没有反驳她。他看到她被囚禁在这座王宫里，恐惧着自己的死亡，而且他想到自己从未见过她在宴会上如此闷闷不乐，这才只是她登基之后的第二个圣诞节。

"太迟了。"伊丽莎白悲哀地说，仿佛她已然失败了一般，"法兰西舰队已经起航。他们很快就会接近我们的海岸线。他们不怎么害怕大公，他们知道他会像爱伦伯爵那样一败涂地。法兰西人已经出发的现在，他对我还有什么用呢？"

"振作起来，陛下，"塞西尔说，"我们与西班牙仍是同盟。开心点。无须大公的帮助我们也能够战胜法兰西。"

"没有他，我们也一样会失败。"她说完，便再不言语。

三天后，伊丽莎白又召集了一次枢密院会议。"我祈求得到神的指引，"她说，"我整夜跪着祈祷。我不能开战，我不敢发动战争。战舰一定要停留在港口,我们不能和法兰西开战。"

之后是一阵令人震惊的沉默,每个人都在等待塞西尔对她说些什么。他扫视周围,寻找支持者,可他们都回避着他的目光。

"可是战舰已经出发了,陛下。"他肯定地说。

"出发?"她惊诧地问。

"您下达命令的时候,舰队就已经起航出发了。"他说。

伊丽莎白轻轻地叹了口气,双膝发软地靠在椅背上。"你怎么能这么做,塞西尔?你这样和叛国有什么区别?"

听到她可怕的质问,全体议员们都深吸了一口气,但塞西尔仍然不为所动。

"这是您的命令,"他平静地说,"也是正确的决定。"

整个宫廷都在等待苏格兰的消息,但传到众人耳中时却是自相矛盾、含义模糊的只言片语,人们聚在角落,紧张地低声交谈。人们换了金子,将这些金子送往日内瓦、送往德意志,以便法兰西军队到来的时候——这一点已经是确凿无疑的了——他们能轻易找到安身之地。价值早已跌落谷底的英格兰货币顿时变得一文不值。

英格兰舰队毫无信心,他们在人数、武器上全无胜算,女王也毫无信心,她明显正被恐惧所折磨。紧接着灾难性的消息传来:英格兰的整个舰队,也就是伊丽莎白重要的十四艘战船尽数卷入风暴,从此音信全无。

"你看看!"女王当着全体枢密院成员的面,对塞西尔气愤地大吼,"如果你让我拖延几天,就能避开这次风暴,我的手里会有一支整装待发的舰队,而不是全部在海上下落不明!"

塞西尔一言不发,他也确实没什么可辩驳的。

"我的舰队！我的战船！"她哀叹道，"都是因为你的毫无耐心，因为你的愚蠢，塞西尔。现在整个国家随时都会遭受入侵，又失去了海上的防线，那些可怜的小伙子们全都葬身海中。"

很多天以后有消息传来，他们发现了舰队的踪影：目前十四艘舰船中有十一艘在福斯湾停泊，由苏格兰领主提供补给，再次围攻利思堡。

"已经丢了三条船！"伊丽莎白悲伤地说着，蜷缩在房间里的壁炉旁，揉搓着手指周围的皮肤，看起来更像是个发怒的女孩而并非女王，"连一炮都没开，就丢了三艘船！"

"十一艘舰船平安无事，"塞西尔顽固地说，"想想看吧。十一艘平安无事地停泊在福斯湾里，支援着对抗吉斯的玛丽的攻城战。想想看吧，如果她向窗外望去，看到苏格兰人兵临城下，英格兰的舰队驻扎在她的港口里，她又会做何感想。"

"她看到的只有十一艘，"她也固执地说，"已经折损了三艘。上帝保佑，别再让我们损失更多战舰了。我们可以趁着还有十一艘船的时候立刻将他们召回。塞西尔，如果没有必胜的把握，我不敢和他们开战。"

"从来没有什么必胜的把握，"他说，"风险永远存在，而您现在必须承担风险，陛下。"

"圣灵在上，求你不要逼我做这样的事情。"

她因为愤怒而喘息不止，可是他却在进一步施压。"事到如今，命令已经不能取消了。"

"可我好害怕。"

"您不能再像女人那样，您必须拥有男人的心灵和气量。伊丽莎白，鼓起勇气。您是您父亲的女儿，您必须扮演国王的角色。我以前见过像男人一样勇敢的您。"

有那么片刻，他以为这番奉承的谎言已经打动了她。她扬起头，面色红润,可他看到她眼中的火花随即消失不见,再次垂下头去。

"我做不到,"她说,"您并没有见过我像个国王的样子。我最多不过是个聪明而又心口不一的女人。我无法公开与人对抗。我从没这么做过,我不会与人开战。"

"那您必须学习如何成为国王,"塞西尔提醒她,"您必须在某一天大声说出自己虽然是个弱女子,但是有国王一般的心灵和气量。如果您不能成为国王,就无法统治这个王国。"

她摇摇头,像头受惊的驴子一样倔强。"我不敢。"

"您不能将战船召回,您必须宣战。"

"不。"

他深吸一口气,好让自己平静下来,然后他从自己的上衣内袋里抽出那封辞职信。"那么我请求您准许我辞职回家。"

伊丽莎白飞快地转过头。"什么?你在说什么?"

"请准许我回家。我不能再为您效力。如果您在国难当头之际还不打算采纳我的建议,我也就无法再为您效力。如果我无法说服您,就说明了我的失职,说明了我的不称职。我愿意为您做任何事情。您知道我多么重视您,就像您的丈夫、就像您的父亲。但如果我无法说服您派遣我们的军队进军苏格兰,那我就只能不再为您效力了。"

好半天她脸色惨白,他几乎以为她会晕厥。"你是在戏弄我,"她哽咽着说,"为了强迫我同意你。"

"不是的。"

"你是绝不会离开我的。"

"但我非离开不可。应该让能够说服您做出正确决定的人来为您效命。我已经变成了驱逐良币的劣币。我已经失去了您的尊敬。我成了无足轻重的人。我成了一枚伪造的钱币。"

"不是这样的，圣灵在上。你知道的……"

他深鞠一躬。"我愿意听从您的吩咐继续为您服务，就算是在您的厨房或者花园里。我已经准备好放弃地位、财富和陛下您的青睐，直到我的人生结束的那一天。"

"圣灵在上，你不能离开我。"

塞西尔转身向房门走去。她伫立在那儿，像个无助的孩子，双手徒劳地伸向他的方向。"威廉！求求你！不要丢下我一个人，"她喊道，"苏格兰已经带走了我唯一爱过的男人，又要带走我最好的顾问和朋友吗？从我幼年时起就是我最忠实的朋友和顾问的你？"

他在门边停下了脚步。"请您保护好您自己，"他轻声说，"一旦苏格兰被击败，法兰西就会以我们想象不到的速度入侵英格兰。他们会来到这里将您赶下王位。拜托您，为了您好，至少为自己找好安身之处，以及逃往哪里的方法。"

"塞西尔！"她发出一阵痛苦的呜咽。

他再次鞠躬，向门外走去。他走出门，等在外面。他满以为她一定会追出来，但接下来却是一片寂静。接着他听到房间里传来崩溃的伊丽莎白低低的抽泣声。

"你太过虔诚，人们都开始议论说，你祈祷起来就像个天主教徒，"罗布萨特太太对她的继女艾米说道，"这对我们可没什么好处。你的堂姐夫说你有天在教堂里表现得非常古怪，人们都离开的时候，你还跪在地上。"

"我非常需要神的恩惠。"艾米毫无愧色地说。

"你变得一点也不像自己，"继母接着说，"你以前是那么的……无忧无虑。好吧，并不是无忧无虑，但并不如此虔诚。至少不是那种每天都去祈祷的人。"

"我曾经拥有父亲的爱,后来是我丈夫的爱,可现在两样都没有了。"艾米的话声没有颤抖,眼中也没有泪水。

罗布萨特夫人震惊地沉默了片刻。"艾米,亲爱的,我知道外面有一些关于他的谣言,但……"

"那不是谣言,"她说,"他亲口将真相告诉了我。不过他离开了她,让她能够嫁给大公,以便联合西班牙的兵力对抗法兰西。"

罗布萨特太太目瞪口呆。"他亲口告诉你的这些?他全部跟你坦白了?"

"是的,"艾米的脸上短暂地浮现出近乎悔恨的神情,"我想,他应该是觉得我会可怜他。他满心自怜,所以觉得我肯定会同情他。我以前确实会同情他。他早就习惯了将他的悲伤带给我。"

"悲伤?"

"这一次他真的付出了很大的代价,"艾米说,"他一定有那么一瞬间以为她也爱他,以为我会给他自由,他也就能达成他父亲那个让达德利家族成员登上英格兰王位的梦。他的弟弟曾经与王位继承人简·格雷结婚,他的妹妹嫁给了王位继承权仅次于苏格兰的玛丽女王的亨利·黑斯廷斯,他一定以为这是家族的使命,"她顿了顿,"当然了,他也深深地爱着她。"她的语气不容置疑。

"爱,"罗布萨特夫人重复着这个词,仿佛以前从来没有听到过一样,"爱着英格兰的女王。"

"我从他说的每句话里都能看出这一点,"艾米轻声说道,"他曾经爱过我,但每个人都认为他是屈尊跟我结婚,他总是认为自己举足轻重。但和她在一起,一切就不同了。他变成了另外一个男人。她既是他的情人也是他的女王,他敬仰她也爱慕她。他……"她试图寻找更合适的措辞,"他渴望她的爱,而我的爱却总是那么唾手可得。"

"艾米，你难道不伤心吗？"她的继母觉得她似乎变了一个人，"难道他不是你的全部？"

"我已经身心俱疲，"她轻声说，"我以前从未想过一个人竟能如此悲伤。这就像一种疾病，就像病魔在整日吞噬我的躯体。这就是我看起来虔诚的原因。我唯一的宽慰就是祈祷上帝将我带回他的身边，这样一来罗伯特和她就能随心所欲，而我也能得到最终的解脱。"

"噢，亲爱的！"罗布萨特夫人伸手抱住艾米，"别说那样的话。他不值得你这样做。世界上没有一个男人值得女人为之落泪。更别提你已经为他做了这么多。"

"我想，我的心真的碎了，"艾米轻声说，"我想一定是这样。我胸中的痛苦那么剧烈，那么持续不停，我想我就要死了。是真的心碎。我不认为有痊愈的可能。他是否值得我这么做并不重要。一切已经注定。即使她嫁给那位大公，即使罗伯特真的回到我身边认了错，我们怎么可能还有幸福可言？我的心已经碎了，而且永远不会复原。"

女王的女伴们都无法取悦她，她在白厅宫自己的房间里踱着步子，如同一头坐立不安的母狮。她派人找来乐师，却又把他们赶走。她看不进书信，睡不好觉，因忧虑和痛苦几乎发狂。她想派人去塞西尔，她无法想象没有他自己要怎样掌控大局。她想派人去请她的叔叔，但没有人知道他在哪里；随后她突然改变了主意，又不想见他了。许多请愿者围在她的住处前，然而她一个都没见，有裁缝为她献上俄罗斯出产的毛皮，但她连看也没有看一眼。瑞典的埃里克王子给她写了足足十二页的信，连同一枚钻石别针送给了她，可是她根本连读都没读。

没有什么能让伊丽莎白从困扰着她的恐惧中解脱出来。她还年轻，执政才不过第二年,她无法决定是否要让自己的王国与无法战胜的敌人开战,而她最信任的那两个人都已经离开了她。

有些时候,她明白自己正因怯懦而犯下错误;而另一些时候,她却坚信自己在保护她的王国远离灾难。她自始至终都在担心自己犯下深重而不可挽回的错误。

"我要去找罗伯特大人。"看到整个早上都焦虑不安、什么事都做不了的伊丽莎白,丽蒂西娅·诺利斯轻声对自己的继母说。

"没有她的命令就不要去。"凯瑟琳吩咐。

"可是,"丽蒂西娅不肯放弃,"他是唯一能够安慰她的人,如果她继续这样下去,就会生病,甚至会将我们所有人逼疯。"

"丽蒂丝!"她的母亲急忙叫起来,可她已经溜出了门,直奔罗伯特的房间去了。

他正在结算薪酬,面前放着一口硕大的钱箱,他的管家报出账目,然后点出马厩所需的巨大开销。

丽蒂西娅伸手敲了敲门,一边偷眼向房间里面瞧。

"诺利斯小姐,"罗伯特语气平静,"现在找我可不怎么合适。"

"是女王的事情。"她说。

他立刻站起身来,脸上不悦的神色消失不见。"她平安无事吧?"

丽蒂西娅注意到,他首先想到的是伊丽莎白可能受到了袭击。这么说她父亲说得没错:他们都处于极度危险之中,时时刻刻。

"她很安全,只是十分焦虑。"

"她让你来找我的?"

"不。没有人让我来。但我觉得你应该去看看她。"

他缓缓地笑了出来。"你真是个特别的女孩,"他说,"你为什么要主动承担起这样的任务?"

"她的情绪已经失控，"丽蒂西娅坦白道，"是因为在苏格兰的战争。她无法做出决定，但她又必须做出决定。她已经失去了塞西尔，看起来也失去了你。她身边没有了任何人。有时她想说'是'，有时她想说'不'，但两个决定都让她不快活。她紧张得如同一只被雪貂追赶得四处逃窜的兔子。"

　　听到她失礼的比喻，罗伯特皱起眉。"我这就过去，"他说，"谢谢你来告诉我这些。"

　　她深色的眉睫下露出挑逗的微笑。"如果我是女王，我也会希望你终日陪在我身边，"她说，"不论有没有战争。"

　　"你的婚礼准备得怎么样了？"他优雅地问，"礼服做好了吗？一切都就绪了吗？新郎都等得不耐烦了吧？"

　　"谢谢你，一切都很好，"她平静地说，"达德利夫人那边怎么样？应该没生病吧？是不是就要来宫里了？"

❂

　　伊丽莎白坐在自己房间的壁炉旁，她的女伴们分散在房间的各处，紧张地等待着她的吩咐。其他的宫人们站立着，也希望她和自己聊些什么，但伊丽莎白不打算聆听任何请愿，注意力也不会放在任何人身上。

　　达德利走进房间，她听到他的脚步声立刻转回身。见到他的时候她脸上立刻露出了难以掩饰的笑容。她连忙站起身："噢，罗伯特！"

　　他径自走上前去将她拉到窗边，远离那些女伴们好奇的视线。"我听说您很不开心，"他说，"所以我必须前来，一刻也不想耽搁。"

　　"你是怎么知道的？"她没有阻止自己的身体向他靠近。他衣服和头发上的气息，对她来说都是莫大的安慰。"你怎么知道我这么需要你？"

　　"因为没有您在身边，我根本睡不安稳，"他说，"因为我也同样需要您。有什么事让你心烦吗？"

"塞西尔离开了我身边，"她伤心地说，"没有他，我没法做出决定。"

"我知道他走了，但究竟是为什么？"罗伯特问道，虽然塞西尔离开的那一天，他就从托马斯·布朗特那里得到了详尽的报告。

"他说除非我同意与法兰西开战，否则他就会离开，但我不敢，罗伯特，我真的不敢，可没有塞西尔在我身边，我要怎么治理国家啊？"

"上帝啊，我还以为他绝不会离开您呢。我还以为他会和您生死与共呢。"

伊丽莎白喘息起来。"我想他不会再回来了，"她说，"我愿意把自己的性命托付给他。可他却说如果我不听他的话，他就无法为我效力，罗伯特……我好害怕。"

她把最后几个字压得很低很低，她张望四周，仿佛自己的恐惧是最羞耻的秘密，只能说给他听。

哈，不只是因为战争。他心想，塞西尔对她来说就像父亲一样。这些年来，他一直是她信任的顾问。而且塞西尔对国家的见解和其他人不同。他是真的认为这是个拥有自己权利的国家，而不是我父亲和我所认为的那样，只是一群争斗不休的家族。塞西尔对英格兰的爱、对英格兰的信任和远见远远胜过我和伊丽莎白。他坚信英格兰的未来，虽然那一切只是梦想而已。

"现在我来了，"他说着，仿佛自己的出现足以让她得到安抚，"晚餐后我们好好谈谈，我们来决定接下来该做什么。您并不孤独，我亲爱的。有我在这里帮助您。"

她又靠近了些。"我一个人什么也做不了，"她轻声对他说，"事关重大。我太害怕了，做不了决定。我不知道该怎样抉择。而且我已经和你分开了。我为了苏格兰放弃了你，现在连塞西尔也离开了我。"

"我知道,"罗伯特说,"但我又回到了您身边,我会像朋友一样一直陪着您。再没有人能指责我们。大公自己选择了放弃,那个没用的爱伦伯爵也宣告战败了。再没有人能说是我让您无法找到合适的丈夫。我会帮您把塞西尔找回来。他会给我们建议,我们再做出决定。您不必只靠自己做出判断,亲爱的,我最亲爱的。我会陪在您身边。一直陪伴着您。"

"但我们不会有任何改变,"她迟疑着说,"我不能再做你的情人。我还是必须嫁给别的什么人。不是今年,就是明年。"

"那么就让我陪你到那个时候吧,"他说,"毕竟我们都无法忍受彼此分开。"

当天的晚餐时,女王几周以来头一次对弄臣的表演露出微笑,罗伯特爵士也重新坐到她的身旁给她斟酒。

"潮气都渗进木头天花板里了,"他评论道。这时仆从们将肉和布丁端下桌,再将蜜饯和糖渍水果端上来,"我的房间非常潮湿,早上,塔姆沃思把我的床单放在炉火边的时候,甚至可以看到散发出来的水汽。"

"让人给你换个房间,"她轻声说,"让我的侍从带你去从前的住处,住到和我相邻的那个房间去吧。"

他等待着。他了解和伊丽莎白打交道的诀窍,那就是不要催促她。他决定除了等待什么也不做。

午夜时分,他们之间的那扇门悄然滑开,而她轻快地走了进来。她白色的筒裙外罩着深蓝色的睡袍,红色的长发垂在肩上,闪闪发光。

"罗伯特?"

壁炉前的桌子上放着两人份的食物，火光明亮，床已经铺好，房门紧锁，罗伯特的男仆塔姆沃思则在门外把守。

"亲爱的。"他将她拥入怀中。

她紧紧贴着他。"没有你，我活不下去，"她说，"我们必须把这件事保密，绝对保密。但我不能没有你，罗伯特。"

"我知道，"他说，"我也不能没有你。"

她抬头看着他。"我们该怎么做？"

他耸耸肩，笑容几乎带着懊悔。"我觉得我们已经别无选择了。我们必须结婚，伊丽莎白。"

她透过敞开的窗户看向窗外。"合拢百叶窗，"女王突然间迷信起来，"我不想让月亮看到我们。"

艾米在她斯坦菲尔德的旧卧房里醒来，发现被子已从床上滑落，她觉得身体冰冷。她下床拾起亚麻床单和羊毛毯，裹在自己的肩上。她留着一扇百叶窗没有合拢，从那儿可以看到月亮，硕大皎洁的月亮，将一束月光洒落在她的枕头上。她躺下来，目光仍然望着窗外的月亮。

"同样的月光照着我，也照着我的大人，"她轻声说，"也许他也会被月光唤醒，让他想起我。也许上帝会让他重新爱上我。或许现在他正在想起我。"

"你是在把我当傻瓜耍！"玛丽·西德尼愤怒地对她的哥哥喊着，然后大步走向站在白厅宫的马厩里的他。他和六个人正要为马上比武做练习，他的马已经整装待发，他的侍从在一旁捧着他擦得锃亮的漂亮护甲、他的

头盔还有他的长枪。

罗伯特的注意被她吸引过去。他打了个响指,让仆童取来他的铁手套。"怎么了,玛丽?我做了什么?"

"你让我去告诉大使,说女王答应嫁给大公,结果我却白跑一趟。你派我去,是因为你知道我相信你,因为我为你非常非常的悲痛,所以我讲的故事会非常让人信服。我是宫廷里最适合去通知他的人。你知不知道我哭着告诉他,说你已经跟她分开了?当然了,他相信了我,可这只是你向所有宫人掩盖事实的阴谋而已。"

"掩盖什么事实?"罗伯特的语气十分无辜。

"你和女王是情人,"她不屑地说,"你们也许从最开始就是情人。也许在我觉得你为失去她而悲伤的时候,你们仍然是情人。可你却让我配合你演了一出戏。"

"我和女王都同意为了她的安全而分开,"他平静地说,"这是真的。就像我告诉你的那样。但她需要朋友,玛丽,你知道的。我回到她身边也是为了成为她的朋友。而且现在我们的确是朋友。"

她避开他伸出的那只手。"噢,不,不要再撒谎了,罗伯特,我不想听。你不忠于艾米,又对我不诚实。我告诉那位使臣说你和女王确实只是朋友,而她还是个处女,是可以自由结婚的纯洁的公主。我以自己不灭的灵魂发誓,你们之间只是友情,几乎连吻也没有接过。"

"确实如此!"

"别和我说话!"她大喊,"别在我面前说谎。我不想听你说半个字儿。"

"跟我去比武场那边……"

"我不想跟你去看什么,也不想和你说话。我甚至不想再见到你,罗伯特。你除了野心简直一无所有。愿上帝保佑你的妻子,愿上帝保佑女王。"

"阿门,"他笑着说,"愿上帝保佑那两位无辜的好女人,上帝也确实保佑了达德利一家的地位不断提升。"

"可艾米究竟做了什么，要在世人面前承受这样的羞辱？"她质问他，"她到底犯下了怎样的罪，才会让所有英格兰人都知道你对她的厌弃？知道你宁愿选择别的女人也不愿意陪伴自己的妻子？"

"她什么都没做，"他说，"我也什么都没做。真的，玛丽，你不应该这样无端谴责我。"

"你还敢对我说这些！"她早已从愤怒中冷静下来，"我没什么可以对你说的了，我也不会再对你提起这件事情。你愚弄了我，愚弄了西班牙人，又愚弄了你自己可怜的妻子，把我们都当成了傻瓜，而你和女王自始至终都是情人。"

罗伯特一个箭步走到她身边，紧紧抓住她的手腕。"真的够了，"他说，"你说得够多了，我也听得够多了。女王的名声不容置疑。只要合适的求婚者到来，她就会嫁给他，我们都知道这一点。艾米是我的妻子，我不想再听到什么对她不利的言论。我十月的时候就会去看她，以后都会经常去看她。塞西尔本人也没有这么频繁地回家探望。"

"塞西尔深爱他的妻子，而且没人会质疑他的正直！"她又发起火来。

"也没有人质疑过我的正直，"他反驳道，"你可以管住自己刻薄的舌头，别再议论我的事情，否则你会惹出你自己都想象不到的乱子。注意点，玛丽。"

她毫不畏惧。"你疯了吗，罗伯特？"她反问，"你觉得自己可以愚弄欧洲所有的探子，如同愚弄你的妹妹和妻子那样？在马德里、巴黎、维也纳，他们都知道你和女王又住在相邻的房间了。你觉得他们会得出怎样的结论？只要你和女王还睡在紧闭的门后，彼此之间只有一墙之隔，哈布斯堡大公就不会再前往英格兰。除了你可怜的妻子，每个人都知道你们是情人，举国上下都知道。你的欲望毁掉了女王的前途，也毁掉了艾米对你的爱。上帝保佑，希望你不会给这个王国也带来毁灭。"

玛丽的警告来得太迟，关于女王和她的马夫长的流言已经无法阻止。随着罗伯特重新陪伴在她身旁，伊丽莎白的脸色重新焕发神采，她的指甲也打理得光洁明亮。她在他的陪伴下光彩照人。在他的身边，一直紧张焦虑的她变得平静温和。无论其他人怎么说，他们的眼中仿佛只有彼此，根本无法掩饰。他们每天一同骑马外出，每夜相伴起舞，伊丽莎白也重新恢复了读信和听人请愿的勇气。

塞西尔不在的时间里，罗伯特是她唯一信任的顾问。没有达德利的引见，谁也见不到伊丽莎白；没有他小心翼翼站在不远处，伊丽莎白就不和任何人讲话。他就是她唯一的朋友和盟友。没有他，伊丽莎白无法做出任何决定，他们如胶似漆。瑞典的约翰公爵每天在宫中徘徊但却始终不敢开口求婚，威廉·皮克林悄悄去了乡间应付他的巨额债务，卡斯帕·冯·布罗伊纳已经很少入宫，而且每个人都已经忘记了爱伦伯爵。

塞西尔始终远远避开这对年轻情侣，还有奉承他们的那些人。他对斯洛克莫顿说，这可不是在面临战争之时治理国家的方法，对方则告诉他，女王刚刚将达德利任命为温莎堡的治安长官和王家总管，还有相应的薪金。

"照这么下去，他就要成为全英格兰最富有的人了。"塞西尔评论道。

"最富有算什么。他要的是成为国王，"尼古拉斯说出了大逆不道的话，"到那时候，你觉得这个国家会变成什么样？"

塞西尔没有说话。就在当天晚上，一个用帽子遮住面孔的人敲响了塞西尔的门，他声音低沉地问他，是否愿意和另外三个人一起去刺杀达德利。

"为什么要来找我？"塞西尔问，"我觉得你们不必经过我的同意也能打死他。"

"因为女王的守卫在保护他,他们会听从你的命令。"那个陌生人说道。塞西尔端过桌上的一支蜡烛,看到了托马斯·霍华德隐藏在帽檐下的怒容。"他一死,她就会让你追查凶手。我们不希望你的间谍找到我们。我们不想因为他而被绞死,不想因为杀死一只害虫而被绞死。"

"你们可以尽量做得天衣无缝,"塞西尔谨慎地斟酌着用词,"但谋杀发生后,我不会给你们提供任何保护。"

"你会阻止我们吗?"

"我的责任是保护女王的安全。我会说,很不幸,我无法预防这种事的发生。"

托马斯笑了起来。"简而言之,你不介意他是否会死,但你也不愿意冒这个风险。"他嘲笑道。

塞西尔冷静地点点头。"我相信除了女王和他的妻子,全英格兰都不会有人介意,"他说得很直白,"但我不想参与杀他的计划。"

"你在笑什么?"看到塞西尔的笑容,斯洛克莫顿环视宫廷,寻找让他发笑的原因。

"托马斯·霍华德,"塞西尔答,"他确实不怎么擅长掩饰,对吧?"

斯洛克莫顿停止了搜寻。托马斯·霍华德恰好在达德利出门的时候走入会客室。如今每个人都为达德利让道,或许只有塞西尔例外,但他不会算准进门的时机,只为了和女王的宠臣在门口对峙。霍华德像头愤怒的小牛一样伫立当场。

很快,塞西尔想,他就该用蹄子刨起地面,发出低吼了。

达德利冷冷地、轻蔑地看了看他,然后从他身边走了过去。

霍华德立刻侧身踏出一步,撞到了他。"真对不起,但我也要进去,"他用每一个人都听得见的声音大声说,"我!霍华德!女王的叔叔!"

"噢,请便,无须对我道歉,因为我正要出去呢,"达德利的语气中带着笑意,"你的道歉还是留给即将有你陪伴的那群不幸的人吧。"

霍华德一时语塞。"你太侮辱人了!"他语无伦次地说。

达德利轻巧地从他身边走过,显得优雅而高贵。

"你不过是小人得志而已!"托马斯·霍华德朝他的背影大喊。

"你觉得他会介意吗?"斯洛克莫顿向看入了迷的塞西尔询问道,"他真有看上去这么冷静吗?他会不会记恨托马斯·霍华德呢?"

"不会,"塞西尔说,"而且他或许明白自己处境危险。"

"有阴谋?"

"许许多多。我想我们可以等着瞧年轻的托马斯·霍华德成为下一位出使土耳其宫廷的使臣。我想霍华德将会留在奥斯曼帝国,而且任期很久。"

塞西尔在出使的目的地上弄错了。

"我认为托马斯·霍华德应该去加强我们北方的防线,"在他们独处的夜里,达德利露出温柔的浅笑,轻声对女王说,"他是如此的骁勇善战。"

伊丽莎白立刻为他担忧起来。"他威胁你了吗?"

"就凭那只狗崽子?早得很呢,"罗伯特骄傲地说,"但您应该派您能够信任的人驻守北部,既然他这么期待开战,就让他代替我去跟法兰西人作战吧。"

女王笑起来,仿佛罗伯特的话只是在开玩笑,但就在第二天,她真的授予了她的表弟一个新头衔:苏格兰边境副指挥官。

他鞠躬接受了她的任命。"我知道您派我出去的原因,陛下,"他用年轻人自尊受损时特有的愤怒口气说道,"但我仍然会为您效命。而且我想,您会发现在纽卡斯尔的我会比远离危险、躲藏在您的裙摆之后的某个人更有用处。"

伊丽莎白看起来有些窘迫。"我需要派自己信任的人去，"她说，"我们必须守住贝里克郡北部。不能让任何人进犯英格兰的中心地带。"

"很荣幸能够得到您的信任，"他嘲弄地说完就离开了，没有理会他身后的议论纷纷，人们都在议论着伊丽莎白将自己家族的人都派往前线，只是为了她的情人的颜面。

"为什么不直接砍下他的头呢？"凯瑟琳·诺利斯问。

伊丽莎白对着自己的表姐咯咯地笑出声来，但等到她和自己从前的家庭女教师独处的时候，便挨了一顿训斥。

"陛下！"凯特·艾什莉绝望地大喊，"这个决定糟透了。人们会怎么想？人们都会觉得您依然和罗伯特如胶似漆。大公再也不会踏足英格兰。没有哪个男人愿意承受这样的侮辱。"

"如果他像自己承诺过的那样来找我，我就会如约嫁给他。我发过誓，"伊丽莎白语气轻快，因为她很肯定，他现在不会来，而且就算他来了，罗伯特也能想出某种解决的办法。

但凯特·艾什莉、玛丽·西德尼和其他宫人的看法没有错：大公现在是不会来英格兰的。感到深受冒犯的大使请求回国，还写信给他的主子，说他认为玛丽·西德尼来找他，请求再次向女王提出求婚，根本就是将众人的注意力从那桩再一次传遍英格兰和整个欧洲的秘密情事转移开来的阴谋。他在信中还说这位年轻女王变得寡廉鲜耻、不可救药，他不推荐任何一位有名望的男人迎娶她，更别提是王公贵族了。她现在过得就像是那个已婚男人的妓女，他们唯一的出路就是让那个男人不太合法地离婚，或者造成他妻子的死亡，而这种可能性微乎其微。

塞西尔匆匆读过这封信的初稿——那是他的探子从大使的废纸篓里弄来的——不禁心想，他的外交政策已经毁于一旦，英格兰的安全已经无法保证，英格兰的女王又因欲望而几近疯狂，终将输掉在苏格兰的那场仗，其后是她的人头，而这一切都是为了那个黑色眸子的男人的一笑。

✦

但当伊丽莎白派人去找塞西尔的时候，他便立刻来到她面前。

"我现在能够肯定，你是对的，"她轻声说，"我已经找到了你所说的勇气。我决定宣战。"

塞西尔没有看她，而是看向窗边的罗伯特，后者似乎正专注地看着花园里的那场九柱戏。

这么说我们还得感谢你的建议，是不是？因为你明智地决定采纳这个我恳求了她好几个月的方案。塞西尔说出口的却是："陛下，您的决定是什么呢？"

"我们直接进军苏格兰，打败法兰西人。"她平静地说。

塞西尔鞠了一躬，掩饰着自己极度的宽慰。"我会负责筹集资金和集结部队，"他说，"您也应该想和枢密院开会，起草一份宣战声明吧？"

伊丽莎白目光投向罗伯特。他以轻微的幅度点了点头。于是她说："是的。"

塞西尔明智地没有出言反驳，只是又鞠了一躬。

"塞西尔，你会重新当回我的国务秘书的，对吗？因为我已经听取你的意见了。"

"大公现在怎样了？"他问。

站在窗边的罗伯特立刻意识到这个问题看似无关，却直指整件事的核心，于是在女王和她最信任的顾问都能看到的地方点头同意，仿佛他是她的丈夫和国王似的。但这一次，女王并没有看向罗伯特。

"大公一到英格兰我就立刻和他订婚，"她说，"我明白现在和西班牙结盟是生死攸关的事情。"

"您很清楚他不会来的，"塞西尔断然说道，"您应该知道他的使臣正准备离开伦敦吧。"

罗伯特从窗边走了过来。"这不重要，"他对塞西尔简短地说，"西班牙的菲利普国王也可以成为她对抗法兰西的盟友，无论结婚与否。他不会冒险让法兰西占领英格兰。这样一来，他们之间的边境线就会从佩斯一直到地中海，在奴役我们以后，法兰西势必也会摧毁西班牙。"

你真是这么认为的吗？塞西尔暗自质问道。我要拯救这个王国，就为了让你们的私生子继承，是吗？

"现在最重要的，"达德利说，"在于召集士兵和给他们提供足够的武装。王国和女王能否幸存，全都取决于行动是否迅速。我们都指望你了，塞西尔。"

当晚塞西尔忙得不可开交，他送出数百条指示，包括招募士兵，并且为这支必须立即开赴北方的军队提供武装和补给。他写信给海军大臣克林顿大人，让他务必派海军在北海拦截法兰西舰队，不惜一切代价阻止法兰西的援军登陆苏格兰，但他们必须在看完以后毁掉他的来信，表现出自行发动攻击的样子。他写信给自己在苏格兰的探子，以及他安插在贝里克郡的手下，还有他在摄政女王玛丽·吉斯的宫廷里最为隐秘的联络人，告诉他们，英格兰的女王终于下定决心要以战争来解决，说英格兰会保护苏格兰的新教领主还有她自己的边境，并且需要他们立刻提供翔实的情报。

塞西尔以极高的速度和效率忙碌着，数天后，二月即将结束，枢密院召开会议，女王却宣布说她在三思之后改变了主意，因为风险实在太大，她不能派兵进军苏格兰，而塞西尔道了句歉，说，一切已经太迟了。

"你要将舰队召回。"她的脸色苍白得就像她的领子。

塞西尔摊了摊手。"他们已经起航了,"他说,"攻击的命令已经下达。"

"那就把我的军队召回来!"

他摇了摇头。"他们正向北方进军,一路上还在募集着士兵。我们已经实行了战时编制,我们不能改变决定。"

"我们不能与法兰西开战!"她几乎在对他尖叫。

枢密院成员纷纷低下了头。只有塞西尔直面着她。"如今木已成舟,"他说,"陛下,我们已经开战了。英格兰和法兰西的战争。愿上帝保佑我们。"

1560年春

三月的时候,罗伯特·达德利抵达了斯坦菲尔德大宅,来时的道路崎岖不平,在冷风中一路颠簸也让他心情不佳。

没有人迎接他,他也并没有派人通知自己要来,艾米听了太多关于他和女王再次如胶似漆的流言,也根本想不到还能再见到他。

他们骑着马才刚刚进入院子里,罗布萨特夫人便去找到了艾米。

"他来了!"她冷冷地说。

艾米立刻站起。"他"在斯坦菲尔德大宅只代表一个人。"是我的罗伯特大人?"

"他的人已经在院子里卸马鞍了。"

艾米不由得颤抖起来。如果他会在分别这么久以后再回来找她,就只能说明一件事情:他已经结束了与伊丽莎白的关系,想要和自己的妻子重修旧好。"他回来了?"她又问了一次,仿佛不敢相信似的。

罗布萨特夫人分享着艾米胜利的欣喜,不由得露出讽刺的微笑。"看起来好像是你赢了,"她说,"他回来了,表情冰冷,而且一副自哀自怜的样子。"

"这么说他就要进屋里来了!"艾米大叫一声,冲向楼梯,"去告诉厨子他回来了,再告诉村子里的人带两只鸡来,另外再找人宰一头母牛。"

"一只肥牛犊也可以吧?"罗布萨特夫人低声说,但她还是照她继女的意思做了。

艾米冲下楼打开大门。罗伯特带着一身疲惫走上了前门的台阶，艾米连跑几步扑进了他的怀里。

他习惯性地将她拉近，艾米感觉到他双臂的环抱，熟悉的手环在她的腰上和肩上，她将头靠在他温暖的、充满汗味的脖颈上，真的相信他回来了，不管发生过怎样的事情，她都会原谅他，正如她接受他的吻那样理所当然。

"进来吧，你肯定都冻坏了。"她说着，将他拉进屋子。她在壁炉里丢了几根柴，将他按进自己父亲沉重的椅子里。罗布萨特太太从厨房拿来热麦酒和蛋糕，又行了个屈膝礼。

"祝您愉快，"她平和地说，"我已经让您的手下去村里寻找合适的住处了。我们这儿没法让这么多人全都住下。"

然后她转头对艾米说："休斯说他那儿有些风干的鹿肉可以送来给我们。"

"我不希望你们太过费心。"罗伯特礼貌地说，就好像他没有当面咒骂过她似的。

"这有什么？"艾米问，"这儿是我的家，你在这里永远是受欢迎的。这儿始终有你的容身之地。"

罗伯特想到罗布萨特夫人这栋冰冷的房子将是他们的家，顿时沉默不语。罗布萨特夫人随即走出房间，去找人帮他们铺床，顺便看看布丁做得如何了。

"大人，见到你真的很高兴，"艾米又往火里添了根柴，"我会让我的仆人皮尔托太太为你铺床单，你上次放在这里的衬衫也补好了，完全看不出针迹，我很仔细地缝过。"

"谢谢你，"他尴尬地说，"一定是皮尔托太太帮你补的吧？"

"我喜欢自己缝补你的衬衫，"艾米说，"你要洗个澡吗？"

"待会儿吧。"他说。

"因为我得提醒厨子,让他烧水。"

"嗯,我知道。我也在这里住过很久。"

"你根本没住过多久!总之,这里的条件比以前好多了。"

"好吧,总之我记得只有在每月的第三个星期天的早晨提醒他,才能弄到一罐子热水。"

"因为我们只有一座小壁炉,而且……"

"我知道,"他懒懒地说,"我记得那座小壁炉。"

艾米沉默了。她不敢问他那件她很想知道的事情:他会在这里住多久。当他沉默注视炉火的时候,她又添了一根柴,他们俩都看着在阴暗的烟囱下飞舞的火星。

"过来的路上还顺利吧?"

"一切顺利。"

"你骑哪匹马来的?"

"快乐,我的猎马。"他惊讶地回答。

"你没有带一匹备用的马?"

"没有。"他很难相信这个问题出自她口中。

"要我去帮你卸下行李吗?"她站起身,"你带了很多行李对吧?"

"只有一件。"

罗伯特没有看到她失落的表情。她立刻明白过来,一匹马和一件行李意味着他不会住很久。

"而且这些事塔姆沃思已经做好了。"

"这么说你不打算待太久,对吗?"

他抬头看她。"不,不,很抱歉,我应该早点告诉你的。眼下事态严峻,我得尽快赶回宫里。我只是想来看看你,艾米,还有件重要的事。"

"什么?"

"我们明天再谈吧,"他说,"但我需要你的帮助,艾米。我之后会跟你详细说的。"

想到他需要自己的帮助,艾米的脸红了。"你知道的,不管你需要我帮你做什么,我都会照做。"

"我知道,"他说,"我很高兴。"他起身在火旁烤着手。

"我很乐意帮你的忙,"她羞怯地说,"一直都是这样。"

"是啊。"他说。

"你很冷吧,要不要我去卧室生火?"

"不必了,"他说,"我去换件衬衫,马上就下来。"

她欢快的笑容就像个孩子。"我们可以吃一顿丰盛的晚餐,这里的人们整天只吃羊肉,我早就吃厌了!"

晚餐吃得很好,有煎鹿肉、羊肉馅饼、鸡肉汤和布丁。这个季节几乎没什么蔬菜,但艾米的父亲生前非常热衷红酒,他的窖藏还是那么出色。罗伯特正想着自己和两个女人要吃完这顿晚餐恐怕会有点费力的时候,罗布萨特太太的女儿和女婿约翰·阿普亚尔德便拿来了四瓶酒,和他们一起开怀畅饮。

等到他们上床的时候,时间已经过了九点钟,女人们有些微醺,咯咯笑个不停,罗伯特仍然兴致颇佳地在楼下独自啜饮。他等了很久,一直等到他觉得艾米应该睡着以后,才走上楼梯。

他尽量轻手轻脚地脱去衣服,将它们放进床尾的衣箱里。她给他留了一支点燃的蜡烛,现在借着摇曳的烛光,他看到她睡得像个孩子。他心里涌出对她的温情,轻轻为她吹熄蜡烛,爬上床躺在她身边,小心翼翼地不去碰触她。

在半睡半醒之际，她朝他的方向转过身，将赤裸的腿搭在他的双腿之间。他顿时兴奋起来。但他稍稍动了动身体，双手搂住她的腰不让她靠近，而她发出一声睡意蒙眬的轻叹，将手按在他的胸前，随即滑向他的腹部，想要爱抚他。

"艾米。"他轻声唤道。

他看不清她在黑暗中的脸，但她均匀的呼吸让他明白她还在熟睡，她转向他、抚摸他、靠近他，最后仰躺在床上，以这样昏昏欲睡的兴奋姿态诱惑着他，而他知道这样做很愚蠢，却又无法抵抗。即使在他享受鱼水之欢的时候，即使在他听到她的呼喊，听到那熟悉而又轻微的喜悦呼声——这时她醒了过来，发现他进入了她的身体——的时候，罗伯特也明白，自己做了一件错事，而且是他所做过的最不堪的事，无论对自己，对艾米，还是对伊丽莎白。

早上，艾米容光焕发、自信满满，她又变回了那个有着爱情滋润，又拥有真正归宿的女人。他醒来时并没有看到她羞怯的笑，她已经起床，正在厨房里忙碌，等到他穿戴整齐时，她已经叫醒了厨师，开始烘焙他喜欢的早餐面包。她从蜂房取来新鲜的蜂蜜，从斯坦菲尔德大宅的牛奶棚里拿出最新鲜的奶油。她从储藏室里取出一块从村里拿来的火腿，切下了一大块，而且昨天晚上还剩下了好几片鹿肉。

艾米收拾好桌子，给她丈夫倒了一杯麦酒，将自己的一缕卷发掠到耳后。

"你今天要去骑马吗？"她问，"我可以让杰布昐咐马夫给你备马。如果你愿意的话，我们今天可以出去骑马。"

他不认为她已经忘记了他们上次骑马外出时的情景,但昨晚的欢愉令她变回了他曾经爱过的那个艾米,那个她自己小小王国的自信女主人,约翰·罗布萨特先生最宠爱的孩子。

"好啊,"他说着,拖延着自己与她直言不讳的时刻,"我真该把我的猎鹰也带来,我会吃穷你们家的。"

"噢,不会的,"她说,"卡特斯家专门为你送来了一头刚断奶的牛犊,而且现在所有人都知道你来了,我们家很快就会堆满礼物。我想我们可以邀请他们来做客,你会发现他们都是些很好的人。"

"还是明天吧,"他吓了一跳,"今天就算了。"

"好吧,"她欣然说道,"但你自己恐怕吃不下一整只牛犊。"

"告诉他们,我骑一个小时的马就回来,"他从桌边站起身,"而且我很乐意有你的陪伴。"

"我们骑马去弗利彻姆大宅那边吧?"她提议,"让你再看看它有多好。我知道你说过它离伦敦太远了,但他们现在还没找到买主。"

他有些退缩。"去哪都随你,"他尽量回避关于房子的话题,"不过只有一个小时。"

而且要在晚餐前避免和她谈话——罗伯特提醒着自己,一次爬上两级楼梯。*因为我再也不想在骑马的时候跟女人说正事了。不过到了今晚,晚饭以后,我必须和她谈谈。我不能再对她说谎了。这样做只是自欺欺人。*他踢开约翰先生的房门,坐在那位老人家的椅子上。*该死*——他对他死去的岳父说。*你竟然说我会伤她的心,而且该死,你竟然说对了。*

✦

罗伯特一直等到晚餐过后,罗布萨特夫人留下他们单独相处的时候。艾米坐在小壁炉的另一边,和他面对着面。

"很抱歉，我们没有别人陪伴，"艾米开口道，"这样的陪伴对常住宫里的你来说一定非常乏味。我们可以请拉什雷一家来小住，你还记得他们吗？如果你愿意见见他们的话，可以明天就邀请他们过来。"

"艾米，"他犹豫着开口，"我想请求你一件事。"

她立刻抬起头，露出甜美的笑容，以为他要请求她的原谅。"我们曾经提到过离婚。"他轻声说。

她的脸上掠过一丝阴霾。"是啊，"她说，"自从那一天起，我从来也没有一刻幸福的感觉。直到昨天晚上。"

罗伯特的表情有些不自然。"很抱歉。"他说。

她打断了他的话。"我知道，"她说，"我知道你会有一天觉得抱歉。我以为自己永远不会原谅你，但我做到了，罗伯特，我原谅你。我已经原谅也已经遗忘了我们之间的不快乐，别再提它了。"

就因为我是个沉迷欲望的傻瓜，这件事比原本还要难上了一万倍——罗伯特暗自发誓道。他朗声说道："艾米，你也许会觉得我很卑鄙，但我并没有改变想法。"

她诚挚的双眼直视着他。"你这话什么意思？"她问。

"我必须请求你一件事，"他说，"我们上次谈话的时候，你知道伊丽莎白是你的情敌，我也明白你的感受。但她是英格兰的女王，她对我的爱意味着无上的荣耀。"

艾米蹙起了眉，她想不到他指的要求是什么。"是的，但你说过你已经离开了她。而且你会回到我身边……"她顿了顿，"你能回到我身边就像奇迹一样，我们就像是回到了少年时代。"

"我们正在与苏格兰争战，"罗伯特说，"我们的处境前所未有的危急。我必须帮助她，我要拯救自己的国家。艾米，法兰西很有可能发起入侵。"

艾米点点头。"我明白。可是……"

"侵略，"他重复道，"将我们尽数毁灭。"

她点点头，但此时此刻，她面对着自己铺展开来的幸福画卷，并不真的在意什么法兰西。

"所以我来请求你，让我与你解除婚姻关系，让我能够作为自由之身与女王相伴。大公不会向她求婚，她需要一位丈夫。我要娶她。"

艾米睁大了眼睛，仿佛不敢相信自己听到的话。他看到她的手伸进衣袋，紧紧握着什么。

"你说什么？"她难以置信地问。

"我希望你解除和我的婚姻关系。我要娶她。"

"你是说，要我和你离婚？"

他点点头。"是的。"

"可昨晚……"

"昨晚是个错误。"他粗鲁地说，看到她涨红了脸，泪水飞快地涌出眼眶，仿佛他重重地给了她一耳光，让她的双耳都嗡嗡作响。

"错误？"她重复道。

"我无法抗拒你，"他试图减轻对她的打击，"我不该这么做。我爱你，艾米，我始终都爱着你。但我的宿命已经注定。约翰·迪伊曾经说过——"

她摇了摇头。"错误？和你自己的妻子做爱是错误？你昨晚不是对我小声地说过'我爱你'吗？那也是个错误吗？"

"我没有说过。"他说。

"我明明听到了。"

"你也许以为自己听到了，但我并没有说。"她站起身，看着自己带着无比的喜悦准备的晚餐。如今已经没剩下什么了，碎肉分给了下人，而残羹剩饭拿去喂了猪。

"你曾经和我提到过托马斯·格雷斯汉姆大人，"她突然转移了话题，"他认为劣币带来的最坏的影响就是，它会让一切——甚至包括良币——都失去原有的价值。"

"没错。"他不知道她为什么要说起这个。

"这就是她所做的事情，"她说，"我并不惊讶一镑的价值不到一镑，我也并不惊讶我们与法兰西的战争，更不惊讶大公不会与她结婚。她是一切恶事的根源：她是这个王国的劣币，她让每一样东西——就连高尚的爱情，一桩以相爱作为开始的美满婚姻——都跌落到了伪币的价值。"

"艾米……"

"所以昨晚你说了'我爱你'，还有你所做的那些证明你爱我的事，但才过了一天，你却来说要和我离婚。"

"艾米，求你！"

她立刻停了下来。"什么事，我的大人？"

"不论你对她有什么意见，她都是正式加冕的英格兰女王，现在国家正面临危难。英格兰女王需要我，而我需要你还我自由身。"

"你可以去帮她指挥军队。"她提议道。

罗伯特点点头。"是的，但有些人作战的经验比我丰富得多。"

"你可以做她的顾问，告诉她应该怎样做，她也可以让你去枢密院任职。"

"我已经是她的顾问了。"

"那你还能做什么？你还能要求些什么？"她大叫出声。

他咬紧牙关。"我想陪在她身边，日日夜夜。我想成为她的丈夫，时时刻刻地陪伴她。我想成为她的伴侣，与她分享英格兰的王位。"

他准备好应对泪水和怒火，但他惊讶地发现她没有流泪，而且声音很轻。"罗伯特，你知道吗，如果我有这样的资格，我会答应你的。我爱你，而且爱了那么久,即使是这样的要求我也会同意。但我没有。我们的婚姻是上帝的旨意,我们曾经站在教堂里发誓永不分离。我们现在也不能分开,不能因为女王需要你,或是你需要她而分开。"

"这个世界上离婚的人多的是!"他大吼道。

"我想不出他们会有怎样的报应。"

"教皇本人也说过,他说那些人不会有报应,这并不是罪过。"

"噢,你会去见教皇?"她突然恶狠狠地质问起来,"教皇能够裁定我们的婚姻无效,裁定我们作为新教徒的婚姻无效吗?伊丽莎白这位新教公主准备跪在教皇面前求他吗?"

他从座位上站起,面对她。"当然不会!"

"那么是谁呢?"她追问,"坎特伯雷的大主教?她的亲信?不顾他自己的意愿强行任命的那一位,教会里唯一的叛徒?其他的主教都被囚禁或是流放,就因为他们知道她没有资格成为教会的领袖?"

"我并不了解细节,"他不屑地说,"但这样处理最好。"

"你必须和她在一起,对吗?"她挑衅地说,"一个二十六岁的女人,被欲望蒙蔽了眼睛,想要夺走另一个女人的丈夫,又要裁定自己的欲望是上帝的旨意。就好像她知道上帝希望还那个男人以自由身似的。"她深深地吸了口气,然后大笑起来,"一派胡言,我的丈夫。你只会让你自己成为笑柄。这是违抗上帝的罪,是违背人类道德的罪,同时也是对我的侮辱。"

"这不是侮辱。如果你父亲还活着的话……"

这是他说的最糟糕的话。艾米的家族自尊心立刻燃起。"你敢在我面前提他的名字试试!我父亲如果知道了你的想法一定会用马鞭抽你。如果他听到你对我说这样的话,他一定会杀了你。"

"他一个指头也不会碰我的!"罗伯特说,"他没那个胆子。"

"他说你总爱夸夸其谈,还说我比你有价值十倍,"她唾了他一口,"他是对的。你就是个自大狂,而我确实比你有价值十倍。你昨晚还说过爱我,你这个骗子。"

他的双眼因为愤怒而笼罩上了一层薄雾,让他几乎看不清她。他的声音短促高亢,仿佛挣扎着钻出他的喉咙。"艾米,这个世界上没有人能像你这样侮辱我过后还能活下来。"

"我的丈夫,我可以向你保证,有好几千人说的话比我狠多了。他们说你是她的玩物,只是她渴望得到的一匹小马驹。"

"这些人迟早会称我为英格兰之王!"他大喊。

她转身抓住自己为他精心缝补的衬衫衣领,愤怒地摇晃着他。"绝不!想和她结婚,除非你杀了我。"

他将她的手从自己衣领上拉下,将她按回椅子里。"艾米,我永远不会原谅你——你这么做是将你的丈夫逼成你的敌人。"

她抬起头,一口唾沫吐向了他。愤怒让他几乎发狂,他飞快地冲到她面前,而她抬起脚踢打着,迫使他后退。

"我就知道,"她朝他大喊,"你简直是个傻瓜!如果你和她鬼混之后跑来和我上床,然后说出一模一样的'我爱你',那你恨不恨我又有什么分别?"

"我没有说过!"他的愤怒已经彻底失控。

在他身后,罗布萨特夫人打开了门,沉默地站在那里,看着他们二人。

"走开!"艾米喊道。

"噢不,请进,"罗伯特说着转过身,整理好被她捏皱的衣领,"看在上帝的分上,请进来吧。艾米现在很焦虑,罗布萨特夫人,请扶她回房间。我在客房里睡一晚,明天一早就走。"

"不!"艾米尖叫,"你会回来找我的,罗伯特。你心里清楚。终有一天你会从你下流的欲望中醒悟过来,然后你就会来找我,你会说'我爱你!

我爱你'。你这个骗子。你这个卑鄙无耻的骗子!"

"看在上帝的分上,带她走,不然我真的会杀了她。"他对罗布萨特太太说着,躲避着艾米伸出的双手,挤到门外。

"你必须回到我身边,不然我就杀了你!"她尖叫。

罗伯特连忙跑上楼梯,在她说出更让他们双方蒙羞的话之前离开了她。

次日早晨艾米病倒了,无法去看他。罗布萨特夫人语气冰冷,她说艾米整晚都歇斯底里地哭泣,还告诉他艾米是怎样早早起床,又跪在地上,祈祷上帝让她从这痛苦的生命中解脱。

罗伯特的护卫已经等在门外。"我想,你会明白原因的。"他说。

"是的,"罗布萨特夫人答道,"我想是的。"

"我只能信赖你的谨慎了,"他说,"任何流言蜚语对女王而言都是严重的冒犯。"

她凝视着他的脸。"那她不应该给流言如此良好的生长环境。"罗布萨特夫人坦率地说。

"艾米必须自己想通,"他说,"她必须同意这次离婚。我不想强迫她,也不想强迫她离开这儿,去某个女修道院。我希望和她达成公平的协议,给她合理的安置。但她必须答应。"

他看出自己的坦率让她感到震惊。"而且你们的努力不会白费,"他继续说,"如果你能建议她为自己的福祉考虑,我会将你视为我的朋友。我和她的姐夫约翰·阿普亚尔德谈过,他也同意我的观点。"

"约翰同意?我的女婿也认为她应该和你离婚?"

"还有你的儿子亚瑟。"

听到家里的男人们一致同意,罗布萨特夫人沉默了。"我可不知道怎样才算是为了她的福祉考虑。"她的语气带有一丝轻蔑。

"就像我说的那样,"罗伯特直率地说,"就像我们,我和您家里的男人们说过的那样。她或是同意离婚,得到良好的安置;或是强行离婚,得不到分文财富,还会被送去远离这儿的修道院。她别无选择。"

"我不知道她的父亲会怎样决定。她终日哭泣着只求一死。"

"我很抱歉,但这些恐怕不是她为此流下的第一滴眼泪,也不会是最后一滴。"他冷冷地说完,便一言不发地离开了房间。

罗伯特·达德利回到女王位于威斯敏斯特宫的住处时,正好听到有人在即兴演唱一首新歌曲,他只好站在一旁,礼貌地笑着,直到这首牧歌[①]——有很多"啦啦啦"的尾音——结束。威廉·塞西尔在角落里静静地看着他,颇感有趣地注视这个年轻人脸上的怒容,又惊讶看到他在对女王鞠躬的时候,脸上的表情也没有丝毫舒展。

现在他们又在做什么?为什么他的脸色这么阴沉,而她又显得那么担心?塞西尔发觉自己的心因忧惧而沉了下去。他们正在筹划什么呢?

歌声刚刚结束,伊丽莎白便点头示意罗伯特前去窗边,两人走了过去,远离那些关切的廷臣的耳朵。

"她说了什么?"伊丽莎白连问候都省去了,"她同意了吗?"

"她发疯了,"他说,"她说比起同意离婚她宁愿死。等她哭诉了一夜,又向上帝祈求死亡之后,我就走了。"

她的手伸向他的脸颊,就在将要当着众人的面拥抱他的时候忍住了。

"噢,我可怜的罗宾。"

"她啐了我一口,"他不情愿地回想起来,"还想踢我。我们就差打起

[①] madrigal,欧洲的一种古典文学形式,主要描写牧羊人的生活。

来了。"

"不！"尽管他们处境严峻，但伊丽莎白想到达德利夫人像个渔妇一样撒泼的时候，还是分了心，"她真的疯了吗？"

"比疯了更糟，"他说。他环顾四周确定周围没有人能够听到他们的话，"她充满了叛国思想和异端主张。她对您的嫉妒已经使她陷入极端的思想。天知道她会说出什么做出什么来。"

"那我们必须把她送走才行。"伊丽莎白答道。

罗伯特低下头。"亲爱的，这会引发许多流言，我不觉得我们短时间内可以这么做。您不能冒这个险。她会和我争执，会掀起一场反对我的风暴，而我有许多敌人都会站在她这一方。"

她凝视着他，涨红的脸上带着所有初入爱河之人特有的激情。

"罗伯特，我不能没有你。我不能独力统治整个英格兰而没有你陪伴在侧。即使现在有格雷大人率领我的军队驻扎在苏格兰，即使现在英格兰的舰队——愿上帝保佑他们——正在试图阻挡赶往利思堡，数量三倍于他们的法兰西军舰，因为那个可恶的女人又在试图突围。我行走在刀刃上，罗伯特。艾米作为叛国者只会让事态更糟糕。我们应该立刻以叛国罪将她逮捕、关进伦敦塔中，然后忘掉她。"

"现在就忘掉她吧，"他一心只想安抚这个他深爱的年轻女人，"忘掉她。我会留在宫里，和您在一起，我会日夜陪伴在您身旁。我们将会是一对有实无名的夫妻，等我们取得苏格兰的胜利，当这个国家重归和平，我们就着手处理艾米的事情，之后我们就结婚。"

她点点头。"你不会再去见她了？"

他突然想起了艾米伸手爱抚自己的片段，她在他身下睡意蒙眬地伸展身体，她的手抚摸他的背脊，还有他在黑暗中或许说过的"噢，我爱你"，虽然那只是出于情欲而未加思索。

"我不会再见她了,"他向她保证道,"我是您的,伊丽莎白,心和灵魂都是您的。"

伊丽莎白笑了起来,达德利也试着还以一个微笑,但他似乎又看到了艾米如痴如醉、充满渴望的面容。

"她真是个傻瓜,"伊丽莎白冷冷地说,"她真应该看看我的继母克里夫斯的安妮是怎样面对我父亲的离婚要求的。她第一个念头就是服从,第二个是要求合理的安置。艾米真是个可悲的傻瓜,竟然想要阻碍我们。而且她竟然还傻到不向你要求安置。"

"是啊。"他表示同意,但他想起了克里夫斯的安妮并不是因为爱情而结婚,也不会在十一年内坚持每天晚上都守望她的丈夫,更未曾在要求离婚的前一天晚上与丈夫纵情做爱。

宫人们都在等待女王的表亲托马斯·霍华德的消息,这对情人为了自己的方便而遣走的他,现在却成了边境的关键角色。他本该在位于纽卡斯尔的指挥所与苏格兰领主交涉和签订盟约,但他们等了又等,还是没有收到他的消息。

"是什么让他耽搁了这么久?"伊丽莎白问塞西尔,"他该不会欺骗我吧?不会是因为罗伯特爵士吧?"

"不会的,"塞西尔平静而肯定地说,"这种事情总会花上不少时间。"

"我们没时间了,"她匆匆地说,"多亏了你,我们将要匆匆面临战争,而又毫无准备。"

由格雷大人率领的英格兰军队,本该在一月份就在纽卡斯尔集结,月末就应该进军苏格兰。但一月来了又去,军队却依然在营房里按兵不动。

"为什么要这么久?"伊丽莎白质问塞西尔,"你没有告诉他立刻向爱丁堡进军吗?"

"我告诉过他,"塞西尔说,"他知道自己该做什么。"

"但他为什么不照做?"她恼火地大喊道,"为什么没有人进军?如果不能进军,又为什么不撤退?为什么我们只能一等再等,而我听到的理由又全是借口?"

她揉搓着指甲,又推挤着指甲周围的硬皮,仿佛在模仿她每日修剪指甲的动作。塞西尔握住了她的双手。

"很快就会有消息的,"他坚持道,"我们必须耐心。而且他们收到的命令是不准撤退。"

"我们必须宣布与法兰西的友好。"她说。

塞西尔看了一眼达德利。"我们正在和法兰西作战。"他提醒她说。

"我们应该发表一项声明,告诉他们只要撤军,我们就不会反对他们,"伊丽莎白仍然揉搓着指尖,"即便事已至此,他们也会了解我们和平的意愿。"

达德利向前走了几步。"这真是个不错的主意,"他安慰她说,"您来写吧。除了您,没人写得出这样的声明。"

因为这声明显然自相矛盾,塞西尔暗想,他看到罗伯特一闪而过的笑容,知道他心里也同样清楚。

"我怎么可能有时间写?"伊丽莎白说,"我甚至无法思考,我太紧张了。"

"中午写,"达德利抚慰她说,"除了您,没有人能写得那么好。"

他抚慰她就像抚慰他的巴巴里[①]母马一样,塞西尔好奇地想。他操控她的方式没有人能够办到。

"您可以构思内容,我来记录您的口授,"罗伯特说,"我来作您的书记

---

① Barbary,中世纪对北非伊斯兰教地区的称呼。

员。然后我们再将它发布，让每个人都知道您并不是这场战争的始作俑者。如果真的开战，人们就会明白您的意愿一直都是和平。您要让他们知道这全是法兰西的过错。"

"是的，"她鼓起了勇气，"或许还能避免战争。"

"或许吧。"两人同声安慰她。

三月中唯一的好消息是，法兰西的新教徒起义反抗王室，打乱了他们的作战计划。

"这对我们毫无助益，"伊丽莎白不屑地说，"这样一来，西班牙的菲利普就会转而对抗全体新教徒，他会恐惧于新教的蔓延，从而拒绝充当我们的盟友。"

但菲利普很聪明，不至于做出帮助法兰西在欧洲巩固势力的举动。相反，他出面调停法兰西与英格兰，德·吉拉乔领主带着浩浩荡荡的随从队伍于四月份前来拜访伊丽莎白。

"告诉他，我病了，"她透过自己房间的门缝，看着那位站在会客室里的位高权重的西班牙外交官，一面低声叮嘱塞西尔，"暂时别让他见我，我病得没办法起身，是真的，而且我的两只手都在流血。"

塞西尔拖延了那个西班牙人几天，直到苏格兰传来消息说格雷大人最终率军越过了边境。英格兰士兵已经踏上了苏格兰的领土。两个国家的战争终是无可避免地到来了。

伊丽莎白的指甲光亮整洁，但她的嘴唇在会见西班牙大使的时候却咬出了血。

"他们是来逼迫我们讲和的，"会后，她低声对塞西尔说，"他根本就是在威胁我。他警告我说如果我不答应与法兰西和解，那么西班牙的菲利普就会出兵迫使我们讲和。"

塞西尔面露惊骇。"他怎么能做出这样的事？这场争执明明与他无关。"

"他力量强大，"她愤怒地说，"而且是你请他来支援的。现在他觉得这件事和他有关，他认为自己有权派兵前往苏格兰。如果法兰西与西班牙都驻军在苏格兰，那么我们会怎样？不管哪一方胜利，都会永远占领苏格兰，而且很快就会越过边境一路南下。我们现在只能听凭法兰西和西班牙两方的摆布了——为什么他要这么做？"

"噢，这并非我的本意，"他嘲弄地说，"莫非菲利普以为他能像强迫我们这样强迫法兰西选择和平？"

"如果他能强迫法兰西和解，或许也是一条出路，"伊丽莎白语气中稍稍带了些期待，"如果我们能和法兰西休战，他答应会为我们取回加莱。"

"他说谎，"塞西尔说，"如果您想要加莱，就必须为之一战。如果您想要让法兰西人远离苏格兰，就必须与之一战。我们必须阻止西班牙人的进驻。我们必须直面这两大基督教强国，保护我们的主权。您要勇敢起来，伊丽莎白。"

他平常叫的一直是她的头衔。此时她显然苦恼不安，甚至没有责怪他。"圣灵在上，我并不勇敢。我非常非常害怕。"她用近乎耳语的声音说。

"每个人都害怕，"他安慰她说，"您和我，或许德·吉拉乔领主也一样。您以为在爱丁堡卧病不起的玛丽·吉斯就不会害怕吗？您认为法兰西人面对在自己国家腹地起义的新教徒，就不会害怕吗？您以为苏格兰女王玛丽看到数以百计的法兰西叛军被绞死，就不会害怕吗？"

"可没有人像我这样孤立无援！"伊丽莎白走到他身旁，"没有人像我一样，需要面对从两方面逼近的敌人！没有人像我一样，需要同时面对菲利普和法兰西人，却没有丈夫，没有父亲，没有任何助力，只有我自己！"

"的确，"他充满同情地附和，"您扮演的的确是孤独而艰难的角色。但您必须坚持下去。即使您感到害怕,即使您感到格外孤独,您也必须表现出信心十足的样子。"

"那你不如把我送进罗伯特爵士的那个戏班里好了。"她说。

"我会把您看做英格兰的一名戏子,"他转过身,"我会看着您扮演伟大女王的角色。"如果要拜托罗伯特写剧本,那还不如让我去死——他在心里补充道。

❂

春天来到了斯坦菲尔德,丽兹·奥丁赛尔前来充当艾米的旅伴,但罗伯特没有就自己的妻子在这一季节的去向给出任何说法。

"要不我写信问问他吧?"丽兹·奥丁赛尔问。

艾米躺在长椅上,她的皮肤惨白如纸,眼神无光,单薄得如同弃婴一样。她摇摇头,仿佛说话都要耗费她很大气力。"他再也不会在意我的去向了。"

"去年这时候我们去了贝里·圣埃德蒙兹,后来又去了坎伯威尔。"丽兹说。

艾米单薄的双肩耸了耸。"看起来今年不会了。"

"你不能整年都待在这儿。"

"为什么不能?我在这里度过了整个童年。"

"这不合适,"丽兹说,"你是他的妻子,这个房间太小,没有欢声笑语,也没有美味的食物,没有终日歌舞。你不能生活得像个农民的妻子一样,因为你已经是这个国家最有权势者之一的妻子了。人们会说闲话的。"

艾米用手肘撑起身体。"上帝啊,你很清楚,人们关于我的闲话远比我没能准备美味食物难听得多。"

"人们什么都没有说,除了我们即将在苏格兰与法兰西一战。"丽兹说道。

艾米摇摇头,靠向椅背,闭上眼睛。"我不是聋子,"她说,"人们都在说,我的丈夫即将在一年内和女王结婚。"

"那你打算怎么做?"丽兹轻声问道,"如果他坚持呢?如果他抛弃你呢?很遗憾,艾米,但你应该考虑到你的未来。你还年轻,而且——"

"他不能抛弃我,"艾米轻声说,"我是他的妻子,直到我死的那一天都是。这是无可否认的事实。上帝让我们走到一起,也只有上帝能让我们分开。他可以把我送走,他甚至可以和她结婚,但在所有人眼中,他都是个重婚者,她是个荡妇。我直到死去都会是他的妻子。"

"艾米,"丽兹倒吸一口凉气,"你确定……"

"我祈求上帝让我的死亡早日到来,让我们从这样的苦痛折磨中解脱,"艾米有气无力地说,"因为这样的折磨对我来说比死亡更加痛苦。心知他曾经爱过我,又要离开我,知道他即将离我远去,甚至不会再见我。每一个清晨我醒来的时候,每一个夜晚我睡去的时候,他都在她身边陪伴,他选择的人是她而不是我。这样的感觉像病痛般折磨着我,丽兹。我想自己快因此而死去了。这样的悲痛甚于死亡。我宁愿去死。"

"你必须学会习惯。"丽兹·奥丁赛尔的语气中也没有多少信心。

"我已经习惯了心碎的感觉,"艾米说,"我已经习惯了荒芜的人生。没有人能对我要求更多。"

丽兹站起身来,往壁炉里添了根柴。烟囱中腾起轻烟,房间突然被明亮的火光映亮。丽兹为这座农舍的诸般不便叹了口气。已故的约翰先生还以为他建造的这栋房子对所有人都足够好了。

"我会写信给我的弟弟,"她坚定地说,"他们一向很乐意见到你。至少我们可以去丹彻沃斯。"

威廉·塞西尔致女王的侍卫长阁下：

1. 我听说法兰西正在策划一桩阴谋，目的是夺取女王和那位可敬的绅士罗伯特·达德利的性命。我收到消息说，他们决心至少杀害其中一人，因为他们相信这会让他们在苏格兰的战事中取得优势。

2. 我在此告知你这个威胁的存在，并建议你将女王身边护卫的数量加倍，让他们时刻保持警戒。

也要当心任何接近和跟踪那位贵族男子的人，以及任何徘徊在他的住处和马厩附近的人。

愿上帝保佑女王。

威斯敏斯特宫

1560年3月14日

弗朗西斯·诺利斯和尼古拉斯·贝肯一起找到了威廉·塞西尔。

"看在上帝的分上，这样的威胁要到何时才能结束？"

"恐怕没人知道。"塞西尔轻声说道。

罗伯特·达德利突然插话道："什么事情？"

"又是对女王生命的威胁，"弗朗西斯大人说，"以及对你生命的威胁。"

"我？"

"这回来自法兰西。"

"为什么法兰西人要杀我？"达德利惊讶地问道。

"他们认为你的死会让女王陷入痛苦之中。"见没人答话，尼古拉斯·贝肯圆滑地答道。

罗伯特恼火地转过身。"面对这些来自各处的威胁，我们难道什么也不能做？就这样坐视法兰西人威胁她，教皇本人也威胁她？坐视英格兰人密谋对付她？我们就不能直面这样的威胁，然后加以消弭吗？"

"威胁的最可怕之处就在于，你并不真正了解它是什么，又会怎样实现，"塞西尔评论道，"我们可以保护她，但只能在一定的程度之内。除非我们把她锁在某个窗户带铁栅的房间里，否则我们无法保证她的绝对安全。我派了专人品尝送给她的食物。我派了守卫看守每一道门和每一扇窗。没有担保，任何人都无法进入宫中，但每过一天，我都会听说一项新的计划，一个新的谋杀她的计划。"

"为什么法兰西人可以这样，而我们却不能谋杀那位玛丽女王呢？"罗伯特问。

威廉·塞西尔和同样阅历丰富的弗朗西斯交换了一个眼神。"我们无法接近她，"他承认道，"斯洛克莫顿还在巴黎的时候，我曾让他去法兰西宫里探察。就算成功了，我们也一定会暴露身份。"

"你反对暗杀只是因为这个？"罗伯特有些生气。

"是的，"塞西尔温和地说，"我并不反对为了国家而暗杀这一点。这样可以避免更多的牺牲，也确保其他人的平安。"

"我表示坚决而彻底的反对，"达德利愤慨地说，"这是上帝所不允许的事情，也是正义所不允许的事情。"

"是啊，但他们的目标是你，所以你才会这样想，"尼古拉斯毫无同情地说，"没有几头公牛会和肉贩讨论信仰，而你已经是死肉一块了，我的朋友。"

艾米和丽兹·奥丁赛尔在托马斯·布朗特及达德利仆从护送下安静地骑行，前往海德家。像过去一样，孩子们远远地看到他们，一路奔跑过来，脸上带着期盼的笑容,而他们家最欢迎的客人,漂亮的达德利夫人,却仿佛根本没看到他们似的。

爱丽丝·海德匆忙出门迎接她丈夫的姐姐和她的贵族朋友,有那么片刻,仿佛有一片阴云笼罩了他们的房子,让她不由自主地打了个冷战,如同四月的阳光突然凛冽起来。"姐姐!达德利夫人,非常欢迎你们。"

但那两个女人的面色却都因紧张而苍白。"噢,丽兹!"爱丽丝惊诧于写在丽兹脸上的疲惫,她走上前扶她下了马,她的丈夫也从家中走出,扶着达德利夫人站到地上。

"我可以回房间吗?"艾米轻声问威廉·海德。

"当然可以,"他和蔼地说,"我送你去,帮你生火。你想要一杯白兰地,暖暖身子,让你漂亮的脸颊重新变回玫瑰色吗?"

他看到她望向自己的表情,就好像自己说的是外语一样。

"我没有生病,"她断然道,"是谁告诉你我生病了,他肯定是在撒谎。"

"没有生病?太好了。你看起来只是因旅途而劳累,仅此而已,"他说着,带她穿过客厅,走上楼,带她去最好的客用卧室,"今年罗伯特大人也会到这儿来吗?"

艾米在门边停下了脚步。"不会,"她说得非常小声,"我在这个季节恐怕见不到我丈夫了。他完全没给我消息。"

"噢。"威廉·海德不知所措地应道。

她转过身,向他伸出双手。"但他是我的丈夫,"她近乎恳求地说,"这一点不会改变。"

他困惑地摩挲她冰冷的双手。"当然了,"他安抚她说,心里却觉得她的话语毫无来由,仿佛疯人呓语,"他也是个好丈夫,我相信。"

他莫名地说对了一句话。被冷落的妻子艾米的脸上浮现出孩子般甜美的笑容。

"是的,他是个好丈夫。"艾米说,"我很高兴你也了解到这一点,亲爱的威廉。他对我来说确实是个好丈夫,他一定很快就会回来找我的。"

"天哪,他们对她做了些什么?"威廉·海德问他的姐姐丽兹·奥丁赛尔。三人正围坐在餐桌边,桌布已经清理干净,门也关得严严实实,以免有仆从偷听,"她看起来简直快要死了。"

"和你预言的一样,"丽兹说,"就是你为你的主子和女王结婚以后将会发生的一切而喜悦的时候,你说过的那些话。他所作的和你猜想的完全一样。他抛弃了她,准备迎娶女王。他把这些话当面告诉了她。"

听到这个消息,威廉·海德发出一阵悠长的口哨声。爱丽丝则震惊不已。

"这是女王提出来的?她以为自己可以不顾诸位领主和英格兰人民的意见而独自决定?"

丽兹耸耸肩。"他说这话的时候就好像万事俱备,只差艾米点头同意。他说这话的时候就好像已经和女王达成了共识,甚至已经在为他们的孩子取名字了。"

"他会成为女王的配偶。她甚至可以叫他国王,"威廉·海德推测道,"而且他不会忘记我们为他做过的事情和我们为他展现出的善意。"

"那么她呢?"丽兹愤怒地朝着他们楼上的房间点点头,"等他加冕的时候,我们就在威斯敏斯特的教堂高呼万岁?你有没有考虑过她会在哪儿?"

威廉·海德摇了摇头。"安静地生活在乡下?住在她父亲的旧宅里?住在她喜欢的那栋房子——从前的辛普森庄园里?"

"她会死,"爱丽丝预言道,"失去了他,她根本活不下去。"

"我也这么认为,"丽兹说,"最糟的是,我觉得,他的心里深知这一点。我确信那位歹毒的女王也同样深知这一点。"

"嘘！"威廉急忙说道，"即使门关着也要小心，丽兹！"

"艾米的一生都被他的野心所折磨，"丽兹愤愤地说，"她的一生都在等待他的爱，日夜不眠地为他的安危祈祷。可现在，等他拥有权势的时候，却又告诉她，他打算抛弃她，因为他爱上了另一个女人，而那个女人拥有的权力甚至能将他的合法妻子丢去喂狗。"

"你觉得这会对她有什么影响？你已经见到她了。你看不出她离死不远了吗？"

"她是不是病了？"威廉·海德问，"难道不是他们提到的她胸中的病变正在置她于死地？"

"置她于死地的是心痛，"丽兹说，"这才是她总是胸口疼痛的原因。他也许不明白这一点，但我觉得女王明白。她知道如果自己和艾米·达德利玩一场猫抓老鼠的游戏，就能将她的健康摧毁，让她躺在床上，自行死去。即使她没有先谋害她。"

"不可能！这可是大罪！"爱丽丝惊呼道。

"这里已经变成了罪恶的国度，"丽兹悲凉地说，"哪一种罪恶更严重呢？是让一个女人摔落楼梯，头部着地，还是一位女人让已婚男人上她的床，联手将真正的妻子折磨致死？"

塞西尔用密文写信给他在安特卫普的老朋友托马斯·格雷斯汉姆。

托马斯：

1. 我接到了你关于西班牙舰队的信笺，他们很可能是正在计划武装入侵苏格兰。你所见到的庞大数量也许印证了一点：他们也在打算入侵英格兰。

2.他们早就打算以维护和平为借口来入侵苏格兰。我想他们如今只是付诸实践。

3.收到我的这封信后,请通知你的所有委托人、主顾及朋友,西班牙随时都可能进犯苏格兰,这也会导致他们与法兰西人、与苏格兰人和我们开战。请严正警告他们,因为法兰西的入侵,英国将取消所有在安特卫普的贸易活动。布匹市场将会永远地从西班牙治下的荷兰消失,损失将无法估量。

4.如果你能利用这一消息制造出重大的商业恐慌,我将不胜感激。如果穷人们明白自己将会因为英格兰撤销贸易而挨饿,并且聚众反抗他们的西班牙主子,那就更好了。如果西班牙人能够认识到自己正面临着一场内乱,那你可就帮了大忙了。

他没有签名,也没有盖上带有家徽的印章。他很少留下自己的名字。

✦

十天以后,塞西尔像一只长脚渡鸦一样大步走进女王的住处,将一封信放在她面前的书桌上。她面前没有其他文件,她为了苏格兰的事焦虑不安、无心工作。只有罗伯特·达德利能够将她的注意力从对战争的无比恐惧中转移,只有他能够安抚她。

"这是什么?"她问。

"我在安特卫普的一位朋友来信说,那座城已经陷入一片恐慌,"塞西尔不无喜悦地说,"有地位的生意人都成群结队地逃离穷人们占据了街头,还放火烧毁了贫民区。西班牙当权者被迫向市民和商人们发表声明,说他们不会向苏格兰发起远征,也不会与英格兰对立。但货币依然在大量流动,人们渐渐搬离那座城市。那儿已经完全陷入了恐慌。他们害怕这些人会聚众反叛，掀起内战，只能保证说港口停泊的那些战舰不会驶向我们的海岸。西班牙人还被迫向西班牙属荷兰的商人们保证，在苏格兰事务上不会与我们为敌，他们仍然是我们的伙伴和盟友，不管苏格兰发生什么。这些都严重地威胁到了他们的商业利益。他们公开宣布了和我们的同盟关系，更不会进犯我们。"

她的两颊泛起红晕。"噢，圣灵啊！我们安全了！"

"我们仍然需要面对法兰西的威胁，"他提醒她，"但我们无须担心西班牙也会同时对付我们。"

"我也不必嫁给那位大公了！"伊丽莎白开心地笑了起来。

塞西尔怔住了。

"尽管我仍然希望嫁给他，"她连忙改口，"我答应过的，塞西尔。"

他点点头，心知她在说谎。"我要立刻写信给格雷大人让他攻打利思堡吗？"

他看到她突然自信起来。"当然！"她大喊道，"终于，一切都顺利起来了。告诉他立刻进攻，立刻攻下利思堡！"

※

伊丽莎白开朗且自信的情绪并没有持续太久。攻打利思堡的行动在五月的时候宣告惨败。他们带去的云梯太短，超过两千人在徒劳地抓挠城墙之时死去，士兵们无法爬上墙头，也下不去，最后只能坠入下方的血泊与污泥之中。

这些士兵的伤病与死亡带来的恐惧萦绕在伊丽莎白心头，一如在吉斯的玛丽面前失败所带来的羞辱。有人说那个铁石心肠的法兰西女人大笑地看着踩在云梯顶端的英格兰人被长枪所刺穿，又像中箭的鸽子一样坠落。

"让他们回来！"伊丽莎白发誓道，"他们正在她门前的泥泞中濒临死亡。她简直是个女巫，她能呼风唤雨。"

"但他们不能回来。"塞西尔对她说。

她的指甲伴随着她狂乱的揉搓而闪着光泽，周围的硬皮已经又红又肿。"必须让他们回家，失去苏格兰是我们的宿命，"她说，"为什么云梯那么短？格雷应该被推上军事法庭，诺福克公爵应该被召回。我自己的叔叔和一个背信弃义的傻瓜！死在利思堡城墙上的人足有上千！他们会称我为凶手，因为我居然让这些优秀的士兵死得如此愚蠢。"

"战争就意味着死亡，"塞西尔断然道，"在开始前我们都已经料到了。"

他没有说下去。这个满心惊恐的女孩从没见到过真实的战场，从没有从那些呻吟着要水的伤员身边走过。女人不知道男人能忍受怎样的伤痛，她无法像国王那样掌控大局。女人永远无法理解，上帝用自身形象造出的男人拥有怎样的决心。

"您必须学着拥有国王般的勇气，"他坚定地对她说，"尤其是现在。我知道您因我们战况不佳而惊恐，但在战争中获胜的通常都是更有自信的一方。您越是恐惧，就越是应该展现出勇敢的一面。无论您想到什么，只要抬起下巴，相信自己拥有男人的气量。您的姐姐都能做到。我曾经见过她在转瞬之间扭转整个伦敦的局势。您也可以做到。"

伊丽莎白突然发起火来。"别在我面前提起她！她有丈夫为她掌控一切。"

"那时还没有，"他说，"那时她面对的是怀亚特的叛乱，叛军已经开进城里，驻扎在朗伯斯区。她那时还是个孤独的女人，她称自己是处子女王，随后伦敦的民兵队便发誓将生命托付给她。"

"好吧，我承认我做不到，"她揉搓着双手，"我没有勇气。我说不出那样的话，也无法赢得人们的信任。"

塞西尔握紧她的双手。"您必须鼓起勇气，"他说，"我们必须前进，只因我们无路可退。"

她可怜巴巴地看着他。"我们应该做什么？我们现在还能做什么？战争肯定已经结束了吧？"

"召集更多的士兵，重新开始攻城。"他说。

"你真这么觉得？"

"我愿以性命担保。"

她不情愿地点了点头。

"那就是说您允许我发布命令了？"他追问道，"招募更多士兵，让他们能够继续攻打利思堡的命令？"

"是的。"她喘息着说出这两个字，活像个被逼得走投无路的小女孩。

能够安慰伊丽莎白的只有罗伯特·达德利。他们骑马外出的时间越来越少，她每个夜晚都担心到精疲力竭难以成眠。她整日整夜地在自己的房间里徘徊，直到第四日早上，才在午后精疲力竭地打起了瞌睡。他们轻轻关上她的房门，隔开那些流言蜚语，罗伯特则在这个灰暗冷寂的午后陪她坐在壁炉旁边。她解下镶满沉重珠宝的头巾，任自己的长发在他的腿上披散开来，他轻轻抚弄她的一缕红铜色头发，直到她脸上紧张的神色渐渐和缓，时不时地闭上眼睛，最后沉沉睡去。

凯特·艾什莉坐在房间的窗边，但她只是做给外人看的，她的目光始终集中在手中的针线活或是书本上。她几乎对那对情人视若无睹，也没有看着罗伯特仿若母亲般体贴地照顾着伊丽莎白。凯特知道伊丽莎白就快被压垮了。她曾十几次见过伊丽莎白因紧张而患病。她早已习惯了查看伊丽莎白纤瘦的手指和单薄的手腕，去寻找水肿再次复发的迹象，然后把她赶到床上去。凯特知道，也只有伊丽莎白最亲近的人才知道，没有什么能比恐惧更快地加重她的病情。

在门外，凯瑟琳·诺利斯坐在会客室的长椅上，努力装作什么也没发生的样子，手中仍然没有放下为丈夫缝补衬衫的活儿。她清楚地察觉到空荡荡的王位和等待的廷臣，还有他们的窃窃私语，说女王和罗伯特爵士已经单独在房间里待了半个白天，直到晚餐时都不会出来。凯瑟琳面无表情地抬着头，拒绝回答女王与罗伯特共处一室的原因，也拒绝去聆听那些低声的议论。

玛丽·西德尼虽然为自己兄长的野心而惊骇，但她对家族的忠诚却毫无动摇，她与凯瑟琳·诺利斯一起用餐，和凯特·艾什莉外出散步，尽量回避那些会问起"罗伯特·达德利知不知道自己在做什么"的人。

枢密院的成员、各位领主以及没有领取达德利薪水的那些人，都发誓说很快就会有人去除掉他，因为他玷污了女王的名节，使她的名字出现在全国街头巷尾每间酒馆的流言里。有人说托马斯·霍华德在拼命加固北部防线的城堡，并努力征召更多人入伍的同时，仍然抽出时间派出一名刺客南下入宫，准备杀死达德利，彻底摆脱他的麻烦。没有人可以否认，如果达德利消失，世界会变得更加美好。对于这个王国，他比法兰西人更危险。只要他锁上门与女王共处一室，那么无论房间里还有谁，门口又还有谁，他都会让女王蒙受可怕的污名。

可没人能够阻止达德利。当他信任的人，比如弗朗西斯·诺利斯指责他的时候，他会明确指出，如果没有他的宽慰，女王的健康将会因焦虑而崩溃。他提醒他的好友们，女王在这世界上是个孤单一人的年轻女子。她没有父亲、没有母亲，也没有监护人。除了他本人，没有人能够爱她、保护她，他是她的旧友，也是她信任的人。

对于其他人，他只是以不羁的笑容和语带嘲讽的感谢来回应他们对他福祉的关心。

丽蒂西娅·诺利斯信步走进塞西尔的住处,在他的书桌旁坐下,表现出订婚女性的端庄。

"什么事?"塞西尔问。

"她打算让他去法兰西进行和谈。"丽蒂西娅说。

塞西尔掩饰着自己的震惊。"你确定?"

"我确定,她确实这么请求他。"年轻的女子耸耸她瘦削的肩,"我也确定,他说会看看自己能做到什么。但至于她此刻的想法是否有变,我就不知道了。毕竟这是今天早上的事情,现在已经是下午。她几时能维持同一个想法超过两小时的?"

"她是怎么说的?"塞西尔没有理会丽蒂西娅的无礼。

"如果他们能够归还加莱,并且让苏格兰女王不再使用她的家族纹章,我们就将苏格兰拱手相让。"

塞西尔紧咬嘴唇,不发一言。

"我就知道你不会赞同的,"丽蒂西娅笑了,"用整个国家来换取一个城市。有时她的行为举止简直像个疯子。她哭着缠着他,要他拯救她的英格兰。"

噢,上帝啊,而且还在你这样多嘴的女孩面前这样说。"他怎么说的?"

"跟平常说的一样,他告诉她不用害怕,他会保护她,由他来安排一切。"

"他没有做出什么具体承诺吗?他没说马上会去做什么吗?"

她又笑了。"他可聪明得很。他知道她很快就会改变主意的。"

"你来告诉我是对的,"塞西尔说。他拉开抽屉,凭触感挑出一个沉甸甸的小包,"这是给你买裙子的。"

"谢谢。这些钱足够买一条最好最贵的礼裙了。"

"女王没有把她的旧裙子给你吗?"他突然有些好奇。

丽蒂西娅脸上闪过快活的表情。"你觉得她敢于冒险和我比较吗?"她淘气地问道,"在她没有罗伯特·达德利就活不下去的现在?她甚至不愿意他多看别的女人。我要是她,就绝不会将自己的旧裙子送给我。我可不愿意被人比较。"

塞西尔作为情报网络的首脑,收集着关于女王的谣言,他听说半数国民都认为她已经与达德利成婚,另外一半则认为她早已声名狼藉。他同时更收罗着那些针对这对情人的威胁,就像一只蜘蛛将长长的腿足放在自己的蛛网上,警惕着任何颤动的迹象。他知道至少有十个人威胁要杀死达德利,还发誓会用刀子捅死他,有成百的人声称自己愿意帮助,又有上千人明知这一切却打算坐视不理。

上帝啊,快点来个人下手,结束这一切吧! 塞西尔暗地自语,他看着伊丽莎白和达德利当着半个宫廷的面在她的房间里用餐,交颈低语的时候旁若无人,他的手在桌下抚摸着她的腿,他们的目光难舍难分。

但即使是塞西尔也知道,如果没有罗伯特陪伴在侧,伊丽莎白就无法决定任何事情。在她生命的舞台上——她那么年轻,周围又危机四伏——她应该有这样的一个朋友。尽管塞西尔本人愿意日夜陪伴在她身旁,但伊丽莎白想要的却是由心到灵魂的知己。只有与她深深相爱的男人才能满足伊丽莎白对安全感的渴望,只有这个每分每秒都在公然背叛自己妻子的人才能满足伊丽莎白永无止境的虚荣心。

"罗伯特阁下。"塞西尔向着从餐桌另一头走来的达德利鞠了一躬。

"我只是来安排乐师们做事情的,女王想听我为她创作的乐曲。"罗伯特不情愿地停下脚步解释道。

"我不会拖延你太久的,"塞西尔说,"女王和你说起过与法兰西之间的和谈问题吗?"

达德利微微一笑。"还没有什么实质性讨论,"他说,"大人,我们都知道,和谈是不可能的。我想,让她多说几句可以减轻她的恐惧,等以后我再和她解释。"

"那我就放心了。"塞西尔礼貌地说。你会和她解释?你除了欺骗和背叛以外什么也不懂!"罗伯特大人,我正在罗列欧洲诸国宫廷的大使名单。我希望等打赢这场仗以后,能派出些新鲜面孔。不知你是否愿意去拜访法兰西?我们打算派一名诚实可信的人驻留在巴黎,尼古拉斯爵士也很想回家。"他顿了顿,"我们需要派一个人让他们学会接受失败。如果说有人能够吸引法兰西女王的注意力,并且让她疏于政务,那么这个人一定是你。"

罗伯特没有理会他模棱两可的恭维。"你和女王说过这些了?"

没有,塞西尔想,因为我知道她的回答会是什么。她不会让你离开她的视线。但如果我能够说服你,那么你就能说服她。我倒是很希望有你这么个英俊的无赖去跟苏格兰女王玛丽调情,并且为我们刺探消息。他说出口的则是:"还没有。我想先询问你是否愿意。"

罗伯特露出最为迷人的笑容。"我想可能不行,"他说,"这件事你知我知,威廉阁下。我想明年这时候,我在国内可能另有安排。"

"噢?"塞西尔问。他是什么意思?他思绪飞快。他不是在说我的职位吧?她是不是想把爱尔兰给他?或是,上帝啊,她该不会让这个自负的家伙掌管北方吧?

罗伯特看着塞西尔困惑的神情,不禁大笑起来。"我想,你到时会发现我身处极高的地位,"他轻声说,"也许是这片土地上最高的地位了,国务秘书大人,如果你现在愿意做我的朋友,我也会做你的朋友。你明白了吗?"

塞西尔感觉到自己仿佛失去了平衡,就好像地板在他的脚下裂开了一般。他终于明白了罗伯特的意思。"你觉得她会嫁给你?"他轻声问道。

罗伯特笑了起来,那是恋爱中的年轻人特有的自信微笑。"当然。如果我没有被人先杀死的话。"

塞西尔拉住他的衣袖。"你是说真的?你问过她,她也同意了吗?"冷静点,她绝不会同意和他结婚的。她绝不会说出这样的誓言而且还加以遵守的。

"是她提议的。我们之间已经达成一致。她无法独力担负整个国家的重担,而我爱她,她也爱我。"达德利家族的野心让他的脸色都温暖起来,"我真的爱她,你知道的,塞西尔。我对她的爱超出你的想象。我会让她幸福。我会倾尽一生让她幸福。"

确实,但这件事本身无关爱情,塞西尔悲哀地想着,她并不是牛奶工,你也不是牧羊人。你们两人都没有资格去为爱而结婚。她是英格兰的女王,你是个已婚男人。如果她执迷不悔,就会丢掉王位,而你会被砍头。他说出口的则是:"你们两个确定要这么做吗?"

"只有死亡才能阻止我们。"达德利笑着说。

⬢

"要不要出去骑马散散心?"丽兹·奥丁赛尔太太对艾米说,"河边的水仙花都开了,景色很美。我想我们可以骑马过去摘一些。"

"我好累。"艾米无力地说。

"你好几天没有外出了。"丽兹说。

艾米挤出笑容。"我知道,我真是个乏味的客人。"

"不是的!我弟弟担心你的身体。要不要让我们的家庭医师来看看?"

艾米向她这位好友伸出手去。"你知道我为什么这样。你知道我的病无药可医。宫里有什么消息吗？"

从丽兹·奥丁赛尔负疚回避的眼神中，艾米已然得知了一切。

"她不打算嫁给那位大公了？他们在一起了？"

"艾米，人们都说他们的婚姻已经是必然的事实。爱丽丝那个常去宫里的亲戚很肯定这一点。也许你应该考虑一下，如果他强行和你离婚，你应该怎么办。"

艾米沉默不语。奥丁赛尔太太也不敢再说什么。

"我要和威尔逊神父谈谈。"艾米终于开口说。

"那就去吧！"得知有人可以帮忙关照艾米，奥丁赛尔太太松了口气，"要我派人找他来吗？"

"我要走路去教会，"艾米坚定地说，"我明天早上就去见他。"

海德家的花园离教堂庭院不远，沿着水仙盛开的蜿蜒小路行走是一件心情愉悦的事情。艾米推开花园的门，向教堂走去。

威尔逊神父正跪在圣坛前，听到开门的声音，他站起身，走进过道。看到来人是艾米的时候，他停下了脚步。

"达德利夫人。"

"神父，我需要忏悔我的罪行，听取你的建议。"

"不该由我听你的忏悔，"他说，"你应该直接向上帝祈祷。"

她茫然地环顾教堂内部。曾经让整个教区花费不菲的那些美丽的彩色玻璃窗已经不复存在，圣坛前的隔板也被人拉倒。"发生什么事了？"她轻声问。

"他们拿走了窗户上的彩色玻璃，还有蜡烛、杯子以及圣坛隔板。"

"为什么?"

他耸耸肩。"他们说这些是天主教诱惑人心的陷阱。"

"我们能在这里谈谈吗?"艾米指了指长椅。

"上帝在这里也同样会聆听我们的话,"神父安慰她说,"让我们跪下来祈求他的帮助吧。"

他双手掩面,极度诚挚地祈祷着,想知道说些什么才能抚慰这个年轻的女人。他也听到过宫里的一些流言,知道自己恐怕无能为力,她已经被人抛弃了。但上帝是仁慈的,也许会给她别的什么补偿。

艾米仍然跪着,将脸深埋在自己的双手中,她的声音由指间传出。"我的丈夫,罗伯特大人,他要向女王求婚,"她轻声说,"他告诉我这也是女王的意愿。他告诉我说她可以强迫我离婚,因为她已经是英格兰的教皇了。"

神父点点头。"那你说了些什么呢,我的孩子?"

艾米叹了口气。"我犯下了愤怒与嫉妒的罪,"她说,"我变得暴戾而恶毒,我为自己的言行感到羞愧。"

"上帝会宽恕你,"神父温和地说,"我明白你现在身处极度的痛苦之中。"

她睁开双眼,低落地看着他。"我的痛苦让我觉得自己甚至会为此而死,"她简短地说,"我祈祷上帝能让我从这痛苦中解脱,带我离开这世界。"

"他自有安排。"神父补充道。

"不,我要的是现在,"她说,"每一天,神父,每一天对我来说都是痛苦的折磨。每一天早上我都闭着眼睛,希望我已经在昨晚死去,但每天早上我都能看到晨光,知道自己又要在煎熬中度过一整天。"

"你要放下寻求死亡的念头。"他语气坚定地说。

艾米出人意料地甜甜微笑起来。"神父,这是唯一能让我感到安慰的事情了。"

和从前一样,面对这个女人的困境,他觉得自己无法给出任何建议。"上帝一定会给予你安慰及庇护。"他重复着相似的话语。

她点点头,但并不怎么相信的样子。"我应该答应和他离婚吗?"她问他,"那样他就可以以自由身迎娶女王,流言也会因此销声匿迹,这个国家也会恢复和谐,我也会被人遗忘。"

"不。"神父决绝地说。他控制不住自己,这毕竟是对他仍旧秘密敬拜的教会的一种亵渎。"上帝让你们在一起,也就没有人能将你们分开,即使他是你的丈夫,即使她是女王。她不能自以为是教皇。"

"那我就要永远生活在痛苦折磨之中,虽然得不到他的爱,但还是将他看做我的丈夫?"

他沉吟片刻。"是的。"

"即使我得到的只有他的憎恶与她的怨恨?"

"是的。"

"神父啊,她是英格兰的女王,她会怎样对付我呢?"

"上帝会保护你的。"他心口不一地用自信的语气说。

女王将塞西尔召到她位于白厅宫的私人住处,凯特·艾什莉临窗而坐,罗伯特·达德利站在她的书桌后,几个女伴围坐在壁炉旁。塞西尔对她们礼貌地鞠躬行礼,然后走到女王面前。

"陛下?"他试探着打招呼。

"塞西尔,我已经决定了。我希望由你去提出和解。"她语速飞快。

他迅速将目光转向罗伯特爵士,后者疲惫地笑了笑,但未予评论。

"法兰西使臣告诉我,他们会派专人前来和谈,"她说,"我希望你找机会去和那位兰登先生见面,看看我们是否能够达成某种共识。"

"陛下……"

"我们不能在苏格兰进行长期战争,苏格兰的领主们不擅久战,而利思堡又几乎是铜墙铁壁。"

"陛下……"

"我们唯有的希望就是吉斯家的玛丽死去,但他们说她的健康状况虽然很差,离死亡却还远得很。而且他们也是这么说我的!他们说这场战争把我折磨得不成人样,上帝作证,他们说得没错!"

塞西尔听到伊丽莎白熟悉的、歇斯底里的叫喊声,不禁后退一步。

"圣灵在上,我们必须和解。我们无法承担战争,也无法承担战败的结果。"她语带恳求。

"我当然可以和兰登先生会面,看看我们是否可以达成一致。"他平静地说,"我会起草几个条件给您过目,等他来的时候可以拿给他看。"

伊丽莎白紧张地屏住了呼吸。"好的,还有,请尽快安排停火协议。"

"我们必须取得某种程度上的胜利,不然他们会以为我们是在害怕,"塞西尔说,"如果他们认为我们在害怕,就会得寸进尺。我们可以在攻打他们的同时与他们和谈,但我们必须在和谈过程中继续攻城,海军方面也要继续封锁。"

"不行!让他们撤兵!"

"那我们将会一无所获,"他指出,"他也就无须再与我们和谈,就会随心所欲按他们自己的意愿行事了。"

她离开座位,在房间里踱步,焦躁不安地揉搓着自己的指甲。罗伯特·达德利走到她身后,伸手揽住她的腰,将她拉回椅中,又看着塞西尔。

"女王是为英格兰士兵的生命而担忧。"他心平气和地说。

"我们都很担心，但我们必须持续攻城。"塞西尔断然道。

"如果你能和法兰西人进行谈判，我相信女王一定会同意继续攻城，"罗伯特说，"我相信她也愿意你在谈判的时候站在有利角度。必须让法兰西人看到我们的诚意。"

没错，塞西尔暗想。可你又在做什么呢？我知道，你在安慰她，看在上帝的分上，如果有除你之外的人能安慰她，我愿意为此掏空腰包。但你想玩的究竟是怎样的游戏？你们达德利家肯定能从中获益，如果我能看穿就好了。

"这次协商要能够迅速进行，"女王说，"不可拖延。要是让我的部队在利思堡前面继续等下去，光是疾病都能要他们的命。"

"如果你能亲自去纽卡斯尔的话，"达德利向塞西尔提议道，"就带法兰西特使去诺福克的指挥部进行和谈吧，这样一来，就能确保他们彻底在我们的掌控之下。"

"而且远离西班牙派来的代表，因为他仍旧想要从中干涉。"塞西尔附和道。

"尽量接近苏格兰，以便他们能尽快从摄政女王那里得到指示，但同时要和法兰西保持距离。"达德利补充。

我也能远离女王，她就没办法反悔自己的命令——塞西尔在心里补充道。然后他突然想到了一件事——上帝啊！他要把我也派去纽卡斯尔！先是她的叔叔，他让他担任苏格兰边防的作战指挥，将他派往前线，现在轮到我了。我离开以后他打算做什么？取代我的位置？任命自己进入枢密院，并且投票通过自己的离婚议案，还是要谋杀我？

他说出口的却是："我会照做，但我需要陛下答应我一件事。"

伊丽莎白抬头看着他——他从没有看到过她这样憔悴疲累，甚至在她直面死亡的童年时也没有。"圣灵在上，你想要我答应什么？"

"我要您答应我,即使我不在您身边,您也会忠实于我们长久以来的友谊,"他平静地说,"而且您不会做出任何重大的决定、签订任何盟约或者协定,"他不敢看达德利,"直到我回来为止。"

至少她完全没有密谋对他不利的意思。她很快便真诚地回答:"当然可以。你也会为我们争取和平,不是吗?"

塞西尔深鞠一躬。"我会为了您,也为了英格兰竭尽全力。"他说。

她伸出手让他在上面印下亲吻。她的指甲已经被啃咬得不成样子,他亲吻她手指的时候,感觉到上面粗糙的硬皮刺痛了他的嘴唇。"愿上帝赐予您内心的平和,"他轻声说,"我会在纽卡斯尔服侍您,就像在这里服侍您那样。也请您遵守和我的约定。"

塞西尔的马匹和数量众多的士兵、仆从以及守卫都集合在王宫的大门前,女王和整个宫廷为他送行。这仿佛是在对他发出某种讯号,也是让那些细心的人知道,他并不是被她视为麻烦而遣往北方的,他的派遣正式而隆重,她也会相当地想念他。

他在她面前的石阶上跪倒。"在离开之前,我有话对您说,"他压低声音说道,"昨晚我去您会客室的时候,他们说您已经就寝,不让我见您。"

"我那时太累了。"她闪烁其词。

"是关于货币的事情。而且很重要。"

她点点头,他站起身将手臂伸给她,他们一同走下宫殿的台阶,走出守卫们听力所及的范围。"我们需要替换王国的货币,"塞西尔轻声说,"但整个过程必须绝对保密,否则人们知道了手里的货币即将贬值,都会想办法尽快脱手。"

"我想我们恐怕负担不起。"伊丽莎白说。

"我们更负担不起无所作为的后果，"塞西尔说，"这件事非做不可。而且我找到了借金子的门路。我们可以铸好新币，然后在一夜之间收回旧币，称量重量，再用新币替换。"

她一时间没有明白。"但拥有大量钱币的人会突然发现自己的财富少了很多。"

"没错，"塞西尔说，"受到影响的只是拥有大笔财产的人，不会影响到平民。有财产的人们会大吵大闹，但平民们会因此而爱戴我们。有钱人无非是商人、牧场主和投机者，他们用新币进行海外交易的时候也会得到不错的回报。他们的吵闹声不会太响的。"

"那王室的财产呢？"她担心自己的财产会因此缩减。

"您的议员阿玛吉尔·瓦德在处理这件事，"他说，"从您继位以后，就一直在把财产转换成黄金。我们会让这个王国的货币重新可靠起来，他们也会将此称为'黄金时代'。"

伊丽莎白笑了起来，一如他的预料。

"但这仍然要绝对保密才行，"他说，"如果您告诉给某个人，"——*我们都知道那个人是谁*——"他就会出手手里的钱币，就会提醒关注他的每个人。他的朋友会跟风效仿，就算他没有直接对他们提出警告，他的对手们也会想知道他这么做的原因，然后照做。所以这是必须绝对保守的秘密，否则我们肯定无法成功。"

她点点头。

"如果您告诉了他，您就会因此走向毁灭。"

她没有回望站在石阶上的达德利，而是一直将目光停留在塞西尔身上。

"您能保守这个秘密吗？"他问。

她那波琳家特有的黑色眼眸看着他，流露出她的商人血统所特有的玩世不恭的笑意:"噢,圣灵在上,你应该明白,我会保守秘密的。"

他鞠了一躬,亲吻了她的手后转身上马。"我们什么时候着手?"她问他。

"九月,"他答,"今年九月。到了那时,愿上帝保佑我们能够迎来和平。"

1560年夏

塞西尔和他的随从们在初夏的晴朗天气下沿北方大道骑马行进，花了一周时间才从伦敦抵达纽卡斯尔。他在伯利那那栋已近落成一半的漂亮宫殿里待了一整晚。他的妻子米尔德丽德带着一贯的温和笑容和他的两个孩子出门迎接。

"我们还有很多钱币吗？"晚饭时，他问妻子。

"不多了，"她答，"女王继位的时候，你就告诉我别留太多钱币，以后就算是我也能轻易看出不对劲了。我现在尽可能地少留钱币。可以的话，我只收实物做租金，货币太不值钱了。"

"很好。"他说。他知道自己不用再多说什么。米尔德丽德也许住在偏远地区，但乡村和城里发生的事她却少有不知道的。她在这个国家的亲戚都是最有权势的新教徒，而她本人则来自那位知名学者和新教徒奇克[①]的家庭。这些大家族之间有着不间断的信件往来，传递着消息、观点和神学理论。

"一切都还顺利吗？"他问，"要是能留在这儿看着这些建筑工人，我宁愿付出一笔等同于国王赎金的财富。"

"如果你到苏格兰的时候迟了，是不是也要付出这么一笔赎金？"她敏锐地问道。

[①] 指英国著名学者约翰·奇克，他是爱德华的导师和威廉·塞西尔的老师，同时也是上一任国务秘书。

"是的，"他答，"我在做很重要的事情，亲爱的。"

"我们会获胜吗？"她直白地问道。

塞西尔想了一会儿才说："我真希望能肯定地答复你，"他说，"但竞争对手太多，我也不清楚他们手里都有什么牌。我们在边境有许多优秀人物，格雷大人值得信赖，托马斯·霍华德一如既往行事果断。但那些新教领主只是些乌合之众，约翰·诺克斯除了惹祸之外什么也不会。"

"一位先知。"她尖锐地说。

"的确，他的一举一动都表现得仿佛有上天授意。"他促狭地说着，然后看到她也露出了微笑。

"你们是不是必须阻止法兰西？"

"不然我们就会失败，"他承认道，"我愿意接纳任何盟友。"

米尔德丽德一言不发地给他斟了一杯酒。"你能来这里真是太好了，"她说，"一切都结束以后你是不是可以回家来？"

"或许吧，"他说，"她那里的活儿可不轻松。"

第二天早晨，塞西尔吃完了早饭，准备天一亮就出发。他的妻子起床送他离开。

"在苏格兰多保重，"她和他吻别的时候说，"据我所知，在那里的新教无赖和天主教无赖一样多。"

✦

他们迅速赶往纽卡斯尔，在六月的第一周便已抵达，塞西尔发现托马斯·霍华德精神饱满，为边境城堡的坚固而充满自信。他觉得没必要为一场能够打赢的仗而割让土地。

"我们是带着军队来的，"他对塞西尔抱怨道，"可既然要讲和，还要军队干什么？"

"她认为利思堡绝不会陷落,"塞西尔精明地说,"她认为这场战争的胜者将是法兰西。"

"我们可以打败他们!"诺福克大叫道,"我们可以打败他们,然后再做和平谈判。到时候他们就得听我们的条件了。"

塞西尔开始着手与法兰西的和平特使兰登先生之间漫长的和谈。但托马斯·霍华德立刻将塞西尔拖到一边,表示了对那些法兰西随行人员的反对。

"塞西尔,他随行的所谓廷臣里有半数是工程师,"他说,"我不想让他们有机会看到我们的兵力部署,检查我们在这儿和在爱丁堡的城堡围墙。如果你放任不管,他们会看到我在这里所做的一切。另外一半都是探子。他们一到爱丁堡和利思堡,就会和他们的接头人联系,将情报直接送回法兰西。你必须让兰登独自和谈,他别想骑着马赶到利思堡的摄政女王那里,第二天再回来,观察这儿的天知道什么东西,再跟天知道什么人说话。"

但兰登先生非常固执。他坚持要等到玛丽·吉斯本人的命令,否则不会主动要求和谈,也不会接受英格兰的和谈提议。他必须前往爱丁堡,并且必须在护送下安全地穿过攻城部队,进入利思堡。

"还不如再给他画一张地图,"托马斯·霍华德愤怒地说,"邀请他去拜访这条路上所有该死的天主教徒的住处。"

"他确实得见他的主子,"塞西尔冷静地说,"他得把我们的提议告知她。"

"是啊,而且她才是我们最大的威胁,"托马斯·霍华德说,"他除了她的喉舌之外什么也不是。她是一位出色的政客,为了能阻止我们与法兰西进行谈判,她可以永远躲在她的城堡里。她会阻拦在我们和法兰西之间。如果我们同意让兰登先生和她会面,她就会命令他来和我们提出这样或那样的要求;她会先同意,之后又反悔,她会把我们拖延在这里直到秋天,然后天气就会摧毁我们。"

"你这么认为?"塞西尔紧张地问。

"我非常肯定。苏格兰人已经临阵脱逃了不少,我们这方每天都会有人死于疾病。炎热的天气会给我们带来瘟疫,而寒冷的天气会让我们毁于伤寒。我们必须立刻行动,塞西尔,我们不能让他们用虚伪的和平提议将我们困在这里。"

"要怎么行动?"

"加紧攻城。我们必须攻陷利思堡。不管付出怎样的代价。为了签署和约,我们必须给他们足够的威吓。"

塞西尔点点头。话是没错,但我看过你的攻城方案,他在心里对自己说。这需要非凡的运气,超凡的勇气,还需要缜密的战术,而英格兰军队几乎一样都不具备。但你的担忧是正确的:如果玛丽·吉斯在利思堡里闭而不战,时间就会毁灭我们,法兰西部队也就能轻而易举地占领苏格兰,进而攻占英格兰北部。你说的没错,我们必须威吓法兰西才能得到和平。

伊丽莎白疲惫得衣衫不整。罗伯特进了她的房间,看到她的女伴正为她在睡衣外面套上一件长袍,她胡乱扎起的发辫搭在背上。

往常对伊丽莎白的名声极其敏感的凯特·艾什莉看着罗伯特走进来,一句抱怨的话也没说。伊丽莎白一直以来的顾问兼好友托马斯·帕里已经在房间里了。伊丽莎白自己坐在窗边,作了个手势示意罗伯特坐到她身边。

"您病了吗,亲爱的?"他温柔地问。

她的黑眼圈那么的明显,看起来活像个被人击败的拳斗手[1]。"只是累

---

[1] 此处为 bare-knuckle fighter,是现代拳击运动的雏形。

了。"她连嘴唇也是惨白的。

"来,喝了它。"凯特·艾什莉递上一杯热气腾腾的蜂蜜酒。

"塞西尔那边有什么消息吗?"

"还没有。恐怕他们想要再次尝试攻城,我叔叔很着急,格雷大人也态度坚决。我希望塞西尔能够趁着法兰西特使在北方的时候达成停火协议,但他说过我们一定要维持足够的威胁……"她停了口,喉咙因焦虑而发紧。

"他说得对。"托马斯·帕里轻声说。

罗伯特按着她的手。"趁热喝了它,"他说,"喝吧,伊丽莎白。"

"更糟糕的是,"她说着,顺从地抿了一口,"我们没有钱了。我甚至无法负担军队下星期的开销。接下去会发生什么呢?如果发生兵变,我们就完了。如果他们想要回家,口袋里却又没有钱,他们就会洗劫从边境到伦敦的所有地方。法兰西也会乘虚而入。"

她又顿了顿。"噢,罗伯特,一切都乱套了。我把继承到的所有东西都毁了。就连我同父异母的姐姐玛丽都比我强。"

"嘘,"他拉起她的手放到自己的心口,"不会有这种事的。如果您需要钱,我就去帮您筹资,我知道哪里可以借到钱,我保证。我们能够付清军队的开支,霍华德和格雷没有取胜的把握也不会进攻。如果您需要,我也可以去北方为您确认情况。"

她立刻抓住他的手。"别离开我,"她说,"我无法忍受你不在身边的日子。别离开我,罗伯特,我不能没有你。"

"亲爱的,"他柔声说,"我都听您的。您让我去,我就去;您让我留下,我就留下。因为我始终爱您。"

她抬起头,虚弱地对他微笑。

"瞧,"他说,"会好起来的。现在您应该穿起漂亮的长裙,我带您去骑马。"

处女的情人

她摇了摇头。"我不能骑马,我的手很痛。"

她将手伸给他看。她指甲周围的硬皮红肿出血,指节肿胀。罗伯特握起她的手,看向凯特·艾什莉。

"她必须好好休息,"她说,"而且不能再这么焦虑了。她快把自己压垮了。"

"好吧,好好洗手,再涂些乳霜,亲爱的。"罗伯特掩饰着自己的震惊,"然后穿起漂亮的裙子和我坐在炉边烤烤火,我们可以听些音乐,你可以好好休息,我给你讲讲我的马。"

她笑了起来,就像个听说能吃上大餐的孩子。"好。"她说,"如果有什么从苏格兰传来的消息……"

罗伯特抬起手示意她不用说下去。"没有苏格兰的消息。如果真有什么消息,他们一定会尽快送来。我们只要耐心等待就好。好啦,伊丽莎白,你了解如何等待。我见过你气定神闲地等待的样子。你必须像当初等待你的王冠那样等待消息。世界上那么多女人,只有你等待起来最最优雅。"

听到这话她笑了,脸色也明亮起来。

"这倒是真的,"托马斯·帕里附和说,"从她还是个孩子的时候,她就能够安静地判断时机了。"

"很好,"达德利说,"现在去打扮吧,快一些。"

伊丽莎白听了他的话,仿佛是一位顺从丈夫的妻子而并非英格兰的女王。她的女伴们经过他身旁的时候目光低垂,只有丽蒂西娅·诺利斯例外,她经过他身边总不忘行一个深深的屈膝礼,就像女伴们见到国王应该做的那样。罗伯特爵士的一举一动,丽蒂西娅几乎都不会看漏。

1. 刺杀是一种令人厌恶的政治手段,但在某些场合,它应当得到重视。
2. 举例来说,如果一个人的死能够换得许多人的生命。

3. 一个敌人的死能够换得许多朋友的生命。

4. 以国王或女王而言，一个人的"意外死亡"总好过让那位国王或女王遭遇失败，使得人们将来有考虑反叛的可能。

5. 何况那个人年纪不小且病痛缠身。死亡对她是种解脱。

6. 我建议您不要和任何人提起这些。没必要回信。

纽卡斯尔

1560年6月7日

塞西尔没有签名，也没有把信封口，直接交由一位特别的信使交到了女王手中。他没必要等待回复。他知道伊丽莎白那善于变通的良心愿意承担任何罪过，只要能让她的军队返回。

整个宫廷，乃至整个世界都在等待从苏格兰传来的消息，但传来的仍然只有含义模糊的只言片语。塞西尔的信件每次都要花上三天才能抵达，他在信中告诉伊丽莎白，他和法兰西特使正打算等他们就法兰西随行队伍的细节达成一致，然后一同前往爱丁堡。他还在信中提及，他认为等法兰西的和平特使兰登先生从吉斯家的玛丽那里等到指示，就很有希望达成协议。他又提到自己明白伊丽莎白很担心士兵和存粮，他们入不敷出的财政状况，他们的作战条件，不过他见过爱丁堡的格雷大人之后，就会一五一十向她汇报。她应该继续等待消息。

他们都必须等待。

"罗伯特，我无法独自承受这些，"伊丽莎白低声对他说，"我快要崩溃了。我能感觉到自己就要崩溃了。"

他正陪着她在长长的走廊里漫步，经过她父亲和祖父还有其他欧洲伟大君主的肖像。玛丽·吉斯的画像朝着下方的他们怒目而视。伊丽莎白把它挂在显眼的位置，想要迷惑那位法国特使，不让他知道自己对这位给王国带来了这么多麻烦、对她又如此危险的摄政女王的真实感受。

"您不用独自承受。有我在。"

她停下脚步，抓住他的手。"你能发誓吗？你能发誓永远不会离开我吗？"

"您知道我有多么爱您。"

她突然大笑起来。"爱！我父亲也曾经疯狂地爱着母亲，可他还是处死了她。托马斯·西摩尔发誓说他爱我，可我还是坐视他死去，甚至没有抬起一根手指去救他。他们曾经来问我怎样看待他，但我并没有说他的好话。一个字也没有。我彻底背叛了我对他的爱。我需要的不仅仅是爱的承诺，罗伯特。我没有理由相信甜言蜜语。"

他顿了顿。"如果我是自由身，我今天就会和您结婚。"

"可你不是！"她大喊出声，"我们一次又一次地谈及这个问题。你说你爱我，你说你会和我结婚，但你不能，所以我只能选择独自一人，可我已经无法忍受孤独了。"

"等等，"他思绪飞转，"有办法。真的。我可以证明对您的爱。我们可以订立婚约。我们可以订立未来的婚约。"

"你是说自己一旦恢复自由身我们就结婚。"她深吸一口气。

"一项等同于婚礼誓词的誓言，"他提醒她，"我们要发誓忠于彼此，就像婚姻一样牢固。等我恢复自由身，我们只要将我们之间的关系公诸于世就可以了。"

"你会成为我的丈夫，永远陪在我身旁，不离不弃。"她目光紧盯着他问，向他伸出手去。他毫不犹豫地紧紧握住她的手。

"事不宜迟，"罗伯特轻声说，"就现在吧。就在您的祈祷室里。找些人作见证。"

有那么一瞬间,他觉得自己的要求过了头,她也会出于恐惧而退缩。但她的目光扫过宫廷,那里只有一些有气无力的私语声,只有一两双眼睛心不在焉地看着她和她形影不离的同伴散步的样子。

"凯特,我要为身在苏格兰的军队祈祷,"她对艾什莉太太说,"你们就不必陪我了,凯瑟琳和弗朗西斯爵士跟我来就好,我不想有太多人。"

女伴们纷纷行了屈膝礼,男人们则鞠了躬。凯瑟琳和弗朗西斯·诺利斯跟在挽着手臂的伊丽莎白和达德利身后,他们迅速穿过走廊,走过那段宽阔的石阶,步入王家祈祷室。

祈祷室里昏暗寂静且空旷,只有一名圣坛助手正在擦拭圣坛前的栏杆。

"你,出去。"伊丽莎白只说了这几个字。

"伊丽莎白?"凯瑟琳表示不解。伊丽莎白转身看着自己的表姐,满面欣喜。"你们愿意做我们订婚的见证人吗?"

"订婚?"弗朗西斯重复着这个词,看向罗伯特。

"只是未来的婚约,发誓将来会公开我们的关系,"罗伯特说,"这是女王和我最迫切的愿望。"

"那你的妻子呢?"弗朗西斯低声问罗伯特。

"她会得到一笔丰厚的安置费,"他答,"但我们想现在就订婚。你们愿不愿意做我们的见证人?"

凯瑟琳和丈夫面面相觑。"这可是代表结合的誓言啊。"凯瑟琳有些犹豫地说。她看看她的丈夫,等待着他的指示。

"我们可以做你们的见证人。"他说完,和凯瑟琳沉默地退到女王和她的情人两侧,而他们转身面向圣坛。

伊丽莎白的天主教烛台上的十二支蜡烛火焰明亮,照耀着十字架。她双膝跪倒,目光紧盯着十字架,罗伯特也在她身边跪了下去。

她转过头看他。"我以这枚戒指宣誓结合。"她从无名指上取下带着都铎玫瑰纹章的玺戒,递给他。

他接过戒指,试着戴在自己的小指上。他们惊喜地发现戒指合适得如同为他订制的一样。他取下刻有自己名字的戒指,是他父亲留给他,他平时用来给信件封口的那枚戒指,上面刻着象征达德利家族的熊与杖。

"我以这枚戒指宣誓结合,"他说,"从今天起,我就是您的未婚夫。"

伊丽莎白接过他的戒指,将它戴在自己的无名指上。非常合适。"从今天起,我就是你的未婚妻,"她轻声说,"而且我会成为你的绝佳伴侣。"

"我会永远爱您一人,直至死亡将我们分开。"他发誓道。

"直至死亡将我们分开。"她重复。

她深色的眼眸中闪着泪光,当她靠近他亲吻他嘴唇的时候,泪水满溢而出。他又想起了那天下午,她温暖的嘴唇和咸咸的泪水。

他们在当晚举办了宴会,叫人奏乐和起舞,许多天来也是第一次显得如此欢乐。没有人知道伊丽莎白和罗伯特为什么突然如此愉快——除了凯瑟琳和弗朗西斯·诺利斯,而他们早早退回了自己的房间。尽管气氛愉快,伊丽莎白还是说自己想早点上床安歇,说到这里的时候,她快乐地笑出了声。

宫人们顺从地撤了下去,女伴们护送着女王回到她的房间,按照传统将剑插入她的床身,焐热她的睡袍,为她的麦酒里添上糖和香料并且加热。

一阵轻轻的敲门声响过。伊丽莎白点头示意丽蒂西娅去开门。

塞西尔的仆从站在门外,一言不发地递上一封信。丽蒂西娅伸手去接的时候,来人却收回了手。她学着伊丽莎白的样子不耐烦地挑了挑眉毛,转身返回。

伊丽莎白走上前来接过那封信。来人鞠了一躬。

"你来这里用了多久？"伊丽莎白问，"这消息是多少天前的？"

"陛下，三天，"那个人又鞠了一躬说，"我们的马一直等在北方大道，我的大人让我们全速赶来。我们已经赶了三天。不会有任何人的消息比我们更快。"

"多谢。"伊丽莎白说着挥了挥手。丽蒂西娅等他出去后关起门，自己站在伊丽莎白身旁。

"你，退后。"伊丽莎白说。

丽蒂西娅退了下去，伊丽莎白拆开信封，将信展平在自己的书桌上，然后从上锁的抽屉里拿出密文表。她开始破译塞西尔写来的关于暗杀的分析报告，读后她平静地坐直身子微微一笑，她明白了塞西尔的意思：他间接地告诉她，法兰西即将失去他们在苏格兰的那位杰出的政治领袖。

"好消息？"丽蒂西娅·诺利斯问。

"是的，"伊丽莎白说，"我觉得是个好消息。"对年轻的苏格兰女王来说倒是个坏消息，因为她即将失去她的母亲，她想。但总有些人需要不靠母亲独立成长独立生活。让她尝尝孤独的感觉吧。让她明白，她必须像我一样为自己的王国而战。苏格兰女王从我这儿得不到任何同情。

✦

等侍女们纷纷退下，伊丽莎白的女伴也沉沉睡去，她便起身下床，梳理好头发，打开通向隔壁房间的密门。罗伯特就等在那里，火光映照下的桌子上摆好了餐点。他看到她脸颊上的红晕、唇角的笑容，不禁怔了怔，然后觉得这一切都要归功于他。

"您看上去很开心，"他说着，将她拥入怀中，吻了吻，"婚姻很适合您。"

"我很开心，"她笑，"我感到自己不再是独自一人。"

"您不是独自一人，"他再一次承诺道，"有丈夫和您共同分担。您再也不会是独自一人了。"

她发出一声宽慰的叹息，让他拉着自己来到壁炉前的座椅边，接过他递来的一杯葡萄酒。我不会再独自一人了，她想，而苏格兰女王玛丽，即将成为孤儿。

塞西尔和兰登先生显然无法达成任何共识，就算是从纽卡斯尔到爱丁堡的行程安排也无法达成一致。托马斯·霍华德要求兰登先生在越过边境之前减少随行人员，但这位法兰西特使认定自己将是这场和谈中的赢家，因此不肯作出任何妥协。

尽管吉斯家的玛丽被困在一个大部分国民与她为敌的国家里，又身处重重包围之中，但英格兰还是要倾尽全军之力才能将她遏制在利思堡内，还有英格兰的全体海军停泊在福斯湾，为部队提供给养。然而，法兰西可以调动庞大的粮食储备和数额巨大的金钱来对付英格兰。若是英格兰的所有兵力都在苏格兰无法脱身的时候，南部的海港遭受攻击——塞西尔每天晚上都因为这个想法无法入睡，他在纽卡斯尔城堡的城垛上来回梭巡，想要确保攻城早日结束。

尽管他在法兰西特使面前表现得冷静而有礼，但塞西尔明白，他是在为了胜望渺茫的英格兰的生存而演戏。

等他们准备好前往爱丁堡以后，兰登先生便立即派人去利思堡，宣告他们将在这周内拜见摄政女王以寻求指示。信使回报说玛丽·吉斯患上了水肿病，但她愿意会见法兰西特使，也会就停战协议给他指示。

"我想，你将会面对一个很难应付的对手，"兰登先生微笑着对塞西尔说，"她是吉斯家的一员，你明白的，她在吉斯家出生，在吉斯家长大。她绝不会将自己女儿的王国拱手让给侵略者。"

"我们的要求只是不让法兰西军队进驻苏格兰，"塞西尔平静地说，"我们没有侵略苏格兰的打算。恰恰相反。我们是在保卫苏格兰免受侵略。"

兰登先生耸了耸肩。"哼！我能说什么呢？苏格兰女王也是法兰西王后。我想她可以随意在两个国家里安排自己的仆从。法兰西和苏格兰对我们的女王来说没有差别。你的女王一声令下，她的仆从们不也得服从吗？"他突然做作地大笑起来，"噢！除了她的马夫长，我们听说，他才是命令她的人。"

塞西尔愉快的微笑并没有因为他这句侮辱而动摇。"我们必须达成协议，让法国军队离开苏格兰，"他轻声重复道，"否则战争将会无可抑制地继续下去，直到英格兰与法兰西两败俱伤。"

"我会听从摄政女王陛下的命令，"兰登先生大声说道，"我得到的命令是在明天到达爱丁堡的时候就去见她，她会告诉我该做什么，我想到那时你也会知道自己该做什么。"

塞西尔躬身表示认同，就像一个人面对占据优势的敌人时迫不得已的姿态。

但兰登先生没有机会与摄政女王会面，也无法接受她的任何指示，更无法回到塞西尔身边提出拒绝。因为那一夜，吉斯家的玛丽死去了。

六月中旬，伊丽莎白等待了七天七夜的消息终于从苏格兰传来。每一天她都穿上华丽的长裙，坐在华盖之下，等待着有人告诉她塞西尔派来的

处女的情人

某个风尘仆仆的信使刚刚抵达。终于,她的期待成真了。罗伯特·达德利护送着塞西尔的手下穿过嘈杂的廷臣之间,来到她的面前。

伊丽莎白展开信看了起来,达德利看似漫不经心地站在她身后,就像另一位君主,理所当然地越过她的肩头,看着那封信。

"赞美上帝,"看到塞西尔的消息中提到吉斯家的玛丽突然暴毙时,他说道,"赞美上帝,伊丽莎白。您真是无与伦比的幸运。"

她双颊飞红。她抬起头对宫人们微笑。"瞧,我们是多么受上帝眷顾,"她朗声说,"玛丽因水肿去世,法兰西陷入混乱。塞西尔写信给我,说他已经开始起草我们两国之间的和约。"

有一位女士发出低声的惊叫,她的兄长正在格雷大人手下效力,紧接着掌声在整个宫廷里响起。伊丽莎白站起身来。"我们终于战胜了法兰西,"她大声宣布,"上帝派人击败了我们的敌人,吉斯家的玛丽。愿他人得以警醒,上帝站在我们这边。"

是啊,罗伯特自语着,靠近这位沉浸在胜利之中的女王,挽起她的手,与她一同在这胜利的时刻面对喜悦的宫廷。可谁会想到代上帝行使力量的会是威廉·塞西尔这么个老狐狸呢?伊丽莎白转身看着他,双眸闪烁有光。"这难道不是奇迹吗?"她低语。

"我看到一只手,我看到一只来自刺客的手,而不是上帝的手。"他眯起眼睛,打量着她。

她没有动摇,就在那时,罗伯特突然明白,她早就知晓一切。她一直在等待那位摄政女王的死讯,一直在等待这个早已注定的结局,也许从他们订婚的那天,她就在期待和平了,而能够让她确信这一点的只有塞西尔。

"不,罗伯特,"她平静地说,"塞西尔写信给我,说她因病而死。她如此及时的死的确是一个奇迹,愿上帝拯救她的灵魂。"

"噢,阿门。"他说。

✶

七月里温暖的天气让艾米很是惬意,她每天都在丹彻沃斯的花园里散步。她始终没有得到罗伯特的消息,不知道她接下来该去哪里,这样的疑惑始终困扰着她。

爱丽丝·海德的一个孩子从奶妈那里回来,这个还在蹒跚学步的小家伙很喜欢她。他盯着她,举起胖胖的手臂,想要她抱起他,还大喊着"米——米"!

"是艾米,"她微笑着说,"你会说'艾米'吗?"

"米——米。"他认真地重复着。

既孤独又没有孩子的艾米回应了男孩的善意,她将他背在背上,轻声在他温暖的小耳朵边唱歌,给他讲故事,让他在自己的床上打瞌睡。

"她很喜欢他,"爱丽丝开心地对丈夫说,"如果她能有孩子,那她一定是个好母亲,但可惜的是她再也无法拥有自己的孩子了。"

"是啊。"他阴郁地说。

"小托马斯也很喜欢她,"她说,"他整天都缠着她。他最喜欢的就是她了。"

他点点头。"这个孩子是英格兰唯一喜欢她的人了。"

✶

"现在,"七月的一个凉爽的清晨,罗伯特陪伊丽莎白走在河边,他愉快地对她说,"我有一些消息要告诉您。从苏格兰传来的好消息,比您很久以来听到的所有消息都要好。"

"是什么呢?"她立刻警觉起来。——塞西尔的信使说,没有人比他的消息更快。那么罗伯特还有什么我不知道的消息呢?

处女的情人

"我在纽卡斯尔和爱丁堡安排了两名仆从,"他漫不经心地说,"昨天下午,有一名来到我的住处,回报说塞西尔已经确信能和法兰西达成协议。他的仆人告诉我的仆人,说塞西尔给他的妻子写信计划月中回家。考虑到塞西尔做事从不耽搁的习惯,我们能够肯定,他有信心很快就能完成和谈计划。"

"为什么他不写信告诉我这些?"她不无嫉妒地问。

罗伯特耸耸肩。"也许他想确定结果以后再告诉您?但是,伊丽莎白……"

"他先写信给他的妻子,然后再写信给我?"

她的情人微笑起来。"伊丽莎白,不是每个男人都像我对您这样专一。但这仍然是个好消息,我还以为您会因此而感到高兴。"

"你觉得他已经完成和谈了?"

"我敢肯定完成在即。我的仆从暗示说他在本月六日之前就会在和约上签字。"

"三天之内?"她倒吸一口凉气,"这么快?"

"为什么不能呢?女王一死,他要对付的就只有剩下的仆从了。"

"你认为他让对方同意了怎样的条件?他至少要让法兰西人答应撤军才能讲和。"

"法兰西人肯定同意撤军了,他也肯定追回了加莱。"

她摇摇头。"他们会答应就加莱问题进行商谈,但他们不会听到我们要求就立刻归还的。"

"我还以为是您要求他去要回加莱的呢。"

"噢,是这样没错,"她说,"但我对此不抱太大期望。"

"我们应该要回加莱,"罗伯特执拗地说,"我在圣昆廷失去了一个弟弟,我差点在加莱的城墙前失去自己的性命。英格兰男儿的鲜血在那里的运河流淌，而那条运河是我们所挖，堡垒也是我们亲手筑就。它对英格兰来说和莱斯特同样重要。我们应该要回它。"

"噢，罗伯特……"

"我们应该这么做，"他坚持道，"如果他没有要回加莱就达成协议，会给我们带来巨大的伤害。我真该这么告诉他的。而且更重要的是，如果我们不能收回加莱，他就等于没能确保长久的和平，一旦部队从苏格兰归来，我们就必须为加莱而开战。"

"他知道加莱对我们有多重要，"她虚弱地说，"但我们不会因此发动战争……"

"多重要！"罗伯特重重地将拳砸在河堤上，"加莱就像利思堡一样重要，也许更加重要。还有你的家族纹章，伊丽莎白！法兰西王后必须放弃她盾牌上那四分之一的纹章。他们还应该给出补偿。"

"补偿？"她突然专心起来。

"当然，"他说，"他们是侵略者。他们应该为迫使我们出兵保护苏格兰而付出代价。我们为了对抗他们掏空了国库。他们也应该为此补偿我们。"

"他们不会同意的。不是吗？"

"为什么不会？"他问道，"他们知道自己理亏。塞西尔正在迫使他们接受和约。他让他们措手不及。如今他们处于下风，正是重创他们的好时机。他必须为我们取得苏格兰、加莱、我们的纹章，还有一笔赔款。"

伊丽莎白感受到了他坚定的口气。"我们确实做得到！"

"我们必须做到，"他确认道，"如果不是为了胜利，那么发动战争还有什么意义？如果得不到战利品，那讲和还有什么意义？没有人参战只是为了自卫，他们都想要得到好处。您的父亲明白这一点，他从不会在无利可图的时候以讲和收场。您要做的和他一样。"

"我明天就写信给他。"她肯定地说。

"现在就写信给他，"罗伯特说，"一定要让他在浪费掉您的权利之前收到这封信。"

她犹豫起来。

"现在就写，"他又说了一次，"最快也要三天才能送抵。您要在他签署条约之前看到这封信。赶快写好这封信，然后国事时间就结束了，我们又能做回我们自己了。"

"我们自己？"她浅笑着问。

"我们是新婚夫妇，"他柔声提醒她，"写好您的书信，我的女王，接着就到您的丈夫身边来。"

听到他的话，她笑逐颜开。他们一同回到了白厅宫，他带着她经过宫人之间，来到她的住处。他看着她坐到写字台边，拿起笔，便站在她身后。"我该怎么写？"

她在等着我的口述——罗伯特暗自感到高兴。英格兰女王按我的吩咐写信，一如她的弟弟听从我父亲的口述。感谢上帝，这一天终于来临，还伴随着爱。

"用您自己的话写，就像您平常给他写信时那样，"他建议道。我最不希望的就是他在她的信里看出我的口气。"告诉他，您要求法兰西从苏格兰撤军，您要求收复加莱，法兰西王后不再使用您的家族纹章，以及一笔赔款。"

她垂下头，写了起来。"赔款要多少呢？"

"五十万克朗。"他随便说了个数字。

伊丽莎白惊讶地抬起头。"他们不会答应的！"

"他们当然不会答应。他们会答应分期偿还，也许会抵赖其余部分。但这会让他们知道，这就是他们插手英格兰和苏格兰事务的代价。这会让他们知道，我们两国之间非常重视彼此。"

她点点头。"可如果他们拒绝呢？"

"那就告诉他，协商破裂，直接开战，"罗伯特宣布，"但他们不会拒绝。如果塞西尔知道您下定了决心，就会说服他们同意。这对他来说标志着大胜而归，对法兰西来说标志着他们不敢再插手我们的事务。"

她点点头，用花体签下名字。"我下午就派人送信。"她说。

"现在就送，"他说，"时间宝贵。一定要让他在做出让步之前收到这封信。"

她犹豫了片刻。"就按你说的做。"

她转身看向丽蒂西娅。"派一名女仆去把国务秘书的信使找来，"她吩咐道，然后她转身看罗伯特，"等这封信送出去以后，我想去骑马。"

"外面会不会太热？"

"我们现在去就不会。我觉得自己仿佛被人在白厅宫里囚禁了一辈子似的。"

"我要让他们给那匹新母马备上马鞍吗？"

"噢，当然！"她愉快地说，"我一送好信就去马厩那边见你。"

他看着她签名、封好信件后，鞠了一躬，吻了她的手，信步走向门外。廷臣们纷纷为他让道脱帽，有很多还鞠躬行礼。罗伯特像国王一样离开房间，伊丽莎白目送他离开。

女仆匆匆穿过长廊，信使紧随其后，她将他带到伊丽莎白面前，此时的伊丽莎白仍在目送罗伯特离开。伊丽莎白示意他跟着她走到窗边，手中拿着封好的信。她用旁人听不到的声音对他说：

"我要你把这封信带给你在爱丁堡的主子，"她轻声说，"但你不要今天就启程。"

"不要在今天启程？陛下？"

"也不是明天。再过一天才出发。我希望这封信至少推迟三天。你明白吗?"

他鞠了一躬。"遵照您的吩咐,陛下。"

"你可以大声地向每个人宣告,你一接到信就立刻送去给威廉·塞西尔大人,而且因为你平常送信到爱丁堡只需要三天,他后天就应该能看到。"

他点点头,他在塞西尔手下服务多年,这些事情早已见怪不怪。"我要不要做出立刻离开伦敦的样子,然后躲在途中?"

"是的。"

"您希望他在什么时候收到这封信呢?"

女王想了一会儿。"今天是几号?三号?那么在七月九号的时候交给他好了。"

信使将信在上衣口袋里放好,深鞠一躬。"我要告诉主人,这封信经过拖延吗?"

"可以。他收到之后就没什么关系了。我不想让他的工作受到这封信的影响。我想他收到这封信的时候,应该已经完成了工作。"

女王陛下:

摄政女王已死,但围攻仍未结束,不过敌人早已士气尽失。

我想到了一种可以为他们所接受的措辞方式:法兰西国王及王后可以将自由作为礼物赐予苏格兰人,也作为您从中调停的结果,并且让他们的军队撤离。我们在最危急的时刻,借由上帝的旨意取回了属于我们的一切。

这将是您执政以来最伟大的胜利,标志着岛上的联合王国将来的和平与强盛。它也永久打破了法兰西与苏格兰之间的"老同盟[①]"。您也将因此

[①] Auld Alliance,指苏格兰和法国为对抗英格兰而建立的同盟关系,起始于1295年,持续时间长达265年,被普遍认为是世界上为时最久的同盟关系。

成为新教的保护者。这是我一生中最感到欣慰的事情。

愿上帝保佑您和您的子民,因为若是没有上帝的眷顾,那么无论和平还是战争都不能为我们带来长久的利益。

威廉·塞西尔,于爱丁堡
1560年7月4日

塞西尔避免了全面战争,打破了法兰西和苏格兰之间的同盟,也让伊丽莎白成为了全欧洲最勇敢的新任君主。此时他走在爱丁堡城堡的小花园里,享受着夜晚的凉意,看着小小的月桂树和图案错综复杂的彩色铺路石,不禁啧啧称奇。

他的仆人站在台阶顶上犹豫着,试图看清暮色中主人的身影。塞西尔扬手示意,他连忙走了过来。

"是陛下的信。"

塞西尔点点头接过信,但没有立刻拆开。看来是她知道协议就快签订了,这封信应该是感谢他一直以来的效忠,承诺给他的重视和回报。她也知道——只有她一个人知道——英格兰和苏格兰的这场战争曾经在刀尖上游走。她知道——也只有她一个人知道——除了塞西尔,没有人能给他们带来最终的和平。

塞西尔坐在花园的长椅上,看着城堡高高的灰色围墙,看着飞掠而过的便服,还有几颗早早出现在天空的星辰,感到心满意足。然后他拆开了女王写来的信。

有那么一会儿,他身躯僵硬地坐在那里读她的信,读了一遍又一遍。她疯了——这是他的第一个念头。她被这场战争带来的忧惧和痛苦逼疯了,如今她对战争的渴望就像她从前的恐惧一样强烈。天啊,在这么一个反复无常的女人手下效命,他究竟要如何实现人生的意义?

处女的情人

天啊，如果有这么个在和约签订以后突然要求增加条款的君主，一个男人又该如何实现长久的、荣耀的和平呢？交还加莱？不用家族纹章？现在又要赔款？不如直接让我把天上的星星和月亮摘下来算了。

信的最后写的是什么？如果这些目标不能实现，和谈就随之中止？上帝啊：这是什么？用这么一支军饷紧缺的部队，在盛夏即将到来的时候开战？让那些正在收拾行装准备离开的法兰西人重新回到战斗岗位？

塞西尔将女王的信揉成一团丢到地上，用尽全力踢了一脚，直到它越过装饰用的树篱，落到花园的中央。

疯女人！他暗自咒骂道，但没有说出口。真是个无用、虚荣、奢靡而任性的女人。看在上帝的分上，我居然会以为你是我们国家的救世主。看在上帝的分上，我居然会为这么个疯子尽心尽力地效命。我本该在伯利自家的花园里摆弄花草，根本不该踏足你疯狂而又虚荣的宫廷。

他又发了一会儿火，随后走向那封丢在花园地上的信，最后，因为公务文件既珍贵又危险的事实，他还是跨过矮树篱，将那封信捡起来抚平，重新读了一次。

他注意到两件先前没有注意到的事情。首先是日期。她注明的日期是7月3日，但这封信在和平条约签署后的五天后才到达这里。这封信在途中花的时间未免太久，这时间甚至足够往返。对于重要事务而言，这封信未免来得太迟了些。塞西尔转身看向他的信使。

"嘿！路德！"

"什么事，威廉阁下？"

"为什么这封信花了六天才到我手上？信上的日期是三号。这封信应该在三天前就送到了才是。"

"这是女王本人的吩咐，阁下。她说她不希望这封信干扰你的工作。她让我离开伦敦之后躲上三天，然后再出发。这是她的吩咐，阁下。我只是按照命令行事。"

"按照命令行事当然是对的。"塞西尔低声说。

"她说她不希望你因这封信而分心,"来人继续说道,"她说她想让这封信在你的工作结束以后送到你手里。"

塞西尔若有所思地点点头,示意信使可以走了。

怎么回事?他望向夜空,问道,究竟是怎么回事?

夜空没有回答,一小片云彩掠过,就像一块灰色的面纱。

想想看——塞西尔对自己说。比如那天下午,或者晚上,她在盛怒中写下了如此棘手的要求。上帝作证,她以前这么干过。她什么都想要:加莱,让她的纹章恢复专有,和平,还有五十万克朗。在某些糟糕的顾问的建议下(比如达德利那个蠢货),她会觉得这一切都有可能,也都是她应得的。但她不是傻瓜,她会重新思考,知道自己错了。但她已经在那些人前发誓自己会提出这些要求。于是她写下了自己答应会写的信,当着他们的面签好名字,封好信,但又悄悄地在路上拖延,确保我完成了工作,和平也已经达成,之后她这些不可能的要求才会送到我这里。

这样一来,她做出了荒唐的要求,而我完成了一项伟大的使命,我们俩都做了该做的事。作为女王和仆从,女主人和属下。然后,为了确保她这封干扰的信件仅仅只有干扰的作用,不会付诸实施,她还说如果她的信件到得太迟(她已经确保它会姗姗来迟),我可以对她的指示不予考虑。

他叹了口气。好得很。于是我达成了职责,她也兑现了承诺,和平和一切都丝毫无损,只有我的喜悦除外。而我的期待,认为她会十分欣喜,也对我十分感激的期待,如今也化为泡影。

塞西尔把她的信塞进上衣内袋里。她可算不上慷慨的女主人——他轻声对自己说。至少对我来说半点也算不上,虽然她显然写下这封信以后故意拖延了时间,又撒谎来取悦另一个人。无论是在基督教王国还是异教徒的领土上，没有哪位国王有我对她这么忠心耿耿，可她给我的报答却是这么个……这么个陷阱。

这真的不像她，他低声咕哝着，走向城堡入口处的台阶。她不是那种会在我胜利的时刻如此心胸狭窄，也令我如此痛苦的人，她平常也算不上心胸狭窄。他顿了顿。但也许她身边真的有些糟糕的顾问。

他顿了顿。罗伯特·达德利——他闪闪发亮的靴子踩上台阶方向的第一块铺路石的时候，他在心里说出了这个名字。是罗伯特·达德利，我敢用我的性命担保。他嫉妒我的成功，希望在她面前加以贬低。他总是有提不完的要求，总是超过合理的限度。他命令她写下这么一封满是荒唐要求的信，于是她为了取悦他照做了，却又拖延了很久，以免影响和平的达成。他又顿了顿。真是个蠢女人，为了取悦男人冒了这么大的风险——他总结道。

接着他再次停下脚步，因为他想到了更加骇人的可能性：可她又为什么会允许他如此放肆，甚至口述信件让她写下，而且还是关于我们所面临的最重要的政治事务，何况他连枢密院的成员都不是，何况他只是她的马夫长。他究竟趁我远离伦敦的时候做了什么？他又得到了什么？上帝啊，他究竟拥有了怎样的权力，能够对她发号施令？

✦

塞西尔这封宣告苏格兰和平的信件让伊丽莎白的宫廷以罗伯特为首欢呼起来，只是不带多少感激之情。这很好，但还不够好，罗伯特暗示道，于是宫人们用一只眼睛看看女王，再用另一只眼睛看看她的宠臣，再纷纷表示赞同。

枢密院的主要成员们在私下抱怨说，塞西尔劳苦功高，得到的感谢却少得可怜。"仗才打了三个月的那会儿，要是他能达成和平，她会爱死他的，"斯洛克莫顿愠怒地说，"她会因为他在六周内实现了和平而封他为伯爵。如今他才到爱丁堡一天就达成了和约，可她却一点也不感谢他。这就是女人。"

"不知感恩的不是那个女人，而是她的情人，"尼古拉斯·贝肯爵士坦率地说，"但谁会告诉她呢？谁又能质疑他呢？"

周围一片死寂。

"至少我不能，"尼古拉斯爵士承认说，"塞西尔回来以后，必须想个解决的办法。上帝知道，不能再继续这样下去了。丑闻已经够糟的了，但更糟的是她什么也不是。既不是他的妻子也不是女仆。现在她只肯见罗伯特·达德利一个男人，又该怎样生下一男半女？"

"也许她会为达德利生一个儿子。"有人轻声地说道。

有人咒骂起来，另一个人猛地站起身，径直离开了房间。

"她会因此失去王位，"有人坚定地说，"这个国家容不下他，领主们容不得他，普通百姓也不需要他，而且你们知道的，大人们，我当然也看不惯他。"

众人纷纷表示赞同，可随后有人警告说："这几乎可以算是叛国了。"

"不，算不上，"弗朗西斯·贝肯坚持道，"所有人都说他们不会允许达德利成为国王。这很好。因为他绝不会成为国王，也就不会有什么叛国罪。等塞西尔回来以后，还得确保他的脑海里也不会有这样的念头才行。"

那个知道自己即将成为有实无名的英格兰之王的人，此刻正在马厩前院里，检查女王的那匹猎马的状况。她最近骑马外出的次数很少，所以只能交由一名马夫带出去活动，而达德利想要确保那个小伙子像自己一样动作温柔，免得让笼头伤到这匹昂贵马儿的嘴巴。就在他轻轻地拉扯着马耳，抚摸它光滑的嘴唇时，托马斯·布朗特走到他身后，轻声和他打了个招呼。"早安，大人。"

"早安，布朗特。"罗伯特轻声答道。

"有些怪事我觉得应该让你知道。"

"什么？"罗伯特没有回头。任何一个看到他们俩的人都会觉得他们无非是在谈论照顾有关马匹的事情。

"我昨晚无意中发现了一船从西班牙偷运来的黄金，货物的主人是安特卫普的托马斯·格雷斯汉姆。"

"格雷斯汉姆？"达德利惊讶地问。

"他在甲板上的仆人们全副武装，看起来忧心忡忡的。"布朗特描述道。

"给谁的金子？"

"给国库，"布朗特说，"有小面额的钱币，有金条，各种大小和形状都有。我的人也帮忙卸了货，他听说这些都将送往铸币厂铸造新币，然后给军队付军饷。我想你应该会感兴趣的。大概价值是三千镑，但之前还有过很多，下周也还会继续运来。"

"我当然感兴趣。"罗伯特确认道，"情报就是货币。"

"那么我希望这些货币是格雷斯汉姆的金子，"布朗特开起了玩笑，"不然我的口袋里就全是一文不值的垃圾了。"

各种各样的想法迅速涌入罗伯特的脑海，但他一个也没有说出口。"谢谢你，"他说，"另外，塞西尔动身回家的时候，记得通知我。"

他将马交给马夫，然后去了伊丽莎白那里。伊丽莎白还没有梳洗打扮，她坐在自己房间的窗边，肩上裹着一块围巾。罗伯特进来的时候，布兰琪·帕里抬头看着他，脸上露出了释然的表情。"西班牙使臣想见陛下，但她不肯梳洗打扮，"她说，"她说她太累了。"

"让我们单独聊聊。"罗伯特简短地说着,一直等到她的女伴和女仆们都陆续离开房间。

伊丽莎白转过身朝他微笑,牵起他的手贴在自己的脸上。"我亲爱的罗伯特。"

"告诉我,我漂亮的爱人,"罗伯特轻声说,"为什么您要从安特卫普运送整船整船的西班牙金子过来,您又打算怎么还呢?"

她轻轻地喘息起来,脸色发白,眼里的笑意也不见了。"噢,"她说,"那件事啊。"

"是的,"他淡然地说,"就是那件事。您难道不应该告诉我这是怎么回事吗?"

"你是怎么知道的?这本来是很大的秘密。"

"别管我是怎么知道的,"他说,"但我很遗憾,您竟然还对我怀有秘密,尽管我们已经承诺过要以丈夫和妻子的身份相处。"

"我本来是打算告诉你的,"她立刻说,"只是苏格兰的事务让我无暇旁顾。"

"我也这么想,"他冷冷地说,"因为如果您继续健忘下去,到您召回旧币,铸造新币的那一天,我的金库里就会只剩下一堆不值钱的废物,不是吗?我将会受到巨大的损失,不是吗?莫非您的本意就是如此?"

伊丽莎白脸色涨红。"我不知道你有这么多小面值的钱币。"

"我有我的土地,唉,我的佃户可不会用金条交租。别人还我的债务也都是用小面额钱币来支付。我有整箱整箱的便士和法新①。告诉我,我拿这些能换到什么?"

"只比重量多上一点儿。"她压低声音说道。

"不是币面价值了?"

---

① 旧时的英格兰铜币,价值等同于1/4便士。

处女的情人

她沉默地摇了摇头。"我们会召回那些旧币,然后发行新币,"她说,"这是格雷斯汉姆的计划——你已经知道了。我们必须更换货币。"

罗伯特抽回手走到房间正中,她坐下来望着他,不知道他要做些什么。她意识到自己胸中的那种感觉竟是忧惧。这是她一生中第一次如此地在意一个男人对自己的看法——不是因为利益得失,而是因为爱。

"罗伯特,别生我的气。我没想过让你的利益受损,"她能听出自己语气中的软弱,"你要知道,我绝不会损害你的利益!我给过你那么多的权力、地位和土地。"

"我知道,"他说,"这只是让我吃惊的一部分。我惊讶的是您一边相信我一边欺瞒我。说实话,这是妓女才会玩的把戏。您没想过这会让我损失多少钱吧?"

她轻声喘息起来。"我只是觉得一切必须秘密进行,而且严格保密,否则就会传得举国皆知,他们也会更加看低货币的价值,"她匆匆说道,"罗伯特,知道人们觉得你的货币几乎一文不值,这种感觉很不好。而且每个人都在为此责备我,我们必须把情况扭转过来。"

"您甚至对我保密,"他说,"对您的丈夫保密。"

"这个计划刚开始的时候,我们还没有订婚,"她恭顺地说,"我也觉得现在应该告诉给你。只是因为苏格兰的事务让我——"

"苏格兰已经恢复了和平,"他的语气不容置疑,"请记住,我们已经结婚,您不应该对我保有秘密。去打扮一下,伊丽莎白,等您再出来的时候,把您和塞西尔之间筹划的每一件事都告诉我。我不想再被人愚弄。您不能在我之外和其他男人拥有秘密。这是对我的不忠,我是不会容忍的。"

他本以为自己说得太过分了,可她却站起身,走向卧室。"我帮你叫女仆来,"他说,"之后我们要好好谈谈。"

她在门旁停下了脚步,回头看他。"不要生我的气。我不是有意冒犯你。我永远不会有意冒犯你。你知道这个夏天我过得有多么难熬。我会把一切都告诉你的。"

是时候奖励一下她的歉意了。他走上前去亲吻了她的手指，接着是嘴唇。"我爱你，"他说，"我们的情感是真正的、不掺杂任何杂质的黄金。我们之间只有绝对的真诚和坦荡。我可以给你建议，帮助你，你不需要依靠别人。"

他能感觉到她的嘴唇在他的亲吻下弯起，她在笑。"噢，罗伯特，我知道。"她说。

❈

在动身前往伦敦之前，塞西尔特许自己在伯利的家中耽搁了一晚，陪伴他的妻子。米尔德丽德带着往常的温和笑容外出迎接，但她灰色的双眸看到了他布满皱纹的面孔和低垂的双肩。"你看起来很疲倦。"她只说了这么一句。

"外面又热，风沙又大。"他没有提起那几次辗转于爱丁堡与纽卡斯尔之间，缔造和平并加以确保的旅途。

她点点头，示意他回卧室休息，那个宫殿般的房间里已经打好了热水，准备了换洗的衣物，还有一大杯冰凉的麦酒和一条刚烤好的面包。当他再次走下楼的时候，她已经备好了一桌他最爱吃的饭菜，他穿着一套干净的黑色衣裤，看起来精神焕发。

"谢谢你，"他温柔地说着，吻了她的额头，"谢谢你所做的一切。"

她微笑着将他引到桌子的首席，他们的家人和仆从正在那里等着主人来做餐前祷告。米尔德丽德是一名坚定的新教徒，她也让整个家充满了虔诚的气息。

塞西尔简单祈祷后坐了下来，开始用餐。有人把他四岁大的女儿安娜和年纪相仿的哥哥威廉带出保育室来,他心不在焉地祝福了他们俩,等床铺好,米尔德丽德便和塞西尔走向他们的卧室,壁炉的火已经生好,桌上还放了一壶麦酒。

"这么说战争结束了。"她知道,若非他的工作已经结束,否则绝对不会离开苏格兰半步。

"是的。"他答。

"你看起来似乎不怎么开心,难道你不是上帝祝福的和平缔造者吗?"

他向她投来的目光是她从未见过的。他看起来很痛苦,仿佛受了重重的一击,但受伤的并非是他的自尊,也并不是他的抱负。他看起来就像是受了朋友的背叛似的。

"我不是。"他说,"这是我们能够期待的最伟大的和平。法兰西军队将要离开,英格兰在苏格兰的权益得到了认可,而且没有付出多少代价。这本该是我的一生中最伟大的事迹,最伟大的胜利。击败法兰西在任何时候都是光辉的胜利,但在国家分裂、国库亏空、部队断饷又由女人做领袖的情况下击败法兰西,简直可以算是奇迹了。"

"但?"她不解地问。

"但有人挑拨女王对付我,"他简而言之,"我收到了一封信。要不是我知道自己已经为她尽了最大努力,我恐怕会流泪的。"

"她寄给你的信?"

"一封除了苏格兰的和平之外,还向我要求天上的星星和月亮的信,"他说,"我猜等她听说我能给她的只有苏格兰的和平的时候,恐怕不会开心。"

"她不是傻瓜,"米尔德丽德指出,"如果你告诉她实话,她会听的。她会知道你已经尽了全力,而且得到的成果比其他人所能做到的都要好。"

"她深陷爱河,"他简短地说,"我怀疑她除了自己的心跳什么都听不见。"

"达德利?"

"还能有谁?"

"这么说还在继续啊,"她说,"就算在这儿,我们听到的流言蜚语都能让你不敢相信。"

"我敢相信,"他说,"绝大部分都是真的。"

"人们说他们两个已经结婚,她还找了人秘密抚养他的孩子。"

"这倒不是真的,"塞西尔说,"不过我怀疑就算他恢复自由身,她也不会嫁给他。"

"就是他教唆她对付你吗?"

他点点头。"我想是的。宫廷里只能有一位宠臣。我本以为她可以享受他的陪伴,同时又听取我的建议,但我离开的时候,她既让他陪伴,又听他的建议。而且他作为顾问可以说相当莽撞。"

米尔德丽德站起身来,站到他身边,手按在他的肩膀上。"那你打算怎么做呢,威廉?"

"我会去王宫,"他说,"我会去做我的报告。我自己掏了好几百镑的钱,但现在我不指望补偿或者感激了。如果她不肯听取我的建议,那我就只能离开她,就像我曾经威胁过的那样。那时她没有我根本无法处理国事。我们就等着看她现在能不能应付得了吧。"

她面色惊恐。"威廉,你不能把她留在那个年轻英俊的叛徒身边。你不能把英格兰留给他们两个来治理。这等于把我们的国家送进两个自负的孩子手里。你不能让他们去管理我们的教会。你不能把它托付给他们。他们都犯下了通奸的罪孽。你必须继续做她的顾问。你必须确保她不会胡作非为。"

尽管塞西尔是女王手下地位最高,也最受尊敬的顾问,但他一直听从他妻子的意见。"米尔德丽德,对付达德利这样的人,我就只能用上那些最不光彩的手段。我只能像对付国家的敌人那样对付他。我只能像忠心的臣子对付叛徒那样对付他。我只能像对待……"他顿了顿,思索着合适的例子,"对待吉斯家的玛丽那样对待他。"

"是那位暴毙的女王?"她的语气波澜不惊。

"就是那位暴毙的女王。"

她立刻明白了他的意思,但她毫不退缩地对上了他的目光。"威廉,你必须履行自己对国家、对教会以及对女王的职责。你是在代替上帝执行他的意旨,无论要用怎样的手段。"

他回头凝视她冷静的灰色眼眸。"即使我不得不犯下罪行,犯下大罪?"

"没错。"

塞西尔在七月末回到宫中,发现整个宫廷正在泰晤士河的南部沿岸进行短期的避暑,其间住在他们能找到的最好的私人宅邸里,享受夏日的天气和狩猎的快乐。他早已料到自己不会得到英雄式的欢迎,事实也正如他所料。

"你怎么能这样?"伊丽莎白招呼道,"你怎么能这样浪费我们的胜利?你收了法国人的贿赂吗?你叛变到他们那边了吗?你生病了吗?你是不是太累,所以没能尽职尽责?还是你太老了?你怎么能就这样忘记你对我的职责,还有你对王国的职责?我们为了让苏格兰得到和平,用去了一大笔财富,你却就这么轻易地把法兰西人放回去了?"

"陛下。"他开口道。他感到自己因愤怒而满脸通红,他扫视周围,想知道能听到这番对话的都有哪些人。半个宫廷都伸长了脖子看着这场对峙,所有人都在毫不掩饰地听着。伊丽莎白选择在这栋借来的宅邸的大厅里接见他,还有人站在楼梯上听着,还有些廷臣挤在走廊里。他正在众目睽睽之下遭受责备,就像是在史密斯菲尔德市场上一样。

"法兰西人听凭我们处置的时候,你却连加莱都没要回来,就这么放他们走了!"她大声说道,"这比当初加莱的失陷还可恶。这是战争,我们也尽了全力去作战。这是愚行,因为你连半点争取的举动都没有,就这么放弃了加莱。"

"陛下——"

"还有我的家族纹章!她有没有发誓从此再不使用?没有?那个女人还在用我的纹章,你怎么敢回来见我?"

在这狂风暴雨的责骂之下,塞西尔根本什么也做不了。他陷入沉默,任由她发泄怒火。

"伊丽莎白。"那个平静的声音里充满了自信,塞西尔飞快地抬起头,看向楼梯,想看看是谁胆敢直呼女王的名字。是达德利。

他同情地瞥了塞西尔一眼。"国务秘书大人已经尽了力,也带回了他能力范围之内最好的结果。我们可以为他的成果而失望,但我相信他对我们的忠诚,以及对于他的工作的热忱。"

塞西尔看到他凭借几句话,凭借语气本身就平息了她的怒气。他刚才说的是对"我们"的忠诚?他自问道。难道我对他宣誓效忠了吗?

"我们放过国务秘书大人吧,"达德利提议道,"他可以解释他的那些决定,并且告诉我们苏格兰的状况如何。他这段旅程相当漫长,又刚刚完成一件辛苦的工作。"

她站定不动。塞西尔准备迎接又一番辱骂。

"来吧,"达德利说着,向她伸出手来,"来吧,伊丽莎白。"

他在整个宫廷面前直呼她的名字?塞西尔在心里震惊地自语。

但伊丽莎白却向他走去,就像一只训练有素的猎犬跑向主人的脚跟,她让他牵住自己的手,让他领着自己离开大厅。达德利回头看了眼塞西尔,允许自己以几乎无法察觉的幅度微微一笑。好了——那个笑容在说,现在你该明白了吧。

⬟

威廉·海德把他的姐姐叫去了自己的办公室,那儿是他处理庄园事务的地方,同时也是为了让她明白这件事很重要,不应该混杂私人感情或者血缘关系。

他坐在那张硕大的租赁圆桌后面,桌子分成许多部分,各自装有抽屉,每只抽屉上都有个字母。桌子可以沿着中轴旋转,每个抽屉里都放有与佃户的契约以及租金簿,根据他们姓氏的首字母各自归档。

丽兹·奥丁赛尔懒洋洋地想着,那个标着字母"Z"的抽屉从没有使用过,又寻思为什么没人想到制作一种去掉"X"和"Z"两部分的桌子,因为这些首字母在英语中非常罕见。泽比迪①,她心想。还有克泽齐斯②。

"姐姐,我要说的是关于达德利夫人的事。"威廉·海德开门见山地说。

她立刻注意到了他提到自己和她的朋友时的称呼。也就是说,他们的这场谈话将会非常正式。

"怎么了,弟弟?"她礼貌地答道。

"这件事很棘手,"他说,"我就直说了吧——我想你该带她离开了。"

"离开?"她重复道。

"是的。"

"到哪去?"

"去别的朋友那里。"

---

① 原文为 Zebidee。
② 原文为 Xerxes。

"可大人他还没有安排。"她争辩道。

"你们和他还有任何联系吗?"

"自从……"她顿了顿,"自从他去诺福克拜访过她之后就没有了。"

他扬了扬眉毛,等她说下去。

"自从三月以后。"她不情愿地说。

"自从她不肯和他离婚,他们不欢而散以后?"

"对。"她承认道。

"从此以后你就没收到过他的信?她也一样?"

"我不太清楚……"她对上了他谴责的目光,"对,她也没收到。"

"她的零用钱有人送来吗?"

丽兹惊讶地吸了一口气。"当然有。"

"那你的薪酬呢?"

"我不拿薪酬,"她庄重地说,"我是她的伙伴,不是仆人。"

"是啊,可他会给你津贴。"

"他的管家会送来。"

"这么说他还没有完全割舍她。"他思忖着说。

"他平时就很少写信,"她固执地说,"他也很少来看她。从前曾经有过好几个月都不来……"

"但他向来都会派他的手下过来,把她从一个朋友家里护送到另一个朋友家里,"他反驳道,"他向来都会安排她住在这儿或者那儿。可你说他没有派任何人过来,而且从三月份起就没收到过他的消息。"

她点点头。

"姐姐,你必须带她离开。"他坚定地说。

"为什么?"

"因为她对这个家而言已经成了让人难堪的存在。"

丽兹大惑不解。"为什么？她做了什么？"

"她过度的虔诚姑且不论，虽然那会让人怀疑她问心有愧——"

"看在上帝的分上，弟弟，她只是依赖着上帝而已。她没有内疚，只是在努力寻找活下去的意志！"

他抬起手。"丽兹，拜托。保持冷静。"

"你自己说那个不幸的女人让人难堪，又要我保持冷静！"

他站起身来。"除非你答应我保持冷静，否则我们的谈话就到此为止吧。"

她深吸一口气。"我知道你的目的。"

"噢？"

"你是在避免自己同情她。但她现在太不幸了，你这么做只会让状况更糟。"

他朝房门走去，就像要为她打开门似的。丽兹认识到了她弟弟的坚决。"好吧，"她匆忙说道，"好吧，威廉。没必要跟我这么凶。这对我和对你自己都没好处。说真的，一点好处也没有。"

他回到座椅上。"就像我先前所说，且不论她的虔诚，我关心的是她对我们和她的丈夫之间关系的影响。"

丽兹等着他说下去。

"她非走不可，"他不容置疑地说，"我曾经以为把她留在这儿是在帮他的忙，是在保护她不受诽谤和蔑视，并且等待他的指示，所以留下她对我们很有益处。我以为他得知她安全地留在这里的时候会很高兴。我以为他会感激我。但现在我的想法改变了。"

她抬头看着他。他是她的弟弟，她早就习惯了用两种互相矛盾的眼光看他：一种是把他当做人生阅历较她为少的后辈，另一种则是作为她的上级，家族中的首脑，资产丰厚的男人，在万物之中高她一等。

"那你现在又是怎么想的,弟弟?"

"我想他是在冷落她,"他坦言道,"我想她已经拒绝了他的意愿,还触怒了他,所以再也不会见到他了。而且,更重要的是,她借住的那户人家也见不到他了。我们并不是在帮助他应对难题,我们是在协助和怂恿她继续反抗他。我可不希望他这么认为。"

"她是他的妻子,"丽兹用不容置疑的语气说,"而且她没做错什么。她也没有反抗他,她只是拒绝被他抛弃而已。"

"我不能再帮她了,"威廉说,"他如今完全是英格兰女王有实无名的丈夫。达德利夫人是他们幸福的阻碍。给英格兰女王幸福的阻碍提供避难场所,这种事我可做不到。"

她没法挑剔他的逻辑,而他又禁止她用同情做理由。"可她要怎么办?"

"她只能去别人家里。"

"然后呢?"

"再去另一户人家,就这么继续下去,直到她同意罗伯特爵士的要求,得到他的安置,找个永久的住处。"

"你是说直到她被迫离婚,再被送去某个外国的修女院,或者直到她死于心碎的那一天。"

他叹了口气。"姐姐,你没必要说得这么悲惨。"

她面对着他。"我可不是光说得悲惨。这本来就是场悲剧。"

"这又不是我的错!"他突然不耐烦地大吼起来。"你没必要为此指责我。我现在麻烦缠身,但整件事都和我无关!"

"那究竟是谁的错?"她质问道。

他说出了最残忍的一句话:"是她的错。所以她必须离开。"

处女的情人

塞西尔和伊丽莎白又见了三次面之后,她才肯听他说话,而且不插嘴打断,也不朝他发火。起初的两次有达德利和另外两个人在场,塞西尔只能低着头听她的斥责,抱怨说他轻视她交代的事务,说他忽视祖国的利益,说他漠视他们的自尊、权利和财务状况。在最初的那次会面之后,他便不再尝试为自己辩驳,只是在心里思索,女王这番尖锐的指责究竟是出于何人的指使。

他知道那个人是罗伯特·达德利。当然了,就是罗伯特,他总是站在窗边,靠在百叶窗上,俯视着下方仲夏时分的花园,不时用他纤细洁白的手举起一只香袋,闻一闻。他会时不时地变换姿势,或者轻轻地吸一口气,或者清清喉咙,女王就会立刻停口转身,仿佛要给他让出道来。就好像罗伯特·达德利突然灵光一现,所有人都会迫不及待地想要聆听似的。

她爱慕他,塞西尔想着,几乎没去细听女王的抱怨。她正是在爱意最浓的时候,而他又是她成年后的初恋。她觉得他的双眼明媚得如同太阳,他的看法是她所能听到的唯一真理,他的声音是唯一的言语,他的笑容是她唯有的乐事。抱怨毫无意义,为她的愚蠢而愤怒也毫无意义。她是个年轻女人,正处在初恋的狂热之中,根本不能指望她做出任何形式上的明智判断。

第三次会见时,塞西尔发现女王身边只有尼古拉斯·贝肯爵士,还有另外两名女伴。"罗伯特爵士有事耽搁了。"她说。

"我们先开始吧,"尼古拉斯爵士不动声色地建议道,"国务秘书大人,请您说明和约的各项条款,以及法兰西撒军部分的细节。"

塞西尔点点头,把手里的文件放到他们面前。女王头一次没有起身离席,再走过来痛骂他。她坐在椅子里,仔细看着法兰西撒军的条款。

得到鼓励的塞西尔匆匆说明了和约的条款,然后坐回椅子上。

"你真觉得他们会遵守这次的和约吗?"伊丽莎白问道。

有那么一瞬间,他们两个之间又变回了过去的样子。年轻的女子看着上了年纪的男人,向他寻求建议,也相信他会以彻底的忠诚为她效命。塞西尔看着自己学生的小脸,看到了她的智慧和本领。他有种感觉,仿佛世界突然变回了正确的模样,星辰退回到它们原本的轨道之中,天体之间的微妙和谐也恢复了原状。他觉得自己就像是回到了家中。

"是的,"他说,"在巴黎起义的新教徒让他们十分惊恐,他们暂时不会再冒险出兵了。他们害怕势力日渐增长的胡格诺派①,他们害怕您的影响力。他们相信您一定会保护新教徒,不管他们身在何方,就像您在苏格兰所做的那样,而且他们认为新教徒们会期待您的到来。我敢肯定,他们想要维持这份和平。苏格兰女王玛丽只要还能住在巴黎,就不会去苏格兰继位,她会任命一位新的摄政王,命令他根据和平协议的条款公平地对待苏格兰领主。他们只会在名义上继续拥有苏格兰。"

"那加莱呢?"女王的口气里满是妒忌。

"加莱和以往一样,是个需要单独考虑的议题,"他坚定地说,"这点我们都明白。但我想,根据卡托-康布雷齐和约的条款,我们可以等租约到期就去索要它,他们比以往更有可能遵守和约。他们已经学会了畏惧我们,我们把他们吓得不轻,陛下,他们没想到我们会有如此坚强的决心。他们不会再嘲笑我们了。他们也肯定不会再轻易对您发起战争了。"

她点点头,把和约推向他。"很好,"她说,"你能发誓说你已经尽了全力了吗?"

"能有这样的成果,我已经很高兴了。"

她点点头。"感谢上帝,我们不用再受他们的威胁了。我可不想再经历

---

① 即当时法国新教徒的教派。

这么一年的煎熬了。"

"我也一样,"尼古拉斯爵士热情地说,"您选择开战的时候可真像一场豪赌,陛下。英明的决定。"

伊丽莎白不失优雅地对塞西尔笑了笑。"我非常勇敢,也非常坚决,"她说着,对他眨了眨眼,"你不这么觉得吗?"

"我可以肯定,如果英格兰再度面对这样的敌人,您会想起这一次的经历,"他说,"您下一次就会明白该做什么了。您已经学会了如何扮演国王。"

"玛丽都没有做过这种事,"她提醒他,"她根本没有面对过外来势力的入侵。"

"的确没有,"他赞同道,"她不像你,她的勇气没有经历过考验。而您经历了考验,又并不缺乏勇气。您是您父亲的女儿,而且您赢来了和平。"

她站起身来。"我不明白,罗伯特爵士为什么耽搁了这么久,"她抱怨道,"他答应我一个小时之前就来的。他那里要接收一批巴巴里产的马儿,他必须在那儿等着马匹送到,如果不够健壮就只能送回去了。但他答应他会尽快赶到的。"

"不如我们走到马厩那里去见他?"塞西尔提议道。

"好啊。"她急切地说。她挽起他的手臂,他们像以前那样肩并肩地走出门去。

"我们绕道去花园那儿看看吧,"他提议道,"今年的玫瑰开得很好。您知道吗?苏格兰的花要比这儿晚开一个月。"

"那儿是不是又冷又蛮荒?"她问道,"真希望我也能去看看。"

"您可以在哪年夏天的时候去纽卡斯尔避暑,"他说,"他们会很欢迎您的,而且访问边境城堡也会得到很好的反响。"

"我很乐意,"伊丽莎白说,"您肯定在那儿骑过马吧。您在爱丁堡和纽卡斯尔之间来回了很多次，不是吗？"

塞西尔点点头。"我想要和你的叔叔商量，又必须盯着兰登先生。那条路缺乏修缮，又不适合马匹行走，即使用苏格兰的标准来看也一样。"

她点点头。

"你怎么样？"塞西尔压低了声音。跟在他们身后的女伴们听不见他的话，尼古拉斯爵士也走在凯瑟琳·诺利斯身边。"您这过去的两个月过得如何，公主殿下？"

有那么一会儿，他还以为她会笑着把问题敷衍过去，可她却停下了脚步。"我很害怕，"她诚恳地说，"凯特觉得我的健康会因为压力而崩溃。"

"我也这么担心过，"他说，"但你漂亮地挺过来了。"

"没有罗伯特爵士，我根本办不到，"她说，"他总是能让我冷静下来。他的声音那么美妙，还有他的手……我觉得他那双手拥有魔力……所以他摆弄起马儿来才显得无所不能。他只要把手放在我的额头上，我就会平静下来。"

"你爱着他。"他温和地说。

伊丽莎白飞快地抬起头，想看他是否在指责自己，但他投来的目光却带着真诚的同情。

"对，"她坦白地说。能够向她这位顾问说出真相，这的确让她松了口气。"是的，我爱着他。"

"他也爱着你吗？"

她笑了。"是的，哦是的。想想看，如果他不爱我，我该有多不幸啊！"

他顿了顿，然后问她："公主殿下，你考虑过将来吗？他可是个已婚男人。"

"他的妻子病了，也许会死，"伊丽莎白说，"而且他们之间已有多年不和。他说他的婚姻已经结束了。她会答应离开他。我可以准许他们离婚。

之后他就能娶我了。"

这下该怎么办?她不想要睿智的建议,她只想要别人来肯定她的愚行。但如果我不给她建议,谁会给她建议呢?塞西尔吸了一口气。"女王陛下,艾米·达德利,也就是从前的艾米·罗布萨特是个年轻女人,您没有理由认为她即将死去。您不能为了等一个年轻女人死去而拖延您的婚姻。而且您恐怕不能允许他离婚,他们根本没有理由离婚。您自己在他的婚宴上跳过舞,他们是在双方父母的祝福下为爱情而结合。您也不能嫁给一个普通人,他所属的家族还背负着叛国的罪名,还有个尚且在世的妻子。"

伊丽莎白转身看着他。"塞西尔,我能这么做,而且我会的。我答应过他。"

老天!她这话什么意思?她这话什么意思?她这话什么意思?

但塞西尔并没有表现出自己的惊恐。"您是说私下的承诺?还是情话?"

"有约束效力的婚姻誓言。在见证人面前立下的未来婚约。"

"谁见证的?"他喘着气说,"谁见证的?"或许能用贿赂让他们保持安静,或者用暗杀。或许可以破坏他们的名誉,或者流放他们。

"凯瑟琳·诺利斯和弗朗西斯·诺利斯。"

他震惊得说不出话来。

他们一言不发地走着。听到她说出的可怕事实之后,他只觉双腿虚弱无力。他没能保护好她。她中了圈套,还带着整个王国一起。

"你在生我的气,"她小声地说,"你觉得我趁着你不在的时候犯下了可怕的错误。"

"我是在震惊。"

"圣灵在上,我控制不住我自己。你当时不在,我又觉得法兰西随时都会入侵,即将丢掉自己的王位。我已经没什么可以失去的了。我觉得至少我能拥有他。"

"公主殿下,这是比法兰西入侵更大的灾难,"他说,"如果法兰西入侵,全体国民都愿意为您付出生命。但如果他们知道您和罗伯特爵士订立了婚约,他们就会用凯瑟琳·格雷[①]来取代您。"

他们渐渐走近马厩。"走吧,"她飞快地说,"我现在不敢见他。他会看出我把秘密告诉了你。"

"是他要您别跟我说的吗?"

"这话他没必要说!我们都知道你会做出对他不利的建议。"

塞西尔领着她走上另一条路,进了花园里。他能感觉到她在颤抖。

"英格兰的人民不会因为我爱上什么人就反抗我的。"

"公主殿下,很抱歉,他们不会接受他作为您的丈夫和配偶,您现在最好的选择就是挑选继任者。恐怕您必须退位,您必须放弃您的王位。"

他感到她膝盖发软,步履蹒跚。

"您想坐下吗?"

"不,我们继续走吧,"伊丽莎白急切地说,"圣灵啊,您该不会是认真的吧?您只是在吓我而已。"

他摇摇头。"我是认真的。"

"他这么受国民痛恨吗?宫里就只有几个人看不惯他——我表弟,这是肯定的,还有阿兰德尔公爵,还有嫉妒和羡慕他的外貌的,想要我给他的宠爱的,想要他的财富或者地位的……"

"不是这样的,"塞西尔疲惫地说,"听我说,伊丽莎白,我会告诉你真

---

① "十日女王"简·格雷的妹妹。格雷姐妹是亨利八世的妹妹玛丽的外孙女。虽然按血统来说,苏格兰的玛丽女王,也就是玛丽·斯图亚特(亨利八世的姐姐玛格丽特的孙女)的继承权本该在凯瑟琳·格雷之前,但亨利八世在位的时候曾经颁布法令,排除了王室的苏格兰分支的继承权,将格雷姐妹的继承权排在他的儿女之后。

相。这可不是平常宫廷里的那种争风吃醋,这是根植于全体英格兰国民心中的看法。是因为他的家族,他的地位和他的过去。他父亲因为反抗您的姐姐,以叛国者的罪名被处死;而他的祖父因为反抗您的父亲,以叛国者的罪名被处死。他血统低劣。公主殿下,他的家族总是反抗您的家族。每个人都认为,如果让达德利坐到高位,他们就会滥用自己的权力。没有人会信任达德利家的人,让他们身居要职。所有人都知道他是个已婚男人,也没有人听到过他妻子的任何丑闻,他不能就这么抛弃她,这将会是令人不可容忍的丑闻。欧洲宫廷已经在嘲笑您,说您跟您自己的马夫长通奸,令人不齿。"

他看到她涨红了脸。

"您应该嫁给一位国王,公主殿下。至少也是一位大公,某些拥有优良血统、能够为王国带来有益的同盟关系的人。您不能只因为一个普通人的英俊外表和应付马匹的本领就嫁给他。这个国家绝不会接受他作为您的配偶。我很清楚。"

"你也恨他,"她尖刻地说,"你和其他人对他一样刻薄。"

已经根深蒂固了——他对自己说。但他仍然露出温和的笑。"如果您觉得他是合适的人选,那么我对他的看法并不重要。"他温和地说,"我真希望自己当初能劝说您做出最恰当的选择。而且,其实我并不恨他,我还挺喜欢他的。但我一直担心您对他特别的好感,一直担心这份感情会发生变化。我根本想象不到他能做到这个地步。"

伊丽莎白转过头去,他看到她咬起了指甲。

"事情的发展也超出了我的预料,"她用很低的声音说,"我没有细想就更进了一步……"

"如果您能摆脱婚约誓言,您的名誉仍然会蒙上污点,但您会恢复过来,如果您放弃他,并且嫁给别的什么人的话。可如果您继续这么下去,国民宁可将您推下王位,也不会对他卑躬屈膝。"

"他们都恨菲利普,可玛丽还是嫁给了他!"她脱口而出。

"他是正式加冕的国王!"塞西尔大声说道,"他们或许恨他,但他们不能否认他的出身。而且菲利普有一整支军队支持他,他还是西班牙帝国的继承人。达德利有什么?半打随从和猎手!如果发生暴乱,他们又帮得上他什么忙呢?"

"我已经立下誓言了,"她低声道,"在上帝和可敬的见证人面前。"

"恐怕您只能收回誓言了,"他断然说道,"否则和平对您也将毫无意义,因为获益的将会是英格兰和凯瑟琳·格雷女王。"

"凯瑟琳女王?"她惊恐地重复道,"这可不行!"

"公主殿下,目前至少有两伙人密谋将她送上王位取代您。她和她的姐姐简·格雷一样也是新教徒,而且她受人爱戴,也拥有都铎血统。"

"她知道这些?她在密谋反抗我?"

他摇摇头。"如果我觉得她的忠诚有任何疑点,我早就逮捕她了。我提到她只是为了告诉您,有好些人现在就想让您下台——如果他们听说您的誓言,就会有很多人站到他们那一边。"

"我会保密的。"她说。

"只是个秘密还不够,您必须放弃这个誓言,并且绝口不提。您必须收回自己说过的话。您绝不能嫁给他,他明白这一点。您一定得告诉他,您已经想清楚了,而且您也明白自己不能嫁给他。他一定得离开您。"

✦

"要不要我写信给福斯特先生?"丽兹·奥丁赛尔对艾米提议道。她试着让自己的语气轻快,而且不带个人感情,"我们可以去库姆诺庄园住上几个星期。"

"库姆诺庄园?"艾米一脸诧异。她坐在窗边的椅子里,借着夕阳余晖为汤姆·海德缝补他的小衬衫。

　　"是的,"丽兹平静地说,"我们去年去过他们那里,就在夏天刚结束的时候,在我们去奇思哈斯特之前。"

　　艾米缓缓抬起头。"你没有收到我丈夫的消息吗?"她相当确定自己会听到否定的答案,"海德先生没有收到我丈夫的信吗?"

　　"没有,"丽兹尴尬地回答,"很抱歉,艾米。"

　　艾米又重新埋首于手中的活计。"你的弟弟是不是跟你谈过了?他是不是想要我们离开?"

　　"不是的,不是的,"丽兹连忙说,"我只是想,如果你的其他朋友见不到你,他们会嫉妒的。也许我们该去坎伯威尔的斯科特家看看?或者你想去伦敦买点东西?"

　　"我只是觉得他对我有些冷漠,"艾米说,"我担心他希望我离开。"

　　"没那回事!"丽兹的声音听起来有些失控,"这都是我的主意。我觉得你在这里已经住厌了,想要搬到别处去住。就这样。"

　　"噢,不,"艾米茫然地笑了起来,"我住在这里一点也不感到厌倦,我很喜欢这里,丽兹。让我们继续住久一点好了。"

⬟

　　"您下午都在做什么?"在伊丽莎白的房间里吃晚餐的时候,罗伯特关切地问她,"我看完马儿以后就去了会议室,但您没有在等我。他们说您和塞西尔去了花园。但我去花园却没找到您,我再回到您房间的时候,他们又说您不想被人打扰。"

　　"我很累,"她说,"我休息了一会儿。"

　　他观察着她惨白的脸色,看到她的黑眼圈和红肿的眼睑。"他说了什么让您烦心的事情吗？"

她摇了摇头。"没有。"

"那您是因为他在苏格兰的失职而生气？"

"没有。那些事情已经过去了。他已经把能争取到的都争取到了。"

"他浪费了大好时机。"他提示她说。

"是啊，"她说，"也许吧。"

他神秘莫测地笑笑。他以自己的影响力说服了她，他暗想。她还真容易受到影响。他说："我觉得有些什么不对，伊丽莎白。到底是什么呢？"

她转过身用她黑色的眸子望着他。"我现在还不能说。"她用不着提醒他，有很多宫人正和他们一同用餐，而且始终关注着他们所有的言谈举止。"我稍后再告诉你，等我们独处的时候。"

"当然可以，"他亲切地对她笑了笑，"那我们找点消遣吧。要玩纸牌吗？或者玩点别的游戏？或者跳舞？"

"纸牌。"她说。至少玩纸牌的时候能够避免交谈——她心想。

罗伯特在他的房间里等待着伊丽莎白，他的男仆塔姆沃思在门外把守，他倒好了酒，壁炉中的苹果木散发着甜香。通向她房间的门开了，然后她走了进来，但并不像往常一样急切，面容上也没有渴望的神采。今晚的她有些犹豫，似乎相当的不自在。

那么，她的确是和塞西尔和解了，他暗想。他一定警告她远离我。我知道只要他们和好，他就一定会这么做。但我们已经订婚。她是我的。他说："亲爱的。这一天已经过去了。"说着，他拥她入怀。

罗伯特感觉到她在靠近之前难以察觉地犹豫了片刻，他轻拍她的背脊，吻着她的头发轻声低语。"亲爱的，"他说，"我唯一的最亲爱的人。"

在她挣脱之前,他放开了手,将她拉到壁炉前的椅子上坐好。"好了,"他说,"我们终于能够独处了。您想要杯酒吗,亲爱的?"

"想。"她说。

他递给她一杯酒,在她接过酒杯之际抚摸她的手指。他看到她的目光始终凝视着炉火,并没有看向自己。

"我知道一定发生了什么事,"他说,"是我们之间的事情吗?我做了什么惹您不高兴了吗?"

伊丽莎白立刻抬起头。"不是的!绝对不是的!你一直都是……"

"那么出什么事了,亲爱的?告诉我,无论什么困难都让我们共同面对。"

她摇了摇头。"没什么。我只是非常非常爱你,我想我已经不能失去你了。"

罗伯特放下酒杯,单膝跪倒。"您不会失去我的,"他说,"我是你的,心与灵魂都是你的。我发誓。"

"如果我们很长时间都不能结婚,你还会爱我吗?"她问,"你还会等我吗?"

"为什么不立刻公布我们的婚约呢?"他直截了当地说。

"噢,"她摆摆手,"你知道的,理由太多了。也许都不算什么。但如果我们一直不能结婚,你会等我吗?你还会忠实于我吗?我们会一直这样下去吗?"

"我会等您。我也会忠实于您,"他答应她说,"但我们不能一直这样下去。有人会发现,有人会议论。如果我陪在您身边,却无法在您孤独恐惧的时候帮助您,我就没法一直爱您。我必须能够当着宫里所有人的面挽起您的手,说您是我的,我也是您的,您的敌人也就是我的敌人,我会帮您击败他们。"

"如果我们必须等待呢？"她追问道。

"为什么我们必须等待？我们难道没资格争取自己的幸福吗？我们都曾在伦敦塔里住过，我们都以为自己第二天或许就会面对断头台。我们现在为什么就不能得到一点点快乐呢？"

"是的，"她匆匆赞同道，"但塞西尔说现在有很多人已经公开地反对你，以及密谋反对我。我们必须让这个国家都接受你才行。这需要花上一些时间，仅此而已。"

"噢，塞西尔知道些什么？"罗伯特漫不经心地说，"他才刚刚从爱丁堡回来。我的探子告诉我说人们都很爱您，那他们也会很快接受我。"

"是啊，"伊丽莎白说，"很快。我们只需要再等一小会儿。"

他觉得继续争辩下去风险太大。"如果您愿意的话，我会永远等待您，"他微笑着说，"如果您愿意，几百年也可以。您认为我们应该公开婚约的时候，请您告诉我，在那之前，这将是我们两人之间的秘密。"

"我不是想取消，"她连忙说道，"我也不想打破誓言。"

"您不能打破这个约定，"他说，"我也不能。这是无法撤消的誓约。它有法律的约束力，也是上帝见证的神圣誓言。在上帝眼中，我们已是夫妻，没有人能将我们分开。"

罗伯特的朋友和客户、库姆诺庄园的福斯特先生寄来了一封给艾米的信，邀请她在九月前来，在自己这里住上一个月。丽兹·奥丁赛尔将内容大声念给不愿费力去读信的艾米。

"你最好回信告诉他，我很愿意过去小住，"艾米冷冰冰地说，"你愿意和我同去吗？还是留在这儿？"

"我为什么会不跟你去呢？"丽兹惊讶地反问。

"如果你不愿意继续照顾我的话,"艾米的目光投向远处,"如果你像你的弟弟一样,觉得我已经失宠,那你还是不要继续和我有牵连的好。"

"我弟弟可没说过这种话,"丽兹语气坚定地撒着谎,"我也不会离开你。"

"我不是从前的我了,"艾米语气中的冰冷突然消失,只剩下有气无力的声音,"我不再是丈夫心爱的人。你的弟弟也不会因我的到来而高兴,库姆诺庄园也不会因我的到来而感到荣幸。我知道我必须找到愿意收留我的人,尽管我的大人已经不爱我了。我已经失去了价值。"

丽兹什么也没说。安东尼·福斯特的回信显然很不情愿,因为她原本询问的是艾米能否在他们那里度过秋天。坎伯威尔的斯科特一家——艾米自己的堂亲——回复说他们碰巧整个十一月都要外出。很明显,艾米从前的东道主们,甚至连艾米自己的亲戚也不希望她去他们那里住。

"安东尼·福斯特一直很喜欢你,"丽兹说,"我弟弟和爱丽丝也说你和小汤姆玩耍的样子让人非常愉快。你在这里就像他们的家人一样。"

艾米自己也很愿意相信这些话是真的。"他们真的这么说过?"

"是的,"丽兹说,"他们还说,小汤姆最喜欢的人就是你了。"

"那我不能继续留在这里吗?"她问,"比起到处走,我更喜欢留在这里。甚至比起回到斯坦菲尔德的家,我也更愿意在这里过圣诞节。如果你的弟弟愿意我们留在这里,我可以负担我们的开销。"

丽兹沉默了好一会儿。"当然可以,但福斯特先生那么盛情地邀请我们去他那里,"她说,"你也不想浪费他的好意吧。"

"噢,我们可以去那里只待上一周,"艾米说,"之后就回来。"

"这可不行,"丽兹委婉地说,"你可不能做这样不礼貌的事情。我们还是去库姆诺庄园待满整月比较好。"

她本以为自己成功地蒙混过去了,但艾米顿了顿,仿佛她们的整场谈话都是在用外语,而她突然间听懂了。"噢。你的弟弟确实想让我离开,对吗?"她一字一句地说,"他们也不希望我在十月回来。他们不想让我很快回来,或许永远都不希望我回来。和我当初想的一样,这一切都是谎言。你的弟弟不想让我住在这里。没人想让我住在他们那里。"

"好吧,至少福斯特先生还是欢迎你的。"丽兹顽固地说。

"你有没有写信问他希不希望我们过去?"

丽兹垂头注视着地面。"写了,"她答道,"我想除了那儿,就只有斯坦菲尔德可以去了。"

"那我们就去吧,"艾米轻声说,"你知道吗,就在一年前,他还因我的到来而满心欢喜,坚持要我再多住一段时日。现在他连一个月也无法忍受了。"

以前从不放过任何与罗伯特独处机会的伊丽莎白,现在却一直回避他,她始终想办法与塞西尔同行。在狩猎出发前的最后一刻,她突然说自己头痛不能骑马,于是看着整个宫廷在罗伯特的带领下离开。丽蒂西娅·诺利斯陪在他身边,但伊丽莎白还是目送他们离开。她回到房间,塞西尔已经等在了那里。

"他说他会等,"她站在温莎堡的窗边,想再看他一眼。狩猎队伍正沿着陡峭的山丘前往镇子以及河边的沼泽地,"他说婚约是否公开对我们而言并没有什么不同。我们可以等待合适的时机。"

"您必须收回誓言。"塞西尔说。

她转身看向他。"圣灵在上,我不能。我害怕失去他。失去他对我来说比死更可怕。"

"那您愿意为了他放弃王位吗?"

"不！"她大喊出声，"不管为了什么人，不管为了什么事。绝不。"

"那么您就必须放弃他。"他说。

"我不能违背对他的誓言。我不想让他觉得我是个言而无信的人。"

"那么就只能让他离开您了，"塞西尔说，"他必须明白，他根本不该做出这样的承诺。他没有订立这种誓言的资格。他已经结了婚。他这样做是重婚行为。"

"他不会离开我的。"她说。

"除非他真的有机会迎娶您，"塞西尔说，"但如果他对此不抱任何希望呢？如果他觉得他甚至会失去在宫中的地位呢？如果他要么耻辱地遭受流放并且永远见不到您，要么离开您并且维持约定的地位，他会如何选择呢？"

"那么他也许会的，"伊丽莎白不情愿地让步道，"但圣灵在上，我不能以此来威胁他。我甚至没有勇气强迫他毁约。我不忍心伤害他。你不知道什么是爱吗？我不能拒绝他。我宁愿砍掉自己的手也不愿伤害他。"

"是的，"他不为所动地说，"我明白了，誓言必须由他来收回，而且是他自行选择的结果。"

"他和我有同样的感受！"她大声说，"他永远不会离开我的。"

"可他不会为您砍掉自己的手。"塞西尔故意说道。

她怔了怔。"你有计划了？你已经在计划让我恢复自由身了？"

"当然，"他说，"如果这个疯狂的婚约泄露出去，您就会失去王位。我必须想出拯救您的办法，然后我们就必须照做，伊丽莎白。不管付出怎样的代价。"

"我爱他，我不会背叛他，"她说，"我不能对他说这些话。除此以外什么都可以。如果他认为我背信弃义，那我宁愿去死。"

"我明白，"塞西尔不无担忧地说，"我明白。我会想办法让他自己做出决定的。"

艾米和丽兹·奥丁赛尔骑马穿过牛津郡开阔的乡间，从丹彻沃斯赶往库姆诺。这片高地荒凉而辽阔，在夏日显得格外美好，间或有几个心不在焉的牧童赶着成群的羊，他们大叫大嚷，像山羊一样蹦蹦跳跳地跑来，看着骑马经过的女士们。

艾米没有笑着对他们挥手，她的钱包里也没有多余的小银币了。她仿佛没有看到他们一样。这是她此生头一次在没有身穿制服的侍卫护送的情况下骑马赶路，也是这么多年来头一次骑马时，前方没有飘扬着达德利家族的熊与杖的旗帜。她轻轻勒了下缰绳，四下望去，但什么也没看到。而她的马儿低下头，迟钝地继续前进，就好像轻巧的艾米对它来说是沉重的负担。

"至少这些田地看起来非常肥沃。"丽兹愉快地说。

艾米茫然地看看周围。"噢，是啊。"她应道。

"应该有不错的收成吧？"

"是啊。"

丽兹曾经写信给罗伯特，告诉他说他的妻子已经从阿宾顿搬到了库姆诺，但并无回音。他的管家不再为她们支付账单，也没有打赏阿宾顿的人们，更没有向丽兹提起守卫护送的事。最后，是丽兹弟弟的仆人们为她们收拾行装，并且还提供了一辆小马车跟在她们后面运送行李。当艾米走出门外，在清晨明亮的阳光下戴上手套的时候，她看到了那支小小的车队，明白自己从现在起必须像普通的市民那样赶路了。她不再作为达德利的妻子而受到保护，再也不会有护卫穿着达德利家族的制服为她开路。艾米现在仅仅只是艾米·罗布萨特小姐——甚至比艾米·罗布萨特小姐还不如，她甚至不是从前那个可能嫁给任何人的单身女人，不再是拥有前途的女人。

现在作为女人，她已经卑微得不能再卑微，因为她是嫁错了男人的女人。

小汤姆扯着她的裙子，想要她把自己抱起来。

"米——米！"他不住地提醒她。艾米低头看着他。"我要和你说再见了，"她说，"我觉得他们应该不想再让我见到你了。"他没有听懂她那些复杂的词儿，却能像感受影子那样感受到她的悲伤。"米——米！"

她匆忙地弯下腰去，温柔地亲吻他光洁温暖的额头，闻了闻他属于孩子的甜美气息，然后她站起身来，在他开始哭泣之前快步走向她的马儿。

✦

她们在这样美好的夏日里骑行穿过英格兰的腹地，但艾米并没有看这些风景。云雀从旁边的玉米田里飞起，越飞越高，有节奏地拍打着翅膀，但艾米也没有去听。她们费力地缓缓沿坡路上山，再慢慢下山，走进山谷和丰沃的平地，艾米始终什么也没看，什么也没说。

"你不舒服吗？"在溪边停下来喝水的时候，丽兹看到艾米掀起了帽子下的面纱。她脸色惨白。

"是的。"艾米说。

"你病了吗？还能继续骑马赶路吗？"丽兹担心地问。

"没有，还是和以前一样，"艾米说，"我已经习惯了。"

她们缓缓地穿过库姆诺郊外蜿蜒的路，进入村庄，驱散鸡群，让狗儿狂吠。她们经过了教堂，漂亮的方形石塔坐落于教堂所在的小山高处，周围装点着粗大的紫杉。艾米就这么骑马经过，看也不看钟塔顶端的旗杆上飘动着的伊丽莎白的旗帜，她们一路穿过泥泞的村庄街道，两边是低矮的茅草屋。

库姆诺庄园也坐落于教堂的庭院旁，但这支小小的车队要绕过苍白的石灰石高墙，才能通过拱道来到那栋屋子前。她们穿过一条紫杉林荫道，艾米在阳光之间的昏暗中微微颤抖。

"快到了。"丽兹·奥丁赛尔愉快地说，她想艾米一定是累了。

"我知道。"

又一条穿过石墙的拱道带着他们进入庭院，来到了这栋宅子的中心。福斯特太太听到马蹄声，连忙走出大厅，前来迎接她们。

"你们来了！"她大声招呼，"来得好快啊！旅途一定轻松极了。"

"非常轻松，"丽兹这样说，但艾米没有回答，只是就这么坐在马上，"但恐怕达德利太太累坏了。"

"达德利太太，你累坏了吗？"福斯特太太关切地问。

艾米掀起帽子下的面纱。

"噢！你确实脸色苍白。下马进来休息吧。"福斯特太太说。

一名马夫走上前来扶住马匹，艾米动作僵硬地下了马。福斯特太太拉着她的手进了大厅，大厅里有一座硕大的石制壁炉，炉火正旺。

"你要喝一杯麦酒吗？"她关切地问道。

"谢谢。"艾米说。

福斯特太太让她在壁炉旁的高大木椅上坐下，派一名侍者跑去拿了麦酒和杯子过来。丽兹·奥丁赛尔太太也走了进来，坐在艾米的旁边。

"噢，大家都来了！"福斯特太太说。她意识到自己的尴尬立场。她无法开口问宫里的消息，因为唯一的消息就是女王和面前这位脸色惨白的年轻女人的丈夫日益公开的勾当。整个国家的人都知道罗伯特·达德利已经将自己视为未来的国王；伊丽莎白几乎再不会被任何人吸引，除了她那位深色头发的马夫长。

"天气看起来真好。"福斯特太太只能这样说。

"确实。只是有点热，"丽兹答，"但田里的麦子看起来长势不错。"

"噢，我不了解这些，"福斯特太太连忙答道，强调着自己是个拥有漂亮房子的富有佃户，"你知道的，我一点也不了解农场的事情。"

"应该会长出非常不错的麦粒，"艾米评论说，"我觉得大家都可以吃到美味的面包。"

"是的，没错。"

紧接着是一阵令人尴尬的沉默。"欧文太太也这么说，"福斯特太太告诉她们，"她是我们的地主威廉·欧文先生的母亲。我想你的丈夫也许……"她匆忙改口，"我想威廉·欧文先生在宫里算是有名的人，"她笨拙地说，"达德利夫人，或许您认识他？"

"我丈夫跟他很熟，"艾米的语气里毫无尴尬，"而且对他的评价很高。"

"噢，他母亲正好赏光来了我们家做客，"福斯特太太恢复了平常的口气，续道，"晚餐的时候你可以见到她，福斯特先生也会在晚餐时候回来。他今天骑马去看我们的邻居了，走前叮嘱我要好好招待你们。"

"他真好心，"艾米茫然地说，"我想我现在应该去休息了。"

"当然可以，"福斯特太太站起身来，"你的房间就在楼上，视野非常好。"

艾米犹豫起来，她已经朝着屋子另一头那间最好的卧室走过去了。

"我带你去。"福斯特太太说着带她穿过大厅，走过那道双开拱门，经过圆形楼梯走上了楼。

"就是这里，奥丁赛尔太太的房间就在不远处。"她指了指那两扇木门。

"这儿看起来好奇怪，恐怕在五十年前还是修道院吧，"艾米说着，在一条刻有小天使图案的木头枕梁那儿停了下来。它原本的乌木材质已经在持续不断的抚摸下磨成了淡金色。"这个小天使应该是帮助某些人祈祷的。"

"感谢上帝，我们已经破除了天主教的迷信。"福斯特太太热心地说。

"阿门。"丽兹明智地附和道。

艾米什么也没说，只是轻抚那个小天使的脸颊，然后打开沉重的木门，走进自己的房间。

门在她的身后关了起来。

"她脸色很不好,病了吗?"福斯特太太问。

他们转身进了丽兹·奥丁赛尔的房间。"她太累了,"丽兹说,"而且吃得也很少。她总是说胸口疼痛难忍,而且她固执地认为是心痛。她的情况非常糟糕。"

"我听说她的胸中有病变?"

"她总是痛,但没有恶化的迹象。这只是个谣言,就和伦敦其他的谣言一样。"

福斯特太太咬着嘴唇摇了摇头,将那些每一天都更加详细、更加惊人的谣言甩出脑海。"噢,愿上帝保佑她,"福斯特太太说,"我费了好大力气才说服我丈夫留下她。我本以为全世界的男人当中只有他最可能同情她,但他却当着我的面说若是触怒了罗伯特爵士,他赔上性命也不够,而且如果罗伯特大人会像所有人说的那样平步青云,那么全世界最重要的事就是让大人赏识他。"

"他们是怎么说的?"丽兹追问道,"他会怎样平步青云?"

"他们说他会成为女王的配偶,成为国王,"福斯特太太直言不讳,"他们说他已经和女王秘密成婚,即将在圣诞节戴上王冠。而她,可怜的她,将被彻底遗忘。"

"可是要把她遗忘在哪儿?"丽兹质问道,"我弟弟不希望她回去,她也不能一整年都住在斯坦菲尔德大宅,那儿不比农场好多少。另外,我不清楚他们的门还会不会为她敞开。如果她的家人也拒绝了她,那么她该去哪儿呢?她要怎么办呢?"

"她看起来好像也撑不了多久了,"福斯特太太语气肯定,"这也将是达德利大人解决麻烦的方法。我们是不是应该给她先请位医生?"

"是的，"丽兹说，"我倒是相当肯定她的病是出于悲伤，但或许医生能想办法让她好好吃饭、好好睡觉，以及停止无休止的哭泣。"

"哭泣？"

丽兹自己的声音也颤抖起来。"她白天会强忍住，但如果晚上站在她的门边，就能听到房间里传出的声音。她睡觉的时候总是在哭，整夜整夜都在为他哭泣。她在睡觉的时候会低声呼唤他的名字。她会一遍又一遍地问他：'我的大人？'"

伊丽莎白、塞西尔以及宫里的女士们正在温莎堡的玫瑰园里，这时罗伯特也走了过来，西班牙使臣跟在他身后。

伊丽莎白微笑着将手伸给德·考德勒让他一吻。"这次的造访是为了游玩还是公务？"她问。

"现在是为了游玩，"他带着很重的地方口音，"我已经和罗伯特大人讨论完了公务，其余的时间我都可以陪您游玩。"

伊丽莎白挑了挑她描过的眉毛。"公务？"她问罗伯特。

他点点头。"已经结束了。我告诉过西班牙大使，我们今晚有一场网球竞赛，他很乐意来观看。"

"只是一场小比赛罢了，"伊丽莎白说，她没敢看塞西尔，"是宫里的一些年轻人自己组建的队伍，分别叫做'女王'队和'吉普赛人'队。"听到这两个名字的时候，周围的女士们发出一阵哄笑声。

西班牙使臣也笑了起来，看了看她们。"那么西班牙男孩队是些什么人呢？"他问。

"这是对罗伯特大人的戏谑，"女王说，"是他们给他取的绰号。"

"别当我面提起。"罗伯特说。

"是侮辱?"一本正经的西班牙人问。

"只是玩笑,"罗伯特说,"不是每个人都会认同我的肤色。就英国人而言,这种肤色未免太深了一些。"

伊丽莎白轻轻地、充满欲望地喘息起来。没有人会弄错,每个人都听到了她的呼吸。罗伯特转过身,给了她一个无比亲密的笑容。"幸运的是,并不是所有人都因为我的肤色和黑眼睛而轻视我。"他说。

"他们现在正在练习。"伊丽莎白的目光无法离开他嘴唇的线条。

"我们要去看看吗?"塞西尔插言。他让那位使臣和其他的宫人都走开。达德利缓缓地伸出手臂,伊丽莎白挽起他的手。

"您似乎很陶醉啊。"他轻声对她说。

"嗯,"她说,"你知道的。"

"我知道。"

他们沉默地走了几步。"那位大使想要什么?"她问。

"他抱怨我们的商船将西班牙的金子带离了荷兰,"达德利说,"走私金条是违法的行为。"

"我知道,"她说,"我只是不知道谁会做这样的事。"

他装作没有看出她匆忙的谎言。"有位热心的检查员搜查了我们的一艘船,发现货物清单是伪造的。他们没收了黄金,放行了船,之后西班牙大使就来做正式抗议了。"

"他会直接向枢密院申诉吗?"她警觉地问,"如果他们发现了我们在用船运金子,他们一定会知道铸币厂即将铸造新币。旧币的价值也会受到影响。我必须和塞西尔谈谈,我们一定要保守这个秘密。"她迈开步子,可罗伯特握着她的手,把她拉了回来。

"不,当然不能让他去枢密院,"罗伯特坚定地说,"这件事必须保密。"

"你安排了他跟我和塞西尔见面吗?"

"我已经处理好了。"罗伯特答道。

伊丽莎白停下了脚步，阳光炽热地照在她的后颈。"你做了什么？"

"我处理好了，"他说，"我告诉他说，这肯定是误会，我谴责了那些走私者，我告诉他我也认为将金条从一个国家运到另一个国家是非常危险的贸易行为。我向他保证这种事情不会再次发生，还保证会亲自处理这件事情。他几乎相信了我的话，但还是会发封加急信件给西班牙皇帝，我们对这个结果都表示满意。"

她犹豫起来，尽管天气炎热，她却突然浑身冰冷。"罗伯特，他是基于什么才会和你谈这件事？"

他假装没有明白她的话。"我已经说过了。"

"为什么他会和你说这些？为什么他不对塞西尔抗议？为什么他不直接对我抗议？为什么不要求枢密院召开会议？"

罗伯特用手环起她的腰，尽管任何一个宫人回过头，都能看到他正抱着她。"因为我想为您分忧，亲爱的。因为我和您，和塞西尔同样了解如何治理国家，而且说实话，或许我比你们更加了解。因为我是生来就要做这些的，正如您或者塞西尔，或许我比你们更加拿手。因为他抱怨的是您的代理人托马斯·格雷斯汉姆，后者现在直接向我汇报情况。这既是您的事情也是我的事情——您的事情就是我的事情，您的货币就是我的货币。一切事情我们都要共同处理。"

伊丽莎白无法抽身离开他的手臂，但她并没有像往常那样意乱情迷。"德·考德勒应该来见我。"她坚持说。

"噢，为什么？"罗伯特问，"您难道不认为他已经知道了我们将在今年之内宣布婚事？您难道不认为人们都已经知道我们即将宣布婚事？您难道不认为他已经将我当做您的丈夫看待了？"

"他应该跟我或塞西尔说。"她固执地说，揉搓着指甲周围的硬皮，将它们从光滑的指甲周围推开。

达德利拉起她的手。"当然，"他说，"比如遇到那些我没法为您处理的事务时。"

"那会是什么时候呢？"她尖锐地质问道。

他自信地轻笑起来。"你知道吗，我确实想不到在哪件事上你或者塞西尔会比我强。"他承认道。

在网球赛场旁边，塞西尔在伊丽莎白身边坐了下来，但他们都没有将注意力放在比赛上。

"他去见德·考德勒只是为了给我们分忧。"她用低沉而平板的声音飞快对他说。

"他没有这个权利，除非您赋予他这样的权利。"塞西尔平静地说。

"塞西尔，他说所有人都知道我们已经订婚，德·考德勒也将他当做我的丈夫看待，所以他可以代表我。"

"不能再这样下去了，"塞西尔说，"您必须阻止这种……篡夺权力的行为。"

"他没做什么不忠的事，"她愤怒地说道，"他做的每一件事都是因为爱我。"

是啊，他是因为爱而将女王推下王位的最忠诚的叛国者，塞西尔痛苦地想着。但他说的却是："陛下，他也许是为了您好，但您知不知道，他的权力大过您这件事会被大使报告给西班牙皇帝，而在他看来这就代表您的软弱？您难道不认为英格兰的天主教徒也会知道您打算嫁给一位离了婚的男人？您可是离过婚的王后的女儿，更别提这位王后又因为通奸罪而被处死了。"

没有人敢于当面提起女王的母亲,除非是极度的那种敬重。伊丽莎白的脸色突然变得惨白。"你再说一次。"她冷冷地说。

但塞西尔并没有退缩。"您必须时刻保持最纯洁的名声,"他语气坚决,"因为您的母亲——愿上帝让她的灵魂安息——去世的时候,声誉遭到了严重的诋毁。您的父亲和好女人离婚,只为了和她结婚,可随后就将自己的决定归罪于巫术和欲望。绝不能让人重提这些毁谤的话,再加诸您身上。"

"请你注意些,塞西尔,"她冷冷地说,"你在一次又一次地重复着那些等同叛国的毁谤。"

"也请您注意些,"他严肃地说着,从座位上站起身来,"告诉让考德勒明天早上来见我们,做他的正式抗议。罗伯特大人不能代表君王行事。"

伊丽莎白抬头看着他,然后她轻轻摇了摇头。"不行。"她说。

"什么?"

"我不能破坏罗伯特的威信。这件事已经过去,而且他说的话也跟我们原本会说的一样。就这样吧。"

"这么说他真的成了有实无名的女王配偶?您就甘愿给他这样的权力吗?"

见她什么也没说,塞西尔鞠了一躬。"我得先告退了。"他轻声说,"我没有心情观看比赛。我觉得那个'吉普赛人'队一定会胜出。"

✦

安东尼·福斯特带着一卷新作的牧歌轻快地回到家中,但他的妻子却在他尚未踏进大厅的时候就把家中的紧急事务告诉了他,让他的好心情打了折扣。

"达德利夫人已经来了,身体很糟糕,"她急切地说,"他们今天早上刚到,后来就一直卧病在床。她吃不下东西,那个可怜的人儿甚至连水都喝不了,她说自己的胸中因为心碎而疼痛,但我想应该是病变。她不肯让任何人看。"

"让我先进去。"他从她的身边走过,步入大厅。"我想先喝杯麦酒,"他表情严肃地说,"外面太热了,骑马回来真是受罪。"

"抱歉。"她说着,给他倒了一杯麦酒,同时闭上嘴巴,而他坐在自己的座椅上,喝了一大口。

"好多了,"他问,"晚饭准备好了吗?"

"当然,"她恭敬地说,"我们只是在等你回来。"

她沉默地站在一旁等待着,而他又喝了一大杯麦酒,然后才转头看她。

"好吧,"他说,"怎么回事?"

"是达德利夫人,"她说,"她病得很重。她身体虚弱,胸口疼痛。"

"最好给她请一位内科医师,"他说,"贝利医师就很不错。"

福斯特太太点点头。"我立刻派人去请他。"

他站起身。"晚餐前我先洗洗手,"他突然停下脚步,"她能来见见我吗?她能下楼来用餐吗?"

"不,"她说,"我想不能。"

他点点头。"这可不太好啊,我的妻子,"他说,"收留她在我们家里,就等于让我们分担她的耻辱。她可不能一直在这儿养着病,享受清闲。"

"我可不觉得她还能享受什么。"她不快地说。

"我想也是,"他略带同情地说,"但无论如何她不能在这里待上超过约定的一个月时间,无论是不是带着病。"

"难道达德利大人禁止你款待她?"

福斯特先生摇了摇头。"他没必要说出口,"他说,"你用不着淋湿自己也能知道天在下雨。我知道风往哪边吹,我可不会让自己染上风寒。"

"我去请医师,"他的妻子说,"也许他会说,她只是在热天里骑马赶路才会不舒服的。"

库姆诺庄园的马童快马加鞭地赶往牛津郡去请贝利医师,他是女王在牛津郡的医学老师,是时他正坐在餐桌边吃晚餐。"我马上就去,"他说着站起身拿过他的帽子和斗篷。"库姆诺庄园的什么人病了?我想应该不是福斯特太太吧?"

"不是,"马童说着将信递上,"是一位客人,刚刚从阿宾顿来的客人。达德利夫人。"

医师僵住了,他拿帽子的手停在空中,斗篷也只穿了一半,搭在肩上像是断掉的翅膀。"达德利夫人,"他重复道,"罗伯特·达德利爵士的妻子?"

"是的。"马童说。

"就是女王的马夫长罗伯特爵士吗?"

"人们的确叫他女王的马夫长。"马童露骨地眨眨眼睛重复道,因为他也听过那些谣言,就像其他人那样。

贝利医师缓缓地将帽子挂回木头衣帽架。"我想我不能去,"他说着,将斗篷也取下来,重新挂在椅背上,"说实话,我想我不敢去。"

"他们没提到是瘟疫,阁下,"男孩说,"屋子里只有她一个病人,我也没听说阿宾顿在流行瘟疫。"

"不是的,孩子,不是的,"医师若有所思地说,"有些东西比瘟疫更加可怕。我觉得自己不应该插手。"

"她说她很痛苦,"马童继续说道,"有女仆说在门外听到她在哭。她说自己听到她在请求上帝让她解脱。"

"我不敢去,"医师坦白地对他说,"我不敢去见她。即使我知道她生了什么病，我也不能为她开药。"

"为什么不能？如果她真的病了呢？"

"如果她死了，人们一定会认为她是被毒死的，会认为是我的过失而将我逮捕。"内科医师用肯定的语气说道，"而如果她已经绝望地服下毒药，那么药性已经在她身体中发挥作用，人们一定会怪罪到我给她开的药上去。如果她死去，我就会受到谴责，或许还要面对谋杀的指控。如果有人已经给她服下毒药，或是有人乐于知道她在生病，那么他们更不会对我的施救报以感激。"

马童听得目瞪口呆。"我是来请你回去为她看病。我要怎么对福斯特太太交代？"

医师伸手按在他的肩上。"告诉他们，我不会冒着失去行医许可证的风险插手这样的事，"他说，"也许她已经在服药，而且是远比我有权势的人给她开的药。"

马童皱起眉头，努力理解着医师话语中的含义。"我不明白。"他说。

"我的意思是，如果她的丈夫想要毒杀她，我可不敢干涉，"医师坦言道，"如果她因此濒临死亡，我想他应该不会感谢我救了她一命。"

❖

伊丽莎白躺在罗伯特的怀中，他吻上她的脸庞，然后是双肩、脖颈，他的身躯压倒了她，而她大笑着推开他，又几乎是同时靠向了他。

"嘘，嘘，有人会听到的。"她说。

"只有您发出的尖叫声而已。"

"我叫得像老鼠一样轻。我没有尖叫。"她抗议道。

"现在还没有，但我会让您尖叫的。"他又让她大笑起来，连忙以手掩口。

"你疯了!"

"因为爱,我疯了,"他没有否认,"而且我喜欢胜利的感觉。您知道我从德·考德勒那儿赢了多少吗?"

"你和那位西班牙使臣打了赌?"

"只是必然会赌赢的事情。"

"赌什么?"

"五百克朗,"他欣喜地说,"您知道我说了什么吗?"

"什么?"

"我说他可以用西班牙金币付给我。"

她试图大笑,但他立刻捕捉到了她眼中焦虑的神色。"哈,伊丽莎白,别破坏气氛,西班牙使臣很好对付。我了解他,他也了解我。这只是个玩笑。他笑了,我也笑了。我可以处理国事,上帝作证,我生来就是为了处理国事的。"

"而我生来就是为了成为女王的。"她飞快地反驳道。

"没有人否认这一点,"他说,"尤其是我。因为我生来就是为了成为您的情人、您的丈夫和您的国王。"

她有些迟疑。"罗伯特,即使我们公开婚约,你也不会得到国王的头衔。"

"即使?"

她的脸红了红。"我是说到那时。"

"公开我们的婚约之时,我就会成为您的丈夫和英格兰的国王,"他说,"不然您还能怎么称呼我?"

伊丽莎白惊讶得说不出话,但她立刻想到了应对的话。"罗伯特,"她温柔地说,"你该不会真想成为国王吧。西班牙的菲利普也只是女王的配偶,不是真正的国王。"

"西班牙的菲利普还有其他头衔，"他说，"他在自己的土地上是皇帝。对他而言在英格兰是什么身份都不重要，他甚至很少踏足此地。难道您愿意让我坐在比您低的位置，您在金盘里用餐而我在银盘里用餐，就像菲利普和玛丽那样？难道您希望在其他人面前让我如此谦卑？难道您希望我的一生中日日如此？"

"不是的，"她连忙说道，"我从没想过。"

"那您是觉得我不配戴上王冠？您觉得我更适合待在您的床上而不是王位上？"

"不是的，"她说，"不是的，当然不是的。罗伯特，我亲爱的，请不要曲解我的话。你知道我爱你，你知道我只爱你一个人，你知道我需要你。"

"那么我们就必须解决那件事，"他说，"请允许我与艾米离婚，并且公开我们的婚约。这样一来，我就能成为您的搭档和帮手，与您共同面对一切。我也将被人们称为国王。"

她正要出言反对，他却已经将她拉入怀中，吻起她的脖颈来。伊丽莎白无助地在他的怀里瘫软下来。"罗伯特……"

"亲爱的，"他说，"您真是甜美，让我忍不住想吃掉你。"

"罗伯特，"她轻声喘息，"我的爱，我唯一的爱。"

他将她抱在臂弯里，平放到床上。她感觉到自己的长裙被脱下来，直到一丝不挂。她微笑着，等待他像平时那样在做爱前戴上自己的防护套。但他的手中并没有出现绑着丝带的薄膜，也没有把手伸向桌上或床边，她不禁诧异起来。

"罗伯特，你的防护套呢？"

他露出深邃迷人的微笑，爬到床上紧挨着她，将赤裸的身体与她贴紧，他身上令人迷醉的麝香气息将她笼罩，她能感受到他温暖的肌肤，胸口柔软的毛发，还有逐渐坚硬的下体。

"我们不需要它了,"他说,"我们最好尽快为英格兰诞下一个男孩。"

"不!"她惊骇地说着,努力抽开身体,"在我们公开婚约之前,不可以这么做。"

"可以的,"他在她耳边轻语,"好好地感受它,伊丽莎白,你从来没有好好地感受它。你从来没有像我的妻子一样认真地感受过它。艾米那么爱我赤裸的身体,你甚至不知道它是什么样子的。你甚至没有享受到我给她的一半快乐。"

她发出一声嫉妒的呻吟,立刻伸出手握紧了他的坚挺,引他进入自己已然湿润的禁地。他们合而为一的时候,她感受着他赤裸的身躯,满足地合起双眼。罗伯特·达德利微笑起来。

早上,女王说她病了,声称自己不见任何人。塞西尔站在她门外的时候,她只说如果事态紧急,可以短暂地见他一面。

"恐怕确实事态紧急。"他说着,挥了挥手里的文件。侍卫们站到一旁让他走进女王的卧室。

"我告诉他们,我需要您签字批准释放法兰西囚犯回国。"塞西尔走进来,鞠了一躬,"您在便笺上要我立刻找个借口来见您。"

"是的。"她说。

"因为罗伯特阁下的事情?"

"是的。"

"这太荒唐了。"他直白地说。

"我知道。"

她平淡的语调引起了他的警觉。"他做了什么?"

"他向我……提出了一项要求。"

塞西尔耐心等待着。

伊丽莎白看了一眼忠心耿耿的艾什莉太太。"凯特，去门外看守，别让任何人偷听。"

凯特·艾什莉离开了房间。

"什么要求？"

"一项我无法满足的要求。"

他等着她继续说下去。

"他想公开我们的婚约，要我准许他和那个女人离婚，以便让他当上国王。"

"国王？"

她的头垂得很低，她点点头，不敢直视他的眼睛。

"西班牙的皇帝也只做了女王的配偶而已。"

"我知道。我和他说过，但这就是他想要的。"

"您必须拒绝。"

"圣灵在上，我不能拒绝他。我不能让他觉得我在欺骗他。我也不知道该如何拒绝他。"

"伊丽莎白，这样疯狂的行为会让您失去英格兰的王位，所有的危险都会接踵而至，爱丁堡的和平也将毁于一旦。人们会将您推下王座，让您的亲戚当上女王。也许更糟。如果您将他送上王位，您也就完蛋了，就连我也救不了您。"

"你就不能想想办法？"她问，"你总是有办法的。圣灵在上，你一定会帮我的。必须在上帝面前和他断绝关系，我做不到。"

塞西尔怀疑地看着她。"就这样？他想结婚，想做国王？他没有伤害您也没有威胁您？您应该记得吧？即使出于爱，这么做也是叛国罪行，即使他是和你订立了婚约的情人。"

伊丽莎白摇了摇头。"没有,他总是……"说到这里她停下了,她想起了他带给她的无限欢愉,"他总是……可如果我怀了他的孩子呢?"

他的面孔惊恐而阴郁,一如她的神情。"您怀了孩子?"

她摇了摇头。"没有。不,我不知道……"

"我还以为他会很小心……"

"直到昨晚为止都是。"

"您应该拒绝他的。"

"我不能!"她突然大喊,"你在听我讲话吗,塞西尔,还要我一遍又一遍地重复给你听吗?我没有办法拒绝他。我无法自拔地爱着他。我不能对他说'不'。你要帮我想个办法嫁给他,或者帮我想个办法回避他的要求,因为我不能对他说'不'。你必须帮助我摆脱对他的渴望,摆脱他的要求,这是你的责任。我自己做不到。你必须保护我不受他的影响。"

"将他流放!"

"不行。你必须保护我不受他的影响,但不能让他知道我说过半句对他不利的话。"

塞西尔沉默良久,随后他想起他们不能在一起待太久,女王和她自己的国务秘书只能进行简短而秘密的碰头,而这一切都是因为她的愚蠢。"有一个办法,"他缓缓开口说,"只是非常不光彩。"

"他能因此明白自己的身份吗?"她问道,"他能明白自己的身份和我不同吗?"

"这会让他一生都生活在恐惧之中,卑微得如同尘埃。"

伊丽莎白有些恼火。"他永远不会恐惧,"她说,"他的灵魂也永远不会卑微,即使是在他的整个家族的地位都一落千丈的时候。"

"我承认他是个百折不回的人,"塞西尔尖刻地说,"但这个方法会让他卑微得放弃所有觊觎王位的念头。"

"而且他永远不会知道这是我的命令。"她低声说。

"不会的。"

她顿了顿。"也不能失败。"

"我不觉得会失败,"他迟疑着说,"但需要一个无辜的人为此而死。"

"只要一个?"

他点点头。"只要一个。"

"不是我爱的人吧?"

"不是。"

她不再犹豫。"那就去做吧。"

塞西尔允许自己笑了笑。不知有多少次,当他以为伊丽莎白是最最柔弱的女人的时候,他都会发现,她是最最坚强的女王。

"我需要一样他的东西作为信物,"他说,"您有带着他家族纹章的东西吗?"

她差一点就说了"没有"。他能看出她一瞬间有过撒谎的念头。

"你有,对吗?"

她缓缓地从颈项上取下一条金色的项链,上面挂着罗伯特在他们订婚时给她的纹章戒指。"这是他的戒指,"她轻声说,"我们订婚那天,他给我戴在手上的戒指。"

塞西尔有些迟疑。"您真的愿意让我用它来摧毁他吗?用他给你的爱的信物?用他自己的纹章戒指?"

"是的,"她说,"因为毁灭的不是他,就是我。"她缓缓地解开项链,让戒指落到她的掌中。她亲吻着那枚戒指,仿佛亲吻着圣徒的遗物一般,最后不情愿地交给他。

"请一定要还给我。"她问。

他点点头。

"千万不能让他看到它在你手里，"她说，"他会立刻明白是我给你的。"

塞西尔再次点头。

"你什么时候动手？"她问。

"马上。"他答。

"不要在我生日那天，"她像个孩子那样强调说，"让我在他的陪伴下度过一个愉快的生日。他为我计划了美好的一天，不要破坏气氛。"

"那就在之后的那天吧。"塞西尔说。

"星期日？"

他点点头。"但您不能再冒怀孕的风险了。"

"我会找借口的。"

"在这件事上，我还会需要您的帮助。"塞西尔提醒她。

"他太了解我了，他可以轻易看穿我。"

"不是帮助我对付他。您要和其他人说一些事情。您需要放出诱饵。我来告诉您该说些什么。"

她搓着手。"不会伤害他吗？"

"他必须学会接受，"塞西尔说，"你希望结束这一切吧？"

"我希望。"

看在上帝的分上，要是我能直接杀了他，结束这一切就好了——塞西尔鞠了一躬离开了房间。凯特·艾什莉等在女王的门外，看到塞西尔走出来，他们交换了一个短暂而惊讶的眼神：这位女王才登基第二年，居然就惹出了这么大的麻烦。

但就算他不会死，我也能把他打压到谷底，让他明白自己永远成不了国王——塞西尔心想。又一个达德利，又一个耻辱。他们怎么就学不会教训呢？——他大步穿过走廊，经过女王的祖先们的画像前，她英俊的父亲，面容憔悴的祖父。女人不能执政，塞西尔看着这些国王，心想。一个女人，就算是这样天资聪颖的女人，也没有统治王国的性情。她寻求着主人，而上帝让她选择了达德利。好吧，等他像杂草一样被他清除，前路就会畅通，而她也能为英格兰找到一位合适的主人。

福斯特太太找来了那位回报说医师不肯为达德利夫人诊治的马童。

"你没有说清楚她生病了吗？你没有说达德利夫人需要他的帮助吗？"

马童紧张得睁大了眼睛，连连点头。"都告诉他了，"他说，"就因为是她，医师才不肯来。"

福斯特太太摇了摇头，走过去找奥丁赛尔太太。

"我们的内科医师不肯来看她，因为他担心没办法治愈她。"她说着，努力让整件事看起来容易接受些。

奥丁赛尔太太听到这个坏消息，突然怔了怔。"他知道他的病人是谁吗？"

"知道。"

"他拒绝前来是为了避开她？"

福斯特太太犹豫了片刻。"是的。"

"现在她哪儿也去不了，医师又不愿意来为她诊病？"她难以置信地问道，"那她要怎么办？我们该为她做些什么？"

"恐怕她只能和她的丈夫和解，"福斯特太太说，"她本来就不该和他争吵的。他位高权重，没人敢冒犯他。"

"福斯特太太，你我都很清楚，她和他争吵完全是因为他和人私通以及想要离婚。好妻子遇到这种要求的时候该怎么办？"

"如果这位丈夫是罗伯特·达德利，他的妻子最好还是同意为妙，"福斯特太太坦率地说，"看看她现在面临的困境就明白了。"

处女的情人

经过两天的休息,艾米觉得好转了许多,她沿着那条狭窄的旋转楼梯走下楼,穿过大厅来到庭院里,手中握着自己的帽子。她来到鹅卵石铺就的庭院中,戴好帽子,将垂下来的缎带在下颌上系起。尽管已经到了九月,阳光依然炎热。艾米走过高大的拱门,左转穿过房前茂盛的草地。从前的那些修士曾在无声祈祷和阅读的时候在这里行走,即便到了现在,她仍旧能够追随他们的脚步,从石板路一直来到缺乏修剪的草地上。

她觉得自己的困难和他们相比肯定算不了什么,因为他们必须与自己的灵魂角力,而不是去担忧俗世的事物,比如丈夫是否会回家,以及没有他要如何活下去。可他们是圣职者,她对自己说,而且非常博学。我既不是圣职者也不博学,事实上,我觉得自己是个愚蠢的罪人。因为上帝肯定和罗伯特一样忘记了我,否则他们不会这样让我孤单一人,又满心绝望。

她发出了一声呜咽,但她立刻用戴着手套的手擦去脸颊的泪水。哭泣没有任何意义——她凄凉地对着自己低语。

她沿着草地走了几步,穿过果园,走向墙壁和大门,然后是墙那一边的教堂。

门有点卡住了,但随后墙的那边走来一个男人,帮她推开了门。

"谢谢你。"她有些惊讶地说。

"艾米·达德利夫人?"那人问。

"什么事?"

"我这儿有一封你丈夫给你的信。"

她深深地吸了口气,脸颊泛起了红晕。"他来了?"

"没有。只有给你的信。"

她接过那封信,审视着封口的火漆。然后她说了句奇怪的话:"你有刀吗？"

"你要来做什么，女士？"

"取下火漆。我不想破坏它。"

他从靴筒里取出一柄锋利的匕首。"当心。"

她将刀刃插进干掉的封蜡和厚纸之间将火漆拆下，放进自己长裙的口袋中，把刀递还给他，随后展开了信。

他看到她双手颤抖着打开信读了起来，她读得很慢，嘴唇轻轻地拼出每一个单词。她望向他问："他很信任你吗？"

"我是他的仆从，也是他忠实的部下。"

艾米将那封信又递到他手中。"拜托你，"她说，"我不太能认字。他是不是说明天中午要回来看我，而且希望单独见我？他是不是要我打发走所有人，单独留下来等他？"

他尴尬地接过那封信迅速读了一遍。"是的，"他说，"明天中午，打发走你的仆人们，独自在你的房间等他。"

"我认识你吗？"她突然问，"你是他的新仆人？"

"我是他的秘密仆人，"他说，"我一直在牛津郡做事，所以他让我来送这封信。他说不需要任何回复。"

"他有没有送什么信物来？"她问，"因为我没见过你。"

来人微微一笑。"夫人，我叫约翰·沃斯。他给了我这个。"他的手伸进上衣口袋，递给她一枚戒指，那是刻有熊与杖图案的达德利的纹章戒指。

她严肃地从他手中接过，戴在无名指上，紧挨着自己的结婚戒指，她伸出手指，看着达德利的纹章，不由得莞尔一笑。

"我会照他说的去做。"她说。

这个周末，西班牙使臣德·考德勒逗留在温莎堡，等待伊丽莎白生日的到来。周五的晚上，在王宫花园前的绿地高处，他发现塞西尔正坐在他的对面观赏着箭术比赛。他注意到这位国务秘书从苏格兰回来以后就一直面色庄重，始终穿着那套没有任何装饰与珠宝的黑色衣物，就好像今天只是平常的一天，并非女王生日的前夜。

等比赛结束以后，他小心翼翼地绕过众人，来到那位国务秘书身边。

"这么说女王明天的生日庆典已经一切就绪，"西班牙使臣评论道，"罗伯特阁下保证他会带给她愉快的一天。"

"她愉快，我可不那么愉快。"塞西尔鲁莽地说。酒意让他口无遮拦起来。

"噢？"

"告诉你，我忍无可忍了，"塞西尔压低声音，愤怒地说，"我做的每一件事，说的每一句话都要经过那个乳臭未干的小子批准。"

"您是指罗伯特·达德利阁下？"

"我受够了，"塞西尔说，"我曾经因为她不听我对苏格兰的建议而离开她，现在我也可以这么做。我有一栋美丽的房子和幸福的家庭，可我却没有时间去看他们，而我的建议得到的回报却是羞辱。"

"你言重了，"西班牙使臣说，"你不会真的离开吧？"

"睿智的水手会在风雨来临之际靠向港口，"塞西尔说，"达德利登上王位的那一天，我就回到我在伯利大宅的花园里，再也不看伦敦一眼。除非他在我还没来得及辞职的时候逮捕我，把我关进伦敦塔里。"

使臣面对塞西尔的愤怒有些不知所措。"威廉阁下！我从来没有见过你这么烦恼！"

"我也从来没有这么烦恼过！"塞西尔坦言道，"告诉你，她就要连同这个国家一起毁在他的手上。"

"她就不能拒绝和他的婚事吗？"德·考德勒愤慨地问。

"她不做别的想法，而我又没法说服她。告诉你，她现在什么都听他的，且非他不嫁。"

"那他的妻子呢？那位达德利夫人要怎么办？"

"我觉得如果她继续阻碍达德利的去路，就肯定活不久，不是吗？"塞西尔怨愤地说，"他不会停止对王位的觊觎。不管怎么说，他都和他父亲流着同样的血。"

"这太可怕了！"大使惊叫道，又连忙压低了声音。

"我敢肯定他正在谋划毒死自己的妻子。不然他为什么要到处跟人说她病了？我听说她的身体很好，还请了人专门为她试毒。你觉得还能有什么原因？她本人也认为他会杀害自己。"

"可人们肯定不会认同他做国王吧？如果他的妻子蹊跷地暴毙，就更不可能了吧？"

"你去跟她说吧，"塞西尔催促他说，"她现在不肯听我说任何对他不利的话。我和她谈过，凯特·艾什莉也和她说过这些。上帝作证，你去告诉她，她放荡的行为会带来怎样的后果，她听不进我们的话，但也许会听你的。"

"我不敢，"德·考德勒吞吞吐吐地说，"我并没有得到她的信任。"

"但你有西班牙国王的权威支持，"塞西尔坚持道，"看在上帝的分上，告诉她，否则她就会嫁给达德利，然后失去自己的王位。"

德·考德勒是个经验丰富的使臣，但他不认为有人担负过这样疯狂的使命——在女王二十七岁生日当天,告诉她说她最信任的顾问已经对她绝望,每个人都认为她如果不肯放弃爱情,就会失去王位。

她生日当天的早晨以一场猎鹿作为开始。罗伯特让猎手们身着都铎家族绿白相间的制服,其他宫人则穿着银色、白色以及金色的华丽服装。伊丽莎白骑着自己那匹高大的白色阉马,马儿配备了红色西班牙皮革的新马鞍和一套新笼头——这是达德利送她的礼物。

西班牙大使跟在队尾,看着女王和她的情人以足以摔断脖颈的速度驰骋,等猎捕结束,又在猎到的鹿头顶喝了一杯庆祝的葡萄酒,启程返回的时候,他策马走到她身边,祝她生日快乐。

"谢谢你。"伊丽莎白容光焕发。

"等回去以后,我会把皇帝陛下给您的小礼物拿给您,"大使说,"但我忍不住想要向您道贺。我从没见过您如此健康和幸福的样子。"

她转头朝他微笑。

"罗伯特阁下看起来也很健康。他可真是个幸福的男人,能够得到您的宠爱。"他谨慎地挑起话头。

"全世界的男人之中,只有他能得到我的宠爱,"她说,"不管是战时还是和平的时候,他都是我最信任最忠诚的顾问。在享乐的时刻,他更是最佳的伴侣!"

"而且他是如此地深爱您。"德·考德勒评论道。

她骑马向他靠近了些。"要不要我告诉你一个秘密?"她说。

"好。"他连忙答应下来。

"罗伯特阁下即将成为鳏夫,也就能够结婚了。"她把声音压得很低。

"不!"

她点点头。"他的妻子会死于疾病,不死也快了。但在我们公开这个消息之前,你不要告诉任何人。"

"我发誓我会严守这个秘密,"他说,"可怜的女士,她病了很久吗?"

"噢,是的,"伊丽莎白漫不经心地说,"他是这么向我保证的。可怜的人儿。你会来参加今晚的宴会吗,阁下?"

"会的。"他说着拉起马儿的缰绳,再度退回队尾。他们沿着蜿蜒的路骑马靠近城堡的时候,他看到塞西尔正站在城堡入口处的城墙上,等待着人们狩猎归来。使臣对伊丽莎白的顾问摇了摇头,像是在告诉他自己没办法劝说她,像是他们全都被困在了噩梦里,有些非常糟糕的事情正在发生,但却没人知道那是什么。

伊丽莎白的生日宴以礼炮声开始,以她在泰晤士河的驳船上看到的那阵绚烂的焰火结束,迟开的玫瑰花堆成了小山,她最亲密的朋友和她的情人都陪在身侧。焰火熄灭的时候,驳船沿着河道缓缓行进,让在岸边观赏焰火的伦敦市民们能够向这位二十七岁的女王高声喊出祝福。

"她应该尽快结婚,"丽蒂西娅对她的母亲耳语,"否则就没人肯娶她了。"

凯瑟琳看着伊丽莎白的侧脸和她身后罗伯特·达德利的身影。"如果非要嫁给别人的话,她会伤心,"她说,"如果嫁给他,她又会失去王位。这是女人面临的两难境地。愿上帝不会让你陷入盲目的爱中,丽蒂丝。"

"噢,放心吧,"丽蒂西娅说,"我连订婚都不是出于爱情,不可能盲目地爱上什么人。"

"对绝大多数女人来说,为了爱情而结婚不如为了好生活而结婚,"凯瑟琳平静地说,"爱情可以等结婚以后再说。"

"我可不会像那个艾米·达德利一样。"丽蒂西娅说。

"罗伯特·达德利那样的男人总是会给他的情人或妻子添很多麻烦。"

她的母亲告诉她说。他们同时注意到，伊丽莎白因驳船的摇动而有些站立不稳。罗伯特立刻伸出手臂环住她的腰，在众目睽睽之下，她任由他抱着自己，将背脊靠在他的身上感受着他的温度。

"今晚来我的房间。"他在她耳边轻声说。

她抬起头对他微笑。"你真让我动心，"她也轻声说。"但我不能去。这几天是我的特殊日子。下个星期我才能去你那里。"

他发出失望的低声怒吼。"这几天最好快点过去，"他警告地说，"否则我就会当着宫内人的面去你的卧室。"

"你敢吗？"

"不信的话就试试，"他说，"看看我敢不敢。"

星期六的晚上，艾米和两位东道主吃了一顿丰盛的晚餐。他们在女王的生日之夜为她的健康而干杯，正如这片土地上每一户忠于女王的人家那样，艾米毫不犹豫地举起酒杯，放到嘴边。

"你看起来好多了，达德利夫人，"福斯特先生温和地说，"很高兴看到你恢复健康。"

她笑了起来，他不禁为她的美丽而惊讶——他把她看做负担的时候，已经忘记了这一点。

"你真是位善良的东道主，"她说，"很抱歉，我才刚到您的家，就去了床上休息。"

"天太热，旅途又那么漫长，"他说，"那天我也外出了，热得不得了。"

"噢，天气很快就会凉爽起来的，"福斯特太太说，"时间过得多快啊。阿宾顿明天有市集，你记得吧？"

"我要骑马去迪德科特，"福斯特先生说，"关于教会收的什一税，有点麻烦要处理。我说过我会去听牧师的布道,再去见见他和教会成员。我明天和他一起吃晚餐,晚上再回家,亲爱的。"

"那我就让仆从们去市集吧,"福斯特太太说,"他们总是把周日市集当做节日来过。"

"你也会去吗?"艾米突然饶有兴趣地问。

"周日不会,"福斯特太太说,"普通人都会在周日去那里。如果你想去的话,我们可以星期一骑马过去看看。"

"噢,我们明天就去吧,"艾米突然有了精神,"拜托了。我喜欢人群熙熙攘攘的市集。我喜欢看到女仆们穿上她们最好的衣服去那里挑选缎带。第一天是最热闹的时候。"

"噢,亲爱的,我可不这么认为,"福斯特太太难以置信地说,"那种场合真是让人心烦。"

"噢,去吧,"她的丈夫劝说道,"一点点的喧嚣不会让你怎样。但这会让达德利夫人心情愉快。如果你也想要些缎带或是别的什么东西,第一天肯定不会卖光。"

"那我们什么时候去呢?"奥丁赛尔太太问。

"我们可以中午出发,"福斯特太太建议道,"在阿宾顿吃晚餐。如果你们愿意的话,那儿有一间不错的酒馆。"

"好啊,"艾米说,"我很愿意。"

"那好,我也很愿意看到你重新振作起来愿意出门的样子。"福斯特太太温和地说。

星期天上午,本该是她们动身出发去市集的日子,艾米下楼吃早餐的时候,脸色又虚弱苍白起来。

"我睡得不好,身体不舒服,看来没办法去了。"她说。

"真遗憾,"福斯特太太说,"那你想要些什么吗?"

"我想我只要休息,"艾米说,"如果我能睡一会儿,就会好起来的。"

"仆从们都已经出发了,房子里应该很安静,"福斯特太太说,"我给你煎点汤药,愿意的话,你可以在自己房间里,自己的床上吃晚餐。"

"不用,"艾米说,"你们可以按计划去市集。我不想因为我而拖延你们。"

"我没想过要去,"福斯特太太说,"我们不会留下你一个人在家的。"

"你去吧,"艾米说,"你去看看有什么卖的,比如你需要的缎带或是别的什么,就像福斯特先生昨天说的那样,第一天的货物往往是最好的。"

"我们可以明天再去,等你好一些再说。"丽兹插嘴道。

艾米突然生了气。"不行!"她说,"你没有听见我的话吗?我说,我希望你们都按计划去。我一个人留下。但我希望你们都去。拜托了!我的头好痛,我不想再为这件事争吵下去!你们快去!"

"可你要一个人吃晚餐吗?"福斯特太太问,"如果我们都去市集的话。"

"我可以和欧文太太一起吃晚餐,"艾米说,"如果到那时我感觉好一些的话。等你们回来的时候,我会来迎接的。但你们现在快去吧!"

"好吧,"丽兹说着,向福斯特太太递了个警告的眼神,"别生气了,我亲爱的艾米。我们都会去的,晚上回来给你讲市集上的事情,希望你能好好睡觉,快点好起来。"

艾米立刻不再恼火,而是笑了起来。"谢谢你,丽兹,"她说,"如果你们在市集上过得愉快,我也就能放心休息了。你们吃完晚餐再回来吧。"

"好的,"丽兹·奥丁赛尔太太说,"如果我看到能够配得上你那顶帽子的蓝色缎带,就给你买回来。"

星期日的早上,女王去了温莎堡的王家祈祷室,然后在花园里散步。丽蒂西娅·诺利斯优雅地跟在她身后,为她捧着披肩和一本祈祷诗集,以便女王随时坐下阅读。

罗伯特·达德利走过来看到了她,她的目光正看向河的方向,河上的小船来来往往,驶向伦敦或是离开。

他愉快地鞠躬。"早安,"他说,"昨天的庆典没有让您累着吧?"

"没有,"伊丽莎白说,"我从来不会因为跳舞而累着。"

"我以为您会来找我,即使您说过不会。没有您,我无法入睡。"

她将手伸给他。"时候还没过去,"她甜甜地说,"再等一两天就好啦。"

他按住她的手。"当然,"他说,"您知道我从来不会强迫您。等我们公开了我们的婚事,就可以每夜都同床共枕,我也听凭您使唤。不用担心。"

伊丽莎白早已习惯了对一切发号施令,而不是经过他人的许可,但她的神情却平静如常。"谢谢你,亲爱的。"她语气甜美地说。

"我们一起走走?"他问。

她摇了摇头。"我想坐下来读一会儿书。"

"那我就要先告退了,"他说,"我有些事情要处理,晚餐时间回来。"

"你去哪里?"

"去牛津郡看几匹马,"他敷衍道,"我不知道是不是值得买下,但我答应过要去看看。"

"在周日[①]?"她的语气稍稍带了些责备。

[①] 在基督教国家里,认为星期日是"主日",也称礼拜日或安息日,也有这一天在星期六的说法。这一天象征将要降临的基督必将来临。在安息日期间教徒要停止一切娱乐活动专注于和上帝的沟通。

"只是去看看,"他说,"周日看马肯定不算罪。或是您打算做一名严苛的教皇?"

"我会成为严苛的教会最高管理者。"她笑着说。

他靠近她,仿佛要亲吻她的脸颊一般。"那就让我离婚吧。"他在她耳畔低声说道。

艾米沉默地坐在房子里,等待着罗伯特如他信中承诺的那样归来。整间房屋静默而空旷,早早地吃过晚餐以后,上了年纪的欧文太太回到房间再次睡去。艾米在花园里走了走,然后顺从地按照罗伯特的信中叮嘱,回到了她自己的房间里等待。

透过窗子可以看到大路,她坐到窗边,守望着达德利的旗帜和骑手们的身影出现。

"或许他和她发生了争吵,"她低声自语,"或许她已经厌倦了他。又或许她最终同意了与那位大公的婚事,所以他们不得不分开。"

她思索了片刻。不管出于什么原因,我都必须接纳他,而且不加责备。这就是我作为他的妻子的责任。她顿了顿。她的心情无法抑制地欢快起来。而且,无论如何,无论他是出于什么理由,我都会不加责备地接纳他。他是我的丈夫,他是我爱的人,是我一生中唯一的爱人。如果他回到我身边——她的思绪停顿了片刻,我无法想象他回到我身边的时候,我会有多么快乐。

她听到一匹马的蹄声,于是向窗外看去。发出马蹄声响的并不是罗伯特的那匹高大的马儿,来人也不是罗伯特,但同样高傲地骑在马上,一手挽着马缰,另一手按在腰上。那人把帽子压得很低,遮去了他的面孔。

艾米等待着来人敲响门钟,但周围却一片寂静。她想,也许他去了马厩，发现那儿空无一人，因为所有仆人都去了集市。她站起身来，觉得自己还是去迎接这位陌生来客的好，因为仆从都不在家中。当她这么想时，卧室的门已然无声地打开了，有个高大的陌生人安静地走进房间，在身后关上了门。

艾米喘息起来："你是谁？"

她看不清他的脸，他的帽子仍然压得很低，只露出眼睛。他裹着一袭深蓝色的羊毛斗篷，没有任何象征身份的徽记。无论是对他的身高还是健壮的体格，她都没有印象。

"你是谁？"她又问了一遍，声音充满恐惧，"回答我！你怎么敢随便闯进我的房间！"

"艾米·达德利夫人？"他问道，声音低沉而平静。

"是的。"

"罗伯特·达德利爵士的妻子？"

"是的。你是哪位？"

"他让我来找你。他想让你去他那里。他重新爱上了你。看窗外，他在等你。"

艾米轻呼一声，转身看向窗外，而那人立刻走到她身后。他迅速钳住她的下颌，将她的脖颈用力地扭向一旁。碎裂声响起，她甚至没来得及叫喊就瘫倒在了他的怀中。

他将她放在地板上，仔细地听着。房屋中再没有其他声音。她已经按盼咐将所有人遣散。他重新抱起她，她的身体轻得像个孩子，脸颊也仍旧因为罗伯特的"回心转意"而红润。那人将她抱在怀中，小心翼翼地离开了房间，沿着那段只有五六级台阶的圆形楼梯下了楼，将她放在最下面，仿佛她是从楼梯上摔下来的一样。

他停下脚步再次侧耳倾听。屋子里仍然没有任何动静。艾米的兜帽滑落下来，长裙凌乱露出双腿。他觉得不应该这样子将她留在这里，于是温柔地扯平她的长裙，将她的兜帽戴回头上。她的额头仍然有着温度，皮肤柔软，就像睡梦中的孩子。

他安静地走出了大门。马儿还拴在外面，见到他的时候扬起头，却没有嘶叫。他在身后轻轻关起门，骑上马，转头离开了库姆诺庄园，向温莎堡赶去。

◆

两个从集市赶回家里的仆从先后发现了艾米的尸体。那两人正在恋爱中，想要找机会独处一个钟头。等他们走进房子的时候看到了她，她躺在楼梯下面，衣裙平整，兜帽整齐地戴在她的头上。女孩尖叫着昏了过去，但男孩却温柔地抱起艾米，将她平放在她的床上。福斯特太太回家的时候，他们告诉她说达德利夫人从楼梯上跌下来摔死了。

"艾米！"丽兹·奥丁赛尔喘息着念出她的名字，从马上跳下来匆匆跑上楼，冲进艾米的卧室。

她躺在床上，脖子扭成可怕的角度，以致她平躺着，脸却朝向门的方向。她的表情流露出死亡的茫然，皮肤冷硬像石头一般。

"噢，艾米，你做了些什么？"丽兹痛苦地说，"你究竟做了什么？我们已经想到了办法，我们已经找到了去处。他仍然关心着你，他永远也不会忽视你。他还会回来的。噢，艾米，我最亲爱的艾米，你究竟做了什么？"

必须将消息送给罗伯特大人。"可我该怎么说？"福斯特太太问丽兹·奥丁赛尔太太，"这封信该怎么写？我该怎样告诉他？"

"就说她死了，"丽兹愤怒地说，"如果他想知道原因和经过，他会自己过来的。"

福斯特太太写了一张便条，让她的仆人约翰·鲍斯送去温莎堡。"确保亲手交给罗伯特大人，一定交到他的手中，不要给任何人。"她叮嘱他说，她突然意识到他们已经处在一场轰动性丑闻的风口浪尖。"也不要将这件事告诉任何人，然后直接回来，除了他之外，不要跟任何人讲话。"

※

星期一早上九点钟时，罗伯特·达德利大步走进女王的住处，甚至没有看周围那些窃窃私语的朋友们和追随者一眼。

他径直走到王座前鞠躬行礼。"我必须和您单独谈谈。"他开门见山地说。丽蒂西娅·诺利斯注意到他的手紧紧地握着帽子，以致指节都变成了白色。

伊丽莎白读懂了他脸上紧张的表情，立刻站起身来。"当然可以，"她说，"我们出去走走还是？"

"在您的房间里说。"他严肃地说。

听到他严厉的声音，她睁大了眼睛，但还是挽起了他的手臂走进她的私人房间里。

"哎呀！"她的一位女伴轻声评论道，"他每一天都更像她的丈夫。很快他就会像使唤她那样使唤我们了。"

"似乎发生了什么事情。"丽蒂西娅猜测说。

"胡说八道，"玛丽·西德尼说，"肯定只是关于新马儿之类的事情。他昨天去牛津郡看了匹新的马。"

※

等房门在他们身后关上，罗伯特便伸手从上衣口袋里掏出一封信来。"我刚刚收到的，"他说，"从库姆诺庄园寄来的，艾米正在我的朋友们那儿借住。艾米，我的妻子，她死了。"

"死了?"伊丽莎白说得太大声了点。她以手掩口,看着罗伯特,"怎么死的?"

他摇了摇头。"信上没有写,"他说,"是福斯特太太捎来的,信上只说她很抱歉地通知我艾米今天死去的消息。信上的日期是星期日。我的仆从已经赶去查看具体的情况了。"

"死了?"她重复道。

"是的,"他说,"也就是说,我自由了。"

她微微喘息起来,身体也有些摇晃。"自由。你当然是自由了。"

"上帝啊,我并不想让她死去,"他匆忙说道,"但她的死使我获得了自由,伊丽莎白。我们终于可以公开我们的婚约。我可以成为国王。"

"我不知该说些什么。"她说着,呼吸凌乱起来。

"我也一样,"他说,"一切发生得太突然,谁也想象不到。"

她摇了摇头。"真难以置信。我只知道她的身体不好……"

"我想她的身体很好,"他说,"她最多只是抱怨有点不舒服。我不知道为什么会这样。也许是她从马上摔下来了?"

"我们最好还是出去,"伊丽莎白说,"有人会把消息带到宫里。我们最好别单独待在一起。他们会看着我们,然后猜测我们在想什么。"

"好吧,"他说,"但我必须立刻告诉你。"

"当然了,我明白。不过我们最好现在就出去。"

突然他抓住她,给了她一个长长的、饥渴的吻。"他们很快就会知道你是我的妻子,"他说,"我们将一起统治英格兰。我自由了,我们共同的生活从这一刻开始!"

"是的,"她抽身离开,"但我们最好马上出去。"

他在门旁又拉住了她。"就好像上帝的旨意一样,"他不无惊异地说,"注定她会在这时死去而我会自由。我们做好了结婚的准备,这个国家也迎来了和平，我们又有这么多事要做。'这是耶和华所作的，在我们眼中看为希奇①。'"

伊丽莎白想起这句话是在自己登上王位时说过的。"你认为她的死亡可以让你成为国王，"她说，"就像玛丽的死亡让我成为女王一样。"

罗伯特点点头，脸上神采奕奕。"我们将会成为英格兰的国王与女王，"他说，"我们可以让英格兰成为卡米洛特那样辉煌的国度。"

"是的，"她的嘴唇冰冷，"但我们现在还是出去为好。"

在会客室，伊丽莎白用目光四下找寻塞西尔，见他走进来，她便示意他到自己身边来。罗伯特则在窗台边悠闲地与弗朗西斯·诺利斯谈论着与西班牙属荷兰的贸易。

"罗伯特大人刚刚告诉我，她的妻子去世了。"伊丽莎白半掩着口，悄声说道。

"的确如此。"塞西尔平静地说着，面无表情地看着其他宫人。

"他说他并不知道死因。"

塞西尔点点头。

"塞西尔，到底发生了什么事？我按照你的嘱咐，告诉过西班牙使臣说她病了。但这件事发生得太突然。他杀了她吗？他准备娶我，我恐怕无法拒绝。"

"如果我是您，我就会静观其变。"塞西尔说。

"可我要怎么做？"她急切地问，"他说他即将成为英格兰的国王。"

"暂时什么也不做，"塞西尔说，"等着瞧。"

她突然转身面向窗边，把他拖向一旁。"你不应该对我隐瞒什么。"她

---

① 这句话引自《圣经:诗篇》118:23。

愤怒地说。

塞西尔将嘴唇凑近她的耳朵，低声说了些什么。伊丽莎白转过脸，避开廷臣们，看向窗外。"很好。"她对塞西尔说着，然后将目光再次转向宫人们。

"噢，"她大声说，"尼尔森阁下在这里啊。日安，尼尔森阁下。萨默塞特那边怎么样？"

宫人们准备用晚餐的时候，丽蒂西娅·诺利斯来到了威廉·塞西尔的书桌前。

"什么事？"

"人们说罗伯特打算谋杀自己的妻子，女王也对此一清二楚。"

"真的？他们为什么要散播这样纯属诽谤的谎言？"

"因为是你挑起的？"

威廉对她笑了笑，又一次想到，她的确是个波琳家族的女孩，她拥有波琳家族敏锐的头脑和霍华德家族迷人的粗鲁。

"我？"

"有人碰巧听到你告诉西班牙大使，说如果女王嫁给达德利的话，她就将毁于一旦，而你无法阻止此事，因为她已经下定决心。"丽蒂西娅伸出第一根纤细的手指作为计数。

"以及？"

"以及我亲耳听到女王告诉西班牙大使，艾米·达德利已经死了。"

"她死了？"塞西尔一脸惊诧。

"她说的是'不死也快了'，"丽蒂西娅复述道，"这样一来，每个人都会认为我们早就预料到她会死于某种神秘的病症，死讯到来时，他们就会宣布自己的婚约，鳏夫罗伯特·达德利也将成为下一任国王。"

"那他们对这件事怎么看？"塞西尔礼貌地问道。

"目前没有人敢大声讲出来，不过有人打赌说，她的叔叔会从纽卡斯尔带着英格兰的军队赶来，然后杀了他。"

"真的吗？"

"另一些人则认为将会有一场法兰西人煽动的暴乱，目的是让苏格兰的玛丽登上王位。"

"确实如此。"

"其他人认为将会有一场西班牙人煽动的暴乱，目的是让凯瑟琳·格雷登上王位，以免让玛丽即位。"

"这些都只是无中生有，"塞西尔抱怨道，"但他们似乎说出了所有的可能性。那么你怎么想呢，我的小女士？"

"我想你的袖管里藏着个计划，可以避免王国面临的这些危险。"她说着，给了他一个顽皮的微笑。

"但愿如此，"他说，"因为这些危险非常严峻。"

"你觉得为了他，值得吗？"丽蒂西娅突然问，"她冒着失去王座的风险也要和他在一起，而她是我见过的最冷血的女人。你觉得他会不会是最最非同一般的情人，才会让她冒这么大的风险？"

"我不清楚，"塞西尔不为所动地说，"我也好，英格兰的任何男人也好，都不觉得他的魅力不可抵挡。反过来也一样。"

"这么说只有我们这些蠢女孩才会了。"她笑着说。

✺

伊丽莎白中午装病留在房间里，她实在无法容忍和罗伯特共处一室，因为后者的狂喜几乎无法掩饰，而她一直在等待艾米的死讯从库姆诺庄园传到宫中。她声称自己想独自在房间里吃晚餐，然后早早上了床。"您可以睡在我的房间，凯特，"她说，"我想让你陪着我。"

凯特·艾什莉看着她惨白的脸色和因揉搓而发红的指尖。"发生了什么事吗？"她问。

"没什么，"伊丽莎白突兀地说，"没什么。我只是需要休息。"

但她无法入睡。清晨的时候她就醒来，坐在书桌旁，面前放着拉丁文语法书，百无聊赖地翻译着一篇论文。"您做这些干什么？"

"免得自己去想别的事。"伊丽莎白冷冷地说。

"怎么了？"凯特问，"发生什么事了？"

"我不能说，"伊丽莎白答道，"这件事太可怕了，连你也不能告诉。"

上午，她去了祈祷室后又回到了自己的房间。从祈祷室回来的路上，罗伯特一直跟在她身边。"我的仆从写了一封长信给我，把一切都告诉了我，"他轻声说，"看起来艾米从楼梯上跌了下来，摔断了脖子。"

伊丽莎白的脸色变得惨白，但很快恢复正常。"至少她死得很快，没有痛苦。"她说。

有个人在她面前轻轻鞠躬，伊丽莎白停下脚步，将手递给他，罗伯特转身走开，留下她一人独自返回。

在更衣室里，伊丽莎白换上了一身骑装，思索着他们是否真的要外出狩猎。她的女伴们都侍立在旁，最后凯特走进来说："罗伯特·达德利大人在外面的会客室里。他说他有话对您说。"

伊丽莎白站起身来。"我们去见他。"宫人们大多已经穿上了狩猎时的装束，看到罗伯特并未穿猎装，而是一身肃穆的黑色时，人们开始窃窃私语。女王和她的女伴们进来的时候，他鞠了一躬，直起身的时候他冷静地说："陛下，我要向您汇报我妻子的死讯。她在星期日死于库姆诺庄园，愿上帝让她的灵魂安息。"

"上帝啊!"西班牙使臣大叫出声。

伊丽莎白看着他,目光像黑玉一样深邃。她抬起手。整个房间随即安静下来,倾听着她接下来要说的话。

"听到艾米·达德利夫人星期日在牛津郡的库姆诺庄园去世的消息,我表示很遗憾。"伊丽莎白平静地说着,仿佛这个消息和她没有多少关系似的。

她顿了顿。宫人们都惊讶得说不出话来,每个人都等着她继续说下去。"我们应该为达德利夫人哀悼。"伊丽莎白突然说了这么一句,然后转过头去和身旁的凯特·艾什莉交谈起来。

西班牙使臣德·考德勒不由自主地走了过去。"真是悲伤的消息,"他说着,弯腰吻了她的手,"也太突然了。"

"是场意外,"伊丽莎白依然平静地说,"悲伤的意外。非常令人遗憾。她一定是从楼梯上跌了下来,然后摔断了脖子。"

"是的,"他说,"多么离奇的意外啊。"

罗伯特与伊丽莎白再次见面是当天下午。他看到她出现在花园里,和她的女伴们在晚餐前散步。

"我要暂时离开宫廷,作为服丧,"他面色庄重,"我想我会回克佑花园的房子。您想见我的话随时可以去那里找我,我也可以来见您。"

她将手搭在他的臂上。"很好。为什么你看起来这么古怪,罗伯特?你并不悲伤吧?你并不在意吧?"

他仔细打量她精致的面庞,仿佛她突然间变成了陌生人。"伊丽莎白,她做了我十一年的妻子。我肯定会为她伤心。"

她噘了噘嘴。"但你曾经不顾一切地想要抛弃她。你还想为了我和她离婚。"

"是的，确实如此，我是想过这么做，但这样比离婚带来的丑闻要好。可是我半点也不希望她死去。"

"人们都觉得她在过去的两年间简直生不如死，"她说，"每个人都说她生了可怕的病。"

他耸了耸肩。"谣言人人会说。我不知道他们为什么都觉得她病了。她可以旅行，她可以骑马外出。她没有什么病，只是这两年过得非常不开心，这都是我的错。"

她故意表现出自己的恼火。"看在诸位圣徒的分上，罗伯特！要不是她死了，你根本不会爱她！"她嘲弄着他，"你该不会突然发现她之前有这么多你忽略的优点吧？"

"我爱过她，那时她还年轻，我也一样，"他激动地说，"她是我的初恋。她陪伴我走过了这么多年的风风雨雨，从来没有抱怨过我给她带来的艰难与危险。等到您继承王位，我也恢复了从前的地位之后，她也没有抱怨过您一句。"

"为什么她要抱怨我？"伊丽莎白大声问道，"她怎么敢抱怨我？"

"她的嫉妒心很强，"他客观地说，"而且她知道自己有理由嫉妒。我对她不算很好，也不算慷慨。我想让她解除和我的婚姻关系，而且我对她很无情。"

"现在她死了，你觉得很对不起她，但如果她还在世，你还是会对她这么无情下去。"她嘲弄地对他说。

"是的，"他坦言道，"我觉得所有可悲的丈夫都会说同样的话——他们都知道其实自己可以做得更好。但今天的我感到自己很卑鄙。我确实很高兴自己能够恢复单身，可我并不希望她死去。她是多么无辜的人啊！没有人会希望她死去。"

"你自荐的本事可不太高明，"伊丽莎白狡黠地将话题转到他们的恋爱关系上，"听起来你根本就不像是一位好丈夫！"

罗伯特一时没有想到该如何回应她。他看向远处，越过河水看向库姆诺的方向，目光黯淡。"是的，"他说，"对她来说，我确实不是一位好丈夫，但上帝知道，她是男人所能拥有的最温柔、最优秀的妻子。"

一旁等候的宫人发出轻微的骚乱声，一位穿着达德利家族制服的信使走进花园，站在一旁。达德利转身看到了来人，径直走了过去，伸手接过了他递上的信。

一旁的朝臣们看到达德利接过信，撕开火漆，再将信展开，又看到他读信的时候脸色变得惨白。

伊丽莎白飞快地向他走去，其他人都为她让出一条路来。"怎么了？"她急切地问，"当心点！每个人都在看着你！"

"那儿将会召开公审，"他的嘴唇几乎没有动，声音低得像是呼吸，"每个人都说这并非意外。他们一致认为艾米死于谋杀。"

艾米死去的当天，托马斯·布朗特赶到了库姆诺庄园，逐个地调查了所有的仆从。之后他巨细靡遗地汇报给罗伯特，说他们都觉得艾米反复无常，在星期日的早上把所有人都遣去了市集，甚至包括她的同伴奥丁赛尔太太和福斯特太太，虽然她们并不愿意去。

"没必要再提起这件事。"罗伯特·达德利回信给他，他不希望听到别人质疑他的妻子是否神志正常，虽然他知道自己迫使她陷入了绝望。

托马斯·布朗特顺从地没有再提起过艾米的古怪行为。但他提到女仆皮尔托太太说起过艾米陷入了深深的绝望之中，每天都会祈祷，希望自己死去。

"也不要再提起这件事了,"罗伯特·达德利回信给他说,"不是要召开公审吗?阿宾顿的人有能力处理这么敏感的事件吗?"

　　托马斯·布朗特从主人潦草的字迹中读出了他的焦虑,他答复说那里的人们对达德利家并没有偏见,而且福斯特先生的名声也很好。不会有人直接下结论说这是谋杀,不过当然了,肯定每个人都这么想。一个女人不可能从只有六级的楼梯上跌下来摔死,也不可能摔下来之后兜帽整齐、衣裙平整。人们都认为是有人扭断了她的脖子,将她丢在地板上。所有事实都指向了谋杀。

　　"我是无辜的。"达德利在温莎堡的枢密院会议室对女王说,虽然那儿显然不是适合说这种私人话题的地方,"上帝啊,我怎么可能犯下杀害自己品德高尚的妻子这样的罪行?就算是我干的,我又为什么要用如此笨拙的手段呢?杀害一个女人然后伪装成意外的样子,足足有一千种办法,全都比拧断她的脖子把她丢在仅仅六级台阶下要好得多。我见过那段楼梯,一点儿也不高。没有人会从那上面跌下来摔断脖子。甚至连扭到脚都不可能。甚至不会留下瘀青。我怎么可能给被我谋杀的女人抚平衣裙?我怎么可能给她戴上兜帽?我像会做出这种蠢事的人吗?"

　　塞西尔站在女王身侧。他们沉默地看着达德利,就像是毫无情谊可言的法官。

　　"我相信死因终究会查明,"伊丽莎白说,"你迟早也会洗脱污名。但在此期间,你不能在宫里逗留。"

　　"我会声名扫地的,"达德利茫然地说,"如果您让我离开,就像是在怀疑我一样。"

　　"我当然不会怀疑你。"伊丽莎白说着,看了塞西尔一眼,后者同情地点点头,"我们当然不会怀疑你。但按照惯例,受到指控的人要远居宫外。想必你也清楚这一点。"

"我没有受到指控!"他气愤地说,"他们正在调查案情,他们还没有送回嫌疑人名单。没有人指控我谋杀了她!"

"但事实上,每个人都认为是你谋杀了她。"塞西尔热心地指出。

"但如果您赶我出宫,就表明您也怀疑我!"达德利对伊丽莎白说,"我必须留在宫里,留在您的身边,这样才能证明我是无辜的,这样才能证明您相信我是无罪的。"

塞西尔向前走了一小步。"不行,"他温和地说,"这样的行为会带来影响极坏的丑闻,不管公审的裁定结果怎样。这样的丑闻将会轰动整个基督教王国,而不仅仅是这个国家。这样的丑闻足以毁灭我们的女王。你不能留在她身边。她不能这样不顾形象地证明你的无辜。最好的方法就是按照以前的惯例去做。你回到花园那边的屋子里服丧,等待判决结果,我们则努力平息这里的谣言。"

"谣言总是会有的!"罗伯特绝望地说,"我们以前从来都不加理会!"

"可从来都没有过这样的谣言,"塞西尔说出了事实真相,"人们都说是你冷血地杀害了自己的妻子,都说你和女王秘密订下婚约,而你将会在妻子的丧礼上公开这个消息。如果公审结果证实了这项谋杀罪,那人们就会以为女王是你的共犯。愿上帝保佑你不会声名扫地,罗伯特爵士,愿女王不会被你牵连进去。"

他的脸色如同他的褶领一样惨白。"我不会被我没做过的事毁掉声名,"他冰冷的嘴唇中吐出这几个字,"不管有怎样的诱惑,我都不会做出伤害艾米的事情。"

"那就不必担心什么了,"塞西尔接道,"等他们找出凶手,等他招认,你就能得到清白了。"

"陪我走走，"罗伯特对他的情人说，"我想和您单独谈谈。"

"不行，"塞西尔阻拦道，"她已经受到怀疑了。不能再让人看见她和背负杀妻嫌疑的人窃窃私语。"

罗伯特突然对伊丽莎白鞠了一躬，离开了房间。

"上帝啊，塞西尔，他们不会归咎于我的，对吗？"她问。

"如果人们能够看到您确实远离他的话。"

"如果人们发现她确实是被谋杀的，会认为是他下的手吗？"

"那他就要接受审讯，如果他被认定有罪，就会面临死刑。"

"他不能死！"她大喊，"我不能没有他。你知道我不能没有他！如果事态真的发展到那个地步，我会非常痛苦的。"

"您可以为他求情，"他平静地说，"如果事态真的发展到那个地步。但不会的，我可以向您保证，他们不会认定他的罪行。我很怀疑会有什么证据确凿地指向他，除了他不够谨慎的言行，以及人们都相信他希望自己的妻子死去。"

"他看上去那么伤心。"她同情地说。

"他是真的伤心。他很难接受这个事实，他是个骄傲的男人。"

"我不忍心看到他这么痛苦。"

"没人帮得了他，"塞西尔欢快地说，"无论接下来发生什么，也无论陪审团的审判结果是什么，他的自尊都会跌落谷底，他也会永远被人称作'折断自己妻子的脖子，妄图成为国王的那个男人'。"

在阿宾顿，陪审团宣誓完毕，开始听取艾米·达德利夫人的死亡证词。他们听说她坚持把所有人打发去集市，因此她是独自一人留在屋子里。他们听说她死在一段楼梯下方，而那段楼梯相当短。仆人们也作证，把她抬上床之前，她的兜帽好好地戴在她的头上，裙子也很平整。

在克佑花园的房子里，罗伯特找人来订做他的丧服，但那人测量他的尺码时，他站得腿脚都发麻了。

"琼斯在哪儿？"他问，"他的手脚要麻利多了。"

"琼斯先生不能来了，"他身旁的那人嘴里咬着别针，含混不清地说，"他说他非常抱歉。我是他的助手。"

"我的裁缝居然不肯来见我？"罗伯特难以置信地重复道，"我自己的裁缝拒绝为我做事？"上帝啊，他们一定认为我很可能又要被关进伦敦塔了，即使是我的裁缝也不想为我惹上麻烦，他们一定是认为我即将因谋杀罪而被处以绞刑。

"大人，麻烦让我把这个别上。"来人说道。

"算了吧，"罗伯特愠怒地说，"找件别的衣服给我，旧衣服，然后做成相同的款式。我可受不了站在这儿，让你往我身上放满别针。你可以回去告诉琼斯先生，下一次我需要许多新衣服的时候，会记得今天他是怎样拒绝见我的。"

他脱下那件不太合身的外套，两步走到这个小房间的另一头。

两天过去了，她什么话也没跟我说，他想。她也许真的认为我就是凶手。她一定认为我卑鄙到能做出这样的事情。她一定会觉得我是个能够杀害无辜妻子的男人。她怎么能嫁给这种人呢？而且她身边总有些人会信誓旦旦地向她保证，我就是这样的人。

他迟疑片刻。

但如果她受到指控，我就会陪在她身边——他心想。我不在意她是否有罪。我也不忍心让她孤独又害怕，又觉得全世界没有一个人是她的朋友。

她也明白这一点。她知道我以前也受到过指控。她知道我曾经面对死刑的判决，身边也一个朋友也没有。我们答应过彼此，不会再让对方孤独他站在窗边,冰冷的窗玻璃令他的指尖传来一阵战栗,虽然他并不记得为什么这种感觉如此骇人。

"仁慈的上帝啊,"他大声说道,"我是否应该把名字刻在炉腔里,就像在伦敦塔里和我的兄弟们做过的那样。我又一次变得如此卑微。又一次,如此卑微。"

他将额头抵在窗玻璃上,河流映入他的眼帘。他手搭凉棚,贴近那厚厚的玻璃,想要看得更清楚些。那儿有一条驳船,配备了鼓手,好让桨手同时划桨。他眯起眼睛,认出了上面飘扬的王室旗号。是王家驳船。

"噢,上帝啊,她来了!"他说。与此同时,他觉得自己的心脏狂跳起来——我就知道她会来。我知道她永远不会离开我,不管要她付出怎样的代价、不管有怎样的风险,我们都会共同面对。我知道她会一直陪在我身边。我知道她对我的忠诚。我也知道她对我的爱。我对她从来没有哪怕片刻的怀疑。

他飞快地打开门冲出房间,穿过大门,来到他六个月前曾为伊丽莎白举行五旬节盛典的果园里。

"伊丽莎白!"他大喊着在果园中飞奔,迎向船坞。

那确实是王家驳船,但踏上船坞的人却并非伊丽莎白。达德利停下脚步,突然间满心失望。

"噢,塞西尔。"他说。

威廉·塞西尔走下木制的台阶,向他伸出手。"是我,"他温和地说,"别介意。她让我向你转达问候。"

"你不是来逮捕我的?"

"上帝啊,不是的,"塞西尔说,"这只是礼节性的拜访,代女王向你问候。"

"她的问候?"罗伯特失声道,"只是这样而已?"

塞西尔点点头。"你知道的,她不能说太多。"

两人转身向小屋走去。

"你是唯一从宫里来我这儿的人,"罗伯特说。他们已经走进了房子,靴子踩在木头地板上的声音在寂静的周围回荡,"想想吧!我数以百计的朋友和追随者在我得势的时候终日围绕在我身边,数以千计的人都骄傲地宣称我是他们的朋友,虽然我几乎不认识他们……现在你却是唯一来这里探望我的人。"

"这是个变幻莫测的世界,"塞西尔表示认同,"真正的朋友可不多见。"

"不多见?对我来说可不是这样,因为我发现自己根本没有真正的朋友。看起来,只有你是我的朋友。"达德利嘲弄地说,"虽然换作一个月之前,我可不会觉得你是我的朋友。"

塞西尔笑了起来。"噢,看到你这么不幸,我也很难过,"他坦率地说,"而且我能看出,你还有和丧服相衬的沉重心情。阿宾顿那边有什么消息吗?"

"我猜你一定比我知道得多,"罗伯特很清楚塞西尔的情报网的可怕,"我已经写信给艾米的同父异母哥哥,让他敦促陪审团尽最大努力查明真相,我也写信给陪审团负责人,让他无须畏惧,将凶手的真名实姓告诉我。我需要真相来洗刷污名。"

"你一定要知道吗?"

"塞西尔,除了我,还有谁会渴望真相?人们只是单纯地觉得这是一场谋杀,单纯地觉得我的双手沾满了鲜血。除了我,没有人更想知道真相。如果我不去调查,那么谁来调查呢?她的死会给什么人带来好处呢?"

"你不觉得这只是一场意外?"塞西尔问道。

罗伯特干笑了几声。"上帝啊,我也希望只是一场意外,但这怎么可能?楼梯只有这么短,而且她还把所有人都遣走了。我最担心的是她会伤害自己,担心她会服毒,或者喝下安眠药剂然后摔下楼梯,只为了让这件事看起来像是意外。"

"你觉得她会因为生活抑郁而自杀吗?我想她太虔诚了,不会这么做的。她肯定不会拿自己不朽的灵魂来冒险,即使她已经心碎绝望。"

罗伯特垂下头。"愿上帝宽恕我,是我伤了她的心,"他轻声说,"如果她真的是自杀而死,那么她就是因为对我的爱而失去了在天堂的一席之地,正如她失去了人世间的幸福一样。我对她很不好,塞西尔,但上帝作证,我真的没想过会有这样的结果。"

"你真觉得是你迫使她结束了自己的生命?"

"我想不出别的理由。"

塞西尔轻轻地拍了拍这个年轻人的肩。"这样的负担对你而言太过沉重了,达德利,"他说,"我想象不到比这更加沉重的耻辱。"

罗伯特点点头。"这件事让我变得非常卑微,"他轻声说,"我无法想象自己要怎样恢复从前的地位。我回想着她,我还记得和她第一次见面的时候、刚刚爱上她的时候,我知道自己是个傻瓜,我摘下一朵花儿插在纽扣孔里,却又因为疏忽而让它死去。我带走了她,就像是摘下一朵樱草花——这是我母亲对她的称呼——但我很快就像个自私的孩子一样厌倦了,又抛弃了她,现在她已经死去,我无从祈求她的宽恕。"

一阵沉默。

"最糟糕的是,"达德利沉痛地说,"我甚至无法为自己对她造成的深深伤害道歉。我总是想着自己,总是想着女王,总是想着自己该死的抱负,从来都没有想过要为她做些什么。愿上帝宽恕我,我曾经想要离开她,而现在她应验了我的要求,离我远去,我再也无法与她相见,永远也碰触不到她、永远也看不到她的笑容。我曾经对她说过我再也不需要她了,而现在我真的失去了她。"

"我也得走了,"塞西尔轻声说,"我来找你不是为了打扰你的哀悼的,我只是来告诉你,在这个世界上,至少你还有一个朋友。"

达德利抬起头,向塞西尔伸出手去。

塞西尔紧紧握住他的手。"拿出勇气来。"他说。

"我对你的感激真是无以言表,"罗伯特说,"你会向女王提起我吗?在真相大白以后,记得告诉女王让我回宫。我暂时不会再跳舞了,上帝作证,但我在这里实在太寂寞了,塞西尔。这既是哀悼,也是流放。"

"我会向她提起你的,"塞西尔宽慰他说,"我也会为你祈祷,为艾米的灵魂祈祷。你知道的,我还记得她结婚的时候。她因幸福而神采动人,她爱你那么深。她觉得你是世界上最好的男人。"

达德利点点头。"愿上帝原谅我带给她的一切苦痛。"

温莎堡

给女王的备忘记事

1. 陪审团已经递交了裁决书,证明艾米·达德利之死纯属意外,因此如果您愿意的话,罗伯特爵士理应回到宫中履行他的职责。

2. 关于他妻子的死亡传言将在长时间内和他的名字联系在一起,他深知这一点,我们也一样。而您绝对绝对——无论用言语或者行动——不能让他觉得,这份羞耻会有过去的一天。

3. 这样一来,您就可以从此避免他提出婚姻的请求。如果您一定要维持和他的关系,那请您务必要谨慎行事。他现在应该会明白的。

4. 您的婚姻是当务之急的大事。没有子嗣和继承人,我们的全部努力都会失去意义。

5. 我明天将会向您转告大公新提出的求婚请求,我想这桩婚姻会对我们十分有利。罗伯特爵士现在已无法反对您的婚事了。

1560年9月14日　星期六

达德利的手下,托马斯·布朗特站在牛津郡圣玛利亚教堂的后面,看着达德利家族的熊与杖的旗号缓缓地从他身边经过,后面则是那口盖着黑布的精美棺木,娇小的艾米·罗布萨特就躺在里面。

一切都如常进行。女王出席了葬礼,罗伯特爵士依据惯例没有到场。艾米同父异母的兄弟们和福斯特一家也纷纷到场,向达德利夫人表现出她人生的最后时日从未曾享受过的尊敬。丽兹·奥丁赛尔没有出席,她回到了弟弟的住处,满怀愤怒与悲伤,以至于对任何人都一言不发,只有一次,她对自己的朋友说:"她不是他的对手①。"爱丽丝·海德愉快地将其作为谋杀的证据,威廉却觉得,这句话恰当地描述了这样一场从头到尾都充满不幸的婚姻。

托马斯·布朗特等在一旁,看着尸体下葬,再看着他们用泥土将地面填平。他是个细心的男人,他的主子也心思缜密。之后他回到了库姆诺庄园。

艾米的女佣皮尔托太太将一切都按照他的吩咐准备就绪。艾米的首饰盒以及盒子的钥匙,艾米最好的裙子都折得整整齐齐,和薰衣草香包叠在一起,以及一直陪她辗转于各个人家之间的亚麻床单,还有一箱她的私人物品:她的缝纫工具、玫瑰念珠、钱袋、手套,罗伯特和她结婚十一年来写给她的信上的火漆,以及他所有的信,按照日期整齐地用缎带捆扎在一起。

"我要带走这个首饰盒和这些私人物品,"布朗特说,"其余的你可以带回斯坦菲尔德,将它们留在那里后你就可以走了。"

---

① 原文为"She was no match for him",还可以解释为"他们根本不般配"。

皮尔托太太低头嘟哝着薪酬的事情。"等你把这些带回斯坦菲尔德,那里的管家会付给你。"托马斯·布朗特说。他没有去看那个女人哭红的眼睛。他知道所有的女人都容易流泪。这并不意味着什么,而且作为男人,他还有更重要的事要做。

皮尔托太太念叨着关于纪念品的事情。

"没有什么值得留恋的,"托马斯·布朗特冷冷地说,他想起了艾米生前和死后给他的主人带来的麻烦,"你出发吧,我也得赶路了。"

他将盒子和箱子夹在自己的胳膊下,走向他的马儿。首饰盒轻松地滑进了鞍囊里,装私人物品的箱子他交给马夫,叮嘱他背在背上,自己则跃上马鞍,驱马向温莎堡奔去。

罗伯特穿着黑色的丧服回到了宫中,他高高地扬起头,轻蔑地看着周围,仿佛在挑衅敢于开口议论的人。阿兰德尔伯爵用手掩饰着笑意,弗朗西斯·诺利斯远远地鞠躬致意,尼古拉斯·贝肯则对他视若无睹。罗伯特感觉到周遭的猜疑和厌恶的气氛如同一件宽大的黑色斗篷那样,包围着他。

"出什么差错了?"他问自己的妹妹。她向他走去,让他在自己冰冷的脸颊上轻轻亲吻。

"我想,他们都认为是你杀了艾米。"她说。

"陪审团已经证明了我的清白。得出的结论是她的死亡只是意外。"

"他们认为是你买通了陪审团。"

"那你是怎么想的?"他提高声音,看到其他人都朝他们看了过来,便又突然压低了声音。

"我觉得你已经将这个家族逼到了毁灭的边缘,"她说,"我受够了羞辱，也受够了被人指指点点。所有人都知道我是叛国者的女儿，也是另一位叛国者的妹妹，如今我又成了杀妻凶手的妹妹。"

"上帝啊，看来你并不怎么同情我！"罗伯特为她脸上的敌意而震惊。

"我一点也不同情你，"她说，"这桩丑闻几乎毁掉了女王本人。想想看吧！你几乎造成了都铎家族的终结。你几乎摧毁了新教教会！当然了，你还差一点亲手毁了自己，以及所有和你姓氏相同的人。我现在就离开王宫，我一天也待不下去了。"

"玛丽，别走，"他急切地说，"你总是站在我这一边。你一直都是我的妹妹、我的朋友。不要让别人看到我们对立的样子。不要像他们那样抛弃我。"

他伸手去抱她，可她后退了几步不让他触碰到自己。这个孩子气的动作让他想起了当年她在课堂上的情景，几乎流下泪水。"玛丽，你绝不会在我如此低落的时候抛弃我的。我是被冤枉的！"

"可我不认为你是被冤枉的，"她的声音很轻，语气在他耳中冷得像冰，"我认为是你杀了她，因为你狂妄地以为女王会支持你，其他人也会纵容你这样的行为。你觉得他们会一致同意这只是意外，你会像鳏夫那样为妻子哀悼，等服丧结束，你就又会成为女王的婚约者。"

"现在也一样，"他低声说，"我发誓我没有杀她。我仍旧可以和女王结婚。"

"绝不可能，"她说，"你已经完了。你现在能够期待的最好结果，就是她保留你的马夫长一职，以及作为她蒙受耻辱的宠臣。"

她转过身去。罗伯特意识到每个人的目光都集中在自己身上，他无法开口挽留她。有那么一会儿，他想要伸手拉住她的裙边，趁她尚未远去的时候把她拉回来，但他突然想到，周围注视着他的每一个人都认为他是个会对女人使用暴力的男人，是个杀害了自己妻子的男人，他的手因此沉重得无法抬起。

女王住处的房门传来一阵响动，伊丽莎白随后走了进来。她的面色惨白如纸。自从她生日那天告诉西班牙大使艾米"不死也快了"以后，她就没有外出骑马，也不再在花园里散步——就在有人发现艾米死去的三天前。有很多人认为在死讯传开的三天之前，她对艾米的观点不仅仅是碰巧猜中的而已。有许多人认为罗伯特是刽子手，伊丽莎白则是下达死刑判决的法官，但当她走出房间的时候，却没有人敢将这样的猜测说出口。她环顾会客室，寻求着这个国家的每一位大人物的支持。

她的目光越过罗伯特，看向尼古拉斯，又对弗朗西斯点头示意，再转过身和弗朗西斯的妻子凯瑟琳聊了几句。她对塞西尔笑了笑，然后招呼哈布斯堡使臣到她身边来。

"日安，罗伯特爵士，"使臣走来的时候，她说道，"我为你妻子的突然过世表示沉痛的哀悼。"

他鞠了个躬，感觉到胸中的怒气和悲伤不断膨胀，几乎令他作呕。他走上前去，面色却平静如常。"感谢您的同情，"他压下怒气，"感谢您对我的全部同情，那是对我最大的鼓励。"他说完，便步向窗边，远离人群，自始至终独自伫立。

托马斯·布朗特在马厩里找到了罗伯特爵士。他正在为第二天的狩猎挑选合适的马匹，检查它们的马掌钉。准备好的四十二只皮革马鞍在马儿的身后挂成一排，罗伯特大人缓缓走过去逐个检查着每一副马鞍，每一根肚带、每一只马镫。马童们排成队列站在一旁，严肃得像是阅兵时的军人。

他们身后的马儿不安地扭动着，每匹马儿身边都有一个马夫照顾，它们的披挂闪闪发光，蹄子上了油，鬃毛梳得蓬松飘逸。

罗伯特爵士仔细检查了一番,但从马儿、马掌和马厩都看不出一丁点问题。"很好,"最后他说,"你们可以给它们喂食喂水,然后安排它们入睡。"

他转身看着托马斯·布朗特。"去我的办公室。"他简短地说完,然后停下脚步,抚摸着自己的马儿的脖颈。"很好,"他轻声对马儿说道,"你还是老样子,不是吗,甜心?"

布朗特等在窗边。罗伯特将他的手套和马鞭放在桌子上,坐到书桌旁边的椅子里。

"都结束了?"他问。

"一切顺利,"布朗特说,"只是布道词中有个小小的纰漏。"

"是什么?"

"那个愚蠢的牧师说的不是'她悲惨地死去',而是'她悲惨地遭到杀害',他改了口,但还是引发了骚动。"

罗伯特挑了挑深色的眉毛。"小小的纰漏?"

布朗特耸耸肩。"我想是的。但并不是什么值得谴责的大事。"

"雪上加霜。"罗伯特评论道。

布朗特点点头。

"这么说你把她的人都遣散了,还拿回了她的东西?"罗伯特尽量让自己的声音保持冷静。

"奥丁赛尔太太已经离开了。她显然很难接受,"布朗特说,"我让皮尔托太太带着东西回斯坦菲尔德了,她会在那儿拿到报酬。我还写了张便笺。我见过了福斯特先生和福斯特太太,他们觉得自己简直遇到了飞来横祸。"他不无嘲弄地笑道。

"他们的麻烦会得到补偿的,"罗伯特说,"村子里有什么流言吗?"

"没有什么你想听的,"布朗特说,"半数镇民都能接受意外死亡的裁定结果。而另外半数认为她是被谋杀的。他们会一直议论这件事。但对你来说这没什么不同。"

"对她也一样。"罗伯特轻声道。

布朗特沉默不语。

"那么,"罗伯特突然醒悟过来,"你的任务结束了。她已经死去并且下葬,不管别人怎么想,再没有什么言语能够伤我更深了。"

"都结束了。"布朗特赞同道。

罗伯特示意他将拿来的东西放到桌子上。布朗特放下装满纪念物的箱子,再放下装满珠宝的盒子,将钥匙放在旁边。然后他鞠了一躬,等待着。

"你可以走了。"罗伯特说。

他已经忘了那个盒子了。那是他追求艾米的时候送给她的礼物,是他在诺福克的市集上买来送给她的。她的珠宝从来也装不满这个小小的盒子。他的心中涌起熟悉的恼火。即使她成了达德利夫人,可以随意使用他的财富,但她却只有这么一小盒珠宝:两条镀银的项链,几对耳环和一两枚戒指。

他旋动钥匙将盒子打开。最上面放着艾米的结婚戒指,还有他刻着熊与杖图案的纹章戒指。

有好一会儿,他无法相信自己看到的一切。他缓缓将手伸进盒子,拿出那两枚金色的指环。皮尔托太太将它们从艾米冰冷的手指上取下,放到她的首饰盒里,再上了锁,就像一个真正的好仆人应该做的那样。

罗伯特看着那两枚戒指。一枚是婚戒,十一年前的那个夏日,他曾经亲手将它戴到艾米的手指上;另一枚是他原本从不离手的纹章戒指,直到四个月前他将它戴在了伊丽莎白的手指上,作为他们的订婚信物。

罗伯特将这枚纹章戒指戴回自己的手指,坐在书桌旁看着房间渐渐变得昏暗冰冷,他思索着这枚戒指到底是怎样从他情人的项链上消失,又出现在他妻子的手指上的。

✦

他沿河走着，一个问题始终在他脑海中回荡：是谁杀死了艾米？他像个孩子一样坐在码头上，在水中摆荡着穿靴子的双脚，看着幽绿的水下，小小的鱼儿在墨色的水草间追逐嬉戏，又一个问题浮现在他的脑海里：是谁把我的戒指给了艾米？

他站起身，感觉到一阵寒意袭来，他缓缓沿着小路行走，正逐渐落下天空的夕阳从火热的金色逐渐化作暗淡的余烬，而罗伯特继续走着，心不在焉地看着河水，看向天空。

——是谁杀死了艾米？

——是谁把我的戒指给了她？

随着太阳沉落，天空逐渐变成暗沉的灰色。罗伯特就这么继续走着，仿佛他没有一整个马厩的马儿，没有巴巴里那边送来的种马，没有对那些年轻公马的训练安排。他像个穷困潦倒的人那样走着，像个只能向妻子借马来骑的男人。

——是谁杀死了艾米？

——是谁把我的戒指给了她？

他试着不去回想最后一次见到她的情景，他离开时她的责骂，以及他挑拨她的家人去反对她。他试着不去回想自己将她拥在怀中，愚蠢地说出"我爱你"，而她也愚蠢地铭记在心。他试着不去回想，因为他觉得自己如果想起她，他就会坐在河岸边，像个孩子那样，因为失去她而痛哭失声。

——是谁杀死了艾米？

——是谁把我的戒指给了她？

如果他去思索而非回想，就能避免痛苦将他击溃，将他撕碎。如果他能将她的死看做一个谜团而不是一场悲剧，那他就依然能够探寻问题，而非自我责备。

两个问题：是谁杀死了艾米？是谁把我的戒指给了她？

他跌跌撞撞地走了许久，然后突然醒悟过来，天色已经暗了下来，他来到了河岸的陡峭处，下面河水湍急。他意识到自己只是错误地娶了一个不愿分享他根深蒂固的野心的女人。

——是谁杀死了艾米？

——是谁把我的戒指给了她？

他踏上归途。当他打开花园里那扇铁门的时候，门闩的冰冷触感让他不由得停下了动作，再次想起了那两个问题的存在：是谁杀死了艾米？是谁把我的戒指给了她？但答案只有一个。

不论是谁拿去那枚纹章戒指，艾米都会深信不疑。如果有人给艾米看那枚戒指，她就会满心欢喜地遣走整个屋子的人。戴着那枚纹章戒指的应是杀死艾米的人。只有一个人能够这么做，也只有一个人会这么做：

伊丽莎白。

罗伯特本能地想要立刻去找她，去痛斥她对权力的疯狂。他无法责备她希望艾米消失的念头，但一想到他的情人谋杀了他的妻子，他曾经爱过并与之成婚的妻子，他就无比愤怒。他想让伊丽莎白认清自己的傲慢和邪恶，还有对权力的滥用。她像一位女王那样利用自己的权力，她的情报网、她冷酷的意志都用来对付脆弱无助的艾米，这强烈的感觉让他像个愤怒的男孩一样身体打颤。

那一晚罗伯特彻夜难眠。他躺在床上盯着天花板，一遍又一遍地想象艾米接到他戒指的情形，急忙跑出去想要见他，手中还紧紧攥着他的戒指，仿佛那就代表了她应得的幸福的到来。接下来某个人走过来——肯定是塞西尔的某个杀手——和她打过招呼,只是一拳打在她的侧脸,便折断了她的脖子。然后他接住她倒下的身体,将她放进屋子里。

罗伯特被这样的情景折磨着,他想象着她的痛苦和恐惧,也许在她想到杀手是他和女王派来的时候,还会有片刻的憎恶。这些念头让他呻吟起来,辗转反侧,他将脸埋在枕头里。如果艾米死前真的以为是他派出的杀手来对付她,他简直想象不出自己该如何活下去。

卧室的窗户亮了起来,已到了破晓时分。罗伯特——他看起来至少比自己的实际年龄老了十岁——走到窗边向外看去,用亚麻床单包裹着自己赤裸的身体。又是晴朗美好的一天。河上盘卷的雾气缓缓散去,不知何处有一只啄木鸟正在凿着树干。画眉鸟清澈的歌声仿佛声声祈祷,也像在提醒他,生命还在继续。

我想我可以原谅她,罗伯特心想。换做我是她,或许也会做出相同的事。我也许会觉得什么也不如我们的爱情重要,我们的欲望必须得到满足,无论代价如何。如果我是她,我也许会觉得我们必须生下一个孩子,王位必须有个继承人,而且我们不能拖延。如果我拥有和她同样不受约束的权力,也许会像她一样去运用。

我父亲也是如此。换做我父亲,一定会原谅她的行为。事实上,他甚至会钦佩她的当机立断。

他叹了口气。"她做这一切都是出于对我的爱,"他大声说,"不为别的,只为让我恢复自由身,好让她公开对我的爱。不为别的,只为能够和我结婚,而我也能成为国王。她知道这是世界上对我们最重要的事。我可以接受这些沉重的悲伤和这可怕的罪行,把它们看做爱情的附赠品。我可以原谅她。我可以继续爱她。我可以从这场悲剧中找到些许欢乐。"

天幕渐白,随后樱草花色的太阳缓缓升起,悬挂在银白的河水之上。

"愿上帝宽恕我，愿上帝宽恕伊丽莎白，"罗伯特轻声祈祷，"愿上帝在天堂给予艾米平和的生活，尽管我在俗世中令她失望。愿上帝允许我这次做个更好的丈夫。"

有人轻叩他的房门。"该起床了，大人！"他的仆从在门外高声说，"您需要热水吗？"

"好！"他也高声回应，拖着床单走向门边，抽下门闩。"放在那儿吧，孩子。告诉厨房，就说我饿了，再吩咐马厩的人们说我一小时内就要出发，我今天要出去狩猎。"

在宫人们准备骑马出行之前，他独自在马厩里逗留了一个小时，确保一切无虞：马匹、猎犬、马掌钉以及仆从。整个宫廷在欢乐的气氛中准备骑马出发。罗伯特站在马厩后视野开阔的台阶上，看着宫人们陆续到来，女士们在仆从的协助下坐上马鞍。他的妹妹没有来，她已经回彭斯赫斯特去了。

伊丽莎白神清气爽地骑马前来。罗伯特本想过去扶她上马，但又迟疑了片刻，然后让另一个人为他代劳。她越过人群试探地朝他微笑，他也报以微笑。他想让她明白，他们之间的一切都还和从前一样，他也可以谅解她的行为。西班牙使臣目送他们离开，哈布斯堡使臣则骑马陪在她身边。

他们在狩猎中度过了愉快的上午。猎物留下了浓郁的气味，猎犬追踪起来也毫不费力。塞西尔骑马出去迎接他们，他们一同在外午餐，在树下喝着热汤、香料麦酒，吃着热乎乎的馅饼，而他们头顶是金色、红色与黄色的树叶。

罗伯特站在离伊丽莎白很远的地方，她回过头，用一个羞赧的微笑请他坐到自己身边。他微微鞠躬，但并没有靠过去。他想要等到她独处的时候，才去告诉她，他已经知道了她做过的事情，他知道她这么做是出于对他的爱，而且他会原谅她。

他们用餐结束后重新上马，弗朗西斯·诺利斯发现他的马就拴在罗伯特的那匹母马的旁边。

"请允许我为你妻子的去世表示哀悼。"弗朗西斯口气僵硬地说。

"谢谢你。"罗伯特用和这位女王的好友同样冷漠的语气答道。

弗朗西斯牵着他的马儿走开。

"你还记得女王祈祷室里那个下午吗？"罗伯特突然开口，"当时女王、你和我，还有凯瑟琳女士都在。是那次婚约仪式，记得吗？我们在那里订下了不可违背的誓言。"

年长的男人看着他，脸色几乎带着同情。"我不记得这样的事情，"他说，"也许我没有见证这样的场面，也许这件事根本没有发生过。反正我没有印象。"

罗伯特感到愤怒让自己涨红了脸。"我记得很清楚，确实有这件事。"他坚持道。

"我想你会发现，只有你一个人记得。"弗朗西斯轻声答道，一面夹紧马腹，催促它离开。

罗伯特检查了马儿，又看了看那几条猎犬。其中有一匹马儿走起路来稍微有些蹒跚，他打了个响指，叫一个马夫将这匹马牵回城堡。他监督着宫人们一个个上马，但他几乎没有在看他们。他刚刚被弗朗西斯的背叛严重打击，后者否认罗伯特和女王曾经订立婚约，还暗示女王本人也会加以否认。就好像她真的会背叛我似的——罗伯特暗自咒骂了一声。就好像她对我做出那样的事情之后还会背叛我似的！一个男人要证明一个女人曾经爱过他，还有比她做出的那件事更好的证据吗？她爱我，正如我也爱她，更甚于生命！我们是为彼此而生，为了彼此结合而生。就好像有人能分开我们似的！就好像她没有为了对我的爱而做出这样难以忍受的可怕罪行似的！就为了给我自由！"

"回到宫里是不是很开心？"塞西尔骑马靠近罗伯特，友善地问道。

罗伯特将思绪拉回现实，看着他。"我不能说自己很开心，"他轻声说，"我不能说自己受到了温暖的欢迎。"

国会秘书目光温柔。"你知道的，人们总会忘却，"他温柔地说，"对你来说，这儿永远不会和从前一样了，但人们终究会忘却的。"

"而且我又是自由之身了，"达德利说，"当人们忘记了我的妻子，忘记了她的死，我就可以再次结婚了。"

塞西尔点点头。"确实如此。但你不能和女王结婚。"

达德利看着他。"什么？"

"因为这场丑闻，"塞西尔用友善的语气直言不讳，"正如你离开宫里的时候我对你说过的那样。她的名字不能和你联系在一起。你们的子嗣永远不可能登上英格兰的王位。你因为妻子的死而声名狼藉。你已经失去了成为王室求婚者的资格。她永远也不可能嫁给你了。"

"你在说什么？她永远也不可能嫁给我了？"

"是的，"塞西尔的语气中几乎带着遗憾，"就是这样。她永远也不可能嫁给你了。"

"那她为什么要这么做？"达德利质问道，他的低语声轻柔得如同飘落的雪花，"如果不是为了给我自由，她为什么要杀死艾米，杀死我的妻子？艾米是我们之中最无辜的人，艾米什么也没有做，仅仅是忠诚于我。如果不是为了让我和女王结婚，那还能是为什么？你是她的顾问，这个计划肯定是由你安排的。下手的也肯定是你手下的那些恶棍。如果不是为了让我和女王结婚，为什么还要杀死艾米？"

塞西尔没有闪烁其词。"让你恢复自由身，并不是为了让你和女王结婚。"他说，"而且是彻底阻止你这么做。如果不这么做，你将永远是她认为的合适人选。你将永远是她的第一人选。但她不能选择你。你已经永远失去了资格。"

"你毁了我，塞西尔，"达德利嗓音嘶哑，"你杀了艾米，又嫁罪于我，并且毁了我。"

"我是她的仆从，"塞西尔的口气就像父亲安慰伤心的孩子，"你明白的。"

"她授意让我妻子死去吗？艾米因为伊丽莎白的命令而死，只为了让我声名扫地，从此没有翻身的机会？"

"不，不，她死于意外，"塞西尔提醒这个年轻人，"就在你写信给他们，敦促他们更仔细地进行调查的时候，那十二名可敬的阿宾顿人组成的陪审团已经裁定了这一点。他们得出了结果，也为人们所接受。这只是一场意外。或许让一切到此为止，对我们来说都有好处。"

·全书完·

作者手记

四个世纪后的现在，艾米·罗布萨特的死亡仍然是谜。有许多关于嫌疑犯的猜测：导致她胸口疼痛的也许是恶性乳腺癌，也许是她脆弱的颈骨引发的后果，也许是罗伯特·达德利派出的杀手，伊丽莎白的杀手，塞西尔的杀手，或是自杀。

同样奇妙的是，塞西尔和伊丽莎白的确曾在艾米死亡的几天前，对西班牙大使说出那些不够谨慎又带着栽赃意味的评论，后西班牙大使又将其报告给了自己的主人，正如我这部小说里所写的那样。

在我看来，塞西尔和伊丽莎白早已知道艾米会死在九月八号的星期日，所以故意借由西班牙大使留下证据，以陷害罗伯特·达德利。伊丽莎白也很有可能是杀死艾米的帮凶，因为她在死亡的细节还没有传到宫里的时候，就说出了她是因颈骨折断而死。

至于伊丽莎白和塞西尔为何这么做，我们无从知晓。我不相信他们说出真相是因为偶然，而且是说给最有可能散播这种流言的人听。我认为伊丽莎白和塞西尔正是以此来构陷达德利犯下了谋杀妻子的罪行。

这样的嫌疑有效地阻止了罗伯特接近他觊觎的王位。1566年，威廉·塞西尔给枢密院写信，列明达德利不能与女王结婚的六大理由之一："四、他妻子的死亡令他声名狼藉。"

伊丽莎白和罗伯特是否深深相爱？在那样放纵的时代，恐怕这些并不重要。重要的是她一生都爱着他，尽管他后来迎娶了丽蒂西娅·诺利斯

（另一个波琳家的红发女孩），他无疑也仍然爱着伊丽莎白。他给伊丽莎白的最后一封信表达了他的爱意，而当她去世的时候，那封信就放在她的床边。

以下是我创作这部小说时的参考书目简表。

参考书目

Adlard, George. Amye Robsart and the Earl of Leicester, 1870.

Bartlett, A. D. An Historical Account of Cumnor Place, 1850.

Brigden, Susan. New Worlds, Lost Worlds: The Rule of the Tudors: 1485-1603, 2000.

Clarke, John. Palaces and Parks of Richmond and Kew, 1995.

Cressy, David. Birth, Marriage and Death: Ritual, Religions and the Life. Cycle in Tudor and Stuart England, 1977.

Darby, H.C. A New Historical Geography of England Before 1600, 1976.

Doran, Susan. Monarchy and Matrimony: The Courtships of Elizabeth I, 1996.

Dovey, Zillah. An Elizabethan Progress, 1996.

Dunn, Jane. Elizabeth and Mary: Cousins, Rivals, Queens, 2003.

Dunlop, Ian. Palaces and Progresses of Elizabeth I, 1962.

Evans, R. J. W. St. Michael's Church, Cumnor: A Guide, 2003.

Frere, Sir Bartle. Amy Robsart of Wymondham, 1937.

Grierson, Francis. "An Elizabethan Enigma," Contemporary Review, August 1960.

Guy, John. Tudor England, 1988.

Haynes, Alan. The White Bear: Robert Dudley, the Elizabethan Earl of

Leicester, 1987.

———. Invisible Power: The Elizabethan Secret Services 1570–1603, 1992.

———. Sex in Elizabethan England, 1997.

Hibbert, Christopher. The Virgin Queen, 1992.

Hume, Martin A. S. The Courtships of Queen Elizabeth, 1898.

Jackson, Revd. Canon. "Amye Robsart," The Nineteenth Century, A Monthly Review, ed. James Knowles, March 1882, No.61.

Jenkins, Elizabeth. Elizabeth and Leicester, 1961.

Loades, David. The Tudor Court, 1986.

Milton, Giles. Big Chief Elizabeth, 2000.

Neale, J. E. Queen Elizabeth, 1934.

Picard, Liza. Elizabeth's London, 2003.

Pettigrew, T. J. An Inquiry Concerning the Death of Amy Robsart, 1859.

Plowden, Alison. The Young Elizabeth, 1999.

———. Elizabeth: Marriage with My Kingdom, 1999.

———. Tudor Women: Queens and Commoners, 1998.

Read, Conyers. Mr. Secretary Cecil and Queen Elizabeth, 1955.

Ridley, Jasper. Elizabeth I, 1987.

Rye, Walter. The Murder of Amy Robsart, A Brief for the Prosecution, 1885.

Sidney, Philip. Who Killed Amy Robsart? 1901.

Somerset, Anne. Elizabeth I, 1997.

Starkey, David. Elizabeth, 2001.

Strong, Roy. The Cult of Elizabeth, 1999.

Turner, Robert. Elizabethan Magic: The Art and the Magus, 1989.

Waldman, Milton. Elizabeth and Leicester, 1944.

Walker, Julia M., ed. Dissing Elizabeth: Negative Representations of Gloriana, 1998.

Weir, Alison. Children of England,1997.

———. Elizabeth the Queen, 1999.

Wilson, Derek A. Sweet Robin: A Biography of Robert Dudley, Earl of Leicester, 1533 – 1588, 1981.

Yaxley, Susan. Amy Robsart, Wife of Robert Dudley, 1532–1560, 1996.